EL OFICIO
DEL MAL

Robert Galbraith

El Oficio
del Mal

Traducción del inglés de:
Gemma Rovira Ortega

Título original: *Career of Evil*

*Publicado por primera vez en Reino Unido en 2015 por Sphere,
sello editorial de Little, Brown Book Group, Londres*

Copyright © J.K. Rowling, 2015
The moral right of the author has been asserted
Copyright de la edición en castellano © Ediciones Salamandra, 2016

Fotografía de la cubierta: © Rob Ball / WireImage, Getty Images
Diseño de la cubierta: www.buerosued.de

Ver créditos adicionales en páginas 567-571.
Selected Blue Öyster Cult Lyrics 1967-1994 by kind permission
of Sony/ATV Music Publishing (UK) Ltd.
www.blueoystercult.com
Don't Fear the Reaper: The Best of Blue Öyster Cult from Sony Music
Entertainment Inc available now via iTunes
and all usual musical retail outlets.

Publicaciones y Ediciones Salamandra, S.A.
Almogàvers, 56, 7º 2ª - 08018 Barcelona - Tel. 93 215 11 99
www.salamandra.info

ISBN: 978-84-9838-742-1
Depósito legal: B-19.407-2016

1ª edición, noviembre de 2016
Printed in Spain

Impresión: Romanyà-Valls, Pl. Verdaguer, 1
Capellades, Barcelona

Para Séan y Matthew Harris

Haced lo que queráis con esta dedicatoria,
pero ni se os ocurra,
¡ni se os ocurra!
ponérosla en las cejas.

I choose to steal what you choose to show
And you know I will not apologize:
You're mine for the taking.

I'm making a career of evil...[1]

Career of Evil, Blue Öyster Cult
Letra de Patti Smith

1

2011

This Ain't the Summer of Love[2]

No había logrado eliminar todos los restos de sangre. Bajo la uña del dedo corazón de su mano izquierda había una línea oscura con forma de paréntesis. Empezó a sacarla, aunque le gustaba verla allí: era un recuerdo de los placeres del día anterior. Tras un minuto hurgando sin éxito, se metió el dedo en la boca y se chupó la uña sucia. El sabor ferroso le recordó el chorro que se había derramado con furia por el suelo embaldosado, salpicando las paredes, empapándole los vaqueros y convirtiendo las toallas de baño de color melocotón (esponjosas, secas y pulcramente dobladas) en unos trapos empapados de sangre.

Esa mañana, los colores parecían más intensos, y el mundo, un lugar más agradable. Se sentía tranquilo y animado, como si la hubiera absorbido, como si la vida de ella se le hubiera inyectado. Después de matarlas, te pertenecían: era una forma de posesión que iba mucho más allá del sexo. El simple hecho de saber qué cara ponían en el momento de morir entrañaba una intimidad muy superior a cualquier sensación que pudieran experimentar dos seres vivos.

Pensó que nadie sabía lo que había hecho ni lo que planeaba hacer a continuación, y eso le produjo un estremecimiento de gozo. Apoyado en la pared tibia bajo el débil sol de abril, feliz

11

y satisfecho, siguió chupándose el dedo corazón mientras contemplaba la casa de enfrente.

No era una casa elegante, sino normal y corriente. Una vivienda más agradable, cierto, que el piso diminuto donde él había dejado la ropa del día anterior, manchada de sangre ya seca, metida en bolsas de basura negras a la espera de ser incinerada, y donde relucían sus cuchillos, que había limpiado con lejía y escondido detrás del sifón bajo el fregadero de la cocina.

Esa casa tenía un pequeño jardín delantero, una verja negra y un césped sin cortar. Dos puertas blancas, muy pegadas la una a la otra, delataban que el edificio de tres plantas estaba remodelado y dividido en pisos independientes. En la planta baja vivía una chica llamada Robin Ellacott. Pese a que él se había tomado la molestia de averiguar su verdadero nombre, seguía pensando en ella como «la Secretaria». Acababa de verla pasar por detrás de la ventana en saliente, la había reconocido por su melena.

Observar a la Secretaria era un plus, un placer añadido. Como tenía unas horas libres, había decidido ir a espiarla. Ese día era una jornada de descanso, un intermedio entre las glorias del día anterior y las del día siguiente, entre la satisfacción de lo que había hecho y la emoción de lo que sucedería a continuación.

De pronto se abrió la puerta del lado derecho y por ella salió la Secretaria acompañada de un hombre.

Siguió apoyado en la pared, mirando hacia el final de la calle y ofreciendo su perfil a la pareja de modo que pareciera que estaba esperando a alguien. Ninguno de los dos se fijó en él; echaron a andar por la calle, uno al lado del otro. Les dio un minuto de ventaja y decidió seguirlos.

Ella vestía vaqueros, una chaqueta fina y botas sin tacón. Al verla bajo la luz del sol se percató de que su pelo, largo y ondulado, era de un rubio un poco anaranjado. Le pareció detectar cierta reserva entre la pareja, que no se hablaba.

Se le daba bien descifrar a las personas. Había sabido descifrar y engatusar a la chica que el día anterior había muerto entre toallas color melocotón empapadas de sangre.

Los siguió por la larga calle residencial, con las manos en los bolsillos, caminando sin prisa como si se dirigiera a las tiendas; sus gafas de sol no llamaban la atención en aquella mañana luminosa. Una brisa primaveral acariciaba las ramas de los árboles. Al final de la calle, la pareja torció a la izquierda y se metió en una avenida muy transitada, con oficinas en ambas aceras. Los vio pasar por delante del edificio del ayuntamiento del municipio de Ealing; el sol se reflejaba en las ventanas más altas de los edificios.

El compañero de piso, amigo o lo que fuera de la Secretaria (de aspecto elegante, con la mandíbula cuadrada visto de perfil) se puso a hablar con ella. Ella le contestó escuetamente y no le sonrió.

Qué miserables, asquerosas e insignificantes eran las mujeres. Eran todas unas zorras gruñonas que esperaban que los hombres las hicieran felices. Sólo cuando yacían muertas y vacías delante de ti se volvían puras, misteriosas y hasta maravillosas. Entonces eran completamente tuyas; no podían discutir, ni forcejear, ni marcharse; eran tuyas y podías hacer lo que quisieras con ellas. Recordó el cadáver de la del día anterior, pesado y desmadejado después de que le extrajera la sangre: su juguete de tamaño natural, su muñeca.

Siguió a la Secretaria y a su acompañante por el centro comercial Arcadia, muy concurrido a esas horas, deslizándose tras ellos como un fantasma o un dios. ¿Lo veía la gente que había ido a hacer las compras del sábado, o se había transformado, desdoblado, y había adquirido el don de la invisibilidad?

Llegaron a una parada de autobús. Él se quedó cerca y fingió mirar a través de la ventana de un restaurante indio, examinar los montones de fruta junto a la puerta de una tienda de alimentación, unas caretas de cartón del príncipe Guillermo y Kate Middleton colgadas en el escaparate de un quiosco; en realidad, lo que hacía era observar a la pareja reflejada en los cristales.

Iban a coger el 83. Él no llevaba mucho dinero encima, pero estaba disfrutando tanto siguiéndola que no quería dejarlo todavía. Al subir al autobús detrás de ellos, oyó que el hombre mencionaba Wembley Central. Compró un billete y los siguió al piso superior.

La pareja se sentó en la parte delantera del autobús. Él encontró un asiento cerca de ellos, al lado de una mujer con cara de malas pulgas a quien obligó a mover las bolsas donde llevaba sus compras. De vez en cuando oía las voces de la pareja por encima del murmullo de los otros pasajeros. Cuando no hablaban, la Secretaria miraba por la ventanilla, sin sonreír. Era evidente que no quería ir a dondequiera que estuvieran yendo. Cuando la Secretaria se apartó un mechón de pelo de la cara, él se fijó en que llevaba un anillo de compromiso. Así que iban a casarse... o eso creía ella. Ocultó su sonrisa tras el cuello levantado de la cazadora.

El sol del mediodía entraba a raudales por las ventanillas salpicadas de suciedad del autobús. Subió un grupo de pasajeros que llenaron los asientos que había libres alrededor. Un par de ellos llevaban camisetas de rugby rojas y negras.

De pronto sintió como si el resplandor del día se hubiera atenuado. Aquellas camisetas con la medialuna y la estrella tenían connotaciones que no le gustaban. Le recordaban un tiempo en que él no se sentía como un dios. No quería que viejos recuerdos, malos recuerdos, mancharan y estropearan ese día feliz, pero su euforia empezaba a esfumarse. Enojado (un adolescente del grupo se fijó en él, pero apartó rápidamente la mirada, con miedo), se levantó y fue hacia la escalera.

Un padre y su hijo pequeño estaban fuertemente agarrados a la barra junto a la puerta del autobús, y esa imagen produjo una explosión de rabia en el fondo de su estómago: él debería haber tenido un hijo. O, mejor dicho: debería tener un hijo todavía. Se imaginó al niño de pie a su lado, mirándolo desde abajo, adorándolo como a un ídolo; pero lo había perdido, y el único culpable de eso era un hombre llamado Cormoran Strike.

Iba a vengarse de Cormoran Strike. Iba a arruinarle la vida.

Cuando llegó a la acera, miró las ventanillas delanteras del autobús y vio por última vez la cabeza dorada de la Secretaria. Volvería a verla antes de veinticuatro horas. Ese pensamiento lo ayudó a calmar la rabia repentina que le habían provocado aquellas camisetas sarracenas. El autobús arrancó con gran estruendo, y él se alejó dando zancadas en la dirección opuesta, tranquilizándose a medida que andaba.

Tenía un plan espectacular. Nadie lo sabía. Nadie sospechaba nada. Y había algo muy especial esperándolo en la nevera de su casa.

2

A rock through a window never comes with a kiss[3]

Madness to the Method, Blue Öyster Cult

Robin Ellacott tenía veintiséis años y llevaba más de uno comprometida. La boda debería haberse celebrado tres meses atrás, pero el fallecimiento repentino de su futura suegra había obligado a aplazar la ceremonia. Habían pasado muchas cosas en los tres meses transcurridos desde la fecha prevista de la boda. A veces se preguntaba si Matthew y ella se llevarían mejor si ya hubieran hecho los votos. ¿Discutirían menos si ella llevara una alianza de oro junto al anillo de compromiso de zafiro que le bailaba un poco en el dedo?

El lunes por la mañana, mientras se abría camino entre los escombros esparcidos por Tottenham Court Road, Robin repasaba mentalmente la discusión del día anterior. Las semillas ya estaban sembradas antes de que salieran de casa para ir al partido de rugby. Cada vez que quedaban con Sarah Shadlock y su novio Tom, Robin y Matthew acababan discutiendo, y ella lo había comentado durante la discusión, que se había gestado durante el partido y se había alargado hasta la madrugada.

—Por amor de Dios. ¿No te das cuenta de que Sarah estaba metiendo cizaña? Era ella la que no paraba de preguntarme por él, una y otra vez. No he empezado yo.

Las obras, eternas, alrededor de la estación de Tottenham Court Road habían obstaculizado el trayecto de Robin a la oficina desde que había empezado a trabajar en la agencia de detectives de Denmark Street. Tropezó con un cascote, lo cual no contribuyó a mejorar su humor, y dio unos pasos tambaleantes antes de recobrar el equilibrio. Un aluvión de silbidos y comentarios lascivos surgió de un hoyo profundo abierto en la calzada, donde trabajaban unos operarios con casco y chaleco reflectante. Ella, colorada, se apartó de la cara un largo mechón rubio cobrizo y los ignoró, e inevitablemente siguió pensando en Sarah Shadlock y en sus preguntas maliciosas e insistentes sobre su jefe.

—Tiene un atractivo muy peculiar, ¿verdad? Va como desaliñado. Pero a mí eso nunca me ha importado. ¿Es sexi en persona? Es muy alto, ¿no?

Robin se había fijado en que a Matthew se le tensaba la mandíbula mientras ella intentaba dar respuestas frías e indiferentes.

—¿Estáis vosotros dos solos en el despacho? ¿En serio? ¿No hay nadie más?

«Zorra —pensó Robin, cuyo buen carácter natural nunca se había hecho extensivo a Sarah Shadlock—. Sabía perfectamente lo que estaba haciendo.»

—¿Es verdad que lo condecoraron en Afganistán? ¿Sí? ¡Hala! Entonces, ¿además es un héroe de guerra?

Robin había hecho todo lo posible por silenciar el coro de admiración unipersonal de Sarah hacia Cormoran Strike, pero no había tenido éxito. Al final del partido, la frialdad de Matthew hacia su prometida era evidente. Sin embargo, su contrariedad no le había impedido bromear y reír con Sarah en el trayecto de vuelta desde Vicarage Road, y Tom, a quien Robin encontraba aburrido y obtuso, no había parado de reír, ajeno a cualquier trasfondo.

Empujada por otros peatones que también tenían que sortear las zanjas abiertas en la calzada, Robin llegó por fin a la acera de enfrente, pasó por debajo de la sombra de Centre Point, el monolito de cemento con fachada cuadriculada, y volvió a enfadarse al recordar lo que le había dicho Matthew a medianoche, cuando había vuelto a estallar la discusión.

—¿Es que no puedes parar de hablar de él? Te he oído con Sarah...

—No he sido yo quien ha empezado a hablar de él, ha sido ella. Si hubieras prestado atención...

Pero Matthew la había imitado, utilizando una entonación genérica que representaba a todas las mujeres, una voz aguda e idiota:

—¡Ay, tiene un pelo tan bonito...!

—¡Por amor de Dios, estás paranoico del todo! —había gritado Robin—. Sarah me estaba dando la lata sobre el maldito pelo de Jacques Burger, no sobre el de Cormoran, y lo único que he dicho...

—«No sobre el de Cormoran» —había repetido él con aquella voz chillona e imbécil.

Cuando Robin dobló la esquina y entró en Denmark Street, estaba tan furiosa como ocho horas atrás, cuando había salido del dormitorio y se había ido a dormir al sofá.

Sarah Shadlock, la maldita Sarah Shadlock, había ido a la universidad con Matthew y había hecho cuanto había podido por alejarlo de Robin, a quien él había dejado esperando en Yorkshire. Si Robin se hubiera enterado de que, por el motivo que fuera, nunca volvería a ver a Sarah, se habría alegrado inmensamente; pero Sarah asistiría a su boda en julio, y seguiría incordiándola cuando se hubiera casado, sin ninguna duda, y tal vez algún día intentara colarse en el despacho de Robin para conocer a Strike, si su interés era real y no sólo una forma de sembrar la discordia entre Robin y Matthew.

«Jamás le presentaré a Cormoran», pensó Robin, rabiosa, mientras se acercaba al mensajero que estaba junto a la puerta de la oficina. Tenía un sujetapapeles en una mano enguantada y un paquete rectangular en la otra.

—¿Es para Robin Ellacott? —preguntó cuando estuvo a una distancia que le permitía hablar con él.

Esperaba un envío de cámaras fotográficas desechables forradas de cartulina de color marfil que Matthew y ella pensaban regalar a los invitados el día de la boda. Últimamente su horario laboral era tan irregular que le resultaba más cómodo designar como dirección de entrega la oficina en lugar de su casa.

El mensajero asintió y le alargó el sujetapapeles sin quitarse el casco. Robin firmó y cogió el paquete alargado, mucho más pesado de lo que ella esperaba; se lo puso debajo del brazo y notó como si un único objeto, grande, se deslizara dentro del paquete.

—Gracias —dijo, pero el mensajero ya se había dado la vuelta y se había montado en la moto.

Robin lo oyó alejarse mientras entraba en el edificio. Subió taconeando por la ruidosa escalera metálica que ascendía alrededor del ascensor, fuera de servicio. La puerta de cristal lanzó un destello cuando Robin la abrió, y se destacaron las letras grabadas en un tono oscuro: «C. B. STRIKE, DETECTIVE PRIVADO.»

Había llegado antes de su hora a propósito. Estaban sobrecargados de trabajo, y Robin quería poner al día el papeleo atrasado antes de retomar su vigilancia diaria de una joven bailarina de *lap-dance* rusa. Oyó ruido de pasos en el piso de arriba y dedujo que Strike todavía no había bajado.

Robin dejó el paquete alargado encima de su mesa, se quitó la chaqueta y la colgó, junto con el bolso, en el perchero de detrás de la puerta; encendió la luz, llenó el hervidor de agua y lo encendió, y entonces cogió un abrecartas afilado que había sobre la mesa. Mientras recordaba la negativa categórica de Matthew a creerse que era la melena rizada del ala Jacques Burger lo que ella había admirado durante el partido, y no el pelo corto y crespo de Strike (que parecía vello púbico, no podía negarlo), clavó con furia el abrecartas en un extremo del paquete, hizo un tajo y abrió la caja.

Dentro había una pierna de mujer amputada, puesta de lado. Habían tenido que doblar los dedos del pie para que cupiera.

3

Robin dio un grito que reverberó en las ventanas. Se separó de la mesa sin apartar la vista del objeto macabro que reposaba en ella. La pierna era lisa, delgada y pálida. Al abrir el paquete, la había rozado con un dedo y notado la textura fría y gomosa de la piel.

Acababa de silenciar su grito tapándose la boca con ambas manos cuando, a su lado, la puerta de cristal se abrió de golpe. Strike irrumpió en el despacho con su metro noventa de estatura y el ceño fruncido, la camisa abierta revelando la masa de vello negro, simiesco, de su pecho.

—¿Qué co...?

Siguió la dirección de la mirada aterrorizada de Robin y vio la pierna. Ella notó que la mano de Strike se cerraba bruscamente alrededor de su brazo y se dejó llevar al rellano.

—¿Cómo ha llegado?

—Un mensajero —contestó ella mientras Strike seguía guiándola por la escalera—. En moto.

—Espera aquí. Voy a llamar a la policía.

Strike cerró la puerta de su piso detrás de ella. Robin se quedó de pie, inmóvil, con el corazón acelerado, oyéndolo bajar otra vez la escalera. Le vino una arcada. Una pierna. Acababan de entregarle una pierna. Había subido una pierna hasta la oficina con toda tranquilidad, una pierna de mujer metida en una caja. ¿De quién era? ¿Dónde estaba el resto del cuerpo?

Fue hasta la silla más cercana, una silla barata con asiento de plástico acolchado y patas metálicas, y se sentó sin despegar los dedos de sus labios entumecidos. Recordó que el paquete iba dirigido a su nombre.

Strike, entretanto, asomado a la ventana del despacho que daba a la calle, con el móvil apretado contra la oreja, escudriñaba Denmark Street en busca de alguna señal del mensajero. Cuando volvió a la recepción y examinó el paquete abierto encima de la mesa, ya había contactado con la policía.

—¿Una pierna? —repitió el inspector Eric Wardle al otro lado de la línea—. ¿Una puta pierna?

—Y ni siquiera es de mi talla —dijo Strike, un chiste que no habría hecho de haber estado delante Robin.

La pernera derecha del pantalón, remangada, revelaba la barra de metal que reemplazaba su tobillo; estaba vistiéndose cuando había oído gritar a su ayudante. Nada más hacer ese comentario, reparó en que era una pierna derecha, igual que la que él había perdido, y que la habían cortado por debajo de la rodilla, exactamente por donde a él le habían amputado la suya. Sin despegarse el móvil de la oreja, Strike examinó el miembro más de cerca, y sus orificios nasales se llenaron de un olor desagradable, como de pollo recién descongelado. Piel de raza caucásica: lisa, pálida e impecable salvo por un cardenal antiguo, ya verdoso, en la pantorrilla, toscamente afeitada. El vello que empezaba a asomar era rubio, y las uñas, sin pintar, estaban un poco sucias. El blanco glacial de la tibia, seccionada, destacaba contra la carne circundante. Un corte limpio: a Strike le pareció probable que lo hubieran hecho con un hacha o un cuchillo de carnicero.

—¿Y dices que es de mujer?

—Eso parece.

Strike acababa de fijarse en otra cosa. En la pantorrilla, a la altura del corte había una cicatriz antigua, sin relación con la herida que la había separado del cuerpo.

¿Cuántas veces durante su infancia en Cornualles se había visto pillado por sorpresa cuando estaba de pie de espaldas al mar traicionero? Quienes no conocían bien el mar se olvidaban de su solidez, de su brutalidad. Cuando los golpeaba con la fuerza del metal frío se horrorizaban. Strike se había enfrentado al miedo a lo largo de toda su vida profesional, había trabajado con él y había sabido superarlo; pero lo que, por unos instantes, lo invadió cuando descubrió aquella cicatriz era verdadero terror, exacerbado por su carácter inesperado.

—¿Sigues ahí? —preguntó Wardle al otro lado de la línea.

—¿Qué?

Strike tenía la nariz, que se había roto dos veces, a un par de centímetros del sitio por donde estaba cortada la pierna de mujer. Estaba recordando la cicatriz de la pierna de una niña a la que nunca había olvidado. ¿Cuánto hacía que la había visto por última vez? ¿Qué edad tendría ella ahora?

—Me has llamado tú, ¿no? —insistió Wardle.

—Sí —contestó Strike, y se obligó a concentrarse—. Preferiría que te encargaras tú, pero si no puede ser...

—Voy para allá —dijo Wardle—. No tardaré. No te muevas.

Strike apagó el teléfono sin dejar de mirar la pierna. Entonces vio que había una nota debajo, con algo impreso. Entrenado en el ejército británico en procedimientos de investigación, el detective dominó la poderosa tentación de sacarla de allí y leerla: no debía contaminar las pruebas materiales. Se agachó como pudo para ver la dirección de la etiqueta pegada en la tapa de la caja.

El paquete iba dirigido a Robin, y eso no le gustó nada. Su nombre estaba correctamente escrito, a máquina, en un adhesivo blanco que llevaba la dirección de la agencia. Esa etiqueta estaba superpuesta a otra. Strike entornó los ojos, decidido a no mover la caja ni siquiera para leer mejor la dirección, y vio que en un primer momento el remitente había dirigido el paquete a «Cameron Strike», para luego pegar otro adhesivo encima que rezaba «Robin Ellacott». ¿Por qué había cambiado de idea?

—Mierda —dijo en voz baja.

Se levantó con cierta dificultad, descolgó el bolso de Robin del gancho de detrás de la puerta, cerró la puerta de cristal con llave y subió al ático.

—La policía está de camino —dijo al tiempo que le acercaba el bolso—. ¿Te apetece una taza de té?

Ella asintió con la cabeza.

—¿Con un poco de brandi?

—No tienes brandi —repuso ella. Tenía la voz un poco ronca.

—¿Has estado fisgando?

—¡Claro que no! —saltó Robin; él encontró gracioso que le indignara tanto la insinuación de que había estado husmeando en sus armarios, y sonrió—. Es que... es que no eres el tipo de persona que tiene brandi medicinal en casa.

—¿Quieres una cerveza?

Ella negó con la cabeza, incapaz de sonreír.

Después de preparar té, Strike se sentó frente a Robin con su taza. Parecía lo que era, ni más ni menos: un exboxeador corpulento que fumaba demasiado y devoraba comida basura sin medida. Tenía las cejas pobladas, la nariz, aplastada y asimétrica, y, cuando no sonreía, una expresión de enojo permanente. A Robin su pelo, negro y rizado y muy tupido, todavía húmedo después de la ducha, le recordó a Jacques Burger y a Sarah Shadlock. Parecía que la pelea se hubiera producido hacía una eternidad. Desde que había subido al ático, Robin sólo había pensado un momento en su prometido. La aterraba contarle lo que había pasado. Matthew se pondría furioso. No le gustaba que trabajara para Strike.

—¿La has... visto bien? —balbuceó tras levantar la taza de té hirviente y volver a dejarla sin probarlo.

—Sí —respondió Strike.

Robin no sabía qué más preguntar. Era una pierna cortada. La situación era tan horrorosa, tan grotesca, que todas las preguntas que se le ocurrían le parecían burdas y ridículas: «¿La has reconocido? ¿Por qué crees que la han enviado?» Y la más acuciante: «¿Por qué a mí?»

—La policía querrá que les describas al mensajero —dijo él.

—Ya lo sé. He estado intentando recordarlo todo.

Sonó el interfono de la puerta de abajo.

—Debe de ser Wardle.

—¿Wardle? —preguntó Robin sorprendida.

—Es el poli más simpático que conocemos —le recordó Strike—. No te muevas de aquí, ya le digo que suba.

Strike había conseguido granjearse la antipatía de la Policía Metropolitana a lo largo del año anterior, aunque no todo el mérito era suyo. La cobertura exagerada por parte de la prensa de sus dos éxitos más destacados como detective había irritado, lógicamente, a los agentes cuyos esfuerzos Strike había superado. Sin embargo, Wardle, que lo había ayudado con el primero de aquellos casos, había compartido con él parte de la gloria posterior, y la relación entre ambos seguía siendo bastante cordial. Robin sólo había visto a Wardle en las fotografías de los periódicos. Nunca habían coincidido en los juzgados.

Resultó ser un hombre atractivo, con una mata de pelo castaño y cejas color chocolate; vestía cazadora de cuero y vaqueros. Strike no habría sabido decir si le irritó o le divirtió la mirada escrutadora que le lanzó a Robin al entrar en la habitación: un rápido barrido en zigzag que abarcó su pelo, su silueta y su mano izquierda, donde los ojos de Wardle se demoraron un segundo en el anillo de compromiso de zafiro y diamantes.

—Eric Wardle —dijo el policía en voz baja, y acompañó sus palabras con una cautivadora sonrisa que a Strike le pareció innecesaria—. Y ella es la sargento Ekwensi.

Había llegado acompañado de una agente de raza negra, delgada, con el pelo liso recogido en un moño, que sonrió brevemente a Robin, quien sintió un consuelo desproporcionado por la presencia de otra mujer. A continuación, la sargento Ekwensi paseó la mirada por el pisito de Strike, más modesto de lo que ella había imaginado.

—¿Dónde está el paquete? —preguntó la sargento.

—Abajo —respondió Strike, y se sacó las llaves de la oficina del bolsillo—. Ahora se lo enseño. ¿Cómo está tu mujer, Wardle? —añadió mientras se disponía a salir de la habitación con la sargento Ekwensi.

—¿Y a ti qué te importa?

Para alivio de Robin, el policía abandonó aquella actitud de ligera superioridad en cuanto se sentó a la mesa, enfrente de ella, y abrió su bloc de notas.

—Lo vi junto a la puerta nada más entrar en la calle —explicó Robin cuando Wardle le preguntó cómo había llegado la pierna—. Creí que era un mensajero. Iba vestido de cuero negro, con unas franjas azules en los hombros de la cazadora. El casco era completamente negro, y llevaba la visera de espejo bajada. Debía de medir al menos un metro ochenta. Me sacaba diez o doce centímetros, sin contar el casco.

—¿Constitución? —preguntó Wardle mientras tomaba notas en su libreta.

—Creo que bastante grueso, aunque seguramente estuviese un poco inflado por la cazadora.

Sin querer, Robin desvió la mirada hacia Strike, que en ese momento entraba en la habitación.

—Es decir, no era...

—¿No era un gordo seboso como tu jefe? —sugirió Strike, que había oído sus últimas palabras, y Wardle, que jamás desaprovechaba una oportunidad para chinchar al detective, rió por lo bajo.

—Y llevaba guantes —continuó Robin sin sonreír—. Guantes de motorista, de piel, negros.

—Sí, es lógico que llevara guantes. —Wardle añadió otra nota—. Supongo que no te has fijado en ningún detalle de la moto.

—Era una Honda roja y negra —dijo Robin—. He visto el logo, ese símbolo con alas. Creo que era una setecientos cincuenta. Muy grande.

Wardle quedó impresionado y sorprendido.

—Robin sabe un huevo de coches —comentó Strike—. Conduce mejor que Fernando Alonso.

Robin habría preferido que Strike dejara de mostrarse frívolo y jocoso. Abajo había una pierna de mujer. ¿Dónde estaba el resto del cuerpo? No debía llorar. Lamentó no haber dormido más. El maldito sofá... Últimamente había pasado demasiadas noches en él.

—¿Y te ha hecho firmar el comprobante? —preguntó el inspector Wardle.

—Yo no diría que me haya hecho firmarlo —contestó Robin—. Me ha tendido el sujetapapeles, y yo he firmado sin pensar.

—¿Qué había en el sujetapapeles?

—Parecía una factura, o un...

Cerró los ojos e hizo memoria. Cayó en la cuenta de que el formulario no parecía profesional, como si lo hubiera hecho alguien con su ordenador, y se lo dijo al policía.

—¿Esperabas algún paquete? —preguntó Wardle.

Robin le explicó lo de las cámaras desechables para la boda.

—¿Qué ha hecho él cuando has cogido la caja?

—Se ha subido a la moto y se ha ido. Se ha metido por Charing Cross Road.

Llamaron a la puerta del piso con los nudillos, y la sargento Ekwensi entró con la nota que Strike había descubierto debajo de la pierna, metida en una bolsa de pruebas.

—Han venido los de la científica —le comunicó a Wardle—. Han encontrado esta nota dentro de la caja. Estaría bien saber si le dice algo a la señorita Ellacott.

Wardle cogió la bolsa de plástico y escudriñó la nota frunciendo el ceño.

—No tiene mucho sentido —dijo, y a continuación leyó en voz alta—: «*A harvest of limbs, of arms, of legs, of necks...*»⁵

—... «*that turn like swans as if inclined to gasp or pray*»⁶ —lo cortó Strike, apoyado en la cocina y demasiado lejos para leer la nota.

Los otros tres se quedaron mirándolo.

—Es la letra de una canción —dijo Strike.

A Robin no le gustó la expresión de su cara. Comprendió que aquellas palabras significaban algo para él, y que no era nada bueno. Haciendo un esfuerzo, el detective aclaró:

—De la última estrofa de *Mistress of the Salmon Salt*. De Blue Öyster Cult.

La sargento Ekwensi arqueó unas cejas finamente perfiladas.

—¿De quién?

—Es un grupo de rock de los setenta.

—Deduzco que los conoces bien, ¿no? —aventuró Wardle.

—Conozco esa canción —dijo Strike.

—¿Tienes idea de quién os ha enviado esto?

Strike vaciló. Mientras los otros tres lo observaban, una serie de imágenes y recuerdos, muy confusa, pasó a toda velocidad por su mente de investigador. Una vocecilla le dijo: «*She wanted to die. She was the quicklime girl.*»[7] La pierna delgada de una niña de doce años, surcada de líneas pálidas entrecruzadas. Unos ojos pequeños y negros que parecían de hurón, entornados, cargados de odio. Una rosa amarilla tatuada.

Y entonces, rezagado detrás de los otros recuerdos, pugnando por aparecer en el cuadro, aunque tal vez fuera lo primero que a cualquier otro le habría venido a la mente, recordó un pliego de cargos donde se mencionaba el pene que habían amputado a un cadáver y enviado por correo a un informante de la policía.

—¿Sabes quién os lo ha enviado? —insistió Wardle.

—Podría ser —respondió Strike, mirando a Robin y a la sargento Ekwensi—. Preferiría que habláramos de esto a solas. ¿Ya le has preguntado todo lo que querías a Robin?

—Nos falta su nombre completo, dirección y demás —dijo Wardle—. Vanessa, ¿puedes ocuparte tú?

La sargento se acercó con su libreta. Los pasos de los dos hombres fueron apagándose por la escalera. Pese a no tener ni el más mínimo interés por volver a ver la pierna seccionada, a Robin le ofendió que la dejaran allí arriba. Habían enviado la caja a su nombre.

El espeluznante paquete seguía encima de la mesa, en el piso de abajo. La sargento Ekwensi había abierto la puerta a otros dos policías: uno tomaba fotografías y el otro hablaba por el móvil cuando el inspector y el detective privado pasaron a su lado. Ambos miraron con curiosidad a Strike, que tiempo atrás había adquirido cierta fama a la vez que se granjeaba la antipatía de un buen número de colegas de Wardle.

Strike cerró la puerta de su despacho. El inspector y él se sentaron frente a frente, uno a cada lado de la mesa del detective. Wardle se preparó para escribir en una hoja en blanco de su bloc.

—Muy bien, ¿a quién conoces aficionado a descuartizar cadáveres y enviarlos por correo?

—A Terence Malley —dijo Strike tras un momento de vacilación—. Para empezar.

Wardle no escribió nada y se quedó mirándolo fijamente por encima del extremo de su bolígrafo.

—¿Terence *Digger* Malley?

Strike asintió con la cabeza.

—¿De la mafia de Harringay?

—¿A cuántos Terence *Digger* Malley conoces? —preguntó Strike, impaciente—. ¿Y cuántos tienen la costumbre de enviar trozos de cadáver?

—¿De qué coño conoces a Digger?

—De una operación conjunta con la brigada antivicio, en 2008. Red de narcotráfico.

—¿La redada en la que lo trincaron?

—Exactamente.

—Hostia puta —dijo Wardle—. Bueno, pues ya está, ¿no? El tipo es un chiflado, acaba de salir de la cárcel y tiene fácil acceso a la mitad de las prostitutas de Londres. Ya podemos empezar a dragar el Támesis hasta que encontremos el resto del cadáver.

—Sí, pero testifiqué contra él de forma anónima. Se supone que no sabe que fui yo.

—Tienen sus métodos, ya lo sabes. La mafia de Harringay... Son como la puta Cosa Nostra. ¿Te enteraste de que Digger le envió la polla de Hatford Ali a Ian Bevin?

—Sí, ya lo sé.

—¿Y qué significa la canción? La cosecha de no sé qué coño.

—Bueno, eso es lo que me preocupa —dijo Strike, hablando despacio—. Parece demasiado sutil para un tipo como Digger, lo que me hace pensar que podría haber sido alguno de los otros tres.

4

Four winds at the Four Winds Bar,
Two doors locked and windows barred,
One door left to take you in,
The other one just mirrors it...[8]

Astronomy, Blue Öyster Cult

—¿Conoces a cuatro tíos capaces de enviarte una pierna? ¿En serio?

Strike veía la cara de consternación de Robin reflejada en el espejo redondo junto al lavabo donde se estaba afeitando. La policía por fin se había llevado la pierna, y Strike había decidido que aquel día ya no se trabajaba más. Robin seguía sentada a la mesita de formica de la cocina-salón del detective, delante de una segunda taza de té.

—Si quieres que te diga la verdad —dijo él mientras se pasaba la maquinilla por la barbilla—, creo que son sólo tres. Me temo que he cometido un error mencionándole a Malley.

—¿Por qué?

Strike le contó la historia de su fugaz relación con aquel criminal profesional, cuya última temporada en prisión se había debido, en parte, al testimonio del detective.

—...y ahora Wardle está convencido de que la mafia de Harringay se enteró de quién era yo, pero me marché a Irak poco después de testificar, y no sé de ningún caso de un agente de la DIE a quien hayan desenmascarado tras testificar ante un tribunal. Además, esa nota con la letra de la canción no cuadra con Digger. A él no le van nada esas sofisticaciones.

—Pero ¿ha descuartizado a sus víctimas otras veces? —preguntó Robin.

—Una vez, que yo sepa. Pero no olvides que quienquiera que haya hecho esto no necesariamente tiene que haber matado a nadie —puntualizó Strike—. Esa pierna podría pertenecer a un cadáver ya existente. Podría ser un residuo hospitalario. Wardle se va a encargar de comprobar todo eso. Hasta que los forenses no le echen un vistazo, no sabremos gran cosa.

Decidió no mencionar la espeluznante posibilidad de que la persona a la que le habían amputado aquella pierna todavía siguiera con vida.

Durante la pausa que se produjo a continuación, Strike enjuagó la maquinilla de afeitar bajo el chorro del grifo de la cocina y Robin se quedó ensimismada mirando por la ventana.

—Bueno, tenías que hablarle de Malley a Wardle —dijo ella volviéndose hacia Strike, y él la miró por el espejo—. Porque si ya le envió a alguien un... ¿Qué fue exactamente lo que envió? —preguntó con cierto temor.

—Un pene —contestó Strike; se lavó la cara y se la secó con una toalla antes de continuar—. Sí, puede que tengas razón. Pero cuanto más lo pienso, más convencido estoy de que no ha sido él. Vuelvo enseguida. Quiero cambiarme esta camisa. Me he arrancado dos botones cuando te oí gritar.

—Lo siento —dijo Robin, distraída, mientras él se metía en el dormitorio.

Echó un vistazo a la habitación donde estaba sentada tomándose el té a sorbos pequeños. Era la primera vez que entraba en el ático de Strike. Hasta ese día, lo máximo que había hecho era llamar a la puerta para darle algún recado o, en las épocas de más trabajo y menos horas de sueño, para despertarlo. En la cocina-salón había poco espacio, pero estaba limpia y ordenada. No había prácticamente nada que confiriera personalidad al ambiente: tazas desparejadas, un trapo barato doblado junto a los fogones de gas; no había fotografías ni objetos decorativos, salvo un dibujo infantil de un soldado que estaba clavado con chinchetas en uno de los módulos de la pared del salón.

—¿De quién es ese dibujo? —preguntó cuando Strike regresó con una camisa limpia.

—De mi sobrino Jack. Le caigo bien, no sé por qué.

—No digas tonterías.

—En serio. Nunca sé de qué hablar con los niños.

—Bueno, así que crees que conoces a tres hombres capaces de... —volvió a empezar Robin.

—Necesito beber algo —la interrumpió él—. Vamos al Tottenham.

Por el camino era imposible hablar debido al ruido que hacían los martillos neumáticos que todavía trabajaban en las zanjas abiertas en la calle, pero, como Robin iba con Strike, los operarios con chaleco reflectante se abstuvieron de silbar y lanzarle piropos. Por fin llegaron al pub favorito del detective, con espejos de marco dorado ornamentado, paneles de madera oscura, tiradores de cerveza de latón, una cúpula de cristal de colores y cuadros de beldades retozonas de Felix de Jong.

Strike pidió una Doom Bar y Robin un café, no le apetecía tomar alcohol.

—Bueno —dijo ella cuando el detective volvió a la mesa alta bajo la cúpula—. ¿Quiénes son esos tres hombres?

—No olvides que podría estar errando el tiro —la previno Strike, y dio un sorbo de cerveza.

—Vale. ¿Quiénes son?

—Tipos retorcidos con buenos motivos para odiarme.

En la imaginación de Strike, una niña de doce años flacucha y asustada, con cicatrices en una pierna, lo miró a través de sus gafas torcidas. ¿Era la pierna derecha? No se acordaba. «Joder, que no sea ella.»

—¿Quiénes? —insistió Robin, impacientándose.

—Dos son soldados. —Strike se frotó la barbilla recién afeitada—. Los dos están lo bastante locos y son lo bastante violentos para... para...

Un bostezo gigantesco e involuntario lo obligó a interrumpirse. Robin esperó a que el detective siguiera hablando, y se preguntó si habría salido con su novia nueva la noche anterior. Elin, exviolinista profesional y locutora de Radio Three, era una rubia despampanante de rasgos nórdicos; a Robin le recordaba a Sarah Shadlock, sólo que más guapa. Suponía que ésa era una de las razones por las que Elin le había caído antipática desde el principio. La otra era que la había oído referirse a ella como «la secretaria» de Strike.

—Lo siento —se disculpó el detective—. Anoche estuve tomando notas para el caso Khan y me acosté muy tarde. Estoy reventado. —Miró la hora y añadió—: ¿Vamos abajo a comer algo? Estoy muerto de hambre.

—Espera un poco. No son ni las doce. Quiero que me cuentes lo de esos tipos.

Strike suspiró.

—De acuerdo —concedió, y bajó la voz cuando un hombre pasó al lado de su mesa camino del servicio—. Donald Laing, de los King's Own Royal Borderers. —Volvió a recordar aquellos ojos de hurón, el odio reconcentrado, la rosa tatuada—. Hice que lo condenaran a cadena perpetua.

—Pero entonces...

—Le redujeron la pena a diez años —aclaró Strike—. Anda suelto desde 2007. Laing no era el típico chiflado normal y corriente, sino un animal, un animal muy listo y taimado; un auténtico sociópata, creo yo. Conseguí que lo condenaran a cadena perpetua por algo que no me correspondía investigar. Laing estaba a punto de librarse de los otros cargos de los que lo acusaban. Tiene buenos motivos para odiarme, no cabe duda.

Pero no le dijo qué delito había cometido Laing, ni por qué él lo había investigado. A veces, y en especial cuando hablaba de su carrera en la División de Investigaciones Especiales, Robin se daba cuenta, por el tono de voz de Strike, de cuándo llegaba al punto más allá del cual no quería seguir hablando. Hasta entonces nunca le había insistido para que continuara. Desistió de mala gana de saber algo más de Donald Laing.

—¿Quién es el otro soldado?

—Noel Brockbank. Una rata del desierto.

—¿Rata... de qué?

—Séptima Brigada Acorazada.

El detective estaba cada vez más taciturno y pensativo. Robin se preguntó si se debería a que tenía hambre (Strike necesitaba llenar el buche cada poco para mantener un buen estado de ánimo) o si habría algún otro motivo.

—¿Bajamos a comer? —propuso ella.

—Sí. —Strike apuró su cerveza y se levantó.

El acogedor restaurante del sótano consistía en una sala con moqueta roja donde había otra barra, unas mesas de madera y paredes decoradas con grabados enmarcados. Fueron los primeros clientes en sentarse y pedir.

—¿Qué me estabas contando de Noel Brockbank? —dijo Robin para retomar el hilo después de que Strike pidiera *fish and chips*, y ella, una ensalada.

—Sí, él también tiene motivos para guardarme rencor —dijo Strike un tanto cortante.

No había querido profundizar en Donald Laing, y se mostraba aún más reacio a hablar de Brockbank. Tras una pausa larga, durante la que Strike mantuvo la vista fija en un punto más allá del hombro de Robin, añadió:

—Brockbank está mal de la cabeza. O eso alegó.

—¿Hiciste que lo condenaran?

—No.

Su expresión se había tornado intimidante. Robin esperó, pero al comprender que Strike no iba a revelarle nada más de Brockbank, preguntó:

—¿Y el otro?

Esa vez, Strike ni siquiera contestó. Ella creyó que no la había oído.

—¿Quién es...?

—No quiero hablar de eso —masculló Strike.

Se quedó mirando su cerveza con el ceño fruncido, pero Robin no se amedrentó.

—Quienquiera que enviara esa pierna —dijo— me la envió a mí.

—Está bien —cedió Strike, a regañadientes, tras vacilar unos segundos—. Se llama Jeff Whittaker.

Robin se estremeció. No necesitaba preguntarle a Strike de qué conocía a Jeff Whittaker. Ya lo sabía, aunque nunca hubieran hablado de él.

El pasado de Cormoran Strike estaba muy bien documentado en internet, y la prensa había echado mano de él hasta la saciedad para cubrir sus éxitos como detective. Era el hijo ilegítimo y no deseado de una estrella de rock y una mujer a la que siempre describían como una *supergroupie*, que había muerto de sobredosis cuando Strike tenía veinte años. Jeff Whittaker, su segundo marido, mucho más joven que ella, había sido acusado y absuelto de su asesinato.

Se quedaron callados hasta que llegó la comida.

—¿Cómo es que sólo pides una ensalada? ¿No tienes hambre? —preguntó Strike mientras se zampaba un plato de patatas fritas.

Tal como Robin sospechaba que sucedería, su humor estaba mejorando con la ingesta de carbohidratos.

—La boda —dijo ella escuetamente.

Strike no dijo nada. Los comentarios sobre su figura quedaban estrictamente fuera de los límites marcados desde el principio por el detective, quien había decidido que su relación no debía ser nunca demasiado estrecha. Sin embargo, opinaba que Robin estaba adelgazando demasiado. Según él (y el simple hecho de pensarlo quedaba también fuera de esos límites), estaba más guapa con unos kilos más.

—¿Ni siquiera piensas contarme qué pinta esa canción en todo el asunto? —preguntó ella tras unos minutos más de silencio.

Él masticó un rato, se acabó la cerveza, pidió otra y entonces dijo:

—Mi madre llevaba el título tatuado.

No quiso revelarle el sitio exacto donde estaba el tatuaje. Prefería no pensar en eso. Con todo, la comida y la bebida lo estaban ablandando: Robin nunca había mostrado un interés morboso por su pasado, y el detective consideró que ese día estaba justificado que le pidiera información.

—Era su canción favorita. Blue Öyster Cult era su grupo favorito. Bueno, mucho más que eso. Era una verdadera obsesión.

—Entonces, ¿su grupo favorito no eran los Deadbeats? —preguntó ella sin pensarlo.

El padre de Strike era el cantante de los Deadbeats. Pero de él tampoco habían hablado nunca.

—No —contesto Strike, y esbozó una sonrisa—. El viejo Johnny fue la segunda opción de Leda. A ella le gustaba Eric Bloom, el cantante de Blue Öyster Cult, pero no lo consiguió. Fue uno de los pocos que se le escapó.

Robin no sabía qué decir. Ya se había preguntado otras veces cómo debía de sentar que el colosal historial sexual de tu madre estuviera disponible en internet y que cualquiera pudiera entretenerse con él. Llegó otra cerveza para Strike, que dio un sorbo antes de continuar.

—Estuve a punto de llamarme Eric Bloom Strike —dijo, y Robin se atragantó con el agua. Él rió mientras ella tosía tapándose la boca con una servilleta—. La verdad, Cormoran no es mucho mejor, que digamos. Cormoran Blue...

—¿Blue?

—Blue Öyster Cult. ¿No escuchas, o qué?

—¡No! ¿En serio? Nunca me lo habías contado.

—¿Tú irías contándolo por ahí?

—¿Y qué significa *Mistress of the Salmon Salt?*

—Ni idea. Sus letras son muy estrambóticas, como de ciencia ficción. Idas de olla.

Strike oyó una vocecilla que decía: «*She wanted to die. She was the quicklime girl.*» Bebió más cerveza.

—Creo que no conozco ninguna canción de Blue Öyster Cult —comentó Robin.

—Seguro que sí —la contradijo él—: *Don't Fear the Reaper.*

—¿*Don't...* qué?

—Fue uno de sus grandes éxitos: *Don't Fear the Reaper.*

—Ah, ya.

«"No temas a la Parca"... Es un título bien siniestro, y parece que se aplica a nuestra situación», pensó Robin.

Siguieron comiendo en silencio, hasta que ella, incapaz de callarse la pregunta, pero confiando en no parecer asustada, preguntó:

—¿Por qué crees que me han enviado la pierna a mí?

Strike ya había tenido tiempo para reflexionar sobre eso.

—Lo he estado pensando, y creo que hemos de considerarlo una amenaza tácita, hasta que descubramos...

—No voy a dejar de trabajar —lo cortó Robin, enérgica—. No voy a quedarme en casa. Eso es lo que quiere Matthew.

—Has hablado con él, ¿no?

Lo había llamado por teléfono mientras Strike estaba abajo con Wardle.

—Sí. Está furioso conmigo por haber aceptado el paquete.

—Es lógico que esté preocupado por ti —dijo él, no demasiado sincero. Había visto a Matthew en unas cuantas ocasiones, y cada vez le caía peor.

—No está preocupado —le espetó Robin—. Lo que pasa es que cree que ya está, que ahora tendré que dejarlo, que estoy demasiado asustada para seguir trabajando. Pero se equivoca.

A Matthew le había horrorizado la noticia, pero Robin había detectado un rastro, débil, de satisfacción en su voz, y había adivinado, aunque él no la hubiera expresado, su convicción de que ahora, por fin, ella tendría que admitir que había sido ridículo asociarse con un detective privado desharrapado que ni siquiera podía pagarle un sueldo digno. Strike la obligaba a marcarse un horario endiablado, por lo que ella tenía que hacer que le enviaran los paquetes al trabajo en lugar de al piso. («¡No me han enviado una pierna porque Amazon no pudiera entregarme el paquete en casa!», se había defendido ella, acalorada.) Y para colmo, ahora Strike gozaba de cierta fama y era una fuente de fascinación para los amigos de la pareja. El trabajo de contable de Matthew no confería tanto caché. Su novio había ido acumulando un resentimiento y unos celos profundos que cada vez le costaba más disimular.

Strike no era tan necio como para fomentar en Robin una deslealtad hacia su prometido que ella pudiera lamentar más adelante, cuando estuviera menos alterada.

—Enviarte la pierna a ti, y no a mí, fue una decisión de último momento —le dijo—. Primero escribieron mi nombre. Supongo que o bien pretendían preocuparme demostrando que conocían tu identidad, o bien intentaban asustarte a ti para que dejaras de trabajar para mí.

—Bueno, pues no pienso dejar de trabajar para ti —sentenció ella.

—Mira, éste no es momento para heroicidades. Quienquiera que sea nos está diciendo que sabe muchas cosas de mí, que conoce tu nombre y que, desde esta mañana, también sabe exactamente qué aspecto tienes. Te ha visto de cerca. Eso no me hace ninguna gracia.

—Es evidente que no das mucho valor a mis conocimientos de contravigilancia.

—Teniendo en cuenta que estás hablando con la persona que te apuntó en el mejor curso que pudo encontrar —dijo Strike— y que se leyó de cabo a rabo la empalagosa carta de reconocimiento que le plantaste en las narices...

—Entonces es que no te fías de mis técnicas de defensa personal.

—Nunca te he visto ponerlas en práctica, y ni siquiera tengo pruebas de que las hayas adquirido.

—¿Alguna vez te he mentido respecto a lo que puedo o no puedo hacer? —preguntó Robin, ofendida, y Strike se vio obligado a admitir que no—. ¡Pues eso! No voy a correr riesgos inútiles. Me has enseñado a detectar señales sospechosas. Además, no puedes permitirte el lujo de enviarme a casa. Bastantes problemas tenemos ya para cubrir los casos que estamos llevando.

Strike suspiró y se frotó la cara con sus manos grandes y velludas.

—Prohibido pisar la calle de noche —dijo—. Y tienes que llevar encima una alarma decente.

—Vale.

—Además, a partir del lunes que viene tienes lo de Radford —le recordó, y ese pensamiento lo tranquilizó.

Radford era un empresario acaudalado que quería infiltrar en su oficina a un investigador, haciéndolo pasar por empleado a tiempo parcial, para desenmascarar las presuntas actividades delictivas de un alto cargo de su empresa. Robin era, evidentemente, la única candidata, pues Strike, desde que resolvieron su segundo caso de asesinato, que había recibido mucha atención de los medios, habría sido más fácilmente reconocible. Mientras se bebía la tercera cerveza, el detective se preguntó si conseguiría convencer a Radford para que ampliara el horario de Robin. Lo tranquilizaría mucho pensar que, hasta que atraparan al perturbado que le había enviado la pierna, ella estaba a salvo en un lujoso bloque de oficinas todos los días de nueve a cinco.

Entretanto, Robin combatía el agotamiento y las náuseas. Una pelea, una noche sin dormir, la conmoción de la pierna... Y ahora tendría que volver a casa y justificar una vez más su deseo de seguir desempeñando un trabajo peligroso a cambio de un sueldo insuficiente. Matthew, quien en su día había sido una de sus principales fuentes de apoyo y consuelo, se había convertido en un obstáculo más que había que sortear.

La imagen de aquella pierna cortada, fría, en la caja de cartón la asaltó de improviso. Robin se preguntó cuándo dejaría de pensar en ella. Notó un cosquilleo desagradable en las yemas de los dedos que la habían rozado. Cerró la mano inconscientemente y apretó el puño sobre su regazo.

5

Hell's built on regret[9]

The Revenge of Vera Gemini, Blue Öyster Cult
Letra de Patti Smith

Mucho más tarde, después de haberla acompañado hasta el metro, Strike volvió a la agencia y se sentó, a solas y en silencio, a la mesa de Robin, abstraído.

Había visto muchos cadáveres desmembrados, pudriéndose en fosas comunes o recién destrozados en las cunetas: miembros amputados, carne hecha papilla, huesos aplastados. Las muertes no naturales eran competencia de la División de Investigaciones Especiales, la unidad de detectives de la Policía Militar, y muchas veces su reacción refleja, y la de sus colegas, era el humor. Así era como te sobreponías cuando veías cadáveres mutilados y despedazados. El lujo de los cadáveres lavados y embellecidos, metidos en cajas forradas de raso, no era para la DIE.

Cajas. Aquella de cartón en la que había llegado la pierna parecía normal y corriente. No tenía ninguna señal que indicara su origen, ni rastros de anteriores destinatarios. Nada. Lo habían organizado todo muy bien, muy minuciosamente, con esmero; y eso era lo que lo ponía nervioso y no la pierna en sí, pese a ser un objeto repugnante. Lo que preocupaba a Strike era el modus operandi: concienzudo, pulido, casi clínico.

Strike miró la hora. Esa noche había quedado con Elin. Su novia, con la que salía desde hacía dos meses, estaba en medio de un divorcio que avanzaba con la frialdad y la intrepidez de un torneo de ajedrez de grandes maestros. Su marido era muy rico, algo de lo que Strike no se había percatado hasta la primera noche en que ella le dio permiso para ir al domicilio conyugal y se encontró en un piso enorme con suelos de parquet y vistas a Regent's Park. Según las cláusulas de la custodia compartida, ella sólo podía encontrarse allí con Strike las noches en que su hija de cinco años no estuviera en casa; además, cuando quedaban, solían ir a los restaurantes más tranquilos y recónditos de la ciudad porque Elin no quería que su marido supiera que salía con alguien. A Strike le venía bien esa situación. Uno de los problemas recurrentes de sus relaciones era que, en las noches más normales para el esparcimiento, él solía tener que salir a seguir a las parejas infieles de otros; además, no le interesaba demasiado establecer una relación estrecha con la hija de Elin. No había mentido cuando le había dicho a Robin que nunca sabía qué decirles a los niños.

Cogió su móvil. Antes de salir a cenar todavía podía hacer unas cuantas cosas.

Su primera llamada fue a parar a un buzón de voz. Dejó un mensaje pidiendo a Graham Hardacre, su excolega de la División de Investigaciones Especiales, que lo llamara. No sabía muy bien dónde estaba destinado Hardacre a día de hoy. La última vez que habían hablado, estaba esperando un traslado desde Alemania.

Strike lamentó que su segunda llamada, a un viejo amigo a quien la vida había llevado por un camino más o menos opuesto al de Hardacre, tampoco obtuviera respuesta. Dejó otro mensaje, casi idéntico, y colgó.

Acercó un poco más la silla de Robin al ordenador, lo encendió y se quedó mirando sin ver la pantalla de inicio. La imagen que llenaba su pensamiento, contra su voluntad, era la de su madre, desnuda. ¿Quién sabía que tenía aquel tatuaje? Su marido, evidentemente, y la colección de novios que había entrado y salido de su vida, además de cualquiera que la hubiera visto desnuda en las casas ocupadas y en las sucias comunas en las que habían vivido de forma intermitente. Luego estaba la posibilidad que se le había ocurrido en el Tottenham, pero que no se había sentido capaz de compartir con Robin: que en algún momento hubieran fotografiado a Leda desnuda. Habría sido típico de ella.

Sus dedos vacilaron sobre el teclado. Llegó a escribir «Leda Strike desn», y luego lo borró, letra a letra, pulsando con furia con el dedo índice. Había lugares que ningún hombre en su sano juicio querría visitar, frases que nadie querría que quedaran registradas en su historial de internet; pero desgraciadamente también había tareas que no se podían delegar.

Se quedó mirando el cuadro de búsqueda que acababa de vaciar, donde el cursor parpadeaba sin apasionamiento, y entonces tecleó, deprisa y con dos dedos, como solía hacer: «Donald Laing.»

Había muchos, sobre todo en Escocia, pero podía descartar a cualquiera que hubiera pagado un alquiler o votado en unas elecciones mientras Laing cumplía pena en la cárcel. Tras un proceso de eliminación minucioso, y teniendo presente la edad aproximada de Laing, Strike fue centrando el foco sobre un hombre que, por lo visto, en 2008 vivía en Corby con una mujer llamada Lorraine MacNaughton. Ahora ella vivía allí sola.

Borró el nombre de Laing y lo sustituyó por otro: «Noel Brockbank.» No encontró tantos como Donalds Laing en el Reino Unido, pero llegó a un callejón sin salida similar. En 2006 había un N. C. Brockbank que vivía solo en Mánchester, pero si ése era el que buscaba Strike, los datos apuntaban a que se había separado de su mujer. El detective no sabía muy bien si eso eran buenas o malas noticias.

Se recostó en el respaldo de la silla de Robin y pasó a plantearse las consecuencias más probables de haber recibido una pierna amputada de un remitente anónimo. La policía pronto tendría que pedir la colaboración de los ciudadanos, pero Wardle había prometido a Strike que lo avisaría antes de convocar una rueda de prensa. Una historia tan extraña y grotesca sería noticia por sí sola, pero que hubieran enviado la pierna a su agencia despertaría un interés aún mayor (y pensarlo no le producía ningún placer). Últimamente, Cormoran Strike generaba mucho interés periodístico. Había resuelto dos asesinatos adelantándose a la Metropolitana, dos casos que habrían fascinado a la opinión pública aunque no los hubiera resuelto un detective privado: el primero, porque la víctima había sido una joven hermosa; el segundo, por tratarse de un extraño asesinato rodeado de rituales.

Strike se preguntó cómo afectaría el episodio de la pierna a su negocio, que tanto le había costado arrancar. No podía evitar pensar que las consecuencias serían graves. Las búsquedas de internet constituían un barómetro cruel del estatus. Dentro de poco, buscar «Cormoran Strike» en Google no llevaría a una página de resultados rebosante de encomios relacionados con sus dos casos más famosos, sino al hecho brutal de que había sido el destinatario de un miembro amputado; un hombre que tenía, por lo menos, un peligroso enemigo. Strike estaba convencido de que conocía lo suficiente al público (o como mínimo al sector inseguro, miedoso y enojado del público que le daba de comer) para saber que era improbable que se sintiera atraído por una agencia que recibía piernas cortadas por correo. En el mejor de los casos, los clientes en potencia darían por hecho que Robin y él ya tenían sus propios problemas; en el peor, que por obra de su ineptitud o su imprudencia se habían metido en un buen lío.

Estuvo a punto de apagar el ordenador, pero cambió de idea y, con aún más reticencia que con la que había empezado a buscar imágenes de su madre desnuda, tecleó «Brittany Brockbank».

Encontró a varias en Facebook y en Instagram, chicas que trabajaban para empresas que a él no le sonaban de nada y que aparecían sonrientes en los selfis.

Escudriñó las imágenes. Casi todas tenían veintitantos años, la edad que debía de tener ella. Podía descartar a las negras, pero no había forma de saber cuál de las otras, morenas, rubias o pelirrojas, guapas o feas, fotografiadas sonriendo, enfurruñadas o pilladas por sorpresa, era la que él buscaba. Ninguna llevaba gafas. ¿Sería demasiado presumida para aparecer con gafas en una fotografía? ¿Se habría operado la vista? Tal vez evitara las redes sociales. Recordó que quería cambiar de nombre. O tal vez la razón de su ausencia fuera algo más fundamental: que estaba muerta.

Volvió a mirar la hora; tenía que ir a cambiarse.

«No puede ser ella —pensó, y luego—: Que no sea ella, por favor.»

Porque si era ella, él tenía la culpa.

6

Is it any wonder that my mind's on fire?[10]

Flaming Telepaths, Blue Öyster Cult

Esa noche, Robin iba más atenta de lo acostumbrado en el trayecto a casa, comparando con disimulo a todos los hombres que había en el vagón con su recuerdo de aquel mensajero alto, enfundado en cuero negro, que le había entregado aquel paquete truculento. Un joven asiático, delgado, con un traje barato, le sonrió con optimismo cuando sus miradas se cruzaron por tercera vez; después de eso, Robin no apartó la vista de su teléfono, y exploró, cuando la cobertura lo permitía, el sitio web de la BBC, preguntándose, igual que Strike, cuánto tardaría la pierna en aparecer en las noticias.

Cuarenta minutos después de salir del trabajo entró en el gran supermercado Waitrose que había cerca de la estación de metro de su barrio. Tenía la nevera casi vacía. A Matthew no le gustaba hacer la compra y, pese a que durante su penúltima discusión lo había negado, ella estaba segura de que consideraba que Robin, cuyo sueldo representaba menos de una tercera parte de los ingresos de la pareja, tenía que compensar su contribución realizando aquellas tareas prosaicas que a él no le agradaban.

Los hombres solteros, trajeados, llenaban sus cestas y sus carritos con envases de comida preparada. Las mujeres trabajadoras pasaban a su lado, diligentes, y, casi sin mirar, cogían paquetes de pasta con los que preparar una cena rápida para sus familias. Una madre joven de aspecto cansado, con un bebé que no paraba de llorar en su cochecito, zigzagueaba por los pasillos como una palomilla ofuscada, incapaz de concentrarse, con sólo una bolsa de zanahorias en el cesto. Robin caminaba despacio arriba y abajo, inusualmente nerviosa. Allí no había nadie que se pareciera al hombre del traje de motorista negro, nadie que pareciera estar merodeando, fantaseando con la idea de cortarle las piernas... «Quiere cortarme las piernas...»

—¡Disculpa! —dijo una mujer de mediana edad, con gesto de enfado, mientras trataba de alcanzar un paquete de salchichas.

Robin se disculpó y se apartó, y se sorprendió al ver que tenía en la mano un paquete de muslos de pollo. Lo metió en el carrito y, presurosa, fue hacia el otro extremo del supermercado, donde, entre los vinos y licores, encontró una calma relativa. Una vez allí, sacó su móvil y llamó a Strike. El detective contestó al segundo timbrazo.

—¿Estás bien?

—Sí, claro.

—¿Dónde estás?

—En el Waitrose.

Un individuo calvo y de poca estatura examinaba el estante del jerez que Robin tenía detrás; sus ojos quedaban a la altura de los pechos de ella. Cuando se apartó, él se desplazó en la misma dirección. Robin lo fulminó con la mirada; el hombre se sonrojó y se alejó de ella.

—Bueno, supongo que en un Waitrose no te puede pasar nada.

—Mmm —masculló Robin, con los ojos fijos en la espalda del calvo, que seguía alejándose—. Mira, a lo mejor no tiene ninguna importancia, pero acabo de acordarme de que en los últimos meses hemos recibido un par de cartas raras.

—¿Cartas de colgados?

—No empieces.

A Robin no le gustaba nada que él empleara indiscriminadamente ese término peyorativo. Desde que Strike había resuelto por segunda vez un caso de asesinato de gran repercusión mediática, había aumentado de forma significativa la cantidad de cartas de bichos raros que recibían. Los remitentes más coherentes se limitaban a pedir dinero; por lo visto daban por hecho que Strike se había hecho inmensamente rico. Luego estaban los que guardaban rencores extraños que pretendían que el detective vengara; aquellos que, por lo visto, dedicaban todas sus horas de vigilia a demostrar teorías descabelladas; los que expresaban sus deseos y necesidades de forma tan incoherente e intrincada que el único mensaje que lograban transmitir era que eran enfermos mentales, y, por último («Bueno, ésos sí que están colgados», había admitido Robin), había unas cuantas personas, hombres y mujeres, que por lo visto encontraban atractivo a Strike.

—¿Dirigidas a ti? —preguntó él, que de pronto se había puesto serio.

—No, a ti.

Robin lo oía moverse por el piso mientras hablaba. Tal vez fuera a salir con Elin esa noche. Él no hablaba nunca de su relación. Si Elin no hubiera pasado un día por la oficina, Robin dudaba que hubiera llegado a enterarse de su existencia, quizá hasta que él se hubiera presentado en el trabajo con una alianza en el dedo.

—¿Qué decían? —preguntó Strike.

—Bueno, una era de una chica que quería cortarse la pierna. Te pedía consejo.

—¿Cómo dices?

—Quería cortarse una pierna —repitió ella vocalizando mucho, y una mujer que estaba escogiendo una botella de vino rosado cerca de ella la miró con cara de susto.

—Joder —masculló Strike—. Y luego protestas si los llamo colgados. ¿Crees que esa chica lo consiguió y pensó que me gustaría saberlo?

—Me ha parecido que una carta así podría ser importante —dijo Robin con gravedad—. Hay personas que quieren cortarse partes del cuerpo, es una patología reconocida, se llama... Bueno, no se llama estar colgado —añadió, anticipándose al comentario de Strike, y el detective rió—. También había otra de una persona que firmaba con sus iniciales: una carta muy larga, en la que no paraba de hablar de tu pierna y de que quería resarcirte.

—Vaya, pues si quería resarcirme, habría podido enviarme una pierna de hombre. Menudo gilipollas iba a parecer con...

—No hagas bromas —lo cortó Robin—. No sé cómo puedes bromear sobre esto.

—Pues yo no sé cómo puedes tú no bromear —replicó él sin malicia.

Robin oyó, al otro lado de la línea, un roce seguido de un ruido metálico.

—¡Estás mirando en el cajón de los colgados!

—No me parece bien que lo llames el cajón de los colgados, Robin. Es poco respetuoso con las personas afectadas por trastornos mentales que...

—Nos vemos mañana —dijo ella, sonriendo a su pesar, y colgó mientras Strike todavía estaba riéndose.

El cansancio que llevaba todo el día combatiendo volvió a invadirla mientras deambulaba por el supermercado. Lo más arduo era decidir qué comer; habría resultado mucho más fácil comprar los artículos de una lista que le hubieran dado ya hecha. Imitando a las madres trabajadoras que buscaban cualquier cosa que no requiriera mucha preparación, Robin desistió y cogió varios paquetes de pasta. Se puso en la cola de la caja y vio que estaba justo detrás de la madre joven, cuyo bebé se había cansado de llorar, por fin, y dormía como un tronco, con los puños en alto y los párpados muy apretados.

—Qué mono —dijo Robin, pensando que a la chica le vendría bien un poco de ánimo.

—Sí, cuando duerme —replicó la madre, y esbozó una sonrisa.

Robin llegó a casa agotada. Para su sorpresa, encontró a Matthew esperándola en el estrecho recibidor.

—Pero ¡si he ido yo a comprar! —exclamó al ver las cuatro bolsas de supermercado que Robin llevaba en las manos, y ella se dio cuenta de que a su novio le había disgustado que su proeza perdiera importancia—. ¡Te he enviado un mensaje para avisarte de que iba al Waitrose!

—Lo siento, no lo he visto —se excusó Robin.

Seguro que estaba hablando por teléfono con Strike. Hasta cabía la posibilidad de que los dos hubieran estado en el supermercado al mismo tiempo, pero ella prácticamente no había salido del pasillo de los vinos y licores.

Matthew fue hacia Robin con los brazos abiertos y la abrazó con lo que ella sólo pudo interpretar como una magnanimidad exasperante. Aun así, tuvo que admitir que él estaba guapísimo, como siempre, con su traje oscuro y su pelo castaño peinado hacia atrás.

—Debes de haber pasado mucho miedo —murmuró él.

Robin notó su aliento tibio en el pelo.

—Sí —asintió, y lo abrazó por la cintura.

Se comieron un plato de pasta en paz, sin mencionar ni una sola vez a Sarah Shadlock, a Strike ni a Jacques Burger. El firme propósito de Robin de aquella mañana —lograr que Matthew admitiera que había sido Sarah, y no ella, quien había expresado su admiración por el pelo rizado— ya se había consumido. Se sintió recompensada por su paciencia y su madurez cuando él, a modo de disculpa, dijo:

—Después de cenar tendré que trabajar un poco.

—No importa —replicó ella—. De todas formas, pensaba acostarme pronto.

Se llevó a la cama una taza de chocolate caliente bajo en calorías y un ejemplar de *Grazia*, pero no podía concentrarse. Al cabo de diez minutos se levantó, cogió su ordenador portátil, volvió a la cama y buscó «Jeff Whittaker» en Google.

Ya había leído aquella entrada de la Wikipedia cuando, abrumada por el sentimiento de culpa, había indagado en el pasado de Strike, pero esa vez puso más atención. El texto empezaba con el clásico aviso legal:

En este artículo se detectaron varios problemas.

Este artículo necesita referencias adicionales para su verificación.

El contenido de este artículo puede suponer una infracción de los derechos de autor.

JEFF WHITTAKER

Jeff Whittaker (n. 1969) es un músico que saltó a la fama por su matrimonio con la *supergroupie* de los años setenta Leda Strike, de cuyo asesinato fue acusado en 1994.[1] Whittaker es nieto del diplomático sir Randolph Whittaker (KCMB DSO).

Biografía

Whittaker se crió con sus abuelos. Su madre adolescente, Patricia Whittaker, padecía esquizofrenia.[cita requerida] Nunca supo quién era su padre.[cita requerida] Lo expulsaron de la Gordonstoun School después de amenazar con un cuchillo a un profesor.[cita requerida] Asegura que su abuelo lo encerró en una caseta durante tres días después de la expulsión, una acusación que su abuelo niega.[2] Whittaker se escapó de casa, y durante la adolescencia pasó temporadas viviendo en la calle. También asegura haber trabajado de sepulturero.[cita requerida]

Carrera musical

Whittaker tocó la guitarra y escribió letras de canciones para diversos grupos de *thrash metal* a finales de los años ochenta y principios de los noventa, entre ellos Restorative Art, Devilheart y Necromantic.[3][4]

Vida personal

En 1991, Whittaker conoció a Leda Strike, exnovia de Jonny Rokeby y Rick Fantoni, quien trabajaba para la compañía discográfica que se planteaba contratar a Necromantic.[cita requerida] Whittaker y Strike se casaron en 1992. En diciembre de ese año ella dio a luz a Switch LaVey Bloom Whittaker.[5] En 1993, Whittaker fue expulsado de Necromantic debido a su adicción a las drogas.[cita requerida]

Tras la muerte por sobredosis de heroína de Leda Whittaker en 1994, Whittaker fue acusado de su asesinato. Fue declarado no culpable.[6][7][8][9]

En 1995, Whittaker volvió a ser detenido por agresión e intento de secuestro de su hijo, que estaba bajo la custodia de los abuelos de Whittaker. Fue condenado por agredir a su abuelo. Le concedieron la libertad condicional.[cita requerida]

En 1998, Whittaker amenazó a un compañero de trabajo con un cuchillo y fue condenado a tres meses de cárcel.[10][11]

En 2002, Whittaker fue condenado a prisión por impedir el entierro de un cadáver. Karen Abraham, su novia, había muerto de un paro cardíaco, pero Whittaker había conservado su cadáver durante un mes en el piso que compartían.[12][13][14]

En 2005, Whittaker fue condenado a prisión por traficar con crac.[15]

Robin leyó la página dos veces. Esa noche le costaba concentrarse. La información se deslizaba por la superficie de su mente y se resistía a ser absorbida. Algunos detalles de la historia de Whittaker destacaban por su extravagancia. ¿Por qué escondería alguien un cadáver durante un mes? ¿Temía Whittaker que volvieran a acusarlo de asesinato, o había algún otro motivo? Cadáveres, extremidades, trozos de carne muerta... Robin bebió un sorbo de chocolate caliente e hizo una mueca. Sabía a polvo sazonado; llevaba un mes sin probar el chocolate de verdad, presionada por la necesidad de estar delgada para ponerse el vestido de boda.

Dejó la taza en la mesilla de noche, volvió a posar los dedos sobre el teclado y buscó imágenes del juicio de Jeff Whittaker.

Una matriz de fotografías llenó la pantalla; mostraba a dos Whittakers distintos, fotografiados con una diferencia de ocho años y entrando y saliendo de dos juzgados.

El joven Whittaker acusado del asesinato de su mujer llevaba rastas recogidas en una coleta. Tenía un aspecto desastrado, aunque no exento de cierto glamur, con su traje y su corbata negros; era tan alto que descollaba sobre las cabezas de casi todos los fotógrafos que se apiñaban a su alrededor. Tenía los pómulos marcados, la piel cetrina y los ojos exageradamente separados: parecían los de un poeta adicto al opio o los de un sacerdote hereje.

El Whittaker acusado de impedir el entierro de la otra mujer había perdido su atractivo de vagabundo. Estaba más gordo, llevaba el pelo cortado al rape y tenía barba. Lo único que no había cambiado eran aquellos ojos tan separados y el aura de arrogancia.

Robin fue bajando por las imágenes. Al poco rato, las fotografías del «Whittaker de Strike» empezaron a mezclarse con las de otros Whittakers que también habían intervenido en juicios. Un afroamericano de aspecto angelical llamado Jeff Whittaker había demandado a su vecino por dejar que su perro defecara repetidamente en su jardín.

¿Por qué creía Strike que su expadrastro (le costaba pensar en él en esos términos; Whittaker sólo era cinco años mayor que Strike) podía haberle enviado la pierna? Se preguntó cuándo habría visto Strike por última vez al hombre que creía que había asesinado a su madre. Había muchas cosas que ignoraba de su jefe. A él no le gustaba hablar de su pasado.

Robin volvió a poner las manos sobre el teclado y escribió «Eric Bloom».

Lo primero que se le ocurrió al ver las fotografías del rockero de los años setenta, vestido de cuero negro, fue que su pelo era exactamente igual que el de Strike: tupido, negro y rizado. Eso le recordó a Jacques Burger y a Sarah Shadlock, lo que no contribuyó a mejorar su humor. Desvió su atención hacia los otros dos hombres a quienes Strike había mencionado como posibles sospechosos, pero no lograba recordar sus nombres. Donald... ¿qué más? Y un nombre raro que empezaba por «B». Normalmente tenía una memoria excelente. Strike solía felicitarla por ello. ¿Por qué no se acordaba?

Por otra parte, ¿serviría de algo? Con un portátil no podías hacer gran cosa para encontrar a dos hombres que podrían estar en cualquier sitio. Robin, que ya llevaba un tiempo trabajando para la agencia de detectives, era plenamente consciente de que las personas que utilizaban seudónimos, vivían en la calle, en casas ocupadas, estaban de alquiler o no registraban su nombre en el censo electoral podían colarse fácilmente por los intersticios de la red de la Guía Telefónica.

Tras varios minutos más ante la pantalla del ordenador, pensativa y con la sensación de que de alguna manera estaba traicionando a su jefe, Robin tecleó «Leda Strike» en el cuadro de búsqueda y, a continuación, sintiéndose aún más culpable, añadió «desnuda».

Era una fotografía en blanco y negro. Una joven Leda posaba con los brazos por encima de la cabeza, y una nube larga de pelo castaño oscuro le cubría los pechos. Pese a tratarse de una imagen en miniatura, Robin distinguió un arco de letras manuscritas sobre el triángulo negro del vello púbico. Entornó un poco los ojos, como si hacer que la imagen se volviera ligeramente borrosa mitigara en cierta medida sus actos, y clicó sobre ella para abrirla. No quería tener que ampliarla, ni necesitó hacerlo. Las palabras *Mistress of* eran claramente legibles.

En el cuarto de baño contiguo a la habitación se puso en marcha el ventilador. Robin dio un respingo, abochornada, y cerró la página que estaba consultando. Últimamente, Matthew había tomado la costumbre de pedirle prestado su portátil, y hacía unas semanas Robin lo había sorprendido leyendo los correos electrónicos que le había escrito a Strike. Con eso en mente, volvió a abrir la página web, borró el historial de internet, abrió la configuración y cambió su contraseña por «DontFearTheReaper». Si Matthew intentaba entrar, lo tendría crudo.

Cuando se levantó de la cama y fue a tirar el chocolate caliente al fregadero de la cocina, a Robin se le ocurrió que no se había molestado en buscar información sobre Terence *Digger* Malley. Lógicamente, la policía tenía muchos más medios que ella o Strike para encontrar a un mafioso londinense.

«Pero no importa —pensó, adormilada, cuando volvía al dormitorio—. Porque no es Malley.»

7

Good To Feel Hungry[11]

Evidentemente, si hubiera conservado las luces que traía de fábrica —ésa era una de las frases favoritas de la zorra de su madre («No te queda ni una pizca de las luces que traías de fábrica, ¿verdad que no, imbécil?»)—, no habría seguido a la Secretaria justo el día después de haberle enviado la pierna. Pero le había costado mucho resistir la tentación; no sabía cuándo se le presentaría la próxima oportunidad. El impulso de volver a seguirla había surgido por la noche; quería ver qué cara tenía ahora que ya había abierto su regalo.

A partir del día siguiente, su libertad se vería drásticamente reducida, porque la Cosa estaría en casa y la Cosa requería su atención cuando estaba allí. Tener a la Cosa contenta era muy importante, entre otras razones porque la Cosa era la que ganaba dinero. La Cosa, estúpida, fea y ávida de cariño, no se había dado ni cuenta de que lo estaba manteniendo.

Esa mañana, después de que la Cosa se marchara al trabajo, él había salido de casa a toda prisa para esperar a la Secretaria en la estación del barrio, y había sido una decisión inteligente, porque ella no había ido a la oficina. Él había imaginado que la llegada de la pierna alteraría la rutina de la Secretaria, y no se había equivocado. Casi nunca se equivocaba.

Sabía seguir sin que lo detectaran. Ese día había llevado a ratos un gorro polar y a ratos la cabeza descubierta. Había ido en camiseta; después se había puesto la cazadora, primero del derecho, y luego, vuelta del revés; y se había puesto y quitado las gafas de sol.

La Secretaria tenía valor para él (más allá del valor que tenía para él cualquier mujer, si podía abordarla a solas) en cuanto instrumento para hacerle lo que pensaba hacerle a Strike. Su ambición de vengarse del detective (una venganza permanente y brutal) había ido creciendo hasta convertirse en la ambición central de su vida. Él siempre había sido así. Si alguien lo contrariaba, quedaba marcado, y en algún momento, cuando se presentara la oportunidad, aunque pasaran años, recibiría su merecido. Cormoran Strike lo había perjudicado más que ningún otro ser humano e iba a pagar un precio justo.

Le había perdido la pista a Strike durante varios años, y de pronto una explosión de publicidad había vuelto a exponer a la luz a aquel desgraciado, convertido en personaje célebre y heroico. Ése era el estatus que él siempre había buscado, que siempre había anhelado. Tragarse aquellos artículos aduladores sobre aquel canalla había sido como beber ácido, pero había devorado cuanto había encontrado, porque tienes que conocer a tu objetivo si quieres causarle el máximo daño. Se había propuesto infligirle tanto dolor a Cormoran Strike como fuera —no humanamente posible, porque sabía que él era algo más que humano— sobrehumanamente posible. Iría mucho más allá de una puñalada en las costillas en la oscuridad. No, el castigo de Strike iba a ser más lento y original; espeluznante, tortuoso y, en última instancia, devastador.

Nadie sabría nunca que lo había hecho él; ¿por qué iban a saberlo? Ya había escapado tres veces sin que lo detectaran: habían muerto tres mujeres y nadie tenía ni la más remota idea de quién las había matado. Esa seguridad le permitía leer el *Metro*, ese día, sin el menor rastro de temor; sentir únicamente orgullo y satisfacción ante los relatos histéricos del episodio de la pierna amputada, y saborear el tufillo a miedo y confusión que destilaban todos aquellos artículos y los lamentos de las masas ignorantes, comparables a los balidos de las ovejas cuando huelen al lobo.

Lo único que necesitaba era que la Secretaria recorriera un tramo corto de calle desierta. Pero Londres era un hervidero de gente a todas las horas del día, y por esto estaba allí, frustrado y receloso, observándola desde la entrada de la London School of Economics.

Ella también estaba siguiendo a alguien, y no le costó mucho descubrir a quién. Su objetivo llevaba extensiones de pelo de color rubio platino, y condujo a la Secretaria, a media tarde, hasta Tottenham Court Road.

La Secretaria se metió en un pub enfrente del local de bailarinas de *lap-dance* donde había entrado su objetivo. Estuvo tentado de entrar también él en el pub, pero ese día la Secretaria parecía peligrosamente alerta, así que optó por meterse en el restaurante japonés barato con ventanales de la acera de enfrente. Se sentó a una mesa cerca de la ventana y esperó a que volviera a salir.

Lo conseguiría, se dijo mientras observaba la calle bulliciosa a través de las cortinas. Sería suya. Tenía que aferrarse a ese pensamiento, porque esa noche iba a tener que volver con la Cosa, a esa mitad de su vida, la vida falsa que permitía a su verdadero yo caminar y respirar en secreto.

En la ventana, sucia, se reflejaba su rostro. Tenía una expresión desnuda, sin rastro de la apariencia civilizada que fingía para engatusar a las mujeres que sucumbían a sus encantos y a sus cuchillos. Había aflorado a la superficie el ser que habitaba en su interior, el ser que no deseaba nada más que imponer su dominio.

8

*I seem to see a rose,
I reach out, then it goes* [12]

Lonely Teardrops, Blue Öyster Cult

Tal como Strike había previsto que sucedería cuando saltara la noticia de la pierna, Dominic Culpepper, su viejo conocido del *News of the World*, lo había llamado el martes a primera hora de la mañana, encolerizado. El periodista se negaba a aceptar que Strike tuviera razones legítimas para no haberlo avisado nada más recibir el macabro paquete, y el detective agravó aún más su ofensa al declinar la invitación a mantener a Culpepper informado de cada nuevo acontecimiento relacionado con el caso a cambio de una jugosa compensación. No era la primera vez que el periodista ofrecía dinero al detective, quien, después de colgar, sospechó que en adelante ya no podría contar con esa fuente de ingresos. Culpepper estaba muy enfadado.

Strike y Robin no hablaron hasta media tarde. La llamó él por teléfono desde un vagón abarrotado del Heathrow Express en el que viajaba con una mochila.

—¿Dónde estás? —preguntó.

—En un pub enfrente del Spearmint Rhino —contestó ella—. Se llama Court. ¿Y tú?

—Volviendo del aeropuerto. Don Furibundo ha cogido el avión, gracias a Dios.

Don Furibundo era un acaudalado inversor internacional a quien Strike seguía por encargo de su esposa. La pareja libraba una batalla durísima por la custodia de sus hijos. El viaje del marido a Chicago significaba que Strike gozaría de un respiro durante algunas noches: no tendría que vigilarlo mientras él, sentado en su coche delante de la casa de su mujer a las cuatro de la madrugada, vigilaba a su vez la ventana de la habitación de sus hijos con unas gafas de visión nocturna.

—Voy para allá —dijo Strike—. Espérame, a menos que Platinum salga con algún cliente, claro.

Platinum era la estudiante de Economía y bailarina de *lapdance* rusa. La vigilaban por encargo de su novio, a quien Strike y Robin apodaban «Déjà Vu» porque era la segunda vez que les pedía que investigaran a una chica rubia, y también porque era adicto a averiguar dónde y cómo lo traicionaban sus amantes. En opinión de Robin, Déjà Vu era a la vez siniestro y patético. Había conocido a Platinum en el club que Robin estaba vigilando en ese momento, y había encargado a Strike y a su ayudante la tarea de descubrir si algún otro hombre estaba recibiendo los favores que la chica le concedía a él.

Lo curioso era que, pese a que a él le costara creerlo, y aunque no le gustara, daba la impresión de que esa vez Déjà Vu había escogido a una novia atípicamente monógama. Tras vigilar sus movimientos a lo largo de varias semanas, Robin había descubierto que era una persona muy solitaria que comía sola con sus libros y que apenas se relacionaba con sus colegas.

—Está claro que trabaja en ese club para pagarse los estudios —le había dicho Robin a Strike, indignada, tras una semana de vigilancia—. Si Déjà Vu no quiere que se le acerquen otros hombres, ¿por qué no la ayuda económicamente?

—Su atractivo principal es que no baila sólo para él —le había explicado Strike con paciencia—. Me sorprende que haya tardado tanto en buscarse a una chica como ella. Cumple todos sus requisitos.

Strike había entrado en el club poco después de aceptar el trabajo y se había asegurado los servicios de una morena de mirada triste y nombre insólito, Raven, a quien había encargado vigilar a la novia de su cliente. Raven tenía que comunicarse con ellos una vez al día para contarles qué hacía Platinum y para avisarlos inmediatamente si la rusa le daba su número de teléfono o se mostraba excesivamente atenta con algún cliente. Las normas del club prohibían cualquier contacto físico, así como abordar o importunar a los clientes, pero Déjà Vu estaba convencido («Pobre desgraciado», había dicho Strike) de que él sólo era uno de tantos que la invitaban a cenar y se acostaban con ella.

—Sigo sin entender por qué tenemos que vigilar el local —se lamentó Robin por teléfono, y no por primera vez—. Podemos contestar a Raven desde cualquier sitio si nos llama.

—Ya sabes por qué —replicó Strike preparándose para salir del tren—. A él le gustan las fotos.

—Pero ¡si sólo son fotos de la chica entrando y saliendo del trabajo!

—No importa. Lo ponen cachondo. Además, está convencido de que un día de éstos Platinum saldrá del club con un oligarca ruso.

—¿Estas cosas no te hacen sentir un poco despreciable?

—Gajes del oficio —contesto Strike con indiferencia—. Nos vemos luego.

Robin siguió esperando, rodeada de papel pintado dorado con motivos florales. Las sillas de brocado y las lámparas con pantallas disparejas contrastaban con los letreros de Coca-Cola y unas pantallas de plasma enormes que emitían un partido de fútbol americano. La pintura tenía aquel tono crudo tan de moda con el que la hermana de Matthew había decorado hacía poco su salón. Robin lo encontraba deprimente. El pasamano de madera de la escalera que llevaba al piso superior obstaculizaba ligeramente su visión de la entrada del club. En la calle había un tráfico ininterrumpido de coches que iban en ambas direcciones; pasaban muchos autobuses rojos de dos pisos que cada dos por tres le tapaban la fachada del club.

Cuando llegó, Strike no estaba de muy buen humor.

—Hemos perdido a Radford —anunció, y dejó su mochila en el suelo, junto a la mesa de la ventana donde estaba sentada Robin—. Acaba de llamarme por teléfono.

—¡No!

—Sí. Dice que ahora no podemos infiltrarte en su oficina porque tienes demasiado interés mediático.

La prensa tenía la historia de la pierna desde las seis de la mañana. Wardle había cumplido su palabra y había avisado a Strike con antelación. El detective había podido salir de su ático a primera hora, con ropa suficiente en su mochila para pasar unos días fuera. Sabía que los periodistas pronto montarían guardia delante de la agencia, y no sería la primera vez.

—Y Khan también se ha rajado. Dice que irá a una agencia que no reciba trozos de cadáver por correo —dijo al volver junto a Robin con una cerveza en la mano y sentarse en un taburete.

—Mierda —maldijo Robin, y luego añadió—: ¿De qué te ríes?

—De nada. —No quiso decirle que la encontraba muy graciosa cuando decía «mierda» porque se destacaba su acento latente de Yorkshire.

—¡Eran buenos trabajos! —se lamentó Robin.

Strike, con la vista fija en la entrada del Spearmint Rhino, pensó que su ayudante tenía razón.

—¿Qué sabemos de Platinum? ¿Ha dicho algo Raven?

La chica acababa de llamar, así que Robin pudo informar a Strike de que no había ninguna novedad, como siempre. Platinum tenía mucho éxito con los clientes del local, y ese día ya había hecho tres bailes, que se habían desarrollado sin infringir las normas.

—¿Has leído los periódicos? —preguntó Strike señalando un ejemplar del *Mirror* abandonado en una mesa cercana.

—Sólo en internet —contestó Robin.

—Con suerte, ahora aflorará alguna información —dijo Strike—. Alguien debe de haber notado que le falta una pierna.

—Ja, ja —dijo Robin.

—¿Demasiado pronto?

—Sí —contestó ella con frialdad.

—Anoche estuve husmeando un poco en internet —continuó Strike—. Creo que Brockbank estaba en Mánchester en 2006.

—¿Cómo sabes que era él?

—No estoy seguro, pero la edad de ese Brockbank encaja, y tiene la misma inicial de segundo nombre.

—¿Te acuerdas de la inicial de su segundo nombre?

—Sí. Pero por lo visto ya no está allí. Y con Laing pasa lo mismo. Estoy casi convencido de que en 2008 vivía en una dirección de Corby, pero ya no. —Mirando por la ventana, añadió—: ¿Cuánto rato lleva el tipo ese de la cazadora de camuflaje y las gafas de sol en ese restaurante?

—Una media hora.

A Strike le pareció que el individuo de las gafas lo observaba, que lo miraba fijamente desde la otra acera, a través de los cristales de dos ventanas. Era ancho de espaldas y tenía las piernas largas, y parecía demasiado corpulento para la silla plateada en la que estaba sentado. Strike no estaba seguro, porque los coches y los transeúntes se reflejaban en la ventana, pero le pareció que el tipo iba sin afeitar.

—¿Cómo es por dentro? —preguntó Robin señalando la puerta de doble hoja del Spearmint Rhino, bajo una marquesina metálica.

—¿El club? —preguntó Strike, sorprendido.

—No, el restaurante japonés —dijo Robin con sarcasmo—. Pues claro, el club.

—No está mal —respondió él, sin saber muy bien qué le estaban preguntando.

—¿Cómo está decorado?

—Muchos dorados. Espejos. Poca luz. —Como ella seguía mirándolo, expectante, añadió—: En medio hay un poste que las chicas utilizan para bailar.

—Pero ¿no eran bailarinas de *lap-dance*?

—Para eso tienen cabinas privadas.

—¿Cómo van vestidas las chicas?

—Pues no sé... No llevan mucha ropa...

El teléfono de Strike sonó. Era Elin.

Robin desvió la mirada y se entretuvo jugueteando con lo que parecían unas gafas de lectura que tenía encima de la mesa, pero que en realidad contenían la cámara en miniatura con la que fotografiaba los desplazamientos de Platinum. Aquel artilugio, que le había parecido emocionante cuando Strike se lo había enseñado, ya había perdido todo su atractivo. Se bebió el zumo de tomate y se puso a mirar por la ventana tratando de no escuchar lo que se decían Strike y Elin. El detective siempre adoptaba un tono muy neutro cuando hablaba por teléfono con su novia, y la verdad era que costaba imaginar a Strike murmurándole palabras cariñosas a nadie. A ella, Matthew la llamaba «Robsy» y «Rosy-Posy» cuando estaba de humor, lo que últimamente no pasaba a menudo.

—...en casa de Nick e Ilsa —iba diciendo Strike—. Sí. No, de acuerdo... Sí... Vale... Tú también.

Cortó la llamada.

—¿Te vas a instalar en casa de Nick e Ilsa? —preguntó Robin.

Eran dos de los amigos más íntimos de Strike. Robin los había conocido en un par de visitas a la oficina y le habían caído muy bien.

—Sí, dicen que puedo quedarme allí todo el tiempo que quiera.

—¿Por qué no vas a casa de Elin? —preguntó Robin arriesgándose a llevarse un chasco; era plenamente consciente de que Strike prefería mantener separada su vida personal de la profesional.

—No funcionaría —contestó él. No pareció molestarle que Robin se lo hubiera preguntado, pero tampoco dio más explicaciones—. Se me olvidaba —añadió, y volvió a mirar hacia el restaurante japonés de la acera de enfrente. La mesa a la que estaba sentado el hombre de la cazadora de camuflaje y las gafas de sol había quedado vacía—. Te he comprado esto.

Era una alarma antivioladores.

—Pero si ya tengo una —dijo Robin; la sacó del bolsillo de su chaqueta y se la enseñó.

—Sí, pero ésta es mejor. —Strike le mostró sus características—. Necesitas una alarma de ciento veinte decibelios como mínimo, y además ésta los rocía con pintura roja indeleble.

—La mía es de ciento cuarenta decibelios.

—Bueno, pero ésta es mejor.

—Sois todos iguales. ¿Cualquier artilugio que tú escojas tiene que ser mejor que el mío por narices?

Strike rió y se terminó la cerveza.

—Nos vemos luego —se despidió.

—¿Adónde vas?

—He quedado con Shanker.

Aquel nombre no le sonaba a Robin.

—Ese tipo que a veces me da chivatazos con los que luego yo hago trueques con la Metropolitana —explicó Strike—. El que me desveló quién había apuñalado a aquel confidente de la policía, ¿te acuerdas? El que me recomendó como tipo duro a aquel mafioso.

—Ah, ya —dijo Robin—. Nunca me habías dicho cómo se llamaba.

—Shanker es la persona más indicada para ayudarme a dar con Whittaker. Y también podría tener alguna información sobre Digger Malley. Se codea con gente de esa calaña.

Miró al otro lado de la calle con los ojos entornados y añadió:

—Ten cuidado con esa cazadora de camuflaje.

—Estás nervioso.

—Joder, claro que estoy nervioso, Robin. —Sacó un paquete de cigarrillos con la intención de fumarse uno camino del metro—. Nos han enviado una puta pierna.

9

One Step Ahead of the Devil [13]

Ver a Strike en carne mutilada y hueso caminando por la otra acera hacia el Court había sido un extra inesperado.

¡Cómo había engordado el muy cabrón desde la última vez que se vieron! Iba sin prisa, con una mochila al hombro, como el soldado raso, inútil, que un día fue, sin saber que el hombre que le había enviado una pierna estaba sentado a sólo cincuenta metros de él.

¡Menudo gran detective!

Había entrado en el pub para reunirse con la pequeña Secretaria. Seguro que se la follaba. Bueno, mejor. Así, él obtendría aún más satisfacción con lo que iba a hacerle a la chica.

Entonces, mientras observaba a Strike, sentado junto a la ventana del pub y con las gafas de sol puestas, le pareció que el detective volvía la cabeza y lo miraba. Evidentemente, no podía distinguir sus facciones desde la otra acera, a través de los cristales de las ventanas, ni los ojos detrás de las gafas; aun así, desde aquella distancia, verlo con la cara orientada hacia él le había provocado un aumento de tensión.

Se miraron cada uno desde su lado de la calle, mientras los coches pasaban en ambas direcciones, dificultándoles intermitentemente la visión.

Esperó hasta que tres autobuses de dos pisos se detuvieron uno detrás de otro en el espacio que los separaba, y entonces se levantó de la silla, salió por la puerta de cristal del restaurante y se metió por una calle lateral. Notó una descarga de adrenalina mientras se quitaba la cazadora de camuflaje y le daba la vuelta. Se la volvió a poner del revés. No podía tirarla, porque llevaba los cuchillos escondidos en el forro. Dobló otra esquina y echó a correr.

10

With no love, from the past[14]

Shadow of California, Blue Öyster Cult

El tráfico ininterrumpido obligó a Strike a esperar para cruzar Tottenham Court Road. Mientras esperaba, barría con la mirada la acera de enfrente. Cuando llegó al otro lado de la calle se asomó a la ventana del restaurante japonés, pero no vio ninguna cazadora de camuflaje, y ninguno de los hombres que había allí, en camisa o camiseta, se parecía en estatura o constitución al tipo de las gafas de sol.

Notó vibrar el teléfono y lo sacó del bolsillo de su chaqueta. Robin le había enviado un mensaje:

Contrólate.

Strike sonrió, dijo adiós con la mano mirando las ventanas del Court y se encaminó hacia el metro.

Quizá sólo estuviera nervioso, como había dicho Robin. ¿Qué probabilidades había de que el chiflado que había enviado la pierna estuviera sentado observando a su ayudante a plena luz del día? Sin embargo, no le había gustado la fijeza de aquel tipo corpulento con chaqueta de camuflaje, ni el hecho de que llevara gafas de sol, porque no hacía un día especialmente radiante. ¿Había sido casual o deliberado que hubiera desaparecido precisamente mientras los autobuses le tapaban el restaurante?

Lo malo era que Strike no podía fiarse mucho de los recuerdos que conservaba del aspecto de los tres hombres que lo preocupaban, porque a Brockbank no lo veía desde hacía ocho años, a Laing, desde hacía nueve, y a Whittaker, desde hacía dieciséis. Cualquiera de ellos podía haber engordado o adelgazado en ese tiempo, haberse quedado calvo, haberse dejado barba o bigote, estar incapacitado o más musculado.

Él, por ejemplo, había perdido una pierna en el tiempo que llevaba sin verlos. Lo único que nadie podía disimular era la estatura. Los tres hombres que a Strike le interesaban pasaban del metro ochenta, y le había parecido que el de la cazadora de camuflaje sentado en aquella silla metálica medía eso como mínimo.

Volvió a vibrarle el teléfono en el bolsillo mientras iba hacia la estación de Tottenham Court Road, y al sacarlo se llevó una grata sorpresa al ver que era Graham Hardacre. Se apartó para no molestar a los otros peatones y contestó.

—¡Oggy! —dijo su antiguo colega—. ¿Qué pasa, macho? ¿Cómo es que te envían piernas?

—Veo que ya has vuelto de Alemania —dedujo Strike.

—Sí, estoy en Edimburgo. Llevo seis semanas aquí. Acabo de leer lo tuyo en el *Scotsman*.

La División de Investigaciones Especiales de la Policía Militar tenía una oficina en el castillo de Edimburgo: la Sección 35. Era un destino de prestigio.

—Necesito un favor, Hardy —dijo Strike—. Información sobre un par de prendas. ¿Te acuerdas de Noel Brockbank?

—Un tipo difícil de olvidar. Séptima Acorazada, si la memoria no me falla.

—Exacto. El otro es Donald Laing. Ése es de antes de conocernos tú y yo. King's Own Royal Borderers. Coincidimos en Chipre.

—Veré qué puedo hacer cuando vuelva a la oficina, tío. Me has pillado comiendo.

Tuvieron que interrumpir su charla sobre amigos comunes porque el ruido del tráfico de la hora punta iba en aumento. Hardacre prometió llamarlo en cuanto hubiera echado un vistazo a los archivos del Ejército, y Strike siguió caminando hacia el metro.

Media hora más tarde se apeó en la estación de Whitechapel y vio que tenía un mensaje del hombre con quien se suponía que iba a reunirse:

Lo siento, Bunsen, hoy no puedo. Te llamo.

Eso supuso una decepción y un inconveniente, pero no lo sorprendió. Teniendo en cuenta que Strike no llevaba encima un paquete de droga ni un gran fajo de billetes usados, y que no necesitaba intimidar ni dar una paliza a nadie, el hecho de que Shanker hubiera accedido a fijar una hora y un sitio donde encontrarse ya era una muestra de gran estima.

A Strike, que llevaba todo el día de pie, le dolía la rodilla, pero fuera de la estación no vio ningún sitio donde sentarse. Se apoyó en la pared de ladrillo beige junto a la entrada y llamó por teléfono a Shanker.

—Hola. ¿Qué hay, Bunsen?

Strike ya no se acordaba de por qué Shanker se llamaba Shanker, ni de por qué lo llamaba a él Bunsen. Se habían conocido cuando tenían diecisiete años, y su relación, aunque profunda a su manera, no acarreaba las típicas lacras de las amistades adolescentes. De hecho, no había sido nunca una amistad en el sentido más habitual de la palabra, sino más bien una especie de fraternidad impuesta. Strike estaba convencido de que, si fallecía, Shanker lamentaría su desaparición, pero no tenía ninguna duda de que también se llevaría cualquier objeto de valor que encontrara en su cadáver si lo dejaban a solas con él. Lo que quienes no lo conocían tal vez no entendieran era que Shanker le robaría con la convicción de que, en el más allá, Strike se alegraría de saber que había sido él quien se había llevado su cartera, y no cualquier oportunista anónimo.

—Estás muy liado, ¿no, Shanker? —preguntó Strike, y encendió otro cigarrillo.

—Sí, Bunsen, hoy lo tengo mal. ¿Qué pasa?

—Estoy buscando a Whittaker.

—Vas a cerrar el tema, ¿no?

Su cambio de tono habría alarmado a cualquiera que, por un momento, hubiera olvidado quién era Shanker. Para él y sus compinches, no había otra forma de zanjar una deuda que matar, y por esa razón se había pasado la mitad de la vida adulta entre rejas. A Strike lo sorprendía que Shanker siguiera con vida a los treinta y tantos años.

—Sólo quiero saber dónde está —dijo el detective con contención.

Dudaba de que su amigo se hubiera enterado de lo de la pierna; vivía en un mundo donde las noticias tenían un interés estrictamente personal y se transmitían boca a boca.

—Puedo preguntar por ahí.

—La tarifa de siempre —dijo Strike, quien remuneraba a Shanker con unos honorarios fijos por proporcionarle información útil—, y... ¿Shanker?

Su viejo amigo tenía la costumbre de colgar sin avisar en cuanto se distraía.

—¿Algo más? —preguntó Shanker, y su voz pasó de lejana a cercana mientras hablaba.

Strike no se había equivocado al pensar que se había quitado el móvil de la oreja dando por hecho que ya habían terminado.

—Sí —dijo Strike—. Digger Malley.

El silencio que se produjo al otro lado de la línea expresaba de manera elocuente el hecho de que, así como Strike nunca olvidaba quién era Shanker, Shanker tampoco olvidaba quién era Strike.

—Shanker, entre tú y yo, ¿vale? Nunca has hablado de mí con Malley, ¿verdad?

Tras una pausa, y con un tono de voz amenazador, Shanker dijo:

—¿Por qué coño iba a hacerlo?

—Tenía que preguntártelo. Ya te lo explicaré cuando te vea.

Hubo otro silencio cargado de tensión.

—Shanker, ¿alguna vez te he delatado? —preguntó Strike.

Otro silencio, más breve, y entonces, con su tono de siempre, o eso le pareció a Strike, Shanker dijo:

—Vale, tío. Whittaker, ¿no? Veré que puedo hacer, Bunsen.

Se cortó la comunicación. Shanker nunca se despedía.

Strike soltó un suspiro y encendió otro cigarrillo. Había hecho el viaje en balde. En cuanto se hubiera terminado el Benson & Hedges se metería directamente en un tren.

La entrada de la estación daba a una especie de patio de cemento rodeado de fachadas traseras de edificios. El edificio Gherkin, aquella especie de bala negra gigantesca, relucía a lo lejos; veinte años atrás, cuando la familia de Strike había pasado una temporada corta en Whitechapel, todavía no existía.

Strike miró alrededor y no sintió nostalgia, ni sensación de regreso al hogar. No recordaba esa extensión de cemento, ni esas fachadas traseras anodinas. Ni siquiera la estación le resultaba muy familiar. La serie interminable de mudanzas y traslados que había caracterizado la vida con su madre había desdibujado los recuerdos de lugares concretos; a veces no se acordaba de qué tienda de la esquina correspondía a qué piso destartalado, qué pub de barrio a qué casa ocupada.

Su intención era volver a coger el metro, pero sin darse cuenta se puso a caminar hacia el único lugar de Londres que evitaba desde hacía diecisiete años: el edificio donde había muerto su madre. Había sido la última vivienda de Leda: dos plantas de un edificio decrépito de Fulbourne Street, a sólo un minuto de la estación. Mientras andaba, Strike empezó a recordar. Claro: recorría ese puente metálico sobre las vías de tren cuando estudiaba el último curso de bachillerato. También se acordó de un nombre, Castlemain Street... Una de sus compañeras de clase, una chica con un ceceo marcado, vivía allí.

Llegó al final de Fulbourne Street y redujo el paso; experimentó una sensación extraña, como de doble impresión. Los recuerdos vagos de aquel sitio, debilitados sin duda por sus intentos deliberados de olvidar, aparecían, como una transparencia desvaída, superpuestos al escenario que tenía ante los ojos. Los edificios, tan destartalados como él los recordaba, tenían las fachadas desconchadas, pero no reconoció los negocios ni las tiendas. Tenía la impresión de haber vuelto al escenario de un sueño ligeramente transformado. En las zonas más deprimidas de Londres todo era efímero, y los negocios, precarios, aparecían, se extinguían y eran sustituidos rápidamente. Las personas, igual que los letreros provisionales, que no tardaban en ser retirados, también pasaban y desaparecían sin dejar rastro.

Tardó un par de minutos en identificar la puerta de lo que había sido la vivienda, porque había olvidado el número. Al final la encontró, junto a una tienda donde vendían ropa barata de estilo asiático y occidental; le pareció recordar que en otros tiempos era un supermercado afroantillano. Cuando vio el buzón de latón, volvieron a asaltarlo los recuerdos. Hacía un ruido metálico fuerte cada vez que alguien entraba y salía por la puerta.

«Mierda. Mierda. Mierda.»

Encendió otro cigarrillo con la colilla que todavía no había apagado y caminó a buen ritmo hasta Whitechapel Road, donde habían montado un mercadillo: más ropa barata y gran cantidad de artículos de plástico chabacanos. Strike apretó el paso sin saber muy bien adónde se dirigía, y algunas cosas que vio le trajeron más recuerdos: el salón de billar ya estaba allí hacía diecisiete años... Y la fundición de campanas... Los recuerdos se erguían para morderlo, como si hubiera pisado un nido de serpientes dormidas.

A medida que su madre se acercaba a los cuarenta, había empezado a salir con hombres más jóvenes, pero Whittaker había sido el más joven de todos: tenía veintiún años cuando ella empezó a acostarse con él. Strike tenía dieciséis cuando Leda llevó a Whittaker a su casa por primera vez. El músico ya estaba hecho polvo por entonces; tenía unas marcadas ojeras bajo unos ojos muy separados y de un color avellana dorado asombroso. Llevaba unas rastas largas de pelo castaño oscuro; vestía siempre los mismos vaqueros y la misma camiseta y, por consiguiente, apestaba.

Mientras avanzaba por Whitechapel Road, Strike no dejaba de repetir mentalmente, al ritmo de sus pasos: «Escondido a la vista. Escondido a la vista.»

Era lógico que la gente pensara que estaba obsesionado, que tenía prejuicios, que no podía perdonar. Creerían que había pensado automáticamente en Whittaker al ver la pierna en la caja porque no había superado que lo hubieran absuelto de la acusación del asesinato de su madre. Aunque él explicara sus motivos para sospechar de Whittaker, la gente seguramente descartaría la posibilidad de que un amante de lo perverso y lo sádico tan exhibicionista como él le hubiera cortado una pierna a una mujer. Strike sabía lo profundamente arraigada que está la creencia de que los malvados ocultan sus peligrosas predilecciones por la violencia y la dominación. Cuando las exhiben, la gente, crédula, se ríe, las llama postureo o les encuentra un atractivo misterioso.

Leda había conocido a Whittaker en la compañía discográfica donde trabajaba de recepcionista. Ella era una reliquia viviente, aunque menor, de la historia del rock, y la empresa la exhibía a modo de tótem en el mostrador de la entrada. Whittaker, que tocaba la guitarra y escribía letras para diversos grupos de *thrash metal* (que, uno tras otro, lo echaron por sus payasadas, su adicción a las drogas y sus peleas), contaba que había conocido a Leda en las oficinas, a las que había ido a negociar un contrato. Sin embargo, su madre le había confiado a Strike que se habían visto por primera vez cuando ella intentaba convencer a un vigilante de seguridad de que no fuera tan duro con el joven al que estaban echando del edificio. Se lo había llevado a casa, y Whittaker ya no se marchó.

Strike, que entonces tenía dieciséis años, no estaba seguro de si el placer que Whittaker no tenía reparo en expresar por todo lo sádico y diabólico era genuino o una pose. Lo único que sabía era que sentía por Whittaker un odio tan visceral que superaba cualquier cosa que hubiera sentido por cualquiera de los otros amantes a los que había acogido Leda, y a los que luego había abandonado. No había tenido más remedio que respirar el hedor de aquel hombre mientras, por la noche, hacía los deberes en la casa ocupada; casi lo notaba en el paladar. Whittaker intentaba tratar al adolescente con arrogancia (sus estallidos repentinos y sus sarcasmos revelaban una fluidez verbal que él procuraba ocultar cuando quería congraciarse con los amigos menos cultos de Leda), pero Strike siempre tenía preparados sus propios sarcasmos y sus réplicas y, además, contaba con la ventaja de estar menos drogado que Whittaker, o como mínimo sólo tan poco drogado como podía estar una persona que vivía en medio de una niebla constante de humo de cannabis. Cuando Leda no podía oírlo, Whittaker se burlaba de la determinación de Strike de terminar sus estudios, continuamente interrumpidos. Whittaker, alto y delgado, era sorprendentemente musculoso para tratarse de alguien que llevaba una vida casi completamente sedentaria; Strike ya medía más de un metro noventa y practicaba boxeo en un club del barrio. La tensión entre los dos espesaba aún más la atmósfera cargada de humo cuando estaban ambos presentes, y la amenaza de un estallido de violencia era constante.

Whittaker había ahuyentado para siempre a la hermanastra de Strike, Lucy, con sus intimidaciones, sus provocaciones y sus burlas. Se paseaba desnudo por el piso, rascándose el torso tatuado, riéndose del bochorno de la niña de catorce años. Una noche, Lucy salió corriendo, fue a la cabina telefónica de la esquina y suplicó a sus tíos de Cornualles que fueran a buscarla. Éstos llegaron a la casa al día siguiente al amanecer, después de conducir toda la noche desde St. Mawes. Lucy los estaba esperando con sus escasas posesiones metidas en una maleta pequeña. Nunca volvió a vivir con su madre.

Ted y Joan, en el umbral, habían suplicado a Strike que también se marchara con ellos. Él no había querido irse, y su resolución se fortalecería con cada súplica que le hacía Joan; estaba decidido a aguantar a Whittaker, a no dejar a su madre sola con él. Por entonces ya había oído al guitarrista explayándose sobre lo que debía de sentirse al quitar una vida, como si hablara de un placer epicúreo. En ese momento no había creído que Whittaker hablara en serio, pero sabía que era capaz de llevar a cabo actos violentos, y lo había visto amenazar a otros ocupas. En una ocasión (y Leda se negó a creer que hubiera sucedido) Strike había visto cómo su padrastro intentaba aporrear a un gato que sin querer lo había despertado cuando echaba una cabezada. Strike había conseguido quitarle la bota de las manos a Whittaker mientras éste perseguía al aterrado gato por la habitación asestándole golpes, gritando y soltando tacos, decidido a hacérselo pagar al animal.

Strike cada vez andaba más deprisa, y la rodilla a la que llevaba sujeta la prótesis estaba empezando a dolerle. El pub Nag's Head apareció a su derecha, como si él lo hubiera conjurado: un edificio bajo, cuadrado, de ladrillo. Hasta que no llegó a la puerta no vio al portero vestido de negro; entonces se acordó de que el Nag's Head ya no era un pub, sino otro local de *lap-dance*.

—Joder —murmuró.

No tenía nada que objetar a que unas mujeres ligeras de ropa se contonearan alrededor de un poste mientras él se tomaba una cerveza, pero no podía justificar el precio desorbitado de las copas en esos establecimientos, sobre todo cuando en un solo día había perdido dos clientes.

Así pues, entró en el siguiente Starbucks que encontró; buscó un asiento y apoyó su pierna dolorida en una silla vacía mientras, con aire taciturno, removía una gran taza de café solo. Los sofás mullidos de color tierra, los vasos altos de capuchino hasta arriba de espuma, los jóvenes de aspecto saludable que trabajaban con eficacia serena detrás del mostrador de cristal impecable: sin duda todo eso era un antídoto perfecto para el espectro apestoso de Whittaker, y sin embargo no conseguía expulsarlo de su pensamiento. Strike no podía parar de revivirlo todo, de recordar...

Mientras Whittaker vivió con Leda y su hijo, el historial de delincuencia y abusos de su adolescencia sólo lo conocieron los servicios sociales del norte de Inglaterra. Contaba innumerables historias sobre su pasado, muy adornadas y a menudo contradictorias. Hasta que no lo detuvieron por asesinato no salió a la luz la verdad. Fue entonces cuando viejos conocidos empezaron a hablar, algunos con la esperanza de recibir dinero de la prensa; otros, decididos a vengarse de él, y otros, tratando de defenderlo como buenamente podían.

Había nacido en el seno de una familia de clase media alta, con dinero, a cuyo frente estaba un diplomático con título de *sir* que, hasta los doce años, Whittaker creyó que era su padre. A esa edad descubrió que su hermana mayor, quien le habían hecho creer que trabajaba de maestra en una escuela Montessori de Londres, era en realidad su madre, que tenía graves problemas con el alcohol y las drogas y vivía en la miseria, ignorada por su familia. A partir de ese momento, Whittaker, un niño problemático de por sí, propenso a unos estallidos de mal genio extremo durante los que la emprendía a golpes con lo primero que encontraba, se volvió intratable. Expulsado de su internado, se unió a una pandilla de maleantes y no tardó en convertirse en su cabecilla. Esa fase culminó con una temporada en un reformatorio por ponerle una navaja en el cuello a una niña mientras sus amigos la agredían sexualmente. A los quince años se escapó a Londres dejando un rastro de delitos menores, y al final consiguió localizar a su madre biológica. El reencuentro fue entusiasta pero breve, casi de inmediato se deterioró y derivó en violencia y animadversión mutuas.

—¿Está ocupada?

Un joven alto estaba inclinado junto a Strike, con las manos ya en el respaldo de la silla en la que Strike tenía apoyada la pierna. Le recordó a Matthew, el novio de Robin, con su pelo castaño ondulado y sus facciones agraciadas. Strike resopló, retiró la pierna, dijo que no con la cabeza y vio cómo el chico se llevaba la silla y se reunía con un grupito de seis o siete amigos. Strike se dio cuenta de que las chicas estaban impacientes por que regresara: se enderezaron y sonrieron cuando él dejó la silla en el suelo y se sentó. El chico le cayó antipático por su parecido con Matthew, porque se había llevado su silla o porque él sabía identificar a simple vista a un gilipollas.

No se había terminado el café, pero, como le fastidiaba que lo hubieran molestado, se levantó con cierto esfuerzo y se marchó. Cuando enfiló de nuevo Whitechapel Road, le cayeron unas gotas de lluvia; encendió otro cigarrillo y ya no se molestó en oponer resistencia a la marea de recuerdos que lo arrastraba.

Whittaker tenía una necesidad de atención casi patológica. Le molestaba que Leda dejara de hacerle caso fueran cuales fuesen el momento y el motivo (su trabajo, sus hijos, sus amigos), y cada vez que consideraba que ella no estaba volcada con él, desviaba sus artes de conquistador hacia otras mujeres. Hasta

Strike, pese a odiarlo con toda su alma, tenía que admitir que Whittaker poseía un atractivo físico poderoso que funcionaba con casi todas las mujeres que pasaban por la casa ocupada.

Cuando lo echaron del último grupo de música, Whittaker siguió soñando con el estrellato. Sabía tres acordes de guitarra y llenaba cada trozo de papel que encontraba con letras de canciones inspiradas en la *Biblia satánica*, que Strike recordaba haber visto a menudo, con una cabeza de cabra sobre un pentagrama grabada en la tapa negra, tirada en el colchón donde dormían Leda y Whittaker. Éste tenía amplios conocimientos sobre la vida y la carrera de Charles Manson, líder de una secta norteamericana. Su disco *LIE: the love and terror cult*, viejo y rayado, fue la banda sonora del último año de bachillerato de Strike.

A Whittaker, que ya estaba al tanto de la leyenda de Leda cuando la conoció, le gustaba oírla hablar de las fiestas en las que había estado y los hombres con quienes se había acostado. A través de ella se conectaba con las celebridades, y a medida que Strike empezó a conocerlo mejor llegó a la conclusión de que Whittaker ambicionaba, por encima de todo, la fama. No hacía ninguna distinción moral entre su adorado Manson y Jonny Rokeby, estrella de rock. Ambos habían quedado grabados de forma permanente en la conciencia colectiva. Manson quizá hubiera tenido más éxito, porque su mito no fluctuaría con las modas: el mal siempre resulta más fascinante.

Sin embargo, la fama de Leda no era lo único que atraía a Whittaker. Su amante había tenido dos hijos con sendas adineradas estrellas de rock que contribuían a la manutención de los menores. Whittaker se había incorporado a la vivienda sabiendo que llevar una existencia bohemia y precaria formaba parte del estilo de Leda, pero también con la convicción de que en algún sitio, no muy lejos, había una reserva inmensa de dinero donde el padre de Strike y el de Lucy (Jonny Rokeby y Rick Fantoni) vertían capital continuamente. Por lo visto no entendía, o no se creía, la verdad: que ambos, después de pasar años viendo cómo Leda administraba mal y derrochaba el dinero, habían blindado los fondos de modo que la madre de sus hijos no pudiera dilapidarlos. Poco a poco, a medida que transcurrían los meses, los comentarios maliciosos y las pullas de Whittaker sobre la reticencia de Leda a gastar dinero en él se hicieron más frecuentes. Le dio un berrinche tremendo cuando ella no quiso aflojar para comprarle la Fender Stratocaster de la que él se había enamorado, o la cazadora de terciopelo de Jean Paul Gaultier sin la que de pronto, pese a lo mal que olía y lo desaliñado que iba, no podía vivir.

Whittaker aumentó la presión y empezó a contar mentiras escandalosas y fácilmente detectables: que necesitaba un tratamiento médico urgente, o que le debía diez mil libras a un individuo que amenazaba con romperle las piernas. A veces Leda encontraba divertidas sus mentiras, pero otras la fastidiaban.

«No tengo dinero, cariño —decía—. De verdad, cariño, no tengo. Si tuviera dinero te lo daría, ¿no?»

Leda se quedó embarazada cuando Strike tenía dieciocho años y se preparaba para el examen de acceso a la universidad. Cuando se enteró, él se quedó horrorizado, pero ni siquiera entonces pensó que su madre se casaría con Whittaker. Ella siempre le había dicho a su hijo que odiaba estar casada. Su primer matrimonio, cuando todavía era una adolescente, sólo había durado dos semanas. A Whittaker, por otra parte, tampoco le pegaba mucho el matrimonio como estilo de vida.

Pese a todo, se habían casado, sin duda porque Whittaker creyó que ésa sería la única forma de tener acceso a aquellos millones misteriosamente ocultos. La ceremonia se celebró en el juzgado de paz de Marylebone, el mismo donde se habían casado dos miembros de los Beatles. Tal vez Whittaker imaginara que lo fotografiarían en la entrada, como a Paul McCartney, pero nadie mostró interés. En cambio, cuando falleció su sonriente novia, los fotógrafos sí acudieron en manada a las puertas del juzgado.

De pronto, Strike reparó en que había ido andando hasta la estación de Aldgate East sin pretenderlo. Se fustigó pensando que todo aquel paseo había sido un rodeo inútil. Si hubiera vuelto a coger el metro en Whitechapel, ya estaría llegando a casa de Nick e Ilsa. Pero había seguido andando tan aprisa como había podido en la dirección errónea y había llegado al metro en el peor momento de la hora punta.

Su corpulencia, empeorada por la mochila que llevaba colgada, fastidiaba a los pasajeros obligados a compartir el espacio con él, pero Strike no se daba ni cuenta. Sujeto a una agarradera, el detective, que les sacaba una cabeza a todos, contemplaba su reflejo, que oscilaba en el negro cristal de la ventana, mientras recordaba la última parte, la peor parte: Whittaker en el juicio, abogando por su libertad, porque la policía detectó anomalías en su relato de dónde había estado el día que la aguja se había clavado en el brazo de su mujer y contradicciones en las explicaciones que había dado sobre la procedencia de la heroína y sobre el historial de adicción a las drogas de Leda.

Una variopinta procesión de habitantes de la casa ocupada dieron testimonio de la relación turbulenta y violenta de Leda y Whittaker, de cómo ella se había desenganchado de la heroína en cualquiera de sus formas, de las amenazas de Whittaker, de sus infidelidades, de que él siempre hablaba de matar y de dinero, de que sus muestras de dolor fueron casi inexistentes cuando encontraron el cadáver de Leda. Todos insistieron una y otra vez, con un histerismo imprudente, en que estaban seguros de que la había matado Whittaker.

El estudiante de Oxford que subió al estrado supuso un cambio alentador. Strike le causó buena impresión al juez: iba limpio, sabía expresarse y era inteligente, pese a su corpulencia y lo intimidante que habría resultado de no haber ido con traje y corbata. La acusación había pedido que testificara acerca del interés de Whittaker por el patrimonio de Leda. Strike habló ante un tribunal silencioso sobre los intentos de su padrastro de hacerse con una fortuna que, en gran medida, sólo existía en su imaginación; y sobre sus súplicas constantes a Leda para que lo incluyera en su testamento como prueba del amor que le profesaba.

Whittaker lo miraba con sus ojos dorados, casi impertérrito. En el último minuto de su testimonio, las miradas de ambos se cruzaron. Whittaker torció una comisura de la boca y esbozó una sonrisa burlona; levantó un poco el dedo índice del banco donde lo tenía apoyado y lo desplazó ligeramente hacia un lado.

Strike supo perfectamente qué estaba haciendo. Aquel ademán mínimo, dirigido sólo a él, era una versión reducida de aquel otro con el que Strike estaba tan familiarizado: Whittaker levantaba una mano en posición horizontal y la desplazaba rápidamente hacia un lado imitando el gesto de degollar a la persona que lo hubiera ofendido.

«Tendrás tu merecido —solía decir, con los ojos dorados muy abiertos, como un poseso—. ¡Tendrás tu merecido!»

Whittaker se había preparado bien. Alguien de su acaudalada familia le había pagado un abogado decente. Bien aseado, comedido y con traje y corbata, lo había negado todo en un tono tranquilo y respetuoso. Cuando se presentó ante el tribunal, ya tenía su historia bien aprendida. Todo cuanto intentó aportar la acusación para hacer un retrato del hombre que realmente era (Charles Manson en el viejo tocadiscos; la *Biblia satánica* encima del colchón; las conversaciones, estando drogado, sobre el placer de matar) fue recibido por Whittaker con aparente incredulidad.

«¿Qué puedo decir? Yo soy músico, señoría —declaró en un momento del proceso—. En la oscuridad hay poesía. Ella lo entendía mejor que nadie.»

Se le quebró la voz, y se puso a sollozar melodramáticamente. Su abogado se apresuró a preguntarle si necesitaba descansar un momento.

Entonces fue cuando Whittaker sacudió valerosamente la cabeza y ofreció su aforística declaración sobre la muerte de Leda:

—*She wanted to die. She was the quicklime girl.*

Nadie entendió aquella referencia salvo Strike, que había oído la canción infinidad de veces a lo largo de su infancia y adolescencia. Whittaker estaba citando la canción *Mistress of the Salmon Salt*.

Quedó libre de cargos. Las pruebas médicas apoyaron la versión de que Leda no era una consumidora habitual de heroína, pero su reputación la perjudicó. Había consumido muchas otras drogas. Era una juerguista reconocida. Para los hombres con peluca de rizos, cuya tarea consistía en clasificar las muertes violentas, encajaba perfectamente que Leda hubiera muerto en un colchón sucio persiguiendo un placer que su prosaica existencia no le ofrecía.

En la puerta de los juzgados, Whittaker anunció que iba a escribir una biografía de su difunta esposa y se esfumó. Nunca se supo nada más del libro prometido. Los sufridos abuelos de Whittaker adoptaron al hijo que éste había tenido con Leda. Strike, que abandonó sus estudios en Oxford y se enroló en el Ejército, nunca volvió a verlo. Lucy se marchó a la universidad. La vida siguió su curso.

A los hijos de Leda no les pasaban desapercibidas las reapariciones intermitentes de Whittaker en la prensa, siempre relacionadas con algún hecho delictivo. Evidentemente, nunca aparecía en las noticias de la primera plana: se había casado con una mujer famosa por acostarse con famosos. La poca atención que él acaparaba no era más que el débil reflejo de otro reflejo. «Es el mojón que no se va cuando tiras de la cadena», le había dicho Strike a Lucy en una ocasión. Ella no se rió. Era aún menos propensa que Robin a recurrir al humor para afrontar hechos difíciles de asimilar.

Cansado y cada vez más hambriento, Strike se mecía en el vagón; le dolía la rodilla y estaba decaído y resentido, sobre todo consigo mismo. Llevaba años mirando con decisión hacia el futuro. El pasado era inalterable: él no negaba lo que había sucedido, pero no veía ninguna necesidad de regodearse, de ir en busca de la vivienda que hacía dos décadas que no pisaba, de rememorar el ruido metálico de aquel buzón, de revivir los gritos de aquel gato aterrorizado ni de rescatar la imagen de su madre en el tanatorio, pálida y cérea, con su vestido de mangas acampanadas.

«Eres imbécil —se dijo Strike, enojado, mientras escudriñaba el plano del metro y trataba de averiguar cuántos trasbordos tendría que hacer para llegar a casa de Nick e Ilsa—. Whittaker no envió la pierna. Sólo estás buscando una excusa para cebarte con él.»

La persona que había enviado aquella pierna era organizada, calculadora y eficiente; el Whittaker a quien él había conocido casi veinte años atrás era caótico, impulsivo y voluble.

Y sin embargo...

«Tendrás tu merecido.»

«She was the quicklime girl.»

—¡Mierda! —dijo Strike en voz alta, causando consternación a su alrededor.

Acababa de darse cuenta de que se había saltado la parada.

11

Feeling easy on the outside,
but not so funny on the inside [15]

This Ain't the Summer of Love, Blue Öyster Cult

Durante unos días, Strike y Robin se turnaron para seguir a Platinum. El detective ponía excusas para no encontrarse con su ayudante durante la jornada laboral e insistía en que se marchara a casa cuando aún fuera de día, a las horas en que todavía había mucha gente en el metro. El jueves por la noche, Strike siguió a Platinum hasta que la rusa volvió a estar a salvo bajo la mirada desconfiada de Déjà Vu, y entonces regresó a Octavia Street, en Wandsworth, donde seguía alojándose para evitar a los periodistas.

Era la segunda vez en su carrera de detective que se veía obligado a refugiarse en casa de sus amigos Nick e Ilsa. Probablemente fuera el único sitio donde habría soportado pasar unos días, pero aun así Strike se sentía incómodo en el entorno doméstico de una pareja cuyos dos miembros trabajaban. Pese a los inconvenientes del pequeño ático de encima de la oficina, allí tenía libertad total para entrar y salir a su antojo, podía comer a las dos de la madrugada si llegaba tarde de un seguimiento y subir y bajar la ruidosa escalera metálica sin temor a despertar a nadie. Ahora, en cambio, se sentía obligado a estar presente en las escasas comidas compartidas, porque se sentía insociable si iba a coger algo de la nevera de madrugada, por mucho que sus amigos le hubieran insistido en que podía hacerlo con total libertad.

Por otra parte, Strike no había necesitado al Ejército para aprender a ser ordenado y organizado. Los años que, de joven, había pasado rodeado de suciedad y caos habían causado en él una reacción en el sentido opuesto. Ilsa ya había comentado que Strike se movía por la casa sin dejar rastro, mientras que a su marido, que era gastroenterólogo, podía encontrarlo siguiendo la estela de objetos tirados por el suelo y cajones mal cerrados.

Strike sabía, gracias a algunos amigos de Denmark Street, que todavía había fotógrafos merodeando por la puerta de su agencia, y se había resignado a pasar el resto de la semana en el cuarto de invitados de Nick e Ilsa, una habitación con paredes blancas, desnudas, donde se respiraba cierta melancolía y se adivinaban las ansias de que algún día cumpliera su verdadera función. La pareja llevaba años intentando concebir un hijo. Strike nunca les preguntaba si habían avanzado algo, y tenía la impresión de que especialmente Nick agradecía su discreción.

Los conocía a los dos desde hacía mucho tiempo, a Ilsa casi de toda la vida. Ella, rubia y con gafas, era de St. Mawes, en Cornualles, donde Strike tenía lo más parecido a un hogar. Ilsa y él fueron a la misma clase en la escuela primaria. Siempre que él volvía para pasar una temporada con sus tíos Ted y Joan, lo que había sucedido repetidamente a lo largo de toda su juventud, los dos retomaban una amistad basada, al principio, en el hecho de que la madre de Joan y la de Ilsa también habían sido compañeras de clase.

A Nick lo había conocido en el instituto de Hackney, donde había terminado sus estudios; tenía el pelo rubio rojizo y a los veinte años ya se le habían formado unas entradas prominentes. Nick e Ilsa se habían conocido en la fiesta de los dieciocho años de Strike, en Londres; habían salido durante un año y lo habían dejado para ir cada uno a una universidad diferente. A los veintitantos habían vuelto a encontrarse; por entonces Ilsa estaba comprometida con un abogado, y Nick salía con una doctora. Al cabo de unas semanas, ambos rompieron con sus respectivas parejas. Se casaron al cabo de un año, y Strike fue el padrino de boda.

Llegó a casa de sus amigos a las diez y media de la noche. Cuando cerró la puerta de la calle, Nick e Ilsa lo saludaron desde el salón y lo invitaron a compartir con ellos el abundante curry que habían encargado.

—¿Qué es todo esto? —preguntó mirando alrededor, desconcertado, al ver los banderines con la Union Jack, un montón de hojas con notas garabateadas y cerca de doscientos vasos desechables rojos, blancos y azules en una gran bolsa de plástico.

—Estamos ayudando a organizar la fiesta en la calle para la boda real —explicó Ilsa.

—Madre del amor hermoso —dijo Strike con poco entusiasmo, y se llenó el plato de curry madrás casi frío.

—¡Será divertido! Deberías venir.

Strike le lanzó una mirada torva, y ella soltó una risita.

—¿Has tenido un buen día? —preguntó Nick, y le pasó una lata de Tennent's.

—No —contestó Strike, y aceptó la cerveza, agradecido—. Me han anulado otro trabajo. Sólo me quedan dos clientes.

Nick e Ilsa se solidarizaron con él, y luego Strike se puso a engullir el curry en medio de un silencio de camaradería. Cansado y desanimado, el detective se había pasado casi todo el trayecto de regreso reflexionando sobre el hecho de que aquella maldita pierna estaba actuando, tal como él había temido, como una bola de demolición contra el negocio que tanto le había costado arrancar. Su fotografía ya proliferaba en los medios de comunicación *on-line* y en la prensa escrita en relación con un hecho terrible y sin explicación. Había servido de pretexto para que los periódicos recordaran al público que él también tenía una sola pierna, algo de lo que Strike no se avergonzaba, pero a lo que tampoco le gustaba dar publicidad: ahora desprendía un olorcillo raro, un olorcillo perverso. Estaba contaminado.

—¿Se sabe algo de la pierna? —preguntó Ilsa cuando Strike ya se había zampado una cantidad considerable de curry y bebido media lata de cerveza—. ¿Ha descubierto algo la policía?

—Mañana por la noche he quedado con Wardle para que me ponga al día, pero dudo que tengan gran cosa. Él se ha concentrado en el mafioso.

Strike no había dado detalles a Nick e Ilsa sobre tres de los hombres a los que consideraba suficientemente peligrosos y vengativos para haberle enviado la pierna, pero sí había mencionado que una vez había tenido un encontronazo con un criminal profesional que ya había enviado un trozo de cuerpo por correo. Como es lógico, ellos habían adoptado de inmediato la opinión de Wardle de que el mafioso era, probablemente, el culpable.

Por primera vez en muchos años, sentado en el cómodo sofá verde de Nick e Ilsa, Strike recordó que sus amigos habían conocido a Jeff Whittaker. La fiesta de los dieciocho años de Strike se había celebrado en el pub Bell de Whitechapel; por entonces su madre estaba embarazada de seis meses. La cara de su tía era una máscara de desaprobación mezclada con jovialidad forzada, y su tío Ted, que siempre adoptaba un papel conciliador, no había logrado disimular su rabia ni su indignación cuando Whittaker, a todas luces drogado, había interrumpido el baile para cantar una de sus canciones. Strike recordaba su ira, sus ganas de estar lejos de allí, de marcharse a Oxford, de alejarse de todo; pero tal vez Nick e Ilsa no recordaran gran cosa: aquella noche estaban absortos el uno en el otro, asombrados y aturdidos por su repentina y profunda atracción mutua.

—Estás preocupado por Robin —dijo Ilsa, y no era tanto una pregunta como una afirmación.

Strike asintió con la cabeza, con la boca llena de pan indio. A lo largo de los cuatro días pasados había tenido tiempo para reflexionar sobre eso. Dadas las circunstancias, y sin que ella hubiera hecho nada mal, Robin se había convertido en una vulnerabilidad, un punto débil, y Strike sospechaba que quien había decidido enviarle la pierna a ella y no a él lo sabía. Si su ayudante hubiera sido un hombre, el detective no estaría tan preocupado.

Strike no había olvidado que, hasta la fecha, Robin había sido una baza valiosísima. Sabía ingeniárselas para hacer hablar a los testigos recalcitrantes cuando la estatura y las facciones intimidantes de Strike los predisponían a permanecer callados. Su encanto natural y su carácter agradable habían disipado desconfianzas, les habían abierto puertas, le habían allanado el camino a Strike en numerosas ocasiones. Sabía que estaba en deuda con ella; ahora, lo único que deseaba era que Robin se quitara de en medio, que permaneciera oculta hasta que hubieran detenido al autor del macabro envío.

—Robin me cae muy bien —comentó Ilsa.

—Le cae bien a todo el mundo —dijo Strike con voz pastosa, pues volvía a tener la boca llena de *naan*.

Era verdad: su hermana Lucy, los amigos que iban a verlo a la oficina, sus clientes... Todos le comentaban, tarde o temprano, lo bien que les caía la mujer que trabajaba con él. Sin embargo, la nota interrogante que le pareció detectar en la voz de Ilsa le aconsejó mantener cualquier conversación sobre Robin fuera del terreno personal, y sus sospechas se confirmaron cuando su amiga le preguntó:

—¿Cómo te va con Elin?

—Muy bien —respondió Strike.

—¿Sigue intentando ocultarle a su ex que sale contigo?

La pregunta de Ilsa no estaba del todo exenta de mordacidad.

—Elin no te cae muy bien, ¿verdad? —dijo Strike, que de repente había llevado la conversación a terreno enemigo para divertirse un poco. Hacía más de treinta años que tenía tratos con Ilsa, aunque de manera intermitente: su desmentido aturullado era exactamente lo que él esperaba.

—Claro que me cae bien. Bueno, no la conozco mucho, pero parece... En fin, lo que importa es que estés contento.

Strike creyó que eso bastaría para que Ilsa dejara de insistir sobre Robin (no era la primera, entre sus amistades, que había insinuado que, ya que Robin y él se llevaban tan bien, ¿no habría ninguna posibilidad de que...? ¿Nunca se había planteado...?); pero Ilsa era abogada, y no era fácil desviarla de una línea de investigación.

—Robin tuvo que aplazar su boda, ¿verdad? ¿Ya han fijado otra...?

—Sí —dijo Strike—. El dos de julio. Este fin de semana va a ir a Yorkshire a ocuparse... de todas esas cosas de las que tiene que ocuparse la gente cuando se casa. Volverá el martes.

Curiosamente, Strike se había convertido en el aliado de Matthew al insistir en que Robin se tomara el viernes y el lunes de vacaciones; lo tranquilizaba pensar que su ayudante iba a estar a cuatrocientos kilómetros de Londres, en casa de sus padres. Ella había lamentado mucho no poder acompañarlo al Old Blue Last de Shoreditch y conocer a Wardle, pero Strike creyó detectar cierto alivio en su voz ante la perspectiva de unos días de descanso.

A Ilsa pareció decepcionarla un poco la noticia de que Robin seguía decidida a casarse con otro que no fuera Strike, pero antes de que pudiera añadir nada, al detective le vibró el móvil en el bolsillo. Era Graham Hardacre, su viejo colega de la DIE.

—Perdonadme —dijo a sus amigos; dejó su plato de curry y se levantó—. Tengo que contestar, es importante. ¡Hardy!

—¿Puedes hablar, Oggy? —preguntó Hardacre mientras Strike iba hacia la puerta de la calle.

—Ahora sí —dijo Strike, y con tres zancadas llegó al final del corto camino del jardín y salió a la calle, oscura, para andar un poco y fumar—. ¿Tienes algo para mí?

—Pues mira —dijo Hardacre, que parecía estresado—, la verdad es que sería mucho mejor que vinieras tú a echar un vistazo, tío. Tengo una subteniente que es un coñazo. No hemos empezado con buen pie. Si se entera de que he sacado información de aquí...

—¿Y no se mosqueará si voy yo?

—Ven a primera hora de la mañana. Puedo dejarme algo abierto en el ordenador, ¿me entiendes? Sin querer.

En alguna otra ocasión Hardacre había compartido con Strike información que, estrictamente, no debería haberle enseñado. Acababan de trasladarlo a la Sección 35; a Strike no le extrañaba que su amigo no quisiera arriesgarse a perder el puesto.

El detective cruzó la calle, se sentó en la tapia del jardín de la casa de enfrente, encendió un cigarrillo y preguntó:

—¿Es algo por lo que valga la pena ir hasta Escocia?

—Depende de lo que busques.

—Direcciones antiguas, contactos familiares, historiales médicos y psiquiátricos. A Brockbank le dieron la baja por invalidez en 2003, ¿no?

—Sí, exacto —confirmó Hardacre.

Strike oyó un ruido detrás de él; se levantó y se dio la vuelta. El dueño de la tapia en la que se había sentado estaba tirando algo al contenedor de basura. Era un hombre de escasa estatura, de unos sesenta años, y bajo la luz de la farola Strike vio que su expresión de enojo se transformaba en una sonrisa conciliadora en cuanto apreció su estatura y corpulencia. El detective echó a andar despacio por la calle de casas pareadas, donde la brisa primaveral agitaba los árboles frondosos y los setos. Pronto la decorarían con banderitas para celebrar la unión de otra pareja. Robin se casaría poco después.

—Supongo que no has encontrado gran cosa sobre Laing —especuló Strike. La carrera militar del escocés había sido más breve que la de Brockbank.

—No. Pero ¡joder, menudo elemento! —comentó Hardacre.

—¿Adónde fue cuando salió de la Mazmorra?

La Mazmorra era el penal militar de Colchester, por donde pasaban todos los militares condenados antes de ser trasladados a una cárcel civil.

—A la prisión de Elmley. Después ya no se sabe nada más de él. Tendrías que preguntar en la oficina de la condicional.

—Ya —dijo Strike, y lanzó un chorro de humo hacia el cielo estrellado. Ambos tenían muy presente que él ya no era policía de ninguna clase y que, por lo tanto, no tenía más derecho que cualquier ciudadano de a pie a acceder a los archivos de la oficina de la condicional—. ¿De qué sitio de Escocia era, Hardy?

—De Melrose. Cuando se alistó puso a su madre como pariente más cercano. Lo he buscado.

—Melrose —repitió Strike, pensativo.

Pensó en los dos clientes que le quedaban: el imbécil forrado de pasta que se excitaba tratando de demostrar que le ponían los cuernos y la acaudalada exesposa y madre que pagaba a Strike para reunir pruebas de que su exmarido acosaba a sus hijos. El padre estaba en Chicago, y no pasaría nada si dejaba de registrar los movimientos de Platinum durante veinticuatro horas.

Cabía la posibilidad, por supuesto, de que ninguno de sus sospechosos tuviera nada que ver con la pierna y que fueran todo imaginaciones suyas.

«*A harvest of limbs.*»

—¿Cuánto se tarda de Edimburgo a Melrose?

—Hora u hora y media en coche.

Strike apagó el cigarrillo en la alcantarilla.

—Mira, Hardy, podría subir el domingo por la noche en tren, acercarme a tu despacho a primera hora de la mañana y luego ir a Melrose para ver si Laing ha vuelto con su familia, o si saben dónde está.

—Me parece bien. Si me dices a qué hora llegas, iré a recogerte a la estación, Oggy. —Hardacre se preparó para realizar un acto de generosidad—. De hecho, si piensas ir y volver en el mismo día, puedo prestarte mi coche.

Strike no volvió inmediatamente con los cotillas de sus amigos y su plato de curry frío. Encendió otro cigarrillo y se paseó, meditabundo, por la calle tranquila. Entonces se acordó de que el domingo por la noche había quedado con Elin para ir a un concierto en el Southbank Centre. Su novia estaba empeñada en fomentar en él un interés por la música clásica que Strike nunca había ocultado no sentir. Miró la hora. Ya era demasiado tarde para llamarla y cancelar la cita; tendría que acordarse de hacerlo al día siguiente.

Mientras volvía a la casa se puso a pensar en Robin. Ella hablaba muy poco de la boda, para la que ya sólo faltaban dos meses. Cuando le había oído comentarle a Wardle lo de las cámaras fotográficas desechables que había encargado, Strike se había dado cuenta de lo pronto que se convertiría en la señora de Matthew Cunliffe.

«Todavía hay tiempo», pensó. Y ni siquiera en sus adentros especificó para qué.

12

... the writings done in blood[16]

OD'd on Life Itself, Blue Öyster Cult

Para muchos hombres, el encargo de seguir a una rubia pechugona por Londres a cambio de dinero habría supuesto un interludio agradable, pero Strike ya estaba harto de vigilar a Platinum. Tras varias horas merodeando por Houghton Street, en las que vio pasar varias veces a la bailarina de *lap-dance* a tiempo parcial por la pasarela elevada de acero y cristal de la London School of Economics camino de la biblioteca, Strike la siguió hasta el Spearmint Rhino, donde la chica debía incorporarse a su turno de las cuatro de la tarde. Una vez allí, desconectó: Raven lo llamaría si Platinum hacía cualquier cosa que pudiera considerarse inconveniente, y el detective había quedado con Wardle a las seis.

Se comió un sándwich en una tienda cerca del pub que habían elegido para su cita. Le sonó el móvil una vez, pero al ver que era su hermana, dejó que saltara el buzón de voz. Creía recordar que no faltaba mucho para el cumpleaños de su sobrino Jack, y no tenía intención de ir a la fiesta después de lo que había pasado la última vez, de la que recordaba, sobre todo, lo entrometidas que eran las madres y los gritos ensordecedores y las pataletas de los niños sobreexcitados.

El Old Blue Last estaba en la parte más alta de Great Eastern Street, en Shoreditch; era un edificio de ladrillo de tres plantas, compacto e imponente, cuya fachada curvada semejaba la proa de un barco. Strike recordó que, en el pasado, el edificio había alojado un burdel y un club de estriptis: supuestamente, un compañero de clase suyo y de Nick había perdido la virginidad allí con una mujer lo bastante mayor para ser su madre.

Detrás de la puerta, un letrero anunciaba la transformación del Old Blue Last en local de conciertos. Strike vio que, esa noche, a partir de las ocho, podría asistir a las actuaciones de los grupos Islington Boys' Club, Red Drapes, In Golden Tears y Neon Index. Compuso una sonrisa irónica al entrar en el bar, con suelo de parquet oscuro, donde, en un enorme espejo antiguo detrás de la barra, unas letras doradas anunciaban las marcas de cerveza de otra época. Del techo, de altura considerable, colgaban unas lámparas esféricas de cristal que iluminaban a una multitud de jóvenes de ambos sexos, muchos de los cuales parecían estudiantes; la mayoría lucían vestimentas que a Strike le parecían muy modernas.

Si bien Leda prefería los conciertos en estadios, cuando Strike era joven, lo había llevado a muchos locales como aquél donde los grupos compuestos por amigos suyos podían rascar un par de actuaciones antes de disolverse con acritud, volver a formarse y reaparecer en otro pub tres meses más tarde. A Strike le extrañó que Wardle hubiera escogido el Old Blue Last para su cita; hasta entonces, sólo habían quedado para tomar algo en el Feathers, que estaba justo al lado de Scotland Yard. Todo se aclaró cuando Strike se reunió con el policía, que estaba acodado en la barra, solo, bebiéndose una cerveza.

—A mi mujer le gusta Islington Boys' Club. Hemos quedado aquí, vendrá cuando salga del trabajo.

Strike no conocía a la mujer de Wardle, y aunque nunca se había parado a pensarlo, suponía que debía de ser un híbrido de Platinum (porque Wardle siempre seguía con la mirada a las chicas con bronceado de bote y ligeras de ropa) y la única mujer de un policía de la Metropolitana que él había conocido, que se llamaba Helly y cuyos principales intereses eran sus hijos, su casa y los cotilleos picantes. El hecho de que a la mujer de Wardle le gustara un grupo *indie* del que él no había oído hablar, a pesar de que ya estaba predispuesto a que su música le pareciera lamentable, le hizo pensar que debía de ser más interesante de lo que había imaginado.

—¿Qué sabes? —preguntó Strike a Wardle tras conseguir que el barman, cada vez más ocupado, le sirviera una cerveza.

Sin necesidad de consultarse, ambos se marcharon de la barra y se sentaron a la última mesa para dos que quedaba libre en el pub.

—Los forenses están examinando la pierna —dijo Wardle cuando se sentaron—. Creen que pertenecía a una mujer de entre quince y veinticinco años, y que ella ya estaba muerta cuando se la cortaron, pero que entre la muerte y la amputación no pasó mucho tiempo, a juzgar por la coagulación. Sospechan que estuvo guardada en un congelador desde que la amputaron hasta que se la entregaron a tu amiga Robin.

Entre quince y veinticinco años; según los cálculos de Strike, Brittany Brockbank tenía veintiuno.

—¿No pueden ser un poco más precisos respecto de la edad?

Wardle negó con la cabeza y dijo:

—Por lo visto no pueden decir nada más. ¿Por qué?

—Ya te lo expliqué: Brockbank tenía una hijastra.

—Brockbank —repitió Wardle con tono evasivo, sin reconocer que no se acordaba.

—Uno de los tipos que pensé que podría haber enviado la pierna —le recordó Strike, y no consiguió disimular su impaciencia—. Ex rata del desierto. Un tipo alto, moreno, con una oreja deforme...

—Ah, sí —dijo Wardle, un tanto molesto—. Me pasan nombres continuamente, tío. Brockbank... Ése que tenía un tatuaje en el antebrazo, ¿no?

—Ése es Laing. El escocés al que envié al talego diez años. Brockbank es el que aseguraba que yo le había provocado una lesión cerebral.

—Ah, sí.

—Su hijastra, Brittany, tenía una cicatriz en la pierna. Ya te lo dije.

—Sí, sí, ya me acuerdo.

Strike reprimió una réplica mordaz tomando un sorbo de cerveza. Habría confiado mucho más en que se estuvieran tomando sus sospechas en serio si fuera Graham Hardacre, su antiguo colega de la DIE, el que se encontrase sentado delante, y no Wardle. Su relación con éste había estado teñida de recelo desde el principio, y, últimamente, no exenta de competitividad. Strike consideraba que las dotes de detective de Wardle superaban las de otros agentes de la Metropolitana a quienes había conocido, pero aun así el policía trataba sus propias teorías con un cariño paternal que nunca hacía extensivo a las de Strike.

—¿No han dicho nada de la cicatriz que tenía en la pantorrilla?

—Sí: que es antigua. Muy anterior a la muerte.

—Me cago en la puta —dijo Strike.

Aquella cicatriz antigua quizá no tuviera un interés excesivo para los forenses, pero para él era de vital importancia. Y Wardle acababa de confirmarle lo que más temía. Hasta el policía, quien tenía por costumbre tomarle el pelo a Strike siempre que fuera posible, pareció experimentar algo parecido a la empatía al ver tan consternado al detective.

—Mira, colega...

Y que lo llamara «colega» también era nuevo.

—...quítate a Brockbank de la cabeza. Ha sido Malley.

Strike se lo había temido: que al mencionar a Malley, Wardle se concentraría en él y excluiría a sus otros sospechosos, emocionado ante la perspectiva de detener a un mafioso tan célebre.

—¿Tienes pruebas? —preguntó Strike sin rodeos.

—La mafia de Harringay lleva tiempo moviendo a prostitutas de Europa del Este por todo Londres y Mánchester. He hablado con Antivicio. La semana pasada hicieron una redada en un burdel cerca de aquí —dijo Wardle, que bajó un poco la voz al continuar— y se llevaron a dos menores ucranianas. Tenemos a algunas agentes entrevistándose con ellas. Tenían una amiga que creyó que venía a Reino Unido para trabajar de modelo y que no se tomó nada bien que la pusieran a trabajar de prostituta, ni siquiera después de que le dieran una paliza. Hace dos semanas, Digger la sacó de la casa arrastrándola por el pelo y desde entonces no han vuelto a verla. Tampoco han vuelto a saber nada de Digger.

—Eso, para Digger, es el pan de cada día —dijo Strike—. No significa que la pierna sea de esa chica. ¿Alguien lo ha oído alguna vez mencionarme a mí?

—Sí —contestó Wardle, triunfante.

Strike dejó la cerveza que estaba a punto de llevarse a los labios en la mesa. La verdad es que no esperaba recibir una respuesta afirmativa.

—¿Ah, sí?

—Una de las chicas que los de Antivicio sacaron de la casa dice que oyó claramente a Digger hablando de ti no hace mucho.

—¿En qué contexto?

Wardle pronunció el apellido de un ruso acaudalado, propietario de un casino, para quien Strike había hecho algún trabajo a finales del año anterior. Strike arrugó la frente. En su opinión, que Digger supiera que había trabajado para el dueño del casino no significaba que se hubiera enterado de que debía su última temporada en la cárcel al testimonio de Strike. Lo único que extrajo el detective de esa nueva información fue que su cliente ruso se movía en círculos nada recomendables, lo cual, por otra parte, no era ninguna novedad.

—¿Y cómo afecta a Digger que yo trabajara para Arzamastsev?

—Veamos, ¿por dónde quieres empezar? —dijo el policía, con lo que Strike interpretó como vaguedad disfrazada de alarde—. La mafia de Harringay está metida en muchos saraos. Básicamente, tenemos a un perla, con antecedentes de enviar trozos de cadáver a la gente, a quien has cabreado, que va y desaparece, junto con una chica, justo antes de que tú recibas por mensajero una pierna de mujer.

—Dicho así, suena convincente —admitió Strike, aunque él no estaba convencido en absoluto—. ¿Has hecho algo para investigar a Laing, Brockbank y Whittaker?

—Claro. Tengo hombres intentando localizarlos a los tres.

Strike confió en que fuera cierto, pero se abstuvo de dudar de la afirmación del policía para no poner en peligro la relación cordial que mantenían.

—También tenemos imágenes de varias cámaras de seguridad en las que aparece el mensajero —añadió Wardle.

—¿Y?

—Tu colega es buena testigo. Era una Honda. Con matrícula falsa. La ropa que llevaba coincide exactamente con su descripción. Se marchó en dirección sudoeste, hacia el almacén de una empresa de mensajería, según parece. La última vez que lo grabaron las cámaras fue en Wimbledon. Después ya no hay rastro de él ni de la moto, pero ya digo que llevaba matrícula falsa. Podría estar en cualquier sitio.

—Matrícula falsa —repitió Strike—. Lo planeó todo muy bien.

El pub estaba llenándose. Por lo visto, el grupo iba a tocar en el primer piso: la gente, apretujada, intentaba llegar a la puerta por la que se accedía arriba, y Strike oyó los clásicos pitidos del acople de los micrófonos.

—Tengo otra cosa para ti —dijo Strike sin entusiasmo—. Le he prometido a Robin que te traería las copias.

Esa mañana había vuelto a su oficina antes del amanecer. Los periodistas habían desistido de sorprenderlo entrando o saliendo, aunque un conocido suyo de la tienda de guitarras de enfrente lo informó de que los fotógrafos se habían quedado por allí hasta la noche anterior.

Wardle cogió las dos fotocopias de las cartas, ligeramente intrigado.

—Han llegado estos dos últimos meses —dijo Strike—. Robin cree que deberías echarles un vistazo. ¿Te pido otra? —preguntó señalando el vaso casi vacío de Wardle.

Wardle leyó las cartas mientras Strike iba a buscar dos cervezas más. Todavía tenía en la mano la carta firmada «R. L.» cuando volvió el detective. Strike cogió la otra y leyó el texto escrito con pulcra caligrafía de colegiala, claramente legible:

... que sólo seré yo de verdad y sólo estaré completa de verdad cuando me hayan amputado la pierna. Nadie entiende que no es parte de mí ni lo será nunca. A mi familia le cuesta mucho aceptar mi necesidad de amputármela, creen que sólo son imaginaciones mías, pero usted lo entenderá...

«Te equivocas», pensó Strike, que dejó la fotocopia encima de la mesa y se fijó en que la chica había escrito su dirección de Shepherd's Bush tan cuidadosa y claramente como había podido para que la respuesta del detective aconsejándole sobre la mejor manera de cortarse la pierna no pudiera extraviarse. Estaba firmada «Kelsey», pero sin el apellido.

Wardle, que seguía enfrascado en la otra carta, soltó un resoplido, mezcla de risa y asco.

—Hostia puta, ¿has leído esto?

—No —contestó Strike.

Estaban entrando más jóvenes en el bar. Wardle y Strike no eran los únicos clientes treintañeros, pero estaban claramente entre los mayores del espectro.

Strike vio a una joven atractiva, de cutis pálido, maquillada como una *starlet* de los años cuarenta, con las cejas negras muy depiladas, lápiz de labios rojo y el pelo teñido de azul pastel y recogido estilo *victory rolls*, que buscaba con la mirada a alguien con quien había quedado.

—Robin lee las cartas de colgados y me hace un resumen si lo considera necesario.

—«Me gustaría masajear su muñón» —leyó Wardle en voz alta—. «Me gustaría que me usara como muleta. Me gustaría...» Joder. Pero si esto ni siquiera...

Le dio la vuelta a la hoja.

—«R. L.» ¿Puedes leer la dirección?

—No —contestó Strike intentando descifrarla.

La caligrafía era muy apretada y difícil de leer. La única palabra legible de la dirección, a primera vista, parecía «Walthamstow».

—¿No habíamos quedado en la barra, Eric?

La joven de pelo azul y labios pintados de rojo había aparecido junto a su mesa, con una copa en la mano. Llevaba una cazadora de piel encima de lo que parecía un vestido de tirantes de los años cuarenta.

—Lo siento, cielo. Estábamos hablando de trabajo —dijo Wardle sin inmutarse—. April, te presento a Cormoran Strike. Mi mujer —añadió.

—Hola —dijo Strike tendiéndole su enorme mano.

El detective jamás habría imaginado que la mujer de Wardle tuviera aquel aspecto. Por motivos que estaba demasiado cansado para analizar, aquello lo hizo mirar a Wardle con otros ojos.

—¡Ah, eres tú! —dijo April, sonriente, mientras Wardle recogía las fotocopias de la mesa, las doblaba y se las guardaba en el bolsillo—. ¡Cormoran Strike! He oído hablar mucho de ti. ¿Te quedas al concierto?

—Lo dudo —contestó Strike, pero con simpatía. April era muy guapa.

Ella no parecía dispuesta a dejarlo marchar. Le dijo que habían quedado con unos amigos, y al cabo de unos minutos aparecieron seis personas más. En el grupo había dos mujeres que iban sin pareja. Strike se dejó convencer y subió con ellos al piso de arriba, donde había un escenario pequeño y una sala ya abarrotada. En respuesta a las preguntas del detective, April le reveló que era estilista y que ese día había estado trabajando en una sesión fotográfica para una revista; además, y lo añadió sin darle ninguna importancia, era bailarina de cabaret.

—¿Cabaret? —repitió Strike a voz en grito, para hacerse oír por encima del estruendo del acople de los micrófonos, que provocó gritos y protestas de los asistentes al concierto.

«¿Eso no es un estriptis con pretensiones?», se preguntó Strike mientras April le comentaba que su amiga Coco —una chica con el pelo rojo tomate que le sonreía y lo saludaba con la mano— también era bailarina de cabaret.

Parecían un grupo simpático, y los hombres no lo trataban con aquella susceptibilidad tediosa que siempre mostraba Matthew cuando coincidía con Strike. Hacía mucho tiempo que no escuchaba música en directo. La pequeña Coco ya había expresado su deseo de que la levantaran en brazos para que pudiera ver...

Sin embargo, cuando los miembros de Islington Boys' Club subieron al escenario, Strike se vio transportado a la fuerza a una época y una clase de gente en las que prefería no pensar. El olor a sudor que impregnaba la atmósfera, el sonido de las guitarras cuando los músicos retorcían las clavijas para afinarlas, el zumbido del micrófono abierto: habría podido soportar todo eso si la pose y la andrógina delgadez del cantante no le hubieran recordado a Whittaker.

Sólo habían tocado cuatro compases y Strike ya sabía que tenía que marcharse. No tenía nada contra aquel estilo de rock *indie* con predominio de las guitarras: tocaban bien y, pese a su desafortunado parecido con Whittaker, el cantante tenía una voz decente. Sin embargo, había estado demasiadas veces en un ambiente como aquél sin poder marcharse: esa noche, era libre para buscar paz y aire fresco, y pensaba hacer uso de esa prerrogativa.

Se despidió de Wardle a gritos y, sonriendo, agitó una mano en dirección a April, que le guiñó un ojo y le devolvió el gesto. Entonces se marchó. Era lo bastante corpulento para abrirse paso sin mucho esfuerzo entre la masa de gente sudorosa y ya sin aliento. Llegó a la puerta cuando Islington Boys' Club terminaban su primera canción. El aplauso que estalló en el piso de arriba le recordó el ruido amortiguado del granizo sobre un tejado de zinc. Al cabo de un minuto caminaba a grandes zancadas por la calle, aliviado, envuelto en el rumor del tráfico.

13

In the presence of another world[17]

In the Presence of Another World, Blue Öyster Cult

El sábado por la mañana, Robin y su madre se subieron al viejo Land Rover de la familia y fueron desde Masham, su pequeño pueblo natal, hasta Harrogate, donde una modista estaba modificando el vestido de novia de Robin. Habían tenido que alterar el diseño, pensado inicialmente para una boda en el mes de enero, para que pudiera ponérselo en julio.

—Espero que no sigas adelgazando —observó la anciana modista mientras clavaba alfileres en la espalda del corpiño—. Este vestido está confeccionado para una chica con un poco de curvas.

Robin había escogido la tela y el diseño del vestido hacía más de un año, basándose sin excesivo rigor en un modelo de Elie Saab que sus padres, quienes al cabo de seis meses también tendrían que desembolsar la mitad de los gastos de la boda de Stephen, su hermano mayor, jamás habrían podido pagar. Con el sueldo que Strike le pagaba a Robin, ella no habría podido permitirse ni siquiera aquella versión más barata.

En el probador había una luz favorecedora, sin embargo, el reflejo de Robin en aquel espejo con marco dorado ofrecía una imagen demasiado pálida, y tenía los párpados hinchados y aspecto cansado. No estaba segura de haber acertado al modificar el diseño y convertirlo en un vestido palabra de honor; uno de los detalles que más le habían gustado en un principio eran, precisamente, las mangas largas. Quizá sólo fuera que estaba saturada de darle tantas vueltas al tema.

En el probador olía a moqueta nueva y limpiador de muebles. Mientras Linda, la madre de Robin, observaba a la modista, que seguía haciendo lorzas, prendiendo alfileres y sacudiendo los metros de chifón, Robin, deprimida ante su reflejo, se concentraba en el mueblecito esquinero lleno de diademas de cristal y flores artificiales.

—A ver, refrescadme la memoria. ¿Ya hemos escogido el tocado? —preguntó la modista, que tenía la costumbre, como muchas enfermeras, de abusar de la primera persona del plural—. Para la boda en invierno, nos inclinábamos por una diadema, ¿verdad? Creo que con el vestido sin mangas deberíamos probar las flores.

—A mí me parecen bien las flores —coincidió Linda desde un rincón del probador.

Madre e hija se parecían mucho. Si bien ya no tenía la cintura tan estrecha como años atrás y el pelo rubio rojizo, que en otros tiempos llevaba recogido de cualquier manera en lo alto de la cabeza, se había vuelto entrecano, los ojos azul grisáceo de Linda eran idénticos a los de su hija y en ese momento observaban a su benjamina con una expresión de interés y perspicacia que a Strike le habría resultado cómicamente familiar.

Robin se probó una serie de tocados de flores artificiales y ninguno le gustó.

—A lo mejor me quedo con la diadema —especuló.

—¿Y flores frescas? —propuso Linda.

—Sí. —De pronto Robin estaba ansiosa por huir de aquel olor a moqueta y de su reflejo pálido y aprisionado—. A ver si a la florista se le ocurre algo.

Se alegró de quedarse unos minutos sola en el probador. Mientras se quitaba el vestido y volvía a ponerse los vaqueros y el jersey, trató de analizar su desánimo. Lamentaba haberse perdido la cita de Strike con Wardle, pero por otra parte no le importaba poner un poco de distancia entre ella y aquel hombre de negro y sin rostro que le había entregado una pierna metida en una caja.

Sin embargo, no tenía la sensación de haber dejado atrás los problemas. Matthew y ella habían vuelto a discutir en el tren, camino de Masham. Ni siquiera allí, en el probador de James Street, dejaban de perseguirla sus preocupaciones: el número de casos de la agencia, cada vez más reducido; el temor a qué sucedería si Strike dejaba de poder pagarla. Una vez vestida, miró si tenía algún mensaje de su jefe en el móvil. No había ninguno.

Un cuarto de hora más tarde, rodeada de cubos de mimosas y azucenas, sólo pronunciaba monosílabos. La florista no paraba de toquetearle la cabeza y ponerle flores en el pelo, dispuesta a encontrar las adecuadas; sin querer, dejó que unas gotas de agua verdosa y fría del tallo largo de una rosa cayeran en el jersey color crema de Robin.

—Vamos a Bettys —propuso Linda cuando, por fin, consiguieron decidirse por uno de aquellos tocados florales.

Bettys, el viejo salón de té de la ciudad balneario, era toda una institución en Harrogate. Fuera, donde los clientes hacían cola bajo una marquesina de cristal negra y dorada, había cestos de flores colgantes; dentro, lámparas hechas con latas de té, teteras ornamentales, sillas de asiento mullido y camareras con uniforme de bordado inglés. Para Robin siempre había sido una delicia, desde que era pequeña, contemplar las hileras de cerdos rollizos de mazapán a través del cristal del mostrador y ver a su madre comprar uno de aquellos lujosos bizcochos rociados de licor que venían en latas individuales.

Ese día, sentada junto a la ventana y contemplando desde allí los parterres de flores de colores primarios, que semejaban formas geométricas hechas con plastilina por niños pequeños, Robin no quiso comer nada. Pidió té y volvió a comprobar si tenía algo en el móvil. Nada.

—¿Estás bien? —le preguntó Linda.

—Sí. Sólo quería saber si había alguna noticia.

—¿Qué clase de noticia?

—Sobre la pierna. Anoche Strike quedó con Wardle, el agente de la Metropolitana.

—Ah —dijo Linda, y se quedaron calladas hasta que les llevaron el té.

Linda había pedido un Fat Rascal, uno de esos bollos enormes de Bettys. Acabó de untarlo de mantequilla y entonces preguntó:

—Cormoran y tú vais a intentar averiguar por vuestra cuenta quién os envió esa pierna, ¿verdad?

El tono de voz de su madre aconsejó a Robin ser prudente.

—No, no. Nos interesa saber qué está haciendo la policía, nada más.

—Ah. —Linda, con la boca llena, no dejó de observar a su hija.

Robin se sentía culpable por estar de mal humor. El vestido de novia era muy caro, y ella no se había mostrado nada agradecida.

—Perdona que haya estado tan antipática.

—No pasa nada.

—Es que... Matthew está todo el día encima de mí con lo de trabajar para Cormoran.

—Sí, ya oímos algo anoche.

—¡Ostras, mamá! ¡Lo siento!

Robin creía que habían hablado en voz lo bastante baja para no despertar a sus padres. Habían discutido en el trayecto a Masham, habían pactado una tregua durante la cena en familia, y cuando Linda y Michael habían ido a acostarse, habían retomado la discusión en el salón.

—El nombre de Cormoran salía continuamente. Supongo que Matthew está...

—No, no está preocupado —la interrumpió Robin.

Matthew se obstinaba en considerar su trabajo como una especie de chiste, pero cuando no tenía más remedio que tomárselo en serio (cuando, por ejemplo, alguien le enviaba a Robin una pierna cortada), no se mostraba preocupado, sino que se enfurecía.

—Pues si no está preocupado, debería —opinó Linda—. Te han enviado un trozo de cadáver, Robin. No hace mucho que Matt nos llamó para decirnos que estabas en el hospital con una conmoción cerebral. ¡Yo no digo que tengas que dejar tu trabajo! —añadió sin acobardarse ante la expresión de reproche de

Robin—. ¡Sé que esto es lo que tú quieres! De todas formas —dijo poniendo el pedazo más grande de Fat Rascal en la mano de Robin, que no se pudo resistir—, no iba a preguntarte si Matthew está preocupado. Iba a preguntarte si está celoso.

Robin dio un sorbo de Bettys Blend, un té muy fuerte. Se planteó llevarse unas cuantas bolsitas a la oficina, porque en el Waitrose de Ealing no tenían ninguno como aquél, y a Strike le gustaba el té muy intenso.

—Sí, Matt está celoso —dijo por fin.

—Supongo que sin motivo, ¿no?

—¡Pues claro! —contestó Robin, acalorada. Se sentía traicionada. Su madre siempre estaba de su lado, siempre...

—No te pongas así —dijo Linda sin alterarse—. No estaba insinuando que hayas hecho nada que no debas.

—Bueno, menos mal —replicó Robin, y sin darse cuenta se comió el bollo—. Porque no he hecho nada. Es mi jefe, nada más.

—Y tu amigo —añadió Linda—, a juzgar por cómo hablas de él.

—Sí —afirmó Robin, pero su sinceridad la incitó a añadir—: Aunque no es una amistad normal y corriente.

—¿Por qué?

—A él no le gusta hablar de temas personales. Hay que sacarle la información con sacacorchos.

Con excepción de una noche muy sonada (y que ambos habían evitado mencionar desde entonces) en que Strike se había emborrachado tanto que casi no se tenía en pie, casi nunca ofrecía voluntariamente información sobre su vida privada.

—Pero os lleváis bien, ¿no?

—Sí, muy bien.

—A muchos hombres les cuesta oír que su pareja se lleva bien con otros hombres.

—¿Y qué se supone que tengo que hacer? ¿Trabajar únicamente con mujeres?

—No. Lo único que digo es que es evidente que Matthew se siente amenazado.

A veces Robin sospechaba que su madre lamentaba que su hija no hubiera salido con más chicos antes de comprometerse con Matthew. Linda y ella estaban muy unidas; Robin era su única hija. De pronto, en aquel salón de té, en medio de murmullos y tintineos, Robin comprendió que le daba miedo que Linda pudiera decirle que no era demasiado tarde para volverse atrás y cancelar la boda si quería. Pese a lo cansada y deprimida que estaba, y aunque la pareja había pasado unos meses difíciles, sabía que estaba enamorada de Matthew. El vestido ya estaba hecho, la iglesia, reservada, el banquete, casi pagado. Ahora tenía que seguir adelante y llegar a la línea de meta.

—Strike no me gusta. Además, tiene novia: sale con Elin Toft. Es una locutora de Radio Three.

Confió en que esa información distrajera a su madre, que devoraba programas de radio mientras cocinaba o arreglaba el jardín.

—¿Elin Toft? ¿No es esa rubia guapísima que la otra noche salió por televisión hablando de los compositores románticos? —preguntó Linda.

—Seguramente —dijo Robin con una falta de entusiasmo notoria, y a pesar de que su estrategia de despiste había surtido efecto, cambió de tema—. Bueno, así que vais a deshaceros del Land Rover.

—Sí. No nos van a dar nada por él, evidentemente. A lo mejor lo vendemos como chatarra. A menos que... —Linda acababa de tener una idea—. A menos que lo queráis Matthew y tú. Tiene un año de impuestos pagados, y siempre pasa la inspección técnica por los pelos.

Robin se quedó pensativa masticando su bollo. Matthew no paraba de lamentarse de que no tuvieran coche, una deficiencia que él atribuía al escaso sueldo de Robin. El Audi A3 Cabrio del marido de su hermana le provocaba una envidia casi físicamente dolorosa. Robin sabía que no le iba a pasar lo mismo con un Land Rover destartalado que olía permanentemente a perro mojado y a botas de lluvia. Sin embargo, la madrugada pasada, en el salón de la casa de sus padres, Matthew había hecho una estimación del sueldo de cada uno de sus amigos de su misma edad y, con un floreo, había llegado a la conclusión de que el de Robin estaba en el último lugar de la lista. En un arranque de malicia, se imaginó diciéndole a su novio: «Pero ¡si tenemos un Land Rover, Matt! ¡Ya no necesitamos ahorrar para comprarnos un Audi!»

—Me sería muy útil para el trabajo —dijo en voz alta—, para cuando tenemos que salir de Londres. Así Strike no tendría que alquilar un coche.

—Mmm —murmuró Linda, aparentemente distraída, pero con la mirada fija en la cara de Robin.

Volvieron a casa en coche y encontraron a Matthew poniendo la mesa con su futuro suegro. Siempre ayudaba más en la cocina cuando estaban en casa de los padres de Robin que en el piso de Londres.

—¿Cómo ha quedado el vestido? —preguntó en lo que Robin supuso que debía de ser un intento de reconciliación.

—Muy bien —le contestó.

—¿También da mala suerte que me hables de él? —preguntó Matthew, y entonces, como ella no sonreía, añadió—: Bueno, seguro que estás preciosa.

Robin se ablandó; le tendió una mano y él se la apretó y le guiñó un ojo. Entonces Linda plantificó en la mesa un plato de puré de patata entre ellos dos y anunció a Matthew que les había regalado el viejo Land Rover.

—¿Qué? —dijo Matthew, y la consternación se dibujó en su cara.

—Siempre dices que te gustaría tener un coche —dijo Robin poniéndose a la defensiva en nombre de su madre.

—Sí, ya, pero... ¿El Land Rover? ¿En Londres?

—¿Por qué no?

—Porque perjudicaría su imagen —intervino Martin, el hermano de Robin, que acababa de entrar en la habitación con el periódico en la mano; había estado repasando los caballos del Grand National de aquella tarde—. En cambio a ti te pega un montón, Rob. Ya os veo a ti y al cojito acudiendo a los escenarios del crimen en el todoterreno.

Matthew apretó la mandíbula.

—Cállate, Martin —le espetó Robin a su hermano, y le lanzó una mirada asesina al sentarse a la mesa—. Y me gustaría ver cómo llamas a Strike «el cojito» a la cara —añadió.

—Seguramente se reiría —replicó Martin con ligereza.

—¿Por qué? ¿Porque sois iguales? —dijo ella, crispada—. ¿Porque los dos tenéis una hoja de servicios increíble y os habéis jugado el físico?

Martin era el único de los cuatro hermanos Ellacott que no había ido a la universidad, y el único que todavía vivía con sus padres. Siempre se ponía susceptible ante la mínima insinuación de que no había dado la talla.

—¿Qué coño quieres decir? ¿Que debería estar en el Ejército? —preguntó picado.

—¡Martin! —lo reprendió Linda—. ¡Cuida tu lenguaje!

—¿También se mete contigo porque aún conservas las dos piernas, Matt? —preguntó Martin.

Robin dejó los cubiertos y salió de la cocina.

Volvió a asaltarla la imagen de la pierna cortada, con la tibia blanca y brillante sobresaliendo de la carne, y aquellas uñas un poco sucias que la víctima tal vez pensara limpiarse o pintarse antes de que alguien pudiera vérselas...

Rompió a llorar por primera vez desde que había recibido el paquete. El dibujo de la vieja alfombra de la escalera se volvió borroso y tuvo que asir a tientas el picaporte de la puerta de su dormitorio. Fue hasta la cama y se tumbó boca abajo, sobre el edredón limpio, sacudiendo los hombros y respirando agitadamente, tapándose la cara húmeda con las manos para amortiguar sus sollozos. No quería que subiera nadie; no quería tener que dar explicaciones; sólo quería estar sola y liberar las emociones que había tenido que reprimir para soportar la semana de trabajo.

Los comentarios frívolos de su hermano sobre la amputación de Strike le recordaban las bromas del detective sobre la pierna que les habían enviado. Una mujer había muerto, seguramente en circunstancias terribles, brutales, y por lo visto a nadie le importaba tanto como a Robin. La muerte, por medio de un hacha, había reducido a aquella desconocida a un pedazo de carne, un problema por resolver, y Robin tenía la impresión de que ella era la única que se acordaba de que un ser humano de carne y hueso había usado aquella pierna quizá hacía sólo una semana.

Después de diez minutos de llorar sin parar se puso boca arriba, abrió los ojos, anegados, y recorrió con la mirada su antiguo dormitorio, como si éste pudiera ofrecerle socorro.

En otros tiempos, aquella habitación le parecía el único lugar seguro del planeta. Después de abandonar la universidad, casi no había salido de allí en meses, ni siquiera para comer. Entonces las paredes estaban pintadas de un rosa chillón, un error de decoración que Robin había cometido a los dieciséis años. Se había dado cuenta enseguida de que se había equivocado con aquel color, pero no había querido pedirle a su padre que volviera a pintar, así que había colgado tantos pósteres como había podido para tapar las paredes. A los pies de la cama, orientado hacia el cabecero, había un póster enorme del grupo Destiny's Child. Cuando Robin se marchó a vivir con Matthew a Londres, Linda lo retiró y empapeló la habitación de color aguamarina, pero ella todavía podía visualizar a Beyoncé, Kelly Rowland y Michelle Williams mirándola desde la portada de su disco *Survivor*. Aquella imagen había quedado asociada para siempre en su memoria a la peor etapa de su vida.

Ya sólo quedaban dos fotografías enmarcadas: una de Robin con sus compañeros de bachillerato el último día de clase (Matthew al fondo de la imagen, el chico más guapo del curso, negándose a hacer una mueca y a ponerse un sombrero ridículo), y la otra de ella, a los doce años, montando su viejo poni highland, *Angus*, un animal lanudo, fuerte y cabezota que su tío tenía en la granja y al que Robin adoraba a pesar de su mal carácter.

Agotada y sin fuerzas, parpadeó para contener las lágrimas y se secó las mejillas con las palmas de las manos. De la cocina subían voces amortiguadas. Estaba segura de que su madre aconsejaría a Matthew que la dejara un rato a solas, y confió en que él le hiciera caso. Lo único que le apetecía era pasarse el resto del fin de semana durmiendo.

Una hora más tarde seguía tumbada en la cama de matrimonio, mirando por la ventana, adormilada, y contemplando el tilo del jardín, cuando Matthew llamó a la puerta y entró con una taza de té.

—Tu madre ha pensado que te sentaría bien esto.

—Gracias —dijo Robin.

—Vamos a ver el National todos juntos. Mart ha apostado mucho por *Ballabriggs.*

No mencionó la aflicción de Robin ni los comentarios groseros de Martin; la actitud de Matthew venía a decir que ella había hecho el ridículo y que él le estaba ofreciendo una oportunidad de salir del apuro. Robin comprendió de inmediato que su novio no tenía ni idea de lo que ver y tocar aquella pierna de mujer había removido en ella. No, él sólo estaba molesto porque Strike, a quien ningún miembro de la familia Ellacott conocía todavía, volvía a ocupar espacio en una conversación de fin de semana. Había pasado lo mismo que con Sarah Shadlock en el partido de rugby.

—No me gusta ver cómo los caballos se parten el cuello —dijo Robin—. Y además tengo trabajo.

Matthew se quedó un momento mirándola desde arriba antes de salir de la habitación; la puerta, que cerró con más fuerza de la necesaria, rebotó en el marco y quedó entreabierta.

Robin se incorporó, se alisó el pelo, inspiró hondo y fue a coger su ordenador portátil, que estaba encima del tocador. Se había sentido culpable por habérselo llevado a Masham, por esperar tener tiempo para lo que, calladamente, ella llamaba sus «líneas de investigación»; pero el aire de perdonavidas de Matthew había acabado con todo eso. Que viera el National, si era eso lo que quería. Ella tenía cosas mejores que hacer.

Volvió a la cama, se puso un montón de almohadas detrás, encendió el portátil y abrió unos sitios web que había marcado y de los que no había hablado con nadie, ni siquiera con Strike, quien sin duda habría pensado que Robin perdía el tiempo.

Ya había dedicado varias horas a estudiar dos líneas de investigación, diferentes pero relacionadas entre sí, que le habían sugerido aquellas dos cartas que Robin se había empeñado en que Strike le llevara a Wardle: la de la joven que quería cortarse una pierna y la de otra persona cuyos deseos de hacer ciertas cosas con el muñón de Strike le habían revuelto un poco el estómago.

A Robin siempre la había fascinado el funcionamiento de la mente humana. Su carrera universitaria, que había tenido que interrumpir muy pronto, se había centrado en el estudio de la psicología. La joven que había escrito a Strike parecía sufrir BIID, las siglas en inglés del trastorno de identidad de la integridad corporal: el deseo irracional de amputarse extremidades sanas del cuerpo.

Robin había leído varios estudios científicos en internet y se había enterado de que los enfermos de BIID eran escasos y de que la causa concreta de su trastorno era desconocida. Los sitios web de apoyo que había visitado le habían permitido comprobar que la gente despreciaba a los afectados por ese trastorno. Los foros estaban salpicados de comentarios furibundos que acusaban a los enfermos de BIID de codiciar una condición que a otros les había sido impuesta por la mala suerte o la enfermedad, y de querer acaparar atención por unos medios atroces y ofensivos. Esos ataques iban seguidos de comentarios igualmente furibundos: ¿acaso creían esas personas que los enfermos escogían padecer BIID? ¿No entendían lo difícil que era ser transcapacitado: desear o, mejor dicho, necesitar estar paralizado o amputado? Robin se preguntaba qué pensaría Strike de las historias de los enfermos de BIID si llegaba a leerlas. Sospechaba que su reacción no sería muy favorable.

Oyó que se abría la puerta del salón en el piso de abajo y, a continuación, un fragmento de la locución de un comentarista, a su padre ordenando a su viejo labrador marrón que saliera porque estaba tirándose pedos y a Martin riendo.

Se sintió frustrada al comprobar que no se acordaba, seguramente debido al agotamiento, del nombre de la chica que había escrito a Strike pidiéndole consejo para cortarse la pierna, pero le sonaba que se llamaba Kylie o algo parecido. Bajó despacio por el sitio web de apoyo más nutrido que había encontrado, buscando algún nombre de usuario que pudiera estar conectado de alguna forma con ella, porque ¿en qué otro lugar podría compartir su fantasía una adolescente con una obsesión tan rara sino en el ciberespacio?

La puerta del dormitorio, que seguía entornada desde que Matthew había salido, se abrió del todo y por ella entró el labrador desterrado, *Rowntree*, con andares de pato. Se acercó a Robin, que le frotó distraídamente las orejas, y se tumbó junto a la cama. Dio unos cuantos coletazos contra el suelo y luego se quedó dormido, resollando. Robin siguió revisando los foros con el acompañamiento de los ronquidos del perro.

De repente experimentó una de aquellas sacudidas de emoción con las que se había familiarizado desde que trabajaba para Strike; eran la recompensa inmediata cuando buscabas un dato que podía significar algo, nada o, a veces, todo.

Nadieaquienacudir: ¿Alguien sabe algo de Cameron Strike?

Robin contuvo la respiración y abrió el hilo.

W@nBee: ¿Ese detective que sólo tiene una pierna? Sí, es un veterano de guerra.
Nadieaquienacudir: He oído que se lo hizo él mismo.
W@nBee: No, busca y verás que estuvo en Afganistán.

Nada más. Robin revisó otros hilos del foro, pero Nadieaquienacudir no había insistido en el tema ni había vuelto a aparecer. Eso no significaba nada, podía haber cambiado de nombre de usuario. Robin siguió buscando hasta convencerse de que había mirado en todos los rincones del sitio web, pero el nombre de Strike no volvía a aparecer.

Su entusiasmo disminuyó. Incluso suponiendo que la chica que había escrito la carta y Nadieaquienacudir fueran la misma persona, su fijación con que Strike se había amputado él mismo la pierna ya quedaba clara en la carta. No había muchos amputados famosos de quienes pudieras esperar que su condición fuera voluntaria.

Del salón emanaban ahora gritos de ánimo. Robin dejó los foros de BIID y se concentró en su segunda línea de investigación.

Le gustaba pensar que desde que trabajaba en la agencia de detectives se había curtido. Sin embargo, sus primeras incursiones en las fantasías de los acrotomofílicos (las personas que sienten deseo sexual por otras que tienen algún miembro amputado), a las que había accedido con sólo clicar varias veces con el ratón, le dejaron una sensación desagradable en el estómago que persistió hasta mucho después de que saliera de internet. A continuación se puso a leer las invectivas de un hombre (supuso que se trataba de un hombre) cuya fantasía sexual más intensa era una mujer con las cuatro extremidades amputadas por encima de las articulaciones de los codos y las rodillas. Parecía interesarle especialmente el sitio exacto por donde estaban cortados los miembros. Había otro (no, no podían ser mujeres) que desde muy joven se masturbaba pensando que él y su mejor amigo perdían las piernas en un accidente. Por todas partes se hablaba de la fascinación que ejercían los muñones y los limitados movimientos de las personas con miembros amputados, y Robin interpretó que la discapacidad se entendía como una manifestación extrema de *bondage*.

Mientras en el piso de abajo la característica voz nasal del comentarista del Grand National proseguía su locución ininteligible y se intensificaban los gritos de ánimo de su hermano, ella seguía buscando en los foros algún comentario sobre Strike y también algo que conectara aquella parafilia con la violencia.

A Robin le pareció relevante que las personas que vertían sus fantasías sobre amputaciones y amputados en el foro no se excitaran con la violencia o el dolor. Hasta el hombre cuya fantasía sexual consistía en que su amigo y él se cortaban las piernas juntos lo especificaba claramente: la amputación no era más que la condición previa necesaria para conseguir los muñones.

¿Podía ser que una persona a la que le excitara Strike por haber sufrido una amputación le hubiera cortado una pierna a una mujer y se la hubiera enviado? Seguro que ésa habría sido la primera conclusión de Matthew, pensó Robin con desdén, porque su prometido habría dado por hecho que cualquiera lo bastante raro para encontrar atractivos los muñones debía de estar lo bastante loco para descuartizar a otra persona: sí, seguro que lo consideraba probable. Sin embargo, por lo que Robin recordaba de la carta de «R.L.», y tras leer detenidamente los desahogos en la red de otros acrotomofílicos como él, a ella le parecía mucho más probable que a lo que se refería «R.L.» cuando hablaba de «resarcir» a Strike fuera a prácticas que seguramente el detective encontraría mucho menos apetecibles que la propia amputación.

Aunque, evidentemente, cabía la posibilidad de que «R.L.» fuera, a la vez, acrotomofílico y psicópata.

—¡Sí! ¡De puta madre! ¡Quinientas libras! —gritó Martin.

A juzgar por los porrazos rítmicos provenientes del pasillo, a su hermano le había faltado espacio en el salón para realizar su danza de la victoria. *Rowntree* se despertó, se levantó y ladró sin entusiasmo. Martin hacía tanto ruido que Robin no oyó a Matthew acercarse hasta que abrió la puerta. Ella clicó automáticamente con el ratón varias veces seguidas, retrocediendo por los diferentes sitios web dedicados a la fetichización de las personas con miembros amputados.

—Hola —dijo—. Deduzco que *Ballabriggs* ha ganado la carrera.

—Sí —confirmó Matthew.

Por segunda vez ese mismo día, Matthew le tendió una mano. Robin apartó el portátil; él tiró de ella para levantarla y la abrazó. El calor de su cuerpo la reconfortó y la tranquilizó. No soportaba la perspectiva de pasarse otra noche discutiendo.

Entonces Matthew se separó de ella. Tenía la mirada fija en algo más allá del hombro de Robin.

—¿Qué pasa?

Ella miró el ordenador. En medio de una página blanca de texto destacaba una definición enmarcada en un gran rectángulo:

> ACROTOMOFILIA, *f*: Parafilia en la que el deseo sexual procede de fantasías o actos que implican a una persona con alguna extremidad amputada.

Se produjo un silencio breve.

—¿Cuántos caballos han muerto? —preguntó Robin con voz crispada.

—Dos —contestó Matthew, y salió de la habitación.

14

... you ain't seen the last of me yet,
I'll find you, baby, on that you can bet[18]

Showtime, Blue Öyster Cult

El domingo a las ocho y media de la noche Strike se encontraba delante de la estación de Euston fumándose el que sería su último cigarrillo hasta que llegara a Edimburgo tras un viaje de nueve horas.

Elin había sentido mucho que fuera a perderse el concierto de esa noche, y a cambio habían pasado casi toda la tarde en la cama, una alternativa que Strike había aceptado de muy buen grado. Guapa, equilibrada y bastante fría fuera del dormitorio, Elin era considerablemente más efusiva dentro de él. El recuerdo de ciertas imágenes eróticas y sus correspondientes sonidos (su boca paseando por la piel de porcelana de Elin, ligeramente húmeda; los pálidos labios de ella lanzando, abiertos, un gemido) hacían aún más placentero el sabor de la nicotina. En el espectacular piso en Clarence Terrace donde vivía su novia estaba prohibido fumar, porque su hija tenía asma. Así pues, ese día la recompensa postcoital de Strike había consistido en combatir el sueño mientras ella le mostraba en el televisor del dormitorio una grabación en la que salía hablando de los compositores románticos.

—¿Sabes qué? Te pareces a Beethoven —comentó ella, pensativa, mientras la cámara enfocaba un busto de mármol del compositor.

—Ya, con la nariz hecha un cisco —matizó Strike; no era la primera vez que se lo decían.

—¿Y a qué vas a Escocia? —preguntó Elin.

Strike se estaba colocando la pierna ortopédica sentado en la cama del dormitorio, que a pesar de estar decorado en tonos blancos y crema no tenía ni pizca de la austeridad deprimente del cuarto de invitados de Nick e Ilsa.

—A seguir una pista —contestó él, plenamente consciente de que estaba exagerando.

No había nada que relacionara a Donald Laing ni a Noel Brockbank con la pierna cortada, excepto sus propias sospechas. Con todo, y por mucho que en secreto lamentara las casi trescientas libras que iba a costarle el billete de ida y vuelta, no se arrepentía de haber decidido ir.

Aplastó la colilla del cigarrillo con el talón de su pie ortopédico, entró en la estación, compró comida en el supermercado y subió con dificultad al tren nocturno.

El compartimento individual, con su lavamanos plegable y su litera estrecha, era diminuto, pero a lo largo de su carrera militar Strike había tenido que apañárselas en sitios mucho más incómodos. Le alegró comprobar que su metro noventa de estatura cabía en la cama; además, siempre le resultaba más fácil manejarse en un espacio reducido una vez que se quitaba la prótesis. Su única queja era que en el compartimento hacía demasiado calor: él mantenía su ático a una temperatura que todas las mujeres a quienes conocía habrían calificado de gélida, aunque ninguna había dormido allí. Elin ni siquiera lo había visto; a Lucy, su hermana, nunca la había invitado a ir para no echar por tierra su ilusión, falsa, de que últimamente ganaba mucho dinero. De hecho, pensándolo bien, la única mujer que había entrado era Robin.

El tren arrancó con una sacudida. Detrás de la ventanilla, columnas y bancos se deslizaron intermitentemente. Strike se sentó en la litera, desenvolvió su primer bocadillo de beicon y dio un gran bocado; al hacerlo se acordó de Robin sentada a la mesa de su cocina, pálida y temblorosa. Lo alegraba saber que su ayudante estaba en casa de sus padres, en Masham, fuera de peligro: al menos podía aparcar una de sus preocupaciones más acuciantes.

La situación en que se encontraba le resultaba familiar. Nada habría sido muy diferente si, estando todavía en el ejército, hubiera recorrido el Reino Unido de punta a punta y de la forma más barata posible para presentarse en la sede en Edimburgo de la DIE. Nunca había tenido que ir allí, pero sabía que las oficinas estaban ubicadas en el castillo erigido en la cima de un afloramiento rocoso de contorno irregular en pleno centro de la ciudad.

Más tarde, después de recorrer, balanceándose, el pasillo traqueteante para ir a orinar, se quedó en calzoncillos, se tumbó encima de las mantas finas de la litera y se puso a dormir o, mejor dicho, a dormitar. El movimiento oscilante del coche cama era relajante, pero el calor y los cambios de ritmo del tren le impedían dormir profundamente. Desde que, en Afganistán, el Viking en el que iba montado había explotado llevándose media pierna suya y a dos colegas, a Strike le costaba ir de pasajero en los coches. Ahora descubría que esa leve fobia se extendía a los trenes. En tres ocasiones lo despertó, como habría hecho la alarma de un despertador, el silbido de una locomotora que pasaba a toda velocidad en la dirección opuesta, rozando casi su coche; y cada vez que el tren tomaba una curva y se inclinaba ligeramente, se imaginaba que aquel monstruo metálico enorme volcaba, rodaba, se estrellaba y quedaba destrozado.

El tren entró en Edinburgh Waverly a las cinco y cuarto, pero hasta las seis no le sirvieron el desayuno. Strike se había despertado al oír a un mozo que recorría el coche repartiendo bandejas. Cuando abrió la puerta de su compartimento, manteniendo el equilibrio sobre su única pierna, el joven de uniforme no pudo contener un grito de consternación, con la vista clavada en la prótesis tirada en el suelo detrás de Strike.

—Lo siento, amigo —dijo con marcado acento de Glasgow tras desviar la mirada de la prótesis a la pierna de Strike y darse cuenta de que, afortunadamente, el pasajero no se había cortado una pierna—. ¡Qué sofocón!

Strike lo encontró divertido; cogió la bandeja y cerró la puerta. Tras una noche en vela necesitaba mucho más un cigarrillo que un cruasán recalentado y correoso, de modo que se dispuso a colocarse la pierna ortopédica y vestirse al mismo tiempo que se bebía el café solo a grandes tragos. Fue de los primeros pasajeros en bajar del tren aquella fría y temprana mañana escocesa.

Por su ubicación, la estación daba la extraña impresión de estar en el fondo de un abismo. A través del techo de cristal con forma de acordeón, Strike distinguió las siluetas de oscuros edificios góticos que descollaban sobre la estación, erigidos en un terreno más elevado. Cerca de la parada de taxis encontró el sitio donde Hardacre había dicho que lo recogería. Se sentó en un frío banco de metal, se puso la mochila entre los pies y encendió el cigarrillo.

Hardacre tardó veinte minutos en aparecer, y cuando por fin llegó, la aprensión se apoderó de Strike. Cuando había hablado por teléfono con su amigo estaba tan agradecido por poder ahorrarse el gasto de alquilar un coche que había considerado una grosería preguntarle qué coche tenía.

«Un Mini. Un puto Mini.»

—¡Oggy!

Representaron el peculiar saludo de influencia norteamericana, combinación de abrazo y apretón de manos, que se había puesto de moda hasta en las Fuerzas Armadas. Hardacre sólo medía un metro setenta; tenía el pelo de color paja y estaba empezando a quedarse calvo. Strike sabía muy bien que el aspecto anodino del inspector ocultaba un agudo cerebro de investigador. Habían trabajado juntos hasta conseguir la detención de Brockbank, y eso por sí solo había bastado para que establecieran un vínculo de amistad, con las consecuencias que tuvo después para ambos.

Hasta que no vio que Strike tenía que encogerse para caber en el coche, a Hardacre no se le ocurrió que debería haber mencionado que tenía un Mini.

—No me acordaba de lo enorme que eres, cabronazo —comentó—. ¿Crees que podrás conducirlo?

—Sí, claro —contestó Strike, y echó el asiento del pasajero tan atrás como pudo—. Gracias por prestármelo, Hardy.

Por lo menos era automático.

El cochecito salió de la estación y subió por la colina hacia los edificios negros como el carbón que Strike había visto a través del tejado de cristal. Hacía una mañana fría y gris.

—Se supone que va a mejorar el tiempo —murmuró Hardacre.

Recorrían la empinada y adoquinada Royal Mile e iban dejando atrás las tiendas donde vendían tartanes y banderas con el león rampante, restaurantes y cafeterías, letreros que anunciaban visitas guiadas de temática gótica y, a su derecha, callejones estrechos por los que se atisbaba la ciudad, que se extendía hacia abajo.

Llegaron a lo alto de la colina y el castillo apareció ante ellos: se recortaba, oscuro e imponente, contra el cielo, cercado por muros de piedra altos y curvados. Hardacre giró hacia la izquierda alejándose de las puertas con emblemas labrados, donde empezaban a congregarse los turistas dispuestos a soportar largas colas. Al llegar a una cabina de madera dio su nombre, mostró su pase y siguió adelante, camino de la entrada abierta en la roca volcánica que conectaba con un túnel iluminado con luz artificial por el que discurrían gruesos cables eléctricos. Cuando salieron del túnel se encontraron a gran altura sobre la ciudad; había cañones alineados en las almenas, desde donde se contemplaba una vista neblinosa de las torres y los tejados de la ciudad negra y dorada que se extendía hasta el estuario del Forth a lo lejos.

—Muy bonito —observó Strike acercándose a los cañones para ver mejor.

—No está mal —concedió Hardacre, echando un vistazo a la capital escocesa—. Por aquí, Oggy.

Entraron en el castillo por una puerta lateral de madera. Strike siguió a Hardacre por un pasillo frío y estrecho con suelo de losas de piedra y por un par de tramos de escalera que a la articulación de la rodilla derecha de Strike le costó subir. En las paredes, a intervalos desiguales, había colgados retratos de militares victorianos con uniforme de gala.

En el primer rellano, una puerta conducía a un pasillo con despachos a ambos lados, con moqueta raída de color rosa oscuro y paredes pintadas de un verde más propio de un hospital. Aunque Strike nunca había estado allí, de alguna manera se sentía más cómodo de lo que jamás había estado en la vieja casa ocupada de Fulbourne Street. Se identificaba tanto con aquel entorno que habría podido instalarse en la primera mesa que hubiera visto libre y no habría tardado ni diez minutos en ponerse a trabajar.

Había pósteres en las paredes. Uno recordaba a los investigadores la importancia de la «hora dorada» y el procedimiento que se ha de seguir durante ese lapso de tiempo, esencial para recoger pistas e información tras haberse cometido un delito; en otro había fotografías de diversas sustancias estupefacientes. También había pizarras blancas donde estaban anotadas las últimas novedades y las fechas límite de diferentes casos todavía sin resolver («falta examen teléfono y análisis ADN», «falta formulario SPA 3»), y archivadores metálicos que contenían kits de recogida de huellas dactilares. La puerta del laboratorio estaba abierta. Encima de una mesa metálica alta había una almohada dentro de una bolsa de pruebas; estaba cubierta de manchas de sangre de color marrón oscuro. A su lado había una caja de cartón que contenía varias botellas de licor. Donde había derramamiento de sangre siempre había alcohol. En la esquina, una botella vacía de Bell's servía para sujetar una gorra roja, precisamente la prenda del uniforme a la que aquel cuerpo militar debía su apodo.

Vieron acercarse a una rubia de pelo corto con traje de chaqueta de raya diplomática.

—Hola, Strike.

El detective no la reconoció inmediatamente.

—Emma Daniels. Catterick, 2002 —dijo ella, sonriente—. Llamaste «hijo de puta negligente» a nuestro sargento primero.

—Ah, sí —dijo él, y Hardacre rió—. Es que lo era. Te has cortado el pelo.

—Y tú te has hecho famoso.

—Yo no diría tanto —dijo Strike.

Un joven de tez clara que iba en mangas de camisa asomó la cabeza por la puerta del despacho del fondo del pasillo, interesado en la conversación.

—Tenemos que irnos, Emma —dijo Hardacre impaciente, y después de entrar con el detective privado en su despacho y cerrar la puerta, añadió—: Ya sabía yo que si te veían se interesarían por ti.

La habitación era bastante oscura, debido en gran medida a que la ventana daba justo a una escarpada pared de roca. Las fotografías de los hijos de Hardacre y una colección considerable de jarras de cerveza alegraban la decoración, compuesta de la misma moqueta raída de color rosa y las mismas paredes verde claro que Strike había visto en el pasillo.

—Bueno, Oggy... —Hardacre pulsó el teclado de su ordenador y se apartó enseguida para que Strike pudiera sentarse a su mesa—. Aquí lo tienes.

La DIE tenía acceso a archivos de los tres cuerpos militares. En la pantalla del ordenador apareció una fotografía de la cara de Noel Campbell Brockbank. Estaba tomada antes de que Strike lo conociera, antes de que recibiera en la cara los golpes que le dejarían un globo ocular hundido para siempre y una oreja deformada. Pelo castaño oscuro cortado al rape, una cara estrecha y alargada, con un matiz azulado alrededor del mentón y con una frente exageradamente despejada: la primera vez que lo vio, Strike pensó que la cabeza alargada y las facciones asimétricas daban la impresión de que a Brockbank lo habían retorcido en un torno.

—No puedo dejarte imprimir nada, Oggy —dijo Hardacre mientras Strike se sentaba en la silla con ruedas—, pero puedes fotografiar la pantalla. ¿Café?

—Prefiero té, si puede ser. Gracias.

Hardacre salió del despacho y cerró la puerta con cuidado. Strike sacó su móvil para tomar fotografías de la pantalla. Tras asegurarse de que tenía un buen retrato, fue bajando para ver el informe completo sobre Brockbank y tomó nota de su fecha de nacimiento y otros detalles personales.

Brockbank había nacido el día de Navidad, el mismo año que Strike. Cuando se alistó en el Ejército, dio una dirección de Barrow-in-Furness. Poco después de participar en la operación Granby, que los ciudadanos de a pie conocían como la primera

Guerra del Golfo, se había casado con la viuda de un militar que tenía dos hijas, una de las cuales era Brittany. Su hijo había nacido mientras él estaba sirviendo en Bosnia.

Strike tomaba notas a medida que leía el informe, hasta llegar a la lesión que había echado por tierra la carrera de Brockbank y le había cambiado la vida. Hardacre volvió a entrar en el despacho con dos tazas; Strike le dio las gracias y siguió leyendo detenidamente el archivo digital. Allí no se mencionaba el delito del que habían acusado a Brockbank, que Hardacre y Strike habían investigado y del que ambos seguían considerándolo culpable. El hecho de que Brockbank hubiera burlado la justicia era una de las cosas que más lamentaba Strike de su carrera militar. Su recuerdo más vívido de aquel hombre era su gesto colérico al abalanzarse sobre él con una botella de cerveza rota en la mano. Tenía aproximadamente la misma estatura que Strike, o quizá incluso la superaba. El ruido que hizo Brockbank al chocar contra la pared cuando el detective le propinó el puñetazo había sido parecido, como dijo más tarde Hardacre, al de un coche empotrándose en la fachada endeble de una instalación militar.

—Veo que cobra una pensión militar nada despreciable —masculló Strike mientras anotaba los diferentes lugares a los que se la habían mandado desde que Brockbank había dejado el Ejército. Primero había ido a su casa, a Barrow-in-Furness. Luego a Mánchester, donde había permanecido casi un año.

»¡Ja! —dijo Strike por lo bajo—. Así que eras tú, hijo de puta.

Después de Mánchester, Brockbank había ido a Market Harborough, para luego regresar a Barrow-in-Furness.

—¿Qué es esto de aquí, Hardy?

—El informe psiquiátrico —contestó Hardacre, que se había sentado en una silla junto a la pared y leía detenidamente otro expediente—. No deberías haberlo visto. Ha sido un descuido grave por mi parte dejármelo abierto.

—Tienes razón —coincidió Strike, y abrió el archivo.

Sin embargo, el informe no le reveló gran cosa que no supiera ya. Hasta que no lo hospitalizaron no quedó claro que

Brockbank era alcohólico. Entre sus médicos había habido mucho debate sobre cuáles de sus síntomas podían atribuirse al alcohol, al trastorno por estrés postraumático o al traumatismo craneoencefálico. Strike tuvo que buscar en Google algunos términos a medida que leía: «afasia» (dificultad para encontrar la palabra adecuada); «disartria» (dificultad del habla); «alexitimia» (dificultad para entender o identificar las propias emociones).

La mala memoria le había venido muy bien a Brockbank en aquella época. ¿Le habría costado mucho fingir algunos de aquellos síntomas tan clásicos?

—Lo que no tuvieron en cuenta —comentó Strike, que había conocido a otras personas con traumatismo craneoencefálico a las que, por cierto, tenía simpatía— fue que era un hijo de la gran puta, antes que nada.

—Cierto —concedió Hardacre, y siguió dando sorbos de café mientras trabajaba.

Strike cerró los informes sobre Brockbank y abrió los de Laing. Su fotografía encajaba perfectamente con el recuerdo que Strike tenía del exborderer, que sólo tenía veinte años cuando se habían conocido: una cara ancha, de tez clara, una línea de crecimiento del pelo muy baja y unos ojos de hurón, pequeños y negros.

Strike se acordaba muy bien de los detalles de la breve carrera militar de Laing, a la que él mismo había puesto fin. Tras anotar la dirección de la madre de Laing en Melrose, leyó por encima el resto del documento y a continuación abrió el informe psiquiátrico adjunto.

«Claros indicios de trastorno antisocial y trastorno límite de la personalidad... Susceptible de seguir presentando conductas violentas...»

Unos golpes en la puerta del despacho hicieron que Strike cerrara precipitadamente los archivos que tenía abiertos en la pantalla y se levantara. Hardacre apenas había llegado a la puerta cuando por ella entró una mujer de aspecto severo que vestía traje de chaqueta.

—¿Tienes algo para mí sobre Timpson? —le espetó a Hardacre, pero miró con recelo a Strike, quien dedujo que la mujer ya estaba al corriente de su presencia allí.

—Tengo que irme ya, Hardy —se apresuró a decir—. Me ha encantado hablar contigo.

Hardacre le presentó brevemente a la suboficial, a quien ofreció una versión resumida de su relación con Strike, y lo acompañó afuera.

—Me quedaré aquí hasta tarde —dijo cuando se estrecharon la mano junto a la puerta—. Llámame cuando sepas a qué hora me puedes devolver el coche. Que te vaya bien.

Mientras bajaba con cuidado la escalera de piedra, Strike no pudo evitar pensar que él habría podido estar allí, trabajando con Hardacre, sujeto a las rutinas y las exigencias de la División de Investigaciones Especiales que tan bien conocía. Tras el accidente que le había costado una pierna, el Ejército había intentado retenerlo. Él nunca se había arrepentido de haberse marchado, pero aquella reinmersión en su antigua vida, aunque había sido fugaz, le provocó una nostalgia ineludible.

Strike salió al exterior, donde unos débiles rayos de sol se colaban por una grieta abierta en unas nubes densas; nunca había sido tan consciente de su cambio de estatus. Ya no tenía que someterse a las exigencias de superiores poco razonables, ni permanecer recluido en un despacho rodeado de paredes de roca; pero, por otra parte, había sido despojado del prestigio y el poder que confería el ejército británico. Estaba completamente solo para reemprender lo que bien podría resultar una simple pérdida de tiempo, armado únicamente con unas cuantas direcciones, en busca del hombre que le había enviado una pierna de mujer a Robin.

15

Where's the man with the golden tattoo?[19]

Power Underneath Despair, Blue Öyster Cult

Tal como Strike había imaginado, conducir el Mini, incluso después de hacerle todos los ajustes posibles al asiento, era extremadamente incómodo. A falta de pie derecho, tenía que accionar el acelerador con el izquierdo. Eso requería torcer el cuerpo de forma peligrosa e incómoda en aquel espacio tan reducido. Hasta que no salió de la capital escocesa y se encontró a salvo en la tranquila y recta A7 camino de Melrose, no se sintió capaz de dejar de pensar en la mecánica de la conducción del coche prestado y concentrarse en el soldado Donald Laing de los King's Own Royal Borderers, a quien había visto por primera vez unos once años atrás en un cuadrilátero de boxeo.

El encuentro había tenido lugar por la noche en un gimnasio oscuro y austero donde resonaban los gritos roncos de quinientos soldados enardecidos.

Entonces él era el cabo Cormoran Strike de la Policía Militar, estaba en perfecta forma, tonificado y musculado, provisto de dos piernas fuertes y dispuesto a demostrar de qué era capaz en el torneo de boxeo Inter-Regimientos. Los seguidores de Laing triplicaban, como mínimo, a los de Strike. No era nada personal. La Policía Militar era impopular por definición. Ver cómo dejaban inconsciente a un Gorra Roja era un satisfactorio broche final para una noche de boxeo. Ambos púgiles eran corpulentos, y aquél iba a ser el último combate de la velada. El rugido del público tronaba por las venas de los boxeadores como un segundo pulso.

Strike se acordaba de los ojos de su oponente, pequeños y negros, y de su pelo cortado a cepillo, rojo oscuro como el pelaje de un zorro. Tenía tatuada una rosa amarilla que le cubría todo el antebrazo izquierdo. Su cuello era mucho más ancho que el estrecho mentón, y el torso, de piel clara y sin vello, lucía musculoso como una estatua de mármol de Atlas; las pecas que le salpicaban brazos y hombros destacaban como picaduras de mosquito sobre la blancura de su piel.

Después de cuatro asaltos estaban muy igualados; el más joven quizá tuviera un juego de pies más rápido, pero Strike lo superaba en técnica.

En el quinto asalto, Strike esquivó un golpe, amagó otro dirigido a la cara de su oponente y entonces derribó a Laing asestándole un puñetazo en los riñones. La facción anti Strike del público se quedó callada mientras su rival se desplomaba sobre la lona, y a continuación los abucheos resonaron por toda la sala como barritos de elefante.

El árbitro contó hasta seis y Laing se levantó, pero dejó en la lona parte de su disciplina. Golpeaba a la desesperada; hubo un momento en que se negó a parar, lo que le mereció una severa reprimenda del árbitro; lanzó un corto después de sonar la campana y se llevó una segunda advertencia.

Transcurrido un minuto del sexto asalto, Strike consiguió sacar partido de la debilidad técnica de su oponente y puso a Laing, que sangraba profusamente por la nariz, contra las cuerdas. Cuando el árbitro los separó y luego volvió a indicarles que continuaran, Laing se deshizo de la última fina membrana de comportamiento civilizado e intentó asestarle un cabezazo a Strike. El árbitro quiso intervenir y Laing enloqueció. Strike esquivó por los pelos una patada en la entrepierna, y a continuación se vio inmovilizado entre los brazos de su oponente, que le hincó los dientes en la cara. Strike oía los gritos del árbitro, aunque sin entender lo que decía, y se dio cuenta de que el nivel de ruido del público había descendido repentinamente; el entusiasmo se había tornado inquietud ante la fuerza peligrosa que emanaba de Laing. El árbitro obligó a los boxeadores a separarse, sin dejar de gritar a Laing, que no parecía oír nada y se limitó a recomponerse y a lanzar un puñetazo a Strike; pero éste lo esquivó y le propinó un golpe fuerte en el vientre. Laing se dobló por la cintura, sin poder respirar, y cayó al suelo de rodillas. Strike abandonó el *ring* en medio de aplausos débiles, con una mordedura dolorosa en la mejilla de la que manaba sangre.

Dos semanas más tarde, a Strike, que había acabado el torneo en segundo puesto, detrás de un sargento del Tercero de Paracaidistas, le asignaron un destino y se marchó de Aldershot, pero tuvo tiempo de enterarse de que a Laing lo habían acuartelado por su exhibición de mala disciplina y violencia en el *ring*. El castigo habría podido ser mucho peor, pero, según le contaron a Strike, su superior había aceptado las circunstancias atenuantes que había alegado Laing para justificar su conducta. Según él, había subido al cuadrilátero muy alterado por la noticia de que su prometida había tenido un aborto.

Ya entonces, años antes de que Strike supiera otras cosas sobre Laing que, a la postre, era por lo que circulaba por aquella carretera secundaria en un Mini prestado, el detective no se había creído que un feto muerto significara nada para el salvaje al que él había visto ardiendo de rabia bajo la piel blanca y sin vello de Laing. Cuando se marchó del país, en su cara todavía se apreciaban las marcas de los incisivos de su contrincante.

Tres años más tarde, Strike había llegado a Chipre para investigar un presunto caso de violación. Al entrar en la sala de interrogatorios se encontró cara a cara por segunda vez con Donald Laing, que había engordado un poco y se había hecho unos cuantos tatuajes más. El sol chipriota había hecho que le salieran muchas pecas en la cara y tenía arrugas alrededor de los ojos, pequeños y hundidos.

Como era de esperar, el abogado de Laing se opuso a que la investigación la dirigiera el hombre a quien años atrás su cliente había mordido, de modo que Strike le cambió el caso a un colega suyo que había ido a Chipre a investigar una red de tráfico de drogas. Una semana más tarde, cuando quedó con él para tomar una copa, Strike comprobó, para su sorpresa, que su colega estaba predispuesto a creerse la historia de Laing, basada en que él y la presunta víctima, una camarera del lugar, habían tenido relaciones sexuales consentidas tras una borrachera, y que después ella se había arrepentido porque a su novio le habían llegado rumores de que se había ausentado de su puesto de trabajo con Laing. No había testigos de la presunta agresión, que, según la declaración de la camarera, se había producido bajo la amenaza de una navaja.

—La chica es un pendón —fue la valoración que hizo de la víctima el otro investigador de la DIE.

Strike no estaba en posición de contradecirlo, pero no había olvidado que Laing, en otra ocasión, se había ganado la simpatía de un oficial tras una exhibición de violencia e insubordinación presenciada por cientos de personas. Cuando Strike pidió detalles de la historia de Laing y de su comportamiento, su colega describió a un tipo listo y simpático con un sentido del humor un tanto retorcido.

—Podría mejorar en disciplina —admitió el investigador, que había repasado el historial de Laing—, pero no le veo un perfil de violador. Está casado, y se ha traído a su mujer aquí.

Strike volvió a ocuparse de su caso de estupefacientes bajo un calor sofocante. Transcurridas dos semanas, y luciendo una barba que, por suerte, le crecía muy deprisa cuando necesitaba adoptar un aire «menos militar», como solía decirse en el Ejército, se encontraba tumbado en el suelo de madera de un *loft* cargado de humo escuchando una historia de lo más extraña. Dado el aspecto desaliñado de Strike, sus sandalias, sus bermudas holgadas y la colección de pulseritas anudadas alrededor de su gruesa muñeca, quizá fuera lógico que el camello, un joven chipriota embriagado, no sospechara que estaba hablando con un policía militar británico. Tumbados lado a lado, cada uno con un porro en la mano, el camello le confió los nombres de varios soldados que traficaban en la isla, y no sólo con cannabis. El joven tenía un acento muy marcado, y Strike estaba tan ocupado memorizando aproximaciones a los nombres reales o a los seudónimos que, cuando oyó por primera vez el nombre «Dunnullung», no pensó inmediatamente en nadie a quien conociera. Hasta que el otro no empezó a contarle que Dunnullung había atado y torturado a su mujer, Strike no lo relacionó con Laing. «Está loco —dijo con indiferencia el chico, con los ojos enrojecidos—. Sólo porque una vez ella intentó marcharse, ya ves.» Tras un interrogatorio cuidadoso y velado, el chipriota reveló que la historia se la había contado el propio Laing. Seguramente se la había confesado al chico, en parte, para divertirlo y, en parte, para advertirlo de con quién estaba tratando.

Al día siguiente, a mediodía, un sol abrasador caía sobre Seaforth Estate. Allí estaban las casas más antiguas de los alojamientos militares de la isla, pintadas de blanco y un poco destartaladas. Strike había decidido ir allí mientras Laing, que se había librado con éxito de los cargos de violación, estaba trabajando. Cuando llamó a la puerta, sólo oyó el llanto de un bebé a lo lejos.

—Creemos que tiene agorafobia —le confió una vecina chismosa que había salido, presurosa, para compartir con él sus opiniones—. No está del todo bien. Es muy tímida.

—¿Y su marido? —preguntó Strike.

—¿Donnie? Uy, Donnie es la alegría de la huerta —respondió la vecina alegremente—. ¡Tendría que oírlo imitar al cabo Oakley! Lo hace muy bien. Es muy gracioso.

Había normas, y muchas, sobre la posibilidad de entrar en la casa de otro soldado sin su permiso explícito. Strike llamó a la puerta, pero nadie contestó. Seguía oyendo llorar al bebé. Fue hasta la parte de atrás de la casa y comprobó que las cortinas estaban corridas. Llamó otra vez a la puerta. Nada.

En caso de que tuviera que defender su actuación, su única excusa sería el llanto de aquel bebé. No obstante, quizá no se considerara motivo suficiente para entrar por la fuerza sin una orden judicial. Strike desconfiaba de quienes se fiaban en exceso del instinto o la intuición, pero estaba convencido de que allí pasaba algo raro. Poseía un sexto sentido para detectar situaciones extrañas y potencialmente peligrosas. A lo largo de su infancia había visto cosas que otros preferían imaginar que sólo sucedían en las películas.

La puerta se combó y cedió la segunda vez que la empujó con el hombro. La cocina apestaba. Hacía días que no vaciaban el cubo de la basura. Se adentró en la casa.

—¿Señora Laing?

No contestó nadie. El débil llanto del niño provenía del piso de arriba. Strike subió la escalera sin dejar de dar voces.

La puerta del dormitorio principal estaba abierta. La habitación estaba en penumbra y el hedor era insoportable.

—¿Señora Laing?

Estaba desnuda, con una muñeca atada al cabecero de la cama, parcialmente tapada con una sábana con manchas de sangre. El bebé yacía a su lado en el colchón y sólo llevaba puesto un pañal. Strike enseguida se dio cuenta de que el pequeño estaba desnutrido y enfermo.

Cuando irrumpió en la habitación para liberarla, mientras con la otra mano ya buscaba el móvil para pedir una ambulancia, ella le habló con voz cascada:

—No... Váyase... Fuera...

Strike había presenciado pocas veces una escena tan aterradora. Pese a su crueldad, el marido había adquirido un carácter casi sobrenatural. Mientras Strike le soltaba la muñeca, hinchada y ensangrentada, la mujer le suplicaba que la dejara allí. Laing la había amenazado con matarla si el bebé no estaba más tranquilo cuando él regresara. Por lo visto, ella era incapaz de concebir un futuro en el que Laing no fuera omnipotente.

Condenaron a Donald Laing a dieciséis años de cárcel por lo que había hecho a su mujer, y el testimonio de Strike fue decisivo. Laing lo negó todo hasta el final, dijo que su mujer se había atado ella sola, que le gustaba, que así era como se ponía cachonda, que no atendía al bebé, que había intentado incriminarlo, que todo había sido un montaje.

Eran de los recuerdos más desagradables que tenía. Era extraño revivirlos mientras el Mini circulaba entre laderas verdes y majestuosas, relucientes bajo el sol cada vez más intenso. Strike no estaba familiarizado con aquel tipo de paisaje. Aquellas masas enormes de granito y aquellas colinas onduladas tenían, con su desnudez y su serena amplitud, una grandiosidad extraña. Strike había pasado gran parte de su infancia en la costa, en una atmósfera impregnada de sal: aquél, en cambio, era territorio de ríos y bosques, misterioso y secreto, diferente de St. Mawes, aquel pueblecito con su larga historia de contrabando, donde las casas de colores vivos se esparcían hasta la playa.

Mientras dejaba un viaducto espectacular a su derecha, pensó en los psicópatas, en que podías encontrarlos en cualquier sitio, no sólo en bloques de pisos cochambrosos, casas ocupadas y tugurios, sino también allí, en aquel escenario de belleza serena. Los tipos como Laing parecían ratas: sabías que estaban allí, pero nunca pensabas mucho en ellas hasta que te encontrabas cara a cara con una.

Un par de castillos de piedra en miniatura montaba guardia a ambos lados de la carretera. Cuando Strike entró en el pueblo natal de Donald Laing, un sol deslumbrante asomó entre las nubes.

16

So grab your rose and ringside seat,
We're back at home at Conry's bar[20]

Before the Kiss, Blue Öyster Cult.

En el cristal de la puerta de una tienda de la calle principal había un paño de cocina colgado. Estaba decorado con dibujos en negro de monumentos locales, pero lo que atrajo la atención de Strike fue una serie de rosas amarillas, estilizadas, exactamente iguales que la que recordaba haber visto tatuada en el poderoso antebrazo de Donald Laing. Se detuvo a leer los versos escritos en el centro:

> *It's oor ain toon*
> *It's the best toon*
> *That ever there be:*
> *Here's tae Melrose,*
> *Gem o'Scotland,*
> *The toon o'the free.*[21]

Había dejado el Mini en un aparcamiento junto a la abadía, cuyos arcos de un rojo oscuro se recortaban en un cielo azul pálido. Más allá, hacia el sudeste, estaban las tres cimas de Eildon Hill, que Strike había visto en el mapa y que añadían dramatismo y distinción a la línea del horizonte. Se compró un panecillo de beicon en una cafetería cercana y se lo comió en una de las mesas habilitadas fuera; luego se fumó un cigarrillo y se tomó el segundo té del día. A continuación, Strike echó a andar en busca del Wynd, donde estaba el domicilio particular que Laing había dado dieciséis años atrás, cuando se había alistado en el Ejército, y que Strike no estaba seguro de cómo debía pronunciar. ¿Esa «y» se pronunciaba «i» o «ai»?

Recorrió la calle principal, ligeramente empinada, hasta la plaza del centro, donde se alzaba, sobre una base adornada con flores, una columna con un unicornio en lo alto; parecía un pueblecito próspero bajo el sol. En la acera, una baldosa redonda llevaba grabado el nombre romano de la población, Trimontium, y Strike comprendió que debía de referirse al monte de tres cimas cercano.

Debía de haberse pasado el Wynd, que según el mapa que consultaba con el móvil estaba en una avenida frente a la calle principal. Dio media vuelta y encontró un callejón estrecho entre las paredes a su derecha, apenas lo bastante ancho para que pasara por él un peatón, que conducía a un patio interior en penumbra. La vieja casa familiar de Laing tenía una puerta principal de color azul intenso a la que se accedía por unos escalones.

Strike llamó con los nudillos, y casi de inmediato le abrió una mujer atractiva de pelo castaño oscuro, demasiado joven para ser la madre de Laing. Cuando Strike le explicó el motivo de su visita, ella contestó con un acento suave que al detective le pareció sugerente.

—¿La señora Laing? Hace diez años o más que no vive aquí.

Antes de que Strike tuviera tiempo de deprimirse, añadió:

—Vive más arriba, en Dingleton Road.

—¿Dingleton Road? ¿Queda lejos?

—No, un poco más arriba. —Señaló detrás de ella, hacia la derecha—. Lo siento, no sé en qué número.

—No importa. Gracias por su ayuda.

Mientras volvía a recorrer el pasaje sombrío hasta la luminosa plaza se le ocurrió pensar que, exceptuando los tacos que el joven soldado le había murmurado al oído en el cuadrilátero de boxeo, nunca había oído hablar a Donald Laing. Como todavía estaba investigando en secreto aquel caso de estupefacientes, había sido imprescindible que no vieran a Strike entrando y saliendo del cuartel general con barba, de modo que del interrogatorio de Laing posterior a su arresto se habían encargado otros. Más tarde, cuando Strike resolvió con éxito el caso de las drogas y volvió a afeitarse, testificó contra Laing ante el tribunal, aunque ya estaba en un avión saliendo de Chipre cuando éste se levantó para negar que hubiera atado ni torturado a su esposa. Strike cruzó Market Square y se preguntó si su acento escocés sería una de las razones por las que la gente era tan propensa a creer en Donnie Laing, a perdonarlo, a que le cayera simpático. El detective recordaba haber leído que los anunciantes utilizaban el acento escocés para transmitir integridad y honestidad.

El único pub que había visto hasta el momento se hallaba a escasa distancia, en una calle por la que pasó camino de Dingleton Road. Al parecer, en Melrose les gustaba el amarillo: aunque las paredes eran blancas, las puertas y las ventanas del pub estaban pintadas de un amarillo chillón y bordeadas de negro. Strike, nacido en Cornualles, encontró gracioso, tratándose de una población de interior, que el pub se llamara Ship Inn, taberna del barco. Enfiló Dingleton Road, que describía una curva bajo un puente, se convertía en una cuesta pronunciada y seguía serpenteando hasta perderse de vista.

La expresión «un poco más arriba» era relativa, como Strike ya había tenido ocasión de comprobar desde que había perdido la pierna por debajo de la rodilla. Cuando llevaba diez minutos andando cuesta arriba lamentó no haber regresado al aparcamiento de la abadía a buscar el Mini. Preguntó dos veces, a dos mujeres que encontró por la calle, si sabían dónde vivía la señora Laing, pero si bien fueron educadas y cordiales con él, ninguna supo decírselo. El detective siguió avanzando, sudando un poco, y dejó atrás una serie de casitas blancas, hasta que se cruzó con un anciano con boina de *tweed* que paseaba a un border collie blanco y negro.

—Disculpe —dijo Strike—. ¿Por casualidad sabe usted dónde vive la señora Laing? No recuerdo qué número me dijeron.

—¿La señora Laing? —replicó el anciano de pobladas cejas entrecanas, examinando a Strike—. Sí, es mi vecina.

«Menos mal.»

—Es la tercera casa —le indicó, y la señaló con el dedo—, la que tiene un azulejo de bienvenida en la entrada.

—Muchas gracias —dijo el detective.

Cuando se metió por el camino de la casa, Strike vio, con el rabillo del ojo, que el anciano seguía allí plantado, observándolo, pese a que el perro intentaba arrastrarlo calle abajo.

La casa de la señora Laing parecía limpia y respetable. Esparcidas por el césped y asomando por los arriates de flores había varias figuras de piedra que representaban animales adorables del universo de Walt Disney. La puerta principal quedaba a un lado del edificio, a la sombra. Strike levantó una mano para asir la aldaba, y sólo entonces se le ocurrió pensar que cabía la posibilidad de que al cabo de unos segundos se encontrara cara a cara con Donald Laing.

Después de llamar, durante un minuto no pasó nada, excepto que el anciano que paseaba a su perro volvió sobre sus pasos y se detuvo junto a la cancela del jardín de la señora Laing mirando sin disimulo al detective. Strike sospechó que el hombre debía de haberse arrepentido de haberle dado la dirección de su vecina y quería comprobar que aquel desconocido corpulento no llevaba malas intenciones, pero se equivocaba.

—¡Está en casa! —gritó el anciano mientras Strike trataba de decidir si debía llamar otra vez—. ¡Pero está bufa!

—¡¿Está qué?! —gritó Strike a su vez, al mismo tiempo que volvía a llamar.

—Bufa. Turulata.

El anciano dio unos pasos hacia Strike por el camino.

—Demente —tradujo por deferencia hacia el inglés.

—Ah.

Se abrió la puerta y apareció una anciana diminuta, arrugada y de tez amarillenta con una bata azul marino. Tenía unos pelos duros en la barbilla. La mujer miró a Strike con una especie de malevolencia extraviada.

—¿Señora Laing?

Ella no dijo nada: se quedó mirándolo con aquellos ojos que él sabía que, pese a estar rojos y descoloridos, debían de haber sido pequeños y brillantes, como de hurón, en otros tiempos.

—Señora Laing, estoy buscando a su hijo Donald.

—No —dijo ella con una vehemencia sorprendente—. No.

Retrocedió y cerró de un portazo.

—Mierda —dijo Strike por lo bajo, y se acordó de Robin.

Seguro que a ella se le habría ocurrido alguna manera mejor de convencer a aquella pobre anciana. Se dio la vuelta despacio y se preguntó si habría alguien más en Melrose que pudiera ayudarlo (había visto otros Laing registrados en el directorio 192.com), y de pronto se encontró cara a cara con el anciano del perro, que había recorrido todo el camino de la casa para acercarse al detective y lo miraba con emoción contenida.

—Usted es el detective —dijo—. Usted es el detective que encerró a su hijo.

Strike estaba perplejo. No se imaginaba cómo había podido reconocerlo un anciano escocés a quien nunca había visto. Dudaba mucho que su supuesta fama bastara para que lo identificara un perfecto desconocido. Todos los días se paseaba por las calles de Londres sin que a nadie le importara quién era, y a menos que alguien se lo encontrara u oyera su nombre en el contexto de una investigación, raramente lo relacionaban con las noticias de los periódicos sobre sus casos más sonados.

—¡Sí, fue usted! —dijo el anciano con un entusiasmo en aumento—. Mi mujer y yo somos amigos de Margaret Bunyan. —Ante la cara de desconcierto de Strike, añadió—: La madre de Rhona.

La memoria excelente del detective tardó unos segundos en recuperar la información de que la mujer de Laing, la joven a quien él había encontrado atada a la cama bajo una sábana manchada de sangre, se llamaba Rhona.

—Cuando Margaret lo vio en los periódicos, nos dijo: «¡Es él, es el chico que rescató a nuestra Rhona!» Le han ido muy bien las cosas, ¿verdad? ¡Basta, *Wullie*! —le gritó en un aparte al collie, que, impaciente, seguía tirando de la correa, decidido a volver a la calle—. Sí, ya lo creo, Margaret se entera de todo lo que hace, lee todo lo que los periódicos publican sobre usted. Usted descubrió quién había matado a aquella modelo. ¡Y a aquel escritor! Margaret jamás olvidará lo que hizo usted por su hija. Jamás.

Strike masculló unas palabras y confió en que expresaran su gratitud por el aprecio que le tenía Margaret.

—¿Para qué quiere hablar con la anciana señora Laing? No me diga que Donnie ha vuelto a hacer de las suyas.

—Lo busco a él —dijo Strike, evasivo—. ¿Sabe si ha vuelto a Melrose?

—No, no lo creo. Hace unos años vino a visitar a su madre, pero, que yo sepa, no ha vuelto por aquí. Éste es un pueblo muy pequeño: si Donnie Laing hubiera vuelto, nos habríamos enterado, ¿no?

—¿Cree que la señora...? ¿Bunyan, ha dicho? ¿Cree que ella podría...?

—Le encantaría conocerlo —dijo el anciano, emocionado—. No, *Wullie* —le espetó a su perro, que gemía y trataba de arrastrarlo hacia la cancela—. Voy a llamarla por teléfono, ¿le parece? Vive muy cerca, en Darnick. Es el pueblo de al lado. ¿Quiere que la llame?

—Me haría un favor.

Así pues, Strike acompañó al anciano a la casa de al lado y esperó en la impecable sala de estar mientras el hombre hablaba por teléfono, muy exaltado, y su perro gemía con ímpetu creciente.

—Dice que puede venir —dijo el anciano tapando el micrófono del auricular con una mano—. ¿Quiere encontrarse con ella aquí? Por mí no hay ni ningún problema. Mi mujer puede prepararles té...

—Gracias, pero tengo un par de cosas que hacer —mintió Strike, pues dudaba que fuera posible mantener una entrevista en presencia de aquel testigo tan charlatán—. ¿Por qué no le pregunta si podemos comer en el Ship Inn? Dentro de una hora, por ejemplo.

El empeño del collie en dar su paseo inclinó la balanza a favor de Strike. El detective y el anciano salieron juntos de la casa; el perro tiraba de la correa y Strike tenía que caminar deprisa, lo que le resultaba incómodo, pues la calle tenía una pendiente muy pronunciada. En Market Square, el detective se despidió con alivio de su amable guía. El anciano, sonriente, le dijo adiós con la mano y se dirigió hacia el río Tweed, mientras que Strike, que había empezado a cojear un poco, bajó por la calle principal para matar el tiempo hasta que llegara la hora de volver al Ship Inn.

Al alcanzar el final de la calle vio otra explosión de negro y amarillo chillón que explicaba los colores de la decoración del Ship Inn. Allí estaba, también, la rosa amarilla, en un letrero que rezaba: «MELROSE RUGBY FOOTBALL CLUB.» Strike se detuvo con las manos en los bolsillos junto al murete que bordeaba los terrenos del club, y contempló la extensión lisa y plana de terciopelo verde azulado rodeada de árboles, los postes de rugby amarillos que destellaban al sol, las gradas a la derecha y, más allá, unas colinas onduladas. El campo estaba muy cuidado, tanto como cualquier lugar de culto, y las instalaciones estaban muy bien equipadas para tratarse de un pueblo tan pequeño.

Sin apartar la vista de aquella extensión de hierba tan pulcra, Strike se acordó de Whittaker: fumando en un rincón de la casa ocupada, maloliente, con Leda tumbada a su lado, boquiabierta, escuchando las historias de su dura existencia, confiada y glotona como un polluelo, ávida de los cuentos que él le relataba. Desde el punto de vista de Leda, Gordonstoun venía a ser como Alcatraz: le parecía indignante que hubieran obligado a su poeta, tan delicado, a internarse en el riguroso invierno escocés para que lo apalearan en medio del barro, bajo la lluvia.

—¡Oh, no, rugby no, por favor! ¡Pobrecito mío! ¡Tú jugando al rugby!

Strike, que entonces tenía diecisiete años (y un labio hinchado, como resultado de su última sesión de entrenamiento en el club de boxeo), se había reído por lo bajo mientras hacía sus deberes, y Whittaker se había levantado tambaleándose y se había puesto a gritarle con su acento *cockney* falso y detestable:

—¿De qué cojones te ríes, zoquete?

Whittaker no soportaba que se rieran de él. Necesitaba que lo lisonjearan; si no recibía adulación, aceptaba el miedo, o incluso el odio, como prueba de su poder; la burla, en cambio, demostraba la supuesta superioridad del otro, y por lo tanto era intolerable.

—A ti te encantaría, ¿verdad, imbécil de mierda? Te crees que eres la leche porque te codeas con esos capullos del rugby,

¿no? —le espetó a Strike, provocándolo; y luego le gritó a Leda—: ¡Dile al *forrao* de su padre que lo envíe al puto Gordonstoun!

—¡Tranquilízate, cielo! —intervino ella, y entonces, en un tono ligeramente más imperioso, le dijo a su hijo—: ¡No, Corm!

Strike se había levantado y había afirmado los pies en el suelo, preparado y ansioso por pegar a Whittaker. Fue la vez que más cerca estuvo de hacerlo, pero su madre se interpuso entre los dos y apoyó una mano delgada y ensortijada en el palpitante pecho de cada uno.

Strike parpadeó y volvió a ver con claridad el campo, reluciente bajo el sol, un escenario de sanos empeños y emociones inocentes. Percibía el olor de las hojas, la hierba y el caucho del asfalto recalentado de la calle. Se dio la vuelta despacio y regresó hacia el Ship Inn; se moría de ganas de beber algo, pero su subconsciente traicionero todavía no había acabado con él.

La visión de aquel campo de rugby impecable había despertado otros recuerdos: Noel Brockbank, con el pelo negro y aquellos ojos negros, abalanzándose sobre él con la botella de cerveza rota en la mano. Brockbank era enorme, fuerte y rápido: el perfecto ala. Strike recordó que había levantado el puño, esquivando por los pelos la botella rota, y que éste había impactado en el preciso instante en que el cristal le rozaba el cuello.

Fractura basilar de cráneo: así fue como describieron la lesión. Hemorragia en un oído. Traumatismo craneoencefálico grave.

—Mierda, mierda, mierda —mascullaba Strike siguiendo la cadencia de sus pasos mientras pensaba: «Has venido a buscar a Laing. A Laing.»

Pasó por debajo del galeón de metal con velas amarillas colgado sobre la puerta del Ship Inn. En la entrada, un letrero rezaba: «EL ÚNICO PUB DE MELROSE.»

La decoración del establecimiento le produjo un efecto calmante instantáneo: un ambiente de colores cálidos, brillos de cristal y latón; una moqueta que parecía hecha con retales de marrones, rojos y verdes desteñidos; paredes de color melocotón y piedra vista. Por todas partes había más elementos relacionados con la obsesión deportiva de Melrose: pizarras donde se anunciaban futuros partidos, varias pantallas de plasma gigantescas y, encima del urinario (Strike llevaba horas aguantándose), un pequeño televisor montado en la pared, por si estaba a punto de anotarse un ensayo justo en el momento en que una vejiga llena no admitía que siguieran ignorándola.

Consciente de que tenía que volver a Edimburgo en el coche de Hardacre, Strike pidió una jarra pequeña de John Smith y se sentó en un sofá de piel orientado hacia la barra. Se puso a examinar el menú plastificado y confió en que Margaret Bunyan fuera puntual, porque acababa de darse cuenta de que tenía hambre.

La mujer apareció al cabo de cinco minutos. Aunque el detective casi no se acordaba de qué aspecto tenía su hija, y aunque no había conocido a la señora Bunyan, la expresión de su cara, mezcla de aprensión y expectación, la delató cuando se detuvo en el umbral y se quedó mirándolo fijamente.

Strike se levantó, y la mujer avanzó a trompicones, asiendo con ambas manos la correa de un gran bolso negro.

—Es verdad. Es usted —dijo con voz entrecortada.

Tenía unos sesenta años; era menuda y de aspecto frágil. Llevaba gafas de montura metálica, y su rostro, enmarcado por una permanente rubia de rizos muy pequeños, denotaba ansiedad.

Strike le tendió una de sus manazas y estrechó la de ella, que temblaba ligeramente, fría y de huesos delgados.

—Su padre ha tenido que ir a Hawick hoy, no podrá venir, lo he llamado por teléfono, me ha pedido que le diga que jamás olvidaremos lo que hizo usted por Rhona —dijo de un tirón. Se dejó caer en el sofá junto a Strike y siguió observándolo con una mezcla de admiración y nerviosismo—. Nunca lo hemos olvidado. Leímos las noticias sobre usted en el periódico. Lamentamos mucho lo de su pierna. ¡Lo que usted hizo por Rhona! ¡Lo que usted hizo...!

De pronto se le llenaron los ojos de lágrimas.

—Créame, estamos tan...

—Me alegro de haber podido... —¿Encontrar a su hija desnuda, ensangrentada y atada a una cama? Hablar con los familiares sobre lo que habían tenido que soportar sus seres queridos era una de las peores partes de su trabajo—. De haber podido ayudarla.

La señora Bunyan se sonó la nariz con un pañuelo que sacó del fondo de su bolso negro. Strike sabía que pertenecía a una generación de mujeres que, en circunstancias normales, jamás entrarían solas en un pub, y mucho menos pedirían bebidas en la barra si había cerca algún hombre que pudiera liberarlas de ese suplicio.

—¿Qué le apetece tomar?

—Un zumo de naranja —contestó ella, entre suspiros, mientras se enjugaba las lágrimas.

—Y algo de comer —la animó Strike, impaciente por pedir para él el abadejo rebozado con patatas fritas.

Cuando el detective volvió a la mesa después de hacer el pedido en la barra, ella le preguntó qué había ido a hacer a Melrose, y la fuente de su nerviosismo se reveló de inmediato.

—No habrá vuelto, ¿verdad? Donnie. No me diga que ha vuelto.

—Que yo sepa, no —respondió Strike—. No sé dónde está.

—¿Cree que ha tenido algo que ver...?

Su voz se había reducido a un susurro.

—Leímos en el periódico... Nos enteramos de que alguien le había enviado a usted una... una...

—Sí. No sé si él ha tenido algo que ver, pero me gustaría encontrarlo. Por lo visto, desde que salió de la cárcel ha venido por aquí alguna vez a ver a su madre.

—Uy, de eso hará ya cuatro o cinco años —dijo Margaret Bunyan—. Se plantó en la puerta y entró en la casa por la fuerza. Ella tiene Alzheimer. No pudo impedírselo, pero los vecinos llamaron a sus hermanos y ellos vinieron y lo echaron.

—¿Ah, sí?

—Donnie es el más pequeño, tiene cuatro hermanos mayores. Son todos muy fortachones —añadió la señora Bunyan—. Jamie vive en Selkirk, pero vino volando a echar a Donnie de la casa de su madre. Dicen que lo dejó inconsciente de un porrazo.

Temblorosa, tomó un sorbo de su zumo de naranja y prosiguió:

—Nos lo contaron todo. Nuestro amigo Brian, al que usted ya conoce, los vio pelearse en la calle. Eran cuatro contra uno, y todos gritaban a voz en cuello. Alguien llamó a la policía. Jamie recibió una amonestación. Pero no le importó —dijo la señora Bunyan—. No querían que Donnie volviera a acercarse a ellos ni a su madre. Lo echaron del pueblo. Yo estaba aterrorizada. Por Rhona. Él siempre había dicho que cuando saliera de la cárcel iría a buscarla.

—¿Y lo hizo? —preguntó Strike.

—Sí, ya lo creo —contestó Margaret Bunyan con una tristeza profunda—. Nosotros sabíamos que la encontraría. Rhona se había ido a vivir a Glasgow y había conseguido trabajo en una agencia de viajes, pero él la encontró de todas formas. Vivió seis meses atemorizada por si él aparecía, y un buen día apareció. Se presentó en su piso por la noche, pero por lo visto había estado enfermo y ya no era el de antes.

—¿Enfermo? —preguntó Strike, interesado.

—No recuerdo qué era lo que tenía, una especie de artritis, me parece, y Rhona dijo que había engordado mucho. Se presentó en su casa por la noche, la había localizado, pero gracias a Dios —añadió la señora Bunyan con fervor— su prometido estaba con ella. Se llama Ben —agregó con satisfacción, y se le colorearon las pálidas mejillas—, y es policía.

Dijo eso último como si creyera que Strike se alegraría especialmente de oírlo, como si Ben y él fueran compañeros de alguna gran hermandad dedicada a la investigación.

—Ahora están casados —dijo la señora Bunyan—. No tienen hijos, porque... Bueno, usted ya sabe por qué...

Y, de improviso, detrás de sus gafas brotó un torrente de lágrimas que resbaló por sus mejillas. De pronto, la atrocidad sucedida diez años atrás volvía a estar reciente, y volvía a doler; fue como si hubieran derramado encima de la mesa, delante de ellos dos, un montón de despojos.

—Laing le metió un cuchillo... por dentro —susurró la señora Bunyan.

Se confió a él como si Strike fuera médico o sacerdote, y le contó los secretos que la preocupaban, pero que no podía revelar a sus amigas: él, en cambio, ya sabía lo peor. Mientras la mujer volvía a buscar a tientas el pañuelo en las profundidades de aquel enorme bolso negro, Strike recordó la gran mancha de sangre de las sábanas y la escoriación en la piel de la muñeca que Rhona se había hecho al intentar soltar sus ataduras. Era una gran suerte que su madre no pudiera ver dentro de la cabeza de Strike.

—Le metió un cuchillo por dentro... y luego intentaron... ya me entiende... arreglarlo...

La señora Bunyan inspiró entrecortadamente, y justo entonces les llevaron los platos.

—Pero Ben y ella hacen unos viajes preciosos —dijo en voz baja, con mucho énfasis, mientras se enjugaba las mejillas descarnadas y se levantaba las gafas para llegar a los ojos—. Y crían... crían pastores... pastores alemanes.

Pese al hambre que tenía, Strike no pudo empezar a comer enseguida, después de que la señora Bunyan mencionara lo que Laing le había hecho a su mujer.

—Laing y ella tenían un bebé, ¿verdad? —preguntó mientras recordaba el llanto débil del niño que yacía junto a su madre, deshidratada y ensangrentada—. Ahora el niño debe de tener... ¿diez años?

—Mu-murió —susurró ella; las lágrimas le resbalaban por la barbilla—. De mu-muerte súbita. Siempre estaba enfermo, el pobre. Fue dos días después de que encerraran a Do-Donnie. Y Do-Donnie la llamó desde la cárcel y le dijo que ya sabía que había sido ella, que había ma-matado al be-bebé y que, cuando saliera, él la ma-mataría a ella.

Strike le puso una mano en el hombro, un instante; luego se levantó y se acercó a la joven camarera, que los observaba con la boca abierta. El coñac le pareció a Strike demasiado fuerte para aquella mujer menuda como un gorrioncillo; pero entonces recordó que su tía Joan, que sólo era un poco mayor que la señora Bunyan, siempre recurría al oporto como bebida medicinal. El detective pidió una copa y se la llevó a la señora Bunyan, que seguía sollozando.

—Tome. Bébase esto.

Su recompensa fue un recrudecimiento de las lágrimas; sin embargo, tras volver a enjugarlas con el pañuelo ya empapado, la mujer dijo con voz temblorosa:

—Es usted muy amable.

Bebió un sorbo, dio un suspiro brusco y miró al detective pestañeando muy deprisa. Tenía los ojos de un color rosado, como algunos lechones, y las pestañas rubias.

—¿Tiene idea de adónde fue Laing después de presentarse en el piso de Rhona?

—Sí —respondió ella con un hilo de voz—. Ben hizo un sondeo desde su trabajo, a través de la oficina de la condicional. Por lo visto se marchó a Gateshead, pero no sé si todavía sigue allí.

Gateshead. Strike se acordó del Donald Laing que había encontrado en internet. ¿Se habría marchado de Gateshead y se habría instalado en Corby? ¿O serían dos personas diferentes?

—El caso —continuó la señora Bunyan— es que nunca ha vuelto a molestar a Rhona ni a Ben.

—No me extraña —replicó Strike, cogiendo el cuchillo y el tenedor—. Si su hija está casada con un policía y se dedica a la cría de pastores alemanes... Laing no es tan tonto.

Por lo visto, las palabras de Strike la reconfortaron y la animaron, pues compuso una sonrisa tímida y llorosa y empezó a picotear sus macarrones con queso.

—Se casaron muy jóvenes —comentó el detective, interesado en cualquier dato que la mujer pudiera revelarle sobre Laing, cualquier cosa que pudiera darle una pista sobre sus relaciones o sus costumbres.

Ella asintió, tragó saliva y respondió:

—Demasiado jóvenes. Rhona empezó a salir con él cuando sólo tenía quince años, y a nosotros no nos gustó nada. Habíamos oído hablar de Donnie Laing. Había una chica que decía que él la había forzado en una fiesta del Club de Jóvenes Granjeros. Al final no le pasó nada: la policía dijo que no había suficientes pruebas. Intentamos prevenir a Rhona de que era problemático —continuó tras dar un suspiro—, pero sólo conseguimos que ella se empecinara aún más. Mi hija Rhona siempre ha sido muy testaruda.

—¿Entonces ya lo habían acusado de violación? —preguntó el detective.

El *fish and chips* estaba delicioso. El pub se estaba llenando, y Strike lo agradeció: la camarera ya no podía prestarles tanta atención.

—Sí, ya lo creo. Son una familia terrible —dijo la señora Bunyan con esa gazmoñería típica de los pueblos pequeños que Strike recordaba de su infancia—. Los hermanos se pasaban la vida peleándose, y todos tenían problemas con la policía. Pero él era el peor. No les caía bien ni a sus hermanos. Si quiere que le diga la verdad, creo que su madre tampoco lo quería mucho. Corría el rumor —añadió en un arrebato de confianza— de que no era del padre. Los padres siempre se estaban peleando, y se separaron por la época en que ella se quedó embarazada de Donnie. De hecho, dicen que tuvo un lío con un policía del pueblo. No sé si es verdad. El policía se quitó de en medio, y el señor Laing volvió con su mujer, pero a él nunca le gustó Donnie, eso lo tengo muy claro. Nunca le gustó ni pizca. Dicen que era porque sabía que no era hijo suyo. Era el más violento de los hermanos. Muy alto. Entró en el equipo júnior de *sevens*...

—¿De *sevens*?

—El equipo de rugby siete —aclaró, y hasta a ella, una mujer modesta pero refinada, la sorprendió que Strike no entendiera inmediatamente lo que, en Melrose, más parecía una religión que un deporte—. Pero lo echaron. No tenía disciplina. «Alguien» garabateó todo Greenyards con un cuchillo la semana después de que lo echaran. El estadio —añadió en respuesta a la asombrosa ignorancia del inglés.

El oporto le estaba soltando la lengua, y hablaba atropelladamente.

—Cambió el rugby por el boxeo. Pero tenía mucha labia, ya lo creo. Cuando Rhona empezó a salir con él (ella tenía quince años, y él, diecisiete), hubo quien me dijo que en el fondo no era mal chico. Sí, ya lo creo —repitió asintiendo con la cabeza mientras Strike la miraba con gesto de incredulidad—. Los que no lo conocían muy bien se dejaban engañar. Donnie Laing sabía ser encantador cuando le interesaba. Pero pregúntele a Walter Gilchrist si era encantador. Walter lo despidió de la granja, porque siempre llegaba tarde, y después «alguien» le prendió fuego a su granero. Bueno, nunca se demostró que hubiera sido Donnie. Tampoco se demostró que hubiera destrozado el estadio de rugby, pero yo no tengo ninguna duda.

»Rhona no hacía caso a nadie. Creía que lo conocía. Decía que era un incomprendido y qué sé yo. Que nosotros teníamos prejuicios y que éramos unos intolerantes. Él quería alistarse en el Ejército. Pues adiós y buen viaje, me dije yo. Confiaba en que, si Donnie se marchaba, mi hija se olvidaría de él. Pero luego volvió. Dejó embarazada a Rhona, pero ella perdió el bebé. Se enfadó mucho conmigo porque le dije...

No quiso revelar a Strike qué le había dicho, pero Strike se lo imaginó.

—...y ya no me dirigía la palabra, y en el siguiente permiso de Donnie, fue y se casó con él. A su padre y a mí ni nos invitaron —añadió—. Se marcharon juntos a Chipre. Pero sé que él mató a nuestro gato.

—¿Cómo dice? —preguntó Strike, desconcertado.

—Sé que fue él. La última vez que habíamos visto a Rhona antes de casarse le habíamos dicho que cometía una equivocación terrible. Aquella noche no encontramos a *Purdy*. Al día siguiente apareció en el patio de atrás, muerto. El veterinario dijo que lo habían estrangulado.

En la pantalla de plasma que tenía detrás, Dimitar Berbatov, con la camiseta roja del Mánchester, celebraba un tanto contra el Fulham. Los parroquianos hablaban con acento de los Borders de Escocia. Rodeados del tintineo de vasos y cubiertos, la interlocutora de Strike seguía hablando de muertes y mutilaciones.

—Sé que fue él, sé que mató a *Purdy* —insistió con afán—. Mire lo que les hizo a Rhona y al bebé. Es maligno.

Manipuló el cierre de su bolso y extrajo un fajito de fotografías.

—Mi marido siempre me dice: «¿Por qué las guardas? ¡Quémalas!» Pero yo siempre pensé que algún día podríamos necesitar fotografías suyas. Tome —dijo, y las puso en las manos impacientes de Strike—. Quédeselas usted. Lo último que sé es que se marchó a Gateshead.

Más tarde, después de pagar la cuenta y de que la señora Bunyan le reiterara su agradecimiento y derramara unas cuantas lágrimas más, Strike fue a Millers of Melrose, una pequeña carnicería en la que se había fijado cuando paseaba por el pueblo. Allí compró unos pasteles de carne de venado que creyó que estarían mucho más ricos que cualquier cosa que pudiera comprar en la estación antes de tomar el tren nocturno para regresar a Londres.

De camino al aparcamiento por una calle corta donde florecían rosas amarillas, Strike pensó otra vez en el tatuaje de aquel antebrazo poderoso.

Hubo un tiempo en que para Donnie Lang había significado algo pertenecer a aquel pueblo tan bonito, rodeado de tierras de labranza y dominado por las tres cimas de Eildon Hill. Sin embargo, no había sido ni un buen labrador ni un buen jugador de rugby; nunca había tenido ningún valor en una población que parecía enorgullecerse de la disciplina y del comportamiento virtuoso. Melrose había echado al chico que quemaba graneros, estrangulaba gatos y destrozaba estadios de rugby, y Laing se había refugiado donde muchos hombres habían encontrado o bien su salvación o bien su merecido inevitable: el ejército británico. Luego había pasado por la cárcel, y cuando ésta lo devolvió a la sociedad, Laing intentó volver a casa, pero allí nadie lo quería.

¿Lo habrían recibido mejor en Gateshead?, se preguntó el detective mientras se encogía para caber en el Mini de Hardacre. ¿Se habría ido de allí a Corby? ¿O habrían sido ésas meras escalas en el camino hacia Londres para buscar a Strike?

17

The Girl That Love Made Blind[22]

Martes por la mañana. La Cosa dormía después de lo que, según ella, había sido una noche larga y difícil. A él le importaba un carajo, aunque tenía que fingir. La había convencido de que fuera a tumbarse, y cuando la Cosa empezó a respirar acompasadamente se quedó observándola un rato e imaginó que la asfixiaba, que ella abría los ojos e intentaba respirar y que su cara repugnante iba poniéndose morada...

Cuando estuvo seguro de que la Cosa no se despertaría, se escabulló del dormitorio, se puso una cazadora y salió con sigilo al frío de la mañana, decidido a buscar a la Secretaria. Era la primera oportunidad de espiarla que tenía desde hacía varios días, y llegó tarde a la estación donde ella cogía el metro para ir al trabajo. Lo mejor que podía hacer era quedarse merodeando por la esquina de Denmark Street.

La divisó desde lejos: su melena rubia rojiza y ondulada era inconfundible. A aquella zorra presumida debía de encantarle destacar en las muchedumbres; por eso no se tapaba el pelo, ni se lo cortaba, ni se lo teñía. A todas les gustaba llamar la atención, eso ya lo había comprobado. A todas.

Cuando la vio acercarse, su instinto infalible para identificar el estado de ánimo de los demás le indicó que algo había cambiado. La Secretaria caminaba cabizbaja, con los hombros caídos, ajena a los otros trabajadores que pululaban a su alrededor con bolsas, cafés y teléfonos en la mano.

Se cruzó con ella: pasó tan cerca que habría podido oler su perfume si no hubieran estado en aquella calle bulliciosa llena de polvo y gases de tubo de escape. Podría haber sido un bolardo; eso le fastidió un poco, aunque pasar a su lado sin que ella se fijara en él había sido, precisamente, su intención. Él la había elegido y, sin embargo, ella lo trataba con indiferencia.

Por otra parte, había descubierto una cosa: la Secretaria se había pasado horas llorando. Él sabía muy bien la cara que se les quedaba a las mujeres cuando lloraban: hinchada, colorada y fofa; las había visto gimotear y moquear infinidad de veces, y eran todas iguales. Les gustaba hacerse las víctimas. Daban ganas de matarlas sólo para hacerlas callar.

Se dio la vuelta y la siguió por el corto tramo hasta Denmark Street. Cuando las mujeres se hallaban en el estado en que ella se encontraba ahora, solían volverse más dóciles que cuando estaban menos afligidas o asustadas. Se les olvidaba hacer todas esas cosas que las muy cerdas hacían de forma rutinaria para mantener a raya a tipos como él: sujetar una llave entre los nudillos, llevar el teléfono en la mano y la alarma antivioladores en el bolsillo, caminar en grupo. Se volvían desvalidas, agradecían una palabra amable, la presencia de alguien dispuesto a escuchar. Así era como él había pescado a la Cosa.

Apretó el paso cuando la vio entrar en Denmark Street, donde, después de ocho días, la prensa había desistido por fin de encontrarlos a ella o al detective. La Secretaria abrió la puerta negra de la oficina y entró.

¿Volvería a salir, o iba a pasar todo el día con Strike? Confiaba en que estuvieran liados. Seguro que sí. Pasaban mucho tiempo juntos en la oficina, solos. Seguro que follaban.

Se metió en un portal y sacó su teléfono sin perder de vista la ventana del segundo piso del número 24.

18

I've been stripped, the insulation's gone[23]

Lips in the Hills, Blue Öyster Cult

Robin había entrado por primera vez en la agencia de Strike el mismo día que estrenaba su condición de mujer prometida. Se acordaba de que, al abrir la puerta de cristal, había visto oscurecerse el zafiro nuevo que llevaba en el dedo un instante antes de que Strike saliera a toda velocidad de la oficina y estuviera a punto de matarla tirándola por la escalera.

Ya no llevaba ningún anillo en el dedo. Tenía la sensibilidad acentuada en el sitio donde lo había llevado todos esos meses, como si la hubiera dejado marcada. En una bolsa de viaje pequeña llevaba una muda de ropa y unos pocos artículos de tocador.

«Aquí no puedes llorar. Aquí no debes llorar.»

Realizó de forma mecánica la rutina del inicio de la jornada laboral: se quitó la chaqueta y la colgó junto con el bolso en un gancho al lado de la puerta, llenó y encendió el hervidor de agua y guardó la bolsa de viaje debajo de su mesa, donde Strike no pudiera verla. Una y otra vez se volvía para comprobar que había hecho lo que quería, pues se sentía incorpórea, como un fantasma cuyos fríos dedos pudieran atravesar las asas de los bolsos y los hervidores.

Habían tardado cuatro días en desmantelar una relación que ya duraba nueve años. Cuatro días de creciente animadversión, aireando rencores y profiriendo acusaciones. En retrospectiva, una parte de todo aquello parecía muy trivial: el Land Rover, el

Grand National, la decisión de Robin de llevarse el portátil a casa. El domingo habían reñido a raíz de una conversación sobre qué padres pagarían los coches de la boda, y eso les había llevado a volver a discutir sobre el escaso salario de Robin. El lunes por la mañana, cuando se metieron en el Land Rover para volver a casa, casi ni se hablaban.

Y por la noche, ya en West Ealing, había estallado la discusión monumental que había convertido todas las riñas previas en algo baladí, meros temblores de advertencia del desastre sísmico que lo arrasaría todo.

Strike no tardaría en bajar. Robin lo oía moverse por el ático. Sabía que debía disimular su debilidad, demostrar que era capaz de enfrentarse a sus responsabilidades. Ya sólo le quedaba el trabajo. Tendría que buscar una habitación de alquiler, pues eso era lo único que podría permitirse con la miseria que Strike le pagaba. Intentó imaginarse a futuros compañeros de piso. Sería como volver a una residencia universitaria.

«Ahora no pienses en eso.»

Mientras preparaba el té, se dio cuenta de que no se había acordado de coger la lata de bolsitas de té que había comprado en Bettys poco después de probarse por última vez el vestido de novia. Ese pensamiento estuvo a punto de desbordarla, pero a base de fuerza de voluntad dominó las ganas de llorar y se llevó la taza a la mesa, dispuesta a revisar los correos electrónicos que no había podido contestar durante la semana de exilio de la oficina.

Sabía que Strike acababa de llegar de Escocia: había regresado en el tren nocturno. Cuando bajara, le hablaría de eso para desviar la atención de sus ojos, rojos y con los párpados hinchados. Esa mañana, antes de salir del piso, había intentado mejorar un poco su aspecto aplicándoles hielo y agua fría, pero con escaso éxito.

Matthew había intentado cerrarle el paso cuando ella se disponía a salir a la calle. Él también tenía muy mala cara.

—Mira, tenemos que hablar. En serio.

«Ya no —pensó Robin, y cuando se llevó la taza de té a los labios le temblaron las manos—. Ya no tengo que hacer nada que no quiera.»

Una lágrima ardiente que resbaló de improviso por su mejilla debilitó ese pensamiento valeroso. Robin, horrorizada, se la enjugó; había creído que ya no le quedaba ni una sola lágrima más. Se volvió hacia la pantalla del ordenador y empezó a redactar, sin saber muy bien qué decía, la respuesta a un cliente que había pedido explicaciones sobre una factura.

Oyó pasos en la escalera y se preparó. Se abrió la puerta. Robin levantó la cabeza. El hombre que estaba en el umbral no era Strike.

Un temor instintivo, primario, se apoderó de ella. No había tiempo para analizar por qué el desconocido le producía ese efecto; sólo sabía que era peligroso.

Le bastó un instante para calcular que no podría llegar a la puerta a tiempo, recordar que tenía la alarma antivioladores en el bolsillo de su chaqueta y decidir que su mejor arma era el afilado abrecartas que estaba a sólo unos centímetros de su mano izquierda.

El hombre tenía el rostro demacrado y pálido, la cabeza afeitada, unas cuantas pecas esparcidas por la ancha nariz y una boca grande y de labios carnosos. Los tatuajes le cubrían las muñecas, los nudillos y el cuello. Sonreía, y en un lado de su dentadura brillaba un diente de oro. Una cicatriz profunda discurría desde el centro de su labio superior hasta el pómulo, y tiraba de su boca dibujando una mueca de desdén permanente que recordaba a Elvis Presley. Llevaba pantalones holgados y sudadera, y desprendía un fuerte olor a tabaco rancio y cannabis.

—¿Qué tal? —Entró en la recepción chasqueando repetidamente los dedos de ambas manos, con los brazos a los costados. Clic, clic, clic—. Estás sola, ¿no?

—No —contestó ella, con la boca completamente seca. Quería agarrar el abrecartas antes de que el desconocido se acercara más. Clic, clic, clic—. Mi jefe está a punto de...

—¡Shanker! —exclamó Strike desde el umbral.

El desconocido se dio la vuelta.

—Bunsen —dijo, y dejó de chasquear los dedos. Estiró un brazo y saludó a Strike entrechocando un puño con el suyo—. ¿Cómo va, tío?

«Dios mío», pensó Robin con alivio profundo. ¿Por qué Strike no la había avisado de que aquel hombre iba a ir a la agencia? Se dio la vuelta y se concentró en el correo que estaba escribiendo para que Strike no le viera la cara. Cuando él se llevó a Shanker a su despacho y cerró la puerta, Robin alcanzó a oír la palabra «Whittaker».

En otras circunstancias le habría gustado estar con ellos en el despacho y oír lo que decían. Terminó el correo que estaba escribiendo y supuso que tendría que ir a preguntarles si querían café. Primero fue a echarse más agua fría en la cara al pequeño cuarto de baño del rellano, donde siempre había un olor fuerte a cañerías, por muchos ambientadores que comprara Robin con el dinero de la caja para gastos corrientes.

Strike, entretanto, había tenido tiempo para sorprenderse del aspecto de Robin. Nunca la había visto tan pálida ni con los ojos tan hinchados y rojos. Cuando se sentó a su mesa, impaciente por oír la información sobre Whittaker que Shanker le había llevado a la oficina, no pudo evitar pensar: «¿Qué le habrá hecho ese cerdo?» Y durante una milésima de segundo, antes de dedicarle toda su atención a Shanker, imaginó que le pegaba un puñetazo a Matthew y que disfrutaba haciéndolo.

—Tienes una cara horrible, Bunsen —observó el recién llegado recostándose en la silla de enfrente y chasqueando los dedos con entusiasmo.

Tenía aquel tic desde la adolescencia, y Strike se apiadaba de quien intentara quitárselo.

—Estoy molido —explicó el detective—. He llegado de Escocia hace un par de horas.

—Yo nunca he estado en Escocia —comentó Shanker.

Que Strike supiera, Shanker no había salido de Londres en su vida.

—A ver, ¿qué me has traído?

—Todavía anda suelto por ahí —dijo Shanker.

Dejó de chasquear los dedos para sacar un paquete de Mayfairs del bolsillo y encendió un cigarrillo con un mechero barato, sin molestarse en preguntarle a su anfitrión si le importaba que fumara.

Strike, resignado, sacó su paquete de Benson & Hedges y encendió un cigarrillo con el mechero de Shanker.

—He hablado con su camello. El tío dice que está en Catford.

—¿Se ha ido de Hackney?

—Sí, a menos que haya dejado un clon allí. No he comprobado si había clones. Págame cien pavos más y me pongo a ello.

Strike soltó una risita. La gente solía subestimar a Shanker, y se equivocaba. Como tenía pinta de haber consumido, en su momento, todo tipo de sustancias ilegales, muchas veces su nerviosismo llevaba a dar por hecho que se encontraba bajo los efectos de alguna droga. De hecho, pese a ser un delincuente incurable, estaba más sobrio y más atento que muchos ejecutivos al final de la jornada laboral.

—¿Tienes alguna dirección? —preguntó Strike, y le acercó una libreta.

—Todavía no —contestó Shanker.

—¿Trabaja?

—Va por ahí diciendo que es el mánager de la gira de no sé qué grupo de metal.

—¿Pero?

—Hace de chulo —dijo Shanker con naturalidad.

Llamaron a la puerta.

—¿A alguien le apetece un café? —preguntó Robin.

Strike se dio cuenta de que su ayudante apartaba la cara de la luz adrede. Se fijó en su mano izquierda y vio que faltaba el anillo de compromiso.

—A mí sí, gracias —contestó Shanker—. Con dos azucarillos.

—Yo prefiero té, gracias —dijo Strike.

La vio marcharse mientras abría un cajón de su mesa y sacaba un viejo cenicero de hojalata que había robado de un bar en Alemania. Se lo acercó a Shanker antes de que éste tirara la ceniza al suelo.

—¿Cómo sabes que hace de chulo?

—Conozco a otro colega que se lo encontró con una fulana. Dice que Whittaker vive con ella. Muy joven. No es menor, pero por los pelos.

—Vale —dijo Strike.

Desde que se dedicaba a la investigación privada se había enfrentado a varios aspectos de la prostitución, pero eso era diferente: se trataba de su padrastro, un hombre a quien su madre había amado e idealizado, y con quien había tenido un hijo. Le pareció que volvía a percibir el olor de Whittaker: el tufillo de su ropa sucia, su hedor animal.

—Catford —repitió.

—Sí. Si quieres, puedo seguir mirando —dijo Shanker, y, despreciando el cenicero, tiró la ceniza al suelo—. ¿Cuánto estás dispuesto a pagar, Bunsen?

Mientras negociaban la tarifa de Shanker (la discusión se desarrollaba con buen humor, pero con cierta seriedad, pues ambos eran plenamente conscientes de que Shanker no movería ni un dedo si no recibía una remuneración), llegó Robin con el café. Esa vez la luz le dio de lleno en la cara y pudo apreciarse que estaba descompuesta.

—Ya he enviado los correos más importantes —le dijo a Strike simulando no reparar en su mirada inquisitiva—. Salgo a ponerme con Platinum.

Shanker se mostró sumamente intrigado por esa declaración, pero nadie le dio explicaciones.

—¿Todo bien? —preguntó Strike a su ayudante. Habría preferido que Shanker no hubiera estado allí.

—Sí —contestó Robin, e intentó sonreír. El resultado fue patético—. Luego nos vemos.

—¿Se va «a ponerse con platinum»? —dijo Shanker, perplejo, repitiendo las palabras de Robin mientras oían cerrarse la puerta de la oficina.

—No es tan emocionante como parece —le aseguró Strike, y se recostó en la silla para mirar por la ventana.

Robin salió del edificio con la chaqueta puesta, subió por Denmark Street y se perdió de vista. Un hombre corpulento con gorrita de forro polar salió de la tienda de guitarras de enfrente y echó a andar en la misma dirección, pero en ese instante Shanker había vuelto a reclamar su atención.

—¿Es verdad eso de que te han enviado una pierna, Bunsen?

—Sí. La cortaron, la empaquetaron y me la enviaron por mensajero.

—La madre que los parió —dijo Shanker, a quien no era fácil impresionar.

Cuando Shanker se marchó, en posesión de un fajo de billetes por los servicios ya prestados y con la promesa de embolsarse la misma cantidad si aportaba más detalles sobre Whittaker, Strike llamó por teléfono a Robin. Ella no contestó, pero eso no le extrañó, porque no solía hacerlo si estaba en algún sitio donde no podía hablar tranquilamente. Le mandó un mensaje:

Avísame cuando estés en algún sitio donde podamos encontrarnos.

A continuación se sentó en la silla que Robin había dejado vacía, dispuesto a ocuparse también él del papeleo y contestar algunas solicitudes de información o pagar algunas facturas.

Sin embargo, después de dos noches seguidas durmiendo en un coche cama, le costaba concentrarse. Al cabo de cinco minutos comprobó su móvil, pero Robin no había contestado, así que se levantó y se preparó otra taza de té. Al llevársela a los labios, le llegó un tufillo débil a cannabis, transferido de mano a mano cuando Shanker y él se habían despedido.

Shanker era originario de Canning Town, pero tenía unos primos en Whitechapel que, veinte años atrás, se habían peleado con una banda rival. Como resultado de su buena disposición para echar una mano a sus primos, Shanker acabó tirado junto a un bordillo, solo, al final de Fulbourne Street, sangrando profusamente por un corte profundo que iba desde la boca hasta la mejilla y que lo había desfigurado. Fue entonces cuando Leda Strike, que había salido a altas horas de la noche a comprar un paquete de Rizlas, lo encontró.

Leda era incapaz de ver a un chico de la edad de su hijo tirado en la calle, sangrando, y pasar de largo. Para ella, que el chaval tuviera en la mano un cuchillo manchado de sangre, gritara imprecaciones y se hallara, sin ninguna duda, bajo los efectos de alguna droga no tenía ninguna importancia. De pronto alguien limpiaba a Shanker y le hablaba como no le había hablado nadie desde que había muerto su madre, cuando él tenía ocho años. Cuando se negó categóricamente a que aquella desconocida llamara a una ambulancia por miedo a lo que le haría la policía (Shanker acababa de clavarle aquel cuchillo en el muslo a su atacante), Leda optó por lo que, según ella, era la única alternativa: se lo llevó a la casa y se encargó personalmente de curarlo. Después de cortar unas tiritas y aplicárselas sin mucha maña en la herida imitando unos puntos de sutura, le preparó una papilla asquerosa, llena de ceniza de cigarrillo, y pidió a su desconcertado hijo que buscara un colchón donde pudiera acostarse Shanker.

Leda lo trató, desde el primer día, como si fuera un sobrino al que hacía mucho tiempo que no veía, y él, a cambio, la adoró como sólo podría haberla adorado un chico maltratado por la vida que se aferraba al recuerdo de una madre cariñosa. Una vez curado, aprovechó la invitación sincera de Leda a pasar a verla siempre que le apeteciera. Shanker, que hablaba con ella como no podía hablar con nadie más y que tal vez fuera la única persona que no le encontraba ningún defecto, extendía a Strike el respeto que sentía por su madre. A los dos chicos, que en casi todos los otros aspectos no podían ser más diferentes, los unía, además, un odio callado pero intenso a Whittaker, quien, pese a estar muerto de celos por aquel elemento nuevo en la vida de Leda, no se atrevía a tratarlo con el desprecio que le dedicaba a Strike.

Strike estaba convencido de que Whittaker había identificado en Shanker el mismo déficit que padecía él: la carencia de límites normales. Whittaker había llegado a la conclusión, y no se equivocaba, de que a su hijastro adolescente le habría gustado verlo muerto, pero lo frenaban el deseo de no disgustar a Leda, el respeto por la ley y la determinación de no dar un paso irreparable que habría arruinado para siempre su porvenir. Shanker, en cambio, no conocía esas restricciones, y sus largos periodos de convivencia con aquella familia desestructurada ponían un coto precario a la tendencia cada vez más marcada de Whittaker a la violencia.

De hecho, fue la presencia regular de Shanker en la casa lo que hizo considerar a Strike que no era peligroso que se marchara a la universidad. Al despedirse de él no se sintió capaz de expresar con palabras qué era lo que más temía, pero Shanker lo entendió.

—Tranqui, Bunsen. No te preocupes, tío.

No obstante, Shanker no podía estar allí siempre. El día que murió Leda, estaba fuera, en uno de sus habituales viajes de negocios relacionados con las drogas. Strike jamás olvidaría el dolor de Shanker, su sensación de culpa, su llanto incontrolable la siguiente vez que se vieron. Mientras él negociaba un buen precio por un kilo de cocaína boliviana premium en Kentish Town, Leda Strike iba poniéndose rígida poco a poco encima de un colchón mugriento. La conclusión de la autopsia fue que había dejado de respirar seis horas antes de que a los otros inquilinos de la casa ocupada se les ocurriera intentar despertarla de lo que creyeron que era un sueño profundo.

Shanker, al igual que Strike, estaba convencido desde el principio de que la había matado Whittaker, y la intensidad de su dolor y su deseo de una venganza instantánea fueron tales que el viudo debió de alegrarse de que se lo llevaran detenido antes de que el chico pudiera ponerle las manos encima. Shanker, a quien tuvieron la poco aconsejable idea de dejar subir al estrado para describir a una mujer muy maternal que no había tocado la heroína en su vida, gritó: «¡Ha sido ese hijo de puta!», e intentó saltar la barandilla para abalanzarse sobre Whittaker. Después de eso se lo llevaron de mala manera de la sala.

Strike ahuyentó conscientemente esos recuerdos del pasado, que llevaban mucho tiempo enterrados pero que seguían apestando; dio un sorbo de té caliente y volvió a comprobar su móvil. Robin todavía no le había contestado.

19

Workshop of the Telescopes[24]

Nada más ver a la Secretaria esa mañana se había dado cuenta de que estaba disgustada, trastornada. Ahora la veía sentada junto a la ventana del Garrick, el espacioso restaurante de estudiantes donde comían los alumnos de la London School of Economics. Estaba fea. Pálida, con los ojos hinchados y rojos. Seguramente, si se sentara a su lado, la muy imbécil ni siquiera se daría cuenta. Estaba concentrada en la fulana de pelo plateado que trabajaba con un ordenador portátil unas mesas más allá, y no tenía ojos más que para ella. A él le venía bien. Ya repararía en él dentro de un rato. Él sería lo último que vería en este mundo.

Ese día no necesitaba ir de guapo; nunca las abordaba sexualmente si estaban disgustadas. Entonces se convertía en el amigo que ellas necesitaban, en el desconocido paternal. «No todos los hombres son iguales, querida. Tú mereces algo mejor. Deja que te acompañe a casa. Vamos, te llevo.» Si conseguías que se olvidaran de que tenías polla, podías hacer prácticamente cualquier cosa con ellas.

Entró en el restaurante, que estaba abarrotado, se quedó alrededor del mostrador, pidió un café y buscó un rincón desde donde pudiera verla de espaldas.

No llevaba puesto el anillo de compromiso, lo que le pareció muy interesante. Ese detalle arrojaba luz nueva sobre la bolsa de viaje que le había visto llevar colgada del hombro y, a veces, esconder debajo de las mesas. ¿Tendría previsto dormir en algún otro sitio que no fuera el piso de Ealing? ¿Se metería por fin por una calle desierta, un atajo mal iluminado, un paso subterráneo solitario?

La primera vez que había matado había sido así: cuestión, sencillamente, de aprovechar la oportunidad. Lo recordaba como una serie de fotogramas, una especie de pase de diapositivas, porque todo era muy excitante y nuevo. Eso fue antes de que lo elevara a la categoría de arte, antes de que empezara a hacerlo como si se tratase de un juego.

Era una chica regordeta y morena. Su compañera acababa de marcharse, se había subido al coche de un cliente y había desaparecido. El conductor no supo que estaba decidiendo cuál de las dos sobreviviría.

Él, entretanto, había estado circulando arriba y abajo de la calle con el cuchillo en el bolsillo. Tras asegurarse de que la chica estaba sola, completamente sola, se le había acercado y se había inclinado sobre el asiento del pasajero para hablar con ella por la ventanilla. Tenía la boca seca cuando se lo pidió. Ella acordó un precio y subió al coche. Fueron hasta un callejón sin salida cercano, donde no los molestarían ni la luz de las farolas ni los transeúntes.

La chica le hizo lo que él le había pedido, y entonces, mientras se enderezaba, cuando él ni siquiera se había abrochado la bragueta, le dio un puñetazo que la estampó contra la puerta del coche. La chica se golpeó la parte de atrás de la cabeza contra el cristal de la ventanilla, y antes de que pudiera decir nada, él ya había sacado el cuchillo.

La resistencia que encontró la hoja de acero al penetrar en la carne; la sangre, caliente, chorreando y mojándole las manos... La chica ni siquiera chilló: sólo dio un grito ahogado y un gemido, y fue hundiéndose en el asiento mientras él le clavaba el cuchillo una y otra vez. Le había arrancado el colgante de oro que llevaba al cuello. Entonces no se le ocurrió llevarse el máximo trofeo: un trozo de ella; se limpió las manos en su vestido mientras la mujer, desplomada en el asiento del pasajero, se sacudía débilmente y, agonizante, daba los últimos estertores. Él, temblando de miedo y euforia, dio marcha atrás para salir del callejón y salió de la ciudad con el cadáver al lado, con cuidado de no sobrepasar el límite de velocidad y mirando por el espejo retrovisor cada pocos segundos. Hacía unos días había escogido un sitio: un descampado y una acequia llena de maleza. Abrió la puerta y la empujó; al caer, la chica hizo un ruido sordo, un ruido de fardo húmedo y pesado.

Pero conservaba su colgante, junto con los otros *souvenirs*. Eran su tesoro. ¿Qué recuerdo se quedaría de la Secretaria?

Cerca de donde estaba sentado, un joven chino leía algo en una tableta. «Economía conductual.» Chorradas psicológicas. Una vez él había ido al psicólogo. Lo habían obligado.

—Háblame de tu madre.

Eso había dicho aquel hombrecillo calvo: un chiste, un cliché. Se suponía que los psicólogos eran inteligentes. Él le había seguido la corriente para divertirse y le había hablado de su madre a aquel idiota: le había dicho que era una zorra fría, malvada y amargada. Su nacimiento había sido una molestia para ella, una desgracia, y no le habría importado que se hubiera muerto.

—¿Y tu padre?

—Yo no tengo padre.

—¿Qué quieres decir? ¿Que nunca lo ves?

Silencio.

—¿No sabes quién es?

Silencio.

—¿O lo dices porque no te cae bien?

No contestó. Se había cansado de seguirle la corriente. La gente estaba fatal de la cabeza si se tragaba aquella mierda, pero él ya se había dado cuenta hacía tiempo de que la gente estaba fatal de la cabeza.

De todas formas, había dicho la verdad: él no tenía padre. El hombre que había representado ese papel, por expresarlo de alguna manera, el hombre que le pegaba día sí y día también («un tipo duro, pero un buen tipo») no era su padre biológico. Violencia y rechazo: eso significaba para él la familia. Al mismo tiempo, el hogar era donde había aprendido a sobrevivir, a salirse con la suya por los medios que fuera. Siempre había sabido que él era superior, incluso cuando de pequeño se escondía debajo de la mesa de la cocina, encogido de miedo. Sí, ya entonces sabía que estaba hecho de mejor pasta que aquel cabronazo que se le venía encima enarbolando un puño enorme y apretando los dientes.

La Secretaria se levantó, como acababa de hacer la fulana de pelo plateado, que ya salía por la puerta con el portátil en una funda. Él apuró su café de un trago y la siguió.

¡Qué fácil era todo ese día, qué fácil! La Secretaria había abandonado toda prudencia; apenas podía concentrarse en la prostituta de pelo rubio platino. Él se subió al mismo vagón de metro que ellas, de espaldas a la Secretaria pero observando su reflejo por entre los brazos de un grupo de turistas neozelandeses. Le resultó fácil colarse entre la multitud detrás de ella cuando se apeó del tren. Avanzaron los tres en procesión: la fulana de pelo plateado, la Secretaria y él. Subieron la escalera, llegaron a la acera, recorrieron la calle hacia el Spearmint Rhino. Sabía que iba a llegar tarde a casa, pero no pudo resistir la tentación. Era la primera vez que ella estaba en la calle después del anochecer, y la bolsa de viaje y la ausencia del anillo de compromiso hacían pensar en una oportunidad que no podía desperdiciar. Tendría que pensar alguna excusa que darle a la Cosa.

La fulana de pelo plateado se metió en el club. La Secretaria redujo el paso y se quedó plantada en la acera, indecisa. Él sacó su móvil y se escondió en un portal oscuro desde donde podía observarla.

20

I never realized she was so undone[25]

Debbie Denise, Blue Öyster Cult
Letra de Patti Smith

Robin ya no se acordaba de que le había prometido a Strike que no iría por la calle después del anochecer. De hecho, no reparó en que ya se había puesto el sol hasta que vio que los coches que pasaban llevaban los faros encendidos y que los escaparates de las tiendas estaban iluminados. Ese día Platinum había modificado su rutina. Normalmente, a esas horas ya llevaba un buen rato en el Spearmint Rhino, danzando alrededor de un poste, semidesnuda, para deleite de unos desconocidos, y no estaba caminando por la calle, completamente vestida con vaqueros, botas de tacón y una chaqueta de ante con flecos. Se suponía que le había cambiado el turno a alguna compañera y que pronto estaría danzando alrededor del poste, de modo que a Robin no le quedaba más que decidir dónde pasaría la noche.

Su móvil llevaba todo el día vibrando en el bolsillo de la chaqueta. Matthew le había enviado más de treinta mensajes.

> Tenemos que hablar.
> Llámame, por favor.
> Robin, si no hablamos, no podremos arreglarlo.

Como pasaban las horas y Robin no rompía su silencio, Matthew había intentado llamarla varias veces.

Entonces el tono de sus mensajes había cambiado.

Sabes que te quiero, Robin.
Ojalá no hubiera pasado. Me gustaría cambiar las cosas,
pero no puedo.
Te quiero a ti, Robin. Siempre te he querido y siempre
te querré.

Ella no le había contestado los mensajes, ni había cogido sus llamadas, ni se las había devuelto. Lo único que sabía era que no soportaba la idea de volver al piso, al menos de momento. No sabía qué pasaría al día siguiente, ni después. Estaba hambrienta, agotada y entumecida.

Strike también se había puesto muy pesado a última hora de la tarde.

¿Dónde estás? Llámame, por favor.

Robin le había enviado un mensaje, porque con él tampoco se sentía capaz de hablar.

No puedo hablar. Platinum no está en el Rhino.

Strike y Robin siempre mantenían cierta distancia emocional. Si él se mostraba amable, ella temía echarse a llorar y revelar una debilidad que su jefe habría considerado inaceptable. Casi no les quedaban casos, y sobre ella se cernía la amenaza del degenerado que les había enviado la pierna: no debía darle a Strike otro motivo para ordenarle que se quedara en su casa.

Él no se había quedado satisfecho con su respuesta y había insistido:

Llámame cuando puedas.

Robin había ignorado ese mensaje escudándose en que era muy fácil que no lo hubiera recibido, pues estaba muy cerca de la estación cuando él lo había enviado, y poco después Platinum y ella ya volvían en metro a Tottenham Court Road y no tenía cobertura. Al salir a la calle, Robin encontró otra llamada perdida de Strike en su teléfono, así como el siguiente mensaje de Matthew:

Necesito saber si vas a venir a casa esta noche. Estoy preocupadísimo por ti. Dime algo para que sepa que estás viva. Es lo único que te pido.

—Venga ya, no flipes —masculló Robin—. Como si fuera a suicidarme por ti.

Un individuo panzudo pasó a su lado, y la luz de la marquesina del Spearmint Rhino lo iluminó. Robin tardó un momento en reconocerlo: era Déjà Vu. Le pareció que le lanzaba una sonrisita de autosuficiencia, pero no estaba segura.

¿Iba a entrar en el local para ver cómo su novia bailaba para otros hombres? ¿Le excitaba que otros documentaran su vida sexual? ¿Qué clase de bicho raro era exactamente?

Robin se dio la vuelta. Tenía que decidir qué haría esa noche. Un hombre corpulento con un gorro polar parecía discutir por el móvil en un portal oscuro, a unos cien metros.

Al incorporarse Platinum a su puesto de trabajo, Robin se quedó sin objetivo y sin rumbo. ¿Dónde iba a dormir? Mientras estaba allí plantada, indecisa, un grupo de jóvenes pasó a su lado, muy cerca, y uno le rozó la bolsa de viaje adrede. A Robin le llegó el olor a cerveza de su aliento.

—¿Qué llevas ahí dentro, guapa? ¿El traje?

Robin cayó en la cuenta de que se había quedado parada delante de la puerta del local de *lap-dance*. Se dio automáticamente la vuelta, orientándose hacia la agencia, y justo entonces le sonó el móvil. Contestó sin pensar.

—¿Dónde demonios te habías metido? —preguntó Strike, muy enojado.

Robin apenas tuvo tiempo de alegrarse de que no fuera Matthew.

—¡Llevo todo el día buscándote! —protestó el detective—. ¿Dónde estás?

—En Tottenham Court Road —contestó ella, y se alejó a toda prisa del grupito de jóvenes, que seguían riéndose de ella—. Platinum acaba de entrar, y Déjà...

—¿No te he dicho que no quiero que vayas por la calle de noche?

—Esto está bien iluminado.

Estaba intentando recordar si alguna vez había visto un Travelodge cerca de allí. Necesitaba un sitio limpio y barato. Tenía que ser barato, porque iba a pagar con el dinero de la cuenta conjunta y estaba decidida a no gastar más de lo que ella había ingresado.

—¿Estás bien? —preguntó Strike con un tono un poco menos agresivo.

A ella se le hizo un nudo en la garganta.

—Sí —contestó con toda la convicción de la que fue capaz. Intentaba mantener una actitud profesional, ser lo que Strike quería que fuera.

—Todavía estoy en la oficina. ¿Dónde dices que estás, en Tottenham Court Road?

—Lo siento, tengo que colgar —dijo Robin con voz crispada, y colgó.

De pronto le habían entrado tantas ganas de llorar que había tenido que interrumpir la llamada. Le pareció que Strike estaba a punto de proponerle que quedaran en algún sitio, y si se veían, ella se lo contaría todo, y eso era algo que no debía hacer.

Las lágrimas resbalaban, incontrolables, por sus mejillas. No tenía a nadie más. ¡Eso! Por fin lo admitía. La gente con la que quedaban para cenar los fines de semana, y con la que iban a ver partidos de rugby, eran todos amigos de Matthew, colegas del trabajo de Matthew, viejos compañeros de universidad de Matthew. Ella no tenía a nadie más que a Strike.

—Qué desastre —dijo en voz alta, y se enjugó los ojos y la nariz con la manga de la chaqueta.

—¿Estás bien, nena? —le preguntó un vagabundo desdentado desde un portal.

No sabía muy bien por qué había acabado en el Tottenham, salvo quizá porque los camareros la conocían, sabía dónde estaba el servicio de señoras y era un sitio donde Matthew nunca había estado. Lo único que necesitaba era un rincón tranquilo donde sentarse un rato y buscar algún lugar barato para pasar la noche. También se moría de ganas de beber, lo que no era nada habitual en ella. Después de echarse agua fría en la cara, pidió una copa de vino tinto, se la llevó a una mesa y volvió a sacar su teléfono. Tenía otra llamada perdida de Strike.

Los hombres que estaban en la barra la observaban. Robin se imaginaba lo que debía de parecer allí sola, llorosa y con una bolsa de viaje al lado. De todas formas, eso no podía remediarlo. Tecleó «Travelodges cerca de Tottenham Court Road» en el móvil y, mientras esperaba a que aparecieran los resultados, se bebió el vino más deprisa de lo que quizá era aconsejable, teniendo en cuenta que estaba prácticamente en ayunas. No había desayunado ni comido: lo único que había ingerido en todo el día eran una bolsa de patatas fritas y una manzana, en la cafetería donde había ido a estudiar Platinum.

En High Holborn había un Travelodge. Tendría que contentarse con eso. Saber dónde iba a pasar la noche la tranquilizó un poco. Evitando mirar a los ojos a los hombres que estaban sentados a la barra, fue a pedir otra copa de vino. De pronto se le ocurrió que tal vez debiera llamar a su madre, pero sólo de pensarlo volvieron a empañársele los ojos. Todavía no estaba preparada para enfrentarse al amor ni al desengaño de Linda.

Un tipo alto con un gorro entró en el pub, pero Robin estaba deliberadamente concentrada en el cambio y en su copa de vino, y en no dar a los ilusos que merodeaban por la barra el menor motivo para suponer que deseaba que alguno se le acercase.

La segunda copa de vino la relajó mucho más. Se acordó de la vez que Strike se había emborrachado tanto, allí, en ese mismo pub, que casi no podía ni hablar. Había sido la única noche en que su jefe había compartido con ella información personal. Tal vez ésa fuera la verdadera razón por la que Robin había acabado entrando allí, pensó, y alzó la mirada hacia la cúpula de cristal de colores del techo. Aquél era el pub al que ibas a beber cuando te enterabas de que la persona a la que amabas te era infiel.

—¿Estás sola? —preguntó una voz de hombre.

—Espero a una persona —contestó Robin.

Lo miró a la cara y lo vio un poco borroso. Era un individuo rubio y enjuto, con ojos de un azul muy claro, y Robin enseguida se dio cuenta de que no se lo había creído.

—¿Puedo esperar contigo?

—No, ni de coña —dijo otra voz que Robin reconoció al instante.

Strike acababa de llegar, enorme y con cara de malas pulgas; miró desafiante al desconocido, que se retiró de mala gana y volvió con sus amigos, que estaban en la barra.

—¿Qué haces aquí? —preguntó Robin, y la sorprendió comprobar que notaba la lengua gruesa y adormecida después de las dos copas de vino.

—Buscarte —contestó Strike.

—¿Cómo has sabido que estaba...?

—Soy detective. ¿Cuántas te has tomado? —preguntó señalando la copa de vino.

—Sólo una —mintió ella.

Así que Strike fue a la barra a por otra, y una Doom Bar para él. Mientras pedía, un tipo corpulento con un gorro se escabulló por la puerta, pero Strike estaba más interesado en vigilar al rubio que no le quitaba los ojos de encima a Robin y que no desistió hasta que el detective hubo vuelto a la mesa, con el ceño fruncido y las dos bebidas, y se hubo sentado enfrente de ella.

—¿Qué pasa?

—Nada.

—No me vengas con cuentos. Estás hecha una piltrafa.

—Bueno —dijo Robin, y dio un gran sorbo de vino—, gracias, me has levantado mucho la moral.

Strike soltó una risotada.

—¿Por qué llevas una bolsa de viaje? —Como ella no contestaba, añadió—: ¿Dónde está tu anillo de compromiso?

Robin fue a responder, pero las ganas de llorar, traicioneras, sofocaron sus palabras. Tras unos segundos de lucha interior y otro sorbo de vino, dijo:

—Ya no estoy comprometida.

—¿Cómo es eso?

—Tiene gracia que me lo preguntes.

«Estás borracha —pensó, como si se observara desde fuera de su propio cuerpo—. Mírate. Te has emborrachado con dos copas y media de vino, un día sin comer y una noche sin dormir.»

—¿Qué tiene de gracioso?

—Nosotros no hablamos de temas... Tú no hablas de temas personales.

—Si no recuerdo mal, una vez te solté un rollo de miedo precisamente en este pub.

—Sí, una sola vez.

Strike dedujo, por el rubor de las mejillas de Robin y su voz pastosa, que aquélla no era la segunda copa de vino que se bebía. Le pareció gracioso, pero al mismo tiempo lo preocupó, así que dijo:

—Me parece que necesitas comer algo.

—Eso es exactamente lo mismo que te dije yo a ti aquella noche —replicó Robin—, cuando te... y acabamos comiéndonos un kebab, y yo no pienso... —añadió con dignidad— comerme un kebab.

—Bueno —dijo Strike—, no sé, estamos en Londres. Seguramente conseguiremos alguna otra cosa que no sea un kebab.

—Me gustan las patatas fritas —dijo Robin, y él fue a la barra a pedir una bolsa.

—Bueno, cuéntame —insistió Strike cuando regresó a la mesa. Tras unos segundos observando cómo Robin se peleaba con la bolsa de patatas, se la quitó de las manos y se la abrió.

—Nada. Esta noche voy a dormir en un Travelodge. Nada más.

—En un Travelodge.

—Sí. Hay uno en... Hay uno...

Miró su teléfono, que estaba apagado, y se dio cuenta de que la noche anterior se le había olvidado cargarlo.

—No me acuerdo de dónde está —dijo—. Déjame, estoy bien —añadió mientras buscaba en su bolsa de viaje algo con que sonarse la nariz.

—Sí —repuso él tajante—. Ahora que te he visto me quedo mucho más tranquilo.

—Te digo que estoy bien —insistió ella—. Mañana iré a trabajar como todos los días, ya lo verás.

—¿Crees que he venido a buscarte porque me preocupa que mañana no te presentes en la agencia?

—No te hagas el simpático —gruñó ella, y se tapó la nariz con un pañuelo de papel—. ¡No lo soporto! ¡Sé normal!

—¿Normal? —preguntó él, desconcertado.

—Gruñón y poco comu... comunica...

—¿Sobre qué quieres que nos comuniquemos?

—Sobre nada en particular —mintió ella—. Sólo quería decir... Limitémonos a lo profesional, ¿vale?

—¿Qué te ha pasado con Matthew?

—¿Y a ti qué te ha pasado con Elin?

—¿Eso qué tiene que ver? —preguntó él, perplejo.

—Es lo mismo —dijo ella con vaguedad, y apuró la tercera copa de vino—. Me voy a tomar otra...

—Mejor te tomas un refresco.

Mientras Strike iba a la barra, Robin examinó el techo, donde había pintadas escenas teatrales: en una, Bottom retozaba con Titania en medio de un grupo de hadas.

—Con Elin va todo bien —dijo el detective cuando volvió a la mesa, tras decidir que un intercambio de información era la manera más fácil de hacer hablar a Robin de sus problemas—. A mí me viene estupendamente una relación de baja intensidad. Ella tiene una hija con la que prefiere que no intime demasiado. El divorcio está siendo un poco complicado.

—Ah. —Robin lo miró, pestañeando, por encima de su vaso de Coca-Cola—. ¿Cómo la conociste?

—En casa de Nick e Ilsa.

—Y ellos, ¿de qué la conocían?

—No la conocían. Dieron una fiesta, y ella fue con su hermano. Él es médico, trabaja con Nick. A ella no la conocían de nada.

—Ah —dijo Robin otra vez.

Distraída por aquella visión fugaz de la vida privada de Strike, por un momento se había olvidado de sus propios problemas. ¡Qué normal, qué poco original! Lo habían invitado a una fiesta y él se había puesto a hablar con la rubia guapa. Strike tenía éxito con las mujeres: Robin se había dado cuenta en los meses que llevaban trabajando juntos. Al principio no había entendido cuál era su atractivo. No se parecía en nada a Matthew.

—¿A Ilsa le cae bien Elin?

A Strike lo pilló desprevenido la perspicacia de Robin.

—Pues... sí, creo que sí —mintió.

Robin dio un sorbo de Coca-Cola.

—Bueno —dijo Strike controlando su impaciencia con dificultad—, ahora te toca a ti.

—Lo hemos dejado —dijo ella.

Según las técnicas de interrogatorio, tenía que permanecer callado, y al cabo de un minuto se confirmó que había tomado la decisión correcta.

—Me contó... una cosa —dijo Robin—. Anoche.

Strike siguió esperando.

—Una cosa que lo cambia todo.

Robin estaba pálida y serena, pero Strike percibía la angustia que se ocultaba tras sus palabras. Aun así, permaneció impertérrito.

—Se acostó con otra chica —dijo Robin con una vocecilla tensa.

Hubo una pausa. Robin cogió la bolsa de patatas, vio que se las había acabado y la dejó encima de la mesa.

—Mierda —dijo Strike.

Estaba sorprendido: no de que Matthew se hubiera acostado con otra mujer, sino de que lo hubiera admitido. La impresión que tenía de aquel contable joven y atractivo era la de un hombre que sabía llevar las riendas de su vida y compartimentar y categorizar siempre que fuera necesario.

—Y más de una vez —añadió Robin con aquella vocecilla tensa—. Duró meses. Y con una chica a la que conocíamos los dos. Sarah Shadlock. Fue con él a la universidad.

—Joder —dijo Strike—. Lo siento.

Lo sentía de verdad; lamentaba que Robin estuviera sufriendo. Sin embargo, esa revelación había hecho que otros sentimientos (que normalmente mantenía bajo estricto control, pues los consideraba insensatos y peligrosos) tensaran los músculos para comprobar su fuerza por si decidían liberarse de sus ataduras.

«No seas gilipollas —se dijo—. Eso está completamente descartado. Lo jodería todo.»

—¿Cómo es que te lo ha contado? —preguntó Strike.

Robin no contestó, pero la pregunta le hizo revivir la escena con una claridad espantosa.

Su salón de color magnolia era demasiado pequeño para dar cabida a una pareja en semejante estado de agitación. Acababan de volver de Yorkshire en el Land Rover que Matthew no quería. Por el camino, él, indignado, había afirmado que sólo era cuestión de tiempo que Strike intentara ligar con Robin, y que, de hecho, sospechaba que a ella no le disgustarían sus insinuaciones.

—¡Sólo somos amigos! —le había gritado ella junto al sofá cutre; las bolsas del fin de semana todavía estaban en el recibidor—. Que insinúes que me excita que tenga una pierna...

—¡Qué ingenua eres, por favor! —había bramado él—. Seréis amigos hasta que él intente acostarse contigo, Robin.

—¿En qué te basas para decir eso? ¿Acaso tú estás esperando que se te presente la ocasión para tirarles los tejos a tus compañeras de trabajo?

—Por supuesto que no, pero es que tú eres tan inocente... Él es un hombre, estáis los dos solos en la oficina...

—Es mi amigo, igual que tú eres amigo de Sarah Shadlock aunque nunca os hayáis...

Lo vio en su cara. Una expresión que jamás había visto antes pasó por el rostro de Matthew como una sombra. El sentimiento de culpa se deslizó, casi físicamente, por los pómulos marcados, el mentón bien afeitado, los ojos color avellana que ella llevaba años adorando.

—¿O sí? —dijo Robin, con un deje de pasmo en la voz—. ¿O sí?

Matthew tardó demasiado en reaccionar.

—No —dijo con ímpetu, como si la proyección de una película se hubiera detenido y se pusiera en marcha de nuevo con una sacudida—. Claro que no.

—Sí —dijo Robin—. Te has acostado con ella.

Lo veía en su cara. Matthew no creía en la amistad entre hombres y mujeres porque nunca había tenido ninguna. Sarah y él se habían acostado.

—¿Cuándo? —preguntó Robin—. No me digas que... ¿Fue entonces?

—Yo no...

Robin oyó las protestas estériles de quien sabe que ha perdido, de quien hasta se alegra de perder. Eso la había atormentado toda la noche y todo el día: de alguna manera, Matthew quería que Robin lo supiera.

La extraña serenidad de Robin (fruto de su perplejidad más que de la voluntad de castigarlo) lo había animado a confesárselo todo. Sí, había sido entonces. Matthew se sentía muy mal por haberlo hecho, siempre se había sentido mal, pero en esa época Robin y él no se acostaban juntos, y una noche Sarah lo había estado consolando y... Bueno, las cosas se les habían ido de las manos.

—¿Que te estaba consolando? —La rabia se había apoderado por fin de Robin, descongelándola de aquel estado de asombro e incredulidad—. ¿Que Sarah te estaba consolando? ¿A ti?

—¡Para mí también fueron momentos difíciles, ya lo sabes! —le gritó él.

Strike vio que Robin movía la cabeza involuntariamente, tratando de aclararse; pero los recuerdos la habían hecho ruborizarse y volvían a brillarle los ojos.

—¿Qué has dicho? —preguntó confusa.

—Te he preguntado cómo es que te lo ha contado.

—No lo sé. Estábamos discutiendo. Matthew cree... —Inspiró hondo. Dos tercios de una botella de vino con el estómago vacío la estaban animando a emular la sinceridad de su ex—. No se cree que tú y yo seamos sólo amigos.

Eso no fue ninguna sorpresa para Strike. Había detectado recelo en cada mirada que Matthew le había lanzado, e inseguridad en cada comentario sarcástico que le había hecho.

—Le estaba explicando que tú y yo sólo somos amigos —continuó Robin, titubeante—, y que él también tiene una amiga platónica, su querida Sarah Shadlock. Y de repente salió todo.

Sarah y él tuvieron un lío en la universidad mientras yo estaba... Mientras yo estaba en Masham.

—Pero de eso hace mucho tiempo, ¿no?

—¿Crees que no debería importarme porque pasó hace siete años? ¿Cuando él me ha mentido todo este tiempo, y cuando vemos continuamente a Sarah?

—No, es que me sorprende que lo haya reconocido después de tanto tiempo —dijo Strike sin perder la calma, negándose a que Robin lo arrastrara a una discusión.

—Ah —dijo Robin—. Bueno, estaba avergonzado porque pasó cuando pasó.

—¿En la universidad? —dijo Strike, confundido.

—Fue justo después de que yo dejara la carrera —dijo Robin.

—Ah.

Nunca habían hablado de qué fue lo que hizo que Robin dejara la carrera de Psicología y regresara a Masham.

Robin no tenía intención de contarle la historia a Strike, pero esa noche todos sus propósitos iban a la deriva en el pequeño mar de alcohol con el que había llenado su cuerpo hambriento y agotado. ¿Qué más daba si se lo contaba? Sin esa información, él no tendría datos suficientes ni podría aconsejarle qué debía hacer a continuación. Se dio cuenta, vagamente, de que estaba confiando en él para que la ayudara. Le gustara o no (y le gustara o no a él), Strike era el mejor amigo que tenía en Londres. Era la primera vez que lo admitía. El alcohol te animaba y te hacía ver con claridad. ¿No decían que *in vino veritas*? Strike debía de saberlo. Tenía la extraña costumbre de soltar citas en latín de vez en cuando.

—Yo no quería dejar la carrera —dijo Robin, despacio; todo parecía girar a su alrededor—, pero pasó una cosa y después tuve problemas...

No, así no. Eso no explicaba nada.

—Volvía a mi residencia desde la de una amiga —dijo—. No era muy tarde... Debían de ser las ocho o algo así... Pero en la televisión local habían emitido un aviso...

No, así tampoco. Demasiados pormenores. Lo que necesitaba era constatar un hecho, no ofrecerle todos los detalles, como había tenido que hacer en el juicio.

Inspiró hondo, miró a Strike a los ojos y vio que él empezaba a entender. Aliviada por no tener que explicárselo letra por letra, preguntó:

—¿Me pides otra bolsa de patatas?

Cuando volvió de la barra, Strike le dio la bolsa sin decir nada. A Robin no le gustó la expresión de su cara.

—Ahora no pienses que... ¡Eso no cambia nada! —dijo a la desesperada—. Fueron veinte minutos de mi vida. Es una cosa que me pasó. Pero no soy yo. Eso no me define.

Strike supuso que aquéllas eran frases a las que había aprendido a recurrir en algún tipo de terapia. Él se había entrevistado con víctimas de violación. Sabía qué recursos les ofrecían los profesionales para entender algo que, para una mujer, era incomprensible. Aquello explicaba muchas cosas sobre Robin. Su duradera devoción por Matthew, por ejemplo, el amigo inofensivo de toda la vida.

Sin embargo, Robin, borracha, interpretó el silencio de Strike como evidencia de lo que ella más temía: un cambio en su forma de verla. Había pasado de igual a víctima.

—¡No significa nada! —repitió furiosa—. ¡Sigo siendo la misma!

—Ya lo sé, pero, de todas formas, fue horrible que te pasara.

—Bueno, sí. Fue... —masculló más calmada. Entonces volvió a exaltarse—: Lo detuvieron gracias a mi testimonio. Me fijé en cosas mientras... Tenía una mancha blanca en la piel, debajo de una oreja; se llama vitíligo. Y una pupila estaba fija, dilatada.

Hablaba atropelladamente mientras engullía el tercer paquete de patatas fritas.

—Intentó estrangularme; me quedé inmóvil y me hice la muerta, y él se fue corriendo. Había agredido a otras dos chicas con la máscara puesta, y ninguna de las dos pudo darle a la policía ningún detalle sobre su físico. Mi testimonio fue decisivo.

—Eso no me sorprende.

A Robin la tranquilizó esa respuesta. Se quedaron un minuto callados mientras ella se terminaba las patatas.

—Pero después no podía salir de mi cuarto —continuó, como si no hubieran hecho ninguna pausa—. Al final la universidad me mandó a casa. Se suponía que sólo iba a tomarme un trimestre de descanso, pero... Nunca volví.

Robin se quedó meditando sobre eso con la mirada perdida. Matthew le había aconsejado que se quedara en Masham. Cuando Robin superó su agorafobia, lo que le llevó más de un año, empezó a ir a ver a su novio a Bath; paseaban cogidos de la mano entre edificios de piedra caliza de los Cotswolds, por calles amplias con forma de media luna estilo Regencia, por las orillas arboladas del río Avon. Siempre que salían con los amigos de Matthew los acompañaba Sarah Shadlock, que se reía a carcajadas de sus bromas, le ponía la mano en el brazo y llevaba una y otra vez la conversación hacia lo bien que lo habían pasado juntos cuando no estaba Robin, la aburrida novia del pueblo.

«Me estaba consolando. Para mí también fueron tiempos difíciles.»

—Bueno —dijo Strike—, tenemos que buscarte un sitio donde pasar la noche.

—Voy a ir al Travel...

—De eso nada.

El detective no quería que su ayudante pasara la noche en un establecimiento donde cualquier desconocido podía entrar desde la calle o pasearse por los pasillos sin que nadie le dijera nada. Tal vez estuviera poniéndose paranoico, pero quería que Robin estuviera en algún sitio donde un grito no fuera a perderse en medio del bullicio de una despedida de soltera.

—Puedo dormir en la oficina —propuso Robin. Al intentar levantarse se tambaleó, y él la sujetó por el brazo—. Si todavía tienes aquella cama plegable...

—No quiero que duermas en la oficina —zanjó él—. Conozco un buen sitio. Mis tíos se alojaron allí cuando vinieron a ver *La ratonera*. Vamos, dame la bolsa.

En una ocasión, Strike le había puesto un brazo sobre los hombros a Robin, pero en circunstancias muy diferentes: para utilizarla como bastón. Ahora era ella quien apenas podía caminar en línea recta. Strike la abrazó por la cintura para sostenerla y salieron del pub.

—A Matthew no le gustaría nada vernos así —comentó Robin.

Strike no dijo nada. Pese a todo lo que acababa de oír, no estaba tan seguro como Robin de que la relación hubiera terminado. Llevaban nueve años juntos, y en Masham había un vestido de novia esperando. El detective había tenido mucho cuidado de no hacer ninguna crítica de Matthew que Robin pudiera repetirle a su exnovio cuando se reanudaran las hostilidades, lo que sin duda alguna sucedería, pues los vínculos creados a lo largo de nueve años no podían cortarse en una sola noche. Lo hacía por Robin; él no le tenía ningún miedo a Matthew.

—¿Quién era ese hombre? —preguntó Robin, adormilada, cuando ya llevaban unos cien metros recorridos en silencio.

—¿Qué hombre?

—El de esta mañana. Cuando lo he visto, he pensado si sería el tipo de la pierna. Me ha dado un susto de muerte.

—Ah. Era Shanker. Un viejo amigo.

—Pues es aterrador.

—Shanker sería incapaz de hacerte daño —le aseguró Strike, y luego añadió—: Pero ni se te ocurra dejarlo solo en la oficina.

—¿Por qué?

—Porque se llevaría cualquier cosa que no esté sujeta con clavos. No hace nada a cambio de nada.

—¿De qué lo conoces?

La historia de Shanker y Leda los tuvo entretenidos hasta que llegaron a Frith Street, flanqueada por edificios sobrios que emanaban orden y dignidad.

—¿Aquí? —preguntó Robin contemplando, boquiabierta, la fachada del Hazlitt's Hotel—. No puedo alojarme aquí. ¡Tiene que ser carísimo!

—Pago yo —dijo Strike—. Imagínate que es la prima de este año. No quiero discutir —añadió, al mismo tiempo que se abría la puerta y un joven sonriente se apartaba para dejarlos entrar—. Es culpa mía que necesites un lugar seguro.

El vestíbulo, con las paredes revestidas con paneles de madera, era acogedor; parecía una vivienda. Sólo había una entrada, y la puerta de la calle no podía abrirse desde fuera.

Después de entregarle al recepcionista su tarjeta de crédito, Strike acompañó a Robin, que caminaba con paso inseguro, hasta el pie de la escalera.

—Si quieres, puedes tomarte la mañana...

—Estaré allí a las nueve —dijo ella—. Cormoran... Gracias por... por...

—De nada. Que duermas bien.

Frith Street estaba tranquila cuando Strike cerró la puerta del Hazlitt's. Echó a andar con las manos metidas en los bolsillos, absorto en sus pensamientos.

La habían violado y la habían dado por muerta. «Hostia puta.»

Ocho días atrás, un desgraciado le había entregado una pierna de mujer, y Robin no había dicho ni una sola palabra de su pasado, ni había pedido unos días de baja, ni se había desviado lo más mínimo de la absoluta profesionalidad con la que se entregaba a su trabajo todas las mañanas. Había sido él quien, sin saber nada del pasado de Robin, había insistido en que necesitaba una alarma antivioladores mejor, en que no debía salir a la calle por la noche, en llamarla varias veces a lo largo del día...

En el preciso instante en que Strike se dio cuenta de que estaba alejándose de Denmark Street en lugar de ir hacia allí, divisó a un hombre con un gorro a unos veinte metros, merodeando por la esquina de Soho Square. La brasa ambarina de un cigarrillo desapareció rápidamente cuando se dio la vuelta y echó a andar presuroso.

—¡Eh, amigo!

La voz de Strike resonó por la plaza, tranquila a esas horas, mientras apretaba el paso. El hombre del gorro no volvió la cabeza, sino que echó a correr.

—¡Eh! ¡Oiga!

Strike también se puso a correr, aunque le dolía la rodilla con cada zancada. Su presa miró hacia atrás una vez y torció bruscamente a la izquierda; él lo siguió tan aprisa como pudo. Al entrar en Carlisle Street, Strike escudriñó la multitud apelotonada frente a la entrada del Toucan, preguntándose si su hombre se le habría unido. Jadeando, pasó a toda velocidad al lado de los clientes del pub, se detuvo en el cruce de Dean Street y giró sobre sí mismo buscando a su presa. Podía torcer a la derecha, a la izquierda o continuar por Carlisle Street, y en todos los casos había infinidad de portales y sótanos en los que el hombre del gorro podía haberse escondido, suponiendo que no hubiera parado un taxi.

—¡Me cago en...! —masculló Strike.

Le dolía el muñón por el roce con la prótesis. Lo único que tenía era la vaga impresión de haber visto a un tipo alto y robusto, con chaqueta y gorro oscuros, que había echado a correr cuando lo había llamado, antes de que Strike pudiera preguntarle la hora, pedirle fuego o alguna indicación, lo que resultaba sospechoso.

Se dejó llevar por una corazonada y torció a la derecha por Dean Street. Los coches pasaban a toda velocidad en ambas direcciones. Durante casi una hora Strike siguió recorriendo la zona, explorando portales oscuros y entradas de sótanos. Sabía que aquello era como buscar una aguja en un pajar, pero si los había seguido el hombre que les había enviado la pierna, era evidente que se trataba de un desgraciado lo bastante temerario como para no alejarse de Robin por el mero temor a una persecución chapucera de Strike.

Unos hombres metidos en sacos de dormir lo miraron con antipatía cuando se les acercó mucho más de lo que solía acercárseles la gente; en dos ocasiones asustó a un gato que estaba detrás de un contenedor de basura. Pero al hombre del gorro no lo vio por ninguna parte.

21

... the damn call came,
And I knew what I knew and didn't want to know[26]

Live for Me, Blue Öyster Cult

Al día siguiente Robin despertó con dolor de cabeza y una sensación molesta en la boca del estómago. En el tiempo que tardó en darse la vuelta con la cabeza sobre unas almohadas blancas impecables, los sucesos de la noche pasada se derrumbaron sobre ella. Se apartó el pelo de la cara, se incorporó y miró alrededor. Entre los postes labrados de la cama con dosel distinguió los contornos tenues de una habitación apenas iluminada por la línea de luz intensa que se colaba entre las cortinas de brocado. Cuando sus ojos se acostumbraron a la penumbra dorada, distinguió el retrato de un caballero barrigudo con patillas de boca de hacha en un marco dorado. Se encontraba en uno de esos hoteles donde te alojabas cuando ibas a la capital a pasar un fin de semana por todo lo alto, y no donde dormías la mona después de meter cuatro cosas en una bolsa de viaje.

¿Y si Strike la había llevado a aquel hotel lujoso, elegante y anticuado para compensarla por la conversación que pensaba mantener con ella ese día? «Es obvio que todo esto te remueve mucho emocionalmente. Creo que te conviene tomarte unas vacaciones.»

Dos tercios de una botella de vino malo y se lo había contado todo. Robin emitió un gruñido débil y volvió a recostarse en las almohadas; se tapó la cara con los brazos y sucumbió a los recuerdos, que ya habían recobrado toda su fuerza ahora que ella se sentía frágil y desgraciada.

El violador llevaba una máscara de gorila de goma. La sujetaba con una mano, cargando todo el peso del brazo sobre su cuello, y mientras la violaba le repetía que iba morir, que la iba a estrangular hasta matarla. El pánico teñía de rojo el cerebro de Robin mientras los dedos del violador le oprimían el cuello como una soga; su supervivencia dependía de su capacidad de fingir que ya estaba muerta.

Después, durante días, durante semanas, sintió como si verdaderamente hubiera muerto y se encontrara atrapada en un cuerpo con el que no tenía ninguna relación. Por lo visto, la única forma de protegerse de aquella situación había consistido en separarse de su propio organismo, negar su conexión con él. Tardó mucho en volver a aceptar su corporeidad.

En el juicio, el violador se había mostrado obsequioso, sumiso, «Sí, señoría», «No, señoría». Era un hombre blanco de mediana edad, de aspecto anodino, de tez rubicunda salvo por aquella mancha blanca debajo de la oreja. Sus ojos, pálidos y descoloridos, pestañeaban demasiado, unos ojos que, vistos a través de los agujeros de la máscara, eran sólo dos rendijas.

Lo que aquel hombre le había hecho a Robin había destrozado su noción del lugar que ocupaba en el mundo, había puesto fin a su carrera universitaria y la había obligado a volver a Masham. Robin tuvo que someterse a un juicio muy duro donde las repreguntas fueron casi tan traumáticas como la agresión en sí, pues la defensa del violador se basó en que ella lo había invitado a entrar en el vestíbulo para tener relaciones sexuales con él. Meses después de que las manos enguantadas de aquel individuo salieran de la oscuridad y la arrastraran, amordazándola, al hueco detrás de la escalera, Robin no soportaba el contacto físico, ni siquiera un abrazo, por pequeño que fuera, de un miembro de su familia. Aquel hombre había contaminado la primera y única relación sexual de Robin, de modo que Matthew y ella habían tenido que volver a empezar, y el miedo y el sentimiento de culpa habían estado presentes en todas las etapas del camino.

Robin se tapó los ojos con los brazos, como si pudiera borrarlo todo de su mente por la fuerza. Ahora, de pronto, sabía que el joven Matthew, a quien ella siempre había considerado desinteresado, un dechado de bondad y comprensión, en realidad había estado retozando con Sarah, desnudos los dos, en su residencia de estudiantes de Bath, mientras ella, en Masham, se pasaba horas en la cama, sola, mirando sin ver el póster de Destiny's Child. En la tranquilidad suntuosa del Hazlitt's, Robin se planteó por primera vez la pregunta de si Matthew la habría abandonado por Sarah de haber continuado ella feliz e ilesa, y también si su novio y ella habrían acabado distanciándose si ella hubiera terminado la carrera.

Bajó los brazos y abrió los ojos, que ya no estaban llorosos. Sintió que no le quedaban lágrimas que derramar. Ya no la desgarraba el dolor que le había producido la confesión de Matthew. Lo sentía como un dolor sordo subyacente a la sospecha, mucho más devastadora, de haber perjudicado su futuro profesional. ¿Cómo podía haber sido tan estúpida y haberle contado aquello a Strike? ¿No sabía qué pasaba cuando era sincera?

Un año después de la violación, cuando superó la agorafobia, cuando recuperó, o casi, su peso normal, cuando empezó a impacientarse por volver a hacer vida normal y recuperar el tiempo que había perdido, expresó cierto interés por «algo relacionado» con el mundo de la investigación criminal. Como no tenía ninguna licenciatura y su autoestima estaba hecha trizas, no se había atrevido a expresar en voz alta su verdadero deseo de ser detective. Y mejor así, porque todas las personas a las que conocía habrían intentado disuadirla incluso de aquel deseo expresado tímidamente de explorar el campo del trabajo policial, incluida su madre, quien por lo general era la persona más comprensiva del mundo. Todos habían interpretado lo que consideraban un interés extraño e insólito como una señal de que su enfermedad persistía, como un síntoma de su incapacidad de superar la dura experiencia que había vivido.

Pero no era cierto: ese deseo era muy anterior a la violación. A los ocho años había informado a sus hermanos de que iba a dedicarse a atrapar ladrones, y ellos se habían burlado de ella de forma despiadada, sin otro motivo que el de ser una niña y, además, su hermana. Aunque Robin confiaba en que la reacción de sus hermanos no fuera un verdadero reflejo de cómo valoraban ellos sus aptitudes, sino que estuviera basada en una especie de reflejo masculino gregario, no le pareció conveniente expresar su interés por la investigación a tres chicos dogmáticos e intolerantes. Nunca le había contado a nadie que había elegido su carrera con la secreta intención de dedicarse a la psicología forense.

El violador había frustrado por completo sus planes. Ésa era otra cosa que le había quitado. Reafirmar su ambición mientras se recuperaba de un estado de tremenda fragilidad, en un momento en que cuantos la rodeaban parecían estar esperando que volviera a derrumbarse, había resultado demasiado difícil. Por agotamiento, y por una sensación de obligación hacia la familia, que la había arropado y protegido en los momentos de mayor necesidad, había abandonado su ambición de toda la vida, y todos se habían alegrado.

Y entonces una agencia de trabajo temporal la había enviado por error a entrevistarse con un detective privado. Sólo debería haberse quedado allí una semana, pero ya no se había ido. Parecía un milagro. Primero por cuestión de suerte, y luego por su talento y su tenacidad, se había vuelto valiosa para Strike, que pasaba muchos apuros, y había acabado casi exactamente donde había fantaseado que llegaría antes de que un desconocido la utilizara para su perverso disfrute como si ella fuese un objeto inanimado y desechable, y luego la golpeara y la estrangulase.

¿Por qué? ¿Por qué le había contado a Strike lo que le había pasado? Si ya estaba preocupado antes de que Robin le revelara su historia, ¿cómo iba a estar ahora? Pensaría que era demasiado frágil para trabajar, estaba segura de ello, y de ahí sólo había un paso a que prescindiera de ella, porque no la consideraría capaz de asumir todas las responsabilidades con las que él necesitaba que cargara su compañero de trabajo.

El silencio y la solidez serena de aquella habitación georgiana la oprimían.

Robin salió con esfuerzo de debajo del peso de las colchas y caminó por el suelo de parquet, ligeramente inclinado, hasta un cuarto de baño con bañera con patas y sin ducha. Quince minutos más tarde, mientras estaba vistiéndose, sonó el móvil, que había dejado encima del tocador y que la noche pasada, por suerte, se había acordado de cargar.

—Hola, ¿cómo estás? —dijo Strike.

—Bien —contestó Robin con voz crispada.

Seguro que la había llamado para decirle que no fuera a la oficina.

—Acaba de llamarme Wardle. Han encontrado el resto del cadáver.

Robin se dejó caer en el taburete de cañamazo bordado sujetando el móvil con ambas manos.

—¡Qué me dices! ¿Dónde? ¿Quién es?

—Te lo cuento cuando vaya a buscarte. Quieren hablar con nosotros. Te espero en la puerta a las nueve. No salgas sin desayunar —añadió.

—¡Cormoran! —se apresuró a decir ella para impedir que Strike colgara.

—¿Qué pasa?

—¿Eso... quiere decir... que sigo trabajando para ti?

Hubo una pausa breve.

—Pero ¿qué dices? Claro que sigues trabajando para mí.

—¿No vas a...? ¿Todavía...? ¿No ha cambiado nada?

—¿Vas a hacer lo que te diga? —preguntó él—. Si te digo que no salgas después del anochecer, ¿me vas a hacer caso?

—Sí —prometió ella con voz temblorosa.

—Muy bien. Nos vemos a las nueve.

Robin dio un gran suspiro de alivio. No estaba acabada: Strike seguía contando con ella. Fue a dejar el móvil encima del tocador y se fijó en que durante la noche había llegado el mensaje más largo que jamás había recibido.

Robin, no puedo dormir. No paro de pensar en ti. No sabes cómo deseo que no hubiera pasado. Fue una putada y no tengo excusa. Tenía veintiún años y entonces no sabía lo que ahora sé: que no hay nadie como tú y que jamás podría amar a nadie como te amo a ti. Desde entonces nunca ha habido

nadie aparte de ti. He tenido celos de Strike y tú podrías
decir que no tengo derecho a estar celoso después de lo que
hice, pero a lo mejor es que de alguna manera pienso que
mereces a alguien mejor que yo y que por eso me pasa esto.
Sólo sé que te quiero y que quiero casarme contigo, y si
ahora eso no es lo que tú quieres tendré que aceptarlo, pero,
Robin, por favor, dime algo para que sepa que estás bien,
por favor. Matt. Besos.

Robin volvió a dejar el móvil en el tocador y siguió vistiéndose. Pidió café y un cruasán al servicio de habitaciones, y cuando se lo llevaron le sorprendió comprobar lo bien que le sentaba
comer algo. Entonces volvió a leer el mensaje de Matthew:

... a lo mejor es que de alguna manera pienso que mereces
a alguien mejor que yo y que por eso me pasa esto...

Era conmovedor, y muy poco característico de él, que solía
expresar su opinión de que citar motivos subconscientes sólo era
una argucia. Sin embargo, inmediatamente después pensó que
Matthew no había apartado a Sarah de su vida. Era de sus mejores amigas de la universidad; lo había abrazado con ternura en
el funeral de su madre; salía a cenar con ellos y con su novio;
seguía coqueteando con Matthew, seguía metiendo cizaña entre
él y Robin.

Tras deliberar unos segundos consigo misma, contestó:

Estoy bien.

Estaba esperando a Strike en la puerta del Hazlitt's, más arre-
glada que nunca, cuando a las nueve menos cinco un taxi negro
paró junto al bordillo.

Strike no se había afeitado, y como la barba le crecía con
mucho vigor, tenía un aspecto sucio.

—¿Has visto las noticias? —preguntó el detective en cuanto
ella se metió en el taxi.

—No.

—La prensa acaba de enterarse. Lo he visto en la tele cuando salía.

Se inclinó hacia delante para cerrar la pantalla de plástico entre ellos y el conductor.

—¿Quién es? —preguntó Robin.

—Todavía no la han identificado formalmente, pero creen que es una ucraniana de veinticuatro años.

—¿Ucraniana? —preguntó Robin, asombrada.

—Sí. —Strike vaciló un momento, y entonces dijo—: Su casera la encontró descuartizada en la nevera del que suponen que era su piso. Falta la pierna derecha. Es ella, sin ninguna duda.

El sabor de la pasta de dientes en la boca de Robin adquirió un regusto químico; el cruasán y el café se removieron en su estómago.

—¿Dónde está el piso?

—En Coningham Road, Shepherd's Bush. ¿Te suena?

—No, a mí... ¡Dios mío, sí! ¿La chica que quería cortarse la pierna?

—Eso parece.

—Pero no recuerdo que tuviera un nombre ucraniano, ¿no?

—Wardle cree que podría haber utilizado un nombre falso. Ya sabes, un alias de fulana.

El taxi circulaba por Pall Mall hacia New Scotland Yard. Los edificios neoclásicos blancos se deslizaban detrás de las ventanillas a ambos lados de la calle: augustos, altaneros e inmunes a los infortunios de los frágiles seres humanos.

—Es la conclusión a la que esperaba llegar Wardle —dijo Strike tras una pausa larga—. Su teoría era que la pierna pertenecía a una prostituta ucraniana a la que vieron por última vez con Digger Malley.

Robin se dio cuenta de que había algo más, y se quedó mirando a Strike, expectante.

—En el piso de esa chica encontraron unas cartas mías —continuó el detective—. Dos cartas, firmadas con mi nombre.

—Pero ¡si tú no le contestaste!

—Wardle sabe que son falsas. Por lo visto escribieron mal mi nombre, «Cameron», pero aun así quieren hablar conmigo.

—¿Qué pone en esas cartas?

—No ha querido decírmelo por teléfono. Se ha portado bastante bien —añadió Strike—. Ha sido delicado.

Ante ellos se alzaba Buckingham Palace. Robin, desconcertada y con resaca, vio deslizarse la gigantesca estatua de mármol de la reina Victoria detrás de la ventanilla del taxi, y le pareció que la miraba con el ceño fruncido.

—Seguramente nos pedirán que miremos fotografías del cadáver para ver si podemos identificarla.

—Vale —dijo Robin con más aplomo del que sentía.

—¿Cómo estás? —preguntó Strike.

—Bien. No te preocupes por mí.

—De todas formas, pensaba llamar a Wardle esta mañana.

—¿Por qué?

—Anoche, cuando te dejé en el Hazlitt's, vi a un tipo alto con un gorro negro merodeando en una esquina. Detecté algo en su lenguaje corporal que no me gustó. Lo llamé con la intención de pedirle fuego, y echó a correr. —Pese a que Robin no había dicho nada, Strike agregó—: No me vengas con que estoy nervioso o me imagino cosas. Creo que nos siguió, y te diré otra cosa: me parece que estaba en el pub cuando llegué. No le alcancé a ver la cara, sólo lo vi por detrás cuando se iba.

A Strike le sorprendió que Robin no pusiera en duda sus afirmaciones; se quedó callada, cavilando, tratando de recordar una impresión vaga.

—Pues, ¿sabes qué? Ayer yo también vi a un tipo alto con gorro. Fue... Sí, sí, estaba en un portal de Tottenham Court Road. Pero no le vi la cara.

Strike masculló otra palabrota.

—No me pidas que deje el trabajo, por favor —continuó Robin en una voz más aguda de lo normal—. Por favor. Me encanta este trabajo.

—¿Y si ese hijo de puta te está siguiendo?

Robin no pudo reprimir un escalofrío, pero su determinación venció a su miedo. Para ayudar a atrapar a aquel animal, quienquiera que fuese, estaba dispuesta a casi cualquier cosa.

—Estaré alerta. Tengo dos alarmas antivioladores.

Strike no parecía muy convencido.

Se apearon en New Scotland Yard, y enseguida los acompañaron al piso de arriba, a un despacho de planta abierta donde Wardle, de pie en mangas de camisa, hablaba con un grupo de subordinados. Al ver a Strike y a Robin dejó enseguida a sus colegas y guió al detective y a su ayudante a una pequeña sala de reuniones.

—¡Vanessa! —gritó asomándose por la puerta mientras Strike y Robin se sentaban alrededor de una mesa ovalada—, ¿tienes las cartas?

La sargento Ekwensi llegó poco después con dos hojas mecanografiadas protegidas por unas bolsas de plástico y una copia que Strike reconoció: era una de las cartas escritas a mano que le había dado a Wardle en el Old Blue Last. La sargento Ekwensi saludó a Robin con una sonrisa que ésta, una vez más, encontró desproporcionadamente tranquilizadora, y se sentó al lado de Wardle con un bloc de notas.

—¿Queréis un café o algo? —preguntó Wardle.

Strike y Robin negaron con la cabeza. Wardle deslizó las cartas por encima de la mesa hacia Strike. El detective las leyó y se las pasó a Robin.

—No las he escrito yo —dijo Strike a Wardle.

—Ya me lo imaginaba —dijo el inspector—. Usted no contestó en nombre de Strike, ¿verdad, señorita Ellacott?

Robin negó con la cabeza.

La primera carta admitía que Strike, en efecto, se había hecho amputar la pierna porque quería librarse de ella, y confesaba que la historia de la bomba artesanal afgana era una tapadera muy bien elaborada; se extrañaba de que Kelsey lo hubiera descubierto, pero le suplicaba que no se lo contara a nadie. El falso Strike aceptaba ayudarla a librarse de su «estorbo» y le preguntaba cuándo y dónde podían quedar para conocerse en persona.

La segunda carta era breve: en ella Strike confirmaba que iría a visitar a la chica el tres de abril a las siete de la tarde.

Ambas cartas estaban firmadas «Cameron Strike» con bolígrafo negro de punta gruesa.

—Ésta parece indicar —dijo Strike, que había cogido la segunda carta después de que Robin acabara de leerla— que la chica volvió a escribirme proponiéndome un sitio y una hora.

—Ésa iba a ser mi siguiente pregunta —dijo Wardle—. ¿Recibiste una segunda carta?

Strike miró a Robin, y ella dijo que no con la cabeza.

—Muy bien. Veamos: ¿cuándo llegó la primera carta de...? —Wardle consultó la fotocopia—. Kelsey, así fue como firmó.

Esa vez contestó Robin:

—Tengo el sobre en el cajón de los col... —La sombra de una sonrisa pasó por el rostro de Strike—. En el cajón donde guardamos la propaganda y esas cosas. Podemos comprobar el matasellos, pero si no recuerdo mal, llegó a principios de este año. En febrero, me parece.

—Estupendo —dijo Wardle—, enviaremos a alguien a recoger ese sobre. —Sonrió a Robin, que parecía nerviosa—. Tranquilícese: la creo. Hay un chiflado que está intentando incriminar a Strike. Nada de todo esto es coherente. ¿Por qué iba a apuñalar a una mujer, descuartizarla y luego enviar una pierna a su propio despacho? ¿Por qué dejaría cartas escritas por él en el piso de la chica?

Robin intentó devolverle la sonrisa.

—¿La apuñalaron? —intervino Strike.

—Todavía tienen que establecer la causa de la muerte —explicó Wardle—, pero tiene dos heridas profundas en el torso; están casi seguros de que ya había fallecido cuando empezaron a descuartizarla.

Robin apretó los puños debajo de la mesa, y se clavó las uñas en las palmas de las manos.

—Bueno —continuó Wardle, y la sargento Ekwensi accionó el pulsador de su bolígrafo y se preparó para escribir—, ¿os dice algo el nombre «Oxana Voloshina»?

—No —contestaron Strike y Robin a la vez.

—Creemos que ése es el nombre real de la víctima —explicó Wardle—. Con ese nombre firmó el contrato de alquiler, y la casera dice que le mostró un documento de identidad. Dijo que era estudiante.

—¿Y lo era? —preguntó Robin.

—Todavía tenemos que determinar su verdadera identidad —dijo Wardle.

«Claro —pensó Robin—, espera que la chica sea prostituta.»

—A juzgar por la carta, tenía un buen nivel de inglés —comentó Strike—. Eso, suponiendo que la escribiera ella.

Robin lo miró sin comprender.

—Si alguien ha falsificado cartas mías, ¿por qué no podrían ser falsas también las de la chica? —razonó él.

—¿Para conseguir que te comunicaras realmente con ella, quieres decir?

—Sí. A lo mejor quería engañarme para que me citara con ella, o dejar algún rastro de papel entre nosotros que, una vez que muriera la chica, me incriminara.

—Ve a ver si están listas las fotos del cadáver, Van —dijo Wardle.

La sargento Ekwensi salió de la habitación. Tenía porte de modelo. El pánico empezó a apoderarse de Robin. Como si lo hubiera notado, Wardle se volvió hacia ella y dijo:

—Creo que no hará falta que usted las vea si Strike...

—No, tiene que verlas —lo cortó Strike.

Wardle se sorprendió, y Robin, aunque intentara disimularlo, se preguntó si su jefe estaría intentando asustarla para que cumpliera su promesa de no salir a la calle después del anochecer.

—Sí —confirmó ella aparentando serenidad—. Creo que tengo que verlas.

—No son muy... agradables —insistió Wardle con un comedimiento nada propio de él.

—La pierna se la enviaron a Robin —le recordó Strike—. Ella tiene las mismas probabilidades que yo de haber visto a esa mujer antes de que falleciese. Es mi socia. Trabajamos juntos.

Robin miró de soslayo a Strike. Nunca se había referido a ella como su socia, al menos estando ella presente. El detective no la miraba. Robin volvió a centrar su atención en Wardle. Pese a la aprensión que sentía, después de oír a Strike equiparándola profesionalmente a él, sabía que, fuera lo que fuese lo que estaba a punto de ver, no decepcionaría a su jefe, ni a sí misma. Cuando la sargento Ekwensi volvió con un fajo de fotografías en la mano, Robin tragó saliva y enderezó la espalda.

Strike las cogió primero, y su reacción no fue precisamente tranquilizadora.

—Me cago en su puta madre.

—La cabeza está mejor conservada —comentó Wardle en voz baja—, porque la metió en el congelador.

Del mismo modo que habría retirado la mano instintivamente para no tocar un objeto al rojo vivo, Robin sintió el impulso de darse la vuelta, cerrar los ojos o poner la fotografía boca abajo; pero lo combatió, cogió la foto que le dio Strike y la miró, e inmediatamente sintió náuseas.

La cabeza, seccionada, reposaba sobre lo que quedaba del cuello, y miraba sin ver a la cámara, con unos ojos tan velados que no se distinguía su color. La boca estaba abierta, una cavidad oscura. El pelo, castaño, estaba rígido y espolvoreado de escarcha. Las mejillas eran carnosas, y la frente y la barbilla estaban cubiertas de acné. La chica aparentaba menos de veinticuatro años.

—¿La reconoce?

Robin se sobresaltó al oír la voz de Wardle tan cerca. Mientras contemplaba aquella cabeza, había tenido la impresión de que viajaba muy lejos de allí.

—No —contestó.

Dejó la fotografía encima de la mesa y cogió la siguiente. Habían metido una pierna izquierda y dos brazos en la nevera, donde habían empezado a descomponerse. Se había armado de valor para ver la cabeza, sin pensar que lo demás podía ser igual de repugnante, y se avergonzó del ruidito de angustia que se le escapó.

—Sí, es espantoso —dijo la sargento Ekwensi en voz baja. Robin la miró agradecida.

—Hay un tatuaje en la muñeca izquierda —señaló Wardle, y les pasó una tercera fotografía en que el brazo en cuestión estaba extendido encima de una mesa.

Robin, sin poder reprimir las náuseas, se fijó y distinguió la inscripción «1D» en tinta negra.

—No hace falta que veáis el torso —dijo Wardle; recogió las fotografías y se las devolvió a la sargento Ekwensi.

—¿Dónde estaba? —preguntó Strike.

—En la bañera —contestó Wardle—. La asesinó en el cuarto de baño. Parecía un matadero. —Titubeo antes de añadir—: La pierna no fue lo único que se llevó.

Robin se alegró de que Strike no le preguntara qué otra parte del cadáver faltaba. Dudaba mucho que soportara oírlo.

—¿Quién la encontró? —preguntó Strike.

—La casera —contestó Wardle—. Es una mujer mayor, y se desplomó nada más entrar allí. Un infarto, seguramente. Se la llevaron al Hospital Hammersmith.

—¿Qué fue lo que hizo que quisiera ir a verla?

—El olor —dijo Wardle—. Los vecinos de abajo la habían llamado por teléfono. Decidió pasar a primera hora, antes de hacer la compra, porque creyó que así encontraría a esa tal Oxana en casa. Como no contestaba, la casera entró con su llave.

—Y los vecinos de abajo, ¿no habían oído nada? ¿Gritos, nada?

—Es un edificio reformado lleno de estudiantes. Son una pandilla de inútiles —dijo Wardle—. Música a todo volumen, amigos entrando y saliendo a todas horas... Se quedaron boquiabiertos cuando les preguntamos si no habían oído nada en el piso de arriba. La chica que había llamado por teléfono a la casera estaba completamente histérica. Dijo que nunca se perdonaría por no haber llamado nada más notar aquel olor.

—Sí, claro, eso lo habría cambiado todo —dijo Strike—. Habrían podido coserle la cabeza y no habría pasado nada.

Wardle rió. Hasta la sargento Ekwensi esbozó una sonrisa.

Robin se levantó bruscamente. El vino de la noche pasada y el cruasán de esa mañana se revolvían amenazadoramente en su estómago. Se disculpó con un hilo de voz y fue rápidamente hacia la puerta.

22

I don't give up but I ain't a stalker,
I guess I'm just an easy talker[27]

I Just Like To Be Bad, Blue Öyster Cult

—Gracias, ya conozco el concepto de humor negro —dijo Robin al cabo de una hora, entre exasperada y divertida—. ¿Podemos continuar?

Strike se arrepintió de haber tenido aquella ocurrencia en la sala de reuniones, porque Robin había vuelto del servicio pasados veinte minutos, pálida y un poco sudorosa, desprendiendo un olor a menta que revelaba que se había lavado los dientes. En lugar de buscar un taxi, Strike propuso que dieran un corto paseo por Broadway hasta el Feathers, el pub más cercano, y nada más llegar pidió té para los dos. Él se habría tomado una cerveza, pero Robin no estaba suficientemente formada para comprender que el alcohol y el derramamiento de sangre eran compañeros naturales, y pensó que si pedía una cerveza reforzaría su impresión de que su jefe era un ser insensible.

El Feathers estaba tranquilo a las once y media de la mañana de un miércoles. El local era espacioso y se sentaron a una mesa al fondo, lejos de una pareja de agentes de paisano que hablaba en voz baja cerca de la ventana.

—Mientras estabas en el servicio le he contado a Wardle lo de nuestro amigo del gorro —dijo Strike—. Dice que va a enviar a un agente de paisano a Denmark Street para que vigile unos días.

—¿Crees que la prensa volverá? —preguntó Robin, que todavía no había tenido tiempo de preocuparse por eso.

—Espero que no. Wardle va a mantener en secreto lo de las cartas falsificadas. Dice que revelar su existencia sería ponérselo en bandeja a ese chiflado. Es de la opinión de que el asesino se ha propuesto en serio tenderme una trampa para incriminarme.

—¿Y tú no?

—No. No está tan loco. Aquí pasa algo más extraño.

Se quedó callado, y Robin, respetando su necesidad de reflexionar, guardó silencio también.

—Esto es terrorismo —dijo Strike mientras se rascaba la barbilla sin afeitar—. Se ha propuesto meternos miedo, alterar nuestra vida tanto como sea posible; y la verdad es que lo está consiguiendo. Tenemos a la policía metida en nuestra oficina, nos hacen ir a Scotland Yard, hemos perdido a casi todos nuestros clientes, tú...

—¡No te preocupes por mí! —saltó Robin—. No quiero que sufras...

—Me cago en todo, Robin —dijo Strike perdiendo los estribos—, los dos vimos a ese tipo ayer. Wardle opina que debería obligarte a quedarte en casa y...

—Por favor —dijo Robin, y volvieron a asaltarla los temores de aquella mañana—, no me pidas que deje el trabajo...

—¡No merece la pena que te maten por querer huir de tu vida privada!

Lamentó de inmediato haber pronunciado esas palabras cuando vio que Robin torcía el gesto.

—No lo utilizo como válvula de escape —farfulló ella—. Me encanta este trabajo. Esta mañana, cuando me he despertado, me he arrepentido de lo que te dije anoche. Me preocupaba que... pensaras que no soy lo bastante fuerte.

—Esto no tiene nada que ver con lo que me contaste anoche, ni con ser o no ser fuerte. Tiene que ver con un psicópata que podría estar siguiéndote, y que ya ha hecho pedazos a una mujer.

Robin se bebió el té, ya tibio, y no dijo nada. Tenía un hambre devoradora. Sin embargo, la idea de pedir comida de pub que contuviera cualquier tipo de carne le produjo un sudor frío.

—Además, no puede ser su primer asesinato, ¿verdad? —planteó Strike, con sus ojos oscuros fijos en las marcas de cerveza pintadas a mano encima de la barra—. Decapitarla, cortarle las extremidades, llevarse trozos de su cuerpo... ¿Tú no te entrenarías?

—Supongo —concedió Robin.

—Eso lo hizo por puro placer. Se montó una orgía él solito en ese cuarto de baño.

De pronto Robin no sabía si lo que tenía era hambre o náuseas.

—Un sádico que me guarda rencor y que ha decidido juntar todos sus *hobbies* —caviló Strike en voz alta.

—¿Encaja con alguno de tus sospechosos? —preguntó Robin—. ¿Sabes si alguno había matado antes?

—Sí. Whittaker. Mató a mi madre.

«Pero de otra manera», pensó Robin. Lo que había acabado con Leda Strike había sido una aguja, no un cuchillo. Por respeto hacia Strike, que tenía una expresión adusta, no articuló ese pensamiento en voz alta. Entonces se acordó de otra cosa y, con cautela, dijo:

—Supongo que ya sabes que Whittaker guardó el cadáver de otra mujer en su casa durante un mes, ¿no?

—Sí, ya lo sé.

La noticia le había llegado cuando estaba en los Balcanes a través de su hermana Lucy, quien había encontrado en internet una fotografía de Whittaker entrando en el juzgado. Su expadrastro estaba casi irreconocible, con el pelo cortado a cepillo y con barba, pero seguía teniendo aquellos ojos dorados que te taladraban. Si Strike no recordaba mal, Whittaker se justificó diciendo que había temido otra «falsa acusación» de asesinato, y que por eso había intentado momificar el cadáver de la mujer, envolviéndolo con bolsas de basura y escondiéndolo debajo de los tablones del suelo. La defensa había alegado ante un juez nada favorable que el enfoque tan original del problema que había hecho su cliente se debía al consumo de estupefacientes.

—Pero no la había matado él, ¿verdad? —preguntó Robin mientras trataba de recordar lo que había leído en la Wikipedia.

—Llevaba un mes muerta, de modo que la autopsia no debió de ser fácil —dijo Strike, que volvía a tener aquella cara que Shanker había descrito como «horrible»—. Personalmente, apuesto a que la mató él. Hay que tener muy mala suerte para que dos de tus novias se mueran en casa mientras tú estás allí sentado sin hacer nada, ¿no? A Whittaker le interesaba la muerte. Los cadáveres lo atraían. Decía que había trabajado de enterrador cuando era adolescente. Los cadáveres le ponían. La gente lo tomaba por un gótico de línea dura, o por un vulgar farsante: las letras necrófilas, la *Biblia satánica*, Aleister Crowley y toda esa mierda; pero era un desgraciado malvado y vicioso que iba por ahí diciendo que era un desgraciado malvado y vicioso, ¿y qué pasaba? Que las mujeres se volvían locas por él. Necesito beber algo.

Strike se levantó y fue a la barra.

Robin se quedó un poco impresionada por aquel repentino arrebato de ira. La opinión de Strike de que Whittaker ya había matado dos veces no estaba respaldada ni por los tribunales ni, que ella supiera, por las pruebas periciales. Se había acostumbrado a la insistencia de Strike en la necesidad de recopilar y documentar meticulosamente los hechos, y a su teoría, repetida a menudo, de que las corazonadas y las antipatías personales podían aportar información, pero nunca debían dictar la dirección de una investigación. Evidentemente, tratándose del asesinato de su propia madre...

El detective regresó con una jarra de Nicholson's Pale Ale y un par de cartas.

—Lo siento —dijo después de sentarse a la mesa y dar un trago largo de cerveza—. Me he puesto a pensar en cosas en las que hace mucho tiempo que no pensaba. Ha sido la letra de esa maldita canción.

—Ya —dijo Robin.

—Joder, no puede ser Digger —dijo Strike, frustrado, pasándose una mano por el pelo tupido y rizoso, que se quedó exactamente igual—. ¡Es un mafioso profesional! Si se hubiera enterado de que yo había testificado contra él y hubiera querido vengarse, me habría pegado un tiro. No habría perdido el tiempo con piernas cortadas y letras de canciones, sabiendo que así atraería a la policía. Es un empresario.

—¿Wardle sigue pensando que ha sido él?

—Sí, pero él debería saber mejor que nadie que los protocolos para testigos protegidos son infalibles. Si no lo fueran, habría policías muertos por toda la ciudad.

Se abstuvo de seguir criticando a Wardle, aunque tuvo que hacer un esfuerzo. El inspector estaba siendo considerado y amable y no le estaba causando problemas. Strike no había olvidado que la última vez que había tenido tratos con la Metropolitana lo habían retenido cinco horas en una sala de interrogatorios por lo que parecía el capricho de unos agentes resentidos.

—¿Y esos dos tipos a los que conociste en el Ejército? —preguntó Robin bajando la voz, porque un grupo de empleadas de oficina se estaban sentando a una mesa cercana—. Brockbank y Laing. ¿Habían matado a alguien con anterioridad? Bueno —añadió—, ya sé que eran soldados. Me refiero a si habían matado en otro contexto que no fuera el combate.

—No me extrañaría que Laing se hubiera cargado a alguien —dijo Strike—, pero que yo sepa, antes de que lo trincaran no lo había hecho. Con su exmujer utilizó un cuchillo, eso sí lo sé: la ató y la apuñaló. Pasó diez años en la cárcel, y dudo mucho que consiguieran rehabilitarlo. Ahora ya lleva más de cuatro años en libertad: ha tenido tiempo suficiente para cometer un asesinato. No te lo he contado: en Melrose conocí a su exsuegra. Me dijo que creía que Laing se había ido a Gateshead cuando salió de la cárcel, y sabemos que es posible que estuviera en Corby en 2008... Pero también me comentó que estaba enfermo.

—¿Enfermo? ¿De qué?

—Una especie de artritis. No supo decírmelo exactamente. ¿Crees que una persona enferma podría hacer lo que hemos visto en esas fotografías? —Strike cogió la carta—. Bueno. Me muero de hambre, y tú llevas dos días sobreviviendo a base de patatas fritas.

Strike pidió abadejo con patatas fritas, y Robin, un plato de queso con encurtidos; entonces, el detective volvió a cambiar de tema.

—¿A ti te ha parecido que la víctima aparentaba veinticuatro años?

—Pues... no sé —dijo Robin tratando sin éxito de ahuyentar de su mente la imagen de la cabeza con aquellas mejillas regordetas y carnosas y aquellos ojos velados—. No —dijo tras una pausa breve—. Me ha parecido... más joven.

—A mí también.

—Me parece... Voy al cuarto de baño —dijo Robin, y se levantó.

—¿Te encuentras bien?

—Sí, sí. Necesito hacer pis. Demasiado té.

Mientras la esperaba, Strike se terminó la cerveza y repasó una serie de ideas que todavía no le había confiado ni a Robin ni a nadie.

En Alemania, una detective le había enseñado la redacción de la niña. Strike todavía recordaba la última línea, escrita con caligrafía pulcra en una hoja de papel de color rosa claro:

La mujer se cambió de nombre y se llamó Anastassia, y se tiñó el pelo, y nadie supo adónde había ido, y desapareció.

—¿Eso es lo que a ti te gustaría hacer, Brittany? —preguntaba la detective en voz baja en la cinta que Strike había visto después—. ¿A ti también te gustaría escaparte y desaparecer?

—¡Sólo es una historia! ¡Me la he inventado! —insistía Brittany, tratando de reír con desdén mientras retorcía sus deditos, con una pierna casi enroscada alrededor de la otra.

Su pelo, rubio y lacio, enmarcaba una cara pálida y pecosa. Llevaba las gafas torcidas. A Strike le recordó a un periquito amarillo.

El análisis de ADN pronto revelaría quién era la mujer de la nevera, y entonces la policía se ocuparía de averiguar quién era realmente Oxana Voloshina, suponiendo que ése fuera su nombre verdadero. Strike no sabía si su temor de que aquel cadáver fuera el de Brittany Brockbank era producto de sus paranoias. ¿Por qué habían firmado la primera carta que le habían enviado con ese nombre, «Kelsey»? ¿Por qué parecía tan joven aquella cabeza, con aquellos mofletes infantiles?

—Ya debería estar vigilando a Platinum —dijo Robin, apesadumbrada, al mirar la hora y sentarse otra vez a la mesa.

Por lo visto, una de las oficinistas de la mesa de al lado celebraba su cumpleaños: acababa de desenvolver un corpiño rojo entre las risotadas estridentes de sus amigas.

—No te preocupes por eso —dijo Strike, distraído.

Les pusieron delante el pescado con patatas y el plato de quesos de Robin. El detective comió en silencio durante un par de minutos; luego dejó los cubiertos, sacó su libreta, buscó algo entre las notas que había tomado en el despacho de Hardacre, en Edimburgo, y cogió su teléfono. Robin lo vio teclear unas palabras y se preguntó qué estaría haciendo.

—Vale —dijo Strike tras leer los resultados—. Mañana me voy a Barrow-in-Furness.

—¿Que te vas...? —preguntó Robin, desconcertada—. ¿Por qué?

—Se supone que Brockbank está allí.

—¿Cómo lo sabes?

—En Edimburgo me enteré de que le envían la pensión allí, y acabo de buscar la antigua dirección familiar. Una tal Holly Brockbank vive ahora en la casa. Es evidente que son parientes. Ella debería saber dónde está. Si puedo comprobar que estas últimas semanas las ha pasado en Cumbria, sabremos que no ha estado repartiendo piernas por ahí, ni siguiéndote por Londres, ¿no?

—¿Qué me estas ocultando de Brockbank? —preguntó Robin entornando los ojos, de un gris azulado.

Strike ignoró la pregunta.

—Quiero que te quedes en casa mientras yo esté fuera. A la mierda Déjà Vu: si Platinum se folla a otro cliente, es culpa suya. Podemos vivir sin su dinero.

—Pero nos quedaremos con un solo cliente —le recordó Robin.

—Sí, pero si no detenemos a este chalado, mucho me temo que nos quedaremos sin ninguno —dijo Strike—. La gente no querrá saber nada de nosotros.

—¿Cómo piensas ir a Barrow? —preguntó Robin.

Se le estaba ocurriendo un plan. ¿Acaso no había previsto precisamente esa clase de eventualidad?

—En tren —contestó él—, ya sabes que ahora mismo no puedo permitirme alquilar un coche.

—¿Y qué te parece —propuso Robin, triunfante— si te llevo yo en mi nuevo Land Rover? ¡Bueno, es viejísimo, pero está bien!

—¿Desde cuándo tienes un Land Rover?

—Desde el domingo. Es el coche viejo de mis padres.

—Ah. Bueno, no es mala idea...

—¿Pero?

—No, la verdad es que me iría muy bien...

—¿Pero? —repitió Robin, pues era evidente que Strike tenía ciertas reservas.

—No sé cuánto tiempo voy a estar allí.

—No importa. De todas formas, acabas de decirme que tendré que quedarme en casa muriéndome de asco.

Strike vaciló. Se preguntó si el deseo de Robin que acompañarlo respondía a la voluntad de hacer sufrir a Matthew. No le costaba nada imaginar qué le parecería al contable que viajaran al norte los dos solos, sin fecha de regreso y quedándose a pasar la noche. Una relación profesional y transparente no debería incluir la posibilidad de usarse el uno al otro para poner celosas a sus respectivas parejas.

—¡Mierda! —dijo de pronto Strike, y se metió la mano en el bolsillo para coger el móvil.

—¿Qué pasa? —preguntó Robin, alarmada.

—Acabo de acordarme de que anoche había quedado con Elin. Mierda, se me ha pasado por completo. Espérame aquí.

El detective salió a la calle y dejó a Robin comiendo. ¿Por qué no lo había llamado Elin, ni le había enviado un mensaje para saber dónde estaba?, se preguntó mientras observaba, al otro lado del ventanal, la figura voluminosa de Strike, que iba arriba y abajo por la acera con el móvil pegado a la oreja. Y eso la llevó a preguntarse (por primera vez, aunque Strike hubiera sospechado otra cosa) qué le diría Matthew si volvía a casa sólo para coger el Land Rover y desaparecía con ropa para varios días en una bolsa.

«No puede decir nada —pensó en un intento enérgico de adoptar una actitud desafiante—. Lo que yo haga ya no le incumbe.»

Sin embargo, la perspectiva de ver a Matthew, aunque sólo fuera un momento, era desalentadora.

Strike volvió y puso los ojos en blanco.

—Cagada —dijo de manera sucinta—. Hemos quedado esta noche.

Robin no entendía por qué la desanimaba la noticia de que Strike iba a quedar con Elin. Supuso que estaba cansada. Las tensiones y los golpes emocionales de las treinta y seis horas anteriores no podían superarse con una comida en el pub. Las oficinistas de la mesa de al lado se pusieron a reír a carcajadas cuando de otro paquete salieron unas esposas forradas.

«No es su cumpleaños —comprendió Robin—. Es que se casa.»

—Bueno, ¿quieres que te lleve, o no? —preguntó cortante.

—Sí —contestó él, que parecía entusiasmado con la idea (¿o sería sólo que lo animaba saber que esa noche había quedado con Elin?)—. ¿Sabes qué? Me viene muy bien. Gracias.

23

Moments of pleasure, in a world of pain[28]

Make Rock Not War, Blue Öyster Cult

A la mañana siguiente, unas bandas de niebla gruesas y blandas que semejaban telarañas cubrían las copas de los árboles de Regent's Park. Strike, que había silenciado rápidamente la alarma para no despertar a Elin, se mantenía en equilibrio sobre su único pie junto a la ventana, con la cortina detrás para evitar que entrara la luz. Durante un minuto admiró el parque fantasmagórico, impresionado por el efecto del sol naciente en las ramas frondosas que sobresalían de aquel mar de vapor. Si te parabas a buscarla, podías encontrar belleza casi en cualquier parte; sin embargo, muchas veces, la batalla para llegar al final de cada jornada te hacía olvidar que existía ese lujo, y que era gratis. Conservaba recuerdos como aquél de su infancia, sobre todo de los periodos que había pasado en Cornualles: el brillo del mar cuando lo veías por primera vez por la mañana, azul como un ala de mariposa; el mundo esmeralda, misterioso y umbrío, del Gunnera Passage, en Trebah Garden; veleros blancos, a lo lejos, que cabeceaban como aves marinas sobre el oleaje plomizo de los días borrascosos.

Detrás de él, en la cama, Elin se movió y suspiró, todavía a oscuras. Strike salió con cuidado de detrás de la cortina, cogió la prótesis, que había dejado apoyada en la pared, y se sentó en una de las sillas del dormitorio para atársela. Entonces, haciendo el menor ruido posible, recogió la ropa que iba a ponerse y se dirigió al cuarto de baño.

La noche pasada habían discutido por primera vez: un hito en toda relación. Que Elin no hubiera intentado comunicarse con él después de que Strike no se presentara a su cita el martes debería haberlo puesto sobre aviso, pero estaba demasiado ocupado pensando en Robin y en un cuerpo descuartizado y no había reparado en ello. Sí, Elin se había mostrado muy fría cuando la había llamado para pedirle disculpas, pero, como no había puesto ninguna objeción a volver a quedar, él no se había preparado para el recibimiento casi glacial que le hizo veinticuatro horas más tarde, cuando Strike llegó a su casa. Tras una cena amenizada por una conversación forzada y desagradable, él le había propuesto largarse y dejarla a solas con su rencor. Elin había expresado brevemente su enfado cuando él había cogido su chaqueta, pero sólo fue la llamarada débil de una cerilla húmeda; a continuación se había derrumbado y le había soltado una diatriba, llorosa y en cierta medida contrita. Strike se había enterado, en primer lugar, de que Elin estaba viendo a un psicólogo; de que éste le había diagnosticado una tendencia al comportamiento pasivo-agresivo, y de que el martes le había dolido tanto que la dejara plantada que se había bebido ella sola una botella de vino entera delante del televisor.

Strike había vuelto a disculparse y, como atenuante, había alegado un caso difícil, un giro inesperado y espinoso, y había expresado un arrepentimiento sincero por haber olvidado su cita; pero había añadido que, si ella no podía perdonarlo, lo mejor sería que se marchara.

Ella se le había echado a los brazos; habían ido derechos a la cama y habían echado el mejor polvo de su corta relación.

Mientras se afeitaba en el inmaculado cuarto de baño de Elin, con sus luces empotradas y sus toallas níveas, Strike pensó que había salido bastante bien parado. Si se hubiera olvidado de acudir a una cita con Charlotte, la mujer con quien había mantenido una relación intermitente a lo largo de dieciséis años, ahora tendría lesiones físicas y estaría buscándola en el frío del amanecer, o tal vez tratando de impedir que ella se arrojara desde un balcón.

Siempre había llamado amor a eso que había sentido por Charlotte, y seguía siendo lo más profundo que jamás había sentido por una mujer. Por el dolor que le había causado y por las secuelas, tan duraderas, parecía más bien un virus que ni siquiera ahora estaba seguro de haber superado. No verla, no llamarla nunca, no utilizar nunca la dirección nueva de correo electrónico que ella había creado sólo para mostrarle su rostro angustiado en el día de su boda con un antiguo novio: ése era el tratamiento que él mismo se había prescrito y con el que mantenía a raya los síntomas. Sin embargo, sabía que había quedado dañado y que ya no tenía la capacidad de sentir como antaño. La aflicción de Elin de la noche pasada no le había llegado tan al alma como las congojas de Charlotte. Tenía la impresión de que su capacidad de amar había quedado mermada, de que le habían cortado las terminaciones nerviosas. No había sido su intención hacerle daño a Elin; no le gustaba verla llorar; sin embargo, su capacidad para empatizar con su dolor se había reducido. En el fondo, una pequeña parte de él ya estaba pensando qué camino tomaría para volver a casa mientras ella sollozaba.

Strike se vistió en el cuarto de baño y, luego, sin hacer ruido, fue al recibidor en penumbra, donde estaba la bolsa de viaje que iba a llevarse a Barrow-in-Furness, en la que metió sus cosas de afeitar. A su derecha había una puerta entreabierta. Sin saber por qué, la abrió un poco más.

La niña a quien él no había conocido dormía allí cuando no estaba en casa de su padre. Era una habitación rosa y blanca, inmaculada, con las molduras del techo decoradas con hadas. En un estante había una serie de Barbies sentadas en fila, con una sonrisa ausente y los pechos puntiagudos cubiertos con vestidos chillones de todos los colores del arco iris. En el suelo, junto a la camita con dosel, había una alfombra de piel falsa con una cabeza de oso polar.

Strike no conocía a muchas niñas. Tenía dos ahijados (una circunstancia que no le hacía demasiada ilusión) y tres sobrinos. Su mejor amigo de Cornualles tenía hijas, pero Strike prácticamente no se relacionaba con ellas; pasaban a su lado a toda velocidad sacudiendo sus coletas y lo saludaban con la mano sin mucho interés: «Hola, tío Corm», «Adiós, tío Corm». Se había criado con una hermana, claro, pero Lucy no había crecido rodeada de caprichos como una cama con dosel de color rosa chicle, aunque le habría encantado.

Brittany Brockbank tenía un león de peluche. Strike lo recordó de repente, de golpe, al ver el oso polar en el suelo: un león de peluche con una cara muy graciosa. La niña le había puesto un tutú rosa, y estaba tirado en el sofá cuando su padrastro se abalanzó sobre Strike con una botella de cerveza rota en la mano.

Strike volvió al recibidor palpándose un bolsillo. Siempre llevaba una libreta y un bolígrafo encima. Le escribió una nota a Elin en la que hacía alusión a la mejor parte de la noche pasada y, para no despertarla, se la dejó encima de la mesita del recibidor. Entonces, procurando no hacer ruido, como había hecho hasta ese momento, se colgó la bolsa de viaje del hombro y salió del piso. Había quedado con Robin a las ocho en la estación de West Ealing.

Los últimos rastros de neblina estaban levantándose de Hastings Road cuando Robin salió de su casa, aturullada y con cara de cansancio, con una bolsa de comida en una mano y una bolsa de viaje con ropa limpia en la otra. Abrió el maletero del viejo Land Rover gris, metió el equipaje dentro y se apresuró hacia el asiento del conductor con la comida.

Matthew había intentado abrazarla en el recibidor y ella se había resistido apoyándole ambas manos en el pecho liso y caliente, empujándolo y gritándole que la soltara. Él sólo llevaba puestos unos calzoncillos. Robin temía que su novio estuviera vistiéndose a toda prisa, dispuesto a alcanzarla. Cerró la puerta del coche y se abrochó el cinturón de seguridad, impaciente por arrancar, pero, cuando hizo girar la llave en el contacto, Matthew salió precipitadamente de la casa, descalzo, en camiseta y pantalón de chándal. Nunca lo había visto tan vulnerable, tan desvalido.

—¡Robin! —gritó mientras ella pisaba el acelerador y se separaba del bordillo—. Te quiero. ¡Te quiero!

Ella giró el volante y salió a trancas y barrancas de la plaza de aparcamiento, y estuvo a punto de rozar el Honda de sus vecinos. Veía a Matthew encogiéndose en el espejo retrovisor; él, siempre tan sereno y comedido, proclamaba su amor a pleno pulmón, arriesgándose a ser objeto de la curiosidad, la burla y la risa de los vecinos.

A Robin le latía tan fuerte el corazón que le dolía el pecho. Eran las siete y cuarto; Strike todavía no habría llegado a la estación. Al final de la calle torció a la izquierda, concentrada en aumentar la distancia que la separaba de Matthew.

Él se había levantado al amanecer mientras ella intentaba hacer la bolsa sin despertarlo.

—¿Adónde vas?

—A ayudar a Strike con una investigación.

—¿Vas a dormir fuera?

—Eso creo.

—¿Dónde?

—No lo sé exactamente.

Robin no quería decirle adónde iban para que a él no se le ocurriera ir a buscarlos. El comportamiento de Matthew cuando ella había llegado a casa la noche anterior la había dejado descompuesta: no paraba de llorar y suplicarle. Robin nunca lo había visto así, ni siquiera cuando falleció su madre.

—Robin, tenemos que hablar.

—Ya hemos hablado bastante.

—¿Tu madre sabe adónde vas?

—Sí.

Era mentira. Robin todavía no le había contado a Linda que habían roto el compromiso, ni que se iba al norte con Strike. Al fin y al cabo, tenía veintiséis años; aquello no era asunto de su madre.

Sin embargo, sabía que, en realidad, lo que Matthew estaba preguntándole era si le había dicho a su madre que habían cancelado la boda, porque ambos eran conscientes de que Robin habría sido incapaz de coger el Land Rover y marcharse con Strike a un lugar no especificado si su compromiso hubiera seguido vigente. El anillo de zafiro seguía en el mismo sitio donde ella lo había dejado, en el estante donde se amontonaban los viejos libros de texto de Matthew.

—Mierda —susurró Robin tratando de contener las lágrimas mientras recorría al azar calles tranquilas, procurando no fijarse en su dedo desnudo y en el recuerdo del rostro angustiado de Matthew.

Sin necesidad de andar mucho, Strike se alejó considerablemente de su punto de partida, y no sólo físicamente. Londres era así, pensó mientras se fumaba el primer cigarrillo del día. Caminó por una calle de casas adosadas del arquitecto John Nash, serena y simétrica, que parecía una escultura de helado de vainilla; el vecino ruso de Elin, con traje de raya diplomática, estaba subiendo a su Audi y respondió al «Buenos días» de Strike con una escueta inclinación de cabeza. Pasó por delante de las siluetas de Sherlock Holmes de la estación de metro de Baker Street, y al poco rato ya estaba sentado en un sucio tren rodeado de obreros polacos, locuaces, muy formales y eficientes a las siete de la mañana. Luego, la bulliciosa Paddington, donde se abrió paso entre la masa de pasajeros y fue pasando por una cafetería tras otra, con la bolsa de viaje colgada del hombro. Por último, unas cuantas paradas en el Heathrow Connect, acompañado por una familia numerosa del sudoeste de Inglaterra que ya iba vestida para el clima de Florida a pesar del frío matutino. Escudriñaban los letreros de las estaciones como nerviosas suricatas, asiendo fuertemente las asas de sus maletas como si esperaran un atraco inminente.

Strike llegó a la estación de West Ealing con quince minutos de antelación y muerto de ganas de fumar. Dejó la bolsa a sus pies y encendió un cigarrillo, con la esperanza de que Robin no llegara demasiado pronto, porque dudaba que le permitiera fumar en el Land Rover. Pero sólo había dado un par de satisfactorias caladas cuando el todoterreno dobló la esquina, con la brillante cabeza rojiza de Robin claramente visible detrás del parabrisas.

—No me importa —dijo ella, con el motor encendido, cuando Strike se colgó la bolsa del hombro y fue a apagar el cigarrillo—, pero tendrás que dejar la ventanilla abierta.

Strike subió al coche, tiró la bolsa en el asiento trasero y cerró la puerta.

—De todas formas, ya huele fatal —dijo Robin accionando el duro cambio de marchas con su pericia habitual—. Apesta a perro.

Strike se abrochó el cinturón de seguridad cuando ya aceleraban apartándose de la acera y echó un vistazo al interior del coche, gastado y lleno de rozaduras. Comprobó que dominaba un olor fuerte a botas de lluvia y a labrador. Le recordó a los vehículos militares que él había conducido por todo tipo de terrenos en Bosnia y Afganistán, pero al mismo tiempo añadía algo a la imagen que tenía de los orígenes de Robin. El Land Rover hacía pensar en caminos embarrados y campos labrados. Recordó que Robin había comentado que un tío suyo tenía una granja.

—¿De pequeña tenías un caballo?

Ella lo miró con gesto de sorpresa. Esa mirada fugaz permitió al detective apreciar los párpados hinchados y la palidez de su rostro. Era evidente que Robin no había dormido mucho.

—¿Por qué me lo preguntas?

—Es que éste es el típico coche para ir a la hípica.

Robin replicó con un tono un tanto defensivo:

—Pues sí, tenía un caballo.

Strike rió, bajó la ventanilla al máximo y apoyó la mano izquierda en ella con el cigarrillo.

—¿Por qué te hace gracia?

—No lo sé. ¿Cómo se llamaba?

—*Angus* —contestó Robin, y torció a la izquierda—. Era un capullo. Siempre me tiraba.

—Yo nunca me he fiado de los caballos —dijo Strike expulsando el humo.

—¿Has montado alguna vez?

Ahora le tocaba a Robin sonreír. Pensó que debía de ser uno de los pocos sitios donde Strike se habría sentido verdaderamente incómodo: a lomos de un caballo.

—No, y no tengo intención de probarlo.

—Mi tío tiene uno que a lo mejor podría contigo —dijo Robin—. Un clydesdale. Es gigantesco.

205

—No te pases —dijo él con aspereza.

Robin rió.

Strike, que fumaba en silencio mientras ella se concentraba en circular por unas calles cada vez más congestionadas, reparó en lo mucho que le gustaba hacerla reír. También admitió que estaba mucho más contento, mucho más cómodo, sentado en aquel Land Rover destartalado, manteniendo una charla intrascendente con Robin, de lo que lo había estado la noche pasada cenando con Elin.

No era muy dado a engañarse a sí mismo. Podría haber razonado que Robin representaba la comodidad de la amistad, y Elin, las dificultades y los placeres de una relación sexual. Sabía que la verdad era más complicada, y, sin duda, el hecho de que el anillo de zafiro hubiera desaparecido del dedo de Robin la complicaba aún más. Él sabía, casi desde el día en que se habían conocido, que Robin representaba una amenaza para su serenidad, pero hacer peligrar la mejor relación profesional de su vida habría sido un acto de autosabotaje que él, tras años en una relación sentimental intermitente y autodestructiva, y con el curro y el sacrificio que le había costado montar su negocio, no podía ni pensaba permitir.

—¿Me ignoras a propósito?

—¿Cómo dices?

Era perfectamente posible que no la hubiera oído, porque el motor del viejo Land Rover hacía muchísimo ruido.

—Te he preguntado cómo va todo con Elin.

Era la primera vez que Robin lo interrogaba abiertamente sobre una relación. Strike supuso que las confidencias que le había hecho dos noches atrás los habían colocado en un nivel superior de intimidad. Si hubiera podido, lo habría evitado.

—Muy bien —contestó, comedido; tiró la colilla del cigarrillo y subió la ventanilla, con lo que el ruido se redujo un poco.

—Entonces, ¿te ha perdonado?

—¿Por qué?

—¡Pues por olvidarte de que habías quedado con ella! —dijo Robin.

—Ah, por eso. Sí. Bueno, no. Y luego sí.

Entraron en la A40, y la respuesta ambigua de Strike hizo aparecer en la mente de Robin una imagen muy vívida: Strike, enorme y peludo, con su pierna y media, abrazado a Elin, rubia y con piel de porcelana, sobre sábanas de un blanco inmaculado. Porque estaba segura de que las sábanas de Elin debían de ser blancas y nórdicas y estar limpísimas. Seguramente alguien le hacía la colada. Elin era demasiado fina, demasiado de clase media alta, demasiado rica para plancharse ella misma las fundas del edredón delante del televisor en un saloncito de Ealing.

—¿Y con Matthew? —preguntó Strike cuando ya circulaban por la autopista—. ¿Qué tal fue?

—Bien —contestó Robin.

—Y un cuerno.

Robin soltó otra risita, pero le molestó un poco que Strike le exigiera más información cuando él acababa de darle muy poca sobre Elin.

—Bueno, quiere que volvamos.

—Lógico —replicó Strike.

—¿Cómo que «lógico»?

—Si yo no puedo decir tonterías, tú tampoco.

Robin no supo qué contestar a eso, aunque sintió cierta satisfacción. Pensó que tal vez fuera la primera vez que Strike le ofrecía alguna señal de que la consideraba una mujer, y sin decir nada archivó ese diálogo para reflexionar sobre él más tarde, cuando estuviera a solas.

—Se disculpó y me pidió que volviera a ponerme el anillo —dijo Robin; un residuo de lealtad hacia Matthew la hizo abstenerse de mencionar los lloros y las súplicas—. Pero yo...

No terminó la frase, y aunque a Strike le habría gustado saber más, no siguió preguntando; bajó la ventanilla y encendió otro cigarrillo.

Pararon a tomarse un café en la gasolinera de Hilton Park. Robin fue al servicio mientras Strike se ponía en la cola del Burger King. Delante del espejo, Robin revisó su móvil. Tal como esperaba, tenía un mensaje de Matthew, pero el tono ya no era suplicante ni conciliatorio.

> Si te acuestas con él, habremos terminado para siempre. A lo mejor piensas que así estaremos en paz, pero esto no es ojo por ojo. Lo de Sarah pasó hace mucho tiempo, éramos unos críos y no lo hice para hacerte daño. Piensa en lo que estás destruyendo, Robin. Te quiero.

—Perdón —masculló Robin, y se apartó para dejar pasar a una chica impaciente por acceder al secador de manos.

Volvió a leer el mensaje de Matthew. Una satisfactoria oleada de rabia eliminó la mezcla de lástima y dolor que había engendrado la persecución de esa mañana. Ése era el Matthew de verdad, pensó: «Si te acuestas con él, habremos terminado para siempre.» Eso significaba que Matthew no la había tomado en serio cuando ella se había quitado el anillo y le había dicho que ya no quería casarse con él, ¿no? ¿Sólo habrían terminado «para siempre» cuando él lo decidiera? «Esto no es ojo por ojo.» La infidelidad de Robin sería, por definición, peor que la suya. Para él, el viaje al norte no era más que un acto de venganza, y una mujer muerta y un asesino suelto no eran más que un pretexto para la crueldad femenina.

«Pues te jodes», pensó. Se metió el móvil en el bolsillo y volvió a la cafetería, donde Strike, que ya se había sentado, estaba comiéndose un Croissan'Wich doble con salchicha y beicon.

Strike se fijó en las mejillas coloradas y la mandíbula tensa de Robin, y dedujo que Matthew se había comunicado con ella.

—¿Va todo bien?

—Sí —respondió Robin, y entonces, antes de que él pudiera preguntar nada más, añadió—: Bueno, ¿me vas a contar lo de Brockbank, o no?

Lo dijo con más agresividad de la necesaria. El tono del mensaje de Matthew la había mosqueado, igual que el que le hubiera hecho preguntarse dónde iban a dormir esa noche Strike y ella.

—Si insistes... —dijo Strike sin acritud.

El detective se sacó el teléfono del bolsillo, buscó la fotografía de Brockbank que había tomado del ordenador de Hardacre y se la enseñó a Robin.

Robin contempló la cara alargada de tez morena bajo el pelo tupido y oscuro; era peculiar, pero no desagradable. Como si le hubiera leído la mente, Strike dijo:

—Ahora está más feo. Esa fotografía se la tomaron cuando acababa de alistarse. Ahora tiene un ojo hundido y una oreja de coliflor.

—¿Es muy alto? —preguntó Robin acordándose del mensajero, alto, con traje de cuero negro y casco con visera de espejo.

—Como yo, o más.

—¿Y lo conociste en el Ejército?

—Sí —contestó Strike.

Robin creyó que Strike no pensaba contarle nada más, pero entonces se dio cuenta de que sólo estaba esperando a que una pareja de ancianos que no sabía dónde sentarse pasara de largo. Cuando ya no podían oírlo, prosiguió:

—Era comandante de la Séptima Brigada Acorazada. Se casó con la viuda de un colega. Ella tenía dos hijas pequeñas. Luego ellos dos tuvieron un hijo.

Después de leer el informe sobre Brockbank, Strike se acordó de muchos datos, pero lo cierto es que nunca los había olvidado. Había sido uno de esos casos que jamás podría olvidar.

—La hija mayor se llamaba Brittany. Cuando tenía doce años, ésta reveló a una amiga suya de la escuela, en Alemania, que era víctima de abusos sexuales. La amiga se lo contó a su madre, y la mujer informó a la escuela. Nos llamaron para que interviniéramos. Yo no la entrevisté personalmente, de eso se encargó una agente. Yo sólo vi la cinta.

Lo que más le había impresionado había sido que la niña se esforzara por aparentar madurez y equilibrio. La aterraba pensar qué le pasaría a su familia ahora que ella había descubierto el pastel, e intentaba retirar lo dicho.

¡No, claro que no le había dicho a Sophie que su padrastro la había amenazado con matar a su hermana pequeña si se chivaba! No, no era que Sophie hubiera mentido; sólo había sido una broma. Le había preguntado a Sophie qué había que hacer para no quedarse embarazada porque... Porque sentía curiosidad, todas las chicas querían saber esas cosas. Claro que él no le había dicho que iba a cortar a su madre en trocitos si se lo contaba a alguien. ¿Lo de la pierna? Ah, bueno, eso también había sido una broma. Todo eran bromas. Su padrastro le había contado que tenía cicatrices en la pierna porque cuando era pequeña él había estado a punto de cortársela, pero su madre había entrado y lo había visto. Le había dicho que lo había hecho porque ella había pisado sus parterres de flores cuando era muy pequeña, pero era broma, claro que era broma, que se lo preguntaran a su madre. Lo que había pasado había sido que se había enredado en una valla de alambre de espino y se había cortado tratando de soltarse. Podían preguntárselo a su madre. Él no le había hecho ningún corte. Papi nunca le había hecho ningún corte.

Strike todavía se acordaba de la expresión de su cara cuando, en el vídeo, se obligaba a decir «papi»: parecía que intentara tragarse una cucharada de aceite de ricino bajo la amenaza de un duro castigo. Sólo tenía doce años y ya había aprendido que la vida sólo sería llevadera para su familia si se callaba y aguantaba sin quejarse todo lo que él quisiera hacer con ella.

A Strike le cayó mal la señora Brockbank desde la primera entrevista. Era una mujer delgada que iba excesivamente maquillada: sin duda, ella también era una víctima, a su manera; pero a Strike le pareció que había prescindido voluntariamente de Brittany para salvar a los otros dos niños, que hacía la vista gorda a pesar de lo prologadas que eran las ausencias de su marido y su hija mayor, que su determinación de no enterarse de lo que estaba pasando equivalía a colaborar. Brockbank le había dicho a Brittany que estrangularía a su madre y a su hermana si alguna vez le contaba a alguien lo que le hacía en el coche cuando se la llevaba a hacer esas excursiones tan largas a los bosques cercanos, o a callejones oscuros. Las cortaría a todas en pedacitos y las enterraría en el jardín. Entonces cogería a Ryan (el hijo pequeño de Brockbank, el único miembro de la familia por quien, por lo visto, sentía cierto aprecio) y se irían a donde nadie pudiera encontrarlos nunca.

—Era broma, lo decía en broma. No lo decía en serio.

Retorciéndose los dedos, las gafas torcidas, las piernas tan cortas que los pies no llegaban al suelo. La niña seguía negándose de plano a que la examinara un médico cuando Strike y Hardacre fueron a casa de Brockbank a buscarlo.

—Cuando llegamos lo encontramos borracho. Le expliqué a qué habíamos ido y él me atacó con una botella rota. Lo noqueé —continuó Strike sin alardear—, pero no debí tocarlo. No habría hecho falta.

Strike nunca había admitido eso en voz alta, a pesar de que Hardacre (que lo había respaldado incondicionalmente en la investigación posterior) también lo sabía.

—Pero dices que era muy fornido...

—Estaba muy borracho, habría podido reducirlo sin pegarle un puñetazo. Hardacre estaba conmigo, éramos dos contra uno.

»La verdad es que me alegré de que me atacara. Quería pegarle. Le lancé un gancho de derecha y lo dejé inconsciente. Y así fue como se libró.

—¿Se libró de...?

—Se libró de las acusaciones —dijo Strike—. Retiraron la imputación.

—¿Por qué?

Strike bebió más café y se quedó recordando, con la mirada perdida.

—Después de recibir mi puñetazo tuvieron que hospitalizarlo, porque cuando recobró el conocimiento le dio un ataque epiléptico. Traumatismo craneoencefálico.

—Oh, no —dijo Robin.

—Tuvieron que operarlo de urgencia para detener la hemorragia cerebral. Siguió teniendo ataques. Le diagnosticaron traumatismo craneoencefálico, trastorno por estrés postraumático y alcoholismo. Declararon que estaba incapacitado para someterse a juicio. Los abogados se me echaron encima y me pusieron una demanda por lesiones. Por suerte, mi equipo legal descubrió que el fin de semana anterior a que yo lo noqueara, Brockbank había jugado al rugby. Investigaron un poco y se enteraron de que un galés de ciento veinte kilos le había pegado un rodillazo en la cabeza y habían tenido que sacarlo del campo en camilla. Un médico residente pasó por alto la hemorragia del oído porque Brockbank estaba cubierto de barro y cardenales, y le dijo que se marchara a casa e hiciera reposo. Resultó que no habían detectado la fractura basilar de cráneo, que mi equipo legal sí encontró cuando pidió a los médicos que examinaran las radiografías anteriores al partido. La fractura de cráneo se la había hecho el delantero galés, no yo.

»De todas formas, si Hardy no hubiera podido atestiguar que Brockbank me había atacado con la botella, me habría visto con el agua al cuello. Al final aceptaron que había actuado en defensa propia. Yo no podía saber que Brockbank ya tenía una fractura de cráneo, ni el daño que podía llegar a hacerle si le pegaba un puñetazo.

»Entretanto, encontraron pornografía infantil en su ordenador. El relato de Brittany cuadraba con numerosos testigos que habían visto a su padrastro llevársela en el coche, los dos solos. Interrogaron a su maestra, y dijo que, en la escuela, la niña estaba cada vez más retraída. Brockbank llevaba dos años abusando de ella y amenazándola con matarlas a ella, a su madre y a su hermana si se lo contaba a alguien. La había convencido de que ya había intentado cortarle una pierna una vez. Brittany tenía cicatrices alrededor de la pantorrilla. Brockbank le había dicho que estaba cortándosela con una sierra cuando su madre entró y se lo impidió. Cuando interrogaron a la madre, dijo que las cicatrices eran de un accidente que la niña había sufrido de pequeña.

Robin no dijo nada. Se tapaba la boca con ambas manos y tenía los ojos muy abiertos. La expresión de Strike era aterradora.

—Brockbank estuvo un tiempo ingresado en el hospital mientras intentaban controlar sus ataques epilépticos, y cada vez que alguien iba a interrogarlo, fingía confusión y amnesia. Los abogados no se separaban de él, porque se olían una indemnización sustanciosa: negligencia médica, agresión... Brockbank alegó que él también había sido víctima de abusos, que la pornografía infantil no era más que un síntoma de sus trastornos mentales, de su alcoholismo. Brittany insistía en que se lo había inventado todo, la madre estaba empecinada en que Brockbank jamás había tocado a ninguno de los niños, en que era un padre perfecto, en que ella ya había perdido a un marido y ahora iba a perder a otro. Los mandamases sólo querían que se retirara la imputación. Lo licenciaron por invalidez —continuó Strike, y sus ojos oscuros se clavaron en los grises de Robin—. Quedó impune, con una indemnización y una pensión, para colmo. Volvió a casa, y Brittany también.

24

Step into a world of strangers
Into a sea of unknowns...[29]

Hammer Back, Blue Öyster Cult

El Land Rover, aunque ruidoso, devoraba kilómetros con estoicismo y eficacia, pero el viaje al norte había empezado a hacerse interminable mucho antes de que aparecieran los primeros letreros de Barrow-in-Furness. El mapa no reflejaba adecuadamente lo lejos ni lo aislada que estaba la ciudad costera. Barrow-in-Furness no era un sitio por el que pasaras camino de otro lugar, ni que visitaras por casualidad; era un destino en sí mismo, un callejón sin salida geográfico.

Atravesaron el extremo más meridional del Distrito de los Lagos, pasaron por prados ondulados donde pacían las ovejas, vieron muros de mampostería y aldeas pintorescas, que recordaron a Robin su Yorkshire natal, y dejaron atrás Ulverston («pueblo natal de Stan Laurel») hasta que divisaron un ancho estuario que les indicó por primera vez que estaban acercándose a la costa. Por fin, después de mediodía, llegaron a un polígono industrial bastante feo, con una calle flanqueada por almacenes y fábricas, que conformaba la periferia de la ciudad.

—Comamos algo antes de ir a casa de Brockbank —sugirió Strike.

Llevaba cinco minutos examinando un mapa de Barrow. No le gustaba recurrir a los aparatos electrónicos para orientarse: decía que prefería el papel, porque no tenías que esperar a que se descargara y porque no desaparecía en condiciones adversas.

—Aquí cerca hay un aparcamiento. Cuando llegues a la rotonda, gira a la izquierda —indicó a Robin.

Pasaron por delante de una entrada maltrecha en el lateral de Craven Park, el estadio de los Barrow Raiders. Strike, atento por si veía a Brockbank, se empapaba del carácter peculiar de aquel lugar. Había imaginado, tal vez por haber nacido en Cornualles, que podría ver el mar, notar su sabor, y sin embargo parecía que estuvieran en una población de interior, a kilómetros de la costa. La primera impresión era la de un parque comercial gigantesco; por todas partes se veían fachadas chabacanas de franquicias comerciales, sólo que de vez en cuando, alzándose con orgullo e incongruencia entre las tiendas de bricolaje y las pizzerías, había joyas arquitectónicas que revelaban un pasado industrial próspero. La aduana *art déco* se había convertido en restaurante. El edificio victoriano de una escuela politécnica, decorado con estatuas clásicas, exhibía la leyenda «LABOR OMNIA VINCIT». Un poco más allá, una sucesión de hileras de casas adosadas que recordaban los paisajes urbanos de Lowry conformaba la colmena donde vivían los obreros.

—Nunca había visto tantos pubs —comentó Strike cuando Robin entró en el aparcamiento.

Le apetecía una cerveza, pero con el lema «*Labor omnia vincit*» en mente, aceptó la propuesta de Robin de comer algo rápido en una cafetería cercana.

Era un día luminoso de abril, aunque el viento, frío, delataba la cercanía del mar, todavía invisible.

—No se puede decir que hagan publicidad engañosa —masculló el detective cuando vio que la cafetería se presentaba, por su nombre, como el último recurso: The Last Resort.

Se hallaba enfrente de Second Chance, donde vendían ropa de segunda mano, y de la próspera tienda de un prestamista. Pese a su nombre, tan poco atractivo, The Last Resort resultó ser un establecimiento limpio y acogedor, lleno de ancianas parlanchinas, y regresaron al coche con la sensación de haber comido muy bien.

—No será fácil vigilar la casa si no hay nadie dentro —dijo Strike ya en el Land Rover, mostrándole el mapa a Robin—. Está en una calle sin salida completamente recta. No hay ningún sitio donde esperar sin llamar la atención.

—¿No se te ha ocurrido pensar —dijo Robin con cierta ligereza mientras salían del aparcamiento— que Holly podría ser Noel? ¿Que podría haber cambiado de sexo?

—Si lo ha hecho, encontrarlo será pan comido —replicó él—. ¿Una chica de más de metro ochenta con zapatos de tacón y con una oreja de coliflor? Tuerce a la derecha —añadió cuando pasaron por delante de un club nocturno llamado Skint—. Joder, eso en argot significa a dos velas. En Barrow llaman a las cosas por su nombre.

Más adelante, un gigantesco edificio blanco con un rótulo que rezaba «BAE SYSTEMS» tapaba la vista del paseo marítimo; no tenía ventanas y parecía extenderse, liso, anónimo e intimidante, a lo largo de más de un kilómetro.

—Creo que Holly será una hermana, o a lo mejor una nueva esposa —especuló Strike—. Izquierda... Tiene la misma edad que él. Vale, estamos buscando Stanley Road... Por lo que veo vamos a ir a parar justo al lado de BAE Systems.

Tal como había previsto Strike, Stanley Road discurría en línea recta, con casas a un lado y un alto muro de ladrillo coronado con alambre de espino al otro. Detrás de esa barrera disuasoria se alzaba la fábrica, extrañamente siniestra, blanca y sin ventanas, de unas dimensiones intimidantes.

—«Instalaciones nucleares» —leyó Robin de un letrero en el muro.

Redujo la velocidad y siguieron avanzando por la calle.

—Construyen submarinos —dijo Strike observando el alambre de espino—. Hay advertencias de la policía por todas partes, mira.

La calle, sin salida, estaba desierta. Terminaba en un pequeño aparcamiento junto a un parque infantil. Cuando aparcaron, Robin vio que había una serie de objetos prendidos en el alambre de espino de lo alto del muro. Era evidente que la pelota había ido a parar allí por accidente, pero también había una sillita de paseo de juguete, de color rosa, atrapada e irrecuperable, que le produjo una sensación desagradable: alguien la había puesto fuera de alcance deliberadamente.

—¿Para qué bajas? —preguntó Strike, y rodeó el vehículo.

—Pensaba...

—Yo me ocuparé de Brockbank, si es que está en casa. —Strike encendió un cigarrillo—. No quiero que te acerques a él.

Robin volvió a subir al Land Rover.

—Procura no noquearlo, ¿vale? —masculló.

Strike ya se alejaba hacia la casa andando con una ligera cojera; tenía la rodilla rígida por haber pasado tanto rato en el coche.

Algunas casas tenían ventanas limpias con adornos pulcramente colocados detrás del cristal; en otras había visillos con diferentes grados de limpieza. Algunas estaban destartaladas y, a juzgar por el polvo acumulado en la repisa interior de las ventanas, sucias. Strike casi había llegado frente a una puerta granate cuando de pronto se paró. Robin vio que al final de la calle había aparecido un grupo de hombres con mono azul y casco. ¿Sería alguno de ellos Brockbank? ¿Era por eso por lo que Strike se había parado?

No. Sólo estaba contestando una llamada. Se puso de espaldas a la puerta y a los hombres y echó a andar de nuevo hacia Robin, despacio; ya no tenía un paso decidido, sino que deambulaba pausadamente, concentrado sólo en la voz que oía por el teléfono.

Uno de aquellos hombres con mono era alto, moreno y llevaba barba. ¿Lo habría visto Strike? Robin salió del Land Rover y, fingiendo que enviaba un mensaje, tomó varias fotografías de los obreros, ampliando al máximo la imagen. Ellos doblaron una esquina y se perdieron de vista.

Strike, que se había parado a unos diez metros de ella, fumaba y escuchaba a la persona que le hablaba por el móvil. Una mujer de pelo cano los escudriñaba desde una ventana del primer piso de la casa más cercana. Con ánimo de disipar sus sospechas, Robin se alejó de las casas y fotografió las enormes instalaciones nucleares, como si fuera una turista.

—Era Wardle —dijo Strike acercándose a ella por detrás; parecía abatido—. El cadáver no era de Oxana Voloshina.

—¿Cómo lo saben? —preguntó Robin perpleja.

—Oxana lleva tres semanas en su casa de Donetsk. Ha ido a la boda de un familiar. No han hablado con ella personalmente, pero han contactado por teléfono con su madre y les ha confirmado que Oxana está allí. Mientras tanto, la casera se ha recuperado lo suficiente para explicar a la policía que se impresionó aún más cuando encontró el cadáver porque creía que Oxana se había ido de vacaciones a Ucrania. También ha mencionado que su cabeza no se parecía mucho a la chica.

Strike, con el entrecejo fruncido, se guardó el teléfono en el bolsillo. Confiaba en que esa noticia ayudara a Wardle a concentrarse en los otros sospechosos y olvidarse de Malley.

—Sube al coche —dijo Strike, abstraído, y se dirigió de nuevo hacia la casa de Brockbank.

Robin se sentó otra vez al volante del Land Rover. La mujer de la ventana del piso de arriba seguía observándolos.

Dos mujeres policía con chaleco reflectante entraron en la calle. Strike había llegado a la puerta de color granate. El ruido del metal sobre la madera resonó por la calle. No contestaron. El detective se disponía a volver a llamar cuando las agentes se le acercaron.

Robin se enderezó, preguntándose qué demonios querría la policía. Tras conversar unos minutos, los tres se dieron la vuelta y se dirigieron hacia el Land Rover.

Robin bajó la ventanilla; de pronto, sin saber por qué, se sentía culpable.

—Quieren saber si soy el señor Michael Ellacott —dijo Strike cuando llegó junto al coche.

—¿Cómo? —preguntó Robin, desconcertada al oírle mencionar a su padre.

Lo primero que pensó, aunque pareciera absurdo, fue que Matthew había llamado a la policía; pero, ¿por qué les habría dicho que Strike era su padre? Y entonces lo entendió, y dijo:

—El coche está registrado a nombre de mi padre. ¿He cometido alguna infracción?

—Bueno, ha estacionado en una doble línea amarilla —contestó con aspereza una de las agentes—, pero no hemos venido por eso. Ha estado tomando fotografías de las instalaciones. No pasa nada —añadió, pues Robin parecía presa del pánico—. Lo hace mucha gente. La han captado las cámaras de seguridad. ¿Me deja ver su carné de conducir?

—Ah —dijo Robin débilmente, consciente de la mirada socarrona de Strike—. Yo sólo... Me ha parecido que podía quedar muy artístico. El alambre de espino, el edificio blanco y... y las nubes...

Entregó la documentación a la agente, muerta de vergüenza y evitando a toda costa la mirada de Strike.

—El señor Ellacott es su padre, ¿no?

—Sí. Nos ha prestado el coche —explicó Robin temiendo que la policía se pusiera en contacto con sus padres y ellos se enteraran de que estaba en Barrow, sin Matthew, sin anillo y sin compromiso.

—¿Ustedes dos dónde viven?

—No, nosotros no... No vivimos juntos —contestó Robin.

Dieron sus nombres y sus direcciones.

—¿Ha venido a visitar a alguien, señor Strike? —preguntó la otra agente.

—Sí, a Noel Brockbank —contestó el detective sin vacilar—. Somos viejos amigos. Pasaba por aquí y quería saludarlo.

—Brockbank —repitió la agente.

Le devolvió el carné de conducir a Robin, y ésta confió en que la agente lo conociera, lo que sin duda contribuiría a remediar su metedura de pata.

—Un apellido muy barroviano. Está bien, pueden irse. Pero no tomen más fotografías por aquí.

—Lo siento muchísimo —le dijo Robin en voz baja a Strike mientras las dos agentes se alejaban.

Él sacudió la cabeza, sonriendo pese a su enfado.

—«Muy artístico... El alambre de espino... El cielo...»

—¿Qué querías que hiciera? —se defendió Robin—. No podía decirle que estaba fotografiando a los obreros porque creía que uno de ellos podría ser Brockbank. Mira.

Pero cuando le enseñó la fotografía se dio cuenta de que el más alto, con las mejillas coloradas, el cuello corto y unas orejas grandes, no era el hombre a quien buscaban.

Se abrió la puerta de la casa más cercana, y por ella salió, tirando de un carrito de la compra de cuadros escoceses, la mujer de pelo cano que los había estado observando desde una ventana. Su expresión era mucho más alegre. Robin estaba segura de que había visto llegar y marcharse a la policía y se había convencido de que no eran espías.

—Pasa continuamente —dijo con una voz potente que resonó por la calle.

A Robin le sorprendió su acento; como procedía del condado vecino, creía estar familiarizada con el cúmbrico.

—Tienen cámaras por todas partes. Miran las matrículas. Nosotros ya estamos acostumbrados.

—Sí, hay que vigilar a los londinenses —dijo Strike con simpatía.

La mujer sintió curiosidad y se detuvo.

—¿Son ustedes de Londres? ¿Qué les trae por Barrow?

—Buscamos a un viejo amigo mío. Noel Brockbank —dijo Strike apuntando al final de la calle—, pero no hay nadie en casa. Supongo que estará en el trabajo.

La mujer arrugó un poco la frente.

—¿Ha dicho Noel? ¿No Holly?

—También nos encantaría ver a Holly si está por aquí —contestó Strike.

—Ahora debe de estar en el trabajo —dijo la vecina mirando la hora—. Tiene una panadería en Vickerstown. Si no —añadió con un tono un tanto socarrón— pueden probar esta noche en el Crow's Nest. Suele estar allí.

—Primero probaremos en la panadería, le daremos una sorpresa —dijo Strike—. ¿Me puede decir dónde está?

—Es una blanca y pequeña que hay al final de Vengeance Street.

Le dieron las gracias y la mujer echó a andar por la calle, contenta de haber podido ayudar.

—¿He oído bien? —murmuró Strike, de nuevo en el Land Rover, desplegando su mapa—. ¿«Calle de la Venganza»?

—Eso me ha parecido —dijo Robin.

Vickerstown no estaba lejos; cruzaron un puente sobre el estuario, donde había veleros que cabeceaban en unas aguas que parecían sucias, o varados en las marismas. Los edificios industriales a lo largo de la orilla, de diseño utilitarista, daban paso a más calles de casas adosadas, algunas con revestimiento rugoso, y otras, de ladrillo rojo.

—Nombres de barcos —conjeturó Strike cuando subían por Amphitrite Street.

Vengeance Street era una calle en pendiente. Tras unos minutos explorando las inmediaciones, encontraron una pequeña panadería pintada de blanco.

—Allí está —dijo Strike de inmediato.

Robin detuvo el coche en un sitio desde donde veía bien la puerta de cristal de la tienda.

—Tiene que ser su hermana, mírala —afirmó él.

Ella pensó que la dependienta de la panadería parecía más curtida que muchos hombres. Tenía la misma cara alargada y la misma frente despejada que Brockbank; llevaba perfilados con lápiz los ojos, duros como el pedernal, y el pelo, negro como el azabache, recogido en una coleta tensa que no la favorecía. La camiseta negra de manga japonesa que llevaba debajo de un delantal blanco dejaba ver unos brazos gruesos cubiertos de tatuajes desde el hombro hasta la muñeca. Llevaba varios aros en ambas orejas. La arruga vertical entre las cejas le daba un aire de malhumor permanente.

La panadería era pequeña y estaba abarrotada. Mientras veía a Holly metiendo bollitos en bolsas, Strike se acordó de los pasteles de carne de Melrose y se le hizo la boca agua.

—Tengo hambre.

—No puedes hablar con ella aquí —le dijo Robin—. Sería mejor abordarla en su casa o en el pub.

—Podrías entrar un momento y comprarme algo.

—Pero ¡si nos hemos comido unos panecillos hace menos de una hora!

—¡Y qué! Yo no estoy a régimen.

—Yo tampoco. Ya no —replicó Robin.

Sus valientes palabras le hicieron acordarse del vestido de novia sin mangas que todavía la esperaba en Harrogate. ¿De verdad no pensaba ponérselo? Las flores, el catering, las damas de honor, la elección del primer baile... ¿Ya no haría falta nada de todo eso? Fianzas perdidas, regalos devueltos, las caras de perplejidad de amigos y parientes cuando les diera la noticia...

El Land Rover era incómodo y frío, Robin estaba cansada después de conducir tantas horas, y durante unos segundos (lo que tardó su corazón en dar una sacudida débil y traicionera) pensar en Matthew y en Sarah Shadlock hizo que volviera a tener ganas de llorar.

—¿Te importa que fume? —preguntó Strike, mientras bajaba la ventanilla, dejando entrar el aire frío, sin esperar a que Robin contestara.

Robin reprimió una respuesta negativa; al fin y al cabo, él la había perdonado por la metedura de pata con la policía. Además, la brisa fría le ayudó a prepararse para decirle lo que necesitaba decirle.

—No puedes interrogar a Holly.

Strike volvió la cabeza y la miró con el ceño fruncido.

—Una cosa es pillar a Brockbank por sorpresa, pero si Holly te reconoce, lo avisará de que andas buscándolo. Tendré que hacerlo yo. Se me ha ocurrido una manera.

—Ni hablar —dijo Strike, categórico—. Lo más probable es que Brockbank viva con ella o un par de calles más allá. Está loco de atar. Si sospecha algo, puede ponerse violento. No voy a permitir que vayas sola.

Robin se ciñó la chaqueta y dijo con frialdad:

—¿Quieres oír lo que he pensado o no?

25

A Strike no le gustaba la idea, pero no tuvo más remedio que admitir que el plan de Robin era bueno y que el peligro de que Holly alertara a Noel era mayor que el riesgo que podía correr su socia. Así pues, a las cinco en punto, cuando Holly salió de la tienda con una compañera, Strike la siguió a pie, sin que ella se percatara de su presencia. Robin, entretanto, fue con el Land Rover hasta un tramo desierto de carretera, junto a una extensión amplia de terreno pantanoso, cogió la bolsa de viaje del maletero del coche, se quitó los vaqueros y se puso unos pantalones más elegantes, aunque arrugados.

Cuando cruzaba de nuevo el puente en dirección al centro de Barrow, Strike la llamó por teléfono para informarla de que Holly no había vuelto a su casa, sino que había ido directamente al pub del final de la calle.

—Mejor, creo que así será más fácil —gritó Robin volviendo un poco la cabeza hacia su móvil, que había dejado en el asiento del pasajero con el altavoz conectado.

El traqueteo y las vibraciones del Land Rover dificultaban la conversación.

—¿Qué dices?

—He dicho que creo... ¡No importa, ya estoy llegando!

Strike la esperaba delante del aparcamiento del Crow's Nest. Acababa de abrir la puerta del pasajero cuando Robin le espetó:

—¡Agáchate, agáchate!

Holly acababa de salir del pub con una jarra de cerveza en la mano. Era más alta que Robin, y el doble de ancha con su camiseta negra de manga japonesa y sus vaqueros. Encendió un cigarrillo y, con los ojos entornados, echó un vistazo a su alrededor, que debía de conocer a la perfección; su mirada se posó brevemente en el Land Rover, el único elemento novedoso.

Strike subió como pudo al asiento delantero, encogiéndose y manteniendo la cabeza agachada. Robin pisó el acelerador y arrancó inmediatamente.

—Cuando la he seguido no se ha fijado en mí —dijo Strike, y se sentó bien.

—De todas formas, si puedes evitarlo es mejor que no te vea —dijo Robin con tono sentencioso—, por si se fija en ti y te recuerda.

—Perdóname, no me acordaba de que eres la alumna con mención de honor.

—Vete al cuerno —replicó Robin, malhumorada.

Strike se sorprendió.

—Lo decía en broma.

Robin aparcó en un hueco que encontró un poco más allá, que no se veía desde la entrada del Crow's Nest; luego buscó en su bolso de viaje un paquete pequeño que había comprado esa misma tarde.

—Espérame aquí —le dijo a Strike.

—De eso, nada. Estaré en el aparcamiento, vigilando por si aparece Brockbank. Dame las llaves.

Robin se las dio de mala gana y se marchó. Strike la vio caminar hacia el pub, y se preguntó qué significaría aquel brote de mal genio. Pensó que quizá Matthew menospreciara lo que él, seguramente, consideraba logros insignificantes.

El Crow's Nest estaba en la confluencia de Ferry y Stanley Road, en una curva muy cerrada: era un edificio de ladrillo rojo, grande y con forma de tambor. Holly seguía de pie junto a la puerta, fumando y bebiéndose su cerveza. Robin sintió un cosquilleo de nerviosismo en el estómago. Se había ofrecido voluntaria para hacer aquello, de modo que pesaba sobre ella la responsabilidad de averiguar dónde se encontraba Brockbank. Estaba susceptible por el error que había cometido al atraer a la policía, y el humor inoportuno de Strike le había recordado los comentarios sutilmente denigrantes de Matthew sobre su entrenamiento en contravigilancia. Tras las felicitaciones de rigor por sus notas, excelentes, Matthew había insinuado que, al fin y al cabo, lo único que había aprendido era un poco de sentido común.

Le sonó el móvil en el bolsillo de la chaqueta. Consciente de que Holly la miraba mientras se le acercaba, Robin sacó el teléfono para ver de quién era la llamada. Era su madre. Pensó que parecería raro que no contestara, y se llevó el teléfono a la oreja.

—¿Robin? —dijo la voz de Linda mientras Robin pasaba por delante de Holly sin mirarla—. ¿Estás en Barrow-in-Furness?

—Sí —respondió Robin, que se hallaba ante dos puertas interiores.

Escogió la de la izquierda, por donde accedió a un bar grande y lúgubre de techos altos. Cerca de la puerta, dos hombres vestidos con el mono azul que Robin ya había visto antes jugaban al billar. Robin notó, sin necesidad de verlas, que varias cabezas se volvían para observar a la forastera. Evitando el contacto visual, se dirigió hacia la barra mientras seguía hablando por teléfono.

—¿Qué haces allí? —preguntó Linda, y, sin esperar respuesta, agregó—: ¡Nos ha llamado la policía para preguntarnos si papá te había prestado el coche!

—Sólo ha sido un malentendido —dijo Robin—. Ahora no puedo hablar, mamá.

Se abrió la puerta detrás de ella; al pasar a su lado con los brazos cruzados, llenos de tatuajes, Holly lanzó a Robin una mirada de reojo cargada de animadversión. Aparte de la camarera, de pelo corto, eran las dos únicas mujeres que había en el local.

—Te hemos llamado a casa —dijo su madre sin hacerle caso— y Matthew nos ha dicho que te habías ido con Cormoran.

—Sí —dijo Robin.

—Y cuando le he preguntado si este fin de semana vendríais a comer...

—¿Por qué suponías que iba a ir a Masham este fin de semana? —la cortó Robin, desconcertada.

Con el rabillo del ojo vio que Holly se sentaba en un taburete y se ponía a hablar con otros hombres con mono azul de la fábrica BAE.

—Es el cumpleaños del padre de Matthew —le recordó su madre.

—Ah, claro.

Lo había olvidado por completo. Iban a celebrar una fiesta. La cita llevaba tanto tiempo apuntada en el calendario que Robin se había acostumbrado a verla, y se había olvidado de aquel viaje a Masham.

—¿Va todo bien, Robin?

—Ya te lo he dicho, mamá. Ahora no puedo hablar.

—Pero ¿estás bien?

—¡Sí! —dijo Robin, impaciente—. Estoy bien. Te llamo luego.

Colgó el teléfono y se volvió hacia la barra. La camarera, que esperaba para tomar su pedido, la observaba con la misma desconfianza que la vecina de Stanley Road. Robin detectaba una dosis de cautela añadida en la gente de por allí, pero entonces entendió que no se trataba de la típica antipatía chovinista de los lugareños por los forasteros. Era, más bien, la actitud protectora de un pueblo cuyo principal negocio era confidencial. Fingiendo confianza en sí misma, pero con el corazón latiéndole un poco más deprisa de lo normal, Robin dijo:

—Hola. No sé si podrás ayudarme. Estoy buscando a Holly Brockbank. Me han dicho que podría encontrarla aquí.

La camarera reflexionó sobre la pregunta de Robin y, sin sonreír, respondió:

—Es esa de allí, al final de la barra. ¿Vas a tomar algo?

—Una copa de vino blanco, por favor —contestó Robin.

Sabía que la mujer por la que estaba haciéndose pasar habría pedido vino. También sabía que no se habría amilanado ante el deje de desconfianza que detectó en la mirada de la camarera, ante la hostilidad refleja de Holly, ni ante las miradas escrutadoras de los jugadores de billar. La mujer por la que estaba haciéndose pasar era impasible, lúcida y ambiciosa.

Robin pagó su bebida y fue derecha hacia Holly y los tres hombres que hablaban con ella en la barra. Intrigados pero cautelosos, guardaron silencio cuando quedó claro que eran el objetivo de la forastera.

—Hola —dijo Robin, sonriente—. ¿Es usted Holly Brockbank?

—Sí —contestó Holly con cara de malas pulgas—. ¿Y usted?

—¿Perdón?

Consciente de las miradas burlonas de las que estaba siendo objeto, Robin mantuvo la sonrisa en los labios a base de fuerza de voluntad.

—¿Quién es usted? —preguntó Holly imitando el acento de Londres.

—Me llamo Venetia Hall.

—¡Mala suerte! —dijo Holly sonriendo abiertamente al obrero que tenía más cerca, que soltó una risita.

Robin sacó de su bolso una tarjeta de visita que había impreso esa misma tarde en una máquina de un centro comercial mientras Strike vigilaba la panadería de Holly. Había sido él quien le había propuesto que utilizara su segundo nombre, pues le daba «un aire de pija londinense».

Robin le tendió la tarjeta a Holly, la miró con descaro a los ojos, perfilados con abundante lápiz negro, y repitió:

—Venetia Hall. Soy abogada.

La sonrisa se borró de los labios de Holly. Frunció las cejas y leyó la tarjeta, una de las doscientas que Robin había impreso por 4,50 libras.

HARDACRE Y HALL
ABOGADOS ESPECIALISTAS
EN INCAPACIDAD LABORAL

Venetia Hall
Socia mayoritaria

Tel: 0888 789654
Fax: 0888 465877
e-mail: venetia@h&hlegal.co.uk

—Estoy buscando a su hermano Noel —explicó Robin—. Queremos...

—¿Cómo ha sabido que estaría aquí?

Pareció que el recelo la inflara, como un gato que se eriza.

—Una vecina me ha comentado que a lo mejor la encontraba aquí.

Los compañeros de mono azul de Holly se sonrieron con complicidad.

—Tenemos buenas noticias para su hermano —continuó Robin sin amilanarse—. Necesitamos hablar con él.

—No sé dónde está, ni me importa.

Dos de los obreros se separaron de la barra y fueron hacia una mesa, y sólo uno se quedó con Holly, con una sonrisita en los labios, mientras observaba la turbación de Robin. Holly apuró su cerveza, le pasó un billete de cinco libras al tipo que se había quedado con ella y le encargó que le pidiera otra; entonces se bajó del taburete y, con decisión, fue hacia el servicio de señoras caminando con los brazos rígidos, como si fuera un hombre.

—Su hermano y ella no se hablan —dijo la camarera, que se les había acercado por detrás de la barra para escuchar a hurtadillas y, de algún modo, parecía compadecerse de Robin.

—Supongo que tú no sabes dónde está Noel, ¿verdad? —le preguntó Robin a la desesperada.

—Hace más de un año que no viene por aquí —contestó la camarera—. ¿Tú sabes dónde para, Kev?

El amigo de Holly se limitó a encogerse de hombros y pidió la cerveza para la chica. Su acento reveló que era de Glasgow.

—Vaya, pues es una pena —dijo Robin, y su voz, clara y mesurada, no delató el latir frenético de su corazón: no soportaba la idea de presentarse ante Strike con las manos vacías—. La familia podría recibir una cuantiosa indemnización, pero para eso necesito encontrarlo.

Se dio la vuelta, dispuesta a marcharse.

—¿Para la familia o para él? —preguntó de pronto el tipo de Glasgow.

—Depende —dijo Robin con frialdad, y se volvió de nuevo.

Supuso que Venetia Hall no se habría mostrado muy comunicativa con personas no relacionadas con el caso del que se estaba ocupando.

—Si algún miembro de la familia ha tenido que asumir el papel de cuidador... Pero necesito información para poder juzgar. Hay familiares —mintió— que han recibido una compensación considerable.

Holly salió del servicio y, al verla hablando con Kevin, su expresión se tornó amenazadora. Entonces Robin fue también al servicio, con el corazón martilleándole en el pecho y preguntándose si la mentira que acababa de sembrar daría fruto. A juzgar por la cara que puso Holly cuando se cruzaron, Robin pensó que existía la remota posibilidad de que la acorralaran en los lavabos y le dieran una paliza.

Sin embargo, al salir vio que Holly y Kevin estaban acodados a la barra. Robin sabía que no debía insistir más: Holly podía morder el anzuelo o no, pero eso ya no dependía de ella. Se ciñó el cinturón de la chaqueta y pasó a su lado, sin prisa pero con decisión, camino de la puerta del local.

—¡Eh!

—¿Sí? —dijo Robin, todavía con cierta frialdad, porque Holly había sido grosera con ella, y Venetia Hall estaba acostumbrada a que la trataran con cierto respeto.

—A ver, ¿de qué va todo esto?

Aunque Kevin parecía dispuesto a participar en la conversación, por lo visto su relación con Holly no era tan estrecha como para que ella le dejara escuchar, tratándose de asuntos económicos privados. Se apartó y, contrariado, se dirigió a una máquina tragaperras.

—Podemos hablar ahí —le dijo Holly a Robin cogiendo su cerveza y señalando una mesa del rincón, junto a un piano.

En la repisa de la ventana del pub había botellas con barcos en miniatura: eran unos objetos frágiles y bonitos en comparación con los monstruos enormes y aerodinámicos que construían detrás de aquel muro tan alto que cercaba la fábrica. En la moqueta, de estampado tupido, debía de haber miles de manchas; las plantas de detrás de las cortinas estaban mustias y tristes; sin embargo, los adornos disparejos y los trofeos deportivos daban un ambiente hogareño a la estancia, y los llamativos monos azules de sus clientes, una sensación de fraternidad.

—Hardacre y Hall representa a un grupo numeroso de soldados que han sufrido lesiones graves y evitables fuera del contexto de las acciones militares —dijo Robin iniciando su perorata, previamente ensayada—. Mientras revisábamos los archivos, encontramos el informe de su hermano. No podemos estar seguros hasta que hayamos hablado con él, por supuesto, pero no tenemos ningún inconveniente en que añada su nombre a nuestra lista de litigantes. El suyo encaja con el tipo de caso que esperamos ganar. Si se une a nosotros, nos permitirá aumentar la presión sobre el Ejército para que pague. Cuantos más reclamantes consigamos, mucho mejor. Esto no supondría ningún coste para el señor Brockbank, por descontado. Si perdemos —añadió imitando los anuncios de la televisión—, no cobramos.

Holly no dijo nada. Su rostro, de tez clara, permanecía inmutable. Llevaba anillos baratos de oro amarillo en todos los dedos excepto en el anular de la mano derecha, el de la alianza.

—Kevin dice no sé qué de un dinero para la familia.

—Ah, sí —dijo Robin, risueña—. Si las lesiones de Noel han tenido algún impacto sobre usted, como familiar...

—Ya lo creo que sí —dijo Holly enfurruñada.

—¿En qué sentido? —preguntó Robin, sacando una libreta de su bolso y esperando con el bolígrafo en la mano.

Comprendió que el alcohol y la sensación de agravio iban a ser sus mejores aliados para extraerle la máxima información a Holly, que ya parecía más dispuesta a contarle a aquella abogada lo que creía que quería oír.

Lo primero que tenía que hacer era suavizar aquella primera impresión de animadversión hacia su hermano incapacitado. Le contó a Robin con detenimiento las circunstancias en que Noel se había alistado en el Ejército a los dieciséis años. Lo había dado todo: el Ejército había sido su vida. Ah, sí, la gente no se daba cuenta de los sacrificios que tenían que hacer los soldados. ¿Sabía Robin que Noel y ella eran gemelos? Sí, nacieron el día de Navidad, por eso se llamaban Noel y Holly.

Al narrar la historia de su hermano de forma expurgada, Holly subía de categoría. El hombre con quien había compartido el seno materno había viajado por el mundo, había combatido y había ido ascendiendo en el ejército británico. Su valentía y su sentido de la aventura habían repercutido en ella, que se había quedado en Barrow.

—Entonces se casó con una mujer llamada Irene. Una viuda. Ella ya tenía dos hijas. Joder. El que hace bien la paga, ¿no dicen eso?

—¿Qué quiere decir? —preguntó Venetia Hall educadamente, alargando el dedo de vino avinagrado y caliente que le quedaba en la copa.

—Se casó con ella y tuvieron un hijo. Un niño precioso, Ryan. Era precioso. ¿Cuánto hace que no lo vemos? ¿Seis años? ¿Siete? La muy zorra... Sí, Irene se largó un buen día, aprovechando que él había ido al médico. Se llevó a los niños, y su hijo lo era todo para Noel. Todo. Conque en la salud y en la enfermedad, ¿no? Una puta. Lo abandonó cuando él más la necesitaba. La muy zorra.

Así que Noel y Brittany hacía tiempo que ya no vivían juntos. ¿O se habría propuesto Brockbank encontrar a su hijastra, a quien sin duda culpaba tanto como a Strike de las lesiones que le habían cambiado la vida? Robin mantuvo una expresión imperturbable pese a que el corazón le latía desbocado. Le habría gustado enviarle un mensaje a Strike inmediatamente.

Cuando su esposa lo abandonó, Noel se presentó sin avisar en la casa familiar, la casita de dos plantas con cuatro habitaciones de Stanley Road donde Holly había vivido siempre y que ocupaba ella sola desde que falleció su padrastro.

—Yo lo acogí —dijo Holly enderezando la espalda—. La familia es la familia.

Holly no mencionó las acusaciones de Brittany. Estaba interpretando el papel de familiar preocupada, de hermana abnegada, y aunque todo fuera pura comedia, Robin ya tenía suficiente experiencia para saber que, generalmente, podían extraerse pepitas de verdad hasta de la peor escoria.

Se preguntó si Holly estaría al corriente de la acusación de abusos sexuales; al fin y al cabo, los hechos habían sucedido en

Alemania, y no se había llegado a presentar cargos. Sin embargo, y suponiendo que fuera cierto que Brockbank tenía una lesión cerebral cuando recibió la baja, ¿habría sido lo bastante astuto para ocultar la razón de su salida ignominiosa del Ejército? Si hubiera sido inocente y no hubiera estado en su sano juicio, ¿no habría hablado, tal vez sin parar, de la injusticia que había acabado con su carrera?

Robin le llevó a Holly la tercera cerveza y, hábilmente, la condujo hacia el tema de cómo estaba Noel después de que le dieran de baja.

—Muy cambiado. Le daban ataques. Epilépticos. Tomaba mucha medicación. Yo me había pasado años cuidando a mi padrastro, que había tenido un derrame cerebral, y entonces va y aparece Noel con sus convulsiones y...

Holly enterró el final de su frase en la jarra de cerveza.

—Debió de ser muy duro —dijo Robin mientras tomaba notas en una libretita—. ¿Su hermano tenía problemas de conducta? Los familiares suelen mencionar que ese aspecto es uno de los peores.

—Sí —confirmó Holly—. Bueno. Digamos que su mal genio no mejoró después de que le aplastaran el cerebro. Me destrozó la casa dos veces. Se pasaba el día gritándome. —Y añadió—: Ahora el tío se ha hecho famoso.

—¿Cómo dice? —preguntó Robin, desconcertada.

—¡El cabronazo que le dio la paliza!

—El cabro...

—¡El puto Cameron Strike!

—Ah, sí. Creo que he oído hablar de él.

—¡Sí! ¡Ahora es un puto detective privado y sale en todos los periódicos! Cuando le partió la cabeza a Noel era un puto policía militar. Lo dejó lisiado para toda la puta vida.

Holly siguió despotricando un buen rato. Robin tomaba notas mientras esperaba a que le contara por qué la Policía Militar había ido a buscar a su hermano, pero ella no lo sabía, o estaba decidida a no revelar esa información. Lo único de lo que no cabía duda era de que Noel Brockbank había atribuido su epilepsia exclusivamente a la intervención de Strike.

Después de lo que, según la descripción de Holly, parecía un año en el purgatorio, durante el que Noel utilizó a su hermana gemela y su casa como válvulas de escape para su desgracia y su mal genio, se marchó a trabajar de portero de discoteca a Mánchester, un empleo que le consiguió un amigo suyo de Barrow.

—Entonces, ¿no estaba tan mal como para no poder trabajar? —preguntó Robin.

El retrato que había hecho Holly era el de un hombre totalmente fuera de control, apenas capaz de contener sus estallidos de ira.

—Bueno, sí, entonces ya estaba mejor, si no bebía y se tomaba las medicinas. Yo me alegré de que se largara. Me tenía desesperada —dijo Holly al recordar, de pronto, la promesa de una indemnización para aquellos cuyas vidas se habían visto gravemente afectadas por las lesiones de sus familiares—. Tenía ataques de pánico. Tuve que ir al médico. Está en mi ficha.

El impacto de los trastornos de conducta de Brockbank en la vida de Holly ocupó los diez minutos siguientes; Robin, muy seria y comprensiva, asentía con la cabeza e intercalaba frases de ánimo como «Sí, otros familiares comentan lo mismo» y «Ah, sí, eso sería muy relevante para un informe». Robin se ofreció para pedirle una cuarta jarra a Holly, que ya estaba mucho más dócil.

—Le pido yo una a usted —dijo Holly, e hizo un amago no muy convincente de levantarse.

—No, no, todo esto lo cargo a la cuenta de gastos —dijo Robin.

Mientras esperaba a que le sirvieran la jarra de McEwan's, revisó su teléfono. Tenía otro mensaje de Matthew, que no abrió, y uno de Strike:

¿Todo bien?

Le contestó:

Sí.

—Entonces, ¿ahora su hermano vive en Mánchester? —preguntó a Holly cuando volvió a la mesa.

—No —contestó ella después de dar un trago largo a su McEwan's—. Lo despidieron.

—¿Ah, sí? —Robin volvía a tener el bolígrafo en la mano—. Si fue por culpa de sus problemas médicos, podemos presentar una demanda por despido improcedente.

—No, no fue por eso.

Una expresión extraña cruzó el rostro tenso y hosco de Holly: un destello plateado entre nubes de tormenta, algo muy potente que intentaba revelarse.

—Vino otra vez aquí —continuó—, y volvió a empezar...

Más historias de violencia, ataques de furia irracional, muebles rotos; al final, Brockbank consiguió otro empleo, que su hermana describió vagamente como «de seguridad», y se marchó a Market Harborough.

—Y luego volvió otra vez —dijo Holly, y el pulso de Robin se aceleró.

—Entonces... ¿ahora está en Barrow? —preguntó.

—No. —Holly ya estaba borracha, y le costaba cada vez más seguir el hilo de la historia que se suponía que estaba vendiendo—. Sólo se quedó un par de semanas, pero esa vez le dije que si volvía llamaría a la policía y entonces se marchó para siempre. Tengo que ir a mear —dijo—, y necesito fumar. ¿Usted fuma?

Robin dijo que no con la cabeza. Cuando Holly se levantó, tambaleándose un poco, y fue al servicio de señoras, ella aprovechó para sacar el móvil de su bolsillo y mandarle un mensaje a Strike.

Dice que no está en Barrow, ni con su familia. Está borracha.
Todavía no he terminado. Va a salir a fumar, escóndete.

Nada más enviar el mensaje se arrepintió de la última palabra, por si ésta suscitaba otra referencia sarcástica a su curso de contravigilancia, pero su teléfono vibró casi de inmediato, y Robin vio la respuesta de Strike:

Tranquila.

Por fin Holly volvió a la mesa. Emanaba un fuerte olor a Rothmans y llevaba en las manos una copa de vino blanco, que deslizó hacia Robin, y su quinta jarra de cerveza.

—Muchísimas gracias —dijo Robin.

—Pues sí —continuó Holly en tono lastimero, como si la conversación no se hubiera interrumpido—, tenerlo aquí me estaba jodiendo la salud.

—No lo dudo —dijo Robin—. Entonces ¿el señor Brockbank vive...?

—Era muy violento. ¿Le he contado lo de la vez que me estampó la cabeza contra la puerta de la nevera?

—Sí, sí —dijo Robin con paciencia.

—Y me puso un ojo morado cuando intenté impedir que rompiera la vajilla de mi madre.

—Qué horror. Es evidente que puede optar a algún tipo de indemnización —mintió Robin, e, ignorando cierto cargo de conciencia, se lanzó de cabeza hacia la pregunta fundamental—. Dedujimos que el señor Brockbank estaba aquí, en Barrow, porque aquí es donde le pagan la pensión.

Después de cuatro jarras y media de cerveza, las reacciones de Holly eran más lentas. La promesa de una compensación por su sufrimiento le había iluminado la cara: incluso la línea profunda que la vida había grabado entre sus cejas, y que le daba una expresión permanente de cólera, parecía haberse suavizado. Sin embargo, el comentario sobre la pensión de Brockbank la hizo ponerse a la defensiva.

—No, no se la pagan aquí —dijo con escasa lucidez.

—Según nuestros archivos, sí —la contradijo Robin.

En el rincón, la máquina tragaperras emitió un tintineo electrónico y lanzó unos destellos; las bolas de billar hacían un ruido seco al entrechocar y otro más sordo al dar contra el paño de las bandas; el acento de Barrow se mezclaba con el escocés. De pronto Robin tuvo una intuición de la que no dudó ni un instante: Holly se estaba quedando la pensión militar de su hermano.

—Ya sabemos que lo más probable es que el señor Brockbank no la esté cobrando directamente —dijo Robin con convincente ligereza—. A veces, cuando el pensionista está incapacitado, se autoriza a los familiares a recoger el dinero.

—Sí —dijo Holly de inmediato.

Unas manchas de rubor aparecieron en su cara. Le daban un aire infantil, a pesar de los tatuajes y los numerosos *piercings*.

—Al principio la recogía yo. Cuando él tenía los ataques.

«¿Por qué —pensó Robin—, si estaba tan incapacitado, transferiría la pensión a Mánchester y luego a Market Harborough, y luego de nuevo a Barrow?»

—¿Y ahora usted le envía la pensión a su hermano? —preguntó Robin; el corazón volvía a latirle muy deprisa—. ¿O ya la puede cobrar él directamente?

—Mire... —dijo Holly.

Tenía un tatuaje de los Ángeles del Infierno en el brazo, una calavera con casco con alas que tembló cuando Holly se inclinó hacia Robin. La cerveza, el tabaco y el azúcar le habían puesto el aliento rancio. Robin no se inmutó.

—Mire —volvió a decir Holly—, ustedes les consiguen indemnizaciones a la gente, a la gente que... ha sufrido lesiones o... lo que sea, ¿no?

—Sí, así es —confirmó Robin.

—¿Y si alguien hubiera...? ¿Y si los servicios sociales deberían... deberían haber hecho algo y no lo hicieron?

—Depende de las circunstancias —contestó Robin.

—Nuestra madre nos abandonó cuando teníamos nueve años —continuó Holly—. Nos dejó con nuestro padrastro.

—Lo siento —dijo Robin—. Debió de ser muy duro.

—Eran los setenta —añadió Holly—. A nadie le importaban un cuerno esas cosas. Nadie hablaba de abusos sexuales.

Robin notó un vacío en el estómago. Tenía la cara moteada de Holly muy cerca, y le llegaba su mal aliento. Holly no sospechaba que esa abogada tan comprensiva que la había abordado con la promesa de recibir montones de dinero fácil sólo era un espejismo.

—Nos lo hacía a los dos —dijo Holly—. Mi padrastro. A Noel y a mí. Desde que éramos muy pequeños. Nos escondíamos juntos debajo de nuestra cama. Y luego Noel empezó a hacérmelo a mí. Bueno —se apresuró a añadir—, Noel no era malo conmigo. Estábamos muy unidos, y eso fue cuando éramos pequeños. Pero a los dieciséis años —continuó, y su tono reveló un sentimiento de doble traición— me dejó tirada y se alistó en el Ejército.

Robin, que no tenía intención de beber más, cogió la copa de vino y dio un gran trago. El segundo violador de Holly también había sido su aliado contra el primero: el menor de dos males.

—Era un hijo de puta —continuó Holly.

Robin comprendió que se refería a su padrastro, y no a su hermano gemelo, que había abusado de ella y luego se había marchado al extranjero.

—Pero tuvo un accidente en el trabajo cuando yo tenía dieciséis años, y después de eso pude defenderme mejor de él. Productos químicos industriales. Hijo de puta. Después no se le levantaba. Por culpa de todos los medicamentos que tenía que tomar. Y luego tuvo un derrame cerebral.

La expresión de maldad de la cara de Holly permitió a Robin imaginar el tipo de atención que el padrastro debía de haber recibido de ella.

—Hijo de puta —dijo Holly en voz baja.

—¿Ha recibido usted algún tipo de ayuda psicológica? —se oyó preguntar Robin.

«Parezco una londinense pija, desde luego.»

Holly soltó una risotada.

—¡No, qué coño! Usted es la primera persona a la que se lo cuento. Supongo que habrá oído muchas historias como ésta, ¿no?

—Sí, claro —dijo Robin, pensando que Holly merecía esa respuesta.

—La última vez que vino —continuó Holly, que con cinco jarras entre pecho y espalda ya arrastraba mucho las palabras— le dije a Noel que se largara y me dejara en paz. O te largas o le cuento a la policía lo que me hiciste, y ya veremos lo que piensan de eso, ahora que todas esas niñas van por ahí diciendo que las tocas.

Esa frase hizo que el vino caliente que Robin tenía en la boca se tornara rancio.

—Así fue como perdió el empleo de Mánchester. Le metió mano a una niña de trece años. Seguramente en Market Harborough pasó lo mismo. No me dijo por qué había vuelto, pero estoy segura de que fue porque hizo algo parecido. Tuvo muy buen maestro. ¿Qué me dice? ¿Cree que puedo poner una demanda?

—Creo —dijo Robin con temor a dar algún consejo que pudiera perjudicar aún más a aquella mujer maltratada— que lo mejor que puede hacer es hablar con la policía. Pero ¿dónde está su hermano? —preguntó, desesperada ya por sonsacarle la información que quería y marcharse de allí.

—No lo sé. Cuando le dije que hablaría con la policía se puso hecho un energúmeno, pero entonces...

Murmuró algo que Robin no llegó a entender; sólo alcanzó a distinguir la palabra «pensión».

«Le dijo que podía quedarse su pensión si no iba a la policía a denunciarlo.»

Era eso. Holly se había quedado en Barrow cavando su propia tumba y ahogándose en alcohol con el dinero que su hermano le había cedido para que ella no revelara los abusos. Holly estaba convencida de que su hermano seguía tocando a otras niñas... ¿Estaba al corriente de las acusaciones de Brittany? ¿Le importaban? ¿O habían cicatrizado tan bien sus heridas que la habían vuelto inmune al sufrimiento de otras niñas? Seguía viviendo en la casa donde había sucedido todo, donde las ventanas daban a un muro de ladrillo coronado con alambre de espino... ¿Por qué no se había marchado? ¿Por qué no había escapado, como Noel? ¿Por qué decidió quedarse en la casa frente al muro?

—¿No tiene ningún número de teléfono suyo, ni nada parecido? —preguntó Robin.

—No —contestó Holly.

—Podría cobrar una buena indemnización, pero para eso tendría que conseguirme algún tipo de contacto —insistió Robin abandonando por completo la diplomacia.

—Tengo su dirección antigua —dijo Holly arrastrando las palabras tras unos minutos de reflexión y tras revisar en vano su teléfono—, la de Market Harborough...

Les llevó un buen rato localizar el número de teléfono del último puesto de trabajo de Noel, pero al final lo encontraron. Robin lo anotó; entonces sacó diez libras de su monedero y se las puso en la mano a Holly, que estaba sumamente agradecida.

—Me ha ayudado usted mucho —le dijo.

—Nada que hacer, todos iguales, ¿verdad?

—Sí —dijo Robin, aunque no había entendido las últimas palabras de su interlocutora—. La mantendré informada. Tengo su dirección.

Se levantó.

—Vale, hasta pronto. Nada que hacer.

—Se refiere a los hombres —aclaró la camarera, que había ido a recoger algunas de las jarras vacías de Holly, y sonreía ante el desconcierto evidente de Robin—. Dice que los hombres son todos iguales.

—Ya, claro —repuso Robin—. Es verdad. Muchas gracias. Adiós, Holly. Cuídese.

26

Desolate landscape,
Storybook bliss...[31]

Death Valley Nights, Blue Öyster Cult

—Lo que pierde la psicología —dijo Strike— lo gana la investigación privada. Has estado muy fina, Robin.

Alzó su lata de McEwan's y brindó con ella. Estaban sentados en el Land Rover, aparcados, comiendo *fish and chips* a escasa distancia del Olympic Takeaway, cuyas ventanas iluminadas realzaban la oscuridad circundante. De vez en cuando pasaban siluetas por delante de esos rectángulos de luz; se transformaban en seres humanos tridimensionales cuando entraban en el bullicioso restaurante, y se convertían de nuevo en sombras al salir.

—Así que su mujer lo abandonó.

—Sí.

—Y Holly dice que Brockbank no ha vuelto a ver a los niños desde entonces, ¿no?

—Exacto.

Strike bebió un sorbo de cerveza, pensativo. Quería creer que era verdad que Brockbank ya no tenía contacto con Brittany, pero ¿y si el muy desgraciado la había encontrado?

—Pero seguimos sin saber dónde está —se lamentó Robin.

—Bueno, sabemos que no está en Barrow y que hace un año que no viene por aquí —dijo Strike—. Sabemos que sigue culpándome de sus problemas, que sigue abusando de niñas y que está mucho más cuerdo de lo que creyeron en el hospital.

—¿Por qué lo dices?

—Por lo visto, ha conseguido que no lo demanden por abusos a menores. Está trabajando, cuando podría estar sentado en su casa y cobrando un subsidio de invalidez. Supongo que el trabajo le ofrece más oportunidades de relacionarse con niñas.

—No, por favor —murmuró Robin.

De pronto, el recuerdo de la confesión de Holly había dado paso al de la cabeza congelada, tan joven, tan rellenita, con aquella expresión vaga de sorpresa.

—Eso significa que tanto Brockbank como Laing andan sueltos por el Reino Unido, y que ambos me odian a muerte.

Mientras masticaba patatas fritas, Strike revolvió en la guantera, sacó la guía y se quedó un rato callado, hojeándola. Robin cerró el envoltorio de papel de periódico de su *fish and chips*, que no se había terminado, y dijo:

—Tengo que llamar a mi madre. Vuelvo enseguida.

Apoyada en una farola, no lejos del coche, Robin llamó a casa de sus padres.

—¿Estás bien, Robin?

—Sí, mamá.

—¿Qué os pasa a Matthew y a ti?

Robin alzó la mirada hacia el cielo débilmente estrellado.

—Creo que hemos terminado.

—¿Crees? —dijo Linda. No parecía muy sorprendida ni triste, sino meramente interesada en los hechos.

Robin había temido echarse a llorar cuando tuviera que decirlo en voz alta, y sin embargo no se le empañaron los ojos y no tuvo que hacer ningún esfuerzo para hablar con calma. Tal vez estuviera endureciéndose. La historia de la desgraciada vida de Holly Brockbank y el final truculento de la chica no identificada de Shepherd's Bush le aportaban perspectiva.

—Fue el lunes por la noche.

—¿Tuvo algo que ver con Cormoran?

—No. Con Sarah Shadlock. Resulta que Matt se acostaba con ella mientras yo estaba... en Masham. Cuando... Ya sabes cuándo. Cuando dejé la universidad.

Dos jóvenes salieron haciendo eses del Olympic, borrachos como cubas, gritando e insultándose el uno al otro. Uno se fijó en Robin y le dio un codazo a su amigo. Fueron ambos hacia ella.

—¿Estás bien, guapa?

Strike bajó del coche, cerró la puerta y fue hacia ellos; les sacaba una cabeza ambos. Los jóvenes se callaron de golpe y se alejaron. Strike encendió un cigarrillo y se apoyó en el coche, con la cara en sombra.

—¿Me oyes, mamá?

—¿Eso te lo dijo el lunes por la noche? —preguntó Linda.

—Sí.

—¿Y a qué venía?

—Estábamos discutiendo otra vez por culpa de Cormoran —murmuró Robin, consciente de que Strike se hallaba a sólo unos metros—. Le dije: «Es una relación platónica, como la tuya con Sarah», y entonces lo vi en su cara, y él lo reconoció.

Su madre dio un suspiro largo y hondo. Robin supuso que a continuación le diría unas palabras de consuelo.

—Madre mía —dijo Linda.

Hubo otro silencio eterno.

—¿Y tú cómo estás, Robin?

—Estoy bien, mamá, de verdad. Estoy trabajando. Eso me ayuda.

—¿Y se puede saber qué haces en Barrow?

—Estamos intentando localizar a uno de los hombres que Strike cree que podría haberle enviado la pierna.

—¿Dónde vais a dormir?

—En el Travelodge. En habitaciones separadas, evidentemente —se apresuró a añadir.

—¿Has hablado con Matthew desde que te marchaste?

—No para de enviarme mensajes diciéndome que me quiere.

Nada más decir eso se dio cuenta de que no había leído el último. Acababa de acordarse.

—Lo siento —le dijo Robin a su madre—. El vestido, el banquete... Todo. Lo siento, mamá.

—Eso es lo que menos me preocupa —replicó Linda, y volvió a preguntar—: ¿Estás bien, Robin?

—Sí, te lo prometo. —Titubeó, y entonces agregó, casi desafiante—: Cormoran se ha portado muy bien conmigo.

—Bueno, vas a tener que hablar con Matthew —dijo Linda—. Después de tanto tiempo... Tienes que hablar con él.

Robin perdió la compostura; le temblaban la voz y las manos, de rabia, cuando dijo atropelladamente:

—Hace sólo dos semanas fuimos al rugby con ellos, con Sarah y Tom. Sarah y Matthew no han dejado de verse desde que iban a la universidad... Se acostaban juntos mientras yo estaba... mientras yo... Él nunca la ha alejado de su vida, Sarah se pasa el día abrazándolo, coqueteando con él, metiendo cizaña entre él y yo... En el partido la tomó con Strike, «Oh, es tan atractivo, y estáis los dos solos en la oficina, ¿verdad?». Y yo siempre había creído que era sólo ella, estaba segura de que había intentado acostarse con él en la universidad, pero nunca... ¡Dieciocho meses, se acostaron juntos durante dieciocho meses! ¿Y sabes qué me dijo Matthew? Que ella sólo quería consolarlo... Y pensar que tuve que ceder y decirle que podía invitarla a la boda porque yo había invitado a Strike sin consultárselo a Matt, ése fue mi castigo, porque yo no la habría invitado. Matt come con ella siempre que está cerca de su despacho...

—Voy a ir a Londres a verte —la cortó Linda.

—No, mamá.

—Un día. Te llevaré a comer.

Robin soltó una risita.

—Mamá, yo no tengo una hora libre para comer. Mi trabajo no funciona así.

—Voy a ir a Londres, Robin.

Cuando su madre hablaba con esa firmeza, era inútil discutir.

—No sé cuándo voy a volver.

—Bueno, pues cuando lo sepas, me lo dices para que pueda comprar el billete.

—Es que... Bueno, vale —cedió Robin.

Cuando se despidieron, Robin se dio cuenta de que por fin tenía lágrimas en los ojos. Aunque le costara admitirlo, la idea de ver a Linda la reconfortaba.

Miró hacia el Land Rover. Strike seguía apoyado en el coche, y también estaba atendiendo una llamada. ¿O sólo lo hacía ver? Robin había estado hablando en voz alta. Strike sabía ser diplomático cuando quería.

Robin miró el móvil que todavía tenía en la mano y abrió el mensaje de Matthew.

> Ha llamado tu madre. Le he dicho que has tenido que irte por trabajo. Dime si quieres que le diga a mi padre que no vas a ir a su fiesta de cumpleaños. Te quiero, Robin. M. Besos.

Matthew seguía en sus trece: no se creía que la relación había terminado. «Dime si quieres que le diga a mi padre...» Como si aquello fuera una tormenta en un vaso de agua, como si ella fuera incapaz de no ir a la fiesta de su padre... «Ni siquiera me cae bien el idiota de tu padre», pensó Robin.

Furiosa, escribió la respuesta y la envió:

> Claro que no voy a ir.

Se metió en el coche. Por lo visto, era verdad que Strike estaba hablando por teléfono. La guía estaba abierta en el asiento del pasajero: Strike había estado buscando Market Harborough, en Leicestershire.

—Tú también —oyó que decía Strike—. Sí. Nos vemos cuando vuelva.

«Elin», pensó.

Strike subió también al coche.

—¿Era Wardle? —preguntó Robin fingiendo inocencia.

—No, Elin.

«¿Sabe que te has ido conmigo? ¿Que estamos los dos solos?»

Robin notó que se ponía colorada. No sabía de dónde había salido ese pensamiento. Porque ella no...

—¿Quieres ir a Market Harborough? —preguntó examinando el mapa.

—No estaría mal —contestó Strike, y dio otro sorbo de cerveza—. Es el último sitio donde trabajó Brockbank. Podríamos encontrar alguna pista; sería una estupidez no intentarlo. Y ya que pasamos por allí...

Le quitó la guía de las manos y pasó unas cuantas páginas.

—Está a sólo veinte kilómetros de Corby. Podríamos desviarnos y comprobar si el Laing que vivía allí con una mujer en 2008 es nuestro Laing. Ella todavía vive allí: se llama Lorraine MacNaughton.

Robin estaba acostumbrada a la memoria prodigiosa de Strike para los nombres y los detalles.

—Muy bien —dijo.

Se alegró de saber que al día siguiente seguirían investigando, y que la esperaba algo más que la perspectiva de un largo viaje de regreso a Londres. Con suerte, si encontraban algo interesante, pasarían otra noche fuera y no tendría que ver a Matthew durante doce horas más; pero entonces se acordó de que su ex iría al norte al día siguiente por la noche, para asistir a la fiesta de cumpleaños de su padre. De todas formas, tendría el piso para ella sola.

—¿Y si la encontró? —se preguntó Strike en voz alta tras un silencio.

—¿Cómo dices? ¿De quién hablas?

—¿Crees que Brockbank localizó a Brittany y la mató después de tanto tiempo? ¿O sólo lo pienso porque me siento culpable?

Strike dio un golpecito en la portezuela del Land Rover con el puño.

—Pero la pierna... —dijo Strike, debatiendo consigo mismo—. Tiene unas cicatrices como las de Brittany. Era un tema del que ellos dos ya habían hablado: «Cuando eras pequeña intenté cortarte una pierna con una sierra y tu mamá me descubrió.» Hijo de la gran puta. ¿Quién más me enviaría una pierna con cicatrices?

—Bueno —dijo Robin, pensativa—, a mí se me ocurre una razón por la que eligieron una pierna, y podría no tener nada que ver con Brittany Brockbank.

Strike se volvió hacia ella.

—A ver.

—Quienquiera que matara a esa chica habría podido mandarte cualquier parte de su cuerpo y habría obtenido el mismo resultado —explicó Robin—. Un brazo, un pecho... —Hizo todo lo posible por mantener un tono indiferente—. La policía y los periodistas se nos habrían echado encima igual. Tu negocio se habría visto perjudicado y nosotros nos habríamos llevado la misma conmoción; pero decidió enviar una pierna derecha, cortada exactamente por donde tú tienes amputada la pierna derecha.

—Supongo que cuadra con esa maldita canción. Aunque... —Strike rectificó—. No, estoy diciendo tonterías. Un brazo habría encajado igual. O un cuello.

—Está haciendo una referencia directa a tu lesión —dijo Robin—. ¿Qué significa para él que te falte una pierna?

—Vete a saber —dijo Strike observando el perfil de Robin mientras hablaba.

—Heroísmo —dijo ella.

Strike soltó una risotada.

—Estar en el lugar equivocado en el momento equivocado no tiene nada de heroico.

—Eres un veterano condecorado.

—No me condecoraron por la explosión en la que perdí una pierna. La condecoración fue anterior.

—Nunca me lo has contado.

Strike la miró, pero no permitió que lo desviara del tema.

—Cuéntame. ¿Por qué la pierna?

—Tu lesión es un legado de la guerra. Representa valor, adversidad superada. Cada vez que hablan de ti en la prensa mencionan tu amputación. Creo que, para él, va asociada a la fama, al éxito y... al honor. Está intentando denigrar tu lesión, asociarla a algo horrible, desviar la percepción del público, que te ve como un héroe, para que te vea como un hombre receptor de un trozo de cadáver descuartizado. Quiere causarte problemas, sí, pero al mismo tiempo quiere degradarte. Es alguien que quiere lo que tú tienes, reconocimiento, importancia.

Strike se agachó y cogió otra lata de McEwan's de la bolsa de papel marrón que tenía entre los pies. El restallido de la anilla al abrirla resonó en el frío interior del coche.

—Si tienes razón —dijo Strike mientras observaba cómo las volutas de humo de su cigarrillo se perdían en la oscuridad—, si lo que cabrea a ese maníaco es que me hiciera famoso, Whittaker pasa a encabezar la lista. Eso fue lo que él siempre quiso: ser una celebridad.

Robin esperó. Strike no le había contado prácticamente nada de su padrastro, aunque internet le había proporcionado casi todos los detalles que él no le había revelado.

—Era el hijo de puta más parásito que he conocido —dijo Strike—. Sería muy propio de él intentar robarle un poco de fama a otro.

Robin notaba que Strike iba enfureciéndose otra vez a su lado, en el espacio reducido del coche. Reaccionaba sistemáticamente cada vez que se mencionaba a cualquiera de los tres sospechosos: Brockbank le hacía sentirse culpable; Whittaker, furioso. De Laing era del único que hablaba con algo parecido a la objetividad.

—¿Shanker todavía no ha averiguado nada?

—Dice que está en Catford. Shanker lo encontrará. Whittaker debe de estar por ahí, en algún antro. En Londres, seguro.

—¿Por qué estás tan seguro?

—Sólo puede estar en Londres —dijo Strike contemplando la hilera de casas adosadas al otro lado del aparcamiento—. Whittaker nació en Yorkshire, pero es más *cockney* que si hubiera nacido en el East End.

—Hace una eternidad que no lo ves, ¿verdad?

—No necesito verlo, lo conozco. Forma parte de toda la mierda que llega a la capital buscando el estrellato y nunca se marcha. Él creía que Londres era el único sitio que estaba a su altura. Whittaker no se contentaba con menos, él quería el escenario más grande.

Sin embargo, Whittaker no había conseguido salir de esas zonas más deprimidas de la capital donde la criminalidad, la pobreza y la violencia se reproducían como bacterias, esos barrios más vulnerables donde Shanker había permanecido. Nadie que no hubiera vivido allí podía llegar a entender que Londres era un país en sí mismo. Podía molestarles que tuviera más poder y riqueza que cualquier otra ciudad británica, pero no entendían que la pobreza tenía su propio sabor allí, donde todo era más caro, donde la distinción despiadada entre quienes habían tenido éxito y quienes habían fracasado era siempre evidente y dolorosa. La distancia entre el piso con columnas de color vainilla de Elin en Clarence Terrace y la cochambrosa casa ocupada de Whitechapel donde había muerto la madre de Strike no podía medirse sólo en kilómetros. Estaban separados por disparidades infinitas, por las loterías del nacimiento y las oportunidades, por errores de juicio y golpes de suerte. Su madre y Elin eran ambas mujeres hermosas e inteligentes; una se había hundido en una ciénaga de drogas y bajeza humana, y la otra vivía encumbrada contemplando Regent's Park desde detrás de unas cristaleras inmaculadas.

Robin también pensaba en Londres. La ciudad tenía a Matthew hechizado, pero a él no le interesaban los mundos laberínticos que ella exploraba todos los días trabajando para un detective. Él contemplaba emocionado la superficie reluciente: los mejores restaurantes, los mejores barrios donde vivir, como si Londres fuera un gran tablero de Monopoly. La lealtad de Matthew siempre había estado dividida entre la gran ciudad y Yorkshire, entre Londres y Masham, su pueblo natal. Su padre era oriundo de Yorkshire, mientras que a su difunta madre, que era de Surrey, siempre se le había notado que había ido al norte a regañadientes. Persistía en corregir cualquier giro del habla de Yorkshire que pudieran utilizar Matthew y su hermana Kimberley. El acento cuidadosamente neutro de Matthew fue una de las razones por las que a los hermanos de Robin no les cayó bien cuando empezaron a salir juntos: pese a las protestas de Robin, pese al apellido de Yorkshire, ellos percibían sus orígenes sureños.

—La gente de por aquí debe de ser bastante rara, ¿no te parece? —comentó Strike, que seguía contemplando las casas adosadas—. Esto parece una isla. Y nunca había oído ese acento.

248

Se oyó una voz de hombre, no lejos de allí, que entonaba un cántico entusiasta. Al principio, Robin creyó que se trataba de un himno; entonces, a aquella voz se le unieron otras, y el viento cambió de dirección y pudieron distinguir claramente unos cuantos versos:

Friends to share in games and laughter
Songs at dusk and books at noon...[32]

—Es una canción de estudiantes —dijo Robin, sonriente.

Entonces los vio: un grupo de hombres mayores con traje negro bajaban por Buccleuch Street cantando a pleno pulmón.

—Es un funeral —la corrigió Strike—. De un antiguo compañero de colegio. Míralos.

Cuando los hombres vestidos de negro llegaron a la altura del coche, uno de ellos vio que Robin los miraba.

—¡Escuela Secundaria de Barrow! —le gritó, con un puño en alto, como si acabara de anotar un tanto.

Los otros lanzaron vítores, pero su fanfarronería, alimentada por el alcohol, rezumaba melancolía.

Harbour lights and clustered shipping
Clouds above the wheeling gulls...[33]

—Esto sólo pasa en los pueblos —comentó Strike.

Pensaba en hombres como su tío Ted, cornuallés hasta la médula, que vivía y moriría en St. Mawes; formaba parte del tejido de su pueblo natal y, mientras quedara algún lugareño, sería recordado sonriendo en las fotografías descoloridas del Día de los Guardacostas expuestas en las paredes del pub. Cuando muriera Ted (y Strike confiaba en que eso no sucediera hasta pasados veinte o treinta años), llorarían su muerte como estaban llorando la de aquel antiguo alumno de la escuela secundaria de Barrow: con alcohol, con lágrimas, pero celebrando haber gozado de su compañía. ¿Qué habían dejado el moreno y grandote Brockbank, violador infantil, y el pelirrojo Laing, torturador de mujeres, en sus respectivos pueblos natales? Escalofríos de alivio al verlos marchar, miedo al verlos regresar, un rastro de personas destrozadas y malos recuerdos.

—¿Nos vamos? —preguntó Robin en voz baja.

Strike asintió y tiró la colilla en el último dedo de cerveza que quedaba en la lata de McEwan's, donde se apagó tras producir un silbido débil y satisfactorio.

27

A dreadful knowledge comes...[34]

In the Presence of Another World, Blue Öyster Cult

En el Travelodge les asignaron habitaciones en el mismo pasillo, pero separadas por cinco puertas. Robin temió que el recepcionista les ofreciera una habitación doble, pero Strike previno esa posibilidad con un perentorio «dos individuales» antes de que al empleado le diera tiempo de abrir la boca.

En realidad era ridículo que de pronto Robin se sintiera cohibida, pues en el Land Rover habían estado más cerca físicamente todo el día de lo que lo estaban en el ascensor. Le resultó raro darle las buenas noches a Strike cuando llegó ante la puerta de su habitación; y no es que él se entretuviera. Sólo dijo «Buenas noches» y siguió andando hacia su habitación, pero esperó frente a la puerta hasta que Robin consiguió hacer funcionar la tarjeta y entró, aturullada, despidiéndose con la mano.

¿Por qué había dicho adiós con la mano? Qué ridiculez.

Robin soltó su bolso encima de la cama y fue hasta la ventana, desde donde sólo había una vista inhóspita de los mismos almacenes industriales que habían visto unas horas atrás, cuando habían llegado a la ciudad. Tuvo la impresión de que llevaban mucho más tiempo del que en realidad llevaban fuera de Londres.

La calefacción estaba demasiado alta. Robin abrió una ventana (le costó, porque estaba atascada), y por ella entró una corriente de aire nocturno, frío, ansioso por invadir aquella habitacioncita con la atmósfera viciada. Puso el teléfono a cargar, se desvistió, se puso una camisa de pijama, se cepilló los dientes y se metió bajo las frías sábanas.

Todavía la inquietaba saber que iba a dormir separada de Strike por cinco habitaciones. Eso era culpa de Matthew, por supuesto. «Si te acuestas con él, habremos terminado para siempre.»

De repente, su revoltosa imaginación le presentó el sonido de unos nudillos que llamaban a la puerta: Strike pidiéndole que lo dejara entrar con algún pretexto absurdo.

«No seas estúpida.»

Se dio la vuelta y, ruborizada, hundió la cara en la almohada. ¿Por qué pensaba esas cosas? Maldito Matthew, metiéndole ideas en la cabeza, proyectándose en ella...

Strike, entretanto, todavía no se había acostado. Tenía todo el cuerpo entumecido después de tantas horas sin moverse en el coche. Lo alivió mucho quitarse la prótesis. A pesar de que la ducha no era especialmente cómoda para una persona con una sola pierna, la utilizó, sujetándose con cuidado a la barra de seguridad, y trató de relajar la dolorida rodilla aplicándole agua caliente. Después de secarse con la toalla, fue con cuidado hasta la cama, puso el móvil a cargar y se metió, desnudo, bajo las sábanas.

Se quedó tumbado con las manos detrás de la cabeza, con la vista fija en el techo oscuro, y pensó en Robin, que iba a dormir cinco habitaciones más allá. Se preguntó si Matthew le habría enviado algún otro mensaje, si estarían hablando por teléfono, si Robin estaría aprovechando la intimidad para llorar por primera vez aquel día.

Del piso de abajo llegaban los ruidos de lo que a todas luces era una despedida de soltero: carcajadas masculinas, gritos, silbidos, portazos. Alguien puso música y los bajos resonaron en la habitación. Se acordó de las noches en que había dormido en su despacho, cuando la música que ponían en el 12 Bar Café hacía vibrar las patas metálicas de su cama plegable. Confió en que el ruido no se oyera tanto en la habitación de Robin. Ella necesitaba descansar: al día siguiente tendría que conducir cuatrocientos kilómetros más. Strike bostezó, se dio la vuelta y, a pesar de la música machacona y los gritos, se quedó dormido casi al instante.

. . .

A la mañana siguiente se encontraron en el comedor, tal como habían acordado; Strike se colocó tapando a Robin mientras ella rellenaba con disimulo su termo con café del bufet, y a continuación cada uno se sirvió un montón de tostadas en el plato. Strike renunció al desayuno inglés completo y, a cambio, se recompensó metiendo varias galletas danesas en su mochila. A las ocho en punto ya estaban en el Land Rover, recorriendo la espectacular campiña del condado de Cumbria, un paisaje ondulado de brezales y turberas bajo un cielo azul y neblinoso, e incorporándose a la M6 hacia el sur.

—Siento no poder turnarme contigo para conducir —dijo Strike mientras bebía café—. El embrague me mataría. Nos mataría a los dos.

—No me importa —dijo ella—. Me encanta conducir, ya lo sabes.

Mientras circulaban, mantuvieron un silencio cordial. Strike tenía prejuicios profundamente arraigados contra las mujeres que conducían, y sólo toleraba que lo llevara Robin. Era algo de lo que no solía hablar, pero que estaba fundado en numerosas experiencias negativas como pasajero, desde la ineptitud y el nerviosismo de su tía de Cornualles hasta la escasa concentración de su hermana Lucy, pasando por los coqueteos temerarios de Charlotte con el peligro. Una antigua novia de su época en la DIE, Tracey, que era competente al volante, se había quedado paralizada de miedo un día en una carretera de montaña muy estrecha; había parado el vehículo y, a punto de hiperventilar, se había negado a cederle el volante a él, pero tampoco había podido seguir conduciendo.

—¿Qué ha dicho Matthew del Land Rover? —preguntó Strike mientras pasaban por un paso elevado—. ¿Le ha gustado?

—No, él quiere un Audi A3 Cabrio.

—Cómo no —dijo Strike por lo bajo, y el traqueteo del coche sofocó sus palabras—. Gilipollas.

Tardaron cuatro horas en llegar a Market Harborough, un pueblo donde, como descubrieron por el camino, ni Strike ni

Robin habían estado nunca. Se llegaba por una carretera sinuosa que pasaba por una serie de aldeas bonitas, de casas con tejado de paja, iglesias del siglo XVII, jardines decorativos y calles residenciales que llevaban nombres como «Honeypot Lane». Strike recordó el muro liso y austero, el alambre de espino y una fábrica de submarinos imponente que conformaban el panorama que se veía desde la casa donde había crecido Noel Brockbank. ¿Qué podía haber atraído a ese tipo a un lugar como aquél, a un ambiente tan bucólico y pintoresco? ¿A qué clase de negocio correspondía el número de teléfono que Holly le había dado a Robin y que ahora Strike llevaba en su cartera?

La atmósfera de antigüedad refinada no hizo sino aumentar cuando llegaron a la localidad de Market Harborough. La vieja y ornamentada iglesia de St. Dionysius se alzaba con orgullo en el centro del pueblo, y a su lado, en medio de la calle principal, se erigía una estructura insólita que parecía una casita de madera construida sobre pilotes.

Encontraron un sitio para aparcar detrás de ese edificio tan singular. Strike, impaciente por fumar y desentumecer los músculos, salió del coche, encendió un cigarrillo y fue a examinar una placa que informaba de que el edificio construido sobre pilotes era una escuela de secundaria que databa de 1614. Versículos bíblicos escritos con pintura dorada adornaban el contorno de la estructura.

«El hombre mira lo que está delante de sus ojos, pero Jehová mira el corazón.»

Robin se había quedado en el Land Rover examinando el mapa para encontrar la mejor ruta hasta Corby, su siguiente parada. Cuando Strike se terminó el cigarrillo, volvió al asiento del pasajero.

—Bueno, voy a llamar a ese número. Si te apetece estirar las piernas, me estoy quedando sin tabaco.

Robin puso los ojos en blanco, pero cogió el billete de diez libras y fue a comprar un paquete de Benson & Hedges.

La primera vez que Strike marcó el número, estaba comunicando. Después del segundo intento, una voz femenina con marcado acento extranjero contestó:

—Thai Orchid Massage, ¿en qué puedo ayudar?

—Hola —contestó Strike—. Un amigo mío me ha dado este teléfono. ¿En qué calle están?

La mujer le dio la dirección de St. Mary's Road; Strike la buscó en el mapa y comprobó que estaba a sólo unos minutos de allí.

—¿Hay alguna chica libre esta mañana? —preguntó.

—¿Qué tipo de señorita querer? —dijo la voz.

Strike vio acercarse a Robin por el espejo retrovisor exterior, con su pelo rojizo suelto y ondulando al viento y un paquete dorado de Benson & Hedges en la mano.

—Una morena —contestó tras vacilar un segundo—. Tailandesa.

—Hay dos señoritas tailandesas libres para ti. ¿Qué servicio interesa?

Robin abrió la portezuela del lado del conductor y subió al coche.

—¿Cuáles ofrecen? —preguntó Strike.

—Masaje sensual con aceite una señorita, noventa libras. Masaje sensual con aceite dos señoritas, ciento veinte. Masaje cuerpo a cuerpo con aceite, ciento cincuenta. También puedes negociar extras con señorita, ¿de acuerdo?

—De acuerdo. Quiero el... Una señorita —dijo Strike—. Voy para allá.

Y colgó.

—Es un salón de masajes —le dijo a Robin mientras seguía examinando el mapa—, pero no de ésos a los que vas cuando te duele la rodilla.

—¿En serio? —se extrañó ella.

—Los hay por todas partes. Ya lo sabes.

Strike entendía el desconcierto de Robin. El escenario detrás del parabrisas (la iglesia de St. Dionysius, la piadosa escuela sobre pilotes, una calle principal próspera y concurrida, una cruz de San Jorge ondulando en la fachada de un pub cercano) podría haber aparecido en un póster de promoción turística de la ciudad.

—¿Qué vas a...? ¿Dónde está? —preguntó Robin.

—No muy lejos —contestó él, y se lo enseñó en el mapa—. Primero necesito pasar por un cajero.

«¿De verdad piensa pagar por un masaje?», se preguntó Robin, perpleja, pero no sabía cómo formular esa pregunta, ni estaba segura de querer oír la respuesta. Después de parar en un cajero para que Strike pudiera añadir doscientas libras a su descubierto, siguió sus indicaciones hasta el final de la calle principal, hasta St. Mary's Road. Ésta resultó ser una calle absolutamente respetable, flanqueada por agencias inmobiliarias, salones de belleza y bufetes de abogados, la mayoría en edificios grandes y separados.

—Es allí —dijo Strike, apuntando con el dedo, cuando pasaron por delante de un establecimiento muy discreto, ubicado en una esquina.

Un letrero brillante, dorado y púrpura, rezaba «THAI ORCHID MASSAGE». Las persianas oscuras de las ventanas eran lo único que insinuaba que allí tenían lugar actividades que iban más allá de la manipulación con fines médicos de articulaciones doloridas. Robin aparcó en una calle lateral y se quedó mirando a Strike hasta que éste se perdió de vista.

Cuando se acercó al salón de masajes, Strike se fijó en que la orquídea representada en el letrero brillante sobre la puerta tenía un marcado parecido con una vulva. Pulsó el timbre, y casi inmediatamente le abrió la puerta un individuo de pelo largo y casi tan alto como él.

—Acabo de llamar por teléfono —dijo Strike.

El portero emitió un gruñido y, con un ademán de la cabeza, indicó a Strike que podía pasar entre las cortinas, negras y gruesas, que había detrás de la puerta. El detective se encontró en una zona de recepción, pequeña y enmoquetada, con dos sofás, donde una mujer mayor tailandesa estaba sentada con dos chicas de la misma nacionalidad, una de las cuales aparentaba unos quince años. En un televisor que había en un rincón emitían «¿Quién quiere ser millonario?».

Cuando entró el detective, las caras de las chicas pasaron del aburrimiento a la alerta. La mujer mayor se levantó. Mascaba chicle enérgicamente.

—Has llamado, ¿no?

—Sí —confirmó Strike.

—¿Quieres copa?

—No, gracias.

—¿Gusta señorita tailandesa?

—Sí.

—¿Quién quieres?

—A ella —contestó Strike, y señaló a la chica más joven.

Ésta vestía una camiseta sin espalda, una minifalda de ante y unos zapatos de charol con tacón de aguja, de aspecto barato. La chica sonrió y se levantó. Sus piernas eran tan delgadas que le recordaron a las de un flamenco.

—OK —dijo su interlocutora—. Pagar ahora, ir a cabina privada después, ¿OK?

Strike entregó las noventa libras, y la chica a la que había elegido, sonriente, le hizo una seña con el dedo. Tenía el cuerpo de una adolescente, con excepción de los pechos, evidentemente operados, y Strike se acordó de las Barbies de plástico que había visto en la habitación de la hija de Elin.

Un pasillo corto conducía hasta la cabina privada, una habitación pequeña con iluminación tenue donde imperaba el olor a sándalo. Sólo había una ventana con los cristales cegados. En un rincón habían embutido una ducha. La mesa de masaje era de piel negra de imitación.

—¿Quieres ducha primero?

—No, gracias —contestó Strike.

—OK, quita ropa aquí —dijo la chica, y señaló un rinconcito separado mediante una cortina donde Strike habría tenido grandes dificultades para hacer caber su metro noventa de estatura.

—Prefiero dejarme la ropa puesta. Quiero hablar contigo.

La chica no se inmutó. Había visto de todo.

—¿Quieres sin camiseta? —propuso, risueña, y llevó las manos al lazo con que se abrochaba la camiseta en la nuca—. Sin camiseta diez libras extra.

—No —dijo Strike.

—¿Trabajo con manos? —propuso entonces, mirándole la bragueta del pantalón—. ¿Trabajo con manos con aceite? Veinte extra.

—No, sólo quiero hablar contigo —dijo Strike.

Una sombra de duda cruzó por la cara de la chica, y, a continuación, un repentino destello de miedo.

—Tú policía.

—No —dijo Strike, y levantó ambos brazos como si se rindiera ante ella—. No soy policía. Busco a un hombre llamado Noel Brockbank que trabajaba aquí. En la puerta, creo. Debía de ser el portero.

Había escogido precisamente a esa chica porque parecía muy joven. Conociendo las tendencias de Brockbank, pensó que éste podría haber buscado contacto con ella antes que con las otras, pero ella dijo que no con la cabeza.

—Él se va —dijo.

—Sí, ya lo sé —dijo el detective—. Estoy intentando averiguar adónde fue.

—Mama despide.

¿La propietaria era su madre, o se trataba de un mero título? Strike prefería no involucrar a Mama en aquello. Le había parecido una mujer astuta y curtida, y sospechaba que le haría pagar mucho dinero por una información que tal vez no sirviera para nada. En cambio, la chica a la que había escogido transmitía una ingenuidad que a Strike le venía muy bien. Habría podido pedirle dinero por confirmarle que Brockbank había trabajado allí y que lo habían despedido, y sin embargo no se le había ocurrido.

—¿Lo conocías? —preguntó Strike.

—Mama despide semana que yo llegar.

—¿Por qué lo despidieron?

La chica lanzó una mirada hacia la puerta.

—¿Sabes si hay alguien aquí que tenga un número de teléfono suyo, o que sepa adónde fue?

Ella titubeó. Strike sacó su cartera y dijo:

—Veinte libras si puedes presentarme a alguien que pueda decirme dónde está ahora. Para ti.

La chica se quedó jugando con el bajo de su falda de ante, como una niña pequeña, y mirando fijamente a Strike; entonces cogió los dos billetes de diez de la mano del detective y se los metió rápidamente en el fondo del bolsillo de la falda.

—Esperar aquí.

Strike se sentó en la mesa de masaje y esperó. La habitación estaba tan limpia como la de cualquier *spa*, y Strike lo agradeció. La suciedad le resultaba profundamente antiafrodisíaca; siempre le había recordado a su madre y a Whittaker en aquella vivienda maloliente, a colchones manchados y al miasma de su padrastro que le impregnaba la nariz. Allí, junto al armarito donde estaban ordenados los frascos de aceites esenciales, era fácil que surgieran pensamientos eróticos. La idea de desnudarse y prestarse a un masaje cuerpo con cuerpo con aceite no le resultaba nada desagradable.

De pronto, sin que Strike pudiera explicarse por qué, se imaginó a Robin fuera, sentada en el coche. Se levantó rápidamente, como si lo hubieran descubierto en una situación comprometedora, y entonces oyó unas voces que hablaban acaloradamente en tailandés. La puerta se abrió de golpe y apareció Mama con la chica que había elegido Strike, que parecía asustada.

—¡Tú pagar masaje una señorita! —protestó Mama.

La mujer dirigió la mirada hacia la bragueta de Strike, como había hecho su protegida. Estaba comprobando si ya habían hecho algo, si el cliente pretendía obtener más de lo que le correspondía por lo que había pagado.

—Ha pensado mejor —dijo la chica aturullada—. Querer dos chicas, una tailandesa, una rubia. Nosotros no hacer nada. Ha pensado mejor.

—Tú pagar sólo una señorita —gritó Mama apuntando a Strike con un dedo acabado en una uña como una garra.

Strike oyó pasos y dedujo que el tipo de pelo largo que vigilaba la puerta se acercaba.

—No me importa pagar también el masaje con dos chicas —dijo Strike maldiciendo para sus adentros.

—¿Ciento veinte más? —le gritó Mama, sin dar crédito a lo que había oído.

—Sí, perfecto.

Le hizo volver a la recepción para pagar. Una pelirroja gorda estaba allí sentada con un vestido negro de licra con numerosos cortes. Al verlo, la chica se hizo ilusiones.

—Él quiere señorita rubia —dijo la cómplice de Strike mientras él entregaba ciento veinte libras más, y la pelirroja puso cara larga.

—Ingrid con cliente —dijo Mama, y guardó el dinero de Strike en un cajón—. Tú esperas aquí hasta que ella acaba.

Strike se sentó entre la tailandesa flacucha y la pelirroja y se puso a ver «¿Quién quiere ser millonario?», hasta que un hombre trajeado, bajito y con barba blanca llegó correteando por el pasillo y, evitando las miradas, se metió entre las cortinas negras y salió a la calle. Al cabo de cinco minutos, apareció una rubia teñida, alta y delgada; Strike calculó que debía de tener la misma edad que él. Llevaba un vestido morado de licra y botas hasta el muslo.

—Tú con Ingrid —dijo Mama.

Strike y la chica tailandesa, obedientes, volvieron a la cabina privada.

—Él no quiere masaje —le dijo la tailandesa a la rubia, nerviosa, cuando se cerró la puerta—. Él pregunta adónde va Noel.

La rubia miró a Strike con el ceño fruncido. Le doblaba la edad a su compañera, pero era atractiva, con ojos castaño oscuro y pómulos prominentes.

—¿Qué quieres de él? —le preguntó con marcado acento de Essex, y añadió con calma—: ¿Eres policía?

—No —contestó Strike.

De pronto, el rostro agraciado de la chica se iluminó.

—Espera un momento —dijo despacio—. Yo sé quién eres. ¡Eres Strike! ¡Eres Cameron Strike! ¡El detective que resolvió el caso Lula Landry! Y... hostia, ¿no te habían enviado una pierna?

—Pues... sí.

—¡Noel estaba obsesionado contigo! —le dijo—. Vamos, es que yo no le oía hablar de otra cosa. Cuando saliste en las noticias.

—¿Ah, sí?

—Sí, decía que le habías provocado una lesión cerebral.

—Bueno, el mérito no es sólo mío. ¿Tú lo conocías mucho?

—¡No, no tanto! —contestó ella, interpretando correctamente el significado de la pregunta de Strike—. Conocía a un amigo suyo del norte, John. Era un tío genial, uno de mis clientes habituales, hasta que se marchó a Arabia Saudí. Sí, creo que habían ido juntos al colegio. A John le daba pena Noel porque era exmilitar y había tenido algún problema, y por eso lo recomendó para este trabajo. Decía que tenía mala suerte. Hasta me pidió que le alquilara una habitación en mi casa.

Era evidente que consideraba que John se había equivocado al compadecerse de Brockbank.

—¿Y qué tal fue?

—Al principio bien, pero una vez que se relajó, no hacía más que despotricar. Del Ejército, de ti, de su hijo... Está obsesionado con su hijo, con recuperarlo. Dice que tú tienes la culpa de que no pueda verlo, pero... no cuela, la verdad. Cualquiera entendería que su exmujer no quiera que se acerque al niño.

—¿Ah, sí? ¿Por qué?

—Mama lo encontró con su nieta en el regazo y las manos debajo de su falda —dijo Ingrid—. La niña tiene seis años.

—Ya —dijo Strike.

—Cuando se marchó me debía dos semanas de alquiler, y ya no he vuelto a verlo. Ni ganas.

—¿Sabes adónde fue cuando lo despidieron?

—Ni idea.

—¿Y no tienes ningún teléfono de contacto, ni ninguna dirección?

—Supongo que todavía debo de tener su número de móvil. Pero no sé si seguirá usando el mismo.

—¿Podrías dármelo?

—¿A ti te parece que llevo un móvil encima? —dijo ella levantando los brazos.

El vestido de licra y las botas acentuaban las curvas de su cuerpo. Se le notaban los pezones erectos debajo de la tela fina. Pese a la invitación de la chica, Strike se obligó a seguir mirándola a los ojos.

—¿No podemos quedar después, y me lo das?

—No nos dejan darles números de teléfono a los clientes. Términos y condiciones, querido: por eso no nos dejan llevar el móvil encima. Pero mira —añadió mirándolo de arriba abajo—, tratándose de ti, y como sé que le pegaste a ese desgraciado y que eres un héroe de guerra y demás, podemos quedar al final de la calle cuando salga de trabajar.

—Sería estupendo —dijo Strike—. Muchas gracias.

Le pareció detectar cierto flirteo en su mirada, pero no supo si se lo había imaginado. Debía de estar influenciado por el olor a aceite de masaje y por las escenas eróticas que lo habían asaltado fugazmente hacía un rato.

Veinte minutos más tarde, tras esperar un tiempo prudencial para que Mama creyera que ya había recibido el alivio solicitado, Strike salió del Thai Orchid y cruzó la calle. Robin lo esperaba en el coche.

—Doscientas treinta libras por un número de teléfono antiguo —dijo cuando ella arrancó y se dirigió al centro del pueblo—. Espero que haya valido la pena. Tenemos que ir a Adam and Eve Street, a una cafetería que se llama Appleby's: dice la chica que está al final de la calle, a la derecha. Hemos quedado allí dentro de un rato.

Robin encontró un sitio donde aparcar y se quedaron esperando en el coche, comentando lo que había dicho Ingrid sobre Brockbank, mientras se comían las galletas danesas que Strike había robado del bufet del desayuno. Robin estaba empezando a entender por qué Strike tenía sobrepeso. Era la primera vez que ella participaba en una pesquisa que duraba más de veinticuatro horas. Cuando tenías que procurarte la comida en cualquier tienda que encontraras abierta y comértela por el camino, rápidamente reducías tu dieta a comida basura y chocolate.

—Mira, es ella —anunció Strike cuarenta minutos más tarde.

El detective salió con dificultad del Land Rover y se dirigió hacia Appleby's. Robin vio acercarse a la rubia, que se había cambiado y vestía vaqueros y una chaqueta de piel falsa. Tenía tipo de *top model*, y Robin se acordó de Platinum. Pasaron diez minutos, y luego quince; ni Strike ni la chica salían de la cafetería.

—¿Cuánto se tarda en dar un número de teléfono? —dijo Robin en voz alta, enojada. Estaba pasando frío dentro del Land Rover—. Creía que querías ir a Corby.

Strike le había dicho que no había pasado nada, pero nunca se sabía. Tal vez sí había pasado algo. La chica tal vez había embadurnado a Strike con aceite y...

Robin tamborileó con los dedos en el volante. Pensó en Elin, y en cómo se sentiría si se enteraba de lo que Strike había hecho ese día. Entonces dio un ligero respingo al recordar que no había vuelto a mirar su teléfono para ver si Matthew había intentado comunicarse con ella otra vez. Lo sacó del bolsillo de la chaqueta y no vio ningún mensaje nuevo. Después de que Robin le dijera, tajante, que no tenía intención de ir a la fiesta de cumpleaños de su padre, él no había dicho absolutamente nada más.

La rubia y Strike salieron de la cafetería. Ingrid no parecía dispuesta a dejarlo marchar. Cuando él le dijo adiós con la mano, ella se le acercó, le dio un beso en la mejilla y se marchó contoneándose. Strike vio que Robin los estaba mirando, y subió al coche con una mueca de contrición.

—Ha sido interesante, ¿no? —dijo Robin.

—No creas —repuso él, y le mostró el número de teléfono que había grabado en su móvil: «NOEL BROCKBANK MÓVIL»—. Es que la chica tenía ganas de hablar.

Si Robin hubiera sido un hombre, Strike no se habría cortado y habría añadido: «La tenía en el bote.» Ingrid había coqueteado con él con todo descaro desde el otro lado de la mesa: había repasado con parsimonia la lista de contactos de su teléfono, preguntándose en voz alta si todavía tendría el número para que él empezara a temer que no iba a encontrar lo que buscaba; le había preguntado si alguna vez le habían dado un masaje tailandés auténtico; había indagado para qué quería hablar con Noel; lo había interrogado sobre otros casos que había resuelto y, en especial, el de la muerte de aquella hermosa modelo, por el que se había hecho famoso; y, por último, había insistido, con una sonrisa tierna, en que anotara también su número de teléfono, «por si acaso».

—¿Quieres llamar a Brockbank ahora? —preguntó Robin, desviando la atención de Strike de la espalda de Ingrid, que se alejaba por la calle.

—¿Qué? Ah, no. Antes tengo que pensar. Si contesta, hemos de afinar bien. —Miró la hora—. Vamos tirando. No quiero llegar demasiado tarde a Cor...

Le sonó el teléfono en la mano.

—Es Wardle —dijo.

Strike contestó y conectó el altavoz para que Robin pudiera oír la conversación.

—¿Qué hay?

—Hemos identificado el cadáver —dijo Wardle.

El deje de su voz les previno de que el nombre que estaban a punto de oír iba a resultarles familiar. La pausa que hubo a continuación fue breve pero suficiente para que por la mente de Strike pasara la imagen de aquella cría aterrorizada con ojitos de pájaro.

—Se llama Kelsey Platt y es la chica que te escribió pidiéndote consejo para amputarse la pierna. Se ve que iba en serio. Tenía dieciséis años.

Strike sintió una avalancha de alivio e incredulidad a partes iguales. Se palpó los bolsillos buscando un bolígrafo, pero Robin ya estaba escribiendo.

—Estaba haciendo un curso de puericultura del City & Guilds en un instituto de formación profesional. Fue allí donde conoció a Oxana Voloshina. Kelsey vivía en Finchley con su hermanastra y el novio de ésta. Les dijo que se iba dos semanas a hacer un taller. Ellos no informaron de su desaparición porque no estaban preocupados. No esperaban que volviera hasta esta noche.

»Oxana dice que Kelsey no se llevaba bien con su hermana y que le pidió si podía quedarse en su casa dos semanas, para respirar un poco. Por lo visto la chica lo tenía todo planeado, por eso te escribió desde esa dirección. La hermana está destrozada, como es lógico. Todavía no he podido sacarle gran cosa, pero me ha confirmado que la letra de la carta es auténtica, y eso de que la chica quisiera cortarse la pierna no la ha pillado por sorpresa. Hemos recogido muestras de ADN del cepillo de la chica. Coincide. Es ella.

Strike se inclinó hacia Robin para leer las notas que estaba tomando, y el asiento del pasajero crujió bajo su peso. A ella le llegó el olor a tabaco de su ropa, mezclado con un débil tufillo a sándalo.

—¿Dices que la hermana vive con su novio?

—Sí, pero olvídate de él —dijo Wardle, y Strike comprendió que el inspector ya había intentado incluirlo en la lista de sospechosos—. Cuarenta y cinco años, bombero retirado, no está en muy buena forma. Tiene los pulmones hechos polvo y una coartada a toda prueba para el fin de semana en cuestión.

—¿El fin de semana...? —dijo Robin.

—Kelsey se marchó de casa de su hermana el uno de abril por la noche. Sabemos que debió de morir el dos o el tres, porque recibisteis la pierna el cuatro. Strike, necesito que vengas otra vez aquí para hacerte más preguntas. Es un puro trámite, pero tendrás que hacer una declaración formal respecto a esas cartas.

No parecía que hubiera mucho más que añadir. Strike le dio las gracias a Wardle por informarlos; entonces colgaron y, en el silencio que se produjo, a Robin le pareció percibir los temblores de una réplica sísmica.

28

... oh Debbie Denise was true to me,
She'd wait by the window, so patiently[35]

Debbie Denise, Blue Öyster Cult
Letra de Patti Smith

—Este viaje ha sido un rodeo inútil. No es Brittany. Y si no es ella, no puede haber sido Brockbank.

Strike sentía un alivio formidable. De pronto, los colores de Adam and Eve Street parecían limpísimos, y los transeúntes, más alegres y simpáticos que antes de recibir la llamada de Wardle. Por lo visto, Brittany estaba viva, en algún lugar. Aquella muerte no era culpa del detective. La pierna no era de la niña.

Robin no dijo nada. Era consciente de cuánto se había alegrado Strike con aquella noticia, de la liberación que sentía. Ella no había visto ni conocido a Brittany Brockbank, y aunque celebrara que la muchacha estuviera a salvo, no podía olvidar que otra chica había muerto en circunstancias horrorosas. El sentimiento de culpa del que acababa de desprenderse Strike parecía haber caído con todo su peso sobre su regazo. Era ella quien había leído por encima la carta de Kelsey y la había archivado en el cajón de los colgados sin contestarla. Se preguntó si el desenlace habría sido diferente si hubiera escrito a Kelsey y le hubiera aconsejado que buscara ayuda. O si Strike la hubiera llamado para contarle que él había perdido la pierna en combate y que cualquier cosa que le hubieran contado sobre su lesión era mentira. El arrepentimiento le roía las entrañas.

—¿Estás seguro? —dijo en voz alta tras un largo minuto de silencio que ambos pasaron absortos en sus pensamientos.

—¿Seguro de qué? —preguntó Strike volviéndose hacia ella.

—De que no puede ser Brockbank.

—Si no es Brittany...

—Acabas de decirme que esa chica...

—¿Ingrid?

—Sí, Ingrid —confirmó Robin con cierta impaciencia—. Acabas de decirme que, según ella, Brockbank está obsesionado contigo. Te considera responsable de su lesión cerebral y de haber perdido a su familia.

Strike se quedó mirándola con el ceño fruncido, pensativo.

—Todo eso que te expuse anoche de que el asesino quería denigrarte y ensuciar tu hoja de servicio encajaría con lo que sabemos sobre Brockbank —continuó Robin—, ¿y no crees que conocer a Kelsey y, tal vez, ver las cicatrices que tenía en la pierna, que eran parecidas a las de Brittany, o saber que quería deshacerse de su pierna podría haber... no sé... desencadenado algo en él? Quiero decir que... —continuó vacilante— no sabemos exactamente qué tipo de lesión cerebral...

—Te aseguro yo que no está tan grave —le espetó Strike—. En el hospital fingía. Estoy seguro.

Robin no dijo nada, se quedó sentada al volante viendo pasar a la gente por Adam and Eve Street. Los envidiaba. Sin duda ellos también tenían sus propias preocupaciones, pero seguro que no incluían mutilaciones ni asesinatos.

—Pero tienes razón en algunas cosas —admitió Strike por fin.

Robin se dio cuenta de que le había aguado un poco la fiesta.

El detective miró la hora.

—Vamos. Si queremos ir hoy a Corby, más vale que espabilemos.

No tardaron mucho en recorrer los veinte kilómetros que separaban las dos poblaciones. Robin comprendió, por su expresión hosca, que Strike estaba reflexionando sobre su conversación acerca de Brockbank. Circulaban por una carretera anodina, en medio de un paisaje sin interés: sólo se veían los setos y los árboles que bordeaban la calzada.

—Bueno, ¿y Laing? —dijo Robin tratando de sacar a Strike de lo que parecía un ensimismamiento incómodo—. ¿Por qué no me refrescas...?

—Sí, Laing —dijo Strike.

Robin no se había equivocado al pensar que Strike seguía pensando en Brockbank. Ahora el detective tenía que volver a centrarse, a ordenarse las ideas.

—Bueno, Laing ató a su esposa y la hirió con un cuchillo; antes ya lo habían acusado dos veces de violación, que yo sepa, pero nunca lo condenaron. E intentó arrancarme la cara de un bocado en un *ring* de boxeo. Básicamente es un cabronazo violento y retorcido, pero, como ya te conté, dice su suegra que cuando salió de la cárcel estaba enfermo. Según ella, se fue a Gateshead, pero no pudo quedarse mucho tiempo allí si en 2008 estaba viviendo con esa mujer en Corby. —Volvió a consultar el mapa para buscar la calle de Lorraine MacNaughton, y continuó—: La edad y el marco temporal encajan... Ya veremos. Si no encontramos a Lorraine en casa, volveremos después de las cinco.

Siguiendo las indicaciones de Strike, Robin atravesó el centro de Corby, que resultó ser una extensión de cemento y ladrillo dominada por un centro comercial. Un bloque enorme de oficinas municipales, en lo alto del cual se erizaban numerosas antenas que semejaban musgo metálico, se recortaba contra el horizonte. No había plaza central, ni iglesia antigua, y mucho menos una escuela de madera sobre pilotes. Corby había sido construida para alojar a la explosión de obreros inmigrantes de las décadas de los cuarenta y los cincuenta; muchos de sus edificios tenían un aire triste y utilitarista.

—La mitad de los nombres de las calles son escoceses —observó Robin al pasar por Argyll Street y Montrose Street.

—¿No la llamaban «la pequeña Escocia»? —comentó Strike fijándose en un letrero que rezaba «Edinburgh House». Había oído decir que, en los años de apogeo industrial, Corby había sido el municipio con más población escocesa al sur de la frontera. De algunos balcones colgaban banderas de Escocia y leones rampantes—. Ahora entiendo por qué Laing debía de sentirse más cómodo aquí que en Gateshead. Es posible que tuviera contactos en esta región.

Cinco minutos más tarde llegaron al casco antiguo de la ciudad, cuyos bonitos edificios de piedra constituían un vestigio del pueblo que Corby debió de haber sido antes de que instalaran allí las plantas siderúrgicas. Poco después llegaron a Weldon Road, donde vivía Lorraine MacNaughton.

Las casas estaban agrupadas en bloques compactos de seis, en los que cada vivienda era una imagen especular de la contigua, de modo que las puertas estaban lado a lado y la distribución de las ventanas, invertida. Labrado en el dintel de piedra sobre cada puerta había un nombre.

—Es aquí —dijo Strike señalando una casa que llevaba el nombre de Summerfield, hermanada con Northfield.

El jardín delantero de Summerfield estaba cubierto de una grava fina. El césped de Northfield estaba sin cortar, y, al verlo, Robin se acordó de su piso de Londres.

—Creo que lo mejor será que entremos los dos —propuso Strike, y se desabrochó el cinturón de seguridad—. Seguramente se sentirá más cómoda si estás tú.

Como el timbre de la puerta no funcionaba, Strike llamó con los nudillos. Una explosión de ladridos furiosos les indicó que en la casa había, por lo menos, un habitante vivo. Entonces oyeron una voz de mujer, enérgica pero inútil.

—¡Chis! ¡Cállate! ¡Basta! ¡No!

Se abrió la puerta. Robin apenas había tenido tiempo de ver a una mujer de unos cincuenta años, de rostro adusto, cuando un jack russell de pelo áspero salió disparado, gruñendo y ladrando con ferocidad, e hincó los dientes en el tobillo de Strike. Por suerte para el detective, y por desgracia para el perro, sus dientes mordieron el acero de la prótesis del detective. El animal soltó un gañido, y Robin aprovechó su sorpresa: se agachó rápidamente, lo agarró por el cogote y lo levantó. El jack russell se sorprendió tanto de encontrarse colgando en el aire que no reaccionó.

—No se muerde —lo regañó Robin.

El perro debió de decidir que una mujer lo suficientemente valiente para levantarlo merecía su respeto; dejó que Robin lo asiera más firmemente, torció la cabeza e intentó lamerle la mano.

—Lo siento —se disculpó la mujer—. Era de mi madre. Es una auténtica pesadilla. Pero mire, usted le ha caído bien. Es un milagro.

El pelo, castaño, le llegaba por los hombros, y se le veían las raíces blancas. Unas arrugas de marioneta enmarcaban su boca, de labios finos. Se apoyaba en un bastón y tenía un tobillo hinchado y vendado, y el pie, embutido en una sandalia que dejaba al aire unas uñas amarillentas.

Strike se presentó y mostró a Lorraine su carné de conducir y su tarjeta de visita.

—¿Es usted Lorraine MacNaughton?

—Sí —contestó ella, vacilante.

La mujer desvió la mirada hacia Robin, que compuso una sonrisa tranquilizadora por encima de la cabeza del jack russell—. ¿Y dice que es...?

—Detective —confirmó Strike—, y quería saber si podría usted darme alguna información sobre Donald Laing. Según el registro telefónico, hace un par de años vivía aquí con usted.

—Sí, así es —confirmó ella.

—¿Y todavía vive aquí? —preguntó Strike, aunque ya sabía la respuesta.

—No.

Strike señaló a Robin y dijo:

—¿Le importa si mi ayudante y yo entramos y le hacemos unas preguntas? Estamos buscando al señor Laing.

Hubo una pausa. Lorraine metió los labios y arrugó la frente. Robin tenía en brazos al jack russell, que le lamía con entusiasmo los dedos, donde sin duda había detectado el rastro de las galletas danesas. La brisa agitaba la pernera desgarrada del pantalón de Strike.

—Bueno, pasen —dijo Lorraine, y se apartó con su bastón para dejarlos entrar.

En el salón, el ambiente estaba cargado y olía a humo de tabaco. Había numerosos detalles de señora mayor: una caja de pañuelos de papel con funda de ganchillo, cojines baratos con volantes y un gran despliegue de muñecos de peluche con vestiditos sobre un aparador de madera barnizada. Una de las paredes estaba dominada por el cuadro de un niño con ojos como platos vestido de pierrot. Strike no lograba imaginar a Donald Laing viviendo allí; le habría sorprendido menos ver un buey durmiendo en un rincón.

Una vez dentro, el jack russell se revolvió para bajar de los brazos de Robin y se puso a ladrar a Strike otra vez.

—¡Cállate! —gruñó Lorraine.

La mujer se dejó caer en el sofá de terciopelo marrón desteñido; utilizando ambos brazos, levantó su tobillo vendado y lo puso sobre un puf de piel; se inclinó hacia un lado para coger su paquete de Superkings y encendió un cigarrillo.

—Me han dicho que lo tenga en alto —explicó, con el cigarrillo moviéndose en sus labios, mientras cogía un cenicero de cristal tallado lleno de colillas y lo ponía en su regazo—. La enfermera viene todos los días a cambiarme el vendaje. Siéntense.

—¿Qué le ha pasado? —preguntó Robin, pasando de lado entre la mesita del salón y el sofá para sentarse junto a Lorraine.

Inmediatamente, el jack russell subió al sofá de un brinco y, por suerte, dejó de ladrar.

—Me cayó encima un recipiente de grasa de freír —contestó Lorraine—. En el trabajo.

—Madre mía —dijo Strike, y se sentó en la butaca—. Debió de dolerle muchísimo.

—Pues sí. Dicen que estaré un mes de baja como mínimo. Por lo menos tenía las urgencias cerca.

Resultaba que Lorraine trabajaba en la cafetería del hospital local.

—Bueno, ¿y qué ha hecho Donnie esta vez? —masculló Lorraine echando el humo cuando se hubo agotado el tema de su accidente—. ¿Ya ha vuelto a robar?

—¿Por qué lo dice? —preguntó Strike con cautela.

—A mí me robó —respondió ella.

Robin se dio cuenta de que la brusquedad de Lorraine sólo era una fachada. Vio temblar su largo cigarrillo mientras lo decía.

—¿Cuándo fue eso? —preguntó Strike.

—Cuando se largó de aquí. Se llevó todas mis joyas. El anillo de boda de mi madre, todo. Él sabía perfectamente lo que significaba para mí. Mi madre había muerto hacía menos de un año. Sí, un día se largó de casa y nunca más supe de él. Llamé a la policía, porque creí que había tenido un accidente. Entonces me di cuenta de que mi monedero estaba vacío y de que las joyas habían desaparecido.

Todavía se sentía humillada. Cuando lo dijo se le arrebolaron las descarnadas mejillas.

Strike se palpó el bolsillo interior de la chaqueta.

—Quiero asegurarme de que hablamos de la misma persona. ¿Reconoce esta fotografía?

Le mostró una de las fotos que le había dado la exsuegra de Laing en Melrose. En ella Donnie aparecía junto a la entrada de un juzgado de paz: corpulento, con su falda escocesa azul y amarilla, sus ojos oscuros de tejón y el pelo pelirrojo cortado a cepillo. Rhona estaba a su lado, colgada de su brazo, mucho más menuda que él; llevaba un vestido de novia que no la favorecía y que seguramente había comprado de segunda mano.

Lorraine examinó la fotografía un rato largo, y por fin dijo:

—Creo que es él. Sí, podría ser.

—Aquí no se ve, pero tenía una gran rosa amarilla tatuada en el antebrazo izquierdo —dijo Strike.

—Sí —afirmó Lorraine contundente—. Es verdad.

Dio unas caladas mientras contemplaba la fotografía.

—Había estado casado, entonces —dijo con voz un poco temblorosa.

—¿Usted no lo sabía? —preguntó Robin.

—No. Me dijo que nunca se había casado.

—¿Cómo se conocieron? —preguntó Robin.

—En un pub. Pero cuando lo conocí no tenía esa pinta.

Torció la cabeza hacia el aparador que tenía detrás e hizo un intento vano de levantarse.

—¿Quiere que la ayude? —se ofreció Robin.

—En el cajón del medio. Creo que hay alguna foto.

El jack russell volvió a ladrar mientras Robin abría un cajón que contenía una serie de servilleteros, tapetes de ganchillo, cucharillas de recuerdo de algún viaje, mondadientes y fotografías sueltas. Robin cogió todas las fotos que pudo y se las llevó a Lorraine.

—Es éste —dijo la mujer, y le pasó la fotografía directamente a Strike.

Las demás eran casi todas de una mujer muy anciana; Robin supuso que debía de ser su madre.

Si Strike se hubiera cruzado con Laing por la calle, no lo habría reconocido. El exboxeador estaba sumamente hinchado, sobre todo la cara; ni siquiera se le veía el cuello, y tenía el cutis tirante y las facciones deformadas. Tenía un brazo sobre los hombros de Lorraine, que sonreía, y el otro colgando al costado. Laing no sonreía. Strike escudriñó la imagen. Alcanzó a ver la rosa amarilla tatuada, pero parcialmente tapada por unas manchas de un rojo intenso que le cubrían todo el antebrazo.

—¿Tiene algún problema en la piel?

—Artritis psoriásica —respondió Lorraine—. Estaba muy mal. Por eso recibía el subsidio de enfermedad. Tuvo que dejar de trabajar.

—¿Ah, sí? —dijo Strike—. ¿De qué trabajaba?

—Llegó aquí para trabajar de gerente en una constructora importante, pero entonces se puso enfermo y tuvo que dejarlo. En Melrose tenía su propia constructora. Era el director ejecutivo.

—¿Ah, sí? —repitió Strike.

—Sí, en un negocio familiar —explicó Lorraine mientras buscaba en el fajo de fotografías—. Lo heredó de su padre. Mire, éste también es él.

En esa otra fotografía, que parecía tomada en el patio de un bar, estaban cogidos de la mano. Lorraine sonreía, y Laing mostraba un rostro inexpresivo; en la redondez de su cara, los ojos oscuros se reducían a dos pequeñas rendijas. Ofrecía el aspecto característico de las personas que toman esteroides. El pelo, que semejaba el pelaje de un zorro, era el de siempre, pero por lo demás Strike tuvo que esforzarse para distinguir las facciones del boxeador joven y atlético que le había mordido en la cara.

—¿Cuánto tiempo estuvieron juntos?

—Diez meses. Lo conocí justo después de morir mi madre. Ella tenía noventa y dos años, vivía aquí conmigo. Además, yo ayudaba a la señora Williams, la vecina de al lado, que tenía ochenta y siete. Estaba senil. Su hijo vive en Estados Unidos. Donnie se portaba bien con ella. Le cortaba el césped y le hacía la compra.

«El muy desgraciado sabía lo que le convenía», pensó Strike. En esa época estaba enfermo, en paro y arruinado, y una mujer mayor, sola, sin personas a su cargo, que sabía cocinar, tenía su propia casa y acaba de heredar dinero de su madre debió de parecerle un regalo del cielo. Debió de considerar que valía la pena fingir un poco de compasión para sacarle partido a aquella situación. Laing sabía ser encantador cuando le interesaba.

—Cuando nos conocimos me pareció un buen hombre —continuó Lorraine con aire taciturno—. Se desvivía por mí. Y eso que él tampoco estaba muy bien. Tenía las articulaciones muy inflamadas. Tenía que ir al médico a ponerse inyecciones... Después se volvió un poco taciturno, pero yo me dije que era por sus problemas de salud. No se puede pedir a un enfermo que esté siempre contento, ¿no le parece? No todo el mundo es como mi madre. Ella era una auténtica maravilla, pese a lo enferma que estaba, siempre sonreía y... y...

—Tome, un pañuelo —dijo Robin, y se inclinó hacia la caja con funda de ganchillo, despacio, para no molestar al jack russell, que tenía la cabeza apoyada en su falda.

—¿Denunció usted el robo de las joyas? —preguntó Strike cuando Robin le hubo dado a Lorraine el pañuelo de papel.

La mujer lo utilizó alternando caladas profundas a su Superking.

—No —contestó con brusquedad—. ¿Para qué? Sabía que la policía nunca las encontraría.

Robin dedujo que Lorraine no había querido hacer pública su humillación, y la entendió.

—¿Alguna vez se comportó de forma violenta? —preguntó con delicadeza.

—No —contestó Lorraine, sorprendida—. ¿Por eso han venido? ¿Le ha hecho daño a alguien?

—No lo sabemos —dijo Strike.

—No creo que sea capaz de hacerle daño a nadie —dijo Lorraine—. No era de esa clase de hombres. Ya se lo dije a la policía.

—Perdone —intervino Robin mientras le acariciaba la cabeza al jack russell, que se había quedado dormido—. ¿No dice que no denunció el robo?

—Eso fue después —aclaró Lorraine—. Cuando ya hacía cerca de un mes que se había marchado. Alguien entró en casa de la señora Williams, la dejó inconsciente y le robó. Entonces la policía quiso saber dónde estaba Donnie. Les dije: «Hace mucho que se fue, ya no vive aquí.» Y también les comenté que él sería incapaz de hacer una cosa así. Siempre se había portado muy bien con la señora Williams. Jamás golpearía a una anciana.

Lorraine y Laing se habían tomado una fotografía cogidos de la mano en la terraza de un bar. Él le cortaba el césped a la vecina. Lorraine se resistía a creer que Laing pudiera ser tan malo.

—Deduzco que su vecina no pudo dar una descripción a la policía —comentó Strike.

Lorraine negó con la cabeza.

—La señora Williams ya no volvió. Murió en una residencia. Ahora en Northfield vive una familia —dijo—. Tienen tres críos. No se imaginan el ruido que hacen. ¡Y encima tienen el descaro de quejarse de mi perro!

Era evidente que habían llegado a un callejón sin salida. Lorraine no tenía ni idea de adónde podía haber ido Laing. No recordaba que él hubiera mencionado ningún lugar con el que tuviera relación aparte de Melrose, y no había conocido a ningún amigo suyo. En cuanto comprendió que él nunca volvería, había borrado su número de teléfono del móvil. No le importó que se llevaran las dos fotografías de Laing, pero aparte de eso no podía ofrecerles más ayuda.

El jack russell protestó ruidosamente cuando Robin lo apartó de su cálido regazo y dio muestras de querer desahogar su contrariedad en Strike cuando el detective se levantó de la butaca.

—¡Basta, *Tigger*! —le espetó Lorraine, y, con dificultad, sujetó al perro para que no bajara del sofá.

—¡No hace falta que nos acompañe! —gritó Robin por encima de los ladridos frenéticos del animal—. ¡Muchas gracias por ayudarnos!

La dejaron en el salón, abarrotado y cargado de humo, con el tobillo vendado en alto, y seguramente un poco más triste y más incómoda después de su visita. Los ladridos de aquel perro histérico los persiguieron por el camino del jardín.

—Podríamos haberle preparado una taza de té, o algo —dijo Robin, arrepentida, cuando se metieron en el Land Rover.

—No sabe de la que se ha librado —replicó Strike, enérgico—. Piensa en la pobre anciana que vivía en la casa de al lado —dijo apuntando hacia Northfield—: le pegó una paliza para sacarle un miserable par de libras.

—¿Crees que fue Laing?

—Claro que fue Laing —dijo Strike mientras Robin encendía el motor—. Había reconocido el terreno mientras hacía ver que la ayudaba, ¿no? Y fíjate en que, pese a lo enfermo que presuntamente estaba, no tenía problemas para cortar el césped ni para dejar a ancianas medio muertas.

Robin asintió y le dio la razón; estaba cansada, tenía hambre y le dolía la cabeza de respirar aquel aire cargado de humo. Había sido una entrevista deprimente, y la perspectiva de conducir dos horas y media para volver a casa no le hacía mucha gracia.

—¿Te importa que vayamos tirando? —preguntó Strike mirando la hora—. Le dije a Elin que volvería esta noche.

—No, claro que no —contestó Robin.

Y, sin embargo, por alguna extraña razón, tal vez debido al dolor de cabeza, o al pensar en aquella mujer que vivía sola en una casa que se llamaba Summerfield, rodeada de recuerdos de seres queridos que la habían dejado, a Robin no le habría costado nada echarse a llorar otra vez.

29

I Just Like To Be Bad[36]

A veces le costaba estar con las personas que se consideraban sus amigos: los hombres con quienes se relacionaba cuando necesitaba dinero. Salir a robar era su ocupación principal, y su pasatiempo, ir de putas el sábado por la noche. Él gozaba de popularidad entre ellos: lo tenían por un colega, un compañero, un igual. ¡Un igual!

El día que la policía la encontró, lo único que él quería era estar a solas para saborear la cobertura informativa. Las noticias publicadas en el periódico eran una lectura muy interesante. Estaba orgulloso: había sido la primera vez que había podido matar en privado, tomarse su tiempo, organizar las cosas como había querido. Pensaba hacer lo mismo con la Secretaria; tener tiempo para disfrutar de ella con vida antes de matarla.

Su única frustración era que no mencionaban las cartas que se suponía que tenían que llevar a la policía hasta Strike, justificar que lo interrogaran y le hicieran la vida imposible a aquel cabrón, arrastrar su nombre por el barro en los periódicos, hacer que la gente, estúpida, creyera que el detective había tenido algo que ver con aquel asesinato.

Sin embargo, había columnas y más columnas sobre el crimen, fotografías del piso donde la había matado, entrevistas con un policía guaperas. Guardó todas aquellas noticias: eran recuerdos, como los trozos de la chica que se había quedado para su colección privada.

Evidentemente tenía que ocultarle a la Cosa su orgullo y su gozo, porque la Cosa requería mucho tacto en ese momento. No estaba nada contenta. La vida no le estaba deparando lo que ella esperaba, y él tenía que hacer como si le importara, fingir que se preocupaba y estar simpático con ella, porque la Cosa le servía: le proporcionaba dinero, y quizá le proporcionara coartadas. Nunca sabías si podrías necesitarlas. Ya se había salvado por los pelos en una ocasión.

Fue la segunda vez, cuando mató a la chica de Milton Keynes. Nunca cagues delante de tu propia puerta: para él, ésa siempre había sido una norma sagrada. Nunca había estado en Milton Keynes, y no volvió a acercarse por allí; no había nada que lo relacionara con aquel sitio. Robó un coche sin que se enteraran los chicos, por su cuenta. Ya tenía unas matrículas falsas preparadas. Y entonces subió al coche y fue hasta allí, sin más, sin saber si tendría suerte. Después del primer asesinato había hecho un par de intentos fallidos: ligar con una chica en un pub o en una discoteca e intentar llevársela ya no era tan fácil como en el pasado. Él ya no era tan atractivo, lo sabía, pero no quería establecer un patrón matando sólo a prostitutas. Si siempre escogías el mismo tipo de víctima, la policía empezaba a atar cabos. Una noche había conseguido seguir a una chica borracha por un callejón, pero ni siquiera había tenido tiempo de sacar su cuchillo cuando había aparecido un grupo de jóvenes riendo, y había tenido que abortar el plan. Después de aquella experiencia, desistió de ligarse a las mujeres con sus encantos. Iba a tener que emplear la fuerza.

Condujo durante horas, cada vez más frustrado; en Milton Keynes no había ni rastro de posibles víctimas. A las doce menos diez estaba a punto de renunciar y buscar a una prostituta cualquiera cuando la vio: una morenita de pelo corto con vaqueros que discutía con su novio en una rotonda, en medio de la carretera. Pasó de largo y observó a la pareja por el espejo retrovisor. Vio que la chica se marchaba furiosa, ebria de rabia y de lágrimas. El chico, furioso también, le gritó algo, y entonces, tras hacer un gesto de indignación, se marchó tambaleándose en la dirección opuesta.

Hizo un cambio de sentido y avanzó por la carretera hacia ella. La chica iba sollozando y enjugándose las lágrimas con la manga.

Bajó la ventanilla.

—¿Estás bien, guapa?

—¡Vete a la mierda!

Su destino se decidió cuando, enojada, se metió en unos matorrales que había junto a la carretera para huir del coche que la seguía. Si hubiera recorrido cien metros más, habría llegado a un tramo de la carretera bien iluminado.

Le bastó con salir de la carretera y aparcar. Antes de bajar del coche se puso el pasamontañas; ya tenía el cuchillo preparado en la mano, y fue caminando sin prisa hasta el sitio donde había desaparecido la chica. La oyó tratando de abrirse paso de nuevo entre una franja tupida de árboles y arbustos plantada allí por los técnicos de urbanismo para suavizar los contornos de la calzada gris, ancha y de dos direcciones. Allí no había farolas; los conductores no podían verlo bordeando el oscuro follaje. Cuando la chica logró salir al arcén, lo encontró allí plantado, preparado para obligarla a retroceder y llevársela detrás de la vegetación a punta de cuchillo.

Pasó una hora entre los arbustos antes de abandonar el cadáver. Le arrancó los pendientes de los lóbulos de las orejas, y luego blandió el cuchillo con desenfreno y le cortó varios trozos. Después, sin quitarse el pasamontañas, se coló por un hueco entre los vehículos aparcados y volvió, corriendo y jadeando, hasta el sitio donde había dejado el coche robado.

Arrancó, saciado y eufórico, con los bolsillos rezumando. Sólo entonces se disipó la neblina.

La vez anterior había utilizado un coche del trabajo, que después limpió a conciencia sin esconderse de sus colegas. En cambio, dudaba mucho que lograra eliminar por completo la sangre de aquellos asientos con tapizado de tela, y su ADN debía de estar por todas partes. ¿Qué podía hacer? Fue en ese momento cuando más cerca estuvo del ataque de pánico.

Recorrió varios kilómetros hacia el norte y metió el coche en un prado solitario, apartado de la carretera principal y que no se veía desde ningún edificio. Allí, temblando de frío, retiró las matrículas falsas, empapó uno de sus calcetines en el depósito de gasolina, lo tiró en el asiento del pasajero, manchado de sangre, y le prendió fuego. El coche tardó mucho en arder por completo; tuvo que volver a acercarse varias veces para avivar el fuego, hasta que por fin, a las tres de la madrugada, mientras él temblaba escondido detrás de unos árboles, explotó. Entonces se fue corriendo.

Era invierno, de modo que, al menos, el pasamontañas no llamaba la atención. Enterró las matrículas falsas en un bosque y siguió su camino sin entretenerse, cabizbajo, con las manos en los bolsillos donde llevaba su preciado botín. Se había planteado quemarlo también, pero no había sido capaz. Había tapado las manchas de sangre de sus pantalones con barro, no se había quitado el pasamontañas al llegar a la estación, y se había hecho el borracho en un rincón del vagón para que no se le acercara nadie, farfullando y proyectando esa aura de amenaza y locura que actuaba como un cordón cuando quería que lo dejaran en paz.

Cuando llegó a casa ya habían encontrado el cadáver. Esa noche vio la noticia por televisión mientras cenaba con una bandeja en el regazo. Encontraron el coche calcinado, pero no las matrículas, y (prueba irrefutable de su suerte increíble, de la misteriosa protección que le brindaba el cosmos) detuvieron al novio de la chica, con quien él la había visto discutir; lo acusaron de asesinato y, pese a que las pruebas contra él eran palmariamente débiles, lo condenaron. Todavía se reía a veces cuando se imaginaba a aquel gilipollas cumpliendo condena.

No obstante, aquellas horas interminables conduciendo de noche, consciente de que un encuentro con la policía podía resultar fatal, temiendo que le pidieran que se vaciara los bolsillos, o que algún pasajero sagaz se fijara en que llevaba manchas de sangre seca, le habían enseñado una lección importante. «Planea hasta el último detalle. No dejes nada al azar.»

Por eso necesitaba salir a comprar Vicks VapoRub. Su prioridad, en ese momento, era asegurarse de que los estúpidos planes de la Cosa no interfirieran con el suyo.

30

I am gripped, by what I cannot tell...[37]

Lips in the Hills, Blue Öyster Cult

Strike se había habituado a la alternancia entre periodos de actividad frenética y pasividad forzada que imponían las investigaciones. Con todo, pasó el fin de semana posterior a su viaje a Barrow, Market Harborough y Corby en un estado de tensión extraño.

Su regreso gradual a la vida civil, que se había prolongado a lo largo de dos años, implicaba presiones de las que en el Ejército había estado protegido. Lucy, la única de sus hermanos con quien había convivido en la infancia, lo llamó el sábado por la mañana temprano para preguntarle por qué ni siquiera había contestado a la invitación a la fiesta de cumpleaños del mediano de sus tres sobrinos. Él le explicó que había estado de viaje, sin acceso al correo que recibía en la oficina, pero ella ni lo escuchó.

—Jack te adora, eres su héroe, ya lo sabes —le dijo—. Le hace mucha ilusión que vengas.

—Lo siento, Lucy —replicó Strike—, no voy a poder. Le enviaré un regalo.

Si Strike todavía hubiera estado en la DIE, Lucy no se habría sentido autorizada para someterlo a chantaje emocional. En la época en que iba de un país a otro, le había sido fácil eludir las obligaciones familiares, y ella lo consideraba una pieza inextricable de la maquinaria del Ejército, inmensa e implacable. Como

Strike se mostró inflexible y se negó a ceder ante el cuadro que le pintaba su hermana de un sobrino de ocho años desconsolado, esperando en vano a su tío Cormoran junto a la cancela del jardín, Lucy desistió y optó por preguntarle si había avanzado algo en la búsqueda del hombre que le había enviado la pierna. Lo dijo con un tono que implicaba que había algo vergonzoso en el hecho de que te enviaran una pierna. Strike, impaciente por colgar el teléfono, mintió y le dijo que lo había dejado todo en manos de la policía.

Pese al cariño que le tenía a su hermana pequeña, Strike había acabado por aceptar que su relación se basaba casi enteramente en recuerdos compartidos, casi todos traumáticos. El detective nunca se confiaba a Lucy, a menos que se viera obligado a hacerlo por causas externas, por la sencilla razón de que las confidencias solían provocar en ella alarma y ansiedad. Lucy vivía en un estado de decepción perpetua por el hecho de que su hermano, con treinta y siete años, siguiera oponiéndose a todas esas cosas que ella consideraba necesarias para que viviera feliz: un empleo con horario regular, más dinero, una esposa e hijos.

Después de librarse de ella, Strike se había preparado la tercera taza de té de la mañana y había vuelto a tumbarse en la cama con un montón de periódicos. En varios aparecía una fotografía de «KELSEY PLATT, LA JOVEN ASESINADA», con uniforme de colegio azul marino y una sonrisa en la cara, feúcha y llena de granos.

En calzoncillos, con el vientre velludo y prominente, tras dos semanas hinchándose de comida para llevar y chocolatinas, se zampó un paquete de galletas Rich Tea mientras leía por encima las noticias. Éstas no le revelaron nada que él no supiera ya, así que pasó a los comentarios previos sobre el partido Arsenal-Liverpool que iba a celebrarse al día siguiente.

Le sonó el móvil mientras leía. Strike no se había dado cuenta de lo nervioso que estaba: reaccionó tan deprisa que Wardle se sorprendió.

—Joder, qué rápido. ¿Estabas sentado encima del teléfono?
—¿Qué pasa?

—Hemos estado en casa de la hermana de Kelsey. Se llama Hazel, es enfermera. Estamos repasando todos los contactos habituales de la víctima, ya hemos registrado su habitación y tenemos su ordenador portátil. Había participado en un foro de personas que quieren amputarse partes del cuerpo, y había hecho preguntas sobre ti.

Strike se rascó el pelo, rizado y tupido, mientras escuchaba con la vista fija en el techo.

—Tenemos los datos de un par de personas con las que se comunicaba regularmente en ese foro. Creo que el lunes ya tendré fotografías. ¿Dónde estarás?

—Aquí, en la oficina.

—El novio de su hermana, el exbombero, dice que Kelsey siempre estaba haciendo preguntas sobre personas atrapadas en edificios y accidentes de coche y cosas así. Por lo visto es verdad que quería cortarse la pierna.

—Joder —masculló el detective.

Después de colgar, a Strike le resultó imposible concentrarse en las movidas de vestuario del Emirates Stadium. Pasados unos minutos, dejó de fingir que estaba enfrascado en la suerte del cuerpo técnico de Arsène Wenger y siguió contemplando las grietas del techo mientras, distraído, le daba vueltas y vueltas a su móvil.

Tras el alivio inmenso que le había producido la noticia de que la pierna no pertenecía a Brittany Brockbank, Strike no le había dedicado a la víctima toda la atención que le habría dedicado en otras circunstancias. Por primera vez se puso a pensar en Kelsey y en la carta que la chica le había enviado y que él no se había molestado en leer.

A Strike le repugnaba que alguien pudiera sentir deseos de amputarse un miembro. Le daba vueltas y vueltas al móvil, poniendo en orden todo lo que sabía sobre Kelsey, tratando de construir una imagen mental a partir de un nombre y una mezcla de sentimientos de lástima y aversión. La chica tenía dieciséis años; no se llevaba bien con su hermana; estaba estudiando puericultura... Strike cogió su bloc de notas y empezó a escribir: «¿Novio del instituto? ¿Profesor?» Había participado en un foro en internet y había preguntado sobre él. ¿Por qué? ¿De dónde había sacado la idea de que él se había amputado la pierna voluntariamente? ¿Habría desarrollado una fantasía a partir de las noticias que había leído en los periódicos?

«¿Trastorno mental? ¿Fantasiosa?», escribió. Wardle ya estaba analizando los contactos de la chica en internet. Strike dejó de escribir al recordar la fotografía de la cabeza de Kelsey en el congelador, con aquellas mejillas carnosas y aquellos ojos abiertos y velados. Todavía tenía unos mofletes infantiles. Él siempre había pensado que no aparentaba veinticuatro años. La verdad era que ni siquiera aparentaba dieciséis.

Soltó el lápiz y siguió dándole vueltas y vueltas al teléfono con la mano izquierda mientras cavilaba.

¿Era Brockbank un pedófilo «auténtico», como lo había expresado un psicólogo a quien Strike había conocido en el contexto de la investigación de otro caso de violación ocurrido en el Ejército? ¿Sólo lo atraían las menores? ¿O era otra clase de violador violento, y escogía como víctimas a chicas jóvenes únicamente porque podía conseguirlas sin problemas y porque era más fácil intimidarlas para que guardaran silencio, pero tenía gustos sexuales más amplios si de pronto se le ponía delante una víctima fácil? Resumiendo, ¿era demasiado mayor una chica de dieciséis años de aspecto infantil para atraer sexualmente a Brockbank, o estaría dispuesto a violar a cualquier mujer a la que resultara fácil hacer callar si se le ponía a tiro? En una ocasión, Strike había participado en la investigación de un soldado de diecinueve años que había intentado violar a una mujer de sesenta y siete. Había casos en que la sexualidad violenta sólo requería oportunidad.

Strike todavía no había llamado al número de Brockbank que le había dado Ingrid. Desvió la mirada hacia la ventana, por donde se veía un cielo débilmente soleado. Quizá debería haberle pasado el número de Brockbank a Wardle. Quizá debería llamarlo y...

Sin embargo, mientras empezaba a avanzar por su lista de contactos, Strike se lo pensó mejor. ¿Qué había conseguido hasta ese momento confiándole sus sospechas a Wardle? Nada. El policía estaba muy entretenido en su sala de operaciones, analizando pistas, sin duda, pero con sus propias líneas de investigación y dando a las de Strike (o eso le parecía al detective privado) sólo un poco más de credibilidad de la que le habría dado a cualquiera que hubiera tenido una corazonada pero ninguna prueba. El hecho de que Wardle, con todos los recursos que tenía a su disposición, todavía no hubiera localizado a Brockbank, Laing ni Whittaker hacía pensar que no les estaba dando prioridad.

No. Si Strike quería encontrar a Brockbank, seguramente lo mejor que podía hacer era seguir utilizando la tapadera que se había inventado Robin: la de la abogada que esperaba conseguirle una indemnización al excomandante. La semilla que habían sembrado en Barrow contándole aquel cuento chino a su hermana tal vez diera fruto. De hecho, pensó Strike, y se incorporó en la cama, no sería mala idea llamar a Robin y darle el número de Brockbank. El detective sabía que ella estaba sola en el piso de Ealing y que Matthew había ido a Masham. Podía llamarla y a lo mejor...

«No, ni hablar. No seas capullo.»

Se había imaginado con Robin en el Tottenham; se había imaginado adónde podría conducir esa llamada. Estaban los dos sin nada que hacer. Quedar para tomar algo mientras hablaban del caso...

«¿Un sábado por la noche? Ni lo sueñes.»

Strike se levantó de golpe, como si le doliera algo por estar tumbado en la cama; se vistió y bajó al supermercado.

De regreso, al entrar en Denmark Street cargado de bolsas, le pareció ver al policía de paisano de Wardle apostado cerca de su portal por si se acercaba por allí algún tipo alto con gorro. El joven, que vestía un chaquetón con refuerzo impermeable en los hombros, estaba excesivamente alerta, y su mirada se demoró más de lo imprescindible en el detective cuando éste pasó a su lado con las bolsas en la mano.

Más tarde, Elin llamó a Strike; él ya había cenado en su ático, solo. Tenían prohibido quedar los sábados por la noche. Mientras hablaba con Elin, Strike oía a su hija jugando en la misma habitación. Ya habían quedado para cenar el domingo, pero ella lo había llamado para preguntarle si le apetecía adelantar un poco la cita. Su marido estaba decidido a forzar la venta de la valiosa vivienda de Clarence Terrace, y Elin había empezado a buscar otro piso.

—¿Quieres acompañarme a verlo? —le preguntó—. Tengo una cita en el piso piloto mañana a las dos.

Strike sabía, o creía saber, que la invitación no guardaba relación con la esperanza de que algún día vivieran los dos allí (sólo hacía tres meses que salían juntos); sin embargo, indicaba que Elin era de esas mujeres que, en la medida de lo posible, siempre elegían estar acompañadas. Su apariencia de persona autosuficiente y serena era engañosa. De hecho, ellos dos no se habrían conocido si Elin no hubiera preferido ir a una fiesta llena de colegas y amigos de su hermano a los que no conocía de nada en lugar de pasar unas horas sola en su casa. No había nada malo en eso, desde luego, y él no podía reprocharle que fuera sociable, pero desde hacía un año Strike se organizaba la vida a su gusto, y le costaba romper esa costumbre.

—No puedo —dijo—. Lo siento. Tengo trabajo hasta las tres.

Una mentira convincente que ella encajó bastante bien. Quedaron en el restaurante el domingo por la noche, tal como habían planeado previamente, lo que significaba que Strike podría ver el Arsenal-Liverpool en paz.

Después de colgar, volvió a pensar en Robin y se la imaginó sola en el piso que compartía con Matthew. Cogió un cigarrillo, encendió el televisor y, a oscuras, se recostó en las almohadas.

Robin estaba pasando un fin de semana muy raro. Decidida a no entristecerse por estar sola y porque Strike se hubiera ido a casa de Elin (¿de dónde había sacado eso?; claro que se había ido a su casa, al fin y al cabo, era fin de semana, y no era asunto suyo a qué quisiera dedicarlo su jefe), se había pasado horas con el ordenador, persiguiendo con tesón dos líneas de investigación: una vieja y otra nueva.

El sábado por la noche, ya tarde, descubrió en internet una cosa que la hizo levantarse del sofá y ponerse a dar brincos de alegría, y estuvo a punto de llamar a Strike para contárselo. Tardó varios minutos, con el corazón acelerado y respirando entrecortadamente, en tranquilizarse y convencerse de que la noticia podía esperar hasta el lunes. Sería mucho más gratificante decírselo en persona.

Como sabía que Robin estaba sola, su madre la llamó dos veces a lo largo del fin de semana, y en ambas ocasiones insistió en que le dijera qué día le iba bien que bajara a Londres.

—Todavía no lo sé, mamá —dijo Robin con fastidio el domingo por la mañana.

Estaba sentada en el sofá, en pijama; volvía a tener el ordenador abierto delante y trataba de mantener una conversación *on-line* con un miembro de la comunidad BIID que se hacía llamar <<Δēvōtō>>. Si había contestado la llamada de su madre había sido únicamente porque temía que, si la ignoraba, era capaz de presentarse sin avisar.

<<Δēvōtō>>: ¿Por dónde quieres cortar?
Transperanzada: Por la mitad del muslo
<<Δēvōtō>>: ¿Las dos piernas?

—¿Y mañana? —preguntó Linda.

—No —saltó Robin. Mentía con una fluidez muy convincente, igual que Strike—. Tengo un trabajo a medias. Me va mucho mejor la semana que viene.

Transperanzada: Sí, las dos. ¿Conoces a alguien que lo haya hecho?
<<Δēvōtō>>: Eso no puedo decirlo en el foro. ¿Dónde vives?

—No lo he visto —dijo Linda—. Robin, ¿estás escribiendo mientras hablamos?

—No —volvió a mentir Robin, y se quedó con los dedos suspendidos sobre el teclado—. ¿A quién no has visto?

—A Matthew, ¡a quién va a ser!

—Ah. Bueno, no me extraña que este fin de semana no haya pasado a veros.

Intentó seguir tecleando sin hacer ruido.

Transperanzada: En Londres
<<Δēvōtō>>: Yo también. ¿Tienes una foto?

—¿Fuisteis a la fiesta de cumpleaños del señor Cunliffe? —preguntó Robin para disimular el ruido de las teclas del ordenador.

—¡Claro que no! —contestó Linda—. Bueno, ya me dirás qué día te va bien de la semana que viene, para que compre el billete. Será Semana Santa, tengo que reservar con tiempo.

Robin prometió decírselo en cuanto lo supiera, le devolvió su cariñoso saludo y se concentró de lleno en <<Δēvōtō>>. Por desgracia, como Robin no quiso enseñarle una fotografía suya, <<Δēvōtō>> dejó de interesarse por sus mensajes en el foro y se quedó callado (o callada, aunque Robin estaba casi segura de que era un hombre).

Había dado por hecho que Matthew volvería de Masham el domingo por la noche, pero se equivocó. A las ocho, cuando fue a mirar el calendario de la cocina, se dio cuenta de que él ya tenía planeado tomarse el lunes libre. Supuso que habían quedado así cuando habían planeado el fin de semana, y que le había dicho que ella también le pediría un día de fiesta a Strike. En el fondo era una suerte que lo hubieran dejado, se dijo para animarse: se había ahorrado una pelea más sobre su horario laboral.

Sin embargo, más tarde lloró, a solas en el dormitorio cargado de reliquias del pasado que habían compartido: el elefante de peluche que él le había regalado en su primer día de San Valentín (Matthew no era tan sofisticado en aquella época, y Robin recordaba que se había puesto como un tomate cuando se lo había dado); el joyero que le había regalado el día que cumplió veintiún años... También estaban todas las fotografías en las que aparecían sonrientes durante las vacaciones en Grecia y en España, y vestidos de punta en blanco en la boda de la hermana de Matthew. En la más grande aparecían cogidos del brazo el día de la graduación de Matthew. Él llevaba su toga y Robin estaba a su lado con un vestido de tirantes, radiante, celebrando un logro que a ella le había arrebatado un hombre con la cara oculta tras una máscara de gorila.

31

Nighttime flowers, evening roses,
Bless this garden that never closes[38]

Tenderloin, Blue Öyster Cult

Al día siguiente Robin se animó cuando salió a la calle y la recibió una mañana espléndida de primavera. No olvidó que debía mantenerse alerta en el trayecto en metro hasta Tottenham Court Road, pero no había rastro de ningún tipo corpulento con gorro. En cambio, sí le llamó la atención la excitación creciente de los periodistas con motivo de la boda real. Kate Middleton aparecía en la primera plana de casi todos los periódicos que leían muchos pasajeros. Eso hizo que Robin volviera a tomar conciencia de aquel sensible vacío en su dedo anular, donde durante un año había llevado el anillo de compromiso. No obstante, estaba demasiado emocionada por la perspectiva de compartir con Strike los resultados de la investigación que había llevado a cabo por su cuenta como para deprimirse.

Acababa de salir de la estación de Tottenham Court Road cuando oyó que un hombre gritaba su nombre. Durante una milésima de segundo temió que Matthew le hubiera tendido una emboscada, y entonces apareció Strike, abriéndose paso entre la multitud, con una mochila colgada del hombro. Robin dedujo que había pasado la noche con Elin.

—Buenos días. ¿Ha ido bien el fin de semana? —preguntó, y antes de que ella contestara, añadió—: Lo siento. No, ha ido fatal, ya lo veo.

—Bueno, a ratos no ha estado mal —replicó Robin mientras iniciaban la carrera de obstáculos de todos los días por la calle sembrada de vallas y agujeros.

—¿Qué has encontrado? —preguntó Strike subiendo la voz para hacerse oír por encima del ruido de las perforadoras.

—¿Cómo dices? —gritó Robin.

—¡Que qué has encontrado!

—¿Cómo sabes que he encontrado algo?

—Se te nota en la cara. Se te nota que te mueres de ganas de contarme algo.

Robin sonrió.

—Para enseñártelo necesito un ordenador.

Doblaron la esquina y entraron en Denmark Street. Junto a la puerta de la oficina había un hombre vestido de negro con un ramo gigantesco de rosas rojas.

—No, por favor —dijo Robin por lo bajo.

La oleada de miedo se desvaneció: por un instante su mente había suprimido el ramo de flores y sólo había visto al hombre vestido de negro; pero no, no era el mensajero. Al acercarse más a él vio que era un joven repartidor de Interflora; iba sin casco y llevaba el pelo largo.

Strike pensó que debía de ser la primera vez que el chico le entregaba cincuenta rosas rojas a una destinataria tan poco entusiasta.

—Seguro que esto ha sido idea de su padre —dijo Robin con tono amenazante; Strike le sostuvo la puerta, y ella entró sin muchos miramientos con el tembloroso ramo de flores—. «A todas las mujeres les encantan las rosas», le habrá dicho. Así se arregla todo: con un maldito ramo de flores.

Strike subió detrás de ella por la escalera metálica y procuró disimular su diversión. Abrió la puerta de la oficina; Robin fue a su mesa y dejó las rosas encima sin ceremonias, y allí se quedaron, temblando en su envoltorio de plástico, que conservaba un poco de agua verdosa, adornadas con un gran lazo. Había una tarjeta. Ella no quiso abrirla delante de Strike.

—Bueno. ¿Qué has encontrado? —preguntó el detective mientras colgaba su mochila en el gancho junto a la puerta.

Antes de que Robin pudiera contestar, llamaron a la puerta. La silueta de Wardle —el pelo ondulado, la cazadora de cuero— era fácilmente reconocible detrás del cristal esmerilado.

—Tenía cosas que hacer por aquí. No es demasiado temprano, ¿verdad? Me ha abierto el vecino de abajo.

La mirada de Wardle se desvió inmediatamente hacia las rosas que había encima de la mesa de Robin.

—¿Es su cumpleaños?

—No —contestó ella, sin más—. ¿Le apetece un café?

—Ya lo preparo yo —dijo Strike. Fue hacia el hervidor y añadió—: Wardle quiere enseñarnos una cosa.

Robin se desanimó: ¿se le iba a adelantar el policía? ¿Por qué no había llamado a Strike el sábado por la noche, nada más descubrirlo?

Wardle se sentó en el sofá de piel artificial, que siempre emitía unos ruidos tan fuertes que parecían ventosidades cuando alguien de cierto peso se sentaba en él. Sin ocultar su asombro, el policía cambió de postura con cuidado y entonces abrió una carpeta.

—Resulta que Kelsey publicaba en un sitio web que frecuentaban otras personas que querían amputarse miembros —explicó Wardle a Robin.

Robin se sentó donde siempre, en la silla de su mesa. Las rosas le impedían ver al policía; las cogió, impaciente, y las dejó en el suelo a su lado.

—Mencionó a Strike —continuó Wardle—. Preguntó si alguien sabía algo de él.

—¿Utilizaba el alias Nadieaquienacudir? —preguntó Robin tratando de aparentar tranquilidad.

Wardle la miró, sorprendido, y Strike se volvió hacia ella con la cucharilla de café suspendida en el aire.

—Sí —confirmó el policía—. ¿Cómo demonios lo sabe?

—El fin de semana pasado encontré ese foro —explicó Robin—. Pensé que Nadieaquienacudir podría ser la chica que escribió la carta.

—Joder —dijo Wardle, y miró a Strike—. Deberíamos ofrecerle trabajo.

—Ya tiene trabajo —replicó el detective—. Sigue. Kelsey publicaba...

—Sí... Bueno, acabó intercambiando direcciones de correo electrónico con dos personas. Nada especialmente llamativo, pero estamos tratando de establecer si llegaron a conocerla. En la vida real, quiero decir —dijo Wardle.

A Strike le pareció curioso que esa locución (tan frecuente en la infancia para diferenciar entre el mundo de fantasía de los juegos y el mundo adulto y aburrido de los hechos) significara ahora la vida que uno tenía fuera de internet. Les acercó los cafés a Wardle y a Robin, y luego entró en su despacho para coger una silla, pues prefería no compartir el sofá ventoseante con el inspector.

Cuando volvió, Wardle le estaba enseñando a Robin unas capturas de pantalla de dos páginas de Facebook.

Robin las examinó a conciencia y se las pasó a Strike. En una aparecía la fotografía de una joven gorda, con la cara redonda y pálida, melena corta de pelo negro y gafas. En la otra, la de un chico de unos veinte años, rubio y con los ojos asimétricos.

—La chica habla de ser «transcapacitada», que vete a saber qué coño significa, y él escribe en varios hilos pidiendo ayuda para cortarse trocitos del cuerpo. Para mí que están los dos fatal. ¿Os suenan de algo?

Strike dijo que no con la cabeza, y lo mismo hizo Robin. Wardle suspiró y recogió las fotografías.

—Me lo imaginaba.

—¿Qué hay de otros hombres con los que hubiera salido? ¿Algún alumno o profesor del instituto de formación profesional? —preguntó Strike recordando las preguntas que se le habían ocurrido el sábado.

—Bueno, según la hermana de Kelsey, decía tener un novio misterioso que nunca les presentó. Hazel no cree que existiera. Hemos hablado con un par de amigas del instituto de Kelsey, y ninguna sabe nada de ningún novio, pero lo estamos investigando. Hablando de Hazel —continuó Wardle, e hizo una pausa para dar un sorbo de café—. Me pidió que te dijera que le gustaría conocerte, y le prometí que lo haría.

—¿A mí? —preguntó Strike, sorprendido—. ¿Por qué?

—No lo sé. Supongo que necesita justificarse ante todos. Está muy afectada.

—¿Justificarse?

—Está atormentada por los remordimientos porque pensó que lo de la pierna sólo era una chaladura con la que su hermana buscaba llamar la atención, y cree que por eso Kelsey buscó a alguien que sí le hiciera caso y la ayudara.

—Pero ¿ya sabe que yo no contesté la carta de Kelsey? ¿Y que nunca me comuniqué con ella?

—Sí, sí, ya se lo he explicado. Pero insiste en hablar contigo. No sé —continuó Wardle, con cierta impaciencia—, te enviaron una pierna de su hermana; ya sabes cómo se pone la gente cuando está conmocionada. Además, eres famoso —añadió con un tono que dejaba traslucir cierta ironía—. Seguramente cree que el superhéroe resolverá el caso mientras la policía va dando tumbos por ahí.

Robin y Strike evitaron mirarse, y Wardle añadió a regañadientes:

—No estuvimos muy finos con Hazel. Nuestros chicos interrogaron a su novio con más agresividad de la que a ella le habría gustado. Eso hizo que se pusiera a la defensiva. A lo mejor le gusta la idea de tenerte en su agenda: eres el detective que ya salvó a un pobre inocente de la cárcel.

Strike prefirió ignorar el trasfondo de resentimiento.

—Es obvio que teníamos que interrogar al tío que vivía con ella —añadió Wardle por deferencia a Robin—. Es el procedimiento rutinario.

—Ya —dijo Robin—. Claro.

—¿Y no hay ningún otro hombre en su vida, excepto la pareja de la hermana y ese presunto novio? —preguntó Strike.

—Veía a un psicólogo, un tipo negro, flacucho, de cincuenta y tantos que estaba visitando a su familia de Bristol el fin de semana que murió Kelsey. También está el monitor de un grupo de catequesis, un tal Darrell, gordo y con pantalón de peto. Se pasó toda la entrevista llorando como una Magdalena. Estaba presente en el oficio del domingo, y su actitud fue correcta; no tenemos nada más que sea comprobable, pero no me lo imagino blandiendo un cuchillo de carnicero. Que nosotros sepamos, no hay nadie más. En su clase casi todo son chicas.

—¿En el grupo de catequesis tampoco hay chicos?

—También son casi todas chicas. El mayor de los chicos tiene catorce años.

—¿Qué diría la policía si me entrevistara con Hazel? —preguntó Strike.

—No podemos prohibírtelo —contestó Wardle—. A mí me parece bien, con la condición de que nos pases cualquier información que pueda resultar útil, pero dudo mucho que saques nada. Hemos entrevistado a todos los implicados, hemos registrado la habitación de Kelsey, tenemos su ordenador portátil... Personalmente, estoy convencido de que nadie con quien hayamos hablado sabía nada. Todos creían que Kelsey se había ido a hacer un taller.

Tras agradecer el café y dedicarle una sonrisa especialmente cariñosa a Robin, que ella se esforzó para devolver, Wardle se marchó.

—Ni una palabra sobre Brockbank, Laing ni Whittaker —refunfuñó Strike cuando dejaron de oírse los pasos de Wardle por la escalera—. Y no me dijiste que habías estado husmeando en internet —añadió.

—No tenía ninguna prueba de que fuera la chica que había escrito la carta —dijo Robin—, pero pensé que Kelsey podría haber buscado ayuda en internet.

Strike se levantó con dificultad, cogió la taza de Robin de encima de la mesa y, cuando ya se dirigía hacia la puerta, ella, indignada, le espetó:

—¿Ya no te interesa lo que iba a contarte?

El detective se dio la vuelta, sorprendido.

—¿No era eso?

—¡No!

—¿Entonces?

—Me parece que he encontrado a Donald Laing.

Strike no dijo nada y se quedó allí plantado, perplejo, con una taza en cada mano.

—¿Que has... qué? ¿Cómo?

Robin se volvió hacia su ordenador, le hizo señas a Strike para que se acercara y se puso a teclear. Él se colocó detrás de ella para mirar por encima de su hombro.

—Primero —explicó Robin— busqué información sobre la artritis psoriásica. Y entonces... Mira esto.

Había abierto una página benéfica de JustGiving. En la fotografía pequeña de la parte superior, un hombre miraba fijamente a la cámara.

—¡Me cago en la leche, es él! —exclamó Strike, tan alto que ella dio un respingo. Dejó las tazas en la mesa y arrastró su silla hasta la mesa de su ayudante para poder ver bien la pantalla. Al hacerlo pisó las rosas.

—Mierda. Lo siento.

—No importa —dijo Robin—. Siéntate aquí, ya las recojo yo.

Ella se apartó, y Strike se sentó en su silla giratoria.

Era una fotografía pequeña, y Strike la amplió clicando sobre ella. El escocés estaba de pie en lo que parecía un balconcito con una balaustrada de vidrio grueso de color verde, muy serio, con una muleta bajo el brazo derecho. El pelo, corto y de punta, todavía no formaba entradas, pero parecía haberse oscurecido con los años, y ya no era tan rojo como el pelaje de un zorro. Iba bien afeitado y tenía marcas de acné. No estaba tan hinchado como en la fotografía de Lorraine, pero había engordado desde la época en que, musculoso como una estatua de mármol de Atlas, había mordido a Strike en la cara en el *ring* de boxeo. Vestía una camiseta amarilla y se le veía la rosa tatuada en el antebrazo derecho, que había sufrido una modificación: ahora la atravesaba una daga y unas gotas de sangre se derramaban hacia la muñeca. Detrás de Laing, en el balcón, se distinguían, aunque borrosas e irregulares, una serie de ventanas negras y plateadas.

Había utilizado su nombre real:

Recaudación benéfica de Donald Laing
Soy un militar británico retirado que sufre artritis psoriásica.
Estoy recaudando dinero para la investigación de la artritis.
Aporta lo que puedas, por favor.

La página había sido creada tres meses atrás. Laing había recaudado el cero por ciento de las mil libras que esperaba conseguir.

—Claro, sería una tontería hacer algo para conseguir el dinero —observó Strike—. Es más fácil pedirlo.

—No pide para él —lo corrigió Robin, que se había agachado para recoger el agua de las flores con papel de cocina—. Es con fines benéficos.

—Ya, eso dice.

Strike examinaba el diseño irregular de las ventanas que aparecían detrás de Laing.

—Esas ventanas ¿no te recuerdan nada?

—Al principio he pensado en el Gherkin —contestó Robin; tiró el papel empapado a la papelera y se levantó—, pero el diseño es diferente.

—No dice nada de dónde vive —comentó Strike clicando en varios sitios de la página para ver qué otra información descubría—. Supongo que JustGiving tendrá sus datos en algún sitio.

—No sé por qué, pero nunca imaginas que los criminales se pongan enfermos —dijo Robin.

Miró la hora y añadió:

—Me voy. Dentro de un cuarto de hora tengo que estar con Platinum.

—Sí —dijo Strike sin apartar ni un momento la vista de la fotografía de Laing—. Luego hablamos, y... Ah, sí: necesito que hagas una cosa.

Se sacó el móvil del bolsillo.

—Brockbank.

—¿Sigues pensando que podría ser él? —preguntó Robin, y se quedó quieta un momento mientras se ponía la chaqueta.

—No lo sé. Quiero que lo llames haciéndote pasar por Venetia Hall y que sigas con aquello de las indemnizaciones.

—Ah, vale.

Robin sacó su teléfono móvil y grabó el número que Strike le mostraba; pero, bajo aquella aparente indiferencia, estaba realmente eufórica. Venetia había sido idea suya, la había creado ella, y ahora Strike ponía en sus manos toda esa línea de investigación.

Ya había recorrido media Denmark Street bajo el sol cuando recordó que en el ramo de rosas, tan maltratado ya, había una tarjeta, y que la había dejado sin leer en la oficina.

32

What's that in the corner?
It's too dark to see[39]

After Dark, Blue Öyster Cult

Robin pasó todo el día rodeada del ruido del tráfico y de voces, y no tuvo ninguna buena oportunidad para llamar a Noel Brockbank hasta las cinco de la tarde. Siguió a Platinum hasta el trabajo, como de costumbre, y luego entró en el restaurante japonés que había al lado del club de *lap-dance* y se llevó su té verde a una mesa en un rincón tranquilo. Una vez instalada allí, esperó cinco minutos hasta convencerse de que cualquier ruido de fondo que Brockbank pudiera oír sería atribuible a una oficina bulliciosa situada en una calle principal, y entonces, con el corazón acelerado, marcó el número.

Seguía operativo. Robin escuchó el tono de espera durante veinte segundos y, cuando ya creía que nadie iba a contestar, descolgaron.

Oyó una fuerte respiración. Se quedó quieta, con el móvil pegado a la oreja. Entonces se sobresaltó al oír una aguda voz infantil que decía:

—¡Hola!

—Hola —repuso con cautela.

Al fondo se oyó una voz amortiguada de mujer que decía:

—¿Qué es eso, Zahara?

Se oyó un fuerte roce, y luego, mucho más alto:

—¡Eso es de Noel! Lleva buscándolo...

Se cortó la comunicación. Robin bajó el móvil; el corazón seguía latiéndole muy deprisa. Se imaginó el dedito pegajoso que había cortado la llamada sin querer.

Entonces el teléfono empezó a vibrar en su mano, y vio el número de Brockbank en la pantalla. Inspiró hondo y contestó.

—Venetia Hall. Dígame.

—¿Qué? —dijo una voz de mujer.

—Venetia Hall. Hardacre y Hall —dijo Robin.

—¿Qué? —repitió la mujer—. ¿Ha llamado a este número?

Tenía acento de Londres. Robin tenía la boca seca.

—Sí, acabo de llamar —contestó Robin interpretando a Venetia—. Quería hablar con el señor Noel Brockbank.

—¿Para qué?

Tras una pausa casi imperceptible, Robin respondió:

—¿Con quién hablo, por favor?

—¿Para qué quiere saberlo? —La mujer estaba cada vez más agresiva—. ¿Quién es usted?

—Me llamo Venetia Hall, y soy una abogada especializada en indemnizaciones por incapacidad laboral.

Una pareja se sentó a la mesa que Robin tenía delante y se puso a hablar en voz alta, en italiano.

—¿Qué? —insistió la mujer al otro lado de la línea.

Maldiciendo para sí a aquella pareja, Robin subió la voz y le contó la misma historia que le había contado a Holly en Barrow.

—¿Dinero para él? —preguntó la desconocida sin tanta animosidad.

—Sí, si su caso se resuelve favorablemente —dijo Robin—. ¿Le importaría decirme...?

—¿De dónde ha sacado la información sobre él?

—Encontramos el informe sobre el señor Brockbank mientras investigábamos otros...

—¿Cuánto dinero?

—Eso depende. —Robin inspiró hondo—. ¿Dónde está el señor Brockbank?

—En el trabajo.

—¿Le importaría decirme dónde...?

—Le diré que la llame. A este número, ¿no?

—Sí, por favor —dijo Robin—. Puede llamarme a la oficina mañana a partir de las nueve.

—Ven... Vene... ¿Cómo ha dicho que se llama?

Robin le deletreó «Venetia».

—Vale, muy bien. Le diré que la llame. Adiós.

Robin llamó a Strike para contarle lo que había pasado mientras iba hacia el metro, pero estaba comunicando.

Mientras bajaba a la estación, fue desanimándose. Matthew ya debía de haber vuelto a casa. Parecía que hiciera mucho tiempo que no veía a su exprometido, y no quería ni pensar en el momento en que se reencontrarían. Se deprimió aún más en el trayecto hasta su casa, y lamentó no tener una excusa válida para no ir allí, pero cumplió a regañadientes la promesa que le había hecho a Strike de no salir después del anochecer.

Pasados cuarenta minutos llegó a la estación de West Ealing. Mientras caminaba hacia su casa, atemorizada, volvió a llamar a Strike y consiguió comunicar con él.

—¡Muy bien, Robin! —exclamó el detective después de que ella le contara que había conseguido comunicar con el teléfono de Brockbank—. ¿Y dices que esa mujer tenía acento de Londres?

—Creo que sí —contestó Robin, y pensó que Strike estaba pasando por alto un detalle más importante—, y una hija pequeña, por lo visto.

—Ya. Supongo que es por eso por lo que Brockbank está con ella.

Robin supuso que el detective expresaría su preocupación por el hecho de que hubiera una niña conviviendo con un violador infantil, pero no: Strike cambió rápidamente de tema.

—Acabo de hablar por teléfono con Hazel Furley.

—¿Con quién?

—Con la hermana de Kelsey, ¿te acuerdas? La que quiere conocerme. He quedado con ella el sábado.

—Ostras —dijo Robin.

—No he podido quedar antes porque Don Furibundo ha vuelto de Chicago. Menos mal. Déjà Vu no nos va a dar de comer eternamente.

Robin no dijo nada. Seguía pensando en la cría que se había puesto al teléfono. La reacción de Strike a esa noticia la había decepcionado.

—¿Estás bien? —preguntó él.

—Sí.

Había llegado al final de Hastings Road.

—Bueno, nos vemos mañana —dijo.

Strike se despidió y colgaron. No esperaba sentirse peor después de hablar con Strike, y se dirigió hacia la puerta de su casa con cierto temor.

Resultó que habría podido ahorrarse la preocupación. El Matthew que había regresado de Masham ya no era el hombre que suplicaba constantemente a Robin que hablara con él. Dormía en el sofá. Durante tres días convivieron sin dirigirse la palabra; ella adoptó una actitud fría pero correcta, y él hacía ostentación de una devoción que a veces rayaba en la parodia. Matthew se apresuraba a lavar las tazas en cuanto ella había terminado de utilizarlas, y el jueves por la mañana, con mucho respeto, le preguntó cómo le iba el trabajo.

—Por favor, Matthew —se limitó a contestar ella.

Pasó a su lado sin mirarlo y salió a la calle.

Robin dedujo que la familia de Matthew le había aconsejado que no la agobiara y que le diera tiempo. Ellos dos todavía no habían hablado de cómo iban a dar la noticia de que habían cancelado la boda: era evidente que Matthew no quería tener esa conversación. Un día tras otro, Robin estaba a punto de iniciarla, pero en el último momento siempre se acobardaba. A veces se preguntaba si esa cobardía revelaba un deseo oculto de volver a ponerse el anillo de compromiso en el dedo. Otras veces estaba convencida de que su reticencia era fruto del agotamiento, de las pocas ganas que tenía de que estallara la que sin duda iba a ser la peor y más dolorosa confrontación hasta el momento, y de su necesidad de reunir fuerzas antes de la batalla final. Aunque todavía no había hecho nada para concretar la visita de su madre, que seguía pendiente, en su fuero interno Robin confiaba en obtener suficiente consuelo y fuerza de Linda para afrontar la situación.

Las rosas se marchitaban poco a poco encima de su mesa. Nadie se había molestado en ponerlas en agua, de modo que iban muriéndose en el mismo envoltorio en el que habían llegado. Pero Robin no podía tirarlas, porque no estaba en la oficina, y Strike, que sólo iba de vez en cuando a recoger algo, no creía que le correspondiera a él tirar las flores ni la tarjeta, que seguía sin abrir.

Tras una semana viéndose mucho, Robin y Strike retomaron un horario de trabajo que apenas les permitía verse, pues se turnaban para seguir a Platinum y a Don Furibundo, que a su regreso de Estados Unidos había reanudado de inmediato el acecho a sus hijos. El jueves por la tarde hablaron por teléfono y abordaron el tema de si Robin debía volver a llamar a Noel Brockbank, que todavía no le había devuelto la llamada. Tras considerarlo detenidamente, Strike concluyó que Venetia Hall, una abogada muy ocupada, tenía cosas más importantes que hacer.

—Si no te ha llamado mañana, puedes volver a intentarlo. Habrá pasado una semana laborable entera. Aunque también puede ser que la mujer haya perdido el número, claro.

Después de colgar, Robin siguió deambulando por Edge Street, en Kensington, que era donde vivía la familia de Don Furibundo. El entorno no contribuía a subirle el ánimo. Había empezado a buscar en internet algún sitio donde vivir, pero lo que podía permitirse con el sueldo que le pagaba Strike era aún peor de lo que había imaginado, y a lo máximo que podía aspirar era a alquilar una habitación individual en un piso compartido.

Las bonitas caballerizas victorianas convertidas en viviendas que la rodeaban, con sus puertas lacadas, sus enredaderas frondosas y sus ventanas alegres con jardineras, remitían a la existencia acomodada y próspera a la que Matthew aspiraba en la época en que Robin parecía dispuesta a dedicarse a una profesión más lucrativa. Ella siempre le había dicho que no le importaba el dinero, o al menos no tanto como a él, y eso no había cambiado; sin embargo, había que ser muy raro, pensó, para pasear por una calle como aquélla, ver aquellas casas tan bonitas y tranquilas y no compararlas, en detrimento de las otras, con la «habitación pequeña en piso estrictamente vegano, se tolera el uso de teléfono móvil en el dormitorio» que se ajustaba por los pelos a su presupuesto, o con la habitación del tamaño de un armario en Hackney, en «piso divertido y respetuoso: ¡estamos impacientes por recibirte a bordo!».

Volvió a sonarle el móvil. Lo sacó del bolsillo de su chaqueta creyendo que sería Strike, pero le dio un vuelco el corazón: era Brockbank. Inspiró hondo y contestó.

—Venetia Hall.

—¿Es la abogada?

Robin no se había parado a pensar qué voz tendría. Aquel violador de niños, aquel matón de mentón alargado que había amenazado con una botella rota a Strike y que, según el detective, fingía sufrir amnesia, había adoptado una forma monstruosa en su imaginación. Tenía la voz bastante grave y conservaba el acento de Barrow, aunque no tan marcado como el de su hermana gemela.

—Sí —contestó—. ¿Es usted el señor Brockbank?

—Sí, soy yo.

Su silencio resultaba extrañamente amenazador. Robin se apresuró a relatarle el cuento de la indemnización que tal vez recibiera si se reunía con ella. Cuando terminó de hablar, él no dijo nada. Robin aguantó con valentía, porque Venetia Hall, tan segura de sí misma, no se habría precipitado a rellenar el silencio; sin embargo, el chisporroteo de la línea la puso nerviosa.

—¿Y cómo se enteró de lo mío?

—Encontramos el informe de su caso mientras investigábamos...

—¿Qué investigaban?

¿Por qué se sentía amenazada? Brockbank no podía estar cerca de ella, pero aun así Robin escudriñó los alrededores. La calle, soleada y elegante, estaba desierta.

—Investigábamos casos de soldados que han sufrido lesiones al margen de las acciones militares, como usted —contestó, e inmediatamente lamentó que su voz hubiera sonado tan aguda.

Otro silencio. El coche dobló la esquina y avanzó hacia ella.

«Maldita sea», pensó Robin, desesperada, al darse cuenta de que el conductor era el padre desquiciado a quien se suponía que estaba observando encubiertamente. Al volverse Robin hacia el coche, el hombre la miró y se fijó en su cara. Ella agachó la cabeza y se alejó de la escuela caminando despacio.

—A ver, ¿y qué tengo que hacer? —preguntó Noel Brockbank.

—¿Podemos vernos un día para que me cuente su historia? —preguntó Robin; el corazón le martilleaba tan fuerte que le dolía el pecho.

—¿No dice que ya lo ha leído? —dijo él, y a Robin se le erizó el vello de la nuca—. Un cabronazo llamado Cameron Strike me provocó una lesión cerebral.

—Sí, eso lo vi en su informe —dijo Robin angustiada—, pero es muy importante que haga una declaración para que podamos...

—¿Una declaración?

Se produjo una pausa que de pronto adquirió tintes peligrosos.

—¿Seguro que no es *horney*?

Robin Ellacott, oriunda del norte, lo entendió; Venetia Hall, londinense, seguramente no lo habría entendido. *Horney* era como llamaban a los policías en la región de Cumbria.

—Perdone, ¿cómo dice? —dijo aparentando confusión, pero sin llegar a ser grosera.

Don Furibundo había aparcado delante de la casa de su exmujer. En cualquier momento sus hijos saldrían con la niñera para ir a jugar con unos amigos. Si el padre se les acercaba, Robin tenía que fotografiar el encuentro. Estaba fallando en el trabajo más rentable que tenían: debería estar fotografiando los movimientos de Don Furibundo.

—Policía —aclaró Brockbank, agresivo.

—¿Policía? —Robin insistió en aquel tono que combinaba incredulidad y diversión—. Por supuesto que no.

—Está segura, ¿no?

Se había abierto la puerta de la casa de la exmujer de Don Furibundo. Robin vio la cabeza pelirroja de la niñera y oyó que se abría la portezuela de un coche. Tuvo que hacer un esfuerzo para aparentar que estaba ofendida y confundida.

—Por supuesto. Señor Brockbank, si no le interesa...

Notaba ligeramente húmeda la palma de la mano con la que sujetaba el teléfono. Entonces, Brockbank la sorprendió al decir:

—Vale, podemos quedar para hablar.

—Estupendo —dijo Robin mientras la niñera salía con los dos niños a la acera—. ¿Por qué zona está?

—En Shoreditch.

Robin notó que se le estremecían todos los nervios. Estaba en Londres.

—¿Y dónde le va bien que...?

—¿Qué es ese ruido?

La niñera le estaba gritando a Don Furibundo, que iba hacia ella y los niños. Uno de los críos se echó a llorar.

—Ah, es que... Hoy me toca recoger a mi hijo del colegio —dijo Robin en voz alta para hacerse oír con tanto chillido de fondo.

Volvió a hacerse el silencio al otro lado de la línea. Venetia Hall lo habría interrumpido como si tal cosa, pero Robin se hallaba paralizada por el miedo pese a saber que era irracional.

Entonces Brockbank adoptó un tono de voz mucho más amenazador, sobre todo porque canturreó suavemente las palabras, tan cerca del micrófono que parecía que le susurrara al oído:

—¿Te conozco de algo, niñita?

Robin no logró articular palabra antes de que se cortara la comunicación.

33

Then the door was open and the wind appeared...[40]

(Don't Fear) The Reaper, Blue Öyster Cult

—La cagué con Brockbank —dijo Robin—. Lo siento muchísimo. ¡Es que no lo entiendo! ¡No sé qué hice! Y para colmo no me atreví a sacarle fotos a Don Furibundo, porque estaba demasiado cerca de él.

Eran las nueve de la mañana del viernes y Strike acababa de llegar, no del ático sino de la calle, vestido y otra vez con la mochila. Ella lo había oído subir la escalera tarareando. Se había quedado a dormir en casa de Elin. Robin lo había llamado la noche anterior para contarle lo de Brockbank, pero Strike no había podido hablar con ella mucho rato y le había prometido que la escucharía al día siguiente.

—No te preocupes por Don Furibundo. Ya lo pillaremos otro día —dijo el detective mientras encendía el hervidor—. Y con Brockbank lo hiciste muy bien. Ahora ya sabemos que está en Shoreditch, que se acuerda de mí y que sospechó que pudieras ser policía. ¿Será porque se pasea por todo el país metiendo mano a niños pequeños, o porque hace poco mató a hachazos a una adolescente?

Desde que Brockbank había pronunciado aquellas últimas palabras en su oído, Robin estaba un poco impresionada. Matthew y ella apenas habían hablado la noche anterior, y, como no había tenido forma de canalizar aquel sentimiento repentino de vulnerabilidad que no acababa de entender, había depositado todas sus esperanzas en ver a Strike cara a cara y analizar el significado de aquellas cinco palabras ominosas: «¿Te conozco de algo, niñita?» Esa mañana habría agradecido encontrarse al Strike más serio y prudente, el que se había tomado la pierna como una amenaza y había prohibido a Robin salir después del anochecer. El hombre que ahora, tan pancho, se preparaba un café mientras hablaba de asesinato y abusos sexuales a menores con toda naturalidad no le estaba procurando un gran consuelo. Él no podía imaginar lo espeluznantes que habían sonado las palabras que le había susurrado Brockbank.

—Sabemos otra cosa sobre él —dijo Robin con voz tensa—. Que vive con una niña pequeña.

—Puede que no viva con ella. No sabemos dónde dejó su teléfono.

—Vale —dijo ella, cada vez más dolida—. Si te pones quisquilloso, sabemos que está en contacto con una niña pequeña.

Se dio la vuelta con el pretexto de ocuparse del correo que había recogido del felpudo cuando había llegado. Le había fastidiado que Strike hubiera subido la escalera tarareando. Suponía que pasar la noche con Elin había sido para él una distracción agradable que le había ayudado a recuperarse. A Robin le habría encantado haber tenido un respiro después de tantos días de tensión y tantas noches de silencio glacial. Saber que no estaba siendo razonable no ayudaba a que su resentimiento disminuyera. Recogió de la mesa las rosas mustias, que seguían envueltas en la bolsa de plástico, ya seca, y las metió boca abajo en la papelera.

—No podemos hacer nada por esa niña —dijo Strike.

Robin sintió que la asaltaba una placentera oleada de rabia.

—Vale, entonces no me preocuparé más por ella —dijo con brusquedad.

Mientras trataba de sacar una factura de un sobre, la rompió por la mitad sin querer.

—¿Crees que es el único menor bajo la amenaza de ser maltratado? Ahora mismo hay cientos de niños en esa situación, sólo en Londres.

Robin, que abrigaba esperanzas de que Strike se ablandara ahora que ella le había revelado lo enojada que estaba, se dio la vuelta. Él la observaba con los ojos ligeramente entornados, y su gesto no denotaba compasión.

—Preocúpate todo lo que quieras, pero es un gasto de energía inútil. Ni tú ni yo podemos hacer nada por esa niña. Brockbank no figura en ningún registro. Nunca lo han condenado. Ni siquiera sabemos dónde está esa niña ni qué...

—Se llama Zahara —dijo Robin.

Horrorizada, notó que su voz se convertía en un chillido estrangulado, que se ponía colorada y que se le anegaban los ojos en lágrimas. Se dio otra vez la vuelta, aunque no lo bastante deprisa.

—Oye... —dijo Strike con dulzura, pero ella hizo un ademán brusco para hacerlo callar.

Robin se negaba a derrumbarse; lo único que la mantenía en pie era su voluntad de seguir adelante, de continuar con su trabajo.

—Estoy bien —dijo entre dientes—. En serio. Olvídalo.

Ya no podía confesarle lo amenazadora que había encontrado la despedida de Brockbank. «Niñita», la había llamado. Ella no era una niñita. No estaba descompuesta, ni era una ingenua (ya no), pero Zahara, quienquiera que fuese...

Oyó a Strike salir al rellano, y al cabo de un momento vio, borroso, un rollo de papel higiénico.

—Gracias —dijo con voz pastosa; cogió el papel de la mano de Strike y se sonó la nariz.

Transcurrieron unos minutos de silencio mientras Robin se enjugaba las lágrimas y se sonaba la nariz alternadamente, evitando mirar a Strike, que, en lugar de meterse en su despacho, se había quedado en la recepción.

—¿Qué? —dijo Robin por fin, y volvió a sentir rabia por el simple hecho de que él estuviera allí plantado mirándola.

Strike sonrió, y a pesar de todo, de repente a Robin le dieron ganas de reír.

—¿Piensas quedarte ahí plantado toda la mañana? —preguntó al detective tratando de parecer muy enfadada.

—No —contestó él sin dejar de sonreír—. Sólo quería enseñarte una cosa.

Hurgó en su mochila y sacó el folleto de una agencia inmobiliaria.

—Es de Elin —dijo—. Ayer fue a verlo. Está pensando en comprarse un piso allí.

A Robin se le pasaron de golpe las ganas de reír. ¿Cómo se le ocurría a Strike pensar que a ella la animaría saber que su novia planeaba comprarse un piso ridículamente caro? ¿O se disponía a anunciar (la frágil compostura de Robin empezó a derrumbarse de nuevo) que se iba a vivir con ella? Como si los fotogramas de una película pasaran rápidamente ante sus ojos, vio el ático vacío y a Strike viviendo rodeado de lujo; y luego se vio a sí misma en una habitación diminuta de las afueras de Londres, hablando por teléfono en voz baja para que no la oyera la casera vegana.

Strike dejó el folleto encima de la mesa, delante de Robin. En la portada se veía una torre alta y moderna, coronada por una pieza extraña con forma de escudo con tres turbinas eólicas colocadas de manera que parecían ojos. La leyenda rezaba: «Strata SE1, el edificio residencial más atractivo de Londres.»

—¡Mira! —dijo Strike.

A Robin la estaba sacando de quicio su aire triunfante, en parte porque no era nada característico de él regodearse con la perspectiva de disfrutar de lujos prestados; pero, antes de que pudiera decir nada, se oyeron unos golpes en la puerta de cristal.

—¡Hostia! —exclamó Strike, sorprendido, al abrir la puerta y ver que era Shanker.

Éste entró en la oficina chasqueando los dedos y envuelto, como siempre, en una nube de olor a tabaco, cannabis y sudor.

—Tenía cosas que hacer por aquí —dijo el recién llegado, utilizando, sin saberlo, las mismas palabras que Eric Wardle—. Ya te lo he encontrado, Bunsen.

Shanker se dejó caer en el sofá de piel artificial, estiró las piernas y sacó un paquete de Mayfairs.

—¿Has encontrado a Whittaker? —inquirió Strike, cuyo mayor motivo de perplejidad era que su amigo estuviera despierto tan temprano.

—¿Me pediste que buscara a alguien más? —dijo Shanker. Dio una honda calada al cigarrillo y se regodeó con el efecto que estaba logrando—. En Catford Broadway. En un piso encima de un *fish and chips*. Vive con una pava.

Strike le tendió una mano, y Shanker se la estrechó. Pese al diente de oro y la cicatriz que le deformaba el labio superior, tenía una sonrisa curiosamente tierna.

—¿Quieres un café? —preguntó Strike.

—Sí, perfecto. —Shanker parecía dispuesto a deleitarse con su triunfo—. ¿Qué tal? —preguntó a Robin con tono jovial.

—Bien, gracias —contestó ella con una sonrisa tensa, y siguió abriendo cartas.

—Tenemos una buena racha —le dijo Strike a Robin en voz baja mientras el agua burbujeaba ruidosamente en el hervidor y Shanker, ajeno a todo, fumaba y leía mensajes en el móvil—. Están los tres en Londres. Whittaker en Catford, Brockbank en Shoreditch; y ahora ya sabemos que Laing está en Elephant and Castle, o al menos que lo estaba hace tres meses.

Robin dijo que sí sin pensarlo mucho, y entonces rectificó:

—¿Por qué dices que sabemos que Laing está en Elephant and Castle?

Strike dio unos golpecitos sobre el folleto del edificio Strata que había dejado encima de su mesa.

—¿Para qué creías que te estaba enseñando esto?

Robin no tenía ni idea de a qué se refería. Se quedó mirando el folleto unos segundos, y entonces lo entendió. En la fotografía, unos paneles plateados superpuestos a intervalos irregulares sobre las filas de ventanas oscuras recorrían toda la columna: era el fondo que se veía detrás de Laing en la fotografía en la que aparecía posando en su balcón.

—¡Ah...! —dijo débilmente.

Strike no iba a irse a vivir con Elin. Robin volvió a sonrojarse, sin saber muy bien por qué. Por lo visto no controlaba en absoluto sus emociones. ¿Qué demonios le pasaba? Hizo girar la silla para volver a concentrarse en el correo, de modo que ni Strike ni Shanker le vieran la cara.

—No sé si tengo suficiente dinero aquí para pagarte, Shanker —dijo el detective mirando en su cartera—. Te acompaño a un cajero.

—Como quieras, Bunsen. —Shanker se inclinó hacia delante para tirar a la papelera la ceniza que estaba a punto de caer de su cigarrillo—. Si necesitas ayuda con Whittaker, ya sabes dónde estoy.

—Sí, gracias. Pero creo que me las apañaré solo.

Robin cogió el último sobre del montón de correo, rígido y con un bulto en una esquina, y pensó que debía de contener una tarjeta con algún detalle prendido. Estaba a punto de abrirlo cuando se fijó en que iba dirigido a ella, y no a Strike. Titubeó un momento y se quedó mirando el sobre. Habían escrito su nombre y la dirección de la oficina a máquina. El matasellos era del centro de Londres, y la fecha era del día anterior. Oía hablar a Strike y a Shanker, pero no habría sabido decir qué decían.

«Seguro que no es nada —se dijo—. Estás estresada. No te va a pasar lo mismo dos veces.»

Tragó saliva, abrió el sobre y, con cuidado, extrajo la tarjeta. Era una reproducción de un cuadro de Jack Vettriano: una rubia sentada de perfil en una butaca cubierta con una funda. La mujer sostenía una taza de té; tenía las piernas cruzadas elegantemente y los pies apoyados en un taburete, y llevaba medias negras y zapatos con tacón de aguja. La tarjeta no tenía nada prendido. El objeto que Robin había notado antes de abrir el sobre estaba dentro de la tarjeta.

Strike y Shanker seguían hablando. Robin percibió un olorcillo a podrido que no tenía nada que ver con el hedor corporal de Shanker.

—Dios —dijo en voz baja, pero ni Shanker ni Strike la oyeron, y abrió la tarjeta con la ilustración de Vettriano.

Dentro había un dedo de pie putrefacto, sujeto con cinta adhesiva. Habían escrito con mayúsculas estas palabras:

SHE'S AS BEAUTIFUL AS A FOOT.[41]

Robin soltó la tarjeta y se levantó. Se volvió hacia Strike; le pareció que lo hacía a cámara lenta. Strike vio la congoja reflejada en la cara de su ayudante y desvió la mirada hacia el macabro objeto que había encima de su mesa.

—Apártate —le ordenó.

Ella obedeció, mareada, temblando y lamentando que Shanker estuviera allí.

—¿Qué pasa? —preguntó Shanker—. ¿Qué pasa? ¿Qué es? ¿Qué os pasa?

—Me han enviado un dedo —dijo Robin con una serenidad que no reconocía como propia.

—¿Qué coño dices? —Shanker fue hacia la mesa con un interés ansioso.

Strike impidió que Shanker tocara la tarjeta, que seguía encima de la mesa, tal como había caído de la mano de Robin. Strike reconoció la frase *She's As Beautiful As a Foot*. Era el título de otra canción de Blue Öyster Cult.

—Voy a llamar a Wardle —dijo, pero, en lugar de coger su móvil, garabateó un código de cuatro cifras en un pósit y sacó su tarjeta de crédito de la cartera—. Robin, ve a sacar el resto del dinero de Shanker y vuelve.

Robin cogió el pósit y la tarjeta de crédito, profundamente agradecida de poder salir a la calle.

—Ve con ella, Shanker —añadió Strike cuando Robin ya se disponía a salir por la puerta de cristal—, y luego la acompañas hasta aquí, ¿vale? La dejas otra vez en la oficina.

—Como tú mandes, Bunsen —dijo Shanker, vigorizado por la novedad, la acción y la proximidad de un peligro.

34

The lies don't count, the whispers do[42]

The Vigil, Blue Öyster Cult

Esa noche Strike estaba sentado a la mesa de la cocina de su ático, solo. La silla era incómoda, y le dolía la rodilla de la pierna amputada, tras varias horas siguiendo a Don Furibundo, quien ese día se había tomado unas horas libres para seguir a su hijo pequeño, que había ido de excursión al Museo de Historia Natural. Don Furibundo dirigía su propia empresa; de no ser así, ya lo habrían despedido por la cantidad de horas laborables que pasaba acechando a sus hijos. En cambio, no había seguido ni fotografiado a Platinum. Al enterarse de que la madre de Robin iba a ir esa noche a ver a su hija, Strike se había empeñado en que su ayudante se tomara tres días libres y había hecho caso omiso de todas sus objeciones; la había acompañado hasta el metro y había insistido en que le mandara un mensaje nada más llegar a su piso.

Strike estaba deseando dormir, pero no tenía fuerzas para levantarse de la silla e irse a la cama. El segundo envío del asesino lo había trastornado más de lo que había admitido ante Robin. Lo de la pierna había sido atroz; no obstante, ahora comprendía que había abrigado un vestigio de esperanza: enviarle el paquete a Robin había sido una floritura desagradable, pero una idea de último momento al fin y al cabo. El segundo envío, en cambio, pese a contener un malicioso guiño tangencial a Strike (*She's As Beautiful As a Foot*), no dejaba lugar a dudas de que aquel hombre, quienquiera que fuese, tenía a Robin en el punto de mira. Hasta el título del cuadro que ilustraba la tarjeta que había escogido (la imagen de la rubia solitaria de piernas hermosas) resultaba siniestro: *Pensando en ti.*

Strike seguía inmóvil, pero la rabia crecía en él y disipaba su cansancio. Recordó la palidez de Robin y comprendió que en ella también había muerto la esperanza, débil, de que lo de la pierna hubiera sido el acto indeliberado de un loco. Aun así, Robin se había opuesto a gritos a tomarse unos días libres, y le había recordado que los dos únicos casos rentables que tenían casi siempre se solapaban: Strike no iba a poder cubrirlos bien él solo y todos los días tendría que elegir entre seguir a Platinum o a Don Furibundo. Él se había mantenido inflexible: Robin no volvería al trabajo hasta que su madre regresara a Yorkshire.

Su perseguidor ya había conseguido reducir el negocio de Strike a dos clientes. El detective había soportado una segunda incursión de la policía en su oficina, y le preocupaba que la prensa se enterara de lo ocurrido, a pesar de que Wardle había prometido no hacer pública la noticia de la tarjeta y el dedo. El inspector coincidía con Strike en que uno de los objetivos del asesino era centrar la atención de la prensa y la policía en el detective, y en que alertar a los medios de comunicación equivaldría a ponérselo en bandeja.

Le sonó el móvil, y el ruido retumbó en la pequeña cocina. Strike miró la hora y vio que eran las diez y veinte. Cogió el teléfono y se lo llevó a la oreja sin fijarse apenas en que en la pantalla aparecía el nombre de Wardle, porque en ese momento estaba pensando en Robin.

—Buenas noticias —anunció el inspector—. Bueno, más o menos. No ha matado a otra mujer. El dedo es de Kelsey. De la otra pierna. El que guarda siempre tiene, ¿no?

Strike, que no estaba de humor para bromas, contestó con brusquedad. Después de colgar, siguió sentado a la mesa de la cocina, abstraído, con el ruido de fondo de los coches que circulaban por Charing Cross Road. Hasta que no se acordó de que a la mañana siguiente tenía que ir a Finchley a ver a la hermana de Kelsey no se sintió suficientemente motivado para iniciar el molesto proceso de quitarse la prótesis para acostarse.

Gracias a las costumbres nómadas de su madre, Strike tenía un conocimiento extenso y detallado de Londres, pero en su mapa mental había lagunas, y Finchley era una de ellas. Lo único que sabía de esa zona era que había sido la circunscripción electoral de Margaret Thatcher en los años ochenta, mientras él, Leda y Lucy vivían en diferentes casas ocupadas de barrios como Whitechapel y Brixton. Finchley estaba demasiado lejos del centro para convenirle a una familia que dependía completamente del transporte público y las tiendas de comida para llevar, y era demasiado caro para una mujer que cada dos por tres se quedaba sin monedas para el contador de la electricidad: la clase de barrio, como Lucy habría podido describir con nostalgia, donde vivían las familias decentes. Al casarse con un aparejador y tener tres hijos impecables, Lucy había satisfecho los anhelos de pulcritud, orden y seguridad de su infancia.

Strike fue en metro hasta West Finchley y, en lugar de coger un taxi, recorrió a pie el largo tramo hasta Summers Lane, porque el estado de sus finanzas no daba para lujos. Como hacía buen tiempo, pasó por calles y más calles de casas no adosadas, un poco sudoroso y maldiciendo aquel barrio por su serenidad frondosa y la ausencia de elementos que sirvieran de punto de referencia. Al final, media hora después de salir de la estación, encontró la casa de Kelsey Platt, más pequeña que muchas de las vecinas, con la fachada encalada y una cancela de hierro forjado.

Pulsó el timbre de la puerta y, de inmediato, oyó voces al otro lado del cristal esmerilado, como el de la puerta de su oficina.

—Me parece que es el detective, cariño —dijo una voz con acento de Tyneside.

—¡Abre tú! —replicó una voz aguda de mujer.

Una gran masa rojiza surgió al otro lado del cristal y se abrió la puerta que daba al recibidor; éste quedó casi completamente oculto detrás de la mole de un hombre descalzo y envuelto en un albornoz rojo. Era calvo, pero su barba, poblada y encanecida, añadida al albornoz, habría podido recordar a Papá Noel de no ser porque su cara no transmitía mucha alegría. De hecho, el hombre se secaba la cara frenéticamente con la manga. Los ojos detrás de sus gafas, hinchados, habían quedado reducidos a dos finas ranuras, y sus mejillas, coloradas, estaban humedecidas por las lágrimas.

—Lo siento —se disculpó con aspereza, y se apartó para dejar entrar a Strike—. Turno de noche —añadió para justificar su atuendo.

Strike se deslizó a su lado. El hombre desprendía un fuerte olor a Old Spice y alcanfor. Al pie de la escalera había dos mujeres fuertemente abrazadas; una era rubia, y la otra, morena, y ambas sollozaban. Al entrar Strike se separaron enjugándose las lágrimas.

—Lo siento —dijo la morena con voz entrecortada—. Sheryl es nuestra vecina. Estaba en Magaluf y acaba de enterarse de lo de Kelsey.

—Lo siento —dijo Sheryl, con los ojos rojos—. Te dejo tranquila, Hazel. Cualquier cosa que necesitéis, ya lo sabéis. Cualquier cosa, Ray.

Sheryl pasó al lado de Strike, rozándolo («Lo siento»), y abrazó a Ray. Se mecieron brevemente, ambos corpulentos, rodeándose los respectivos cuellos con los brazos y con las barrigas apretadas. Ray empezó a sollozar otra vez, con la cara hundida en el hombro de la vecina.

—Pase —dijo Hazel enjugándose las lágrimas con un pañuelo, y guió al detective hasta el salón. Parecía una campesina de Brueghel, con sus grandes mofletes, su barbilla prominente y su nariz ancha. Sobre los ojos, con los párpados hinchados, destacaban unas cejas gruesas y pobladas como orugas de mariposa tigre—. Llevamos toda la semana así. La gente se entera y viene y... Lo siento —dijo sin poder terminar la frase.

En el espacio de dos minutos Strike había recibido media docena de disculpas. Otras culturas se habrían avergonzado de una exhibición de dolor insuficiente; allí, en el tranquilo Finchley, los avergonzaba que un desconocido tuviera que presenciarla.

—Nadie sabe qué decir —dijo Hazel en voz baja; contuvo las lágrimas e invitó a Strike a sentarse en el sofá—. Si la hubiera atropellado un coche, o si hubiera estado enferma... La gente no sabe qué decir cuando a alguien lo... —Titubeó, pero fracasó ante la palabra, y su frase acabó en un resuello gigantesco.

—Lo siento mucho —dijo Strike; ahora le correspondía a él pedir disculpas—. Ya sé que esto es muy duro para ustedes.

El salón estaba inmaculado, y no era muy acogedor, quizá porque estaba decorado con colores fríos. Un tresillo cubierto con fundas a rayas de un gris plateado, papel pintado blanco con una fina raya gris, cojines colocados destacando las puntas, adornos perfectamente simétricos en la repisa de la chimenea... La luz que entraba por la ventana se reflejaba en la pantalla del televisor, sin una mota de polvo.

Vieron pasar la borrosa silueta de Sheryl por detrás de la ventana con visillos. Ray, descalzo, pasó arrastrando los pies por delante de la puerta del salón, encorvado y levantándose las gafas para enjugarse las lágrimas con el extremo del cinturón del albornoz. Como si le hubiera leído el pensamiento a Strike, Hazel explicó:

—Ray se rompió una vértebra intentando sacar a una familia de una casa de huéspedes que se había incendiado. La pared cedió y se desplomó la escalera. Tres plantas.

—Madre mía —dijo Strike.

A Hazel le temblaban los labios y las manos. Strike recordó lo que le había dicho Wardle: que la policía no había tenido mucho tacto con Hazel. En el estado de *shock* en que se encontraba, el que hubieran sospechado de Ray o lo hubieran interrogado duramente debía de haberle parecido una crueldad imperdonable y haber supuesto una exacerbación inexcusable de su dolor. Strike sabía muy bien qué significaba la intrusión brutal de la burocracia en la desgracia personal. Él había estado a ambos lados de la barrera.

—¿A alguien le apetece tomar una taza de té? —preguntó Ray con voz ronca desde lo que Strike supuso que debía de ser la cocina.

—¡Vete a la cama! —le gritó Hazel, con un puñado de pañuelos de papel empapados en la mano—. ¡Ya lo preparo yo! ¡Vete a la cama!

—¿Seguro?

—¡Acuéstate! ¡Te despertaré a las tres!

Hazel se secó toda la cara con un pañuelo nuevo, como si fuera una manopla.

—Él preferiría no cobrar el subsidio de invalidez, pero nadie le ofrece un empleo como Dios manda —le dijo a Strike en voz baja mientras Ray volvía a pasar por delante de la puerta arrastrando los pies y sorbiéndose la nariz—. Con el problema de la espalda, con la edad que tiene y con los pulmones hechos polvo... Trabajillos en negro... Turnos...

Su voz se fue apagando; le temblaban los labios y por primera vez miró a Strike a los ojos.

—En realidad no sé por qué le he pedido que venga —confesó—. No tengo las ideas nada claras. Me han dicho que mi hermana le escribió, pero que usted no le contestó, y que luego le enviaron su... su...

—Debe de haber sido una conmoción tremenda para usted —dijo Strike, plenamente consciente de que nada que dijera podría reflejar la gravedad del caso.

—Ha sido... —dijo ella, turbada— terrible. ¡Terrible! No sabíamos nada, absolutamente nada. Creíamos que estaba haciendo un taller. Cuando vino la policía... Mi hermana dijo que se iba a un taller y yo me lo creí, dijo que se iba a hacer no sé qué prácticas a otra escuela. Yo me lo creí... No se me ocurrió... Pero mentía muy bien. Mentía continuamente. Hace tres años que vive conmigo y todavía no he... Bueno, no pude impedírselo.

—¿Qué clase de mentiras le contaba?

—De todo —dijo Hazel, y enfatizó sus palabras con un ademán—. Si era martes decía que era miércoles. A veces mentía sin ningún sentido. No sé por qué. No lo sé.

—¿Cómo es que vivía con ustedes?

—Es mi... Era mi medio hermana. Éramos hijas de la misma madre. Mi padre falleció cuando yo tenía veinte años. Mi madre se casó con un compañero de trabajo y tuvo a Kelsey. Nos llevábamos veinticuatro años. Yo ya me había marchado de casa, parecía su tía. Entonces mi madre y Malcolm tuvieron un accidente de tráfico en España, hace tres años. Fue culpa de un conductor borracho. Malcolm murió en el acto, y mi madre estuvo cuatro días en coma y entonces también falleció. No teníamos más familia, así que yo acogí a Kelsey.

La limpieza exagerada del espacio, los cojines colocados estratégicamente, las superficies vacías y relucientes hicieron preguntarse a Strike cómo debía de ser la vida allí para una adolescente.

—Kelsey y yo no nos llevábamos bien —continuó Hazel, y pareció que hubiera vuelto a leerle el pensamiento a Strike; volvieron a brotarle las lágrimas mientras señalaba el piso de arriba, donde Ray ya había ido a acostarse—. Él tenía mucha más paciencia que yo con su mal humor y su temperamento. Tiene un hijo mayor que trabaja en el extranjero. Maneja a los chicos mejor que yo. Entonces viene la policía con muy malos modos —prosiguió; de pronto estaba muy enojada— y nos dice que Kelsey... Empiezan a interrogar a Ray como si él... como si alguna vez él... Le dije: esto parece una pesadilla. En las noticias ves continuamente a padres que piden a sus hijos que vuelvan a casa... A veces juzgan a personas por cosas que nunca hicieron... Nunca piensas... Nunca piensas... Pero nosotros ni siquiera sabíamos que Kelsey había desaparecido. La habríamos buscado. Nosotros no lo sabíamos. La policía empezó a interrogar a Ray, a preguntarle dónde había estado y yo qué sé qué...

—Ya me han dicho que él no tuvo nada que ver —dijo Strike.

—Sí, ahora se lo creen —dijo Hazel llorando de rabia—, después de que tres compañeros suyos atestiguaran que estuvo con ellos todo el fin de semana, en una fiesta de despedida de soltero, y que les enseñaran las malditas fotografías para demostrarlo...

A Hazel no podía parecerle razonable que la policía tuviera que interrogar al hombre que convivía con Kelsey con relación a su asesinato. Strike, que había oído el testimonio de Brittany Brockbank y Rhona Laing y muchas otras mujeres como ellas, sabía que la mayoría de los violadores y asesinos de mujeres no eran desconocidos enmascarados que salían de un hueco oscuro bajo una escalera. Eran el padre, el marido, el novio de la madre o de la hermana...

Hazel se secaba las lágrimas a medida que éstas resbalaban por sus mejillas; de pronto preguntó:

—Pero ¿qué hizo usted con esa carta que le envió mi hermana?

—Mi ayudante la metió en el cajón donde guardamos las cartas difíciles de clasificar —contestó Strike.

—La policía dijo que usted no le contestó. Dijo que las cartas que encontraron estaban falsificadas.

—Sí, así es.

—Entonces, el que lo hizo debía de saber que ella tenía interés por usted.

—Sí.

Hazel se sonó enérgicamente la nariz, y entonces preguntó:

—¿Le apetece una taza de té?

Strike aceptó, pero sólo porque pensó que la mujer necesitaba una excusa para recomponerse. Cuando Hazel salió del salón, el detective tuvo ocasión de mirar alrededor sin cortapisas. Sólo había una fotografía encima de una mesa nido que había en un rincón, a su lado. En ella aparecía una mujer de unos sesenta años, sonriente, con un sombrero de paja. Supuso que debía de ser la madre de Hazel y Kelsey. Al lado de esa foto, una franja ligeramente más oscura en la superficie de la mesita sugería que a su lado había habido otro marco que había impedido que el sol destiñera aquella franja estrecha de la madera. Strike supuso que debía de ser la fotografía escolar de Kelsey que habían publicado todos los periódicos.

Hazel regresó con una bandeja con dos tazas de té y un plato de galletas. Colocó la taza de Strike en un posavasos, junto a la fotografía de su madre.

—Tengo entendido que Kelsey tenía novio —comentó el detective.

—Qué va. —Hazel se sentó en la butaca—. Otra mentira.

—¿Qué le hace...?

—Me dijo que se llamaba Niall. ¡Niall! ¡Vamos, hombre!

Volvieron a brotarle las lágrimas. Strike no entendía por qué el novio de Kelsey no podía llamarse Niall, y el desconcierto se le reflejó en la cara.

—One Direction —dijo Hazel desde detrás del pañuelo de papel.

—Perdone, pero no... —dijo Strike sin comprender.

—El grupo musical. Quedaron terceros en «The X Factor». Ella está... estaba obsesionada con ellos, y Niall era su preferido. Por eso cuando dijo que había conocido a un chico que se llamaba Niall y que tenía dieciocho años y que tenía una moto... ¿Qué quería que pensáramos?

—Ya, claro.

—Dijo que lo había conocido en la consulta del psicólogo. Es que iba al psicólogo, no sé si lo sabe. Dijo que conoció a Niall en la sala de espera, que él iba porque había perdido a sus padres, igual que ella. Pero nosotros nunca le vimos el pelo. Yo le dije a Ray: «Ya nos está mintiendo otra vez», y Ray me dijo: «Déjala, ella es feliz así.» Pero a mí no me gustaba que mintiera —continuó Hazel, vehemente—. Mentía continuamente. Un día llegó a casa con la muñeca vendada y dijo que se había cortado, pero resultó que se había hecho un tatuaje de One Direction. O eso de que se iba a hacer un taller... Mentía continuamente, ¡y mire cómo acabó!

Hizo un esfuerzo enorme y patente para controlar un nuevo brote de llanto: apretó los labios temblorosos y se tapó los ojos con el puñado de pañuelos. Inspiró hondo y continuó.

—Ray tiene una teoría. Quiso explicársela a la policía, pero a ellos no les interesó, les importaba más saber dónde estaba él cuando a Kelsey... Pero Ray tiene un amigo que se llama Ritchie, hace trabajos de jardinería, y Kelsey conoció a Ritchie...

Le contó la teoría con gran derroche de repeticiones y detalles superfluos. Strike, acostumbrado a las divagaciones de los testigos poco experimentados, escuchó atenta y educadamente.

Hazel sacó de un cajón del aparador una fotografía que, además de demostrar a Strike que Ray había estado con tres amigos en una fiesta de despedida de soltero en Shoreham-by-Sea el fin de semana que asesinaron a Kelsey, permitía apreciar las heridas del joven Ritchie. Éste y Ray aparecían sentados en una playa de guijarros, junto a unas matas de cardo marino, sonrientes, con una cerveza en la mano y achicando los ojos bajo el sol. El sudor brillaba en la calva de Ray e iluminaba la cara hinchada de Ritchie, sus cardenales y sus puntos de sutura. Llevaba un pie enfundado en una bota ortopédica.

—...y Ritchie vino a casa justo después de tener el accidente, y Ray cree que entonces fue cuando a Kelsey se le ocurrió la idea. Cree que mi hermana tenía pensado hacerse algo en la pierna y, luego, fingir que había tenido un accidente de tráfico.

—Y Ritchie no podría ser el novio, ¿verdad? —preguntó Strike.

—¿Ritchie? ¡No! Ritchie es un poco cortito. Nos lo habría contado. Además, ella casi no lo conocía. Lo del novio era pura fantasía. Creo que Ray tiene razón. Kelsey planeaba hacerse algo en la pierna otra vez y fingir que se había caído de la moto de un amigo.

El detective pensó que habría sido una teoría excelente si la joven hubiera estado ingresada en el hospital, fingiendo haber sufrido un accidente de moto y negándose a dar más detalles porque, presuntamente, tenía que proteger a un novio ficticio. Coincidía con Ray en que aquél era exactamente el tipo de plan que podría haber urdido una chica de dieciséis años, mezclando grandiosidad y miopía en una combinación peligrosísima. Sin embargo, esa hipótesis era irrelevante. Tanto si Kelsey había planeado fingir un accidente de moto como si no, las pruebas demostraban que había abandonado ese plan y había preferido pedir a Strike instrucciones para cortarse una pierna.

Por otra parte, era la primera vez que alguien establecía una relación entre Kelsey y un motorista, y a Strike le interesaba mucho la absoluta convicción de Hazel de que el novio de quien había hablado Kelsey era ficticio.

—Bueno, en su curso de puericultura casi no había chicos —expuso la mujer—, ¿y en qué otro sitio iba a conocerlo? ¡Niall! En la escuela nunca había salido con ningún chico. Iba al psicólogo, y a veces iba a la iglesia del final de la calle, tienen un grupo de catequesis, pero allí no hay ningún Niall con ninguna moto. La policía preguntó a sus amigas si sabían algo. Darrell, el monitor que lleva el grupo de catequesis, está desconsolado. Ray se lo ha encontrado esta mañana cuando volvía a casa. Dice que Darrell se ha echado a llorar nada más verlo venir por la otra acera.

A Strike le habría gustado tomar notas, pero sabía que eso habría alterado la atmósfera de confianza que estaba intentando cultivar.

—¿Quién es Darrell?

—Él no tuvo nada que ver. Es monitor de la parroquia. Es de Bradford —dijo Hazel vagamente—, y Ray está convencido de que es gay.

—¿Alguna vez habló Kelsey en casa de su...? —Strike titubeó; no sabía cómo llamarlo—. ¿De su problema con la pierna?

—Conmigo no —contestó Hazel, tajante—. Yo no quería saber nada, no quería ni oír hablar de eso, me horrorizaba. Me lo dijo cuando tenía catorce años y le dije exactamente lo que pensaba: que lo único que buscaba era llamar la atención.

—Tenía unas cicatrices antiguas en la pierna. ¿Cómo se las hizo?

—Eso fue justo después de morir nuestra madre. Por si yo no tenía suficientes problemas. Se ató un alambre a la pierna e intentó cortarse la circulación.

Al detective le pareció que la expresión de la mujer revelaba una mezcla de cólera y asco.

—Kelsey iba en el coche cuando murieron mi madre y Malcolm, en el asiento de atrás. Tuve que buscarle un psicólogo y todo eso. Él dijo que lo que se hizo en la pierna era un grito de auxilio. Una forma de expresar su dolor. Síndrome de culpabilidad del superviviente o algo así, no me acuerdo. Pero ella dijo que no, dijo que ya llevaba un tiempo queriendo deshacerse de la pierna... ¡Qué sé yo! —dijo Hazel negando enérgicamente con la cabeza.

—¿Habló de eso con alguien más? ¿Con Ray?

—Sí, un poco. Ray la conocía. Cuando empezamos a salir juntos y él vino a vivir aquí, Kelsey le contó unas bolas increíbles:

que su padre era espía, por ejemplo, y que por eso se había estrellado su coche, y no sé qué más. Ray sabía cómo era, pero no se enfadaba. Cambiaba de tema y se ponía a hablar con ella de la escuela, por ejemplo.

De pronto se había puesto muy colorada.

—Le voy a decir lo que quería Kelsey —estalló de pronto—. Quería ir en silla de ruedas, que la pasearan arriba y abajo como un bebé y que la mimaran. Quería ser el centro de atención. Eso era lo único que quería. Hace cosa de un año encontré un diario. Ni se imagina las cosas que había escrito, las cosas que le gustaba imaginarse, las fantasías que tenía. ¡Era absurdo!

—¿Como qué? —insistió Strike.

—Pues como cortarse la pierna e ir en silla de ruedas y que la llevaran hasta el borde del escenario en un concierto de One Direction y que después los músicos se le acercaran y le hicieran mucho caso porque era minusválida —dijo Hazel de un tirón—. Imagínese. Es repugnante. Hay gente que está discapacitada de verdad y que no se lo ha buscado. Soy enfermera. Yo lo veo todos los días. Bueno —añadió, y lanzó una mirada fugaz a las piernas de Strike—, a usted qué le voy a contar. No se lo hizo usted, ¿verdad? —le preguntó de pronto, a bocajarro—. No se la... cortó usted mismo, ¿verdad que no?

Strike se preguntó si sería por eso por lo que había querido conocerlo. En su confusión, por algún mecanismo subconsciente, tratando de orientarse en el mar donde de pronto se hallaba a la deriva, había querido demostrar que tenía razón (aunque su hermana ya no estuviera, y ya no pudieran entenderla), que las personas no hacían eso, al menos no en el mundo real donde los cojines estaban bien puestos y la invalidez sólo podía sobrevenir a causa de algún infortunio, por culpa del derrumbe de una pared o de la detonación de una bomba en la carretera.

—No —contestó el detective—. Fue una bomba.

—¿Lo ve? ¡Lo sabía! —Volvieron a brotarle las lágrimas, a borbotones, triunfantes—. Yo habría podido decírselo. Si me lo hubiera preguntado, habría podido decírselo, pero ella insistía —continuó Hazel, tragando saliva— en que sentía que no debía tener aquella pierna. Que no hacía nada en su cuerpo y tenía que desaparecer, como si se tratara de un tumor o algo así. Yo no le hacía caso. Para mí sólo eran burradas. Ray dice que intentó hacerle entrar en razón. Le explicó que no sabía lo que decía, que no era nada agradable estar ingresado en un hospital, como tuvo que estar él cuando se lesionó la columna, meses en cama, enyesado, con llagas, infecciones y demás. Pero no se enfadó con ella. Le decía: ven a ayudarme en el jardín, o cosas por el estilo, para distraerla.

»La policía nos dijo que hablaba por internet con personas como ella. No teníamos ni idea. Bueno, tenía dieciséis años, no podíamos ponernos a husmear en su ordenador, ¿no? Además, yo no habría sabido qué buscar.

—¿Recuerda si su hermana le habló alguna vez de mí? —preguntó Strike.

—Ya nos lo preguntó la policía. No. No recuerdo que lo mencionara, y Ray tampoco. Bueno, no se ofenda, pero... me acuerdo del juicio de lo de Lula Landry, pero yo no lo habría relacionado con aquello, ni lo habría reconocido. Si ella hubiera hecho algún comentario sobre usted, no se me habría olvidado. Tiene usted un nombre un poco raro, no se ofenda.

—¿Y cómo andaba de amigos? ¿Salía mucho?

—Casi no tenía amigos. No era una chica muy popular. En el colegio también contaba muchas mentiras, y eso no le gusta a nadie, ¿verdad? Se burlaban de ella. La consideraban rarita. Casi nunca salía. No sé cuándo quedaba con ese supuesto «Niall».

A Strike no le sorprendió que Hazel estuviera enojada. La incorporación de Kelsey a su hogar impecable había sido algo imprevisto. A partir de ese momento, durante el resto de su vida, Hazel tendría que cargar con el dolor y el sentimiento de culpa, con el horror y el arrepentimiento, sobre todo porque su hermana había fallecido antes de haber superado las rarezas que habían hecho que las dos se distanciaran.

—Necesitaría ir al cuarto de baño, si no le importa —dijo Strike.

—Al final de la escalera, al fondo —dijo Hazel enjugándose las lágrimas.

Strike vació la vejiga mientras leía una mención a la «conducta valerosa y meritoria» del bombero Ray Williams, enmarcada y colgada encima de la cisterna. Supuso que había sido Hazel quien la había puesto allí, y no Ray. Por lo demás, en el cuarto de baño no había nada de interés. La misma obsesión por la limpieza y el mismo orden meticuloso exhibidos en el salón se extendían hasta el interior del botiquín, que permitió a Strike saber que Hazel todavía menstruaba, que compraban pasta de dientes a granel y que uno o ambos miembros de la pareja tenía hemorroides.

Salió del cuarto de baño procurando no hacer ruido. Detrás de una puerta cerrada se oían ronquidos débiles que indicaban que Ray estaba durmiendo. Strike dio dos pasos hacia la derecha, decidido, y se halló ante la habitación de Kelsey.

Estaba todo armónicamente combinado en el mismo tono de lila: las paredes, el edredón, la pantalla de la lámpara y las cortinas. Strike pensó que, aunque no hubiera visto el resto de la casa, habría deducido que, allí, el orden se había impuesto por la fuerza al caos.

Un gran tablero de corcho se ocupaba de que no hubiera antiestéticas marcas de chinchetas en las paredes. Kelsey había llenado el corcho de fotografías de cinco atractivos jóvenes que Strike dedujo que eran los One Direction. Las cabezas y las piernas de los músicos sobrepasaban el marco del tablero. Uno de ellos, rubio, aparecía con especial recurrencia. Además de las fotografías de One Direction, la chica había recortado cachorros, casi todos de shihtzu, palabras sueltas y acrónimos (OCCUPY, FOMO, AMAZEBALLS); el nombre «Niall» aparecía repetidamente, muchas veces pegado sobre un corazón. El *collage*, chapucero y desordenado, revelaba una actitud en total discordancia con la precisión con la que estaba extendido el edredón y la posición exactamente simétrica de la alfombra de color lila.

En una balda estrecha destacaba lo que parecía un ejemplar nuevo de *One Direction: Forever Young – Our Official X Factor Story*. Aparte de ése, también había unos cuantos libros de la serie *Crepúsculo*, un joyero, una serie de pequeñas alhajas que ni siquiera Hazel había conseguido ordenar, una bandejita de plástico de maquillaje barato y un par de muñecos de peluche.

Aprovechando que Hazel, debido a su sobrepeso, haría ruido si subía la escalera, Strike se puso a abrir cajones rápidamente. La policía, obviamente, debía de haberse llevado cualquier cosa de interés: el ordenador portátil, cualquier hoja de papel en que hubiera algo escrito, cualquier número de teléfono o nombre apuntado, cualquier diario, suponiendo que Kelsey hubiera seguido escribiéndolo después de que Hazel fisgoneara en él. Quedaba un batiburrillo de objetos personales: un kit de papel de carta con el que le había escrito al detective, una vieja Nintendo DS, un paquete de uñas postizas, una cajita de muñecas quitapenas guatemaltecas y, en el fondo del cajón de la mesilla de noche, dentro de un plumier de tela, varios blísteres de medicamento. Los sacó: contenían unos comprimidos ovalados de color amarillo mostaza de la marca Accutane. Cogió un blíster y se lo metió en el bolsillo, cerró el cajón y se acercó al armario, que estaba desordenado y olía un poco a cerrado. A Kelsey le gustaban el negro y el rosa. Palpó un poco entre los pliegues de tela, buscando en los bolsillos de las prendas, pero no encontró nada hasta que, en un vestido holgado, descubrió lo que parecía el tiquet de una rifa o de un guardarropa, arrugado, con el número 18.

Hazel no se había movido desde que Strike se había ido del salón. El detective pensó que, si se hubiera ausentado más tiempo, ella no se habría dado cuenta; cuando entró en la habitación, la mujer dio un pequeño respingo. Había vuelto a llorar.

—Gracias por venir —dijo con la voz tomada, y se levantó—. Lo siento, yo...

Y rompió a llorar a lágrima viva. Strike le puso una mano en el hombro y, antes de que se diera cuenta, ella había hundido la cara en su pecho, entre grandes sollozos, y le había agarrado las solapas de la chaqueta no con coquetería, sino con profunda angustia.

Strike la abrazó, y así permanecieron durante un minuto hasta que, tras varios hondos suspiros, Hazel se apartó y Strike bajó los brazos.

Hazel negó con la cabeza, como quien ya no sabe qué más decir, y lo acompañó hasta la puerta. Él volvió a darle sus condolencias. Ella asintió, cadavérica bajo la escasa luz que entraba en el pequeño recibidor.

—Gracias por venir —dijo con esfuerzo—. Necesitaba verlo. No sé por qué. Lo siento mucho.

35

Dominance and Submission[43]

Desde que se había marchado de su casa, había cohabitado con tres mujeres, pero ésa, la Cosa, lo estaba poniendo contra las cuerdas. Las tres zorras habían afirmado que lo amaban, aunque él no sabía muy bien qué significaba eso. Ese supuesto amor había vuelto manejables a las dos primeras. En el fondo, todas las mujeres eran unas tramposas de mierda, decididas a recibir más de lo que daban, pero la Cosa superaba con creces a sus antecesoras.

Él tenía que soportar mucho más de lo que nunca había soportado, porque la Cosa era una pieza fundamental de su espléndido plan.

Aun así, fantaseaba constantemente con la idea de matarla. Se imaginaba la cara estúpida de la Cosa aflojándose cuando el cuchillo se clavara en su vientre; se la imaginaba incapaz de creer que su Baby (así lo llamaba, Baby) estuviera asesinándola, incluso cuando la sangre, caliente, empezara a chorrear por sus manos y cuando aquel olor a óxido inundara la atmósfera donde todavía resonarían sus gritos...

La necesidad de hacerse el bueno estaba poniendo al límite su autocontrol. Hacerse el encantador, conquistarlas y tenerlas contentas era fácil, algo que él hacía con toda naturalidad, siempre lo había hecho. Sin embargo, mantener esa pose durante periodos largos no era lo mismo. Estaba harto de fingir. A veces le bastaba oír el ruido de la respiración de la Cosa para sentir la necesidad de agarrar su cuchillo y clavárselo en los malditos pulmones.

Tenía que cargarse a una pronto, o no aguantaría más y explotaría.

El lunes a primera hora de la mañana buscó una excusa para salir, pero, cuando llegó a Denmark Street con la intención de seguir a la Secretaria hasta la puerta de la agencia, sintió un estremecimiento leve, algo parecido al temblor de los bigotes de una rata.

Se paró junto a la cabina telefónica de la acera de enfrente, desde donde podía observar a un tipo que estaba en la esquina, delante de una tienda de instrumentos musicales con un letrero de colores llamativos que recordaba a un cartel de circo.

Él conocía a la policía, conocía sus trucos, sus juegos. El joven que estaba allí plantado con las manos en los bolsillos del chaquetón con refuerzos en los hombros trataba de pasar desapercibido, un simple transeúnte...

Él era un puto experto. Podía volverse prácticamente invisible. Aquel gilipollas estaba plantado en la esquina, convencido de que el chaquetón lo convertía en eso por lo que intentaba hacerse pasar. «No intentes engañar a un especialista, colega.»

Se dio la vuelta despacio y se escondió detrás de la cabina telefónica. Se quitó el gorro, porque lo llevaba cuando lo había perseguido Strike: el tipo del chaquetón podía tener una descripción suya. Debería haberlo pensado, debería haber imaginado que el detective llamaría a sus amigos de la policía, el muy cobarde.

«Pero no han distribuido ningún retrato robot», se dijo mientras volvía sobre sus pasos, y le subió otra vez la autoestima. Strike había estado a sólo unos metros de él, aunque sin saberlo, y seguía sin tener ni idea de quién era. Le produciría muchísimo placer, después de liquidar a la Secretaria, ver cómo Strike y su puto negocio se hundían hasta desaparecer en el alud de barro de la publicidad; verlo agobiado por la policía y la prensa, que no lo dejarían vivir; contaminado por la asociación con un crimen y por haber sido incapaz de proteger a su empleada; convertido en sospechoso de su muerte; completamente arruinado...

Ya estaba planeando su siguiente paso. Iría a la London School of Economics, hasta donde la Secretaria solía seguir a la otra prostituta rubia, y la abordaría allí. Entretanto, necesitaría otro gorro y quizá otras gafas de sol. Se palpó los bolsillos buscando dinero. No llevaba casi nada encima, como de costumbre. Tendría que obligar a la Cosa a volver a trabajar. Ya estaba harto de oírla gemir y lloriquear e inventarse excusas.

Al final se compró dos gorras: una de béisbol y un gorro de lana gris para reemplazar el negro de forro polar que tiró a una papelera en Cambridge Circus. Y entonces cogió el metro para ir a Holborn.

No estaba allí. Tampoco había estudiantes. Tras buscar en vano algún rastro de la cabeza rubia rojiza de la Secretaria, recordó que ese día era lunes de Pascua. Era festivo, y la London School of Economics estaba cerrada.

Al cabo de un par de horas volvió a Tottenham Court Road, la buscó en el Court y se quedó un rato merodeando cerca de la entrada del Spearmint Rhino, pero no la vio por ninguna parte.

Llevaba varios días seguidos sin poder salir a buscarla, y la decepción que sintió le produjo un malestar casi físico. Nervioso, se puso a caminar por tranquilas calles secundarias, con la esperanza de que alguna chica se cruzara en su camino, cualquier mujer, no hacía falta que fuera la Secretaria; los cuchillos que llevaba escondidos en la cazadora se contentarían con cualquier cosa.

Quizá la había trastornado tanto la tarjetita que le había enviado que había decidido renunciar a su empleo. Ésa no había sido su intención. Él quería aterrorizarla y desconcertarla, pero necesitaba que siguiera trabajando para Strike, pues era su forma de llegar hasta aquel desgraciado.

A primera hora de la noche, profundamente desilusionado, volvió con la Cosa. Sabía que iba a tener que soportarla un par de días, y esa perspectiva estaba consumiendo sus últimos restos de autocontrol. Si hubiera podido utilizarla como planeaba utilizar a la Secretaria, habría sido diferente: habría vuelto corriendo a casa con los cuchillos preparados y se habría desfogado con la Cosa. Pero no se atrevía. La necesitaba viva y a su servicio.

Cuando todavía no habían transcurrido cuarenta y ocho horas, ya estaba a punto de estallar de rabia y de agresividad reprimida. El miércoles por la noche le dijo a la Cosa que al día siguiente tendría que marcharse temprano a hacer un trabajo, y añadió, sin rodeos, que ya iba siendo hora de que ella también se reincorporara al mundo laboral. Los lamentos y los lloros que desencadenaron sus palabras le agotaron la paciencia, y se enfureció. Acobardada ante su repentina cólera, la Cosa intentó apaciguarlo. Ella lo necesitaba, lo quería; lo lamentaba mucho...

Esa noche no durmió con la Cosa, con la excusa de que todavía estaba enfadado. Así pudo masturbarse a sus anchas, pero no quedó satisfecho. Lo que él quería, lo que necesitaba, era el contacto con la carne femenina a través de una hoja de acero afilada, sentir su dominación cuando brotara la sangre, oír sus gritos de sumisión total, sus súplicas, sus boqueadas y sus quejidos. Los recuerdos de las veces que lo había hecho no lo reconfortaban; no hacían sino exacerbar su necesidad. Se moría de ganas de hacerlo otra vez, y quería hacérselo a la Secretaria.

El jueves se levantó a las cinco menos cuarto, se vistió, se puso la gorra de béisbol y salió dispuesto a atravesar todo Londres hasta el piso que la Secretaria compartía con el Guaperas. Cuando llegó a Hastings Road ya había salido el sol. Se puso a cubierto detrás de un Land Rover viejo aparcado cerca de la casa y, apoyado en él, vigiló las ventanas del piso de la Secretaria a través del parabrisas.

A las siete detectó movimiento detrás de las ventanas del salón, y poco después el Guaperas salió vestido de traje. Estaba demacrado y triste. «Si ahora te sientes desgraciado, imbécil de mierda, espera a que yo me lo haya pasado en grande con tu novia...»

Y entonces apareció ella, por fin; iba con una mujer mayor que se le parecía mucho.

«Mierda.»

¿Qué coño hacía, salir con su madre? ¿Era una broma? A veces tenía la impresión de que el mundo entero se confabulaba contra él para impedirle hacer lo que quería, para que no se saliera con la suya. Odiaba esa sensación de que su omnipotencia iba escurriéndose poco a poco, de que las personas y las circunstancias le ponían palos en las ruedas, lo reducían a otro simple mortal furioso y frustrado. Alguien iba a pagar por aquello.

36

I have this feeling that my luck is none too good...[44]

Black Blade, Blue Öyster Cult

El jueves por la mañana, cuando sonó la alarma, Strike estiró un brazo, bien robusto, y golpeó el botón del viejo despertador con tanta fuerza que lo tiró de la mesilla de noche. Entornó los ojos y tuvo que admitir que la luz que atravesaba las finas cortinas corroboraba la afirmación estridente del reloj. La tentación de darse la vuelta y seguir durmiendo era casi irresistible. Se quedó acostado unos segundos más, con un brazo sobre la cara para tapar la luz del sol, y entonces apartó las sábanas al tiempo que lanzaba un suspiro mezclado con un gruñido. Poco después, mientras buscaba a tientas el picaporte de la puerta del cuarto de baño, reparó en que llevaba cinco noches durmiendo un promedio de aproximadamente tres horas.

Tal como Robin había pronosticado, enviarla a casa había implicado tener que elegir entre seguir a Platinum y a Don Furibundo. Como hacía poco había visto cómo éste último se abalanzaba sobre sus hijos por sorpresa y las lágrimas de miedo de los críos, Strike había decidido que tenía que dar prioridad a Don Furibundo. Esa semana había dejado a Platinum entregada a su rutina inocente y se había pasado largos periodos fotografiando a escondidas al padre merodeador; había acumulado gran cantidad de imágenes en las que aparecía espiando a sus hijos y acercándose a ellos aprovechando cualquier momento en que no los acompañara su madre.

Cuando no había estado persiguiendo a Don Furibundo, Strike se había ocupado de sus propias investigaciones. La policía iba demasiado lenta para su gusto, así que, pese a no tener todavía ninguna prueba de que Brockbank, Laing o Whittaker tuvieran relación alguna con la muerte de Kelsey Platt, Strike había dedicado casi todas sus horas libres de los cinco días pasados al tipo de trabajo policial, implacable e ininterrumpido que hasta entonces sólo había practicado en el Ejército.

Haciendo equilibrios sobre su única pierna, giró con decisión el mando de la ducha y dejó que el agua helada lo aporreara hasta despertarlo, refrescando sus párpados hinchados y poniéndole la piel de gallina bajo el vello oscuro del pecho, los brazos y las piernas. Lo bueno de aquella ducha tan pequeña era que, si resbalaba, no tenía espacio para caerse. Una vez hubo terminado, volvió a la pata coja al dormitorio, donde se secó toscamente con la toalla y encendió el televisor.

Al día siguiente se celebraría la boda real, y los preparativos eran el tema dominante en todos los canales de noticias que encontró. Mientras se ataba la prótesis, se vestía y se tomaba el té y las tostadas, los presentadores y comentaristas realizaban una crónica ininterrumpida y entusiasta sobre la gente que esperaba en tiendas de campaña a lo largo de la ruta y delante de la abadía de Westminster y sobre la gran cantidad de turistas que llegaban a Londres para presenciar la ceremonia. Strike apagó el televisor y bajó a la oficina, emitiendo unos bostezos enormes y preguntándose cómo afectaría a Robin aquel aluvión multimedia de temática nupcial; no la veía desde el viernes pasado, cuando había llegado la tarjeta con la ilustración de Jack Vettriano que contenía la sorpresita truculenta.

Aunque acababa de tomarse una gran taza de té en el ático, nada más llegar a la oficina Strike encendió automáticamente el hervidor; a continuación, puso encima de la mesa de Robin la lista de clubs de estriptis, locales de *lap-dance* y salones de masaje que había ido componiendo en sus escasas horas libres. Cuando ella llegara, pensaba pedirle que siguiera indagando y telefoneando a todos los de Shoreditch que encontrara, una tarea que ella podía hacer desde su casa, sin correr ningún peligro. Si hubiera podido obligarla, la habría enviado a Masham con su madre. El recuerdo de la palidez de Robin lo había perseguido toda la semana.

Emitió otro gran bostezo y se sentó a la mesa de Robin dispuesto a revisar sus correos electrónicos. Pese a que estaba decidido a mandarla a casa, también tenía ganas de verla. Echaba de menos su presencia en la oficina, su entusiasmo, su dinamismo, su bondad natural, en absoluto afectada, y Strike estaba impaciente por hablarle de los pocos avances que había hecho en su búsqueda obstinada de los tres hombres que lo obsesionaban.

Ya llevaba contabilizadas casi doce horas en Catford, tratando de sorprender a Whittaker al entrar o salir de su piso encima de la tienda de *fish and chips*, en una concurrida calle peatonal que discurría a lo largo de la parte de atrás del Teatro Catford. A lo largo de todo el perímetro del teatro había pescaderías, tiendas de pelucas, cafeterías y panaderías, y cada comercio tenía un piso encima, con tres ventanas ostentosas en forma de arco colocadas formando un triángulo. Las finas cortinas del piso donde Shanker creía que vivía Whittaker estaban siempre corridas. De día, la calle estaba ocupada por puestos de mercado que permitían a Strike pasar desapercibido. El olor a incienso del quiosco de atrapasueños y el de las piezas de pescado crudo expuesto sobre un lecho de hielo, un poco más allá, se mezclaban y le impregnaban la nariz hasta que casi dejó de percibirlos.

Durante tres noches Strike había vigilado desde la entrada de artistas del teatro, enfrente del piso en cuestión, y sólo había visto unas siluetas que se movían detrás de las cortinas. Y entonces, el miércoles a última hora, se abrió la puerta de al lado del *fish and chips* y por ella salió una adolescente escuálida.

Llevaba el pelo negro y sucio, apartado de la cara, ojerosa y de mejillas descarnadas, y con esa palidez violácea tan característica de los tísicos. Vestía una camiseta corta que dejaba el ombligo al aire, una sudadera gris con capucha y cremallera y unos *leggings* que hacían que sus piernas, de tan delgadas, parecieran limpiapipas. Iba abrazándose con fuerza el estrecho torso, y entró en el *fish and chips* apoyándose en la puerta hasta que ésta cedió, luego se dejó caer. Strike se apresuró a cruzar la calle, llegó a la puerta en el preciso instante en que ésta se cerraba y se puso en la cola detrás de la chica.

Cuando la chica llegó ante el mostrador, el dependiente que lo atendía se dirigió a ella por su nombre.

—Hola, Stephanie. ¿Qué tal?

—Bien —contestó ella en voz baja—. Dos Cocas, por favor.

Tenía numerosos *piercings* en las orejas, la nariz y el labio inferior. Después de pagar con monedas, salió cabizbaja sin mirar a Strike.

El detective regresó a su portal, en la otra acera, donde se comió las patatas fritas que se había comprado sin apartar la mirada de las ventanas iluminadas de encima de la tienda. Que la chica se hubiera llevado dos Coca-Colas quería decir que Whittaker estaba allí, quizá desnudo y despatarrado sobre un colchón, como Strike lo había visto tantas veces a lo largo de su adolescencia. El detective no esperaba que aquello fuera a afectarle tanto, pero mientras esperaba en la cola del *fish and chips*, saber que tal vez se encontrara a sólo unos metros de aquel desgraciado, separado de él únicamente por un techo endeble de madera y yeso, había hecho que se le acelerara el pulso. Siguió observando el piso con tesón, hasta que, alrededor de la una de la madrugada, se apagaron las luces de las ventanas sin que hubiera habido ni rastro de Whittaker.

Con Laing tampoco había tenido suerte. Tras un examen minucioso mediante Google Street View, había llegado a la conclusión de que el balcón donde había posado Laing con su pelo de zorro para la fotografía de su perfil de JustGiving correspondía a un piso de un bloque bajo y destartalado de Wollaston Close, a escasa distancia del Strata. Ni la guía telefónica ni el censo electoral revelaban que Laing tuviera relación alguna con aquella vivienda, pero Strike seguía abrigando esperanzas de que estuviera allí de prestado, o de que hubiera alquilado el piso y no tuviera teléfono fijo. El martes por la noche se había pasado horas vigilando la fachada, y se había llevado unas gafas de visión nocturna que, cuando se ponía el sol, le permitían fisgar por las ventanas sin cortinas, pero no vio ni rastro del escocés entrando, saliendo ni moviéndose por ninguno de los pisos del edificio.

Como no quería que Laing sospechara que lo estaba espiando, Strike había decidido no preguntar llamando directamente a las puertas, sino que durante el día se había quedado merodeando cerca de los arcos de ladrillo bajo un puente de ferrocarril, donde se habían instalado pequeños negocios, como una cafetería ecuatoriana y una peluquería. Mientras comía y bebía, solo, rodeado de alegres sudamericanos, Strike llamaba la atención por su silencio y su aspecto taciturno.

Al desperezarse en la silla ante el ordenador de Robin, emitió otro bostezo que se convirtió en un gruñido de cansancio, y por eso no oyó los primeros pasos por la escalera metálica. Cuando se dio cuenta de que se acercaba alguien y miró la hora (era demasiado pronto para que fuera Robin, porque le había dicho que el tren de su madre salía a las once), una sombra ascendía ya por la pared, detrás del cristal esmerilado. Llamaron a la puerta con los nudillos, y Strike se llevó una sorpresa al ver entrar a Déjà Vu en la recepción.

El empresario barrigón de mediana edad era bastante más rico de lo que sugería su aspecto insulso y un tanto desaliñado. Su cara, completamente vulgar, ni atractiva ni fea, revelaba ese día una consternación profunda.

—Me ha dejado —dijo sin preámbulos.

Se dejó caer en el sofá de piel artificial produciendo una erupción de falsas ventosidades, y se llevó una sorpresa. Strike supuso que era la segunda vez que le pasaba ese día: también debía de haberlo sorprendido que lo hubieran abandonado, cuando el procedimiento habitual era que él recogiera pruebas de la infidelidad de la rubia de turno y se las presentara para poner fin a la relación. A medida que Strike iba conociendo a su cliente, entendía mejor que, para Déjà Vu, eso constituía una especie de satisfactorio clímax sexual. Por lo visto, aquel hombre era una curiosa mezcla de masoquista, *voyeur* y maniático del control.

—¿En serio? —Strike se levantó y se dirigió hacia el hervidor; necesitaba cafeína—. La hemos vigilado muy de cerca y no hemos visto nada que indicara que estuviese saliendo con otro hombre.

La verdad era que lo único que había hecho en toda la semana con relación a Platinum había sido contestar las llamadas de Raven, y algunas, incluso, las había dejado ir a parar al buzón de voz mientras él seguía a Don Furibundo. Ni siquiera estaba seguro de haber escuchado todos los mensajes. Confiaba en que Raven no hubiera intentado advertirlo de que había aparecido otro ricachón dispuesto a costear parte de la matrícula universitaria de Platinum a cambio de privilegios exclusivos, porque, si era así, ya podía despedirse del dinero de Déjà Vu.

—Entonces, ¿por qué me ha dejado? —preguntó el empresario.

«Porque eres un puto pirado.»

—Bueno, yo no puedo jurar que no haya nadie más —dijo Strike, escogiendo sus palabras con cuidado mientras ponía unas cucharadas de café instantáneo en una taza—. Sólo digo que, si hay otra persona, la chica ha sido muy lista. Hemos vigilado todos sus desplazamientos —mintió—. ¿Café?

—Creía que era usted el mejor —masculló Déjà Vu—. No, no tomo soluble.

A Strike le sonó el móvil. Se lo sacó del bolsillo y vio que era Wardle.

—Lo siento, tengo que contestar esta llamada —le dijo a su contrariado cliente, y contestó—: Hola, Wardle.

—Malley está descartado —dijo el policía.

Que, durante un par de segundos, a Strike no le dijeran nada esas palabras era una señal del alcance de su agotamiento. Pero enseguida cayó en que Wardle se refería al mafioso que en una ocasión le había cortado el pene a un hombre, y de cuya culpabilidad en el caso de la pierna Wardle parecía convencido.

—Vale. Digger —dijo Strike para demostrar que prestaba atención—. Está descartado, ¿no?

—No puede haber sido él. Estaba en España cuando mataron a la chica.

—En España —repitió Strike.

Déjà Vu se puso a tamborilear con sus gruesos dedos en el brazo del sofá.

—Pues sí —confirmó Wardle—. En Menorca, no te jode.

Strike dio un sorbo de café; estaba tan fuerte que parecía que había echado el tarro entero en el agua. Estaba empezando a dolerle un lado de la cabeza. Casi nunca tenía jaqueca.

—Pero hemos avanzado con aquellas dos fotografías que te enseñé —añadió Wardle—. Las del chico y la chica que publicaban en aquel sitio web de chiflados donde Kelsey había preguntado si alguien sabía algo de ti.

Strike recordaba vagamente las fotografías que le había enseñado Wardle de un hombre con los ojos asimétricos y una mujer de pelo negro con gafas.

—Los hemos interrogado y no la conocían en persona; sólo se habían comunicado con ella *on-line*. Además, él tiene una coartada a prueba de bombas para el día del crimen: estaba haciendo un turno doble en Asda. En Leeds. Lo hemos comprobado. Pero...

Strike comprendió que se disponía a abordar algo que consideraba prometedor.

—Hay un tipo que participaba en ese foro —continuó Wardle—; se hace llamar «Devoto» y los tiene a todos un poco alucinados. Le mola la gente que tiene algún miembro amputado. Preguntaba a las mujeres por dónde querían que les amputaran las extremidades, y por lo visto intentó quedar con un par de ellas. Últimamente está muy callado. No se sabe nada de él. Estamos intentando localizarlo.

—Ajá —dijo Strike, consciente de que la irritación de Déjà Vu iba en aumento—. Suena prometedor.

—Sí, y no me he olvidado de esa carta del tipo a quien le gustaba tu muñón —continuó Wardle—. A él también lo estamos investigando.

—Estupendo —dijo Strike, casi sin saber lo que decía, y levantó una mano para dar a entender a Déjà Vu, que estaba a punto de levantarse del sofá, que casi había terminado—. Mira, ahora estoy ocupado, Wardle. Luego hablamos.

Cuando el policía colgó, Strike intentó calmar a Déjà Vu, cuya irritación había ido en aumento mientras esperaba a que el detective finalizara su llamada. Strike, que no podía permitirse el lujo de echar por la borda posibles nuevos encargos, no le preguntó precisamente qué pensaba que podía hacer él respecto al hecho de que su novia lo hubiera mandado a paseo. Siguió bebiéndose el café solo mientras su dolor de cabeza empeoraba; su emoción predominante era un deseo intenso de estar en posición de mandar a Déjà Vu a la mierda.

—Bueno, ¿qué piensa hacer al respecto? —preguntó su cliente.

Strike no supo si le estaba pidiendo que obligara a Platinum a retomar la relación, que la persiguiera por todo Londres con la esperanza de descubrir a otro amante o que le devolviera el dinero. Sin embargo, todavía no había contestado cuando oyó más pasos por la escalera y voces femeninas. Déjà Vu, sorprendido, apenas tuvo tiempo de lanzarle una mirada interrogante al detective antes de que se abriera la puerta de cristal.

A Strike, Robin le pareció más alta de como la recordaba: más alta, más guapa y más abochornada. Detrás de ella (y en circunstancias normales eso le habría interesado y divertido) había una mujer que sólo podía ser su madre. Pese a ser un poco más baja y un poco más gruesa, tenía el mismo pelo rubio rojizo, los mismos ojos grises azulados y una expresión de bondad y perspicacia que al jefe de Robin le resultaba extremadamente familiar.

—Lo siento mucho —se disculpó Robin al ver a Déjà Vu, y se paró en seco—. Esperaremos abajo. Vamos, mamá.

Su cliente descontento se levantó, claramente enojado.

—No, no, no se preocupe —dijo—. No tenía cita. Me marcho. Ya me enviará la última factura, Strike.

Y salió de la oficina.

Al cabo de una hora y media, Robin y su madre iban sentadas en silencio en el taxi que las llevaba a King's Cross, con la maleta de Linda balanceándose un poco en el suelo.

Linda había insistido en que su hija le presentara a Strike antes de regresar a Yorkshire.

—Hace más de un año que trabajas para él. Supongo que no le importará que pase a saludarlo, ¿no? Como mínimo me gustaría ver dónde trabajas, para que cuando me hables de la oficina pueda imaginármela...

Robin se había resistido cuanto había podido, abochornada por la mera perspectiva de presentarle a Strike a su madre. La situación le parecía infantil, inapropiada y ridícula. Pero sobre todo le preocupaba que presentándose en la agencia con su madre hubiera reforzado la evidente convicción de Strike de que estaba demasiado afectada para seguir trabajando en el caso Kelsey.

Robin se arrepintió amargamente de haber revelado su aflicción al recibir la tarjeta con la ilustración de Vettriano. No debería haber permitido que se notara que estaba asustada, sobre todo después de haberle contado a Strike lo de la violación. Él decía que eso no había tenido nada que ver, pero ella sabía que sí: no era la primera vez, ni mucho menos, que le decían lo que le convenía y lo que no.

El taxi iba a toda velocidad por el Inner Circle y Robin tuvo que recordarse que su madre no tenía la culpa de que se hubieran topado con Déjà Vu. Debería haber llamado a Strike antes de subir a la oficina. La verdad era que confiaba en que él hubiera salido o hubiera subido al ático; así habría podido enseñarle la oficina a Linda y marcharse de allí sin tener que presentarlos. En realidad, temió que, si lo avisaba, Strike haría todo lo posible por estar allí para conocer a su madre, por una combinación característica de picardía y curiosidad.

Linda y Strike charlaron mientras Robin preparaba té y permanecía callada deliberadamente. Tenía la firme sospecha de que una de las razones por las que Linda quería conocer a Strike era para evaluar el grado exacto de cercanía que existía entre el detective y su hija. Por suerte, Strike tenía un aspecto horrible, aparentaba diez años más y tenía aquellas ojeras y aquel mentón sombreado que se le ponían cuando dormía poco por culpa del trabajo. Era muy poco probable que Linda imaginara que Robin le estaba ocultando un presunto enamoramiento después de haber visto a su jefe.

—Me ha caído bien —dijo Linda cuando ya entreveían el edificio de ladrillo rojo de la estación de St. Pancras—, y, además, puede que no sea guapo, pero tiene algo.

—Sí —dijo Robin con frialdad—. Sarah Shadlock opina lo mismo.

Poco antes de que madre e hija se marcharan a la estación, Strike había pedido cinco minutos para hablar con Robin a solas en su despacho. Allí le había dado una primera lista de salones de masaje, clubs de estriptis y locales de *lap-dance* de Shoreditch y le había pedido que iniciara el laborioso proceso de llamar por teléfono a todos esos locales preguntando por Noel Brockbank.

—Cuanto más lo pienso —había dicho Strike—, más convencido estoy de que todavía debe de trabajar de segurata o de matón. ¿De qué otra cosa puede currar un tipo como él, tan corpulento, con una lesión cerebral y con su historial?

Por deferencia hacia Linda, que seguramente los estaba oyendo, Strike omitió añadir que estaba convencido de que Brockbank seguía trabajando en la industria del sexo, donde era más fácil encontrar a mujeres vulnerables.

—Vale —dijo Robin, y dejó la lista de Strike encima de la mesa—. Voy a acompañar a mi madre a la estación y cuando vuelva...

—No, quiero que lo hagas desde tu casa. Anota todas las llamadas que hagas; te reembolsaré el dinero.

En la mente de Robin destelló de manera fugaz una imagen del poster de *Survivor* de Destiny's Child.

—¿Cuándo quieres que vuelva a la oficina?

—Esperemos a ver cuánto tiempo te lleva —contestó él, y tras interpretar correctamente la expresión de su ayudante, añadió—: Mira, me parece que acabamos de perder a Déjà Vu para siempre. De Don Furibundo puedo ocuparme yo solo...

—¿Y Kelsey?

—Estarás intentando localizar a Brockbank —dijo Strike señalando la lista que Robin tenía en la mano; tenía un fuerte dolor de cabeza, aunque ella no lo sabía, y añadió—: Mira, mañana nadie irá a trabajar, es festivo, la boda real...

Estaba más claro que el agua: quería que se quitara de en medio. Algo había cambiado mientras ella había estado fuera de la oficina. Quizá Strike hubiera recordado que, al fin y al cabo, Robin no se había formado en la Policía Militar, y que nunca había visto cuerpos desmembrados hasta el día en que les habían enviado una pierna por mensajero. Resumiendo: que no era la clase de socia que iba a serle útil ahora que realmente necesitaba ayuda.

—Acabo de tomarme cinco días de fiesta...

—Robin, por favor —dijo él, perdiendo la paciencia—, sólo tienes que hacer listas y llamadas. ¿Qué más da que no lo hagas desde la oficina?

«Sólo tienes que hacer listas y llamadas.»

Robin se acordó de que Elin la había llamado «la secretaria de Strike».

En el taxi, sentada al lado de su madre, una avalancha de rabia y resentimiento arrasó con su racionalidad.

Delante de Wardle, cuando había necesitado que mirara las fotografías de un cadáver desmembrado, la había llamado «su socia». Sin embargo, no había habido ningún contrato nuevo, ninguna renegociación formal de su relación laboral. Robin escribía a máquina más deprisa que Strike, cuyos dedos gruesos y peludos tecleaban con torpeza: ella se ocupaba de la mayor parte de las facturas y los correos electrónicos, así como de archivar los documentos. Pensó que tal vez el propio Strike le hubiera dicho a Elin que era su secretaria. Quizá llamarla «socia» sólo hubiera sido un piropo, una forma de hablar. Quizá (Robin estaba exacerbando deliberadamente su resentimiento, y lo sabía) Strike y Elin hablaran de las deficiencias de Robin durante sus cenas clandestinas. Quizá él le hubiera confesado a su novia que se arrepentía de haber contratado a una chica que, al fin y al cabo, sólo buscaba un empleo temporal cuando se habían conocido. Seguramente también le había contado a Elin lo de la violación.

«Para mí también fueron tiempos difíciles.»

«Sólo tienes que hacer listas y llamadas.»

Por sus mejillas resbalaban lágrimas de rabia y frustración.

—Robin... —dijo Linda.

—No pasa nada —repuso Robin con fiereza, y se enjugó las lágrimas con las palmas de las manos.

Estaba loca por empezar a trabajar otra vez después de pasarse cinco días encerrada en casa con su madre y con Matthew, después de los silencios incómodos en el pisito, de las conversaciones en voz baja que sabía que Linda había mantenido con Matthew mientras ella estaba en el cuarto de baño, y sobre las que Robin no había querido preguntar. No quería volver a quedarse atrapada en casa. Por muy irracional que pareciera, se sentía más segura en el centro de Londres, atenta por si veía a aquel hombre corpulento con gorro, que en su piso de Hastings Road.

Por fin pararon delante de King's Cross. Robin, consciente de las miradas de soslayo de Linda, se esforzó por controlar sus emociones mientras cruzaban la estación, abarrotada, camino del andén. Esa noche, Matthew y ella volverían a estar a solas, con la perspectiva nada halagüeña de aquella conversación que tenían pendiente, la definitiva. Robin no había querido que su madre fuera a pasar unos días con ella, sin embargo, su partida inminente la obligó a admitir que la presencia de Linda le había servido de consuelo y que ni siquiera se lo había agradecido.

—Bueno —dijo Linda después de colocar su maleta en la rejilla portaequipajes y volver al andén para estar un par de minutos más con su hija—. Esto es para ti. —Le tendió quinientas libras.

—Mamá, no puedo aceptar...

—Sí puedes. Guárdatelo para el depósito de otro piso de alquiler, o para unos zapatos Jimmy Choo para la boda.

El martes habían ido a Bond Street a mirar escaparates y habían visto joyas espectaculares, bolsos que costaban más que un coche de segunda mano y ropa de marca a la que ninguna de las dos podía siquiera aspirar. Aquello no podía compararse con las tiendas de Harrogate. Los escaparates que Robin había mirado con más codicia eran los de las zapaterías. A Matthew no le gustaba que llevara tacones muy altos; desafiante, Robin le había confesado a su madre cómo le gustaría comprarse unos zapatos de tacón de aguja de trece centímetros.

—No puedo —repitió Robin en medio del bullicio y el ajetreo de la estación.

Más adelante, ese mismo año, sus padres iban a tener que pagar la mitad de los gastos de la boda de su hermano Stephen. Ya habían dejado una paga y señal considerable para el banquete de Robin, que ya se había aplazado una vez; le habían comprado el vestido y habían pagado los retoques, habían perdido el depósito de los coches de la boda...

—Quiero que te lo quedes —insistió Linda, severa—. Inviértelo en un piso de soltera o cómprate unos zapatos de boda.

Robin contuvo las lágrimas y no dijo nada.

—Decidas lo que decidas, puedes contar con mi apoyo y con el de tu padre —continuó Linda—, pero quiero que te preguntes por qué no has querido que nadie más sepa por qué se ha cancelado la boda. No puedes seguir viviendo en un limbo. No es bueno ni para ti ni para Matthew. Coge el dinero y decídete.

Linda envolvió a su hija en un fuerte abrazo, la besó debajo de la oreja y volvió a subir al tren. Robin se las ingenió para sonreír mientras decía adiós con la mano, pero cuando el tren arrancó por fin, llevándose a su madre a Masham, con su padre, con *Rowntree* el labrador y con todo lo que para ella era seguro y conocido, Robin se dejó caer en un banco metálico y frío, se tapó la cara con ambas manos y lloró en silencio sobre los billetes que su madre se había empeñado en darle.

—Anímate, chica. Hay muchos más peces en el mar.

Levantó la cabeza y vio que tenía a un tipo andrajoso delante. Le colgaba la barriga por encima del cinturón del pantalón y sonreía con lascivia.

Robin se levantó despacio. Era tan alta como él. Sus ojos quedaron al mismo nivel.

—Vete a tomar por culo —le dijo.

El hombre parpadeó, y su sonrisa se trocó en gesto de enojo. Mientras Robin se alejaba, ignorándolo y guardándose el dinero de Linda en el bolsillo, le oyó gritarle algo, pero ni distinguió qué ni le importó. La invadió una rabia infinita contra los hombres que consideraban que exteriorizar las emociones era una puerta abierta deliciosa; contra los que te miraban los pechos fingiendo que examinaban las botellas de vino de los expositores; contra los hombres para quienes tu mera presencia física constituía una invitación lasciva.

Su cólera creció hasta abarcar a Strike, que la había mandado a casa con Matthew porque de pronto la consideraba un lastre; que prefería hacer peligrar el negocio que ella había ayudado a poner en marcha y apañárselas sin su ayuda antes que dejar que ella hiciera lo que se le daba bien, eso en lo que a veces lo eclipsaba incluso a él, sólo por el hándicap permanente que Robin había adquirido, a ojos de Strike, por haber estado en el portal equivocado en el momento menos oportuno, siete años atrás.

De modo que sí, llamaría a esos malditos locales de *lap-dance* y a esos clubs de estriptis para encontrar al desgraciado que la había llamado «niñita», pero además haría otra cosa. De hecho, su intención había sido contárselo a Strike, pero no había tenido tiempo porque no podía arriesgarse a que su madre perdiera el tren, y además, después de que él le ordenara quedarse en casa, se le habían pasado las ganas.

Robin se ciñó el cinturón y siguió caminando, con el ceño fruncido y sintiéndose plenamente autorizada a seguir investigando esa pista sin que lo supiera Strike, ella sola.

37

This ain't the garden of Eden[45]

This Ain't the Summer of Love, Blue Öyster Cult

Decidió que, ya que tenía que quedarse en casa, vería la boda.

Al día siguiente, temprano, Robin se instaló en el sofá del salón, con el portátil abierto en el regazo, el móvil al lado y el televisor encendido. Matthew también tenía fiesta en el trabajo, pero estaba en la cocina y evitaba acercarse a ella. Ese día no le había ofrecido té, no le había preguntado por el trabajo, no se había mostrado excesivamente obsequioso con ella ni la había colmado de atenciones. Robin había notado un cambio de actitud en él desde que se había marchado su madre. Estaba nervioso, receloso, más serio. De alguna manera, en las conversaciones privadas que había mantenido con él, Linda debía de haberlo convencido de que lo que había pasado tal vez no fuera remediable.

Robin sabía muy bien que necesitaba asestar el golpe de gracia. Las palabras de despedida de Linda habían hecho aumentar su sensación de apremio. Todavía no había encontrado otro sitio donde vivir, pero, de todas formas, tenía que decirle a Matthew que se iba a marchar, y acordar qué versión de lo ocurrido iban a dar a sus familiares y amigos. Y sin embargo allí estaba, sentada en el sofá, trabajando en lugar de ocuparse del tema que parecía llenar el pequeño piso, empujar las paredes, mantener la atmósfera siempre cargada de tensión.

En la pantalla, los comentaristas, todos con flores —ellos, prendidas en el ojal; ellas, a modo de brazalete—, hablaban sin parar de la decoración de la abadía de Westminster. La cola de invitados famosos culebreaba hacia la entrada, y Robin escuchaba sin prestar demasiada atención mientras anotaba los números de teléfono de locales de *lap-dance*, clubs de estriptis y salones de masaje de Shoreditch y alrededores. De vez en cuando bajaba hasta el final de una página web y repasaba los comentarios de los clientes, sin descartar la remota posibilidad de que alguien hubiera mencionado a un vigilante de seguridad llamado Noel, pero sólo encontraba nombres de las chicas que trabajaban en el establecimiento. Muchas veces, los clientes las recomendaban en función del entusiasmo que ponían en su trabajo. Mandy, de uno de los salones de masaje, ofrecía «media hora entera» y nunca daba la impresión de que tuviera «ninguna prisa»; la fabulosa Sherry, de Beltway Strippers, se mostraba siempre «bien dispuesta, complaciente y risueña». «Recomiendo mucho a Zoe —comentaba otro cliente—: un cuerpo estupendo y un final muy "feliz".»

Si hubiera estado de otro humor —o quizá en otra vida—, Robin tal vez habría encontrado graciosa la forma en que aquellos hombres hablaban de las mujeres. Muchos de aquellos tipos que pagaban para tener relaciones sexuales necesitaban creer que el entusiasmo de las chicas era real, que se tomaban su tiempo porque querían, que les hacían muchísima gracia los chistes de los clientes, que disfrutaban haciendo los masajes cuerpo a cuerpo y los trabajitos manuales. Un usuario había llegado al extremo de publicar un poema dedicado a su chica favorita.

Mientras, diligente, componía su lista de números, Robin pensó que era improbable que a Brockbank, con un historial tan sórdido, lo hubieran contratado en alguno de los establecimientos de más categoría, en cuyos sitios web aparecían fotografías muy artísticas de chicas desnudas y pintadas con aerógrafo y se especificaba que se aceptaban parejas.

Robin sabía que los burdeles eran ilegales, pero que no tenías que navegar mucho por el ciberespacio para dar con ellos. Desde que trabajaba para Strike se había convertido en una experta en encontrar información en rincones recónditos de internet, y no tardó en empezar a investigar otros locales de la zona que aparecían mencionados en sitios web cutres dedicados al intercambio de esa clase de información. Allí, en la franja más barata del mercado, no había poemas: «Aquí te cobran sesenta libras por sexo anal»; «Sólo chicas extranjeras, ninguna inglesa»; «Muy jóvenes; seguramente, todavía limpias. Por ahí se ven algunas donde no dan ganas de meter la polla».

Muchas veces, sólo daban una ubicación aproximada. Sabía que Strike no le dejaría ir a buscar ninguno de aquellos sótanos y pisos donde trabajaban chicas «chinas» o «casi todas de Europa del Este».

Paró un momento y, para aflojar el nudo prieto que le oprimía el pecho, dirigió la mirada, quizá inconscientemente, hacia el televisor. Los príncipes Guillermo y Enrique recorrían juntos el pasillo. Mientras los observaba, se abrió la puerta del salón y entró Matthew con una taza de té en la mano. No le había preguntado si le apetecía una. Se sentó en la butaca sin decir nada y se puso a mirar el televisor.

Robin siguió trabajando, plenamente consciente de que Matthew estaba a su lado. Que se sentara allí con ella y no le dirigiera la palabra era una novedad, igual que el hecho de que no la interrumpiese ni siquiera para ofrecerle una taza de té y la dejara ocuparse de sus cosas. También era novedoso que no cogiese el mando a distancia y cambiara de canal.

Las cámaras volvieron al exterior del Goring Hotel, donde estaban alerta para poder ofrecer las primeras imágenes de Kate Middleton con su vestido de novia. Robin lanzaba miradas disimuladamente por encima de su portátil mientras revisaba, con parsimonia, una serie de comentarios plagados de faltas de ortografía sobre un burdel cerca de Commercial Road.

Un estallido de aplausos seguido del cambio de tono de los comentarios, más tenso, hizo que Robin levantara la cabeza a tiempo para ver a Kate Middleton entrar en una limusina. Alcanzó a ver las mangas largas de encaje, iguales que las que ella había hecho quitar de su vestido de novia...

La limusina arrancó despacio. Apenas se veía a Kate Middleton dentro, sentada al lado de su padre. Había decidido dejarse el pelo suelto. Robin también tenía pensado llevarlo así. A Matthew le gustaba. Aunque eso ya no importaba...

La multitud aplaudía a lo largo de todo el Mall y había banderas del Reino Unido hasta donde alcanzaba la vista.

Cuando Matthew se volvió hacia ella, Robin fingió seguir enfrascada en la pantalla de su ordenador.

—¿Te apetece un té?

—No —contestó ella—. Gracias —añadió de mala gana, al darse cuenta de lo agresiva que había sonado.

A Robin le sonó el móvil. Normalmente, Matthew se enfurruñaba si pasaba eso cuando ella tenía el día libre: daba por hecho que era Strike, y a veces tenía razón. Ese día se limitó a volverse para seguir viendo la boda.

Robin cogió el móvil y leyó el mensaje que acababa de recibir:

¿Cómo sé que no eres periodista?

Era la pista que estaba siguiendo sin que lo supiera Strike, y tenía la respuesta preparada. Mientras en la pantalla del televisor la multitud aplaudía a la limusina, que avanzaba lentamente, ella escribió:

Si los periodistas supieran algo de ti, ya los tendrías delante de tu casa. Te dije que me buscaras en internet. Hay una fotografía en la que salgo entrando en el juzgado para testificar en el caso del asesinato de Owen Quine. ¿La has encontrado?

Volvió a dejar el teléfono; el corazón le latía más deprisa.

Kate Middleton estaba saliendo de la limusina, que se había detenido delante de la abadía de Westminster. El vestido de encaje le hacía una cintura diminuta. ¡Parecía tan feliz!... Sinceramente feliz. A Robin le martilleaba el corazón en el pecho mientras veía a aquella mujer tan hermosa, tocada con una diadema, avanzar hacia la entrada de la abadía.

Le sonó otra vez el móvil.

Sí. He visto la foto. ¿Y?

Matthew, con la taza de té en los labios, hizo un ruidito extraño que Robin ignoró. Debió de pensar que estaba enviándole mensajes a Strike, que era la causa habitual de sus muecas y sus ruiditos de fastidio. Robin abrió la cámara del móvil, se lo puso delante de la cara y se hizo una foto.

El flash asustó a Matthew, que torció la cabeza. Estaba llorando.

A Robin le temblaron los dedos cuando envió la fotografía que acababa de hacerse con un mensaje de texto. Después, como no quería mirar a Matthew, siguió viendo la televisión.

Kate Middleton y su padre caminaban a paso lento por el pasillo, cubierto con una alfombra roja, que dividía en dos el mar de cabezas y sombreros. Ante ella se representaba la culminación de un millón de fábulas y cuentos de hadas: la plebeya avanzando lentamente hacia su príncipe, el aristócrata inexorablemente atraído por la beldad...

Contra su voluntad, Robin recordó la noche en que su novio le había propuesto matrimonio bajo la estatua de Eros de Piccadilly Circus. Había vagabundos sentados en los escalones, y se burlaron de Matthew cuando se arrodilló. Aquella escena inesperada en esos sucios escalones la había pillado completamente por sorpresa: Matthew estropeando su mejor traje al apoyarse en la piedra húmeda y mugrienta; el olor a alcohol mezclado con el de los gases de los tubos de escape; la cajita de terciopelo azul y, dentro, el zafiro titilante, más pequeño y más claro que el de Kate Middleton. Más tarde, Matthew le contó que lo había escogido porque hacía juego con sus ojos. Uno de los vagabundos se levantó y se puso a aplaudir, borracho, cuando ella dio el sí. Robin se acordaba de los destellos de los letreros de neón de Piccadilly que se reflejaban en el rostro sonriente de Matthew.

Nueve años de vida en común, creciendo juntos, discutiendo y reconciliándose, queriéndose. Nueve años aferrándose el uno al otro para superar un trauma que debería haberlos separado.

Se acordó del día después de la pedida, el día en que la agencia de trabajo temporal la había enviado a entrevistarse con Strike. Parecía que hubiera transcurrido mucho más tiempo del que había pasado en realidad. Se sentía una persona diferente; o, como mínimo, se había sentido una persona diferente hasta que Strike le había ordenado quedarse en casa y copiar unos números de teléfono, sin aclararle cuándo podría volver a la oficina y seguir trabajando con él.

—Ellos lo dejaron.

—¿Qué dices?

—Lo dejaron —dijo Matthew, y se le quebró la voz. Señaló la pantalla con la barbilla. El príncipe William acababa de volverse para mirar a la novia—. Durante un tiempo.

—Sí, ya lo sé —dijo Robin.

Intentó hablar con frialdad, pero la expresión de Matthew era de aflicción profunda.

«A lo mejor es que de alguna manera pienso que mereces a alguien mejor que yo.»

—¿Va en serio? ¿Seguro que hemos terminado? —preguntó.

Kate Middleton había llegado al altar y se había detenido junto al príncipe Guillermo. Parecían muy contentos de volver a estar juntos.

Robin, con la vista fija en la pantalla, comprendió que ese día su respuesta a la pregunta de Matthew sería tomada como definitiva. Su anillo de compromiso seguía donde lo había dejado, encima de unos libros de texto de contabilidad viejos, en la estantería. Ninguno de los dos lo había tocado desde que Robin se lo había quitado.

—Queridos hermanos... —comenzó el deán de Westminster.

Se acordó del día en que él le había pedido salir por primera vez y de que había vuelto de la escuela radiante, sin poder contener su orgullo y su emoción. Se acordó de Sarah Shadlock riendo, apoyándose en Matthew en un pub de Bath, y de él arrugando un poco el ceño y apartándose. Pensó en Strike y Elin... «¿Qué tienen que ver ellos?»

Se acordó de Matthew, pálido y tembloroso, en el hospital donde había estado veinticuatro horas ingresada después de la violación. Se había saltado un examen para estar con ella; ni siquiera había avisado. Su madre se había enfadado, y él había tenido que volver a presentarse en verano.

«Tenía veintiún años y entonces no sabía lo que ahora sé: que no hay nadie como tú y que jamás podría querer a nadie tanto como te quiero a ti...»

Sarah Shadlock abrazándolo cuando él estaba borracho, seguro, mientras él le expresaba sus confusos sentimientos hacia Robin, que sufría agorafobia y no soportaba que la tocaran...

El móvil volvió a sonar. Automáticamente, ella lo cogió y leyó:

Vale, te creo.

Sin asimilar el mensaje que acababa de recibir, y sin contestarlo, Robin dejó el móvil encima del sofá. Los hombres ofrecían una imagen muy trágica cuando lloraban. Matthew tenía los ojos rojos. Le temblaban los hombros.

—Matt —dijo en voz baja, por encima de los sollozos silenciosos de él—. Matt...

Le tendió una mano.

38

Dance on Stilts[46]

El cielo iba tiñéndose de un rosa veteado, pero las calles seguían atestadas de gente. Miles de londinenses y forasteros ocupaban las aceras, invadidas de sombreros de color rojo, blanco y azul, banderas del Reino Unido y coronas de plástico, también había payasos que bebían cerveza y llevaban de la mano a críos con la cara pintada. Y todos caminaban arriba y abajo y se arremolinaban creando una marea de sensiblería. Llenaban el metro, abarrotaban las calles, y al abrirse paso entre ellos, buscando eso que necesitaba, oyó más de una vez el estribillo del himno nacional, entonado de forma poco melodiosa por los achispados y, en una ocasión, con gran virtuosismo por un grupo de alegres galesas que le impedían pasar cuando intentaba salir de la estación.

Había dejado a la Cosa llorando. La boda real le había levantado temporalmente el ánimo, había provocado empalagosas muestras de afecto y lágrimas de autocompasión, y hasta quejumbrosas indirectas sobre el compromiso y la compañía. Él había controlado su mal genio únicamente porque cada nervio, cada átomo de su cuerpo estaban concentrados en lo que iba a hacer esa noche. Concentrado en la liberación inminente, se había mostrado paciente y cariñoso, pero su recompensa había sido que la Cosa había tenido la monumental desfachatez de intentar impedir que se marchara.

Él ya se había puesto la cazadora donde llevaba escondidos los cuchillos, y no había podido contenerse más. Aunque no le había puesto la mano encima, sabía cómo aterrorizar e intimidar a la Cosa mediante las palabras, mediante el lenguaje corporal, con una súbita revelación de la bestia que ocultaba en su interior. Había salido de la casa dando un portazo, y había dejado a la Cosa atemorizada y consternada.

Iba a tener que trabajar mucho para remediarlo, pensó mientras se abría paso entre un grupo de gente que bebía en la acera. Un puñetero ramo de flores, unas palabras de falso arrepentimiento, algún cuento chino sobre el estrés... Esos pensamientos le hicieron adoptar una expresión de maldad. Nadie se atrevió a plantarle cara, por su tamaño y por su actitud, a pesar de que golpeó a varias personas al pasar entre el grupo de transeúntes. Eran como bolos de carne y para él carecían de vida, no significaban nada. Para él, las personas sólo tenían valor si podían ayudarlo a conseguir algo. Por eso la Secretaria había adquirido tanta importancia. Él nunca había seguido a ninguna mujer tanto tiempo.

Sí, con la última también había tardado bastante, pero aquello había sido diferente: aquella zorra estúpida había caído en sus garras con tanta alegría que se diría que su única ambición en la vida había sido que la descuartizaran. Y de hecho lo era...

Sonrió al pensarlo. Las toallas de color melocotón y el olor a sangre... Estaba empezando a tener esa sensación otra vez, ese sentimiento de omnipotencia. Esa noche conseguiría una, lo presentía...

Headin' for a meeting, shining up my greeting...[47]

Andaba a la caza de una chica que se hubiera separado de aquellas masas de gente, aturullada por el alcohol y la sensiblería, pero iban todas por la calle en tropel, de modo que empezó a pensar que tal vez tendría que contentarse con una prostituta.

Los tiempos habían cambiado, ya nada era como antes. Gracias a los teléfonos móviles y a internet, las putas ya no necesitaban pasearse por las calles. Hoy en día, contratar los servicios sexuales de una mujer era tan fácil como encargar una pizza, pero él no quería dejar rastro en línea ni en el teléfono móvil de ninguna furcia. En las calles sólo quedaban los saldos, y él se conocía todas las zonas, pero tenía que ser un sitio con el que él no tuviera ninguna relación, un sitio bien alejado de la Cosa.

A las doce menos diez recorría las calles de Shacklewell con el cuello de la cazadora levantado y tapándole media cara, la gorra calada ocultándole la frente, los cuchillos (uno recto de trinchar y un machete) dándole contra el pecho. Restaurantes indios todavía abiertos, más pubs, banderines con la Union Jack por todas partes... La encontraría, aunque le llevara toda la noche.

Vio a tres mujeres con minifalda, hablando y fumando en un rincón oscuro. Pasó de largo por la otra acera, y una de ellas lo llamó, pero él la ignoró y siguió adelante. Tres eran demasiadas: quedaban dos testigos.

Cazar a pie era más fácil por una parte y más difícil por otra. No tenía que preocuparse de que las cámaras registraran la matrícula del coche, pero tenía que pensar adónde se la llevaría, y, evidentemente, después era mucho más difícil huir.

Deambuló por las calles durante una hora más hasta que volvió a encontrarse en el mismo tramo de calle donde había visto a las tres prostitutas. Ahora sólo había dos. Más manejable. Un único testigo. Llevaba la cara tapada casi por completo. Vaciló, y en ese momento un vehículo redujo la velocidad y el conductor mantuvo una breve conversación con las chicas. Una de ellas se metió en el coche, y éste se alejó.

Un veneno maravilloso inundó sus venas y su cerebro. Había sucedido exactamente lo mismo que la primera vez: entonces también se había quedado con la más fea y había podido hacer lo que había querido con ella.

No había tiempo para titubear. Cualquiera de sus dos compañeras podía regresar en cualquier momento.

—¿Te lo has pensado mejor, guapo?

Tenía una voz gutural, pese a que parecía muy joven; llevaba una melena corta y escalada, teñida de rojo con henna, y *piercings* en las orejas y en la nariz, que tenía irritada, como si estuviera resfriada. Además de la cazadora de cuero y la minifalda de caucho, llevaba unos zapatos de tacón vertiginosos sobre los que le costaba mantener el equilibrio.

—¿Cuánto? —preguntó él, y no prestó mucha atención a su respuesta. Lo importante ya lo tenía.

—Si quieres, podemos ir a mi casa.

Dijo que sí, pero estaba tenso. Más valía que fuera un pequeño estudio amueblado y que no hubiera nadie en la escalera que pudiera ver ni oír nada: un rinconcito modesto, con lo mínimo. Si resultaba ser algún tipo de espacio compartido, o un burdel, con otras chicas y una puta gorda y vieja al mando, o peor aún, un chulo...

La chica bajó de la acera bamboleándose antes de que el semáforo de peatones cambiara a verde. Él la agarró por el brazo y tiró de ella en el preciso instante en que una furgoneta blanca pasaba a toda velocidad.

—¡Mi salvador! —dijo ella riendo—. Gracias, tesoro.

Se dio cuenta de que la chica había tomado algo. Había visto a montones como ella. Aquella nariz goteante e irritada le repugnaba. Se reflejaban en los escaparates oscuros de las tiendas y parecían padre e hija, porque ella era muy bajita y delgada, y él, muy alto y fornido.

—¿Has visto la boda? —preguntó ella.

—¿Qué?

—La boda real. Ella estaba preciosa.

Hasta aquella putita repugnante estaba loca con la boda. Mientras andaban, hablaba de sí misma sin parar, riendo demasiado a menudo, tambaleándose sobre sus zapatos de tacón baratos, mientras él permanecía en silencio.

—Qué pena que su madre no pueda ver cómo se casa su hijo, ¿verdad? Es ahí —dijo la chica señalando un bloque de pisos, una manzana más allá—. Vivo allí.

Ya desde lejos, vio que había gente alrededor de la puerta, que estaba iluminada, y a un hombre sentado en los escalones. Se paró en seco.

—No —dijo.

—¿Qué pasa? No te preocupes, cielo. Me conocen —se apresuró a decir ella.

—No —repitió él, y de pronto apretó la mano con furia alrededor del brazo flacucho de la chica. ¿Qué se había pensado?

¿Acaso creía que se chupaba el dedo?—. Vamos allí —dijo señalando un hueco oscuro entre dos edificios.

—Pero, cielo, tengo una cama...

—Vamos allí —insistió él, furioso.

La chica lo miró con sus ojos excesivamente maquillados y pestañeó, un poco desconcertada, pero la muy imbécil tenía la capacidad de raciocinio reducida, y él la convenció sin decir nada, a fuerza de personalidad.

—Vale, cielo. Como quieras.

Sus pasos crujieron por una superficie que parecía cubierta, en parte, de grava. Temió que hubiera luces de seguridad o sensores, pero veinte metros más allá los esperaba una oscuridad aún más cerrada.

Él llevaba puestos los guantes. Le entregó los billetes. Ella le desabrochó la bragueta. A él todavía no se le había puesto dura. Mientras ella, de rodillas, se ponía manos a la obra en la oscuridad, tratando de provocarle una erección, él, sin hacer ruido, sacó los cuchillos que llevaba escondidos en el forro de nailon de la cazadora. Asió uno con cada mano, las palmas sudadas alrededor de los mangos de plástico...

Le dio una patada tan fuerte en el estómago que la chica salió despedida hacia atrás. Se oyó un grito ahogado, y luego un crujir de grava que le indicó que había caído al suelo. Él avanzó tambaleándose, con la bragueta todavía abierta, con los pantalones resbalando de sus caderas, hasta que tropezó con ella y se le tiró encima.

Le clavó el cuchillo de trinchar una vez, y otra, y otra; dio contra un hueso, seguramente una costilla; volvió a clavárselo. Salió un silbido de los pulmones de la chica, que de pronto gritó.

Pese a que estaba sentado a horcajadas encima de ella, la chica forcejeaba, y él no le encontraba el cuello para acabar de una vez. Blandió el machete con todas sus fuerzas con la mano izquierda, pero, aunque le costara creerlo, ella todavía tuvo fuerzas para volver a gritar.

Soltó un torrente de obscenidades mientras clavaba una y otra vez el cuchillo de trinchar. Ella seguía intentando defenderse, y él le pinchó en la palma de una mano. Entonces se le ocurrió una idea: le sujetó un brazo, le puso una rodilla encima, levantó el cuchillo...

—¡Maldita chupapollas de mierda!

—¡Eh! ¿Quién hay ahí?

«¡Me cago en la puta!»

Se oyó una voz de hombre en la oscuridad, proveniente de la calle. Repitió:

—¿Quién hay ahí?

Se levantó, se subió los calzoncillos y los pantalones, se apartó haciendo el menor ruido posible, con los dos cuchillos en la mano izquierda y lo que creía que eran dos dedos de la chica en la derecha, todavía calientes, con el hueso asomando y sangrando. La chica todavía gemía y lloriqueaba. Y entonces emitió un último y largo resuello y se calló.

Se marchó renqueando, sin saber adónde iba, lejos del cuerpo inmóvil de la mujer, con todos los sentidos alerta, como un gato que oye acercarse a un perro.

—¿Todo bien por ahí? —dijo una voz fuerte y masculina.

Había llegado a una pared. Avanzó tanteándola hasta que dio paso a una malla metálica. La luz lejana de una farola le permitió distinguir el contorno de lo que parecía un taller de coches destartalado, al otro lado de la valla, y las siluetas tétricas de unos vehículos en la penumbra. En el sitio de donde acababa de irse se oyeron pasos: el hombre se había acercado a investigar qué eran aquellos gritos.

No debía dejarse llevar por el pánico. No debía correr. Si hacía ruido, lo estropearía todo. Poco a poco, fue bordeando el recinto vallado, donde estaban los coches viejos, hacia una zona oscura que podía ser una abertura hacia una calle adyacente o un callejón sin salida. Se guardó los cuchillos ensangrentados en la cazadora y los dedos de la chica en el bolsillo y siguió caminando despacio, tratando de no respirar.

Un grito resonó en el callejón:

—¡Hostia puta! ¡Andy¡ ¡ANDY!

Echó a correr. Sus pasos ya no se oirían porque los gritos reverberaban en las paredes y, como si el universo hubiera vuelto a ponerse de su parte, otra vez pisaba suelo blando, cubierto de hierba, y avanzó pesadamente hacia la nueva oscuridad de aquella abertura...

Era un callejón sin salida: al final había un muro de casi dos metros. Oyó pasar coches al otro lado. No tenía alternativa: jadeando, aferrándose como podía, lamentando no ser el de antes, joven y fuerte y en forma, buscó dónde apoyar los pies y empezó a trepar, desoyendo las protestas de sus músculos.

El pánico puede hacer maravillas. Trepó hasta lo alto del muro y saltó por el otro lado. Al caer se hizo daño en las rodillas, pero se tambaleó un poco y recobró el equilibrio.

«Sigue andando, sigue andando... como si nada... como si nada... como si nada...»

Los coches pasaban rugiendo a su lado. Disimulando, se limpió las manos ensangrentadas en la cazadora. Oyó gritos lejanos, demasiado apagados para entender qué decían. Tenía que alejarse de allí tan aprisa como pudiera. Iría a ese sitio del que la Cosa no sabía nada.

Una parada de autobuses. Corrió un poco y se puso en la cola. No importaba adónde fuera, mientras el autobús lo sacara de allí.

Su pulgar dejó una mancha de sangre en el billete. Se lo guardó en el fondo del bolsillo, y tocó los dedos cortados de la chica.

El autobús se puso en marcha con gran estruendo. Respiró hondo, despacio, tratando de tranquilizarse.

En el piso de arriba, alguien empezó a cantar el himno nacional. Otra vez. El autobús aceleró. Le dio un vuelco el corazón. Poco a poco, su respiración fue normalizándose.

Mientras contemplaba su reflejo en la ventana sucia, hizo rodar el dedo de la chica, todavía caliente, entre los suyos. A medida que el pánico desaparecía, la euforia iba ocupando su lugar. Se sonrió a sí mismo, compartiendo su triunfo con el único que podía entenderlo.

39

The door opens both ways...[48]

Out of the Darkness, Blue Öyster Cult

—Mira esto —dijo Elin el lunes por la mañana, plantada delante del televisor, horrorizada, con un cuenco de cereales en las manos—. ¡Es increíble!

Strike acababa de entrar en la cocina, recién duchado y vestido tras su cita habitual de los domingos por la noche. La habitación, impecable, decorada en tonos blanco y crema, con superficies de acero inoxidable e iluminación tenue, parecía un quirófano futurista. Detrás de la mesa había un televisor de plasma colgado en la pared. En la pantalla, el presidente Obama hablaba detrás de un atril.

—¡Han matado a Osama bin Laden! —exclamó Elin.

—¡Hostia! —Strike se paró en seco y se puso a leer la banda de texto que iba pasando por el pie de la pantalla.

La ropa limpia y el afeitado no habían mejorado mucho su aspecto de agotamiento y desánimo. Las horas que estaba dedicando a tratar de dar con Laing o Whittaker empezaban a pasarle factura: tenía los ojos irritados y la tez grisácea.

Fue hasta la cafetera, se sirvió una taza y se la bebió de un trago. La noche pasada casi se había quedado dormido encima de Elin, pero por lo menos podía considerarlo como uno de los pocos trabajos que había logrado acabar esa semana. Apoyado en la isla con tablero de acero, observaba al presidente norteamericano, tan pulcro, y lo envidiaba con toda su alma.

Él, por lo menos, había encontrado a su hombre.

Los detalles de la muerte de Laden conocidos hasta ese momento dieron a Elin y a Strike algo de qué hablar mientras ella lo acompañaba al metro.

—No sé hasta qué punto estarían seguros de que era él antes de entrar en la casa —comentó ella al detener el coche delante de la estación.

Strike tampoco sabía qué pensar. Bin Laden tenía un físico inconfundible, desde luego: medía más de un metro ochenta y... Los pensamientos de Strike volvieron a derivar hacia Brockbank, Laing y Whittaker, hasta que Elin reclamó de nuevo su atención.

—El miércoles he quedado con los del trabajo para tomar una copa. Si te apetece venir... —Parecía un poco cohibida—. Duncan y yo ya lo tenemos casi todo acordado. Estoy harta de esconderme.

—Lo siento, no puedo —dijo él—. Tengo varias vigilancias en marcha, ya te lo dije.

Necesitaba fingir que la persecución de Brockbank, Laing y Whittaker eran trabajos remunerados, porque de otro modo Elin jamás habría entendido su tenacidad, que hasta el momento no había dado ningún fruto.

—De acuerdo. Pues entonces esperaré a que me llames —replicó ella, y Strike detectó, pero decidió ignorar, un trasfondo de frialdad en su voz.

«¿Vale la pena?», se preguntó mientras bajaba al metro con la mochila colgada del hombro; no se refería a los hombres a quienes estaba siguiendo, sino a Elin. Lo que había comenzado como una diversión agradable estaba empezando a adquirir el estatus de obligación onerosa.

La previsibilidad de sus citas —mismos restaurantes, mismas noches— empezaba a hacerse pesada, y sin embargo, ahora que ella le proponía modificar el patrón, él no se sentía entusiasmado. Así, de pronto, se le ocurrían diez o doce cosas que prefería hacer en su noche libre antes que salir de copas con un grupo de locutores de Radio Three. Lo primero de la lista era dormir.

Pronto —lo veía venir— Elin querría presentarle a su hija. En treinta y siete años, Strike había evitado con éxito el estatus de «novio de mamá». Su recuerdo de los hombres que habían pasado por la vida de Leda, algunos decentes, pero la mayoría no (y esa última tendencia había alcanzado su apoteosis con Whittaker), le había dejado una aversión que rayaba en repugnancia. No tenía ningunas ganas de ver en los ojos de otro niño el miedo y la desconfianza que veía en los de su hermana Lucy cada vez que se abría la puerta y por ella entraba otro desconocido. De lo que expresaba su cara en esos momentos no tenía ni idea. En la medida de lo posible, había cerrado deliberadamente su pensamiento a aquella parte de la vida de Leda y se había concentrado en sus abrazos y su risa y en su orgullo materno ante los logros de su hijo.

Ya salía del metro en la estación de Notting Hill Gate, camino del colegio, cuando le vibró el móvil: la exmujer de Don Furibundo le había enviado un mensaje.

Sólo quería asegurarme de que sabe que los niños no irán al colegio hoy porque es fiesta. Están con sus abuelos. Allí no los molestará.

Strike maldijo por lo bajo. Se había olvidado de que era festivo. Pensó en las ventajas: ahora podría pasar por la agencia, poner al día el papeleo atrasado e ir a Catford Broadway de día, para variar. Sólo lamentaba no haber recibido el mensaje antes de desviarse hasta Notting Hill.

Tres cuartos de hora más tarde, Strike subía ruidosamente la escalera metálica de su oficina y se preguntaba por enésima vez por qué nunca había hablado con el propietario del edificio para que arreglaran el ascensor. Sin embargo, cuando llegó ante la puerta de cristal se le planteó una pregunta mucho más acuciante: ¿qué hacían las luces encendidas?

Strike abrió la puerta con tanto ímpetu que Robin, pese a haber oído su trabajoso ascenso, dio un respingo en la silla. Se miraron: ella, desafiante, y él, con gesto acusador.

—¿Qué haces aquí?

—Trabajar —contestó Robin.

—Te dije que trabajaras desde tu casa.

—Ya he terminado. —Dio unos golpecitos en un montón de hojas de papel que había encima de la mesa, a su lado, con notas escritas a mano y números de teléfono—. Aquí están todos los números de Shoreditch que he encontrado.

La mirada de Strike se desvió hacia la mano de Robin, pero lo que le llamó la atención no fue el montoncito de hojas pulcramente apiladas que ella le estaba enseñando, sino el anillo de compromiso con el zafiro.

Hubo una pausa. Robin no entendía por qué el corazón le aporreaba las costillas. Era absurdo que se pusiera a la defensiva. Si se casaba con Matthew o no era asunto suyo. El simple hecho de tener que recordárselo a sí misma ya era absurdo.

—Os habéis reconciliado, ¿no? —dijo Strike, y le dio la espalda para colgar la chaqueta y la mochila.

—Sí —confirmó Robin.

Hubo una breve pausa. Strike se volvió otra vez hacia ella.

—No tengo suficiente trabajo para los dos. Sólo tenemos un encargo. De Don Furibundo puedo ocuparme yo solo.

Robin entornó los ojos.

—¿Y qué pasa con Brockbank, Laing y Whittaker?

—¿Cómo que qué pasa?

—¿No piensas seguir buscándolos?

—Sí, pero eso no...

—¿Y cómo piensas cubrir cuatro casos?

—Eso no son casos. Nadie nos paga por...

—Ah, entonces... ¿qué son? ¿Una especie de hobby? ¿Por eso me he pasado todo el fin de semana buscando números de teléfono?

—Mira, quiero encontrarlos, sí —dijo Strike, y trató de poner en orden sus argumentos pese a la tremenda fatiga que sentía y a otras muchas emociones más difíciles de definir (Robin volvía a estar comprometida... Él sospechaba desde hacía tiempo que acabaría pasando... haberla enviado a casa y haberle dado tiempo para estar con Matthew debía de haber ayudado, claro)—, pero no...

—No te importó que te llevara en coche a Barrow —dijo Robin, que había ido allí preparada para discutir; sabía muy bien que Strike no quería que volviera a la oficina—. No te importó que interrogara a Holly Brockbank y a Lorraine MacNaughton, ¿verdad? Entonces, ¿qué pasa ahora?

—¡Joder! ¡Que te han mandado otro trozo de cadáver, Robin! ¡Eso es lo que pasa!

Strike no tenía intención de gritar, pero su voz rebotó en los archivadores.

Robin permaneció impasible. Había visto a Strike enfadado otras veces, lo había oído soltar tacos, lo había visto dar puñetazos en aquellos mismísimos cajones metálicos. No la impresionaba.

—Sí —dijo con calma—, y confieso que me afectó. Creo que a la mayoría de la gente le habría afectado recibir un dedo de pie pegado en una tarjeta. A ti también te impresionó, por la cara que ponías....

—Pues sí, y precisamente por eso...

—...intentas cubrir tú solo cuatro casos y me mandas a casa. Yo no te pedí que me dieras vacaciones.

En la euforia posterior a la decisión de Robin de volver a ponerse el anillo, Matthew la había ayudado a ensayar lo que le diría a Strike para que la dejara volver al trabajo. La situación había tenido gracia, desde luego: Matthew haciéndose pasar por Strike y ella planteándole sus argumentos; pero su novio estaba dispuesto a ayudarla a hacer lo que fuera, con tal de que ella aceptara casarse con él el dos de julio.

—Yo quería volver a...

—Que tú quisieras volver a trabajar —la interrumpió Strike— no significa que eso sea lo que más te convenga.

—Ah, perdona, no sabía que fueras terapeuta ocupacional profesional —dijo Robin con delicado sarcasmo.

—Mira —dijo Strike; la fría racionalidad de su ayudante, en cuyo dedo el zafiro volvía a lanzar destellos glaciales, lo enfurecía aún más que su rabia y sus lágrimas—, soy tu jefe, y me corresponde a mí...

—Creía que era tu socia.

—Eso no importa. Socia o no socia, la responsabilidad sigue siendo mía.

—Entonces... ¿prefieres que se hunda el negocio a dejarme trabajar? —Robin se estaba poniendo colorada de rabia, y a Strike, aunque sabía que estaba perdiendo puntos, le producía un placer siniestro ver cómo ella perdía la compostura—. ¡Yo te ayudé a ponerlo en marcha! Le estás haciendo el juego, a quienquiera que sea, apartándome, descuidando los casos por los que te pagan y matándote a trabajar hasta...

—¿Cómo sabes que he...?

—Porque tienes una pinta horrible —contestó Robin sin rodeos.

Strike, desprevenido, casi rió por primera vez desde hacía varios días.

—O soy tu socia —continuó ella—, o no lo soy. Si piensas tratarme como si fuera una vajilla de porcelana para ocasiones especiales y sacarme sólo cuando creas que no me puede pasar nada, vamos mal. El negocio va mal. Prefiero tomarle la palabra a Wardle y...

—¿Y qué? —saltó Strike.

—Y aceptar su sugerencia de solicitar el ingreso en la policía —dijo Robin mirando a los ojos a Strike—. Mira, para mí esto no es ningún juego. No soy una cría. He sobrevivido a cosas peores que a que me envíen un dedo del pie. Así que... —Hizo acopio de valor; había abrigado esperanzas de no tener que llegar a plantear un ultimátum a su jefe—. Decídete. Decide de una vez si soy tu socia o un... un lastre. Si no puedes confiar en mí, si no puedes dejar que corra los mismos riesgos que tú, será mejor que...

Estuvo a punto de quebrársele la voz, pero se obligó a continuar:

—... me marche.

Con la emoción, hizo girar la silla para ponerse de cara al ordenador con tanto ímpetu que se encontró mirando a la pared. Protegiendo la poca dignidad que sentía que le quedaba, orientó la silla hacia la pantalla y siguió abriendo correos electrónicos mientras esperaba una respuesta de Strike.

No le había contado lo de la pista que estaba siguiendo. Necesitaba saber si se iba a reincorporar al trabajo como socia antes de compartir su botín con Strike o dárselo como regalo de despedida.

—Quienquiera que sea, descuartiza mujeres por gusto —dijo Strike con serenidad— y ha dejado claro que eso mismo le gustaría hacerte a ti.

—De eso ya me he dado cuenta —dijo Robin con voz tensa, sin apartar la vista de la pantalla—. ¿Y tú te has dado cuenta de que, si sabe dónde trabajo, seguramente también sepa dónde vivo, y de que si tan decidido está me seguirá a donde quiera que vaya? ¿No entiendes que prefiero ayudar a atraparlo que quedarme sentada esperando a que me salte encima?

No iba a suplicarle. Había borrado de la bandeja de entrada doce correos basura antes de que Strike, con voz grave, dijera:

—Vale.

—¿Vale qué? —preguntó mirando alrededor con cautela.

—Vale. Que puedes venir a trabajar.

Robin sonrió satisfecha; él no le devolvió la sonrisa.

—Vamos, anímate —dijo ella; se levantó y rodeó la mesa.

Strike la vio tan contenta que, por un momento, creyó que iba a darle un abrazo (porque ahora que volvía a llevar el anillo protector en el dedo, tal vez él se hubiera convertido en un personaje al que podía abrazar con toda tranquilidad, un personaje asexuado que no participaba en ninguna competición), pero resultó que iba a encender el hervidor de agua.

—Tengo una pista —le dijo.

—¿Ah, sí? —dijo él, que todavía no sabía cómo iba a adaptarse a la nueva situación. (¿Qué podía pedirle que hiciera que no fuera demasiado peligroso? ¿Adónde podía enviarla?)

—Sí. He hablado con una de las personas del foro de BIID que estaba en contacto con Kelsey.

Strike emitió un gran bostezo, se dejó caer en el sofá, que lanzó la pedorrera de siempre, e intentó recordar de quién le estaba hablando. Llevaba tanto sueño atrasado que empezaba a fallarle la memoria, normalmente fiable.

—¿El chico... o la chica? —preguntó, y recordó vagamente las fotografías que les había mostrado Wardle.

—El chico —contestó Robin mientras vertía agua hirviendo sobre las bolsitas de té.

Por primera vez desde que trabajaban juntos, Strike se alegró de tener una oportunidad de desautorizarla.

—¿Has estado visitando sitios web sin decirme nada? ¿Tonteando con una pandilla de personajes anónimos sin saber dónde te estabas metiendo?

—¡Ya te conté que había entrado en esas webs! —protestó Robin—. Vi a Kelsey preguntando por ti en un foro, ¿no te acuerdas? Se hacía llamar Nadieaquienacudir. Te lo conté, te lo conté todo cuando vino Wardle. Y él se quedó muy impresionado —añadió.

—Y ya te lleva ventaja —dijo Strike—. Ha interrogado a esas dos personas con las que Kelsey había hablado por internet. Es un callejón sin salida. No llegaron a conocerse. Ahora Wardle investiga a un tal «Devoto» que intentaba quedar con mujeres a las que conocía en el foro.

—Ya sé quién es Devoto.

—¿Ah, sí?

—Me pidió que le enseñara una foto mía y, como no se la mandé, desapareció.

—¿Has estado coqueteando con esos chiflados?

—Por el amor de Dios —dijo Robin con un tono impaciente—, he fingido que tengo el mismo trastorno que ellos: eso no es coquetear. Además, no creo que Devoto sea peligroso en absoluto.

Le pasó a Strike una taza de té muy negro, como a él le gustaba. Contra toda lógica, eso, en lugar de tranquilizarlo, lo exasperó aún más.

—Ah, crees que Devoto no es nada peligroso, ¿no? ¿Y se puede saber en qué te basas para decir eso?

—He investigado un poco sobre los acrotomofílicos desde que llegó aquella carta dirigida a ti, la del hombre que estaba obsesionado con tu pierna, ¿te acuerdas? Las parafilias casi nunca van asociadas a la violencia. Creo que es mucho más probable que Devoto se dedique a masturbarse encima del teclado pensando en todos esos aspirantes.

Strike no supo qué responder a eso y suguió bebiendo un poco más de té.

—En fin —continuó ella, dolida porque Strike no le había dado las gracias por el té—, el chico con el que Kelsey hablaba por internet también quiere que le amputen un miembro. Mintió a Wardle.

—¿Cómo que le mintió?

—Conoció a Kelsey en persona.

—¿Ah, sí? —dijo Strike fingiendo indiferencia—. ¿Cómo lo sabes?

—Me lo ha contado todo. Se asustó mucho cuando la Metropolitana se puso en contacto con él. Nadie de su familia, ni sus amigos, saben nada de su obsesión de cortarse una pierna. Así que le entró pánico y dijo que nunca había visto a Kelsey en persona. Temía que si admitía que se habían conocido cara a cara, saldría a la luz y tendría que testificar ante un tribunal. Pero bueno, cuando lo convencí de que soy quien soy, y de que no soy ni periodista ni policía...

—¿Le dijiste la verdad?

—Sí, y fue lo mejor que podría haber hecho, porque, cuando se convenció de que era yo, accedió a quedar conmigo.

—¿Y cómo estás tan convencida de que es verdad que va a quedar contigo?

—Porque nosotros podemos utilizar una baza que la policía no tiene.

—¿Ah, sí? ¿Cuál?

—Pues tú —contestó ella fríamente, lamentando no poder ofrecer otra respuesta—. Jason se muere de ganas de conocerte.

—¿A mí? —dijo Strike, desconcertado—. ¿Por qué?

—Porque cree que te cortaste la pierna tú mismo.

—¿Qué?

—Kelsey lo convenció de que te lo hiciste tú mismo. Y quiere saber cómo.

—Me cago en Dios. ¿Está mal de la cabeza o qué? Bueno, claro que está mal —se contestó inmediatamente—. Claro que está mal de la cabeza. Joder. Quiere cortarse una pierna. Me cago en Dios.

—Bueno, verás, hay controversia sobre si el BIID es una enfermedad mental o responde a algún tipo de anomalía cerebral —dijo Robin—. Si haces un escáner del cerebro de una persona afectada por...

—No importa, déjalo —dijo Strike, y agitó una mano—. ¿Qué te hace pensar que ese colgado tiene algo interesante que...?

—Conoció a Kelsey —dijo Robin perdiendo la paciencia—, y ella debió de contarle por qué estaba tan segura de que tú eras uno de ellos. Tiene diecinueve años, trabaja en un supermercado de Leeds, en un Asda, creo, y tiene una tía que vive en Londres; va a venir, va a alojarse en su casa y va a quedar conmigo. Estamos buscando una fecha. Todavía no sabe cuándo podrá tomarse un día libre. Mira, él está a dos pasos de la persona que convenció a Kelsey de que tú te habías cortado la pierna voluntariamente —continuó, decepcionada y a la vez enojada por la falta de entusiasmo de Strike por los resultados de su investigación en solitario, pero todavía con una pizca de esperanza de que su jefe dejara de ser tan cascarrabias y tan crítico—, ¡y esa persona, casi con toda seguridad, es el asesino!

Strike bebió otro sorbo y dejó que lo que Robin acababa de decir se filtrara poco a poco por su agotado cerebro. Su razonamiento era sólido. Convencer a Jason para que quedara con ella era un logro considerable. Debería haberla elogiado, pero en lugar de eso se quedó callado tomándose el té.

—Si opinas que debería llamar a Wardle y pasarle esta información a él... —dijo Robin sin disimular su resentimiento.

—No —dijo Strike, y la rapidez con la que contestó ofreció a Robin una pequeña satisfacción—. No le haremos perder el tiempo a Wardle hasta que hayamos oído lo que ese... Cuando Jason nos haya contado lo que sabe, ya hablaremos con él. ¿Cuándo dices que va a venir a Londres?

—Tiene que tomarse un día libre. Todavía no lo sé.

—Uno de nosotros podría ir a Leeds y entrevistarse con él.

—Es que quiere venir él. Intenta que ningún conocido suyo se entere de nada de todo esto.

—Vale —dijo Strike con brusquedad; se frotó los párpados, hinchados, e intentó formular un plan que mantuviera a Robin ocupada y, al mismo tiempo, fuera de peligro—. Pues sigue presionándolo, y, mientras se decide, empieza a llamar a todos esos números de teléfono, a ver si encuentras alguna pista de Brockbank.

—Ya he empezado —dijo ella.

Strike detectó la rebeldía latente, la insistencia, inminente, en que quería volver al trabajo de campo.

—Y también quiero —añadió el detective, pensando deprisa— que mantengas vigilado Wollaston Close.

—¿Por si veo a Laing?

—Exacto. Trata de pasar desapercibida, no te quedes después del anochecer y, si ves a un tipo con gorro, te largas inmediatamente o activas esa maldita alarma antivioladores. O mejor aún, haces las dos cosas.

Ni siquiera la hosquedad de Strike sofocó la alegría de Robin por volver a estar a bordo y volver a ser socia de la agencia en igualdad de condiciones.

Ella ignoraba que Strike confiaba en estar enviándola a un callejón sin salida. Él había vigilado de día y de noche las entradas del pequeño bloque de pisos, cambiando de posición con regularidad, utilizando gafas de visión nocturna para escudriñar los balcones y las ventanas. Y no había visto nada que indicara que Laing estuviera escondido allí dentro: ninguna silueta voluminosa moviéndose detrás de una cortina, ni rastro de una cara con una frente estrecha y unos ojos oscuros de tejón, ninguna figura corpulenta que caminara con muletas o con los andares arrogantes de un exboxeador (porque, tratándose de Donald Laing, Strike no daba nada por hecho). Había examinado a cada individuo que había entrado y salido del edificio en busca del más leve parecido con el retrato de Laing publicado en el sitio web de JustGiving o con el personaje sin rostro del gorro, y ninguno había encajado ni con uno ni con otro.

—Sí —dijo—, tú ocúpate de Laing, y dame la mitad de esos números de Brockbank, nos los repartiremos. Yo me quedo con Whittaker. Ah, e infórmame de vez en cuando, ¿vale?

Se levantó con esfuerzo del sofá.

—Claro —dijo Robin, eufórica—. Ah, por cierto... Cormoran...

El detective ya estaba entrando en su despacho, pero se dio la vuelta.

—¿Qué es esto?

Tenía en la mano los comprimidos de Accutane que Strike había encontrado en el cajón de Kelsey y que había dejado en la bandeja de asuntos pendientes de Robin después de buscarlos en internet.

—Ah, eso —dijo él—. Nada.

Parte de la alegría de Robin se evaporó, y el detective se sintió culpable. Sabía que se estaba portando como un capullo. Ella no se lo merecía. Intentó recomponerse.

—Es un remedio para el acné —dijo—. Lo tomaba Kelsey.

—Ah, claro. ¡Fuiste a su casa y viste a su hermana! ¿Qué pasó? ¿Qué te contó?

Strike no tenía ningunas ganas de contarle su conversación con Hazel Furley. Tenía la impresión de que el encuentro había tenido lugar mucho tiempo atrás, estaba agotado y todavía se sentía irracionalmente hostil.

—Nada nuevo —dijo—. Nada importante.

—¿Y por qué cogiste estas pastillas?

—Pensé que podían ser anticonceptivos, que quizá Kelsey estuviera haciendo algo de lo que su hermana no tenía ni idea.

—Ah —dijo Robin—. Entonces no significan nada.

Las tiró a la papelera.

El ego hizo continuar a Strike: el ego, y nada más. Robin había encontrado una buena pista y él, en cambio, no tenía nada más que una sospecha vaga respecto al Accutane.

—También encontré un tiquet —añadió.

—¿Un qué?

—Una especie de tiquet de guardarropa.

Robin aguardó, expectante.

—Con el número dieciocho —dijo Strike.

Robin esperó a que se explicara, pero el detective no dijo nada más; se limitó a bostezar y admitir la derrota.

—Nos vemos luego. Mantenme informado de lo que haces y de dónde estás.

Entró en su despacho, cerró la puerta, se sentó a la mesa y se recostó en la silla. Había hecho cuanto había podido para impedir que Robin volviera a las calles. Ahora no había nada que deseara más que oírla marcharse.

40

... love is like a gun
And in the hands of someone like you
I think it'd kill[49]

Searchin' for Celine, Blue Öyster Cult

Robin era diez años más joven que Strike. Había llegado a la agencia como secretaria temporal, casi por error, en el peor momento de la vida profesional del detective. La intención de Strike era conservarla sólo una semana, y únicamente como compensación por haber estado a punto de tirarla por la escalera y matarla el primer día. Robin lo había persuadido para que la dejara quedarse: primero, una semana más; luego, un mes; y al final, de forma indefinida. Lo había ayudado a poner remedio a su insolvencia, había contribuido a que su negocio saliera a flote, había aprendido el oficio y lo único que pedía era que Strike la dejara estar a su lado ahora que la agencia volvía a derrumbarse y luchar para sacarla de nuevo adelante.

Robin le caía bien a todo el mundo, también a Strike. ¿Cómo no iba a caerle bien después de todo por lo que habían pasado juntos? Sin embargo, desde el principio él se había marcado un límite: hasta aquí, y punto. Había que mantener una distancia. Las barreras debían permanecer en su sitio.

Robin había llegado a la vida de Strike el mismo día en que él había terminado con Charlotte, tras dieciséis años de una relación intermitente en la que todavía no podía afirmar que hubiera predominado el placer sobre el dolor. La amabilidad y el interés de Robin, su fascinación por lo que él hacía, la admiración personal que le profesaba (si pensaba ser sincero consigo mismo, tenía que serlo del todo), habían supuesto un bálsamo para aquellas heridas que le había infligido su exnovia, aquellas heridas internas que habían durado mucho más que el ojo morado y las contusiones, sus regalos de despedida.

Entonces, el zafiro en el dedo anular de Robin había sido una ventaja: actuaba como salvaguarda y como medida preventiva. Al impedir la posibilidad de que surgiera nada más entre ellos, le daba libertad para... ¿qué? ¿Confiar en ella? ¿Trabar amistad? Dejar que las barreras se erosionaran de forma casi imperceptible, de modo que al echar la vista atrás, Strike tenía la impresión de que ambos habían compartido información personal que casi nadie más conocía. Robin era una de las tres únicas personas (o eso creía Strike) que sabían lo de aquel presunto bebé que Charlotte afirmaba haber perdido, pero que quizá nunca hubiese llegado a existir, o hubiera sido un aborto voluntario. Él era uno de los pocos que sabía que Matthew había sido infiel. Pese a la firme determinación de Strike de mantener siempre cierta distancia física con ella, ambos se habían apoyado en el otro, literalmente. Él recordaba con exactitud lo que había sentido al rodearle la cintura con un brazo cuando habían ido paseando hasta el Hazlitt's Hotel. Robin era lo bastante alta para que él pudiera sujetarla con comodidad. A Strike no le gustaba tener que encorvarse. Nunca le habían atraído las mujeres bajitas.

«A Matthew no le gustaría nada vernos así», había comentado ella.

Le habría hecho mucha menos gracia si hubiera sabido cuánto le había gustado a Strike.

No era tan guapa como Charlotte, ni mucho menos. Su ex tenía esa clase de belleza que hacía que los hombres se interrumpieran a media frase; los dejaba tan aturdidos que enmudecían. Robin, como él había podido apreciar cuando ella se agachaba para desenchufar el ordenador, era una chica muy sexy, pero los hombres no se quedaban pasmados en su presencia. De hecho, pensó Strike al acordarse de Wardle, daba la impresión de que con ella se volvían más locuaces.

Y sin embargo, le gustaba su cara. Le gustaba su voz. Le gustaba estar con ella.

No era que quisiera estar con ella; eso habría sido una locura. No podían llevar juntos el negocio y tener una aventura. Además, Robin no era la clase de chica con la que tenías una aventura. Él sólo la había conocido comprometida o destrozada por haber roto su compromiso, y por lo tanto la veía como una mujer destinada al matrimonio.

Casi con enfado, recordó lo que sabía y lo que había observado que hacía que Robin fuera profundamente diferente de él, perteneciente a un mundo más seguro, limitado y convencional. Robin había tenido el mismo novio (un pedante) desde el instituto (aunque eso Strike ya lo entendía un poco mejor), una agradable familia de clase media en Yorkshire, unos padres que llevaban décadas felizmente casados, un labrador, un Land Rover y un caballo. ¡Un puto caballo!

Entonces se entrometieron otros recuerdos y apareció otra Robin debajo de esa imagen de un pasado seguro y ordenado, y Strike se halló ante una mujer que no habría estado fuera de lugar en la DIE. Una Robin que había hecho un curso de conducción evasiva; que había sufrido una conmoción cerebral mientras perseguía a un asesino; que, sin perder la calma, le había realizado un torniquete en el brazo con su gabardina después de que a Strike lo apuñalaran y lo había llevado al hospital. La Robin que, siempre a base de improvisación, había tenido tanto éxito interrogando a sospechosos que había conseguido sonsacarles información que la policía no había logrado obtener; que se había inventado y había representado con éxito a Venetia Hall; que había persuadido a un joven aterrorizado que quería que le amputaran una pierna para que confiara en ella; que había dado a Strike un centenar de ejemplos de iniciativa, recursos y valor que le habrían servido para trabajar de policía secreta de no ser porque un día había entrado en un portal oscuro donde la estaba esperando un desgraciado con una máscara.

¡Y esa mujer iba a casarse con Matthew! Matthew, que contaba con que ella trabajara en una empresa de recursos humanos, con un buen sueldo que complementara el suyo, y que protestaba y se enfurruñaba porque Robin tenía un horario de trabajo largo e impredecible y porque cobraba una miseria... ¿No se daba cuenta ella de que estaba cometiendo una estupidez? ¿Por qué coño había vuelto a ponerse el anillo? ¿No había saboreado la libertad durante aquel viaje a Barrow, que Strike recordaba con un cariño que le rompía todos los esquemas?

«Está cometiendo un error de cojones, nada más.»

Nada más. No era nada personal. Tanto si estaba comprometida, casada o soltera, nunca podría salir nada, ni saldría nada, de la debilidad que él se veía obligado a admitir que había desarrollado. Volvería a establecer la distancia profesional, que se había reducido un tanto después de las confesiones ebrias de Robin y del viaje al norte en un ambiente de camaradería, y aparcaría, de momento, sus planes inciertos de poner fin a su relación con Elin. De momento era más seguro tener a otra mujer a mano, y muy guapa, por cierto, cuyo entusiasmo y experiencia en la cama compensaban sin duda una innegable incompatibilidad fuera del dormitorio.

A continuación, Strike se puso a pensar en cuánto tiempo seguiría Robin trabajando para él después de convertirse en la señora Cunliffe. Con toda seguridad, Matthew ejercería la influencia que le confería la condición de marido para alejarla de una profesión no sólo peligrosa, sino, además, mal pagada. En fin: eso era asunto de Robin, y si tomaba esa decisión, tendría que aceptar las consecuencias.

Sólo que, una vez que habías terminado con alguien, era mucho más fácil volverlo a hacer. Él lo sabía muy bien. ¿Cuántas veces lo habían dejado Charlotte y él? ¿Cuántas veces se había hecho añicos su relación, y cuántas habían intentado recomponerla? Al final había más grietas que sustancia: habían vivido en una telaraña de hilos defectuosos que se sostenía a base de esperanza, dolor y falsas ilusiones.

Sólo faltaban dos meses para la boda de Robin y Matthew.

Todavía había tiempo.

41

See there a scarecrow who waves through the mist[50]

Out of the Darkness, Blue Öyster Cult

Robin y Strike se vieron muy poco la semana siguiente, pero no fue porque el detective se lo propusiera. Cada uno tenía que vigilar un sitio diferente, e intercambiaban información casi exclusivamente por teléfono.

Tal como Strike había previsto, ni en Wollaston Close ni en sus alrededores había ni rastro del exsoldado de los King's Own Royal Borderers, pero tampoco había tenido ningún éxito con su otro sospechoso en Catford. La escuálida Stephanie entró y salió del piso de encima del *fish and chips* unas cuantas veces más. Aunque no podía pasarse todas las horas del día allí, Strike no tardó en convencerse de que ya había visto el vestuario completo de la chica: un par de jerséis sucios y una sudadera vieja con capucha. Si, tal como había afirmado Shanker con toda seguridad, era una prostituta, trabajaba poco. Strike procuró que la chica no lo viera, si bien dudaba mucho que sus ojos hundidos hubieran retenido gran cosa aunque se le hubiera puesto delante. Los tenía achicados, impregnados de una especie de oscuridad interior, y se diría que ya no veían el mundo real.

Strike había intentado determinar si Whittaker estaba casi todo el tiempo dentro o, por el contrario, casi siempre ausente del piso de Catford Broadway, pero no había ningún teléfono fijo en la guía para esa dirección y, según el registro que el detective había consultado en internet, el propietario era un tal señor Dareshak, que o bien tenía el piso alquilado, o bien no conseguía librarse de sus ocupas.

Una noche el detective estaba junto a la entrada de artistas del teatro, fumando, vigilando las ventanas iluminadas y preguntándose si sería real el movimiento que creía haber detectado dentro, cuando le vibró el teléfono y vio en la pantalla que era Wardle.

—Hola. ¿Qué pasa?

—Creo que tenemos novedades —dijo el policía—. Parece ser que nuestro amigo ha vuelto a actuar.

Strike se pasó el móvil a la otra oreja, protegiéndolo de los transeúntes.

—Cuenta.

—Tenemos a una prostituta de Shacklewell apuñalada. Le cortaron dos dedos y se los llevaron de recuerdo. Deliberadamente: le sujetaron el brazo contra el suelo y se los rebanaron de un machetazo.

—Joder. ¿Cuándo ha sido?

—Hace diez días, el veintinueve de abril. La chica acaba de salir de un coma inducido.

—Ah, pero ¿sobrevivió? —preguntó Strike; desvió la mirada de las ventanas detrás de las que Whittaker podía estar o no escondido y dedicó toda su atención a Wardle.

—Por los putos pelos —contestó éste—. Le clavó un cuchillo en el abdomen, le perforó un pulmón y luego le cortó los dedos. Es un milagro que no le dañara ningún órgano vital. Estamos seguros de que creyó que la chica había muerto. Ella se lo había llevado a un hueco entre dos edificios para hacerle una mamada, pero los interrumpieron: dos estudiantes que pasaban por Shacklewell Lane la oyeron gritar y se metieron en el callejón para ver qué pasaba. Si hubieran llegado cinco minutos más tarde, la chica no lo habría contado. Han tenido que hacerle dos transfusiones de sangre para salvarle la vida.

—¿Y qué dice? —quiso saber Strike.

—Bueno, está completamente medicada y no recuerda la agresión en sí. Cree que era un tío alto y cachas, blanco, y que llevaba gorra y una cazadora oscura con el cuello levantado. No pudo verle bien la cara, pero cree que era del norte.

—¿En serio?

A Strike se le aceleró el corazón.

—Eso ha dicho. Pero ya te digo que está muy medicada. Ah, y el tipo impidió que la atropellaran, eso es lo último que recuerda. La apartó de la calzada cuando pasaba una furgoneta.

—Qué caballeroso —dijo el detective lanzando el humo hacia el cielo estrellado.

—Sí. Bueno, debía de querer que tuviera todas las extremidades intactas, ¿no?

—¿Crees que conseguiremos un retrato robot?

—Mañana vamos a llevar al especialista a verla, pero yo no me hago muchas ilusiones.

Strike permaneció semiescondido, devanándose los sesos. Era evidente que Wardle estaba conmocionado por aquella nueva agresión.

—¿Hay alguna novedad sobre mis sospechosos? —preguntó.

—Todavía no —se limitó a contestar Wardle.

Pese a su frustración, Strike decidió no insistir. No podía arriesgarse a perder aquel canal abierto con la investigación policial.

—¿Y la pista de ese tal Devoto? —preguntó el detective, y se volvió para echar un vistazo a las ventanas del piso de Whittaker, donde no parecía que hubiera cambiado nada—. ¿Qué tal va?

—Estoy intentando que lo investiguen los de delitos informáticos, pero se ve que de momento tienen cosas más importantes de las que ocuparse —contestó Wardle con cierto resentimiento—. Opinan que se trata de un pervertido inofensivo.

Strike recordó que Robin había expresado esa misma opinión. No parecía que hubiera mucho más que decir; se despidió de Wardle y volvió a esconderse en el frío nicho de la pared, fumando y vigilando las ventanas de Whittaker, que todavía tenían las cortinas corridas.

A la mañana siguiente, Strike y Robin coincidieron en la agencia por casualidad. Él, que acababa de salir de su ático con un archivador de cartón lleno de fotografías de Don Furibundo bajo el brazo, tenía intención de salir a la calle sin pasar por la oficina, pero al distinguir la silueta borrosa de ella detrás del cristal esmerilado, cambió de opinión.

—Buenos días.

—Hola —dijo Robin.

Ella se alegró de verlo, y más aún de que estuviese sonriendo, pues su última conversación había estado marcada por una contención extraña. Strike llevaba puesto su mejor traje, que lo hacía parecer más delgado.

—¿Cómo es que vas tan elegante? —preguntó ella.

—Cita urgente con el abogado: la ex de Don Furibundo quiere que le enseñe todo lo que tengo, las fotografías en las que sale merodeando alrededor del colegio y abordando a los niños. Me llamó ella ayer por la noche, tarde, y me contó que él se había presentado en la casa, borracho y amenazándola. Ahora quiere castigarlo, piensa obtener una orden de alejamiento.

—¿Significa eso que vamos a dejar de seguirlo?

—No creo. Don Furibundo no se resignará así como así —dijo Strike, y miró la hora—. Bueno, no te preocupes por eso. Sólo dispongo de diez minutos y tengo noticias.

Le contó lo del asesinato frustrado de la prostituta de Shacklewell. Cuando terminó, Robin se quedó seria y pensativa.

—¿Dices que se llevó dos dedos?

—Sí.

—Aquel día, en el Feathers, dijiste... dijiste que no creías que Kelsey hubiera sido su primera víctima. Dijiste que estabas seguro de que había tenido que entrenarse para... para hacerle lo que le hizo.

Strike asintió con la cabeza.

—¿Sabes si la policía ha comprobado si ha habido algún otro asesinato en que a la víctima le hayan cortado alguna parte del cuerpo?

—Supongo que sí —dijo Strike, confiando en que así fuera, y decidió que se lo preguntaría a Wardle—. En fin —añadió—, después de esto, seguro que lo hacen.

—¿Y dices que la chica duda que pueda reconocerlo?

—Bueno, el tipo llevaba la cara tapada. Era corpulento, blanco y llevaba una cazadora oscura.

—¿Han obtenido muestras de ADN? —inquirió Robin.

Los dos, a la vez, pensaron en el trance por el que había pasado Robin en el hospital después de sufrir la agresión. Strike, que había investigado varias violaciones, conocía el protocolo. De pronto, a Robin la asaltaron una serie de recuerdos tristes: había tenido que orinar en un tarrito de recogida de muestras; tenía el ojo en el que había recibido el puñetazo completamente cerrado, todo el cuerpo dolorido y el cuello hinchado a causa del estrangulamiento; y luego había tenido que tumbarse en la mesa de exploración, y la doctora le había separado las rodillas con delicadeza...

—No —dijo Strike—. No hubo... penetración. Bueno, tengo que irme. Olvídate de seguir a Don Furibundo hoy: sabe que la ha pifiado, dudo mucho que aparezca por el colegio. Si puedes ir a vigilar a Wollaston...

—¡Espera un momento! Bueno, si tienes tiempo —añadió Robin.

—Un par de minutos —dijo Strike, y volvió a mirar la hora—. ¿Qué pasa? No me digas que has visto a Laing.

—No, pero creo... No estoy segura, pero creo que quizá tengamos una pista sobre Brockbank.

—¿En serio?

—Es un club de estriptis que hay al lado de Commercial Road; lo he mirado en Google Street View. Tiene una pinta muy cutre. Llamé y pregunté por Noel Brockbank, y una mujer dijo «¿Quién?», y luego: «¿Quiere decir Nile?» Y entonces tapó el micrófono y habló con otra mujer sobre cómo se llamaba el portero nuevo. Es evidente que acaba de llegar. Se lo describí físicamente, y entonces me dijo: «Sí, es Nile.» Evidentemente —añadió Robin con autocrítica—, podría no ser él, podría ser un tipo moreno que se llama Nile, pero cuando yo describí el mentón alargado, inmediatamente ella dijo...

—Lo has hecho de puta madre, como siempre —dijo Strike mirando la hora—. Tengo que irme. Mándame la dirección de ese club de estriptis, por favor.

—He pensado que a lo mejor podría...

—No, quiero que te quedes en Wollaston Close —zanjó Strike—. Luego hablamos.

Cuando se cerró la puerta de cristal y Strike bajó por la escalera con gran estruendo, Robin trató de alegrarse de que su jefe le hubiera dicho que lo había hecho de puta madre. Con todo, había abrigado esperanzas de tener una oportunidad de hacer algo más que contemplar inútilmente los pisos de Wollaston Close durante horas. Empezaba a sospechar que Laing no estaba allí, y peor aún: que Strike lo sabía.

La reunión fue breve pero productiva. El abogado de la mujer quedó encantado con las numerosas pruebas que Strike le puso delante, y que documentaban gráficamente los incumplimientos constantes de los términos de la custodia por parte de Don Furibundo.

—¡Excelente! —dijo, sonriente, ante una fotografía ampliada del hijo pequeño refugiándose, lloroso, detrás de su niñera mientras su padre amenazaba a la chica apuntándola con un dedo, con el rostro a escasos centímetros del de la desafiante empleada—. ¡Excelente!

Y a continuación, al reparar en la cara que ponía su clienta, se había apresurado a disimular su regocijo ante aquella imagen de la aflicción del niño y les había ofrecido una taza de té.

Una hora más tarde, Strike, todavía trajeado pero con la corbata guardada en un bolsillo, siguió a Stephanie y entró en el centro comercial de Catford. Para ello tuvo que pasar por debajo de una escultura gigantesca de fibra de vidrio que representaba un gato negro sonriente, encaramado en la viga tendida sobre el callejón de acceso al centro comercial. La escultura, con una pata colgando y la cola apuntando al cielo, abarcaba dos pisos, y parecía estar al acecho para saltar sobre la gente o intentar atraparla cuando pasara por debajo.

A Strike se le había antojado seguir a Stephanie, cosa que nunca había hecho todavía, y pensaba volver a vigilar el piso después de comprobar adónde iba la chica y si veía a alguien. Stephanie caminaba, como de costumbre, abrazándose fuertemente el torso como si, de no hacerlo, fuera a desmontarse; llevaba la sudadera gris con capucha y una minifalda con unos *leggings* negros. Las zapatillas de deporte de suela gruesa acentuaban la delgadez extrema de sus piernas. Entró en una farmacia; Strike se quedó en la calle y, a través de la ventana, vio cómo se acurrucaba en una silla y esperaba a que le entregaran el medicamento que había pedido, sin mirar a nadie y con la vista fija en sus pies. Después de recoger la bolsa de papel blanco se marchó por donde había venido, y volvió a pasar por debajo del gato gigantesco con la pata colgando, como si su intención fuera regresar al piso. Sin embargo, pasó de largo por delante de la tienda de *fish and chips* de Catford Broadway y poco después torció a la derecha al llegar al Afro Caribbean Food Centre y entró en un pequeño pub, el Catford Ram, que estaba metido en la parte de atrás del centro comercial. El pub, que por lo visto sólo tenía una ventana, tenía la fachada recubierta de madera y habría podido parecer una caseta victoriana de no ser por los numerosos carteles que anunciaban comida para llevar, el canal de televisión Sky Sports y una conexión Wi-Fi.

Toda aquella zona era peatonal, pero aparcada a escasa distancia de la entrada del pub había una furgoneta gris abollada que permitió a Strike esconderse mientras valoraba sus opciones. En ese momento no serviría de nada que se encontrara cara a cara con Whittaker, y el pub parecía demasiado pequeño para evitar que su expadrastro lo viera, suponiendo que fuera con él con quien Stephanie había quedado allí. En realidad, lo único que quería el detective era una oportunidad para valorar la apariencia física actual de Whittaker y compararla con la del personaje del gorro y, quizá, el hombre de la cazadora de camuflaje a quien había visto vigilando el Court.

Strike se apoyó en la furgoneta y encendió un cigarrillo. Acababa de decidir que buscaría una posición estratégica un poco más alejada, para poder ver con quién salía Stephanie del pub, cuando de pronto se abrieron las puertas traseras de la furgoneta que le estaba sirviendo de escondite.

Strike se apresuró a retroceder unos pasos al mismo tiempo que cuatro individuos salían de la parte de atrás del vehículo envueltos en una nube de humo con un olor acre e intenso a plástico quemado que el exmiembro de la DIE reconoció inmediatamente: era crack.

Iban los cuatro desaliñados, con camisetas y vaqueros mugrientos, y era difícil calcular su edad porque todos tenían el rostro demacrado y surcado de arrugas prematuras. Dos de ellos tenían los labios metidos hacia dentro cubriendo unas encías que habían perdido la dentadura. Momentáneamente sorprendidos de encontrarse a tan poca distancia de aquel desconocido pulcro y trajeado, debieron de deducir, a juzgar por la expresión de sorpresa de Strike, que no sabía lo que estaba pasando dentro de la furgoneta, y cerraron las puertas de golpe.

Tres de ellos caminaron con aire arrogante hacia el pub, pero el cuarto no se movió de allí. Miraba fijamente a Strike, y el detective le devolvía la mirada. Era Whittaker.

Era más corpulento de lo que Strike recordaba. Pese a saber que Whittaker tenía casi la misma estatura que él, había olvidado su tamaño, la anchura de sus hombros, el peso de sus huesos bajo la piel profusamente tatuada. Llevaba una camiseta fina con el logotipo del grupo Slayer, militarista y satánico, que se le adhería al cuerpo y revelaba el contorno de sus costillas.

Los dos permanecían plantados frente a frente.

Su rostro, amarillento, parecía liofilizado, como una manzana reseca; estaba descarnado, y la piel se le pegaba al hueso y se hundía bajo unos pómulos prominentes. El pelo, apelmazado, empezaba a escasear en las sienes; le colgaban mechones que parecían colas de rata alrededor de los lóbulos de las orejas, alargados y adornados con sendos dilatadores de plata. Allí estaban, Strike con su traje italiano, excepcionalmente bien vestido, y Whittaker apestando a humo de crack, con los ojos dorados de sacerdote hereje algo más hundidos bajo unos párpados caídos y arrugados.

Strike no habría sabido decir cuánto rato estuvieron mirándose, pero un torrente de pensamientos perfectamente coherentes pasó por su mente mientras lo hacían.

Si Whittaker era el asesino, quizá le había entrado pánico, pero no debería haberlo sorprendido mucho ver al detective. Si, por el contrario, no lo era, su conmoción al encontrar a Strike justo delante de su furgoneta debería haber sido máxima. Sin embargo, Whittaker nunca se había comportado como el resto de los mortales. A él siempre le había gustado aparentar que era imperturbable y omnisciente.

Entonces Whittaker reaccionó, e inmediatamente Strike pensó que habría sido poco razonable esperar que hiciera otra cosa que lo que hizo. Sonrió enseñando unos dientes negruzcos, y Strike sintió que el odio de veinte años atrás resurgía al instante, y le dieron ganas de estamparle un puñetazo en toda la cara.

—Mira por dónde —dijo Whittaker con serenidad—. Pero si es el puto sargento Sherlock Holmes.

Torció la cabeza, y Strike le vio brillar un poco de cuero cabelludo entre las raíces, y se alegró de que Whittaker estuviera quedándose calvo. Era un presumido de mierda. Seguro que no le hacía ninguna gracia.

—¡Banjo! —gritó Whittaker al último de sus tres acompañantes, que acababa de llegar a la puerta del pub—. ¡Dile que salga!

Mantuvo una sonrisa insolente, aunque dirigió su mirada furibunda primero hacia la furgoneta, luego hacia Strike y por último hacia el pub. Flexionaba sin parar los mugrientos dedos. Aunque fingía indiferencia, era evidente que estaba nervioso. ¿Por qué no le había preguntado a Strike qué hacía allí? ¿O ya lo sabía?

El amigo que se llamaba Banjo volvió con Stephanie, a la que había sacado del pub a rastras, cogiéndola de la delgada muñeca. En la otra mano ella todavía llevaba la bolsa de papel de la farmacia, cuya blancura deslumbrante contrastaba con su ropa sucia y barata y con la de Banjo. Stephanie llevaba un collar de oro que rebotaba sobre su escote.

—¿Por qué...? ¿Qué...? —gimoteó sin comprender.

Banjo la dejó al lado de Whittaker.

—Ve a buscarme una birra —ordenó Whittaker a Banjo, y éste, obediente, dio media vuelta y se fue.

Whittaker deslizó una mano alrededor de la delgada nuca de Stephanie, y ella lo miró con la adoración incondicional de una chica que, igual que Leda antes que ella, veía en ese desgraciado cosas maravillosas que para Strike eran absolutamente invisibles. Entonces Whittaker apretó los dedos alrededor del cuello de la chica hasta que la piel se tornó blanca, y empezó a zarandearla, no con ímpetu suficiente como para llamar la atención de los transeúntes, pero sí con fuerza suficiente como para hacer que la expresión de Stephanie cambiara al instante y revelara un temor intenso.

—¿Sabes algo de esto?

—¿De... de qué? —balbuceó ella. Las pastillas hacían ruido dentro de su bolsa de papel.

—¡De éste! —dijo Whittaker—. ¿No te interesa tanto, guarra asquerosa?

—Déjala en paz —dijo Strike, que hablaba por primera vez.

—¿Desde cuándo acepto yo órdenes? —preguntó Whittaker sin subir la voz, con una gran sonrisa en los labios y mirada de loco.

De pronto, con una fuerza asombrosa, agarró a Stephanie por el cuello con ambas manos y la levantó del suelo; a la chica se le cayó la bolsa de la farmacia, e intentó soltarse mientras agitaba los pies y su cara iba poniéndose morada.

No se lo pensó; no hubo reflexión previa: Strike le pegó un fuerte puñetazo en el vientre a Whittaker, que cayó hacia atrás llevándose a Stephanie con él. Antes de que el detective pudiera hacer nada para impedirlo, oyó el porrazo que se dio la chica en la cabeza contra el asfalto. A Whittaker se le cortó la respiración; intentó levantarse mientras soltaba una sarta de tacos apretando sus dientes negros; entretanto, Strike vio con el rabillo del ojo a los tres amigos de Whittaker, Banjo en cabeza, que lo habían visto todo a través de la única y mugrienta ventana del pub y salían abriéndose paso a empujones. Uno de ellos blandía una navaja pequeña y oxidada.

—¡Adelante, valientes! —los desafió Strike, con los pies firmemente plantados en el suelo y abriendo los brazos—. ¡Que venga la pasma a ver vuestro fumadero de crack móvil!

Whittaker, que todavía no se había recuperado, les hizo una seña desde el suelo para mantenerlos a raya; era lo más razonable que Strike le había visto hacer. Había gente mirando por la ventana del pub.

—Hijo de la gran... Me cago en tu puta... —dijo Whittaker resollando.

—Eso, hablemos de madres —dijo Strike, levantando de un tirón a Stephanie del suelo; notaba el pulso en las sienes y se moría de ganas de darle una paliza a Whittaker hasta dejar su cara amarillenta hecha puré—. A la mía la mató él —le dijo a la chica mirándola a los ojos, vacíos; tenía los brazos tan flacos que Strike casi podía cerrar la mano del todo al asirlos—. ¿Me has oído? Ya ha matado a una mujer. Puede que a más de una.

Whittaker intentó agarrar a Strike por las pantorrillas y derribarlo; el detective le propinó una patada sin soltar a Stephanie. Las marcas rojas que le habían dejado las manos de Whittaker destacaban en su cuello blanco, así como la huella de la cadena, de la que colgaba la silueta de un corazón retorcido.

—Ven conmigo —le dijo Strike a la chica—. Este tío es un asesino. Hay centros de acogida para mujeres. Aléjate de él.

Los ojos de la joven eran como dos agujeros por los que Strike se asomó a una oscuridad que jamás había conocido. Habría podido ofrecerle un unicornio: su proposición era una locura, quedaba fuera del reino de lo posible, y aunque pareciera mentira, aunque Whittaker la había estrangulado hasta que ella no pudo hablar, Stephanie se soltó de Strike como si fuera un secuestrador, fue dando tumbos hasta su agresor y se agachó, protectora, a su lado. El corazón retorcido oscilaba colgado de la cadena.

Whittaker dejó que Stephanie lo ayudara a levantarse y se volvió hacia Strike, frotándose la barriga, donde había recibido el puñetazo; y entonces, con su aire de loco, empezó a reír a carcajadas, como una vieja. Había ganado: ambos lo sabían. Stephanie se colgaba de él como si él le hubiera salvado la vida. Whittaker hundió sus sucios dedos en el pelo de la nuca de la chica y la atrajo con brusquedad hacia sí; la besó, metiéndole la lengua hasta la garganta, mientras con la otra mano hacía señas a sus amigos, que seguían mirando, para que subieran a la furgoneta. Banjo se sentó al volante.

—Hasta la vista, niñito de mamá —le susurró Whittaker a Strike, y de un empujón metió a Stephanie en la furgoneta.

Antes de que se cerraran las puertas y dejaran de oírse las burlas y las palabrotas que proferían sus acompañantes, Whittaker miró a los ojos a Strike y, sonriendo, hizo aquel además tan característico: un tajo al aire, como si le rebanara el cuello. La furgoneta arrancó.

Strike se fijó, de pronto, en que había algunas personas alrededor mirándolo fijamente, con la expresión entre ausente y sorprendida del público cuando se encienden, de improviso, las luces de un teatro. Todavía había caras con la nariz pegada a la ventana del pub. Lo único que podía hacer Strike era memorizar el número de la matrícula de la abollada furgoneta antes de que doblara la esquina. Cuando echó a andar, furioso, los mirones le abrieron paso y se dispersaron.

42

I'm living for giving the devil his due[51]

Burnin' for You, Blue Öyster Cult

«Las cosas se joden», pensó Strike. Su carrera militar no había estado totalmente exenta de contratiempos. Podías entrenarte tanto como quisieras, revisar cada una de las piezas del equipo, prever todo tipo de contingencias, y aun así algo siempre podía salir mal y fastidiarte. Una vez, en Bosnia, un teléfono móvil defectuoso se había quedado completamente muerto de repente y había desencadenado una serie de percances que culminaron cuando un amigo de Strike, en Mostar, esquivó la muerte por los pelos al meterse con el coche por una calle equivocada.

Así y todo, si un subordinado de la DIE hubiera estado realizando una vigilancia y se hubiera apoyado en la puerta trasera de una furgoneta mal aparcada sin antes comprobar que estaba vacía, Strike le habría dicho cuatro cosas, y no precisamente en voz baja. Él no había ido allí con la intención de enfrentarse a Whittaker, o eso quería pensar, pero tras un periodo de reflexión sobria tuvo que admitir que sus actos se contradecían con esa afirmación. Frustrado tras largas horas vigilando el piso, no se había molestado demasiado en mantenerse alejado de las ventanas del pub; y si bien era imposible que supiera que Whittaker estaba dentro de la furgoneta, saber que, por fin, le había propinado un buen puñetazo a aquel desgraciado le producía un placer salvaje, aunque fuera a posteriori.

Dios, qué ganas tenía de machacarlo. La risa socarrona, el pelo de cola de rata, la camiseta de Slayer, el olor acre, los dedos apretando el cuello delgado y blanco de la chica, la alusión zahiriente a las madres: los sentimientos que habían surgido en Strike ante la visión inesperada de Whittaker habían sido los mismos de cuando tenía dieciocho años, con ganas de pelear, sin importarle las consecuencias.

Dejando a un lado el placer que le había producido pegar a Whittaker, no había sacado mucha información importante del encuentro con él. Por mucho que se esforzara en compararlos, a partir únicamente de su aspecto físico no podía ni asegurar ni descartar que fuese el tipo corpulento del gorro. Si bien la silueta oscura que Strike había perseguido por el Soho no tenía los mechones apelmazados de Whittaker, el pelo largo podía recogerse o esconderse debajo de un gorro; aquel tipo, por otra parte, le había parecido más robusto, aunque las cazadoras acolchadas enseguida añadían volumen. La reacción de Whittaker al encontrarse a Strike fuera de la furgoneta tampoco había ofrecido al detective ninguna pista objetiva. Cuanto más lo pensaba, menos claro tenía si había detectado triunfo en su expresión de regodeo, o si su último ademán (aquellos dedos sucios imitando el movimiento de un cuchillo) sólo había sido otra muestra de teatralidad, una amenaza vana, el desquite infantil de un hombre decidido a toda costa a ser lo peor, lo más horrible.

En resumen: su encuentro le había revelado que Whittaker seguía siendo narcisista y violento y le había proporcionado dos datos adicionales. El primero era que Stephanie había enojado a Whittaker al mostrar curiosidad por Strike, y aunque lo más probable era que esa curiosidad se debiera, simplemente, a su condición de exhijastro de su amante, el detective no descartaba por completo la posibilidad de que la hubiera desencadenado Whittaker al mencionar su deseo de vengarse, o al escapársele en algún momento que estuviera intentando hacerlo. El otro dato era que Whittaker había conseguido tener algunos amigos varones. En la época en que Strike lo había tratado, si bien siempre había ejercido un poderoso atractivo sobre ciertas mujeres (lo que para el detective era absolutamente incomprensible), los hombres solían despreciarlo. Los de su mismo sexo tendían a lamentar su histrionismo, las chorradas satánicas, sus ansias de ser siempre el primero del grupo y, por supuesto, les molestaba aquel magnetismo extraño que tenía con las mujeres. Sin embargo, Whittaker parecía haber encontrado una especie de equipo, unos tipos que compartían las drogas con él y que permitían que les diera órdenes.

Llegó a la conclusión de que lo único provechoso que podía hacer a corto plazo era contarle a Wardle lo que había pasado y darle la matrícula de la furgoneta. Lo hizo con la esperanza de que la policía considerara que valía la pena comprobar si había drogas o cualquier otra prueba incriminatoria dentro del vehículo o, mejor aún, dentro del piso encima del *fish and chips*.

Wardle escuchó sin ningún tipo de entusiasmo las contundentes afirmaciones de Strike de que la furgoneta olía a humo de crack. El detective no tuvo más remedio que admitir, después de poner fin a la conversación, que si él hubiera estado en el lugar de Wardle tampoco habría considerado que su testimonio fuera suficiente para solicitar una orden de registro. Era evidente que el policía estaba convencido de que él se la tenía jurada a su expadrastro, y era improbable que cambiara de opinión por mucho que Strike insistiera en la conexión Blue Öyster Cult entre Whittaker y él.

Esa noche, cuando Robin llamó por teléfono para informar de sus progresos a Strike, lo reconfortó poder contarle lo que había pasado. Aunque ella también tenía noticias que darle, enseguida la distrajo la revelación de que el detective se había encontrado cara a cara con Whittaker, y escuchó todo su relato en silencio y sin interrumpirlo.

—Pues mira, me alegro de que le hayas dado un puñetazo —dijo cuando Strike terminó de fustigarse por haber permitido que se produjera el altercado.

—¿Ah, sí? —dijo Strike, sorprendido.

—Pues claro. ¡Estaba estrangulando a la chica!

Nada más pronunciar esas palabras, Robin se arrepintió. No quería dar más motivos a Strike para recordar eso que tanto lamentaba haberle contado.

—Como caballero andante dejo mucho que desear. Al caerse él, ella se ha ido al suelo también y se ha golpeado la cabeza contra la acera. A la que no entiendo —añadió tras una larga pausa para reflexionar— es a ella. Ha tenido una oportunidad de oro. Podría haberse marchado: yo la habría llevado a una casa de acogida, me habría asegurado de que se ocupaban de ella. ¿Por qué coño se ha quedado con él? ¿Por qué hacen eso las mujeres?

Robin vaciló un instante antes de contestar, Strike comprendió que esas palabras se prestaban a ser interpretadas de forma subjetiva.

—Supongo... —empezó Robin.

Y al mismo tiempo Strike dijo:

—No he querido decir...

Ambos se quedaron callados.

—Lo siento. Di, di —cedió Strike.

—No, sólo iba a decir que las personas maltratadas suelen aferrarse a sus maltratadores, ¿no? Ellos les lavan el cerebro para que crean que no hay alternativa.

«¡Yo era la maldita alternativa, estaba allí de pie, justo enfrente de ella!»

—¿Y de Laing? —preguntó Strike—. ¿Se sabe algo?

—No —dijo Robin—. Oye, yo creo que no está allí.

—De todas formas, creo que merece la pena...

—Mira, sé quién hay en cada piso excepto en uno —dijo Robin—. De todos los demás veo entrar y salir gente. Pero hay uno que o está vacío, o hay alguien muerto dentro, porque la puerta está siempre cerrada. Ni siquiera he visto que entren cuidadores ni enfermeras.

—Esperaremos una semana más —dijo Strike—. Es la única pista que tenemos de Laing. Mira —añadió molesto, pues ella intentaba protestar—, yo voy a estar igual que tú, vigilando ese club de estriptis.

—Sí, sólo que sabemos que Brockbank está allí —dijo Robin con aspereza.

—Eso me lo creeré cuando lo vea —replicó Strike.

Al cabo de unos minutos se despidieron, y ambos disimularon muy mal su descontento.

· · ·

Todas las investigaciones tenían sus parones y sus sequías, momentos en que se agotaban la información y la inspiración, pero a Strike le estaba costando mucho tomárselo con filosofía. Gracias a aquel desconocido que les había enviado la pierna, ya no estaba entrando dinero en el negocio. Su última clienta, la exmujer de Don Furibundo, ya no lo necesitaba. Con la esperanza de convencer al juez de que la orden de alejamiento no era necesaria, Don Furibundo había decidido acatarla.

La agencia no sobreviviría mucho tiempo más si de su oficina seguía emanando aquel hedor a fracaso y perversión. Tal como Strike había previsto, su nombre empezaba a multiplicarse por internet en relación con el asesinato y el descuartizamiento de Kelsey Platt, y los detalles morbosos no sólo eclipsaban cualquier mención de sus anteriores éxitos, sino también la publicidad de sus servicios de investigador privado. Nadie quería contratar a un hombre de tan mala fama; a nadie le gustaba un detective tan íntimamente relacionado con un asesinato sin resolver.

De ahí que Strike se dirigiera al club de estriptis donde, con determinación y, al mismo tiempo, con cierta desesperación, confiaba encontrar a Noel Brockbank. Resultó ser otro pub transformado, situado en una calle lateral que daba a Commercial Road, en Shoreditch. La fachada de ladrillo tenía unos desconchones enormes; las ventanas estaban pintadas de negro y adornadas con unas toscas siluetas blancas de mujeres desnudas. El nombre original, «THE SARACEN», todavía estaba escrito en grandes letras doradas sobre un fondo de pintura negra deteriorada encima de la puerta de doble batiente.

El barrio tenía una proporción elevada de residentes musulmanes. Strike los vio curioseando, con sus *hijabs* y sus *taqiyahs*, en las numerosas tiendas de ropa barata con nombres como International Fashion y Made in Milan, llenas de maniquíes patéticos con pelucas sintéticas y ropa de nailon y poliéster. Commercial Road estaba plagada de bancos bangladesíes, agencias inmobiliarias cutres, academias de inglés y tiendas de alimentación destartaladas donde vendían fruta pasada detrás de unos escaparates mugrientos, pero no había ningún banco donde sentarse, ni siquiera un murete bajo y frío. Pese a que Strike cambiaba con frecuencia de puesto de vigilancia, la rodilla no tardó en empezar a dolerle después de tanto rato de pie, esperando para nada, porque no había ni rastro de Brockbank.

El portero que estaba en la puerta era chaparro, sin cuello, y Strike no vio entrar ni salir del local a nadie que no fueran clientes o bailarinas de estriptis. Las chicas iban y venían, y, al igual que su lugar de trabajo, estaban más desaliñadas e iban menos arregladas que las del Spearmint Rhino. Algunas llevaban tatuajes o *piercings*; varias tenían sobrepeso, y una, que por lo visto iba borracha cuando entró en el edificio, a las once de la mañana, parecía especialmente sucia vista a través de la ventana de la tienda de *kebabs* que había justo enfrente del club. Después de vigilar el Saracen durante tres días, Strike, que había abrigado grandes esperanzas pese a lo que le había dicho a Robin, no tuvo más remedio que admitir que o bien Brockbank nunca había trabajado allí, o bien ya lo habían despedido.

Llegó el viernes por la mañana sin que se hubiera alterado aquel patrón tan desalentador de ausencia total de pistas. Strike estaba disimulando junto a la puerta de una tienda de ropa especialmente deprimente llamada World Flair cuando le sonó el móvil.

—Jason va a venir a Londres mañana —dijo Robin—. El chico de la pierna. El del sitio web de los que quieren amputarse partes del cuerpo.

—¡Bien! —exclamó Strike, aliviado ante la simple perspectiva de entrevistar a alguien—. ¿Dónde vamos a quedar con él?

—Bueno, con ellos —puntualizó Robin, y en su voz se apreció una clara nota de reserva—. Vamos a quedar con Jason y con Tempest. Ella...

—¿Cómo has dicho? —la cortó Strike—. ¿Tempest?

—Dudo que sea su verdadero nombre —dijo Robin con aspereza—. Es la chica con la que Kelsey se comunicaba por internet. La del pelo negro y las gafas.

—Ah, sí, ya me acuerdo —dijo Strike sujetando el móvil entre la barbilla y el hombro mientras encendía un cigarrillo.

—Acabo de hablar por teléfono con ella. Es una activista destacada de la comunidad de transcapacitados, y es bastante insoportable, pero Jason la encuentra maravillosa y por lo visto se siente más seguro si viene con ella.

—Me parece bien —dijo Strike—. ¿Y dónde hemos quedado con Jason y Tempest?

—Quieren ir a Gallery Mess. Es una cafetería que hay en la galería Saatchi.

—¿En serio? —Strike creía recordar que Jason trabajaba en un Asda, y le sorprendió que lo que más le interesara de su visita a Londres fuera el arte contemporáneo.

—Tempest va en silla de ruedas —dijo Robin—, y por lo visto esa cafetería tiene muy buenos accesos para discapacitados.

—Vale. ¿A qué hora?

—A la una. Tempest... me ha preguntado si pagaríamos nosotros.

—Bueno, supongo que tendremos que pagar.

—Y otra cosa, Cormoran... ¿Te importa que me tome la mañana libre?

—No, claro que no. ¿Pasa algo?

—No, no pasa nada. Es que tengo que ocuparme de un par de cosas de la boda.

—Pues tranquila. Oye —añadió Strike antes de que Robin colgara—, ¿quedamos tú y yo en algún sitio, antes de entrevistarnos con ellos? Para decidir la estrategia del interrogatorio.

—¡Sí, genial! —dijo Robin, y Strike, conmovido por el entusiasmo de su ayudante, propuso que quedaran en una sandwichería de King's Road.

43

Freud, have mercy on my soul[52]

Still Burnin', Blue Öyster Cult

Al día siguiente, Strike llevaba cinco minutos en Pret A Manger, en King's Road, cuando llegó Robin con una bolsa blanca colgada del hombro. Estaba tan desinformado sobre moda femenina como cualquier exsoldado, pero hasta él reconoció la marca Jimmy Choo.

—Zapatos —dijo señalando la bolsa después de que ella pidiera un café.

—¡Muy bien! —dijo Robin sonriente—. Sí, zapatos. Para la boda —añadió, porque, al fin y al cabo, tenían que poder admitir que iba a pasar.

El tema parecía envuelto en una especie de tabú extraño desde que Robin volvía a estar comprometida.

—Vendrás, ¿verdad? —añadió, y se sentaron a una mesa junto a la ventana.

Strike no recordaba haber confirmado que iría al enlace. Robin le había dado la invitación de la segunda fecha, que, como la de la primera, estaba impresa en una tarjeta de color crudo con letras negras, pero no recordaba haberle dicho que sí, que asistiría. Ella se quedó mirándolo, a la espera de una respuesta, y el detective se acordó de Lucy y de sus intentos de coaccionarlo para que fuera a la fiesta de cumpleaños de su sobrino.

—Sí —contestó de mala gana.

—¿Quieres que confirme por ti? —preguntó Robin.

—No, ya lo haré yo.

Strike supuso que eso implicaría llamar por teléfono a la madre de Robin. Así era como te amarraban las mujeres. Te añadían a listas y te obligaban a confirmar y comprometerte. Te daban a entender que, si no te presentabas, un plato de comida caliente se echaría a perder, una silla de brocado en oro quedaría vacía, una tarjeta con tu nombre quedaría huérfana encima de una mesa, proclamando tu mala educación ante el mundo entero. En ese momento no se le ocurría literalmente nada que le apeteciera menos que ver cómo Robin se casaba con Matthew.

—¿Quieres que... invite a Elin? —preguntó Robin, valiente, con la esperanza de ver que la expresión de Strike se suavizaba un poco.

—No —contestó él sin vacilar, pero interpretó el ofrecimiento de Robin como una especie de súplica, y el afecto sincero que sentía por ella hizo salir lo mejor de él—. A ver, enséñame los zapatos.

—Vamos, pero si tú no...

—Te lo estoy pidiendo, ¿no?

Robin sacó la caja de la bolsa con mucha ceremonia, lo que a Strike le pareció gracioso; levantó la tapa y desdobló el papel de seda del interior. Eran unos zapatos de tacón alto, de color champán, brillantes.

—Un poco roqueros para una boda —comentó Strike—. Creía que serían... no sé, más... cursis.

—En realidad apenas se verán —dijo ella acariciando uno con el dedo índice—. Había otros con plataforma, pero...

No terminó la frase. La verdad era que a Matthew no le gustaba que ella pareciera demasiado alta.

—Bueno, ¿cómo quieres que enfoquemos lo de Jason y Tempest? —preguntó Robin, que volvió a tapar la caja y la guardó en la bolsa.

—La conversación tienes que dirigirla tú —dijo Strike—. Tú eres la que se ha puesto en contacto con ellos. Yo intervendré si es necesario.

—Te das cuenta —dijo Robin un tanto apurada— de que Jason te hará preguntas sobre tu pierna, ¿verdad? Sabes que... cree que mientes sobre cómo la perdiste, ¿no?

—Sí, ya lo sé.

—Vale. Es que no quiero que te ofendas, ni nada.

—Creo que sabré sobrellevarlo —dijo Strike, divertido por la mirada de preocupación de Robin—. No voy a pegarle, si eso es lo que te preocupa.

—Bueno, estupendo —dijo Robin—, porque por las fotos que he visto, seguramente lo harías pedazos.

Echaron a andar por King's Road (Strike iba fumando), y llegaron a la entrada de la galería, un poco apartada de la calle, detrás de la estatua de sir Hans Sloane con peluca y medias. Pasaron por debajo de un arco abierto en el muro de ladrillo claro y entraron en una plaza con vegetación que, de no ser por el ruido de la bulliciosa calle que tenían detrás, habría podido pertenecer a una casa de campo. La plaza estaba rodeada en tres de sus lados por edificios decimonónicos. Más allá, en lo que en otros tiempos debió de ser un cuartel, estaba Gallery Mess.

Strike, que se había imaginado una taberna modesta junto a la galería, se dio cuenta de que estaban entrando en un local de mucha más categoría, y se acordó con cierto recelo del descubierto de su cuenta bancaria y de que había accedido a pagar lo que sin ninguna duda iba a ser una comida para cuatro personas.

Entraron en un local estrecho y alargado, con otra zona más amplia visible a través de unos arcos situados a la izquierda. Manteles blancos, camareros trajeados, techos altos y abovedados y arte contemporáneo en todas las paredes hicieron aumentar los temores de Strike respecto a lo que le iba a costar aquella comida mientras seguían al *maître* hasta el fondo de la estancia.

La pareja a la que buscaban era fácil de identificar en medio de la clientela, vestida con elegancia y casi exclusivamente femenina. Jason era un chico nervudo y con la nariz grande; llevaba una sudadera con capucha de color granate y unos vaqueros, y daba la impresión de que saldría huyendo a la menor provocación. Con la vista fija en su servilleta, parecía una garza desaliñada. Tempest, con melena corta teñida de negro, llevaba unas gafas de cristales gruesos y montura cuadrada y negra, y era la antítesis de su acompañante: tenía la tez pálida y fofa, y unos ojos pequeños que parecían dos pasas hundidas en un bollo. Llevaba una camiseta negra con un poni multicolor de dibujos animados estampado encima del ancho pecho y estaba sentada en una silla de ruedas junto a la mesa. Ambos tenían delante una carta abierta. Tempest ya había pedido una copa de vino.

Al ver acercarse a Strike y a Robin, Tempest sonrió, estiró el brazo y le hincó un grueso dedo índice en el hombro a Jason. El chico miró alrededor con aprensión; Strike se fijó en la marcada asimetría de sus ojos azul claro; uno estaba, como mínimo, un centímetro más alto que el otro. Eso le confería un aspecto extrañamente vulnerable, como si hubieran terminado de hacerlo con prisas.

—Hola —los saludó Robin, sonriendo y tendiéndole la mano a Jason primero—. Me alegro de conocerte, por fin.

—Hola —murmuró él, y le ofreció una mano de dedos lánguidos.

Entonces le lanzó una mirada fugaz a Strike; se sonrojó y miró hacia otro lado.

—¡Hombre, hola! —Tempest le tendió la mano a Strike y compuso una sonrisa de oreja a oreja; apartó su silla de ruedas con destreza e invitó al detective a coger una silla de la mesa de al lado—. Me encanta este sitio. Es muy fácil moverse y el personal es muy agradable. ¡Perdona! —le dijo a un camarero que pasaba cerca de su mesa—. ¿Puedes traernos dos cartas más?

Strike se sentó a su lado, y Jason se movió para hacerle sitio a Robin.

—El local es precioso, ¿verdad? —comentó Tempest, y dio un sorbo de vino—. Y el personal es muy comprensivo con lo de la silla de ruedas. Son muy atentos. Lo voy a recomendar en mi web; tengo una lista de locales aptos para personas discapacitadas.

Jason estaba encorvado sobre su carta; por lo visto no se atrevía a mirar a la cara a nadie.

—Le he dicho que pida lo que quiera —dijo Tempest a Strike sin ningún reparo—. Él no se da cuenta del dinero que debe de haber ganado usted resolviendo esos casos. Le he explicado que la prensa debe de haberle pagado muchísimo por las historias. Supongo que eso es a lo que se dedica ahora, ¿no? A resolver casos que tengan mucha proyección.

Strike pensó en el saldo de su cuenta, cada vez más exiguo, en su ático amueblado encima de la oficina y en el efecto devastador que la pierna había tenido en su negocio.

—Hacemos lo que podemos —dijo, y evitó mirar a Robin.

Robin pidió la ensalada más barata y, para beber, agua. Tempest pidió un entrante y un segundo, animó a Jason a imitarla y luego recogió las cartas y se las devolvió al camarero dándose aires de excelente anfitriona.

—Bueno, Jason... —empezó Robin.

Inmediatamente, Tempest interrumpió a Robin y se dirigió a Strike:

—Jason está un poco cortado. No había reflexionado sobre las repercusiones que podía tener que nos reuniéramos con usted. Tuve que recordárselas; hemos hablado por teléfono día y noche, ni se imagina las facturas. ¡Debería cobrárselas, ja, ja! Bueno, en serio...

De pronto adoptó un aire muy circunspecto.

—Antes que nada, queremos que nos asegure que no vamos a tener problemas por no habérselo contado todo a la policía. Porque nosotros no teníamos ninguna información que pudiera resultarles útil. Ella sólo era una pobre chica con problemas. Nosotros no sabemos nada. Sólo quedamos con ella una vez, y no tenemos ni idea de quién la mató. Estoy segura de que usted sabe mucho más que nosotros de lo ocurrido. Yo me quedé muy preocupada cuando me enteré de que Jason había estado hablando con su socia, la verdad, porque creo que la gente no se da cuenta de lo estigmatizados que estamos como comunidad. Yo, por ejemplo, he recibido amenazas de muerte. Debería contratarlo para que las investigue, ja, ja.

—¿Quién te ha amenazado de muerte? —preguntó Robin mostrando una educada preocupación.

—Porque el sitio web es mío, no sé si lo sabe —continuó Tempest ignorando a Robin y dirigiéndose a Strike—. Lo llevo yo. Soy como la madrina del grupo, o la madre superiora, ja, ja... Bueno, todos me confían sus problemas y me piden consejo, o sea que, evidentemente, es a mí a quien atacan cuando la gente ignorante la toma con nosotros. Supongo que no me controlo. Me involucro mucho en las batallas de los demás, ¿verdad, Jason? En fin —continuó, e hizo una breve pausa, pero sólo para dar un ávido sorbo de vino—, no le puedo recomendar a Jason que hable con usted si no tengo garantías de que no va a sufrir represalias.

Strike se preguntó qué autoridad creía la chica que él tenía en el asunto. Lo cierto era que tanto Jason como Tempest habían ocultado información a la policía, fueran cuales fuesen sus motivos para hacerlo, y tanto si esa información resultaba valiosa como si no, su actitud había sido insensata y potencialmente peligrosa.

—No creo que ninguno de los dos vaya a tener ningún problema —mintió Strike sin ningún reparo.

—Vale, perfecto. Me alegro de oírlo —dijo Tempest con cierta autocomplacencia—, porque nosotros queremos ayudar, por supuesto. A ver, yo le dije a Jason: si ese tipo elige a sus víctimas entre la comunidad BIID, lo cual es posible... Pues, hostia, nuestro deber es ayudar. Y no me sorprendería nada, porque en internet recibimos muchos insultos. La gente nos odia. Es increíble. A ver, es evidente que es por ignorancia, pero nos insulta gente que se supone que tendría que estar de nuestro lado, gente que sabe muy bien lo que significa que te discriminen.

Les llevaron las bebidas. Strike, horrorizado, vio cómo el camarero, un chico de Europa del Este, vaciaba su botella de cerveza Spitfire en un vaso con hielo.

—¡No! —saltó el detective.

—La cerveza no está fría —explicó el camarero, sorprendido ante lo que evidentemente consideraba una reacción exagerada por parte del cliente.

—Me cago en... —murmuró Strike mientras pescaba los cubitos de hielo y los sacaba del vaso.

Ya tenía suficiente con la cuenta que iba a tener que pagar, y sólo faltaba que le pusieran hielo en la cerveza. El camarero, ligeramente ofendido, sirvió a Tempest una segunda copa de vino. Robin aprovechó la oportunidad que se le presentaba:

—Jason, la primera vez que te comunicaste con Kelsey...

Pero Tempest dejó su copa en la mesa y volvió a interrumpir a Robin.

—Sí, he revisado todos mis archivos, y he comprobado que Kelsey visitó el sitio web por primera vez en diciembre. Sí, se lo dije a la policía, les dejé verlo todo. Kelsey me preguntó por usted —le dijo Tempest a Strike como dando a entender que el detective debería sentirse halagado de que lo hubieran mencionado en su sitio web—, y entonces habló con Jason e intercambiaron sus direcciones de correo electrónico, y a partir de entonces estuvieron en contacto directo, ¿verdad, Jason?

—Sí —confirmó el chico con un hilo de voz.

—Entonces ella le propuso quedar para conocerse, y Jason me lo comentó, ¿verdad, Jason? Porque pensó que se sentiría más cómodo si yo lo acompañaba, porque, al fin y al cabo, internet es internet, ¿no? Nunca se sabe. Kelsey habría podido ser cualquiera. Habría podido ser un hombre.

—¿Por qué querías conocer a...? —empezó a preguntar Robin a Jason, pero, una vez más, Tempest la cortó.

—Usted les interesaba a ambos, evidentemente. —Tempest se dirigía una vez más a Strike—. Kelsey le había hablado mucho de usted a Jason, ¿verdad, Jason? Se sabía toda su historia —continuó, y sonrió con picardía, como si compartieran secretos inconfesables.

—¿Y qué te contó Kelsey de mí, Jason? —le preguntó Strike al chico.

Jason se puso muy colorado, y Robin se preguntó, de pronto, si sería gay. Tras un examen minucioso de los foros, había detectado un trasfondo erótico en alguna, aunque no en todas, las fantasías de la gente que publicaba, y << v t >> era de los más descarados.

—Me dijo que su hermano lo conocía —masculló Jason—. Que había trabajado con usted.

—¿Ah, sí? —se extrañó Strike—. ¿Estás seguro de que dijo su hermano?

—Sí.

—Porque no tenía ningún hermano. Sólo una hermana.

La mirada asimétrica de Jason se paseó nerviosa por los objetos que había encima de la mesa antes de volver a posarse en Strike.

—Pues me dijo su hermano, seguro.

—¿Y te dijo que trabajaba conmigo en el Ejército?

—No, en el Ejército no. Creo que no. Después.

«Mentía continuamente... Si era martes, ella decía que era miércoles.»

—Ostras, pues yo creía que se lo había contado su novio —intervino Tempest—. Nos dijo que tenía un novio que se llamaba Neil. ¿Te acuerdas, Jason?

—Niall —la corrigió Jason.

—¿Ah, sí? Bueno, Niall. Pasó a buscarla el día que estuvimos tomando café con ella, ¿te acuerdas?

—Un momento —dijo Strike levantando una mano, y Tempest, obediente, hizo una pausa—. ¿Visteis a Niall?

—Sí —contestó Tempest—. Pasó a recogerla. Con su moto.

Hubo un breve silencio.

—¿Un tipo que iba en moto pasó a recogerla por...? ¿Dónde quedasteis con ella? —preguntó Strike, y su tono pausado no dejaba traslucir la aceleración repentina de su corazón.

—En el Café Rouge de Tottenham Court Road —contestó Tempest.

—Está cerca de la agencia —comentó Robin.

Jason se puso aún más colorado.

—¡Sí, Kelsey y Jason ya lo sabían, ja, ja! Teníais esperanzas de que Cormoran entrara en la cafetería, ¿verdad, Jason? Ja, ja, ja —rió Tempest alegremente mientras el camarero volvía y le servía el entrante.

—¿La recogió un tipo con una moto, Jason?

Tempest tenía la boca llena, y el chico pudo hablar por fin.

—Sí —confirmó, y lanzó una mirada furtiva al detective—. La esperaba al final de la calle.

—¿Viste qué aspecto tenía? —preguntó Strike, adivinando la respuesta.

—No, estaba como... como medio escondido, detrás de la esquina.

—Llevaba el casco puesto —aportó Tempest después de acompañar un bocado con un sorbo de vino para incorporarse cuanto antes a la conversación.

—¿De qué color era la moto? ¿Te acuerdas? —preguntó Strike.

Tempest creía recordar que era negra, mientras que Jason estaba convencido de que era roja, pero ambos coincidieron en que estaba aparcada demasiado lejos para que reconocieran la marca.

—¿Os acordáis de si Kelsey dijo algo más sobre su novio? —preguntó Robin.

Ambos dijeron que no con la cabeza.

Les llevaron los segundos cuando Tempest se encontraba en medio de una larga explicación sobre los servicios jurídicos y de apoyo psicológico que ofrecía el sitio web que había creado. Jason no tuvo valor para dirigirse directamente a Strike hasta que Tempest tuvo la boca llena de patatas fritas.

—¿Es verdad? —dijo de pronto, y volvió a ponerse rojo como un tomate.

—¿Qué? —preguntó el detective.

—Que usted... Que se...

Masticando enérgicamente, Tempest se inclinó hacia Strike en la silla de ruedas, le puso una mano en el antebrazo y tragó la comida que tenía en la boca.

—Que se lo hizo usted mismo —dijo en voz baja, y guiñó delicadamente un ojo.

Los gruesos muslos de Tempest se habían desplazado ligeramente, por sí solos, al inclinarse en la silla, y habían soportado su propio peso en lugar de permanecer inertes bajo el torso. En el hospital Selly Oak, Strike había conocido a hombres que se habían quedado parapléjicos y tetrapléjicos a causa de las heridas sufridas en combate; había visto sus piernas inutilizadas, y los ajustes que habían aprendido a hacer en el movimiento de la parte superior del cuerpo para manejar la parte inferior inerte. Por primera vez, se dio cuenta de lo que estaba haciendo Tempest. Ella no necesitaba la silla de ruedas. No tenía ninguna discapacidad.

Curiosamente, fue la expresión de Robin lo que ayudó a Strike a mantener la calma y la educación, porque lo reconfortó la mirada de desagrado y rabia que le lanzó a Tempest.

—Para decirte si es verdad o no, primero tendrás que explicarme lo que te han contado —le dijo a Jason.

—Bueno —repuso el chico, quien apenas había probado su hamburguesa Black Angus—, Kelsey me contó que usted fue a un pub con su hermano y que... que se emborrachó y le contó la verdad. Según ella, salió de su base de Afganistán con una pistola y fue tan lejos como pudo en la oscuridad, y entonces se pegó un disparo en la pierna, y luego consiguió que un médico se la amputara.

Strike dio un gran trago de cerveza.

—¿Y por qué se supone que lo hice?

—¿Cómo? —preguntó Jason sin comprender.

—¿Quería que me dieran la baja por invalidez para irme del Ejército o...?

—¡No, no! —replicó Jason con un gesto extraño, como si se sintiera dolido—. No, usted era... —dijo sonrojándose tanto que parecía mentira que le quedara ni una gota de sangre en el resto del cuerpo— ... como nosotros. Usted lo necesitaba —susurró—. Necesitaba que le amputaran la pierna.

De repente Robin se dio cuenta de que no podía mirar a Strike y fingió contemplar un cuadro muy curioso de una mano que sujetaba un zapato (o por lo menos creyó que representaba una mano que sujetaba un zapato; también habría podido ser un tiesto marrón con un cactus rosa).

—El... hermano... que le contó todo eso de mí a Kelsey... ¿sabía que ella quería que le amputaran una pierna?

—No, creo que no. Me dijo que nunca se lo había contado a nadie, sólo a mí.

—Entonces... ¿crees que fue casualidad que él mencionara...?

—La gente no va por ahí contándolo —dijo Tempest volviendo a meterse en la conversación con calzador a la primera oportunidad—. Les da mucha vergüenza, muchísima. Yo no lo he contado en el trabajo —dijo alegremente señalándose las piernas—. Tengo que decir que es una lesión de espalda. Si supieran que soy transcapacitada, no lo entenderían. Por no hablar de los prejuicios de la profesión médica, que es algo absolutamente increíble. He cambiado de médico de cabecera dos veces; no estaba dispuesta a que volvieran a ofrecerme el maldito tratamiento psiquiátrico. No, Kelsey nos dijo que nunca había podido contárselo a nadie, la pobre. No tenía a nadie a quien acudir. Nadie la habría entendido. Por eso acudió a nosotros, y a usted, claro —le dijo a Strike, y le sonrió con cierta superioridad, porque él, a diferencia de ella, había ignorado la llamada de ayuda de Kelsey—. Pero bueno, usted no es el único. Cuando la gente consigue lo que busca, tiende a abandonar la comunidad. Nosotros lo aceptamos y lo entendemos, pero nos ayudaría mucho que la gente no se desentendiera tan deprisa y describiera lo que uno siente cuando por fin consigue estar en el cuerpo en el que tenía que estar.

Robin temía que Strike estallara en cualquier momento, allí, en aquel local blanco y elegante donde los amantes del arte conversaban en voz baja. Sin embargo, no había tenido en cuenta el autocontrol que el exagente de la División de Investigaciones Especiales había adquirido a lo largo de tantos años de interrogatorios. La sonrisa educada que Strike le dirigió a Tempest tal vez pareciera un tanto forzada; sin embargo, el detective se volvió otra vez hacia Jason y le preguntó:

—Entonces ¿no crees que fuera el hermano de Kelsey quien le aconsejó hablar conmigo?

—No —contestó Jason—, creo que eso fue idea suya.

—¿Y qué quería de mí exactamente?

—Hombre, es obvio —intervino Tempest, casi riendo—, ¡quería que la aconsejara para hacer lo mismo que había hecho usted!

—¿Tú también lo crees, Jason? —preguntó Strike, y el chico dijo que sí con la cabeza.

—Sí, quería saber qué clase de herida tenía que hacerse para que le cortaran la pierna, y creo que además confiaba en que usted le presentara al médico que le había amputado la suya.

—Ése es el problema eterno —añadió Tempest, completamente ajena al efecto que su discurso estaba ejerciendo sobre Strike—: encontrar cirujanos de confianza. Normalmente no se muestran nada comprensivos. Ha habido gente que se ha muerto tratando de hacérselo ella misma. En Escocia había un cirujano fantástico que hizo un par de amputaciones a personas con BIID, pero luego tuvo que parar. De eso hace ya más de diez años.

Mucha gente va al extranjero, pero si no te lo puedes pagar, si no puedes permitirte hacer el viaje... Supongo que entenderá que Kelsey quisiera pedirle su lista de contactos.

Robin soltó el cuchillo y el tenedor con estrépito; empatizaba plenamente con Strike y sentía toda la humillación que suponía que debía de estar sintiendo él. ¡Su lista de contactos! Como si su amputación fuera un objeto exclusivo que Strike hubiese comprado en el mercado negro...

Strike siguió interrogando a Jason y a Tempest otro cuarto de hora, hasta que llegó a la conclusión de que ya no podría sonsacarles nada más. El retrato que le hicieron de su único encuentro con Kelsey fue el de una chica inmadura y desesperada con un deseo tan irrefrenable de que le amputaran alguna extremidad que, según sus dos ciberamigos, habría sido capaz de hacer cualquier cosa para conseguirlo.

—Sí —dijo Tempest lanzando un suspiro—, Kelsey era de ésas. Ya lo había intentado una vez cuando era más pequeña, con un alambre. Sabemos casos de personas tan desesperadas que han puesto la pierna sobre las vías del tren. Un chico intentó congelársela con nitrógeno líquido. En Estados Unidos había una chica que saltó mal a propósito con los esquís, pero el peligro de eso es que no siempre acabas con el grado de discapacidad que tú querías...

—¿Y qué grado quieres tú? —le preguntó Strike, que acababa de levantar una mano para pedir la cuenta.

—Yo quiero que me seccionen la médula espinal —dijo Tempest con toda naturalidad—. Sí, quiero quedarme parapléjica. Lo ideal sería que me lo hiciera un cirujano. Mientras tanto, me voy acostumbrando —dijo, y volvió a señalar la silla de ruedas.

—A utilizar los lavabos y los salvaescaleras para discapacitados, ¿no? —dijo Strike.

—Cormoran... —dijo Robin con tono de advertencia.

Había imaginado que podía pasar. Strike estaba estresado y llevaba días durmiendo poco. Robin supuso que debía alegrarse de que hubieran obtenido toda la información que necesitaban antes de que llegara ese momento.

—Es una necesidad —dijo Tempest con serenidad—. Lo sé desde que era una cría. Estoy en un cuerpo que no me corresponde. Necesito ser paralítica.

Había llegado el camarero; Robin tendió una mano para que le entregara la cuenta, porque Strike ni lo había visto.

—Deprisa, por favor —le dijo al camarero, que parecía antipático. Era el mismo a quien Strike había regañado por ponerle hielo en la cerveza.

—Conoces a muchos discapacitados, ¿no? —le preguntó Strike a Tempest.

—A un par —respondió ella—. Evidentemente hay muchos en la...

—¿Y te crees que tienes algo en común con ellos? ¡Me cago en...!

—Lo sabía —masculló Robin; le quitó el datáfono de la mano al camarero e introdujo su tarjeta Visa.

Strike se levantó, era mucho más alto que Tempest, quien de pronto parecía conmocionada, mientras Jason se encogía en su asiento, como si quisiera desaparecer dentro de su sudadera.

—Vamos, Corm... —dijo Robin, y sacó la tarjeta del datáfono.

—Para que lo sepáis —dijo Strike dirigiéndose a Tempest y a Jason mientras Robin cogía su chaqueta e intentaba llevarse al detective de la mesa—. Iba dentro de un coche que explotó. —Jason se había tapado la cara, muy colorada, con ambas manos, y tenía los ojos anegados en lágrimas. Tempest estaba simplemente boquiabierta—. El conductor quedó partido en dos. A ti te habría encantado: así sí que habrías recibido atención, ¿verdad? —le dijo sin miramientos—. Bueno, lástima que se muriera. El otro chico que iba en el coche perdió la mitad de la cara; yo perdí una pierna. No hubo nada voluntario en...

—Vale —dijo Robin, y agarró a Strike por el brazo—. Nos vamos. Muchas gracias por quedar con nosotros, Jason.

—Buscad ayuda —dijo Strike en voz alta señalando a Jason mientras dejaba que Robin lo arrastrara bajo las miradas de estupefacción de camareros y clientes—. Buscad ayuda, porque estáis mal de la cabeza.

Salieron a la calle arbolada, y hasta que no estuvieron casi a una manzana de la galería, Strike no empezó a respirar otra vez con normalidad.

—Lo siento —dijo, aunque Robin no había abierto la boca—. Me lo habías advertido.

—No pasa nada —repuso ella, comprensiva—. Ya tenemos todo lo que queríamos.

Siguieron en silencio unos metros más.

—¿Has pagado? No me he dado ni cuenta.

—Sí. Ya lo cogeré del dinero para gastos.

Siguieron andando. Se cruzaban con hombres y mujeres bien vestidos, ocupados y presurosos. Una chica con aire bohemio, con rastas, pasó flotando a su lado con un vestido largo de estampado de cachemira, pero su bolso de quinientas libras revelaba que aquel atuendo hippie era tan falso como la minusvalía de Tempest.

—Al menos no le has pegado un puñetazo —dijo Robin—. A una chica que va en silla de ruedas. Delante de un montón de amantes del arte.

Strike se echó a reír. Robin negó con la cabeza.

—Sabía que perderías los papeles —dijo con un suspiro, pero con una sonrisa en los labios.

44

Then Came the Last Days of May[53]

Él habría jurado que estaba muerta. No le había preocupado que el caso no hubiera aparecido en las noticias, porque la chica era una fulana. Tampoco había visto nunca nada en los periódicos sobre la primera a la que se había cargado. Las putas no contaban, no eran nada, no le importaban a nadie. La Secretaria sí que iba a salir a toda plana en la primera página, porque ella trabajaba para ese desgraciado: una chica decente con un prometido muy guapo, la clase de persona por la que la prensa enloquecía.

No entendía cómo podía ser que la prostituta siguiera con vida. Recordaba el tacto de su torso bajo el cuchillo, el ruido de punción del metal al atravesar la piel, el roce del acero contra el hueso, el chorro de sangre. Según el periódico, la habían encontrado unos estudiantes. Putos estudiantes.

Por lo menos todavía tenía sus dedos.

La chica había hecho un retrato robot. ¡Menuda gilipollez! La policía era una pandilla de monos afeitados con uniforme. ¿De verdad pensaban que ese retrato serviría de algo? No se parecía en nada a él, en nada; habría podido ser cualquiera, blanco o negro. Se habría echado a reír a carcajadas de no ser porque la Cosa estaba allí: a la Cosa no le habría gustado verlo reírse de la noticia de una prostituta muerta ni de un retrato robot.

Últimamente estaba bastante díscola. Él había tenido que esforzarse para compensarla por haberla tratado mal, había tenido que disculparse, hacerse el bueno. «Estaba enfadado —se había excusado—. Muy enfadado.» Había tenido que hacerle arrumacos y comprarle flores y quedarse en casa para compensar el haberse enfadado, y ahora la Cosa se estaba aprovechando, como siempre hacían las mujeres, tratando de conseguir más, de conseguir todo lo que pudiera.

—No me gusta cuando desapareces.

«Yo sí que te voy a hacer desaparecer como sigas en este plan.»

Le había contado un cuento chino sobre una posibilidad de trabajo, pero por primera vez ella tuvo los cojones de preguntarle: «¿Quién te ha hablado de ese trabajo? ¿Cuánto tiempo vas a estar fuera?»

La veía hablar y se imaginaba que llevaba un brazo hacia atrás y le daba un puñetazo tan fuerte en toda la puta cara que se le rompían los huesos.

Pero todavía necesitaba a la Cosa, un poco más, al menos hasta que hubiera liquidado a la Secretaria.

La Cosa todavía lo quería, ésa era su baza: sabía que podía cerrarle la boca en cualquier momento con la amenaza de marcharse para siempre. Sin embargo, no quería malgastar esa baza. Así que siguió con las flores, los besos, la dulzura que hacía que el recuerdo de su cólera se suavizara y se disolviera en la memoria estúpida y ofuscada de la Cosa. Le gustaba añadirle algún calmante en las bebidas, algo para mantenerla tierna, llorando sobre su hombro, aferrada a él.

Paciente y bondadoso, pero firme.

Al final ella cedió: gozaría de una semana entera fuera, libre para hacer lo que quisiera.

45

Harvester of eyes, that's me[54]

Harvester of Eyes, Blue Öyster Cult

Al inspector Eric Wardle no le hizo ninguna gracia saber que Jason y Tempest habían mentido a sus hombres, pero Strike lo encontró menos enfadado de lo que esperaba cuando quedaron para tomar una cerveza, por invitación del policía, el lunes por la noche en el Feathers. Esa tolerancia asombrosa tenía una explicación muy sencilla: la revelación de que un hombre que conducía una motocicleta había pasado a recoger a Kelsey por el Café Rouge encajaba a la perfección con la nueva teoría de Wardle.

—¿Te acuerdas de un chico llamado Devoto que publicaba en la web esa? Ése que tenía debilidad por las personas con miembros amputados, y que dejó de publicar después de que mataran a Kelsey.

—Sí —contestó Strike; recordaba que Robin le había dicho que se había comunicado con él.

—Lo hemos localizado. ¿Sabes qué tiene en el garaje?

Como no habían realizado ninguna detención, Strike dedujo que lo que habían encontrado no eran partes de cuerpos, así que, atento, sugirió:

—¿Una moto?

—Una Kawasaki Ninja —dijo Wardle—. Ya sé que lo que buscamos es una Honda —añadió anticipándose a Strike—, pero cuando nos presentamos en su casa se cagó de miedo.

—Como cualquier hijo de vecino cuando la policía judicial llama a su puerta. Sigue.

—Es un tipo bastante rarito, se llama Baxter, es representante comercial y no tiene coartada para el fin de semana del dos y el tres, ni para el día veintinueve. Divorciado, sin hijos; dice que no salió de casa el día de la boda real, que se quedó viéndola por la tele. ¿Tú habrías visto la boda real por la tele si no hubiera habido ninguna mujer contigo?

—No —contestó Strike; él sólo había visto algunas imágenes en las noticias.

—Dice que la moto es de su hermano y que él sólo se la guarda, pero después de que le hiciéramos unas cuantas preguntas admitió que ha salido con ella algunas veces. Así que ya sabemos que sabe conducir una moto, y por lo tanto que pudo alquilar o pedir prestada la Honda.

—¿Qué dijo del sitio web?

—Le quitó importancia, dice que sólo lo hace para distraerse, que no se lo toma en serio, que los muñones no lo ponen cachondo; pero cuando le preguntamos si podíamos echar un vistazo a su ordenador, no le hizo ninguna gracia. Dijo que antes de contestar quería hablar con su abogado. Lo hemos dejado ahí, pero mañana vamos a volver a verlo. Queremos tener una conversación amistosa con él.

—¿Admitió que había hablado con Kelsey por internet?

—Lo tiene difícil para negarlo, porque tenemos el ordenador de Kelsey y todos los archivos de Tempest. Le preguntó a la chica qué planes tenía para su pierna, y le propuso quedar, pero ella le dio largas, al menos en el chat. Joder, tío, tenemos que investigarlo —dijo Wardle en respuesta a la mirada de escepticismo de Strike—, ¡no tiene coartada, tiene una moto, le gustan las amputaciones e intentó quedar con ella!

—Sí, claro —dijo Strike—. ¿Alguna otra pista?

—Por eso quería verte. Hemos encontrado a Donald Laing. Vive en Wollaston Close, en Elephant and Castle.

—¿Ah, sí? —dijo Strike, sinceramente sorprendido.

Wardle sonrió, satisfecho por haber sorprendido a Strike, por una vez.

—Sí, y está enfermo. Lo hemos encontrado a través de una página de JustGiving. Nos pusimos en contacto con ellos y conseguimos su dirección.

Ésa era la diferencia entre Strike y Wardle, por supuesto: el policía todavía tenía placa, autoridad y ese tipo de poder al que Strike había renunciado al dejar el Ejército.

—¿Lo has visto? —preguntó Strike.

—Envié a un par de chicos y no lo encontraron en casa, pero los vecinos confirmaron que vive allí. Está de alquiler, vive solo y por lo visto está bastante enfermo. Les dijeron que se ha marchado unos días a Escocia. Al funeral de un amigo suyo. Se supone que no tardará en volver.

—Eso no se lo cree ni él —murmuró Strike con la cerveza en la mano—. Si a Laing le queda un solo amigo en Escocia, yo me como esta jarra.

—Como quieras —dijo Wardle, entre jovial e impaciente—. Pensé que te alegrías de que estuviéramos siguiendo a tus chicos.

—Sí, me alegro —dijo Strike—. ¿Seguro que está enfermo?

—Según los vecinos, necesita muletas para andar. Por lo visto lleva tiempo entrando y saliendo del hospital.

En la pantalla de televisión retransmitían el partido entre el Arsenal y el Liverpool del mes anterior, con el volumen apagado. Strike vio cómo Van Persie lanzaba el penalti que, cuando había visto el partido en el pequeño televisor portátil de su ático, creyó que podría ayudar al Arsenal a conseguir la tan necesitada victoria. Pero lo había fallado, por supuesto. Últimamente, la suerte de los Gunners se hundía a la par que la suya.

—¿Sales con alguien? —preguntó Wardle de repente.

—¿Qué? —preguntó Strike, pillado por sorpresa.

—A Coco le gustaste mucho. —Wardle se aseguró de que Strike lo veía sonreír burlonamente, para que le quedara bien claro que a él le parecía absurdo—. Coco, la amiga de mi mujer. La pelirroja, ¿te acuerdas?

Strike se acordaba de que Coco era bailarina de cabaret.

—Le prometí que te lo preguntaría —dijo Wardle—. También le dije que eres un cabronazo, pero se ve que no le importa.

—Dile que me halaga mucho —repuso Strike, y era la verdad—, pero sí, salgo con una chica.

—No será con tu socia, ¿verdad?

—No. Mi socia está a punto de casarse.

—Ah, pues ahí has fallado, colega. —Wardle emitió un bostezo y añadió—: A mí no se me habría escapado.

—A ver si lo he entendido bien —dijo Robin en la oficina a la mañana siguiente—. ¿En cuanto nos confirman que Laing vive en Wollaston Close, me pides que deje de vigilar la casa?

—No me escuchas, Robin —dijo Strike mientras preparaba el té—. Según los vecinos se ha marchado unos días.

—Pero ¡si acabas de decirme que no te crees ese cuento de que está en Escocia!

—Que la puerta de su piso haya estado cerrada desde que tú la vigilas sugiere que se ha marchado a algún sitio.

Strike metió una bolsita de té en cada taza.

—No me trago lo del funeral del amigo. Pero no me extrañaría que hubiera vuelto a Melrose para ver si le saca un poco más de pasta a su madre, que tiene demencia. Seguro que eso encaja con el concepto de nuestro Donnie de unas vacaciones divertidas.

—Uno de nosotros debería estar allí por si vuelve.

—Uno de nosotros estará allí —dijo Strike con tono tranquilizador—, pero, mientras, quiero que te dediques a...

—¿Brockbank?

—No, de Brockbank ya me ocupo yo. Quiero que lo intentes con Stephanie.

—¿Con quién?

—Stephanie. La novia de Whittaker.

—¿Por qué? —preguntó Robin subiendo la voz para hacerse oír, pues el hervidor estaba protagonizando su habitual crescendo de vibración y burbujeo, y el vapor ya había empañado la ventana que tenía detrás.

Strike vertió agua en las tazas y añadió la leche; luego removió, y la cucharilla tintineó al chocar con la cerámica. Robin no tenía claro si debía alegrarse o no por el cambio de rutina que acababa de proponerle su jefe. En teoría tenía que alegrarse, pero su sospecha creciente de que Strike intentaba mantenerla al margen se resistía a desaparecer.

—¿Sigues pensando que Whittaker podría ser el asesino?

—Sí —confirmó Strike.

—Pero no tienes ninguna...

—No tengo ninguna prueba que señale a ninguno, ¿no? Voy a seguir adelante hasta que consiga alguna o tenga que descartarlos a todos.

Strike le dio una taza de té a Robin y se sentó en el sofá de piel artificial, que por una vez no ventoseó bajo su peso. Era un triunfo insignificante, pero, a falta de otros, era mejor que nada.

—Confiaba en poder descartar a Whittaker por su aspecto físico —dijo Strike—, pero resulta que habría podido ser el tipo del gorro. Lo que sí tengo claro es que es igual de hijo de puta que cuando yo lo conocí. La he cagado con Stephanie, ella ya no querrá hablar conmigo, pero a lo mejor tú consigues algo. Si Stephanie le da una coartada a Whittaker para esas fechas, o si nos habla de alguien que pueda dársela, tendremos que replanteárnoslo. Mientras tanto, sigue en la lista.

—¿Y a qué te vas a dedicar tú mientras yo vigilo a Stephanie?

—Sigo con Brockbank. He decidido —dijo el detective estirando las piernas y dando un vigorizante sorbo de té— que hoy voy a ir al club de estriptis a ver si averiguo qué le ha pasado. Estoy harto de comer *kebabs* y deambular por tiendas de ropa esperando a que aparezca.

Robin no dijo nada.

—¿Qué? —dijo Strike, observándola.

—Nada.

—Venga, suéltalo.

—Vale. ¿Qué pasa si... resulta que está allí?

—De eso ya me ocuparé cuando llegue el momento. Pero no me voy a liar a hostias con él —dijo Strike interpretando correctamente los pensamientos de Robin.

—Vale —dijo ella, pero entonces añadió—: No obstante, a Whittaker bien que le diste.

—Eso fue diferente —repuso él, y como Robin no decía nada más, añadió—: Whittaker es especial. Es de la familia.

Robin rió, pero con pocas ganas.

Cuando Strike retiró cincuenta libras de un cajero antes de entrar en el Saracen, en una calle lateral de Commercial Road, la máquina, muy grosera, le mostró el saldo negativo de su cuenta corriente. Con gesto adusto, el detective le entregó un billete de diez al portero de cuello de toro que controlaba la entrada y pasó a través de la cortina de tiras negras de plástico que ocultaba el interior, débilmente iluminado pero no lo bastante oscuro para enmascarar la impresión general de cutrez.

Habían retirado toda la decoración del antiguo pub. El ambiente del nuevo local recordaba a un centro social deteriorado, mal iluminado y desangelado. El suelo era de madera de pino pulida, y en él se reflejaba un fluorescente grueso que discurría a lo largo de toda la barra, que ocupaba un lado de la estancia.

Era poco después de mediodía, pero ya había una chica bailando en un pequeño escenario, al fondo del pub. Bañada en una luz roja y de pie ante unos espejos colocados en ángulo para que se pudiera ver cada centímetro de su celulitis, estaba quitándose el sujetador al son de la canción *Start Me Up*, de los Rolling Stones. Un total de cuatro hombres sentados en taburetes, cada uno junto a una mesa alta, repartía su atención entre la chica, que había empezado a contonearse con torpeza alrededor de un poste, y una gran pantalla de televisión que tenía sintonizado el canal Sky Sports.

Strike fue derecho hacia la barra y se halló ante un letrero que rezaba: «Todo cliente sorprendido masturbándose será expulsado.»

—¿Qué te pongo, cielo? —preguntó una chica de pelo largo, con sombra de ojos morada y un aro en la nariz.

Strike pidió una jarra de John Smith y se sentó a la barra. Aparte del portero, sólo vio a otro empleado varón: un tipo sentado detrás de una mesa de DJ, al lado de la bailarina de estriptis.

Era bajo y fornido, rubio, de mediana edad y no se parecía a Brockbank ni remotamente.

—Estoy buscando a un amigo y pensé que a lo mejor lo encontraba aquí —le dijo Strike a la camarera.

Como no tenía más clientes, la chica estaba apoyada en la barra, con la mirada ausente, fija en el televisor, y hurgándose las uñas, que llevaba largas.

—¿Ah, sí? —dijo sin mucho interés.

—Sí —confirmó el detective—. Me dijo que trabajaba aquí.

Un tipo con chaleco reflectante se acercó a la barra, y, sin decir nada, la mujer fue a atenderlo.

Start Me Up llegó a su fin, así como el número de la bailarina de estriptis. Desnuda, saltó del escenario, agarró una bata y desapareció por una cortina del fondo del local. Nadie le aplaudió.

Una mujer ataviada con un kimono de nailon muy corto y medias salió de detrás de la misma cortina y empezó a pasearse por el pub, tendiéndoles una jarra de cerveza vacía a los clientes, quienes uno a uno se metieron las manos en los bolsillos y le dieron unas monedas. La chica llegó por fin a donde estaba Strike, y el detective echó un par de libras en la jarra. Ella fue derecha hacia el escenario, dejó la jarra con algunas monedas al lado de la mesa del DJ, se quitó el kimono sacudiendo los hombros y subió al escenario en bragas, sujetador, medias y zapatos de tacón.

—Caballeros, creo que esto les va a gustar. ¡Por favor, demos una calurosa bienvenida a la encantadora Mia!

La chica empezó a contonearse al son de la canción *Are "Friends" Electric?* de Gary Numan. No había ni la más mínima sincronía entre sus movimientos y la música.

La camarera volvió a apoyarse cómodamente en la barra cerca de Strike. Desde donde él estaba sentado se veía mejor el televisor.

—Como te decía —dijo el detective retomando la conversación—, un amigo mío me dijo que trabajaba aquí.

—Ajá —dijo ella.

—Se llama Noel Brockbank.

—¿Ah, sí? No lo conozco.

—Ya. —Strike hizo como si buscara por el local, a pesar de que ya había comprobado que Brockbank no estaba allí—. A lo mejor me he equivocado de sitio.

La primera bailarina apareció detrás de la cortina; se había cambiado y se había puesto un vestidito corto de color rosa chicle, de tirantes muy finos, que apenas le cubría el pubis y que, de alguna manera, era más indecente que la desnudez que había exhibido en el número anterior. Se acercó al tipo del chaleco reflectante y le pidió algo, pero él negó con la cabeza. Entonces la chica miró alrededor, se fijó en Strike, le sonrió y fue hacia él.

—¿Qué tal? —dijo con acento irlandés.

Su pelo, que a él le había parecido rubio bajo la luz roja del escenario, resultó ser de un color cobre intenso. Bajo el abundante pintalabios naranja y las tupidas pestañas postizas se escondía una chica tan joven que bien habría podido estar todavía en edad escolar.

—Me llamo Orla. ¿Y tú?

—Cameron —contestó Strike; así era como solía llamarlo la gente cuando no entendía su nombre de pila.

—¿Te apetece un baile privado, Cameron?

—¿Dónde los haces?

—Allí detrás —contestó ella, y señaló la cortina tras la que se había cambiado—. No te había visto nunca por aquí.

—No, estoy buscando a un amigo.

—¿A un chico? Me temo que te has equivocado de local, cielo.

Era tan joven que Strike se sintió un poco indecente por el simple hecho de oír que lo llamaba «cielo».

—¿Puedo invitarte a una copa? —preguntó Strike.

Ella vaciló. El baile privado se pagaba mejor, pero quizá él fuera de ésos que antes necesitaban un poco de calentamiento.

—Vale, sí.

Strike pagó una cantidad astronómica por un vodka con lima, que la chica bebió a pequeños sorbos, remilgadamente, sentada a su lado; los pechos se le salían casi por completo del vestido. La textura de su piel le recordó a Strike a la de Kelsey: lisa y firme, con una redondez infantil. Tenía tres estrellitas azules tatuadas en un hombro.

—A lo mejor tú conoces a mi amigo —dijo el detective—. Se llama Noel Brockbank.

La pequeña Orla no era idiota. Miró de reojo a Strike, entre desconfiada y calculadora. Al igual que la masajista de Market Harborough, se estaba preguntando si sería policía.

—Me debe dinero —añadió Strike.

La chica siguió observándolo un momento con la frente arrugada, y entonces, por lo visto, se tragó la mentira.

—Noel —repitió—. Creo que se ha ido. Espera un momento. ¡Edie!

La aburrida camarera no desvió la mirada del televisor.

—¿Qué?

—¿Cómo se llamaba el tipo ése al que echó Des la semana pasada? El que sólo duró unos días.

—Ni idea.

—Sí, creo que se llamaba Noel. Lo despidieron —le dijo Orla a Strike. Y entonces, con una repentina y simpática franqueza, añadió—: Dame un billete de diez y lo pregunto.

Strike suspiró mentalmente y le entregó el dinero.

—Tú espérame aquí —dijo Orla, risueña.

Bajó del taburete, se guardó el billete en la goma de las bragas, se colocó bien el vestido, con poca elegancia, y se acercó con aire despreocupado al DJ, quien miró con el ceño fruncido a Strike mientras Orla hablaba con él. El DJ asintió con la cabeza haciendo temblar sus caídos carrillos, relucientes bajo la luz roja, y Orla volvió a la barra muy satisfecha de sí misma.

—¡Ya me lo parecía! —le dijo a Strike—. Yo no estaba aquí cuando pasó, pero le dio un ataque o algo.

—¿Un ataque?

—Sí, cuando sólo llevaba una semana trabajando aquí. Un tipo muy alto, ¿verdad? ¿Con la barbilla muy alargada?

—Sí, exacto —confirmó Strike.

—Sí, siempre llegaba tarde, y Des estaba mosqueado. Des es ese de ahí —añadió innecesariamente, y señaló al DJ, que observaba a Strike con recelo mientras cambiaba la canción: quitó *Are "Friends" Electric?* y puso *Girls Just Wanna Have Fun*, de Cyndi Lauper—. Des le estaba echando la bronca por llegar tarde y tu amigo se cayó al suelo y empezó a retorcerse. Dicen —explicó Orla con deleite— que se meó y todo.

Strike dudaba mucho que Brockbank se hubiera meado encima a propósito para evitar una bronca de Des. Parecía más probable que hubiera tenido un ataque epiléptico.

—¿Cuándo fue eso?

—La novia de tu amigo salió corriendo...

—¿Qué novia?

—Espera... ¡Edie!

—¿Qué?

—¿Cómo se llama esa chica negra, la de las extensiones? La de las tetas grandes. Esa que a Des no le cae bien.

—Alyssa —dijo Edie.

—Alyssa —repitió Orla—. Salió corriendo de la parte de atrás y gritándole a Des que pidiera una ambulancia.

—¿Y la pidió?

—Sí. Se llevaron a tu amigo, y Alyssa se marchó con él.

—Y Bro... Noel ¿no ha vuelto desde entonces?

—No puede trabajar de portero si se va a caer al suelo y se va a mear encima sólo porque alguien le dé un par de gritos, ¿no te parece? —razonó Orla—. Creo que Alyssa quería que Des le diera una segunda oportunidad, pero Des no da segundas oportunidades.

—Y entonces fue cuando Alyssa llamó a Des «caraculo» —intervino Edie, que de pronto abandonaba su actitud apática—, y Des la despidió a ella también. Menuda imbécil. Necesitaba el dinero. Tiene dos bocas que mantener.

—¿Cuándo pasó todo eso? —preguntó Strike.

—Hace un par de semanas —contestó Edie—. Pero ese tío era asqueroso. Me alegro de que se haya largado.

—¿Asqueroso en qué sentido? —preguntó Strike.

—En todos —dijo Edie con hastío—. Alyssa no tiene mucha vista para los hombres.

La segunda bailarina se había quedado en tanga y meneaba el culo con gran entusiasmo frente a un público escaso. Dos hombres ya mayores acababan de entrar en el club y titubearon antes de acercarse a la barra, con la vista fija en el tanga que la chica estaba a punto de quitarse.

—No sabes dónde puedo encontrar a Noel, ¿verdad? —preguntó Strike a Edie, que parecía demasiado aburrida para pedir dinero a cambio de información.

—Sé que vive con Alyssa en Bow, pero no sé exactamente dónde —contestó la camarera—. Consiguió una vivienda de protección oficial, pero siempre se estaba quejando. No sé exactamente dónde está —dijo anticipándose a la pregunta de Strike—. Yo nunca he ido a su casa ni nada.

—Yo creía que le gustaba —comentó Orla—. Dijo que en el barrio había una guardería que estaba muy bien.

La bailarina se había quitado el tanga y ahora lo agitaba por encima de su cabeza, como si fuera un lazo de rodeo. Una vez visto todo lo que había que ver, los dos recién llegados fueron hacia la barra. Uno de ellos, lo bastante mayor para ser el abuelo de Orla, le clavó los ojos legañosos en el escote. Ella, eficiente, lo evaluó con la mirada, se volvió hacia Strike y le preguntó:

—¿Vas a querer el baile privado, o no?

—Me parece que no —contestó el detective.

Antes de que él hubiera terminado la frase, la chica ya había dejado su copa, había bajado del taburete y se había deslizado hacia el hombre de sesenta años, que sonrió revelando una boca con más huecos que dientes.

Una figura grandota apareció al lado de Strike: el portero sin cuello.

—Des quiere hablar contigo —dijo en un tono que habría resultado amenazador de no ser porque su voz era asombrosamente aguda para tratarse de un hombre tan corpulento.

Strike miró alrededor. El DJ, que lo miraba con hostilidad desde el fondo de la estancia, le hizo señas para que se le acercara.

—¿Hay algún problema? —preguntó Strike al portero.

—Si lo hay, ya te lo contará Des —fue su respuesta, débilmente amenazadora.

Strike cruzó la sala para ir a hablar con el DJ, y se quedó de pie ante él como un colegial enorme a quien el director hubiera ordenado acercarse a su mesa. Totalmente consciente de lo absurdo de la situación, tuvo que esperar hasta que una tercera bailarina depositó su jarra de monedas junto al plato del DJ, se quitó la bata morada y subió al escenario con ropa interior de blonda negra y zapatos de tacón de metacrilato. Llevaba muchos tatuajes y tenía granos bajo la gruesa capa de maquillaje.

—Caballeros, con todos ustedes las tetas, el culo y la clase de ¡Jackaline!

Sonaron los primeros compases de *Africa*, de Toto. Jackaline empezó a girar alrededor del poste, actividad para la que mostraba bastante más talento que sus colegas; el DJ tapó el micrófono con una mano y se inclinó hacia delante.

—Bueno, tío.

Parecía mayor y más curtido que bajo la luz roja del escenario; tenía una mirada penetrante, y una cicatriz tan profunda como la de Shanker le recorría todo el mentón.

—¿A qué viene tanto interés por ese gorila?

—Es amigo mío.

—No tenía contrato.

—Yo no he dicho que lo tuviera.

—Espero que ni se le ocurra venirme con el cuento del despido improcedente. Nunca me dijo que era epiléptico. ¿Te envía esa zorra, Alyssa?

—No —contestó Strike—. Me dijeron que trabajaba aquí.

—Esa tía es una foca de mierda.

—No lo sé, ni me importa. Al que busco es a él.

Des se rascó un sobaco y miró con desconfianza a Strike mientras, a poco más de un metro, Jackaline se bajaba las tiras del sujetador de los hombros y miraba desafiante a la media docena de clientes que la observaban.

—Ese desgraciado no estuvo en las Fuerzas Especiales ni de coña —dijo Des, agresivo, como si Strike hubiera insistido en que era verdad.

—¿Eso fue lo que te dijo?

—Fue lo que me dijo ella, Alyssa. En el Ejército no habrían aceptado a un puto desastre como él. Y además —añadió Des entornando los ojos—, había otras cosas que no me gustaban.

—¿Ah, sí? ¿Como qué?

—Eso es asunto mío. Ya se lo puedes decir a ella. No fue sólo el puto ataque epiléptico. Dile que pregunte a Mia por qué no quise que volviera, y dile a Alyssa que si se le ocurre volver a tocar mi coche, o si me envía a otra amiguita suya tratando de sacarme algo, la denuncio. ¡Ya se lo puedes decir!

—Muy bien —dijo Strike—. ¿Tienes su dirección?

—Vete a la mierda —le espetó Des—. Vete a tomar por culo, ¿vale?

Se inclinó sobre el micrófono.

—¡Muy bien! —dijo, con una especie de voluptuosidad profesional, mientras Jackaline sacudía los pechos al ritmo de la música bajo la luz roja. Des le hizo una seña Strike para indicarle que se largara y volvió a concentrarse en un montón de viejos discos de vinilo.

Strike aceptó lo inevitable y dejó que lo acompañaran hasta la puerta. Nadie le prestó atención; el interés del público estaba dividido entre Jackaline y Lionel Messi en la enorme pantalla de televisión. En la puerta, Strike se apartó para dejar pasar a un grupo de jóvenes trajeados, que ya llevaban bastante alcohol en el cuerpo.

—¡Tetas! —gritó el que iba en cabeza señalando a la bailarina de estriptis—. ¡Tetas!

Al portero le pareció ofensiva esa forma de entrar. Se produjo un pequeño altercado, y el que había gritado recibió las críticas de sus acompañantes y del portero, que le hincó el dedo índice en el pecho varias veces.

Strike esperó sin impacientarse a que se resolviera el asunto. Finalmente, el grupo recibió autorización para entrar, y Strike salió del local cuando empezaba a sonar *The Only Way Is Up*, de Yazz.

46

Subhuman[55]

A solas con sus trofeos se sentía completo. Eran una prueba de su superioridad, de su asombrosa capacidad para burlar a la policía, esa pandilla de inútiles, y para deslizarse entre las masas aborregadas, y así tomar lo que se le antojara, como si fuese un semidiós.

Evidentemente, también le aportaban otra cosa.

En el preciso momento de matar no se le ponía dura. Cuando lo pensaba de antemano, sí: a veces se entregaba a arrebatos onanistas pensando en lo que iba a hacer, imaginando y puliendo mentalmente las diferentes posibilidades. Después —ahora, por ejemplo, sujetando en la mano el pecho frío, gomoso y encogido que había cortado del torso de Kelsey, que ya empezaba a adquirir un tacto ligeramente coriáceo debido a las repetidas exposiciones a la temperatura ambiente de fuera de la nevera— no tenía ningún problema. Ahora, por ejemplo, la tenía dura como una piedra.

Tenía los dedos de la última en la nevera. Sacó uno, se lo apretó contra los labios y le hincó los dientes con fuerza. Imaginó que la chica todavía estaba conectada al dedo, y que gritaba de dolor.

Mordió más fuerte y se deleitó con la sensación de la carne fría escindiéndose, de sus dientes apretando contra el hueso. Con una mano, intentó torpemente desabrocharse el cordón de los pantalones de chándal...

Después volvió a guardarlo todo en la nevera, cerró la puerta y le dio una palmadita mientras se sonreía. Pronto habría muchas más cosas ahí dentro. La Secretaria no era pequeña: calculaba que debía de medir un metro setenta o setenta y dos.

Sólo había un pequeño problema: no sabía dónde estaba. Le había perdido la pista. Esa mañana no había ido a la oficina. Él había ido a la London School of Economics, donde había visto a la furcia teñida de rubio platino, pero no había encontrado ni rastro de la Secretaria. Había mirado en el Court; hasta se había asomado al Tottenham. Pero eso sólo era un contratiempo pasajero. Ya la encontraría. Al día siguiente, por la mañana, volvería a buscarla a la estación de West Ealing si era necesario.

Se preparó el café y le añadió un chorro de whisky de una botella que tenía desde hacía meses. No había casi nada más en ese escondrijo sucio donde guardaba sus tesoros, su santuario secreto: un hervidor, unas cuantas tazas desportilladas, la nevera —el altar de su profesión—, un colchón viejo donde dormir y una base donde conectar su iPod. El iPod era importante. Se había convertido en parte de su ritual.

La primera vez que los había oído le habían parecido una mierda, pero a medida que crecía su obsesión por hacer polvo a Strike, también había aumentado su gusto por aquella música. Le gustaba escucharla por los auriculares mientras acechaba a la Secretaria, o mientras limpiaba sus cuchillos. Se había convertido en música sagrada para él. Algunas letras se le quedaban grabadas como fragmentos de un oficio religioso. Cuanto más escuchaba a aquel grupo, más sentía que ellos lo entendían.

Cuando tenían delante el cuchillo, las mujeres quedaban reducidas a lo elemental. Su terror las dejaba limpias. Adquirían una especie de pureza cuando suplicaban que no les quitara la vida. Daba la impresión de que The Cult (que era como él, en privado, los llamaba) lo entendían. Lo captaban.

Puso su iPod en la base y seleccionó uno de sus temas favoritos, *Dr. Music*.

Entonces fue hasta el fregadero y el espejo de afeitar rajado que tenía allí, con la cuchilla y las tijeras preparadas: las únicas herramientas que necesitaba un hombre para transformarse por completo.

Por el único altavoz de la base del iPod, Eric Bloom cantaba:

Girl don't stop that screamin'
You're sounding so sincere...[56]

47

I sense the darkness clearer...[57]

Harvest Moon, Blue Öyster Cult

Ese día, el 1 de junio, Robin pudo decir por primera vez: «Me caso el mes que viene.» De pronto, el 2 de julio parecía a la vuelta de la esquina. La modista de Harrogate quería hacer una prueba final, pero Robin no tenía ni idea de cuándo encontraría un hueco para organizar otro viaje a casa de sus padres. Al menos ya tenía los zapatos. Su madre se encargaba de las respuestas a las invitaciones y la ponía al día con regularidad de cómo iba la lista de invitados. Robin se sentía extrañamente desconectada de todo aquello. Las tediosas horas de guardia en Catford Broadway, vigilando el piso de encima del *fish and chips,* estaban a años luz de las preguntas sobre las flores, sobre quién se sentaría al lado de quién en el banquete, y (esta última, de Matthew) si le había pedido a Strike las dos semanas de vacaciones para la luna de miel que su novio ya había reservado y que iba a ser una sorpresa.

No entendía cómo podía ser que la boda estuviera tan cerca y que ella no se hubiera dado cuenta. Al mes siguiente, al cabo de sólo un mes, se convertiría en Robin Cunnliffe, o al menos eso se suponía. Desde luego, Matthew daba por hecho que ella adoptaría su apellido. Él estaba muy contento últimamente, la abrazaba sin decir nada cuando pasaba a su lado por el pasillo, y no ponía ni la más mínima objeción al prolongado horario de trabajo de Robin, aunque éste invadiera sus fines de semana.

Matthew la había llevado en coche a Catford las últimas mañanas porque le pillaba de paso para ir a la empresa de Bromley donde estaba realizando una auditoría. Ahora él ya no le ponía pegas al Land Rover que tanto había despreciado, ni siquiera cuando le rascaban las marchas o se le calaba en un cruce, y decía que había sido un regalo maravilloso, que Linda había tenido un gran detalle con ellos, y comentaba lo útil que le resultaba tener un coche cuando lo enviaban fuera de Londres. El día anterior, en el trayecto al centro, le había preguntado a Robin si quería que borrara a Sarah Shadlock de la lista de invitados de la boda. Robin comprendió que su prometido había tenido que hacer acopio de todo su valor sólo para formular esa pregunta, pues debía de temer que mencionar a Sarah provocara una nueva discusión. Robin había reflexionado un rato, había analizado seriamente sus sentimientos y al final había contestado que no.

—No importa —dijo—. Prefiero que venga. No pasa nada.

Si borraban a Sarah de la lista, ésta sabría que Robin se había enterado de lo que había pasado en la universidad. Prefería fingir que siempre lo había sabido, que Matthew se lo había confesado mucho tiempo atrás, que para ella no tenía ninguna importancia; tenía su orgullo. Sin embargo, cuando su madre, que también le había preguntado si Sarah estaba invitada a la boda, preguntó a su hija a quién quería poner a su lado, ya que el amigo común de Sarah y Matthew, Shaun, no podría asistir, Robin contestó con una pregunta:

—¿Ha confirmado ya Cormoran?

—No —contestó su madre.

—Ah —dijo Robin—. Pues dice que irá.

—¿Quieres que lo sentemos al lado de Sarah?

—¡No, claro que no! —le espetó Robin.

Hubo una breve pausa.

—Perdona —dijo Robin—. Lo siento, mamá. Estoy estresada. A ver, a Cormoran podrías sentarlo al lado de... No sé, de...

—¿Va a venir con su novia?

—Dice que no. Ponlo donde quieras, menos cerca de esa maldita... Perdón, menos cerca de Sarah.

Así pues, Robin se dispuso a esperar a que apareciera Stephanie esa mañana, la más templada de lo que llevaban de año. Los vendedores de Catford Broadway iban en camiseta de manga corta y sandalias; pasaban mujeres negras con tocados de colores llamativos. Robin, que se había puesto un vestido de tirantes y una cazadora vaquera encima, se apoyó en uno de los nichos del edificio del teatro fingiendo que hablaba por el móvil y matando el tiempo antes de pasar a fingir que examinaba las velas aromatizadas y las varillas de incienso del tenderete más cercano.

No era fácil mantener la concentración cuando estabas convencida de que te habían mandado a un sitio a perder el tiempo. Tal vez Strike insistiera en que seguía considerando a Whittaker sospechoso del asesinato de Kelsey, pero Robin, aunque no lo dijera, no acababa de creérselo. Se decantaba cada vez más hacia la opinión de Wardle de que Strike se la tenía jurada a su expadrastro y de que su criterio, por lo general muy juicioso, estaba enturbiado por los agravios del pasado. De vez en cuando levantaba la vista hacia las cortinas inmóviles del piso de Whittaker; recordó que la última vez que habían visto a Stephanie había sido cuando su novio la había metido a la fuerza en la trasera de una furgoneta, y se preguntó si la chica estaría siquiera en el piso.

Del débil resentimiento que sentía de pensar que aquél iba a ser otro día echado a perder, Robin pasó fácilmente a cavilar sobre otra cuestión más grave que echaba en cara a Strike: que se hubiera adjudicado la tarea de localizar a Noel Brockbank. De alguna manera, Robin sentía que éste era su sospechoso particular. Si no hubiera interpretado con éxito a Venetia Hall, no se habrían enterado de que Brockbank vivía en Londres; y si no hubiera tenido la agudeza de caer en que Nile era Noel, no habrían encontrado la pista que los había llevado hasta el Saracen. Incluso aquellas palabras susurradas en su oído («¿Te conozco de algo, niñita?»), pese a ser espeluznantes, establecían una conexión extraña entre Brockbank y ella.

La mezcla de olor a pescado crudo y a incienso que Robin había acabado por identificar con Whittaker y Stephanie le impregnaba la nariz cuando se apoyó en la fría pared de piedra y se quedó observando la puerta intacta del piso. Como zorros que se acercan a un cubo de basura, sus rebeldes pensamientos volvieron a escabullirse hacia Zahara, la cría que había contestado su llamada al teléfono móvil de Brockbank. Robin se había acordado de ella todos los días desde que habían hablado, y había pedido a Strike que le contara todo lo que supiera sobre la madre de la pequeña a su regreso del club de estriptis.

Strike le había contado a Robin que la novia de Brockbank se llamaba Alyssa y que era negra, de modo que Zahara debía de serlo también. A lo mejor se parecía a la niña con coletas rígidas que en ese momento pasaba balanceándose por la calle, fuertemente agarrada al dedo índice de su madre y mirándola con unos ojos oscuros y solemnes. Robin sonrió, pero la niña no: siguió escudriñándola mientras ella y su madre pasaban de largo. Robin no dejó de sonreír hasta que la pequeña, girando casi ciento ochenta grados para no perder el contacto visual con Robin, tropezó con sus pequeñas sandalias. Cayó al suelo y rompió a llorar; su madre, imperturbable, la levantó en brazos y se la llevó. Robin se sintió culpable; siguió observando las ventanas del piso de Whittaker mientras los lamentos de la cría iban extinguiéndose.

Zahara vivía, casi con toda seguridad, en el piso de Bow del que le había hablado Strike. Por lo visto, la madre de la niña no estaba contenta con aquella vivienda, aunque Strike había mencionado que una de las chicas...

Una de las chicas había dicho...

«¡Claro! —murmuró Robin emocionada—. ¡Claro!»

Seguro que a Strike no se le había ocurrido pensarlo. ¡Claro que no, él era un hombre! Robin empezó a pulsar las teclas de su teléfono.

En Bow había siete guarderías. Robin volvió a guardarse distraídamente el móvil en el bolsillo y, animada por la idea que se le acababa de ocurrir, empezó a deambular entre los tenderetes del mercado, como solía hacer, lanzando de vez en cuando una mirada a las ventanas del piso de Whittaker y a la puerta, permanentemente cerrada; ahora su pensamiento estaba completamente dedicado a la búsqueda de Brockbank. Se le ocurrían dos vías de acción posibles: mantener vigiladas las siete guarderías y buscar a una mujer negra que fuera a recoger a una niña llamada Zahara (¿y cómo iba a saber quiénes eran la madre y la hija que buscaba?), o... o... Se detuvo junto a un puesto donde vendían bisutería étnica, casi sin ver lo que tenía delante, completamente concentrada en Zahara.

Por pura casualidad, levantó la vista de unos pendientes de cuentas y plumas en el preciso instante en que Stephanie, a quien Strike había descrito con precisión, salió por la puerta que había al lado del *fish and chips*. Pálida y con los ojos rojos como un conejo albino, parpadeando deslumbrada por la luz de la calle, Stephanie abrió la puerta del restaurante empujándola con el cuerpo y fue hasta el mostrador. Antes de que Robin pudiera reaccionar, Stephanie ya había pasado a su lado con una lata de Coca-Cola en la mano y había vuelto a entrar en el edificio por la puerta blanca.

«Mierda.»

—Nada —le dijo a Strike por teléfono, una hora más tarde—. Todavía está ahí dentro. No me ha dado tiempo a hacer nada. Ha entrado y ha salido en unos tres minutos.

—Ten paciencia —dijo Strike—. Podría volver a salir. Al menos ya sabemos que está despierta.

—¿Has tenido suerte con Laing?

—No, en el rato que he estado allí, no. Pero he tenido que volver a la oficina. Buenas noticias: Déjà Vu me ha perdonado. Acababa de marcharse. Necesitábamos el dinero, no he podido negarme.

—Pero ¿qué dices? ¿Cómo puede ser que ya tenga otra novia? —preguntó Robin.

—No tiene otra novia. Quiere que investigue a otra bailarina de *lap-dance* con la que ha estado ligando. Quiere saber si ella ya sale con alguien.

—¿Y por qué no se lo pregunta?

—Ya se lo ha preguntado. Ella le ha dicho que no sale con nadie, pero las mujeres son unas guarras, Robin, no hacen más que mentir, ya lo sabes.

—Ya, claro —dijo Robin lanzando un suspiro—. No me acordaba. Mira, he tenido una idea sobre... Espera, me parece que veo algo.

—¿Va todo bien? —preguntó él, inquieto.

—Sí... Espera...

Una furgoneta se había parado delante de ella. Sin despegarse el móvil de la oreja, Robin la rodeó e intentó ver qué pasaba. Alcanzó a ver que el conductor llevaba el pelo cortado al rape, pero el sol se reflejaba en el parabrisas y la deslumbraba, y no pudo distinguir sus facciones. Stephanie había aparecido en la acera. Abrazándose fuertemente el torso, cruzó la calle y se metió en la trasera de la furgoneta. Robin se apartó para dejarla pasar, fingiendo que hablaba por teléfono. Su mirada se cruzó con la del conductor, que tenía los ojos oscuros y de párpados gruesos.

—Se ha ido, se ha metido en la parte de atrás de una furgoneta vieja —le dijo a Strike—. El conductor no se parecía a Whittaker. No sé si era mulato o mediterráneo, no lo he visto bien.

—Bueno, ya sabemos que Stephanie es prostituta. Seguramente ha ido a ganar un poco de dinero para Whittaker. Robin trató de no molestarse por el tono indiferente de Strike. Se recordó que le había pegado un puñetazo en el estómago a Whittaker para liberar a Stephanie cuando él la había agarrado por el cuello. Se detuvo y se asomó al escaparate de un quiosco, donde todavía quedaban restos de la parafernalia de la boda real. En la pared, detrás del empleado asiático que atendía en el mostrador, había una bandera británica colgada.

—¿Qué quieres que haga? Si tienes que ocuparte de la nueva chica de Déjà Vu, puedo ir a cubrir Wollaston Close. A lo mejor es... ¡Oh!

Se había dado la vuelta para seguir su camino y había tropezado con un individuo alto con perilla que soltó un taco.

—Lo siento —dijo Robin mecánicamente, y el hombre pasó rozándola y entró en el quiosco.

—¿Qué ha pasado? —preguntó Strike.

—Nada. He tropezado con un tipo. Mira, voy a ir a Wollaston Close.

—De acuerdo —dijo Strike tras una pausa elocuente—, pero si aparece Laing, intenta hacerle una foto y nada más. Ni se te ocurra acercarte a él.

—Tranquilo, no pensaba hacerlo.

—Llámame si hay alguna novedad. Bueno, y si no la hay también.

El destello de entusiasmo que Robin había sentido ante la perspectiva de volver a Wollaston Close ya se había desvanecido cuando llegó a la estación de Catford. No estaba muy segura de por qué de pronto estaba tan desanimada y nerviosa. Tal vez fuera por el hambre. Decidida a liberarse de su afición al chocolate, que estaba poniendo en peligro su capacidad para caber en el vestido de novia modificado, se compró una barrita energética nada apetitosa antes de subir al tren.

Se puso a masticar la barrita, que parecía de serrín, mientras el tren la llevaba hacia Elephant and Castle, y se dio cuenta de que estaba frotándose, distraída, las costillas, que era donde se había golpeado al tropezar con aquel tipo alto con perilla. Si querías vivir en Londres, tenías que aceptar que, de vez en cuando, algún desconocido te insultara; Robin no recordaba que en Masham la hubieran insultado por la calle, jamás.

De pronto sintió el impulso de mirar alrededor, pero no vio a ningún tipo corpulento ni en el vagón en el que viajaba, bastante vacío, ni mirándola a través del cristal en los vagones contiguos. Se dio cuenta de que esa mañana no había estado tan alerta como de costumbre: se había confiado por la familiaridad de Catford Broadway y se había distraído pensando en Brockbank y Zahara. Si hubiera habido alguien más por allí vigilándola, ¿se habría dado cuenta? Pero no, seguro que eran paranoias. Esa mañana Matthew la había acompañado con el Land Rover; ¿cómo habría podido seguirla el asesino hasta Catford? A menos que hubiera estado esperando dentro de un vehículo en Hastings Road...

De todas formas, pensó, no podía bajar la guardia. Cuando se apeó del tren se fijó en un tipo alto y moreno que iba detrás de ella, a cierta distancia, y se detuvo a propósito para dejarlo pasar. Él ni siquiera la miró. «Me estoy volviendo paranoica», se dijo, y tiró la barrita energética, que no se había terminado, a una papelera.

A la una y media llegó al patio delantero de Wollaston Close; el edificio Strata descollaba sobre el bloque de pisos viejo y destartalado como un emisario llegado del futuro. El vestido largo de tirantes y la chaqueta vaquera gastada, que no habían desentonado en absoluto en el mercado de Catford, resultaban, de pronto, excesivamente estudiantiles en aquel otro entorno. Robin, fingiendo una vez más que hablaba por el móvil, miró disimuladamente hacia arriba, y le dio un vuelco el corazón.

Había cambiado algo. Habían descorrido las cortinas.

Con todos los sentidos alerta, siguió su trayectoria, por si él estaba mirando por la ventana, y fingió buscar un sitio a la sombra, desde donde podría vigilar el balcón. Estaba tan concentrada en buscar el lugar perfecto desde donde vigilar, y en seguir aparentando que mantenía una conversación normal y corriente, que no se fijó por dónde pisaba.

«¡No!», gritó cuando le resbaló el pie derecho y el izquierdo se le enredó con el bajo del vestido. Se le abrieron las piernas de forma muy poco decorosa, se inclinó hacia un lado y se le cayó el móvil de la mano.

«Mierda», se lamentó. No sabía con qué había resbalado, pero parecía vómito, o incluso diarrea: se había manchado el vestido y una sandalia, y se había rasguñado la mano con la que había intentado parar la caída, pero lo que más la preocupaba era la naturaleza exacta de aquella sustancia espesa y grumosa de un marrón amarillento.

Cerca de allí, un hombre soltó una carcajada. Humillada y furiosa, Robin intentó levantarse tratando de no mancharse aún más la ropa y los zapatos con aquella porquería, y tardó un momento en mirar hacia el sitio de donde procedía la risa.

—Lo siento, chica —dijo una voz suave con acento escocés justo detrás de ella. Robin se volvió bruscamente y sintió que la recorría un escalofrío.

Pese al calor que hacía, el hombre llevaba una gorra de material cortaviento con orejeras, una cazadora a cuadros rojos y negros y unos vaqueros. Se ayudaba con un par de muletas metálicas para sostener su considerable peso y miraba, sonriente, a Robin. Tenía unas marcas profundas que le afeaban la pálida piel de las mejillas y la barbilla, y unas grandes bolsas bajo los ojos, pequeños y oscuros. La papada le sobresalía por el cuello de la cazadora.

En una mano llevaba una bolsa de plástico que parecía contener artículos de una tienda de alimentación. Robin alcanzó a ver la punta de una daga tatuada que sabía que un poco más arriba, en el antebrazo, atravesaba una rosa amarilla. Las gotas de sangre tatuadas en la muñeca parecían heridas.

—Vas a necesitar un grifo —comentó el tipo, sonriendo abiertamente mientras le señalaba el pie y el bajo del vestido— y un estropajo.

—Sí —concedió Robin, temblorosa. Se agachó para recoger su móvil. La pantalla se había resquebrajado.

—Vivo ahí arriba —dijo él apuntando con la barbilla hacia el piso que Robin llevaba un mes vigilando—. Si quieres, puedes subir y lavarte.

—No, no hace falta. Muchas gracias —dijo Robin, casi sin aliento.

—Como quieras —dijo Donald Laing.

Deslizó la mirada por el cuerpo de Robin, y a ella se le puso la carne de gallina, como si Laing la hubiera acariciado con un dedo. El hombre se dio la vuelta con las muletas y empezó a alejarse, con la bolsa de plástico balanceándose incómodamente en una mano. Robin se quedó plantada donde estaba, consciente de que se había puesto roja como un tomate.

Laing no volvió la cabeza. Las orejeras de su gorra oscilaban como las orejas de un cocker spaniel mientras avanzaba con una lentitud exasperante, hasta que dobló la esquina del edificio y se perdió de vista.

—Dios mío —susurró Robin.

Le dolían la mano y la rodilla con las que había parado la caída; distraída, se apartó el pelo de la cara. Y entonces se dio cuenta, con gran alivio, por cómo le olían los dedos, de que aquella sustancia resbaladiza era curry. Se apresuró hacia un rincón que quedaba fuera del campo de visión de las ventanas de Donald Laing, pulsó las teclas del móvil roto y llamó a Strike.

48

Here Comes That Feeling[58]

La ola de calor que azotaba Londres no lo favorecía. No podía esconder los cuchillos bajo una camiseta, y los gorros y los cuellos levantados a los que recurría para ocultarse estaban fuera de lugar. Lo único que podía hacer era esperar, impaciente e impotente, en el sitio del que la Cosa no sabía nada.

Al final, el domingo, cambió el tiempo. Llovió sobre los parques resecos, se pusieron en marcha los limpiaparabrisas, los turistas se protegieron con capelinas de plástico y siguieron andando por los charcos como si nada.

Muy emocionado y absolutamente decidido, se puso una gorra bien calada y su cazadora especial. Mientras caminaba, los cuchillos rebotaban contra su pecho en los bolsillos alargados que había improvisado cortando el forro. Las calles de la capital no estaban menos concurridas que el día que había apuñalado a la prostituta cuyos dedos conservaba en la nevera. Los turistas y los londinenses seguían pululando por las calles como hormigas. Algunos habían comprado paraguas y sombreros con la bandera británica. Embistió a algunos por el simple placer de apartarlos de un empujón.

Su necesidad de matar era cada vez más acuciante. El permiso que le había concedido la Cosa estaba a punto de expirar, pero había desaprovechado los últimos días y la Secretaria seguía vivita y coleando. Había pasado horas intentando localizarla, y entonces, cuando menos lo esperaba, la muy zorra casi tropieza con él, a plena luz del día; pero en ese momento había demasiados testigos...

«Control de los impulsos insuficiente», habría dicho aquel puto psiquiatra si hubiera sabido cómo había reaccionado al verla. ¡Control de los impulsos insuficiente! Él podía controlar sus impulsos a la perfección si se lo proponía; era un hombre de inteligencia sobrehumana, que había matado a tres mujeres y mutilado a otra sin que se enterara la policía, así que el psiquiatra podía meterse sus diagnósticos por el culo; pero cuando la había visto allí delante, después de tantos días infructuosos, le habían entrado ganas de asustarla, de acercarse a ella, acercarse mucho, lo bastante para olerla, para hablarle; de mirarla fijamente a los ojos y ver el miedo reflejado en ellos.

Entonces ella se había largado, tan campante, y él no se había atrevido a seguirla, no había podido, no era el momento, aunque había tenido que hacer un esfuerzo tremendo para dejarla marchar. A esas alturas ya debería estar reducida a paquetitos de carne en su nevera. Y él ya debería haber presenciado aquel éxtasis de terror y muerte que se les dibujaba en la cara cuando le pertenecían por completo y no eran más que juguetes en sus manos.

Así que allí estaba, caminando bajo la lluvia fría, ardiendo por dentro porque era domingo y ella había vuelto al sitio donde él nunca podría acercársele por culpa del Guaperas, que siempre estaba allí.

Necesitaba más libertad, mucha más libertad. El verdadero obstáculo consistía en tener a la Cosa en casa todo el tiempo, espiándolo, pegada a él como una lapa. Todo eso tendría que cambiar. Ya había obligado a la Cosa a reincorporarse al trabajo. Ahora había decidido que tendría que fingir ante la Cosa que él había encontrado un empleo. Si era necesario, robaría para tener efectivo, fingiría que lo había ganado; ya lo había hecho otras veces. Entonces, cuando estuviera liberado, podría dedicar todo el tiempo que necesitara a asegurarse de estar cerca en el momento en que la Secretaria bajase la guardia, cuando nadie estuviera mirando, cuando ella se metiese por una calle que no debía...

Para él, los transeúntes eran más autómatas que personas, apenas tenían vida. Estúpidos, estúpidos, estúpidos... Allá donde iba la buscaba, trataba de encontrar a la próxima. No a la Secretaria, ya no, porque la muy guarra había vuelto a refugiarse detrás del portal blanco con el Guaperas, sino a cualquier mujer lo bastante estúpida, lo bastante borracha para dar un paseo corto con un hombre y sus cuchillos. Tenía que matar a una antes de volver con la Cosa, lo necesitaba. Era lo único que le permitiría aguantar, cuando volviera a fingir que era el hombre a quien la Cosa amaba. Su mirada iba de un lado a otro bajo la visera de la gorra, clasificándolas, descartándolas: algunas iban con hombres; otras, con niños cogidos de la mano; pero no vio a ninguna sola, ninguna que se ajustara a sus necesidades.

Recorrió varios kilómetros hasta que anocheció, pasó por delante de pubs con las luces encendidas donde hombres y mujeres reían y flirteaban; de restaurantes y cines; escudriñando, esperando, con paciencia de cazador. Era domingo por la noche y los trabajadores volvían a casa pronto, pero no importaba: seguía habiendo turistas por todas partes, forasteros atraídos por la historia y el misterio de Londres...

Era casi medianoche cuando su mirada, bien entrenada, las detectó como habría podido ver unas setas en medio de la hierba crecida: un grupo de chicas que, achispadas y escandalosas, iban por la acera riendo y saludando con la mano. Estaban en una de esas calles tristes y venidas a menos que a él tanto le gustaban, donde un poco de alboroto de borrachos y algún chillido de mujer no llamaban demasiado la atención. Las siguió a una distancia de diez metros, observándolas cuando pasaban por debajo de las farolas; iban dándose codazos y riendo, todas excepto una. Era la que estaba más borracha y la que parecía más joven: y, si no se equivocaba, estaba a punto de vomitar. Iba tropezando con sus zapatos de tacón, y se había quedado un poco rezagada, la muy boba. Sus amigas no se habían dado cuenta de lo mal que estaba. Iban todas muy borrachas, riendo a carcajadas y dando traspiés.

Las seguía con toda naturalidad.

Si la chica vomitaba, el ruido atraería a sus amigas, que se detendrían y correrían a su lado; en cambio, mientras combatía las ganas de devolver, no podía hablar. Poco a poco, la distancia que la separaba de sus amigas fue aumentando. Se balanceaba y se tambaleaba, y eso le recordó a él a la última, con aquellos zapatos de tacón absurdos. Ésta no podía sobrevivir; no ayudaría a la policía a hacer retratos robot.

Vio que se acercaba un taxi. Se imaginó la escena, y ésta se desarrolló con exactitud. Las chicas pararon el taxi a gritos, agitando los brazos, y se metieron dentro, una a una, un culo gordo detrás de otro. Él apretó el paso, cabizbajo, ocultando la cara. Las luces de las farolas se reflejaban en los charcos, se apagó la luz que indicaba que el taxi estaba libre, se oyó el rugido del motor...

Se habían olvidado de ella. La chica se inclinó hacia un lado y puso un brazo para apoyarse en la pared.

Quizá sólo tuviera unos segundos. Sus amigas podían darse cuenta en cualquier momento de que la chica no iba con ellas.

—¿Estás bien, guapa? ¿Estás mareada? Ven. Ven por aquí. No pasa nada. Por aquí.

La chica empezó a dar arcadas mientras él la arrastraba hacia una calle lateral. Intentó soltarse de él, pero las náuseas la debilitaban; entonces soltó un chorro de vómito y se atragantó.

—Puta guarra —gruñó él, que ya tenía una mano alrededor del mango del cuchillo, debajo de la cazadora.

Tiró bruscamente de la chica hacia un recoveco oscuro entre un videoclub porno y una tienda de segunda mano.

—No —dijo ella sin fuerzas, pero le vino otra arcada y volvió a atragantarse con su propio vómito.

Se abrió una puerta en la acera de enfrente, y la luz del interior iluminó unos escalones. Un grupo de gente salió en tropel a la calle, riendo.

La empujó contra la pared y la besó, inmovilizándola mientras ella intentaba forcejear. Le apestaba la boca a vómito. La puerta de la otra acera se cerró, el grupo de gente pasó de largo y sus voces resonaron en la calle en silencio y de nuevo oscura.

—Me cago en la puta —dijo con asco, y apartó los labios de su boca, pero siguió sujetándola contra la pared con el cuerpo.

La chica inspiró con intención de gritar, pero él ya tenía el cuchillo preparado, y se lo clavó entre las costillas, a fondo, con facilidad, no como a la última, que se había resistido tanto y con tanta tenacidad. Los labios sucios de la chica dejaron de hacer ruido al mismo tiempo que su sangre, caliente, chorreaba por la mano enguantada de él y empapaba la tela. La chica se sacudió convulsivamente, intentó decir algo, se le pusieron los ojos en blanco y todo su cuerpo se aflojó, con el cuchillo aún clavado.

—Así me gusta —susurró él; retiró el cuchillo, y la chica se desplomó, moribunda, en sus brazos.

La arrastró un poco más adentro del recoveco oscuro, donde había un montón de basura que todavía no habían recogido. Apartó las bolsas negras de una patada, tiró a la chica en un rincón y sacó el machete. Era imprescindible llevarse un recuerdo, pero sólo tenía unos segundos. Podía abrirse otra puerta, o las zorras de sus amigas podían volver en el taxi...

Cortó y serró, se guardó los trofeos calientes y rezumantes en el bolsillo, y luego tapó a la chica con las bolsas de basura.

No había tardado ni cinco minutos. Se sentía como un rey, como un dios. Con los cuchillos bien guardados, salió de allí, jadeando en la atmósfera limpia y fría de la noche; y, cuando llegó a la calle principal, corrió un poco. Ya estaba a una manzana de distancia cuando oyó unas estentóreas voces femeninas que gritaban a lo lejos:

—¡Heather! ¿Dónde te has metido, Heather? Serás imbécil...

—Heather no puede oíros —dijo él en voz baja.

Se tapó la cara con el cuello de la cazadora e intentó parar de reír, pero no podía contener su júbilo. En el fondo de sus bolsillos, sus dedos, húmedos, acariciaban los pedazos gomosos de cartílago y piel que todavía llevaban puestos los pendientes, unos pequeños cucuruchos de helado de plástico.

49

It's the time in the season for a maniac at night[59]

Madness to the Method, Blue Öyster Cult

La segunda semana de junio comenzó con tiempo fresco y nublado y con algunas lluvias. El derroche de pompa soleada que había rodeado la boda real ya se había retirado al reino de la memoria: la marea alocada de fervor romántico había disminuido, habían retirado de los escaparates de las tiendas los artículos conmemorativos y los banderines, y los periódicos de la capital habían vuelto a ocuparse de asuntos más prosaicos, entre ellos la inminente huelga del metro.

Y entonces el horror ocupó las primeras planas del miércoles. Habían encontrado el cadáver mutilado de una joven bajo una montaña de bolsas de basura, y transcurridas unas pocas horas desde la primera solicitud de información de la policía, la población había sido informada de que un Jack *el Destripador* del siglo XXI estaba al acecho en las calles de Londres.

Habían atacado y mutilado a tres mujeres, pero, por lo visto, la Metropolitana no tenía ninguna pista. En su desbandada para cubrir todos los aspectos posibles de la historia (mapas de Londres que mostraban la localización de cada ataque, fotografías de las tres víctimas), los periodistas demostraron estar decididos a recuperar el tiempo perdido, conscientes de que tal vez hubieran llegado un poco tarde a la fiesta. Anteriormente habían tratado el asesinato de Kelsey Platt como un acto aislado de sadismo y locura, y el ataque posterior, a Lila Monkton, la prostituta de dieciocho años, apenas había recibido atención por parte de los medios. Una chica que estaba vendiendo su cuerpo el día de la boda real no podía aspirar a desplazar a una flamante duquesa de las primeras páginas de los periódicos.

Sin embargo, el asesinato de Heather Smart, una empleada de veintidós años de una sociedad de crédito hipotecario de Nottingham, era otra cosa completamente diferente. Los titulares se escribían solos, porque Heather era una heroína que daba mucho juego con su trabajo fijo, su interés inocente por visitar los monumentos de la capital y un novio que trabajaba de maestro en una escuela de primaria. Heather había ido a ver *El rey León* la noche antes de su muerte, había comido *dim sum* en Chinatown y había posado para que la fotografiaran en Hyde Park mientras detrás de ella la Guardia Real desfilaba a caballo. Podían llenarse muchas columnas con su fin de semana largo para celebrar el treinta cumpleaños de su cuñada, que había culminado en una muerte sórdida y brutal en el patio trasero de un videoclub porno.

La historia, como todas las buenas historias, se dividía, como una ameba, y formaba una serie infinita de nuevas historias, artículos de opinión y artículos especulativos, cada uno de los cuales generaba su propia segunda melodía. Había comentarios sobre la deplorable afición a la bebida de las jóvenes británicas, y otros que lamentaban que se culpabilizara a la víctima. Había artículos espeluznantes sobre violencia sexual, suavizados por recordatorios de que esos delitos eran mucho menos frecuentes aquí que en otros países. Había entrevistas con las amigas, conmocionadas y afligidas, que sin darse cuenta habían dejado sola a Heather, lo que a su vez generó denuncias y vilipendios en las redes sociales, y eso condujo, de nuevo, a la defensa de las compungidas jóvenes.

Sobre cada una de esas historias planeaba la sombra del misterioso asesino, el loco descuartizador de mujeres. La prensa volvió a Denmark Street en busca del hombre que había recibido la pierna de Kelsey. Strike decidió que había llegado el momento de que Robin hiciera aquel viaje a Masham para hacer la última prueba del vestido para la boda de la que tanto habían hablado pero que habían ido aplazando una y otra vez, y él volvió a refugiarse en casa de Nick e Ilsa con una mochila y una sensación aplastante de impotencia. Seguía habiendo un agente de paisano apostado en Denmark Street por si aparecía algo sospechoso en el correo. A Wardle le preocupaba que llegara otro trozo de cadáver dirigido a Robin.

Abrumado por las exigencias de una investigación que se estaba llevando a cabo bajo la atenta mirada de los medios de comunicación a nivel nacional, Wardle no pudo quedar con Strike cara a cara hasta seis días después del descubrimiento del cadáver de Heather. Una vez más, el detective fue al Feathers a primera hora de la noche, y allí encontró a Wardle, ojeroso pero con ganas de analizar la situación con alguien que estaba, a la vez, dentro y fuera del caso.

—Ha sido una semana muy jodida —se lamentó Wardle, y aceptó la jarra que Strike había pedido para él—. Imagínate que hasta he vuelto a fumar. April está muy cabreada.

Dio un sorbo largo de cerveza, y entonces compartió con Strike la verdad sobre el descubrimiento del cadáver de Heather. Los relatos de la prensa, como Strike ya había detectado, se contradecían en numerosos detalles seguramente importantes, aunque todos culpaban a la policía por haber tardado veinticuatro horas en encontrarlo.

—Iban mamadísimas, tanto ella como sus amigas —explicó el policía, describiendo el escenario con crudeza—. Cuatro se meten en un taxi, pero llevan tal pedo que se olvidan de Heather. Cuando ya se han alejado un par de calles, se dan cuenta de que se la habían dejado. El taxista se mosquea porque son unas histéricas y no paran de gritar. Una de ellas se lía a insultarlo cuando les dice que no puede dar media vuelta en medio de la calle. Se ponen a discutir, y el taxista tarda cinco minutos en acceder a ir a recoger a Heather.

»Cuando por fin llegan a la calle donde las chicas creen que han dejado a su amiga (recuerda que son de Nottingham, no conocen Londres), no encuentran a Heather por ninguna parte. Recorren toda la calle con el taxi, gritando por las ventanillas abiertas. Una de las chicas cree ver a Heather a lo lejos, subiendo a un autobús. Otras dos salen del taxi (no tiene ninguna lógica, ya lo sé, pero piensa que estaban borrachas perdidas) y se ponen a correr por la calle, gritando, tratando de parar el autobús mientras las otras dos se asoman por la ventanilla y les gritan que vuelvan, que es mejor que el taxi siga al autobús. Entonces, la que antes se ha peleado con el taxista lo llama «paki de mierda», y él les ordena que salgan del taxi y se larga.

»Así que, básicamente —dijo Wardle con hastío—, toda esta mierda de acusaciones por no haberla encontrado hasta pasadas veinticuatro horas es culpa del alcohol y del racismo. Esas imbéciles estaban convencidas de que Heather había subido al autobús, y por eso nosotros perdimos un día y medio siguiéndole el rastro a una mujer que llevaba un abrigo parecido al de la chica. Entonces el dueño del videoclub sale a tirar la basura y la encuentra allí, bajo un montón de bolsas, con la nariz y las orejas cortadas.

—Así que eso era verdad —comentó Strike.

El único detalle en el que todos los periódicos estaban de acuerdo era el de su cara mutilada.

—Sí, eso era verdad —concedió Wardle, huraño—. «El destripador de Shaklewell.» Tiene mucho gancho.

—¿Testigos?

—No, nadie vio absolutamente nada.

—¿Y qué hay de Devoto y su motocicleta?

—Descartado —admitió Wardle con desánimo—. Tiene una coartada sólida para el día del asesinato de Heather: estaba en la boda de un familiar. Tampoco hemos encontrado nada que lo relacione con ninguna de las otras dos agresiones.

Strike tenía la impresión de que el policía quería contarle algo más, y esperó con actitud receptiva.

—No quiero que la prensa se entere de esto —dijo Wardle bajando la voz—, pero creemos que podría haber matado a dos más.

—Joder —dijo Strike, realmente alarmado—. ¿Cuándo?

—Hace mucho. Un asesinato sin resolver en Leeds, en 2009. Una prostituta de Cardiff. Apuñalada. No le cortó nada, pero se llevó un collar que ella siempre llevaba puesto y la dejó tirada en una zanja en las afueras de la ciudad. No encontraron el cuerpo hasta dos semanas después. Y el año pasado mataron y mutilaron a una chica en Milton Keynes. Se llamaba Sadie Roach. Condenaron a su novio. Lo he revisado todo. La familia organizó una intensa campaña para que lo pusieran en libertad, y al final le revocaron la condena en la apelación. No había nada que lo incriminara, salvo que habían discutido y que en una ocasión él había amenazado a un tipo con una navaja.

»Tenemos a los psicólogos y los forenses trabajando en los cinco casos, y la conclusión es que presentan suficientes características comunes para sospechar que hay un único criminal. Por lo visto utiliza dos cuchillos, uno de trinchar y un machete. Todas las víctimas eran mujeres vulnerables: prostitutas, borrachas, desequilibradas emocionalmente; y a todas las recogió en la calle excepto a Kelsey. De todas se llevó algún trofeo. Todavía es demasiado pronto para saber si hemos obtenido algún ADN similar de todas las víctimas. Lo más probable es que no. No parece que violara a ninguna. Él se excita de otra manera.

Strike tenía hambre, pero su instinto le aconsejaba no interrumpir el silencio taciturno de Wardle. El policía bebió un poco más de cerveza, y entonces, sin llegar a mirar a Strike a los ojos, dijo:

—Estoy investigando a todos tus sospechosos. Brockbank, Laing y Whittaker.

«Ya era hora, me cago en la puta.»

—Brockbank es interesante —continuó Wardle.

—¿Lo has encontrado? —preguntó el detective, y se quedó con la jarra suspendida delante de los labios.

—Todavía no, pero sabemos que hasta hace cinco semanas asistía con regularidad a una iglesia de Brixton.

—¿A una iglesia? ¿Seguro que hablamos del mismo hombre?

—Un exsoldado alto, exjugador de rugby, barbilla alargada, un ojo hundido, oreja de coliflor, pelo oscuro cortado al rape —recitó Wardle—. Nombre completo: Noel Brockbank. Metro noventa o noventa y dos. Marcado acento del norte.

—Sí, es él. Pero ¿en una iglesia? Ni de coña.

—Un momento —dijo el policía, y se levantó—. Voy a mear.

«Pero... ¿por qué no en una iglesia?», pensó Strike mientras iba a la barra a pedir un par de jarras más. El pub empezaba a llenarse. Se llevó una carta a la mesa junto con las cervezas, pero no consiguió concentrarse en ella. «En los coros hay niñas... No sería el primero...»

—Iba a reventar —comentó Wardle cuando volvió a la mesa—. Me parece que voy a salir a fumar, ahora vuelvo.

—Primero acaba de contarme lo de Brockbank —dijo Strike, y le acercó una de las jarras que había encima de la mesa.

—La verdad es que nos enteramos por casualidad —dijo Wardle; se sentó y aceptó la jarra—. Uno de nuestros hombres estaba siguiendo a la madre de un camello importante. No nos tragábamos que la mujer fuera tan inocente como pretendía, así que nuestro hombre la siguió hasta la iglesia, y allí estaba Brockbank, junto a la entrada, repartiendo cantorales. Se puso a hablar con el policía sin saber que lo era, pero nuestro hombre no tenía ni idea de que estuviéramos buscando a Brockbank. Cuatro semanas más tarde, nuestro hombre me oye comentar que estamos buscando a un tal Noel Brockbank en relación con el caso Kelsey Platt y me dice que hace un mes, en Brixton, estuvo hablando con un tío que se llamaba así. ¿Te das cuenta? —dijo Wardle, y por sus labios pasó una sombra de su sonrisa socarrona—. Sí que me tomo en serio los datos que me pasas, Strike. Sería una estupidez que no lo hiciera, después de lo del caso Landry.

«Te los tomas en serio después de no haber sacado nada ni de Digger Malley ni de Devoto», pensó Strike, pero masculló unas palabras de gratitud antes de retomar el tema central.

—¿Y dices que Brockbank ha dejado de ir a la iglesia?

—Sí —dijo Wardle, y suspiró—. Ayer estuve allí y hablé con el párroco. Un chico joven, muy entusiasta, el clásico cura de zona urbana deprimida, tú ya me entiendes —dijo el policía; pero se equivocaba, porque el contacto de Strike con el clero se había limitado prácticamente a los capellanes militares—. Le dedicó mucho tiempo a Brockbank. Me explicó que no había tenido suerte en la vida.

—¿Lesión cerebral, dado de baja del Ejército por invalidez, sin familia y toda esa mierda? —preguntó Strike.

—Sí, en líneas generales. Dijo que echa de menos a su hijo.

—Ajá —dijo Strike con vaguedad—. ¿Sabía dónde vivía Brockbank?

—No, pero por lo visto su novia...

—¿Alyssa?

Wardle frunció un poco el ceño, metió una mano en el bolsillo interior de su cazadora, sacó un bloc de notas y lo consultó.

—Sí, eso es —confirmó—. Alyssa Vincent. ¿Cómo lo sabes?

—Acaban de despedirlos a los dos del mismo club de estriptis. Ahora te lo explico —se apresuró a decir Strike, pues Wardle amenazaba con desviarse del tema—. Termina de contarme lo de Alyssa.

—Bueno, la chica ha conseguido una vivienda de protección oficial en un barrio del este de Londres, cerca de donde vive su madre. Brockbank le contó al párroco que pensaba irse a vivir allí con ella y las niñas.

—¿Las niñas? —dijo Strike, e inmediatamente pensó en Robin.

—Se ve que tiene dos hijas pequeñas.

—¿Y sabemos dónde está la casa? —preguntó el detective.

—Todavía no. El párroco lamentaba que Brockbank hubiera tenido que marcharse. —Wardle miró nervioso hacia la acera, donde había un par de individuos fumando—. Pero conseguí que me dijera que Brockbank había ido a la iglesia el domingo tres de abril, que fue el fin de semana que mataron a Kelsey.

Ante el creciente nerviosismo de Wardle, Strike no hizo ningún comentario y se limitó a proponerle que salieran los dos a fumar.

Cada uno encendió su cigarrillo y permanecieron callados un par de minutos. Por la acera pasaban trabajadores en ambas direcciones, con cara de cansados por haber salido tarde de la oficina. Estaba anocheciendo. Justo encima de ellos, entre el añil de la noche que se avecinaba y los tonos rosados de la puesta de sol, había una franja estrecha de cielo incoloro, de aire vacío, insustancial.

—Joder, cómo lo echaba de menos —dijo Wardle, y dio una calada honda al cigarrillo, como si le fuera la vida en ello; entonces retomó el hilo de su conversación—. Pues sí, ya ves: Brock-bank estaba en la iglesia ese fin de semana, ofreciendo su ayuda. Por lo visto era muy bueno con los niños.

—Sí, no lo dudo —masculló Strike.

—Pero hay que tener mucha jeta, ¿no te parece? —comentó Wardle lanzando el humo hacia el otro lado de la calle, con la vista fija en la escultura de Epstein, *Day*.

La pieza adornaba el viejo edificio de las oficinas del London Transport: un niño de pie ante un hombre sentado en un trono, contorsionándose hasta conseguir abrazar al rey que tiene detrás y, al mismo tiempo, exhibir su pene.

—Matar a una chica y descuartizarla, y luego plantarse en la iglesia como si no hubiera pasado nada —siguió el inspector.

—¿Eres católico? —preguntó Strike.

Wardle se mostró sorprendido.

—Pues sí —contestó con recelo—. ¿Por qué?

Strike sacudió la cabeza y esbozó una sonrisa.

—Ya sé que a un psicópata no le importaría —concedió Wardle, un poco a la defensiva—. Lo único que digo... Bueno, no importa, ya tenemos a gente tratando de averiguar dónde vive ahora. Si se trata de una vivienda de protección oficial, y suponiendo que Alyssa Vincent sea el nombre verdadero de la chica, no creo que sea muy difícil.

—Estupendo —dijo Strike. La policía tenía recursos con los que Robin y él no podían competir; tal vez ahora, por fin, consiguieran alguna información definitiva—. ¿Y Laing?

—Bueno —dijo Wardle; apagó el primer cigarrillo y encendió otro inmediatamente—, de Laing sabemos algo más. Lleva dieciocho meses viviendo solo en Wollaston Close. Sobrevive gracias a los subsidios de invalidez. El fin de semana del dos y el tres tuvo una infección respiratoria y su amigo Dickie fue a su casa a ayudarlo porque él no podía salir a comprar.

—Eso suena a cuento chino —dijo Strike.

—Pero podría ser verdad. Hemos hablado con Dickie y nos ha confirmado todo lo que nos había contado Laing.

—¿Le sorprendió a Laing que la policía se interesara por sus movimientos?

—Sí, al principio parecía bastante extrañado.

—¿Os dejó entrar en el piso?

—No se lo pedimos. Nos lo encontramos cuando cruzaba el aparcamiento con las muletas y acabamos hablando con él en una cafetería cercana.

—¿La ecuatoriana que hay debajo del puente?

Wardle le lanzó a Strike una dura mirada que el detective devolvió con serenidad.

—Tú también lo has estado espiando, ¿no? No te metas en esto, Strike. Nos estamos ocupando nosotros.

El detective habría podido replicar que había hecho falta que la prensa se interesara por el tema y que Wardle no hubiera conseguido sacar nada de sus pistas favoritas para que empezara a dedicar sus recursos a investigar a los tres sospechosos de Strike. Pero decidió permanecer en silencio.

—Laing no es imbécil —continuó el policía—. No llevábamos mucho rato interrogándolo cuando se dio cuenta de lo que estaba pasando. Sabía que tú debías de habernos dado su nombre. Había leído en los periódicos que te habían enviado una pierna.

—¿Y qué opinaba del asunto?

—Puede que en algún momento insinuara que «a un tipo legal nunca le pasaría eso» —respondió Wardle con una sonrisita—, pero en general, su actitud era más o menos normal. Un poco a la defensiva, y a la vez un poco curiosa.

—¿Tenía pinta de enfermo?

—Sí. No sabía que íbamos a aparecer, y nos lo encontramos arrastrándose con esfuerzo con las muletas. De cerca tampoco tenía buena cara. Los ojos muy rojos. La piel como agrietada. Bastante hecho polvo.

Strike se quedó callado. Seguía sin tragarse lo de la enfermedad de Laing. Pese a las evidentes pruebas fotográficas de uso de esteroides, y las placas y las lesiones dermatológicas que Strike había visto con sus propios ojos, se resistía a creer que Laing estuviese enfermo.

—¿Dónde estaba cuando mataron a las otras?

—Dice que en su casa, solo —contestó el policía—. No hay nada que lo demuestre ni lo desmienta.

—Hmmm.

Volvieron a entrar en el pub. Una pareja había ocupado su mesa, así que buscaron otra junto al ventanal que daba a la calle.

—¿Y Whittaker?

—Hablamos con él anoche. Curra de mánager en la gira de un grupo musical.

—¿Estás seguro? —preguntó Strike con recelo tras recordar que Shanker había afirmado que Whittaker decía que trabajaba de mánager pero que en realidad vivía a costa de Stephanie.

—Sí, claro. Le hicimos una visita a su novia, una drogadicta...

—¿Entrasteis en el piso?

—Habló con nosotros en la puerta, y no me extraña —dijo Wardle—. El sitio apesta. Total: nos contó que él había salido con los chicos, nos dio la dirección del local del concierto y allí estaba. Fuera había una furgoneta vieja aparcada y, dentro, un grupo de música aún más anticuado. ¿Has oído hablar de Death Cult?

—No —contestó Strike.

—No te molestes, no valen una mierda —dijo Wardle—. Tuve que tragarme media hora de concierto hasta que pude acercarme a Whittaker. Era en el sótano de un pub de Wandsworth. Al día siguiente me pitaron los oídos todo el día. Me pareció como si Whittaker esperara vernos aparecer. Por lo visto, hace unas semanas te encontró junto a su furgoneta.

—Ya te lo conté —dijo Strike—. El humo de crack... ¿Te acuerdas?

—Sí, sí. Mira, no me fío de él ni un pelo, pero dice que Stephanie puede confirmar su coartada para el día de la boda real, y eso descartaría la agresión a la prostituta de Shacklewell. Y dice que estaba con el grupo ese, Death Cult, cuando mataron a Kelsey y a Heather.

—Ya. Tiene coartada para los tres asesinatos, ¿no? —dijo el detective—. De puta madre. ¿Han confirmado los Death Cult que estaba con ellos?

—Pues la verdad es que no fueron muy claros —dijo el policía—. El cantante lleva un audífono. No sé si entendió todo lo que le pregunté. Pero no te preocupes, mis hombres están revisando todas las declaraciones de los testigos —añadió al ver que

Strike arrugaba el ceño—. Averiguaremos si es verdad que estaba fuera de la ciudad.

Wardle dio un bostezo y se desperezó.

—Tengo que volver al despacho —dijo—. No sé si esta noche voy a poder pegar ojo. Nos está llegando mucha información ahora que lo han publicado los periódicos.

Strike tenía un hambre voraz, pero en el pub había mucho ruido, y prefería comer en algún sitio donde pudiera pensar. Wardle y él echaron a andar juntos por la calle, y ambos encendieron otro cigarrillo.

—El psicólogo ha planteado una cosa interesante —comentó el policía mientras la cortina de oscuridad iba corriéndose en el cielo—. Si estamos en lo cierto y nos enfrentamos a un asesino en serie, la mayoría de las veces actúa como un oportunista. Su *modus operandi* es muy bueno, tiene que ser un buen planificador, o no lo habría conseguido tantas veces; sin embargo, con Kelsey hubo un cambio en el patrón. Él sabía perfectamente dónde vivía. Las cartas, y el hecho de que supiera que allí no habría nadie, indican que fue algo totalmente premeditado.

»El problema es que, a pesar de que lo hemos analizado a conciencia, no hemos encontrado prueba alguna de que ninguno de tus sospechosos haya estado jamás cerca de ella. Hemos desmontado el ordenador de la chica, y no hemos encontrado nada. Las únicas personas con las que había hablado de su pierna son esos dos frikis, Jason y Tempest. Casi no tenía amigos, y los pocos que tenía eran chicas. En su teléfono no había nada raro. Que nosotros sepamos, ninguno de tus sospechosos ha vivido ni trabajado nunca en Finchley ni en Shepherd's Bush, ni se ha acercado nunca a la escuela ni al instituto de Kelsey. Ninguno tiene relación conocida con familiares ni amigos de la chica. ¿Cómo demonios habría podido acercarse lo suficiente a ella para manipularla sin que se diera cuenta su familia?

—Sabemos que Kelsey era una mentirosa —expuso Strike—. No te olvides del falso novio, que resultó ser bastante real cuando fue a recogerla al Café Rouge.

—Sí —admitió Wardle, y suspiró—. Seguimos sin tener ninguna pista de esa maldita moto. Hemos publicado una descripción en los periódicos, pero nada. ¿Cómo está tu socia? —añadió, y se detuvo ante las puertas de cristal del edificio de Scotland Yard, donde tenía su puesto de trabajo, aunque por lo visto estaba decidido a fumarse hasta el último milímetro de cigarrillo—. ¿Muy impresionada?

—Está bien —contestó Strike—. Ha ido a Yorkshire a probarse el vestido de novia. La he obligado a tomarse unos días libres: últimamente le ha tocado trabajar muchos fines de semana.

Robin se había marchado sin protestar. ¿De qué iba a servir que se quedara, si los periodistas estaban al acecho en Denmark Street, si sólo tenían un miserable trabajo remunerado y si la policía ya estaba investigando a Brockbank, Laing y Whittaker con mayor eficacia de la que podría esperarse de la agencia?

—Buena suerte —dijo Strike cuando se despidió de Wardle junto al prisma en el que las palabras «New Scotland Yard» relucían girando lentamente. El policía se despidió con la mano y entró en el edificio.

Strike fue paseando hacia la entrada del metro. Se moría de ganas de comerse un kebab, e iba deliberando consigo mismo sobre el problema que acababa de plantearle Wardle. ¿Cómo podía alguno de sus sospechosos haberse acercado lo suficiente a Kelsey Platt para estar al tanto de sus desplazamientos y ganarse su confianza?

Pensó en Laing, que vivía solo en su deprimente piso de Wollaston Close, cobrando su prestación por invalidez, enfermo y con sobrepeso, aparentando muchos más años que los treinta y cuatro que tenía. En otros tiempos había sido un tipo realmente gracioso. ¿Seguiría siendo capaz de encandilar a una chica hasta el punto de que ella se subiera a una moto con él, o se lo llevara, confiada, a un piso de Shepherd's Bush del que su familia no sabía nada?

¿Y Whittaker, que apestaba a crack, con los dientes negruzcos y el pelo ya más escaso, aunque igual de enmarañado? Cierto, en su día había tenido un encanto fascinante, y Stephanie, demacrada y drogadicta, parecía encontrarlo muy atractivo; pero la única pasión que se le conocía a Kelsey era la que había sentido por un chico rubio y aseado que sólo era un poco mayor que ella.

Y luego estaba Brockbank. Para Strike, aquel exala enorme y moreno era sencillamente repugnante, lo menos parecido al atractivo Niall que uno pudiera imaginar. El tipo vivía y trabajaba a kilómetros de donde residía y estudiaba Kelsey, y si bien ambos iban a la iglesia, sus respectivos centros de culto estaban en orillas opuestas del Támesis. Sin ninguna duda, a esas alturas la policía ya habría descubierto cualquier relación que pudiera haber entre las dos congregaciones.

¿Significaba la ausencia de cualquier relación conocida entre Kelsey y los tres sospechosos de Strike que había que descartar que alguno de ellos fuera el asesino? Aunque la respuesta lógica parecía ser que sí, una vocecilla obstinada seguía diciendo que no en la cabeza de Strike.

50

I'm out of my place, I'm out of my mind...[60]

Celestial the Queen, Blue Öyster Cult

El viaje a casa de Robin estuvo marcado de principio a fin por una intensa sensación de irrealidad. No estaba en sintonía con nadie, ni siquiera con su madre, que estaba preocupada por los preparativos de la boda y un poco tensa, pese a mostrarse comprensiva con ella, que no paraba de consultar su móvil por si se sabía algo más del destripador de Shacklewell.

En la cocina de la casa de sus padres, con *Rowntree* dormitando a sus pies, y con el plano de la disposición de los comensales para el banquete desplegado sobre la mesa de madera rústica, Robin empezó a percatarse de hasta qué punto había evitado implicarse en todo lo relacionado con la boda. Linda se pasaba el día acribillándola a preguntas sobre los regalitos para los invitados, los discursos, los zapatos de las damas de honor, su tocado, dónde prefería hablar con el párroco, dónde querían Matt y ella que les enviaran los regalos, si la tía de Matthew, Sue, tenía que estar en la mesa presidencial o no. Robin había imaginado que pasar unos días en casa de sus padres sería relajante, pero se había equivocado. Por una parte, le exigían que se ocupara de una marea de preguntas triviales de su madre; por otra, de una serie de preguntas de su hermano Martin, que estudiaba minuciosamente cuanto se publicaba sobre el descubrimiento del cadáver de Heather Smart, hasta que Robin se hartó de lo que consideraba morbo por parte de su hermano, y Linda, estresada, prohibió que volvieran a mencionar al asesino en su casa.

Matthew, entretanto, estaba enfadado, aunque trataba de disimularlo, porque Robin todavía no le había pedido a Strike las dos semanas de vacaciones para la luna de miel.

—Seguro que no le importará —dijo Robin durante la cena—. Tenemos muy poco trabajo, y Cormoran dice que la policía ya se está ocupando de todas nuestras pistas.

—Todavía no ha confirmado —comentó Linda; llevaba rato observando lo poco que comía su hija.

—¿Quién no ha confirmado? —preguntó Robin.

—Strike. No ha mandado la contestación.

—Ya se lo recordaré —dijo Robin, y dio un buen trago de vino.

No le había contado a nadie, ni siquiera a Matthew, que seguía teniendo pesadillas y que se despertaba jadeando en la cama donde había dormido en los meses posteriores a su violación. En esos sueños, un individuo enorme la perseguía. A veces irrumpía en la oficina donde trabajaba con Strike. La mayoría de las veces, sin embargo, surgía de la oscuridad en los callejones de Londres, blandiendo unos cuchillos relucientes. Esa mañana había estado a punto de sacarle los ojos a Robin, que despertó jadeando y oyó que Matthew, adormilado, le preguntaba qué había dicho.

—Nada —le había contestado, y se había apartado el pelo de la frente, empapada en sudor—. Nada.

Matthew tenía que volver al trabajo el lunes. Parecía alegrarse de que Robin fuera a quedarse en Masham para ayudar a Linda con los preparativos de la boda. El lunes por la tarde, madre e hija quedaron con el párroco en St. Mary the Virgin para ultimar los detalles del tipo de ceremonia que celebrarían.

Robin trató de concentrarse en las simpáticas sugerencias del pastor y en sus eclesiásticas palabras de ánimo, pero mientras él hablaba, la mirada de la futura novia no paraba de desviarse hacia el gran cangrejo de piedra que parecía trepar por la pared de la iglesia, a la derecha del pasillo.

De niña, aquel cangrejo la fascinaba. Nunca había entendido por qué había un cangrejo enorme trepando por la pared de piedra de su iglesia, y había acabado contagiándole su curiosidad a Linda, quien había ido a la biblioteca del pueblo, lo había buscado en los archivos y, triunfante, había informado a su hija de que aquel cangrejo había sido el emblema de una familia de alcurnia, los Scrope, cuyo monumento conmemorativo estaba justo encima.

A Robin la había desilusionado aquella respuesta. En realidad, lo que ella buscaba no era una explicación. Lo que le gustaba era ser la única a quien le importaba descubrir la verdad.

Al día siguiente, cuando estaba en el probador diminuto de la modista, con su espejo con marco dorado y su olor a moqueta nueva, recibió una llamada de Strike. Robin supo que era él porque había asignado a sus llamadas un tono especial. Se abalanzó sobre su bolso, y la modista lanzó un grito de molestia y sorpresa al soltarse de sus manos los pliegues de chifón que estaba prendiendo meticulosamente con alfileres.

—¿Sí?

—Hola —dijo Strike.

La seca respuesta del detective no auguraba nada bueno.

—No me digas que han matado a alguien más —dijo Robin sin pensarlo, olvidando que la modista estaba en cuclillas junto al bajo de su vestido de novia.

La mujer se quedó mirándola por el espejo, con unos cuantos alfileres entre los labios.

—Lo siento... ¿Podemos dejarlo un momento? ¡No te lo digo a ti! —se apresuró a decir a Strike para que no se le ocurriera colgar—. Lo siento —repitió cuando la cortina se cerró detrás de la modista, y se sentó en el taburete que había en el rincón del probador—. Es que no estaba sola. ¿Ha muerto alguien más?

—Sí —dijo Strike—, pero no es lo que estás pensando. Se trata del hermano de Wardle.

El cerebro cansado y tenso de Robin intentó unir puntos, pero éstos se negaban a conectarse.

—No tiene nada que ver con el caso —aclaró Strike—. Lo ha atropellado una furgoneta cuando cruzaba un paso de cebra.

—Dios mío —dijo Robin, impresionada. Era como si ya no recordara que la muerte podía sobrevenir de otra forma que no fuera a manos de un loco armado con cuchillos.

—Sí, es una putada. Tenía tres hijos y otro en camino. Acabo de hablar con Wardle. Está hecho polvo.

El cerebro de Robin se puso de nuevo en marcha.

—Así que Wardle está...

—De baja por motivos familiares —confirmó Strike—. ¿A que no sabes quién lo ha sustituido?

—¿Anstis? —preguntó Robin, preocupada.

—No, mucho peor.

—No me digas que... ¿Carver? La preocupación de Robin se tornó congoja profunda.

De todos los policías a quienes Strike había conseguido ofender y eclipsar a raíz de sus dos triunfos más famosos como investigador privado, el inspector Roy Carver era a quien había superado de forma más aplastante y, por lo tanto, quien le guardaba más rencor. Sus errores a lo largo de la investigación del caso de una modelo famosa que se había precipitado desde su piso en el ático de un edificio habían recibido una amplia cobertura; de hecho, la prensa los había exagerado. Carver, un individuo sudoroso, con caspa y un rostro de piel morada y con manchas que parecía carne en conserva, había sentido antipatía por Strike ya antes de que el detective demostrara públicamente que el policía no había sabido ver que el caso era un asesinato y no un suicidio.

—¡Exacto! —dijo Strike—. Acabo de tenerlo aquí tres horas.

—¡Qué me dices! ¿Por qué?

—Venga, Robin, ya sabes por qué. Tener una excusa para interrogarme en relación con una serie de asesinatos debe de ser la mayor fantasía sexual de Carver. Le ha faltado poco para preguntarme si tenía coartada, y ha estado un montón de rato insistiendo en esas cartas falsificadas que recibió Kelsey.

Robin emitió un gruñido débil.

—Pero ¿cómo demonios dejan que Carver...? Con el historial que tiene...

—Por mucho que nos cueste creerlo, no siempre ha sido tan gilipollas. Sus superiores deben de pensar que con el caso Landry tuvo mala suerte. Se supone que sólo es temporal, hasta que vuelva Wardle, pero ya me ha advertido que no me meta en la investigación. Cuando le he preguntado si habían averiguado algo sobre Brockbank, Laing o Whittaker, me ha dicho, más o menos, que me meta mi ego y mis corazonadas donde me quepan. No vamos a tener más información interna sobre el avance del caso, eso te lo aseguro.

—Pero tendrá que seguir las líneas de investigación de Wardle, ¿no? —razonó Robin.

—Teniendo en cuenta que es evidente que preferiría cortarse la polla a permitir que yo resolviera otro de sus casos, se supone que lo primero que hará será seguir todas mis pistas. Lo malo es que creo que se ha convencido a sí mismo de que el caso Landry lo resolví gracias a un golpe de suerte, y no me extrañaría nada que pensara que el que me haya sacado tres sospechosos de la manga en este caso es pura fanfarronería. La lástima —añadió Strike— es que no consiguiéramos una dirección de Brockbank antes de que Wardle tuviera que marcharse.

Como Robin llevaba un minuto entero callada escuchando a Strike, la modista consideró razonable comprobar si ya estaba preparada para seguir con la prueba y asomó la cabeza entre las cortinas. Robin, que de pronto había adoptado una expresión beatífica, le indicó con un ademán de impaciencia que todavía no había terminado.

—Sí tenemos una dirección de Brockbank —le dijo a Strike, triunfante, cuando las cortinas volvieron a cerrarse.

—¿Qué?

—No te dije nada porque creí que Wardle ya debía de tenerla, pero pensé... por si acaso... He estado llamando por teléfono a las guarderías del barrio y me he hecho pasar por Alyssa, la madre de Zahara. Les he dicho que quería comprobar si tenían nuestra nueva dirección. En una me la leyeron en voz alta de su lista de contactos. Viven en Blondin Street, en Bow.

—¡Joder, Robin, eres la hostia!

Cuando la modista volvió por fin a continuar con su trabajo, encontró a una novia mucho más radiante que cuando había salido del probador. La falta de entusiasmo que mostraba Robin por el proceso de transformación de su vestido había hecho que la modista perdiera, poco a poco, el interés por su trabajo. Podría decirse que Robin era su clienta más atractiva, y confiaba en conseguir una fotografía suya para usarla como publicidad una vez que el vestido estuviera terminado.

—Es maravilloso —dijo Robin con una sonrisa de oreja a oreja cuando la modista enderezó la última costura y, juntas, contemplaron el resultado en el espejo—. Es absolutamente maravilloso.

Por primera vez, Robin pensó que el vestido no estaba nada mal.

51

Don't turn your back, don't show your profile,
You'll never know when it's your turn to go[61]

Don't Turn Your Back, Blue Öyster Cult

La reacción de la ciudadanía ha sido abrumadora. Actualmente estamos investigando más de mil doscientas pistas, y algunas parecen prometedoras —ha declarado el inspector Roy Carver—. Seguimos solicitando información sobre el paradero de la Honda CB750 roja que se utilizó para transportar parte del cadáver de Kelsey Platt, y seguimos interesados en hablar con cualquiera que estuviese en Old Street la noche del cinco de junio, la fecha en que asesinaron a Heather Smart.

En opinión de Robin, el titular «La policía investiga nuevas pistas que podrían llevar a la detención del destripador de Shacklewell» no estaba realmente justificado por nada de lo que decía el breve informe que había debajo, aunque supuso que Carver no quería compartir con la prensa los detalles importantes de la nueva situación.

Cinco fotografías de las mujeres que ahora se creía que habían sido víctimas del destripador ocupaban la mayor parte de la página, y su identidad y su cruel destino estaban impresos a la altura del pecho con letra de imprenta negra.

Martina Rossi, veintiocho años, apuñalada hasta la muerte; robado: collar.

Martina era una chica morena y regordeta que llevaba una camiseta sin mangas blanca. La fotografía que aparecía en el periódico, borrosa, parecía un selfi. Llevaba una cadena con un arpa con forma de corazón colgada al cuello.

Sadie Roach, veinticinco años, auxiliar administrativa, apuñalada hasta la muerte, mutilada; robados: pendientes.

Era una chica muy guapa, con el pelo a lo *garçon* y aros en las orejas. A juzgar por las figuras incompletas que se veían en los bordes, su fotografía la habían tomado en una reunión familiar.

Kelsey Platt, dieciséis años, estudiante, apuñalada hasta la muerte y descuartizada.

Era la cara poco agraciada y mofletuda de la chica que había escrito a Strike, sonriente, con el uniforme escolar.

Lila Monkton, dieciocho años, prostituta, apuñalada, dos dedos cortados, sobrevivió a la agresión.

Una fotografía borrosa de una chica muy delgada, con el pelo de un rojo intenso, teñido con henna, con melena corta enmarañada y con numerosos *piercings* en los que se reflejaba el flash de la cámara.

Heather Smart, veintidós años, empleada de una empresa de servicios financieros, apuñalada hasta la muerte, nariz y orejas cortadas.

Tenía la cara redonda y expresión inocente, con pelo ondulado castaño claro, pecas y una sonrisa tímida.

Robin levantó la vista del *Daily Express* y emitió un hondo suspiro. Matthew había ido a High Wycombe a hacer una auditoría, y ese día no había podido acompañarla en coche. Ella había tardado una hora y veinte minutos en llegar a Catford desde

Ealing en trenes abarrotados de turistas y personas que iban a trabajar; hacía calor, y la gente estaba sudorosa. Robin se levantó de su asiento y se dirigió hacia la puerta, oscilando como el resto de los pasajeros mientras el tren reducía la velocidad hasta detenerse, una vez más, en la estación de Catford Bridge.

Hacía una semana que volvía a trabajar con Strike, y había sido raro. Era evidente que Strike no tenía intención de seguir las instrucciones de Carver y mantenerse al margen de la investigación, pero de todos modos se tomaba al inspector lo bastante en serio como para ser precavido.

—Si consigue que parezca que hemos jodido la investigación policial, la agencia se va al garete —dijo el detective—. Y ya sabemos que hará todo lo posible para decir que lo he estropeado todo, tanto si es cierto como si no.

—Entonces, ¿por qué seguimos investigando?

Robin hacía de abogado del diablo, porque se habría sentido muy frustrada y desgraciada si Strike le hubiera anunciado que iban a dejar de investigar las pistas que habían conseguido.

—Porque Carver cree que mis sospechosos no valen una mierda, y yo creo que él es un gilipollas y un incompetente.

Robin interrumpió prematuramente su risa cuando Strike le dijo que quería que volviera a Catford a vigilar a la novia de Whittaker.

—¿Todavía? —preguntó ella—. ¿Por qué?

—Ya lo sabes. Quiero saber si Stephanie puede ofrecerle coartadas para alguno de los días claves.

—Mira, llevo mucho tiempo yendo a Catford —replicó Robin haciendo acopio de valor—. Si a ti no te importa, preferiría vigilar a Brockbank. ¿Qué te parece si intento sonsacarle algo a Alyssa?

—Si lo dices por cambiar un poco, también está Laing —le recordó Strike.

—Ya, pero Laing me vio de cerca cuando me caí —replicó Robin—. ¿No crees que sería mejor que de él te ocuparas tú?

—Mientras estabas fuera, he vigilado su piso —dijo el detective.

—¿Y?

—Pues que está casi siempre dentro, pero a veces sale para ir a comprar algo y vuelve.

—Ya no crees que haya podido ser él, ¿verdad?

—Todavía no lo he descartado —contestó Strike—. ¿Por qué te interesa tanto ocuparte de Brockbank?

—Bueno —contestó Robin con valentía—, creo que he averiguado bastantes cosas sobre él. Conseguí que Holly me diera la dirección de Market Harborough, y luego le sonsaqué a la guardería la dirección de Blondin Street...

—Y te preocupan esas niñas que viven con él —dijo el detective.

Robin se acordó de la niñita negra de las coletas rígidas que había tropezado mientras la miraba fijamente en Catford Broadway.

—Bueno, ¿qué hay de malo en eso?

—Prefiero que te dediques a Stephanie —insistió Strike.

Robin se enfadó; se enfadó tanto que, sin rodeos, pidió dos semanas de vacaciones en un tono un poco más cortante del que habría empleado en otras circunstancias.

—¿Dos semanas de vacaciones? —dijo él, sorprendido.

Lo más habitual era que Robin le suplicara que la dejara quedarse a trabajar, no que le pidiera días libres.

—Son para la luna de miel.

—Ah, claro. Supongo que no falta mucho, ¿no?

—Evidentemente. La boda es el día dos.

—Hostia, sólo faltan... dos semanas, ¿no?

A Robin le molestó que Strike no se hubiera dado cuenta de que la fecha estaba tan cerca.

—Sí —dijo; se levantó y cogió su cazadora—. ¿Y podrías confirmar tu asistencia, por favor?

Así que Robin volvió a Catford, al bullicioso mercado callejero, al olor a incienso y pescado crudo, a las largas horas de pie bajo los osos de piedra que decoraban la entrada de artistas del Teatro Broadway.

Ese día Robin se había tapado el pelo con un sombrero de paja y se había puesto gafas de sol, pero seguía sin estar convencida de que no fueran a reconocerla los puesteros del mercado cuando, una vez más, se plantara enfrente de las tres ventanas del piso de Whittaker y Stephanie. Sólo había visto a la chica fugazmente un par de veces desde que había reanudado su vigilancia, y en ninguna de las dos ocasiones había tenido ni la más remota posibilidad de hablar con ella. De Whittaker no había ni rastro. Robin se apoyó en la fría pared de piedra del teatro, dispuesta a soportar otro día largo y tedioso, y bostezó.

A última hora de la tarde tenía calor, estaba cansada y trataba de tener paciencia con su madre, quien a lo largo del día no había parado de enviarle mensajes con preguntas sobre la boda. El último, en el que le pedía que llamara a la florista para preguntarle alguna otra chorrada, llegó en el preciso momento en que Robin decidía que necesitaba beber algo. Se preguntó cómo reaccionaría Linda si le escribía diciéndole que había decidido poner flores de plástico en todas partes: en su tocado, en el ramo, por toda la iglesia; cualquier cosa con tal de no tener que tomar más decisiones. Cruzó la calle hacia el *fish and chips*, donde vendían refrescos.

Nada más tocar el picaporte de la puerta, alguien que también quería entrar chocó con ella.

—Lo siento —dijo Robin mecánicamente, y entonces exclamó—: ¡Dios!

Stephanie tenía la cara hinchada y amoratada y un ojo cerrado casi por completo.

El impacto no había sido violento, pero Stephanie, mucho más menuda que Robin, había perdido el equilibrio, y Robin estiró un brazo para agarrarla e impedir que se cayera.

—¡Joder! ¿Qué te ha pasado?

Lo dijo como si conociera a Stephanie. De alguna manera, era como si la conociese. Observar las sencillas rutinas de la chica y familiarizarse con su lenguaje corporal, su ropa y su afición a la Coca-Cola había alimentado una sensación de afinidad unilateral. Por eso le resultó tan fácil y natural hacerle una pregunta que prácticamente ningún británico le haría a un desconocido:

—¿Estás bien?

Robin no acababa de creerse que lo hubiera conseguido, pero el caso es que dos minutos más tarde estaba ayudando a Stephanie a sentarse en una silla, a la sombra, en el Stage Door Café, un poco más allá del *fish and chips*. Era evidente que la chica estaba dolorida y avergonzada de su aspecto, pero al mismo tiempo tenía demasiada hambre y demasiada sed para quedarse más tiempo en el piso. Y a continuación, sencillamente, había cedido ante una voluntad más firme que la suya, sorprendida por el interés de aquella chica, mayor que ella, y por su invitación a una comida gratis. Mientras guiaba a Stephanie por la calle, Robin hablaba atropelladamente, sin decir nada importante, para mantener la ficción de que su quijotesco ofrecimiento de unos bocadillos se debía a que se sentía culpable por haber estado a punto de tirarla al suelo.

Stephanie aceptó una Fanta fría y un sándwich de atún y dio las gracias en voz baja, pero cuando ya había dado unos cuantos bocados, se llevó una mano a la mejilla, como si le doliera, y dejó el emparedado en el plato.

—¿Una muela? —preguntó Robin solícita.

La chica dijo que sí con la cabeza. Una lágrima resbaló del ojo que no tenía cerrado.

—¿Quién te ha hecho esto? —dijo Robin con tono acuciante, y le tomó a Stephanie la mano que tenía posada en la mesa.

Estaba interpretando un papel e iba metiéndose en él mientras improvisaba. El sombrero de paja y el vestido de tirantes largo que llevaba le habían sugerido, inconscientemente, el personaje de una chica un poco hippie, llena de altruismo, que creía que podía salvar a Stephanie. Robin notó que la chica le devolvía débilmente el apretón con los dedos, a pesar de que negaba con la cabeza para indicar que no iba a delatar a su agresor.

—¿Es alguien a quien conoces? —dijo Robin en voz baja.

Stephanie derramó más lágrimas. Retiró su mano de la de Robin y dio un sorbito de Fanta, y volvió a hacer una mueca de dolor cuando el líquido, frío, entró en contacto con lo que Robin supuso que debía de ser una muela rota.

—¿Tu padre? —susurró Robin.

Habría sido fácil hacer esa suposición. Stephanie no podía tener más de diecisiete años. Estaba tan delgada que casi no tenía pecho. Las lágrimas habían eliminado cualquier rastro del lápiz con el que solía perfilarse los ojos. En su rostro infantil, ahora emborronado, se intuía un mentón prominente, pero todo estaba dominado por las marcas moradas y grises. Whittaker la había aporreado hasta que se le habían reventado los vasos sanguíneos del ojo derecho: lo que se veía por la rendija estaba completamente rojo.

—No —dijo Stephanie con un hilo de voz—. Mi novio.

—¿Dónde está? —preguntó Robin, y volvió a cogerle la mano a Stephanie; ahora estaba muy fría por el contacto con la Fanta.

—Se ha ido —contestó la chica.

—¿Vive contigo?

Stephanie dijo que sí con la cabeza e intentó beber un poco más, alejando el líquido frío de la parte más dolorida de la boca.

—Yo no quería que se fuera —dijo Stephanie.

Robin se inclinó hacia delante y, de pronto, por efecto del azúcar y ante aquella bondad insólita, la chica abandonó su prudencia.

—Le pedí que me llevara con él, pero no quiso. Sé que se va por ahí a ligar, estoy segura. Tiene un rollo, le oí decir algo a Banjo. Tiene a otra chica no sé dónde.

Por mucho que a Robin le costara creerlo, la fuente principal de dolor de Stephanie, mucho peor que la muela rota o la cara magullada, era pensar que Whittaker, aquel camello asqueroso, pudiera estar acostándose con otra mujer.

—Yo sólo quería acompañarlo —repitió la muchacha, y las lágrimas resbalaron más abundantemente por sus mejillas, empeorando el aspecto de aquel ojo reducido a una ranura e intensificando su rojez.

Robin sabía que la chica bondadosa y un poco chiflada a la que había estado interpretando suplicaría vehementemente a Stephanie que abandonara al hombre que le había dado semejante paliza. Pero el problema era que estaba convencida de que, si lo hacía, Stephanie se levantaría y se marcharía.

—¿Se ha enfadado porque querías ir con él? —inquirió—. ¿Adónde ha ido?

—Dice que con los Cult, como la otra vez... Son un grupo —masculló Stephanie mientras se limpiaba la nariz con el dorso de la mano—. Los acompaña cuando van de gira, pero en realidad sólo es una excusa —explicó, y su llanto se intensificó— para ir a sitios y tirarse a otras tías. Le dije que quería ir y... Porque la última vez él quiso que lo acompañara... Y lo hice con todo el grupo, como él me pidió.

Robin se esforzó para poner cara de que no entendía lo que acababa de oír. Sin embargo, una pizca de rabia y repulsión debieron de contaminar la mirada de pura bondad que intentaba proyectar, porque de pronto dio la impresión de que Stephanie se retraía. No quería que la juzgaran. A eso ya se enfrentaba todos los días de su vida.

—¿Has ido al médico? —preguntó Robin.

—¿Qué? No, qué va. —Stephanie se abrazó el torso, mostrando la delgadez de sus brazos.

—¿Tu novio cuándo vuelve?

Stephanie negó con la cabeza y encogió los hombros. La armonía pasajera que Robin había hecho brotar entre las dos parecía haberse enfriado.

—Los Cult —dijo Robin, improvisando, con la boca seca—. No serán los Death Cult, ¿verdad?

—Sí —respondió Stephanie, ligeramente sorprendida.

—¿En qué concierto estuviste? ¡Yo los vi el otro día!

«No me preguntes dónde, por favor...»

—En un pub que se llama... Green Fiddle o algo así. En Enfield.

—Ah, no, entonces no era el mismo concierto —dijo Robin—. ¿El tuyo qué día fue?

—Tengo que hacer pis —murmuró Stephanie mirando alrededor.

Se levantó y fue arrastrando los pies hacia el servicio. Cuando la puerta se cerró detrás de ella, Robin se puso a teclear frenéticamente en el motor de búsqueda de su móvil. Tras varios intentos encontró lo que buscaba: Death Cult había tocado en un pub llamado Fiddler's Green, de Enfield, el sábado cuatro de junio, el día antes de que asesinaran a Heather Smart.

En la calle, las sombras estaban alargándose, y en la cafetería, que se había vaciado, ya sólo quedaban ellas dos. Anochecía. El establecimiento no tardaría en cerrar.

—Gracias por el sándwich y eso —dijo Stephanie, que había vuelto del servicio—. Me voy a...

—Come algo más. Un poco de chocolate o algo —la apremió Robin, a pesar de que la camarera que estaba limpiando las mesas parecía a punto de echarlas.

—¿Por qué? —preguntó Stephanie, y por primera vez mostró una pizca de desconfianza.

—Porque quiero hablar contigo de tu novio —contestó Robin.

—¿Por qué? —insistió la chica, un poco nerviosa.

—Siéntate, por favor. No pasa nada malo —intentó convencerla—. Es que estoy preocupada por ti.

Stephanie titubeó, pero volvió a sentarse, despacio, en la silla de la que se había levantado hacía un momento. Por primera vez, Robin vio la marca de color rojo oscuro que tenía alrededor del cuello.

—No me digas que... No ha intentado estrangularte, ¿verdad? —le preguntó.

—¿Qué?

Stephanie se tocó el delgado cuello y sus ojos volvieron a anegarse en lágrimas.

—Ah, no... Esto me lo hice con el collar. Me lo regaló él, y luego me lo... Porque yo no estaba ganando bastante dinero —dijo, y se echó a llorar a lágrima viva—. Lo ha vendido.

Sin saber qué más podía hacer, Robin estiró el otro brazo y cogió las manos de Stephanie entre las suyas, sujetándoselas con fuerza, como si la chica se hallara sobre un bloque de hielo flotante y ella intentara impedir que se alejase.

—¿Dices que te obligó a... hacerlo con todo el grupo? —le preguntó Robin.

—Sí, pero eso era gratis —contestó llorosa—. Sólo mamadas.

Robin comprendió que Stephanie seguía pensando en sus aptitudes para ganar dinero.

—¿Después del concierto? —le preguntó, y retiró una mano para poner unas servilletas de papel en la de Stephanie.

—No —contestó la chica, y se sonó la nariz—. Fue al día siguiente, por la noche. Fuimos a casa del cantante y nos quedamos a dormir en la furgoneta. Vive en Enfield.

Robin jamás habría pensado que pudiera sentirse a la vez asqueada y encantada. Si Stephanie había estado con Whittaker la noche del cinco de junio, él no podía haber matado a Heather Smart.

—¿Y él estaba allí? ¿Tu novio? —preguntó en voz baja—. ¿Todo el rato, mientras tú...? Ya sabes.

—¿Qué coño es esto?

Robin levantó la cabeza. Stephanie retiró bruscamente la mano, asustada.

Whittaker estaba de pie al lado de su mesa. Robin lo reconoció de inmediato por las fotografías que había visto en internet. Era alto y ancho de espaldas, y, sin embargo, muy delgado. Llevaba una camiseta negra muy vieja y desteñida. Sus ojos dorados de sacerdote hereje tenían una intensidad fascinante. Pese al pelo enmarañado y la cara descarnada y amarillenta, y pese a que Robin lo encontraba repulsivo, percibía esa aura extraña de maníaco que lo rodeaba, un magnetismo similar al del hedor de la carroña. Whittaker despertaba el impulso de investigar que provocaban todas las cosas sucias y podridas, no menos poderoso por el hecho de ser vergonzoso.

—¿Tú quién eres? —preguntó, no en tono agresivo, sino con voz susurrante, y mirándole el escote a Robin sin ningún reparo.

—He tropezado con tu novia delante del *fish and chips*—explicó Robin—. La he invitado a tomar algo.

—¿Ah, sí?

—¡Vamos a cerrar! —gritó la camarera.

Robin comprendió que ver aparecer a Whittaker había sido demasiado para ella. Los dilatadores que llevaba en las orejas, los ojos de loco, los tatuajes y el pestazo que desprendía no habrían sido bien recibidos en muchos locales donde vendieran comida.

Stephanie estaba aterrorizada, pese a que Whittaker la ignoraba por completo. Él dedicaba toda su atención a Robin, que se sintió absurdamente cohibida mientras pagaba la cuenta; luego se levantó y salió, con Whittaker detrás, a la calle.

—Bueno, adiós —le dijo a Stephanie en voz baja.

Le habría gustado tener el valor de Strike. Él había instado a Stephanie a irse con él delante de las narices de Whittaker, pero de pronto Robin tenía la boca seca. El hombre la miraba fijamente, como si hubiera descubierto algo fascinante y único en medio de un montón de estiércol. Detrás de ellos, la camarera echaba los cerrojos de las puertas. El sol poniente arrojaba sombras frías de un lado a otro de la calle que, hasta ese día, Robin sólo conocía soleada y cargada de olores.

—Sólo querías ser amable con ella, ¿verdad, cielo? —dijo Whittaker en voz baja, y Robin no supo discernir si en su voz había más maldad o dulzura.

—Supongo que estaba preocupada —dijo Robin, y se obligó a mirar aquellos ojos muy separados—, porque las lesiones de Stephanie parecen bastante graves.

—¿Esto? —dijo Whittaker, y le puso una mano a Stephanie en la cara, morada y gris—. Te has caído de la bicicleta, ¿no, Steph? Qué patosa eres.

De pronto Robin entendió el odio visceral que sentía Strike por aquel hombre. A ella también le habría gustado pegarle.

—Espero verte otro día, Stephanie —dijo.

No se atrevió a darle un número de teléfono a la chica delante de Whittaker. Cuando se dio la vuelta y echó a andar, se sintió terriblemente cobarde. Stephanie estaba a punto de volver a subir con aquel tipo al piso. Robin debería haber hecho algo más, pero ¿qué? ¿Qué podía decir que sirviera de algo? ¿Podía denunciar la agresión a la policía? ¿Lo consideraría Carver una intromisión en la investigación?

Hasta que no estuvo segura de que Whittaker ya no podía verla no desapareció la sensación de que unas hormigas invisibles correteaban por su espalda. Sacó su móvil y llamó a Strike.

—Ya sé que es un poco tarde —dijo antes de que él empezara a regañarla—, pero ya voy camino de la estación, y cuando hayas oído lo que te voy a contar lo entenderás.

Caminaba a buen paso, con un poco de frío, porque ya estaba bajando la temperatura, y fue contándole al detective todo lo que le había dicho Stephanie.

—Entonces, ¿tiene coartada? —quiso asegurarse Strike.

—Para la muerte de Heather sí, a menos que Stephanie mienta, y sinceramente, creo que dice la verdad. Ella estaba con él, y con todos los miembros del grupo Death Cult, como ya te he contado.

—¿Y seguro que ha dicho que Whittaker estaba presente mientras ella ofrecía sus servicios a los músicos?

—Me parece que sí. Me lo estaba explicando cuando ha aparecido Whittaker y... un momento.

Robin se detuvo y miró alrededor. Como iba distraída hablando, se había equivocado al doblar alguna esquina camino de la estación. El sol ya se estaba poniendo. Con el rabillo del ojo le pareció ver una sombra junto a una tapia.

—¿Cormoran?

—Sí, sigo aquí.

A lo mejor se había imaginado aquella sombra. Estaba en un tramo de calle residencial que no conocía, pero había ventanas iluminadas, y vio a una pareja caminando a lo lejos. No estaba en peligro, se dijo. Todo iba bien. Sólo necesitaba dar media vuelta y deshacer lo andado.

—¿Va todo bien? —preguntó Strike, inquieto.

—Sí, sí —contestó Robin—. Es que me he equivocado de calle.

—¿Dónde estás exactamente?

—Cerca de la estación de Catford Bridge. No sé cómo he venido a parar aquí.

No quiso mencionar aquella sombra. Cruzó la calle, cada vez más oscura, con cuidado de no tener que volver a pasar por delante de la tapia donde había creído detectar movimiento, y tras pasarse el móvil a la mano izquierda, sujetó con más fuerza la alarma antivioladores que llevaba en el bolsillo derecho.

—Estoy volviendo por donde he venido —le dijo a Strike, para que él supiera dónde se encontraba.

—¿Has visto algo? —preguntó él.

—No lo sé. Puede ser —admitió Robin.

Sin embargo, cuando llegó a la altura del espacio entre dos casas donde había creído ver una silueta, comprobó que allí no había nadie.

—Estoy un poco nerviosa —dijo, y apretó el paso—. Encontrarme a Whittaker no ha sido muy agradable. Tiene algo... no sé, desagradable, es verdad.

—¿Y ahora? ¿Dónde estás?

—A unos seis metros de donde estaba la última vez que me lo has preguntado. Espera, ahora veo el nombre de la calle. Voy a cruzar. Ahora ya veo dónde me he equivocado, no debería haber torcido...

No oyó los pasos hasta que los tuvo justo detrás. Dos brazos macizos y enfundados en tela negra se cerraron alrededor de ella, apretándole los suyos contra los costados y obligándola a expulsar todo el aire de los pulmones. El móvil le resbaló de la mano e hizo un ruido fuerte al estrellarse contra la acera.

52

Strike, que hasta ese momento había estado de pie a la sombra de un almacén, en Bow, vigilando Blondine Street, oyó el grito ahogado de Robin, el ruido del teléfono al caer al suelo y roces de pies sobre el asfalto.

Salió disparado. La llamada de Robin todavía no se había cortado, pero Strike ya no oía nada. Mientras corría por una calle cada vez más oscura hacia la estación más cercana, el pánico afilaba sus procesos mentales y eliminaba toda percepción de dolor. Necesitaba otro teléfono.

—¡Necesito tu teléfono, tío! —gritó a un par de jóvenes negros, muy flacos, que iban caminando hacia él; uno de ellos iba hablando por el móvil y riendo—. ¡Se está cometiendo un crimen, necesito que me prestes el teléfono!

La estatura de Strike, que iba hacia ellos a toda velocidad, y su aura de autoridad hicieron que el chico le entregara su móvil y se quedara mirándolo con cara de miedo y desconcierto.

—¡Seguidme! —Siguió corriendo hacia las calles más concurridas con la esperanza de encontrar un taxi, sin despegar su móvil de la otra oreja—. ¡Policía! —gritó por el teléfono del chico, mientras los adolescentes, asombrados, lo seguían como una pareja de guardaespaldas—. ¡Están atacando a una mujer cerca de la estación de Catford Bridge, yo estaba hablando por teléfono con ella cuando ha pasado! ¡Ha sido ahora mismo! ¡No, no sé en qué calle, pero está a sólo una o dos calles de la estación! ¡Ahora mismo, estaba hablando con ella cuando un hombre la ha atacado, lo he oído! ¡Sí! ¡Y dense prisa, joder! Gracias, chicos —dijo, jadeando, y le puso el móvil en la mano al joven, que siguió corriendo al lado del detective unos metros más sin darse cuenta de que ya no hacía falta.

Strike dobló una esquina sin aflojar el paso; Bow era una de las zonas de Londres que no conocía en absoluto. Pasó por delante del pub Bow Bells, sin hacer caso a los dolorosos tirones de los ligamentos de su rodilla; se movía con torpeza, con un solo brazo libre para equilibrarse, porque con la otra mano seguía apretando el móvil, mudo, contra su oreja. Entonces oyó que al otro lado de la línea se disparaba una alarma antiviolador-es.

—¡Taxi! —gritó al ver una luz a lo lejos—. ¡Robin! ¡Robin, he llamado a la policía! —gritó por el teléfono, aunque estaba seguro de que ella no podría oírlo mientras sonara aquel pitido estridente. Y luego añadió—: ¡La policía está en camino! ¿Me oyes, hijo de puta?

El taxi había pasado de largo. Los clientes del Bow Bells que estaban junto a la puerta del pub se quedaron mirando al chiflado que corría por la acera, cojeando, chillando y soltando tacos por el teléfono. Apareció otro taxi.

—¡Taxi! ¡Taxi! —se desgañitó Strike; el taxi torció y se dirigió hacia él, y justo entonces el detective oyó la voz de Robin, entrecortada.

—¿Me... oyes?

—¡Robin! ¿Qué ha pasado?

—No... grites...

Strike hizo un esfuerzo enorme para reducir el volumen de su voz.

—¿Qué ha pasado?

—No veo —dijo Robin—. No... veo... nada...

Strike abrió la puerta del taxi de un tirón y se metió dentro.

—¡A la estación de Catford Bridge, rápido! ¿Cómo que no ves? ¿Qué te ha hecho? ¡No, no se lo digo a usted! —gritó al desconcertado taxista—. ¡Arranque, joder!

—No... Ha sido tu maldita... alarma antivioladores... Me ha dado esa cosa... en la cara... Mierda...

El taxi circulaba a toda velocidad, pero Strike tuvo que controlarse físicamente para no instar al conductor a pisar más a fondo el acelerador.

—¿Qué ha pasado? ¿Estás herida?

—Un poco... Pero no estoy sola... Hay gente...

Strike se fijó y lo oyó: había varias personas a su alrededor, murmurando y hablando entre ellas con nerviosismo.

—...hospital... —oyó decir a Robin sin dirigirse al teléfono.

—¡Robin! ¡Robin!

—¡Deja de gritar! —dijo ella—. Mira, han llamado a una ambulancia, voy a...

—Pero ¿qué te ha hecho? ¿Me lo quieres decir?

—Un corte... En el brazo... Me parece que tendrán que darme puntos... Hostia, me duele...

—¿A qué hospital te llevan? ¡Déjame hablar con alguien! ¡Nos vemos allí!

Veinticinco minutos más tarde Strike llegó a las urgencias del hospital universitario Lewisham, cojeando y con tal expresión de angustia que una amable enfermera se apresuró a asegurarle que un médico lo atendería enseguida.

—No —dijo él, y la ahuyentó con un ademán mientras iba renqueando hacia el mostrador de recepción—. Vengo a ver a una persona... Se llama Robin Ellacott... La han apuñalado...

Frenético, recorrió con la mirada la sala de espera abarrotada, donde un niño lloriqueaba sentado en la falda de su madre y un borracho gemía sujetándose la cabeza ensangrentada con ambas manos. Un enfermero enseñaba a una anciana a la que le costaba respirar a utilizar un inhalador.

—¿Strike? Sí, la señorita Ellacott nos ha avisado de que vendría —dijo la recepcionista tras consultar los datos en su ordenador con lo que el detective consideró una parsimonia innecesaria y provocadora—. Al final del pasillo, a la derecha. Primer box.

Con las prisas, Strike resbaló un poco en el suelo reluciente; soltó un taco y continuó corriendo. Varias personas lo siguieron con la mirada preguntándose si aquel tipo corpulento y torpe estaría bien de la cabeza.

—¡Robin! ¡Hostia puta!

Tenía manchas rojas por toda la cara, y los párpados muy hinchados. Al verlo irrumpir en el box, el médico joven que estaba examinando la herida de veinte centímetros que Robin tenía en el antebrazo le gritó:

—¡Fuera! ¡No he terminado!

—¡No es sangre! —gritó Robin mientras Strike se retiraba detrás de la cortina—. ¡Es ese maldito espray de tu alarma antivioladores!

—No te muevas, por favor —oyó decir Strike al médico.

El detective se paseó un poco por fuera del box. Otras cinco cortinas ocultaban los secretos de otras cinco camillas a lo largo del pasillo de urgencias. Las suelas de goma de las enfermeras chirriaban por el suelo gris y reluciente. Strike odiaba los hospitales: el olor, y aquella limpieza aséptica en la que subyacía un tufillo débil a descomposición humana, lo transportaban de inmediato a los largos meses que había pasado en Selly Oak después de perder la pierna.

¿Qué había hecho? ¡Qué había hecho! Había dejado trabajar a Robin pese a saber que aquel hijo de perra la tenía en el punto de mira. Robin podría haber muerto. Lo normal habría sido que hubiera muerto. Las enfermeras iban de un lado para otro con sus uniformes azules. Detrás de la cortina, Robin gritó débilmente de dolor, y Strike apretó los dientes.

—Bueno, ha tenido muchísima suerte —dijo el médico al descorrer la cortina, diez minutos más tarde—. Han estado a punto de cortarle la arteria braquial. Pero están afectados los tendones, y no sabremos cuánto hasta que entremos en quirófano.

Era evidente que el médico había dado por hecho que Robin y Strike eran pareja. El detective no lo sacó de su error.

—¿Van a tener que operarla?

—Sí, para reparar la lesión de los tendones —explicó el médico, como si Strike fuera un poco corto—. Además, esa herida hay que limpiarla bien. Y quiero hacerle radiografías de las costillas.

Se marchó.

Strike se armó de valor y entró en el box.

—Ya lo sé, la he cagado —dijo Robin.

—Coño, Robin, ¿crees que voy a regañarte?

—Bueno... —dijo ella, y se incorporó un poco en la camilla. Le habían puesto un vendaje provisional en el brazo—. Era de noche. Y no estaba atenta, ¿no?

Strike se dejó caer en la silla que había junto a la camilla y que el médico acababa de dejar libre, y sin querer tiró al suelo una batea metálica que hizo un montón de ruido. Strike le puso el pie ortopédico encima para que dejara de vibrar.

—¿Cómo demonios has conseguido librarte de él, Robin?

—Defensa personal. —Robin interpretó correctamente el gesto del detective y añadió con enfado—: ¡Lo sabía! ¡No te creíste que hubiera hecho ningún curso!

—Sí me lo creí —replicó el—, pero joder, tía...

—Las clases me las daba una instructora estupenda de Harrogate que había estado en el Ejército —explicó Robin, e hizo una pequeña mueca de dolor al cambiar de postura—. Después de... Bueno, ya sabes cuándo.

—¿Cuándo fue eso, antes o después del curso de conducción evasiva?

—Después, porque durante un tiempo tuve agorafobia. Gracias a las clases de conducción conseguí salir de mi cuarto, y después hice el cursillo de defensa personal. El primero al que me apunté lo daba un hombre, y era un idiota —explicó Robin—. Sólo nos enseñaba llaves de judo, que no servían para nada. Pero Louis era estupenda.

—¿Ah, sí?

La serenidad de Robin lo estaba poniendo de los nervios.

—Sí. Nos enseñó que si eres una mujer normal y corriente no se trata de lanzar golpes muy estudiados. Se trata de reaccionar deprisa y con cabeza. Nunca debes dejar que te lleven a otro sitio. Tienes que pegar en los puntos débiles, y luego correr todo lo que puedas. El tipo me ha agarrado por detrás, pero lo he oído justo antes de que se abalanzara sobre mí. Lo había practicado mucho con Louise. Si te agarran por detrás, tienes que inclinarte.

—Inclinarte —repitió Strike como atontado.

—Tenía la alarma antivioladores en la mano. Me he doblado por la cintura y le he dado con ella en los huevos. Llevaba pantalón de chándal. Me ha soltado durante un par de segundos y he vuelto a tropezar con este maldito vestido. Él ha sacado el cuchillo. No recuerdo exactamente qué ha pasado entonces; sé que me ha hecho un corte y que yo he intentado levantarme. He conseguido pulsar el botón de la alarma, que se ha disparado, y eso lo ha asustado, y la tinta me ha manchado toda la cara y a él también ha debido de salpicarle, porque estaba muy cerca de mí. Llevaba puesto un pasamontañas; yo casi no veía nada, pero cuando se ha inclinado sobre mí le he pegado en la arteria carótida. Ésa fue la otra cosa que nos enseñó Louise: si les das en un lado del cuello y lo haces bien, los puedes tirar al suelo. Y él se ha tambaleado, y creo que entonces se ha dado cuenta de que venía gente y ha echado a correr.

Strike se había quedado sin habla.

—Estoy muerta de hambre —dijo Robin.

Strike se palpó los bolsillos y sacó un Twix.

—Gracias.

Pero justo antes de que Robin pudiera morder la barrita, una enfermera que pasó al lado de su camilla acompañando a un anciano le espetó:

—¡No puede comer nada! ¡Van a llevarla al quirófano!

Robin, fastidiada, le devolvió el Twix a Strike. Entonces le sonó el móvil. El detective se quedó mirándola, embobado, mientras ella contestaba:

—Hola, mamá.

Se miraron. Strike adivinó en los ojos de Robin su intención de ahorrarle a su madre, al menos de momento, lo que acababa de pasar; pero no fueron necesarias tácticas de distracción, porque Linda hablaba sin parar, sin darle a su hija oportunidad de intervenir. Robin colocó el móvil encima de sus rodillas, activó el altavoz y puso cara de resignación.

—...dímelo cuanto antes, porque el lirio de los valles está fuera de temporada, así que, si lo quieres, habrá que encargarlo con tiempo.

—Vale —contestó Robin—. No hace falta que sea lirio de los valles.

—Bueno, estaría muy bien que la llamaras tú directamente y le dijeras lo que quieres, Robin, porque hacer de intermediario no es fácil. Dice que te ha dejado un montón de mensajes de voz.

—Lo siento, mamá —se disculpó Robin—. La llamaré.

—¡Aquí no puede usar el teléfono! —la reprendió otra enfermera, muy enfadada.

—Lo siento —volvió a decir Robin—. Tengo que colgar, mamá. Ya te llamaré más tarde.

—¿Dónde estás? —preguntó Linda.

—En... Ya te llamaré más tarde —dijo Robin, y cortó la comunicación. Entonces miró a Strike y dijo—: ¿No piensas preguntarme cuál de los dos creo que era?

—Supongo que no lo sabes —dijo Strike—. Si llevaba un pasamontañas y tú tenías tinta en los ojos...

—De una cosa estoy segura —dijo Robin—: no era Whittaker. A menos que se cambiara y se pusiera un pantalón de chándal nada más irse. Whittaker llevaba vaqueros y... mi agresor no tenía su constitución. Estaba fuerte, pero blando, no sé si me explico. Era muy alto, eso sí. Tan alto como tú.

—¿Le has contado a Matthew lo que ha pasado?

—Matthew está vi...

De pronto, Robin mudó la expresión y el horror se reflejó en su cara; Strike temió darse la vuelta y ver a Matthew, furioso, abalanzándose sobre él. Pero no, no fue a él a quien vio a los pies de la camilla de Robin, sino a la figura desaliñada del inspector Roy Carver, acompañado por la figura alta y elegante de la sargento Vanessa Ekwensi.

Carver iba en mangas de camisa, y se le habían formado unas manchas de sudor enormes bajo las axilas. Siempre tenía irritado el blanco de los ojos, que eran de un azul intenso; parecía que hubiera estado nadando en agua con mucho cloro. En el pelo, tupido y entrecano, se apreciaban escamas grandes de caspa.

—¿Cómo te...? —empezó a decir la sargento Ekwensi mirando el antebrazo de Robin con sus ojos almendrados, pero Carver la interrumpió.

—¿Qué demonios estaba haciendo? —la increpó.

Strike se levantó. Ya tenía el blanco perfecto para su deseo reprimido de castigar a alguien, a cualquiera, por lo que acababa de sucederle a Robin, y desviar sus sentimientos de culpabilidad y su ansiedad hacia un objetivo que los mereciera.

—Quiero hablar con usted —le dijo Carver a Strike—. Ekwensi, usted tómele declaración.

Antes de que nadie pudiera reaccionar, una joven enfermera de cara amable pasó entre los dos hombres sin prestarles ni la más mínima atención y sonrió a Robin.

—La acompaño a rayos X, señorita Ellacott —anunció.

Se levantó con cierta dificultad de la camilla y salió del box; torció la cabeza y miró a Strike tratando de transmitirle una advertencia e instarlo a que se contuviera con su expresión.

—Acompáñeme afuera —le gruñó Carver a Strike.

El detective siguió al policía por el pasillo de urgencias. Carver se había apropiado de una salita de espera, reservada, dedujo Strike, para comunicar las malas noticias a los familiares de los pacientes. Había varias sillas con asiento acolchado, una caja de pañuelos de papel encima de una mesita y un cuadro abstracto de tonos anaranjados.

—Le advertí que no se metiera en esto —dijo Carver colocándose en el centro de la habitación, con los brazos cruzados y los pies separados.

Con la puerta cerrada, el olor corporal de Carver invadía la habitación. No apestaba como Whittaker: no olía a drogas y mugre incrustada, sino al sudor que no podía retener a lo largo de la jornada laboral. El fluorescente del techo no mejoraba el aspecto de su cutis lleno de manchas. La caspa, la camisa sudada, la piel moteada... Daba la impresión de estar derrotado. Y no cabía duda de que Strike había contribuido a su derrumbe al humillarlo en la prensa con relación al asesinato de Lula Landry.

—La envió a vigilar a Whittaker, ¿verdad? —preguntó Carver; poco a poco su cara iba poniéndose cada vez más colorada, como si lo estuvieran hirviendo a fuego lento—. La culpa de esto la tiene usted.

—Váyase a la mierda —le soltó Strike.

Hasta ese momento, con el olor a sudor de Carver metido en la nariz, no reconoció que hacía tiempo que lo sabía: Whittaker no era el asesino. Strike había enviado a Robin a vigilar a Stephanie porque, en el fondo, creía que ése era el lugar más seguro donde podía estar su ayudante; pero, por otra parte, la había obligado a estar en la calle, pese a saber desde hacía semanas que el asesino la perseguía.

Carver se dio cuenta de que había metido el dedo en la llaga. Sonreía.

—Se ha aprovechado de esas chicas a las que han matado para ajustar cuentas con el capullo de su padrastro —dijo regodeándose con el rubor cada vez más intenso de Strike y sonriendo con sorna al ver cómo cerraba las grandes manos y apretaba los puños; nada le habría gustado más que poder denunciar al detective por agresión, y ambos lo sabían—. Hemos investigado a Whittaker. Hemos investigado sus tres corazonadas de mierda. Ninguno de los tres ha tenido nada que ver. Y ahora escúcheme.

Dio un paso más hacia Strike. A pesar de que éste le sacaba una cabeza, el inspector proyectaba la fuerza de un hombre furioso y amargado pero poderoso, un hombre que tenía mucho que demostrar y que contaba con el respaldo de todo el cuerpo de policía. Apuntándole al pecho con el índice, dijo:

—No se meta. Considérese afortunado por no tener que cargar con la responsabilidad de la muerte de su socia. Si vuelvo a enterarme de que ha metido las narices en nuestra investigación, lo voy a joder bien jodido. ¿Me ha entendido?

Le clavó el grueso índice en el esternón. El detective contuvo el impulso de apartarle la mano de un manotazo, pero le tembló un músculo del mentón. Durante unos segundos se miraron de arriba abajo. Carver sonrió un poco más, respirando como si acabara de ganar un combate de lucha libre; fue dándose aires hasta la puerta y salió. Strike se quedó hirviendo de rabia y odiándose a sí mismo.

Cuando volvía caminando despacio por el pasillo de emergencias, Matthew, alto y atractivo, irrumpió por la puerta de doble batiente; vestía traje y corbata, iba muy despeinado y parecía que los ojos estaban punto de salírsele de las órbitas. Por primera vez desde que se conocían, Strike sintió por él algo que no era antipatía.

—¡Matthew! —le gritó.

Matthew miró a Strike como si no lo reconociera.

—La han llevado a rayos X —dijo el detective—. A lo mejor ya ha vuelto. Es por ahí —dijo, y señaló.

—¿Rayos X?

—Las costillas —aclaró Strike.

Matthew lo apartó de un codazo, y Strike no protestó. Sentía que se lo merecía. Vio que el novio de Robin echaba a correr hacia el box, y entonces, tras vacilar un momento, se dirigió hacia la puerta y salió a la calle.

El cielo, despejado, estaba salpicado de estrellas. Nada más pisar la acera, paró para encender un cigarrillo y le dio una calada honda, como había hecho Wardle, como si su vida dependiera de aquella dosis de nicotina. Echó a andar y notó que le dolía la rodilla. El odio que sentía hacia sí mismo iba aumentando con cada paso que daba.

—¡Ven aquí, Ricky! —gritó una mujer al final de la calle, instando a un crío que se le había escapado a volver con ella. Llevaba una bolsa abultada colgada del hombro.

El niño echó a correr hacia la calzada riendo a carcajadas. Mecánicamente, sin pensar lo que hacía, Strike se agachó y lo atrapó antes de que bajara de la acera.

—¡Gracias! —dijo la madre, casi llorando de alivio mientras se afanaba por llegar a donde estaba Strike. Se le cayeron unas flores que llevaba en la bolsa que sujetaba con ambos brazos—. Vamos a visitar a su padre y... ¡ay!

El niño forcejeaba en los brazos de su captor. El detective lo dejó en el suelo al lado de su madre, que estaba recogiendo el ramo de narcisos que se le había caído al suelo.

—Sujeta esto —ordenó al niño, y él obedeció—. Tú le darás las flores a papá. ¡Pero que no se te caigan! Gracias —volvió a decir a Strike, y se marchó agarrando fuertemente la mano que el niño tenía libre.

El crío caminaba obediente al lado de su madre, orgulloso de que le hubieran encomendado una tarea, con el ramo de flores amarillas en la mano, tan rígido como si sostuviera un cetro.

Strike dio unos pasos y entonces, de pronto, se paró en medio de la acera y se quedó con la mirada ausente, como paralizado por algo invisible que colgara ante él. El viento, frío, le lastimaba la cara mientras estaba allí plantado, completamente ajeno a su entorno, completamente absorto.

Narcisos... Lirios de los valles... Flores fuera de temporada...

Entonces la voz de la madre volvió a resonar en la calle oscura («¡Ricky, no!»), y provocó una súbita y explosiva reacción en cadena en el cerebro de Strike, iluminándole la pista de aterrizaje a una teoría que él sabía, con certeza de profeta, que lo conduciría hasta el asesino. Del mismo modo que cuando arde un edificio se revelan sus vigas de acero, en aquel momento de inspiración Strike vio el esqueleto del plan del asesino, y reconoció los fallos cruciales que había pasado por alto (que todos habían pasado por alto), pero que permitirían, por fin, desenmascarar al homicida y frustrar sus planes macabros.

53

You see me now a veteran of a thousand psychic wars...[63]

Veteran of the Psychic Wars, Blue Öyster Cult

En el hospital, bien iluminado, a Robin no le había costado fingir despreocupación. El asombro y la admiración de Strike ante su huida la habían reconfortado, así como oírse a sí misma relatando cómo se había librado del asesino. En los momentos inmediatamente posteriores a la agresión, ella había sido la que había permanecido más serena: había consolado y tranquilizado a Matthew, que se había echado a llorar al ver la cara manchada de tinta de su novia y la larga herida que tenía en el brazo. La había reconfortado la debilidad de los demás, y había confiado en que su coraje, alimentado por la adrenalina, la devolvería a la normalidad, y que una vez allí afianzaría los pies en el suelo y seguiría adelante, ilesa, sin necesidad de atravesar otra vez el lodazal oscuro donde había vivido tanto tiempo después de la violación.

Sin embargo, la semana siguiente apenas pudo dormir y no sólo por el dolor del antebrazo, que ahora llevaba vendado hasta el codo para proteger la herida. Cuando, de día o de noche, conseguía echar una cabezada, notaba los brazos gruesos de su atacante alrededor de la cintura y volvía a oírle respirar con la boca pegada a su oreja. A veces, los ojos que no había alcanzado a ver se convertían en los ojos del violador que sí había visto cuando tenía diecinueve años: claros, con una pupila fija. Aquellas dos figuras de pesadilla, ocultas detrás del pasamontañas negro y de la máscara de gorila, se fundían, mutaban y crecían, e invadían su pensamiento de día y de noche.

En sus peores sueños, Robin veía al asesino atacando a otra mujer mientras ella esperaba su turno sin poder ayudar ni huir. En una ocasión, la víctima era Stephanie, y tenía la cara destrozada. En otra pesadilla espeluznante, una niñita negra llamaba a gritos a su madre. Robin despertó esa vez en la oscuridad, y Matthew se quedó tan preocupado que al día siguiente llamó al trabajo para decir que estaba enfermo y así poder quedarse con ella. Robin no sabía si agradecérselo o lamentarlo.

Su madre fue a Londres, como era de esperar, e intentó convencerla para llevársela a Masham.

—Faltan diez días para la boda, Robin, ¿por qué no vienes conmigo a casa ahora y te relajas antes de...?

—Quiero quedarme aquí —reiteró Robin.

Ya no era una adolescente: era una mujer adulta. Podía decidir adónde iba y qué hacía. Sentía como si se le exigiera volver a pelear por las identidades a las que se había visto obligada a renunciar la última vez que un hombre había salido de la oscuridad y se había abalanzado sobre ella. Por culpa de aquel desgraciado, la alumna de sobresaliente se había convertido en una agorafóbica escuálida, y la aspirante a psicóloga forense, en una chica resignada que coincidía con su sobreprotectora familia en que cualquier profesión relacionada con la policía sólo conseguiría agravar sus problemas psicológicos.

No pensaba permitir que volviera a ocurrir. Casi no podía dormir, no tenía hambre, pero seguía atacando con furia, negando sus propias necesidades y sus propios temores. Matthew no se atrevía a contradecirla; concedió con resignación que no había necesidad de que se marchara a casa de sus padres, aunque Robin lo oyó hablar a escondidas con su madre en la cocina.

Strike no la estaba ayudando en absoluto. En el hospital ni siquiera se había molestado en despedirse de ella, ni había ido a verla después para saber cómo se encontraba. Sólo había hablado con ella por teléfono. Él también era partidario de que regresara a Yorkshire y se quitase de en medio.

—Debes de tener muchas cosas que hacer antes de la boda.

—No me trates como si fuera una cría —dijo Robin furiosa.

—¿Yo? ¿Como una cría?

—Lo siento —dijo ella, derramando unas pocas lágrimas que Strike no podría ver; hizo todo lo posible para que no se le notara en la voz—. Lo siento... Estoy un poco tensa. Me iré a Masham el jueves antes de la boda, no hay ninguna necesidad de que me vaya antes.

Ya no era la chica que, tumbada en la cama, contemplaba el póster de Destiny's Child. Se negaba a volver a ser aquella persona.

Nadie entendía su empeño en quedarse en Londres, y ella tampoco sabía explicárselo. Tiró el vestido de tirantes que llevaba cuando la habían atacado. Linda entró en la cocina en el preciso momento en que Robin estaba metiéndolo en el cubo de la basura.

—Maldito vestido —se quejó mirando a su madre—. Esta lección sí que la tengo bien aprendida. No hay que hacer vigilancias con vestido largo.

Hablaba con tono desafiante. «Pienso volver al trabajo. Esto sólo es temporal.»

—Ya sabes que no debes utilizar esa mano —le recordó su madre haciendo caso omiso del desafío tácito de su hija—. El médico dijo que tenías que hacer reposo y mantener el brazo en alto.

Ni a Matthew ni a su madre les gustaba verla leyendo los periódicos para saber si la investigación había avanzado, sin embargo, Robin lo hacía de manera compulsiva. Carver se había negado a revelar el nombre de Robin aduciendo que no quería que los periodistas la acosaran, pero Strike y ella sospechaban que, en realidad, temía que si el detective seguía apareciendo vinculado a la historia, la prensa le daría un nuevo giro: Carver contra Strike, una vez más.

—Hay que reconocer —dijo Strike a Robin por teléfono (ella procuraba controlarse y llamarlo sólo una vez al día)— que eso es lo que menos le conviene a nadie. No ayudará a descubrir a ese desgraciado.

Robin no dijo nada. Estaba tumbada en la cama de matrimonio, rodeada de periódicos que había comprado pese a la oposición de Linda y Matthew. Tenía la vista clavada en una doble página del *Mirror* donde volvían a aparecer, en fila, las fotografías de las cinco supuestas víctimas del destripador de Shacklewell. Una sexta imagen, la silueta negra de una cabeza y unos hombros de mujer, representaba a Robin; el pie de foto rezaba: «Oficinista, veintiséis años, logró huir.» Ponían mucho énfasis en el hecho de que aquella oficinista de veintiséis años había conseguido rociar al asesino con tinta roja durante la agresión. En una columna lateral, una mujer policía retirada la elogiaba por su previsión de llevar encima aquel artilugio, y en la misma página había otro artículo sobre las alarmas antivioladores.

—¿Has desistido? ¿De verdad? —preguntó Robin.

—No se trata de desistir —replicó Strike.

Ella lo oía moverse por la oficina; le habría gustado estar allí, aunque sólo fuera para preparar el té y contestar correos electrónicos.

—Lo dejo en manos de la policía. Un asesino en serie es otro nivel, Robin. Nos queda un poco grande.

Robin contemplaba la cara demacrada de la única mujer, además de ella misma, que había sobrevivido al ataque del asesino. «Lila Monkton, prostituta.» Lila también sabía qué ruido hacía la respiración del homicida, un ruido parecido a los ronquidos de un cerdo. A Lila le había cortado dos dedos. Robin sólo iba a tener una larga cicatriz en el brazo. El cerebro, furioso, le zumbaba en el cráneo. Se sentía culpable por haber salido tan bien parada de la agresión.

—Me gustaría poder...

—Déjalo, Robin. —Strike parecía enojado, igual que Matthew—. Esto ya no es asunto nuestro. No debí enviarte a vigilar a Stephanie. Desde que recibimos la pierna, he dejado que el rencor que le tengo a Whittaker condicione mi criterio. Y por mi culpa has estado....

—Vaamos, por amor de Dios —dijo Robin con impaciencia—. No has sido tú quien ha intentado matarme, sino él. No quieras ser el culpable de todo. Tú tenías motivos bien fundados para pensar que era Whittaker. La letra de las canciones... Además, todavía quedan...

—Carver ha investigado a Laing y a Brockbank y no cree que pueda imputar a ninguno de los dos. Vamos a mantenernos al margen, Robin.

En su despacho, a quince kilómetros de distancia, Strike confiaba en estar convenciéndola. No le había contado nada a Robin de la revelación que había tenido tras tropezar con aquel crío fuera del hospital. A la mañana siguiente había intentado hablar con Carver, pero un subordinado suyo lo había informado de que el inspector estaba demasiado ocupado para atender su llamada y le había aconsejado que no volviera a intentar comunicarse con él. Strike se había empeñado en contarle al irritable y un tanto agresivo subordinado lo que le habría gustado decirle a Carver. Sin embargo, habría apostado lo que le quedaba de pierna a que no le habían transmitido al inspector ni una sola palabra de su mensaje.

Las ventanas del despacho de Strike estaban abiertas. El sol de junio calentaba las dos habitaciones, donde en ese momento no había ningún cliente y que quizá se vería obligado a dejar por no poder pagar el alquiler. Déjà Vu había perdido el interés por la nueva bailarina de *lap-dance*. Strike ya no tenía nada que hacer. No soportaba estar ocioso, igual que Robin, pero no se lo había dicho. Lo único que quería era que Robin se curara y que no corriera peligro.

—¿Todavía hay policía en tu calle?

—Sí —contestó ella, y dio un suspiro.

Carver había puesto a un agente de paisano en Hastings Road las veinticuatro horas. Tanto a Matthew como a Linda los reconfortaba enormemente saber que estaba allí.

—Escúchame, Cormoran. Ya sé que no podemos...

—Mira, Robin, no tiene sentido que hables en plural. Por una parte, estoy yo aquí sentado sin nada que hacer, y luego estás tú, que vas a hacer el favor de quedarte en tu casa hasta que hayan detenido al asesino.

—No estaba hablando del caso —replicó ella; el corazón volvía a latirle muy deprisa, y si no lo decía en voz alta, explotaría—. Hay una cosa que sí podemos hacer. Bueno, que puedes hacer tú. Puede que Brockbank no sea el asesino, pero sabemos que es un violador. Podrías ir a ver a Alyssa y prevenirla de que está viviendo con...

—Olvídalo —dijo el detective con brusquedad—. ¡Me cago en la leche! ¡Es la última vez que te lo digo, Robin: no puedes salvar a todo el mundo! ¡A Brockbank nunca lo han condenado! Si volvemos a meter la pata, Carver nos va a crucificar.

Hubo un silencio prolongado.

—¿Estás llorando? —preguntó Strike, nervioso, porque le había parecido oír que Robin respiraba entrecortadamente.

—No, no estoy llorando —contestó ella, y era verdad.

Una frialdad espantosa se había apoderado de ella al oír la negativa de Strike a ayudar a aquellas niñas que vivían con Brockbank.

—Tengo que irme, es la hora de comer —dijo, aunque nadie la había llamado.

—Mira —intentó explicarse él—, puedo entender que quieras...

—Ya hablaremos más tarde —dijo ella, y colgó.

«No tiene sentido que hables en plural.»

Había vuelto a pasar. Un hombre había salido de las sombras, se había abalanzado sobre ella y le había arrebatado no sólo su sensación de seguridad, sino su estatus. Hasta hacía poco, ella era la socia de una agencia de detectives...

Bueno, ¿lo era? Strike no le había hecho ningún contrato nuevo. Tampoco le había subido el sueldo. Estaban tan ocupados y tan arruinados que a ella tampoco se le había ocurrido pedírselo. Sencillamente, estaba encantada de pensar que él la consideraba su socia. Y hasta eso lo había perdido, quizá temporalmente, pero tal vez para siempre. «Ya no tiene sentido hablar en plural.»

Robin se quedó pensativa unos minutos; entonces apartó los periódicos y se levantó de la cama. Se acercó al tocador, donde había dejado la caja de zapatos blanca con la marca grabada en letras plateadas, «Jimmy Choo»; estiró un brazo y acarició la superficie de cartón inmaculada.

A ella el plan no se le reveló con la potencia estimulante de una llamarada, como le había sucedido a Strike al salir del hospital. Surgió despacio, oscuro y peligroso, producto de la insoportable inactividad forzosa de la semana anterior y de la indignación ante la obstinada negativa a intervenir de Strike. Su jefe, pese a ser también su amigo, se había unido a las filas del enemigo. Era un exboxeador de metro noventa de estatura, y, por lo tanto, nunca sabría lo que significaba sentirse pequeña, débil e impotente. Jamás entendería lo que le hacía una violación a tu percepción del propio cuerpo: te sentías reducida a una cosa, un objeto, un trozo de carne que cualquiera se podía follar.

Por teléfono, le había parecido que Zahara no podía tener más de tres años.

Robin se quedó quieta frente al tocador, mirando fijamente la caja que contenía sus zapatos de boda, pensativa. Veía los peligros esparcidos allí abajo, como un funambulista que contemplara las rocas y las aguas embravecidas bajo sus pies.

No, no podían salvar a todo el mundo. Para Martina, para Sadie, para Kelsey y para Heather ya era demasiado tarde. Durante el resto de su vida, Lila sólo tendría tres dedos en la mano izquierda y llevaría en la psique una cicatriz espeluznante que Robin entendía a la perfección. Sin embargo, también había dos niñas pequeñas que, si nadie hacía nada, se enfrentaban a un sufrimiento quizá mucho peor.

Dejó los zapatos nuevos, cogió su móvil y marcó un número que le habían dado voluntariamente y que ella jamás habría imaginado que llegaría a utilizar.

54

And if it's true it can't be you,
It might as well be me[64]

Spy in the House of the Night, Blue Öyster Cult

Disponía de tres días para planearlo todo, porque tenía que esperar a que su cómplice consiguiera el coche y encontrara un hueco en su apretada agenda. Entretanto, le dijo a su madre que los zapatos Jimmy Choo le apretaban un poco y eran demasiado ostentosos, y dejó que la acompañara a la tienda a devolverlos. A continuación necesitaba decidir qué mentira les iba a contar a Linda y a Matthew para disponer del tiempo suficiente lejos de ellos y poder llevar su plan a la práctica.

Acabó diciéndoles que la policía quería hablar otra vez con ella. Para que se lo creyeran, era imprescindible que Shanker permaneciera en el coche cuando fuera a recogerla. Además, tendría que pararse junto al policía de paisano que seguía apostado en su calle y decirle que iba a acompañar a Robin al hospital a que le quitaran los puntos, para lo que en realidad todavía faltaban dos días.

Eran las siete de la tarde de un día despejado y, aparte de Robin, que estaba apoyada en la pared de ladrillo recalentada del Eastway Business Centre, el escenario estaba desierto. El sol realizaba su recorrido lento hacia el oeste y, en el horizonte lejano y neblinoso, al final de Blondin Street, empezaba a surgir la estructura de la escultura *Orbit*. Robin había visto los planos en los periódicos y sabía que no tardaría en parecer un teléfono de tipo candelabro gigantesco envuelto en su propio cordón enroscado. Más allá, Robin distinguía poco a poco el contorno del estadio olímpico. La vista de aquellas estructuras a lo lejos era impresionante; parecían, de alguna manera, sobrehumanas, a años luz de los secretos que, si Robin no se equivocaba, se ocultaban detrás de la puerta recién pintada de la casa de Alyssa.

Se acobardó un poco, ante aquella calle corta y tranquila, al pensar lo que había ido a hacer allí. Las casas eran nuevas, modernas y, de alguna forma, frías. Impedían ver los grandiosos bloques de pisos que estaban construyendo a lo lejos, y parecían impersonales y carentes de toda sensación de colectividad. No había árboles que suavizaran los contornos de los edificios, bajos y rectangulares, en muchos de los cuales había letreros de «SE ALQUILA»; ni tienda de la esquina, ni pub, ni iglesia. El almacén en cuya fachada estaba apoyada Robin, con cortinas blancas que parecían mortajas en las ventanas del piso de arriba y con las puertas de garaje metálicas cubiertas de grafitis, no ofrecía ningún rincón donde esconderse.

A Robin le latía muy deprisa el corazón, como si acabara de echar una carrera. Ya nada le haría dar media vuelta, pero aun así tenía miedo.

Oyó pasos y se volvió bruscamente; en una mano, sudada, tenía fuertemente apretada su otra alarma antivioladores. Alto, ágil y con su cicatriz en la cara, Shanker iba hacia ella a paso ligero, con una barrita Mars en una mano y un cigarrillo en la otra.

—Ya viene —dijo con voz emocionada.

—¿Estás seguro? —preguntó Robin, y el corazón se le aceleró aún más; empezaba a notar un ligero mareo.

—Una chica negra, con dos niñas pequeñas. Está subiendo por la calle. La he visto cuando he ido a comprar esto —dijo mostrándole el Mars—. ¿Quieres un poco?

—No, gracias. Oye... ¿Te importa quitarte de en medio?

—¿No quieres que me vean?

—No —dijo Robin—. Ven sólo... Si lo ves a él.

—¿Estás segura de que ese capullo no está dentro?

—He llamado dos veces. No está, seguro.

—Entonces me quedo detrás de la esquina —dijo Shanker, lacónico, y echó a andar con tranquilidad, alternando caladas al cigarrillo con mordiscos a la barrita Mars, hasta un sitio que no podía verse desde la puerta de Alyssa.

Robin, entretanto, se apresuró a entrar en Blondin Street para que Alyssa no se cruzara con ella al dirigirse a su casa. Se metió debajo del balcón de un bloque de pisos color teja y vio llegar a una mujer alta y negra; llevaba de la mano a una niña pequeña y la seguía otra algo mayor, de unos once años. Alyssa abrió la puerta de la calle y entró en la casa con sus hijas.

Robin salió de debajo del balcón y volvió sobre sus pasos hasta la entrada. Ese día se había puesto vaqueros y zapatillas de deporte: no podía tropezar, no podía caerse. Bajo la venda del brazo notaba el dolor punzante de los tendones recién recompuestos.

Cuando llamó con los nudillos a la puerta de Alyssa, el corazón le latía tan fuerte que le dolía. La mayor de las hijas se asomó por la ventana salediza que había a la derecha de la puerta y se quedó mirándola. Robin sonrió, nerviosa. La niña desapareció.

La mujer que al cabo de menos de un minuto abrió la puerta era bellísima. Alta, negra y con tipo de modelo de bikinis, llevaba todo el pelo peinado con trencitas que le llegaban por la cintura. Lo primero que le pasó por la cabeza fue que si un club de estriptis no se lo había pensado dos veces a la hora de despedir a aquella mujer, debía de ser un personaje verdaderamente complicado.

—¿Sí? —preguntó Alyssa mirando con el ceño fruncido.

—Hola —contestó Robin con la boca seca—. ¿Eres Alyssa Vincent?

—Sí. ¿Y tú quién eres?

—Me llamo Robin Ellacott. Me gustaría hablar un momento contigo sobre Noel.

—¿Qué pasa con Noel?

—Prefiero explicártelo dentro.

Alyssa tenía esa mirada recelosa y desafiante de quien está siempre preparado para encajar el siguiente golpe que vaya a darle la vida.

—Por favor. Es importante —insistió Robin; la lengua se le pegaba al velo del paladar—. Si no, no te lo pediría.

Se sostuvieron la mirada: los iris de Alyssa eran de un marrón caramelo cálido, y los de Robin, de un azul grisáceo claro. Robin estaba totalmente convencida de que Alyssa no iba a dejarla entrar.

De pronto, aquellos ojos de pestañas tupidas se abrieron mucho, y por el rostro de Alyssa pasó una extraña sombra de emoción, como si acabara de experimentar una revelación agradable. Sin decir nada, Alyssa se apartó, adentrándose en el recibidor escasamente iluminado, e hizo un exagerado floreo con el que invitaba a Robin a entrar en su casa.

Robin no supo por qué, pero sintió cierta desconfianza. Lo único que la impulsó a cruzar el umbral fue pensar en las dos niñas que vivían allí.

El recibidor, minúsculo, daba al salón. Los únicos muebles eran un televisor y el sofá. En el suelo había una lámpara de mesa. Había dos fotografías con sendos marcos dorados baratos colgadas en una pared; en una aparecía la mofletuda Zahara, la más pequeña, con un vestido azul turquesa y clips a juego con forma de mariposa en el pelo; la otra era de su hermana mayor, con un uniforme escolar granate. La hermana mayor era la viva imagen de su hermosa madre. El fotógrafo no había conseguido hacerla sonreír.

Robin oyó que, a sus espaldas, echaban el cerrojo de la puerta de la calle. Se dio la vuelta, y sus zapatillas de deporte chirriaron en el suelo de parquet. No muy lejos, un pitido fuerte anunció que un microondas acababa de terminar su trabajo.

—¡Mamá! —dijo una voz chillona.

—¡Angel! —gritó Alyssa, y entró en la habitación—. ¡Sácalo tú! —Se plantó delante de Robin con los brazos cruzados y dijo—: A ver, ¿qué es eso que quieres contarme de Noel?

La desagradable sonrisita de suficiencia que distorsionaba el rostro armonioso de Alyssa reforzó la impresión de Robin de que estaba regodeándose con algo que sólo ella sabía. La exbailarina de estriptis seguía allí plantada, con los brazos cruzados, y sus pechos, empujados hacia arriba, semejaban el mascarón de proa de un barco. Las trenzas, largas y prietas, descendían hasta su cintura. Le sacaba cuatro dedos a Robin.

—Alyssa, trabajo con Cormoran Strike. Es un...

—Ya sé quién es —la cortó Alyssa, y de pronto la secreta satisfacción que parecía causarle el aspecto de Robin se esfumó—. ¡Es el desgraciado que le provocó la epilepsia a Noel! ¡Me cago en la puta! Has ido a hablar con él, ¿no? Estáis juntos en esto, ¿verdad? ¿Por qué no fuiste a hablar con la pasma, mentirosa de mierda, si era verdad que él...?

Le dio un manotazo en el hombro, y antes de que Robin pudiera defenderse, empezó a arrearle puñetazos para enfatizar cada una de sus palabras.

—¿...te... había... hecho... algo?

De pronto, Alyssa se puso a aporrearla donde podía: Robin levantó el brazo izquierdo para defenderse, tratando de proteger el derecho, y le lanzó una patada a Alyssa en la rodilla. La mujer gritó de dolor y saltó hacia atrás a la pata coja; la cría gritó detrás de Robin, y su hermana mayor llegó corriendo a la habitación.

—¡Zorra asquerosa! —gritó Alyssa—. ¡Cómo te atreves a pegarme delante de mis hijas!

Y se abalanzó sobre Robin, agarrándola por el pelo y empujándole la cabeza contra la ventana sin cortinas. La detective notó que Angel, delgada y nervuda, trataba de separarlas. Robin decidió no contenerse más y consiguió darle un manotazo en la oreja a Alyssa, que gritó de dolor y se apartó. Entonces Robin agarró a Angel por debajo de los brazos, la quitó de en medio, agachó la cabeza y embistió a Alyssa, que cayó hacia atrás y fue a parar al sofá.

—¡Deja a mi madre! ¡Deja en paz a mi madre! —gritaba Angel, que agarró a Robin por el antebrazo lesionado y le dio un tirón tan fuerte que ella también gritó de dolor.

Zahara también chillaba, en el umbral, con un vasito con boquilla lleno de leche caliente en una mano, puesto boca abajo.

—¡Estás viviendo con un pedófilo! —gritó Robin por encima del ruido mientras Alyssa trataba de levantarse del sofá para reanudar la pelea.

Robin se había imaginado comunicándole aquella devastadora noticia en voz baja a Alyssa, y a ésta derrumbándose, conmocionada. Jamás se le habría ocurrido visualizar a la mujer mirándola con odio y gritándole:

—¡Sí, los cojones! ¿Te crees que no sé quién eres, cerda asquerosa? ¿No tienes suficiente con destrozarle la vida...?

Volvió a lanzarse sobre Robin: la habitación era tan pequeña que la detective volvió a chocar con la pared. Agarradas la una a la otra, se inclinaron hacia un lado y empujaron el televisor, que cayó de su soporte con gran estruendo. Robin notó un tirón en la herida del antebrazo y soltó otro grito de dolor.

—¡Mami! ¡Mami! —gimoteaba Zahara, mientras Angel agarraba a Robin por la parte de atrás de los vaqueros y le impedía rechazar a Alyssa.

—¡Pregúntaselo a tus hijas! —gritó Robin mientras volaban puños y codos y ella intentaba liberarse de la tenaz presa de Angel—. Pregunta a tus hijas si alguna vez...

—¡No... te... atrevas... a... meter... a mis hijas...!

—¡Pregúntaselo!

—¡Mentirosa de mierda! ¡Tú y la zorra de tu madre...!

—¿Mi madre? —Robin hizo un esfuerzo enorme y le asestó tal codazo a Alyssa a la altura del diafragma que la mujer, pese a ser más alta que ella, se dobló por la cintura y volvió a derrumbarse en el sofá—. ¡Suéltame, Angel! —bramó Robin, y arrancó los dedos de la niña de sus vaqueros, convencida de que sólo tenía unos segundos antes de que Alyssa volviera al ataque. Zahara seguía llorando en el umbral—. ¿Quién... crees que soy? —preguntó Robin, jadeando, aprovechando que Alyssa todavía no se había levantado.

—Te crees muy graciosa, ¿verdad? —dijo Alyssa, casi sin voz—. ¡Eres Brittany! No has parado de llamarlo por teléfono y acosarlo...

—¿Brittany? —dijo Robin, perpleja—. ¡Yo no soy Brittany!

Sacó la cartera del bolsillo de su cazadora.

—¡Mira mi tarjeta de crédito! ¡Mírala! Me llamo Robin Ellacott y trabajo con Cormoran Strike...

—El hijo de puta que le causó una lesión cerebral...

—¿Sabes por qué fue Cormoran a arrestarlo?

—Porque la puta de su mujer le puso una denuncia falsa...

—¡Nadie le puso ninguna denuncia falsa! ¡Violó a Brittany, y lo han despedido de un montón de trabajos por todo el país por intentar abusar de menores! ¡Ya lo hacía con su propia hermana, he hablado con ella!

—¡Mentira! —gritó Alyssa, y volvió a intentar levantarse del sofá.

—¡No... te miento! —rugió Robin, empujándola contra los cojines.

—¡Estás como una puta cabra! —dijo Alyssa sin aliento—. ¡Largo de mi casa!

—¡Pregúntale a tu hija si alguna vez le ha hecho algo! ¡Pregúntaselo! ¡Angel!

—¡No te atrevas a hablar con mis hijas, zorra!

—¡Angel, dile a tu madre si alguna vez te ha...!

—¿Qué coño pasa aquí?

Zahara chillaba tanto que nadie había oído la llave en la cerradura.

Era enorme, moreno y con barba; llevaba un chándal de dos piezas negro. Tenía la cuenca de un ojo más hundida que la otra, lo que daba a su mirada una intensidad perturbadora. Con los ojos, oscuros y con ojeras, fijos en Robin, se agachó y levantó en brazos a la cría, que sonrió y se acurrucó contra él. Angel, en cambio, se encogió y retrocedió hacia la pared. Muy lentamente, sin desviar la mirada de Robin, Brockbank puso a Zahara en el regazo de su madre.

—Me alegro de verte —dijo él, y compuso una sonrisa que no era tal, sino una promesa de sufrimiento.

Robin, empapada de sudor frío, intentó deslizar la mano con disimulo hacia el bolsillo donde tenía la alarma antivioladores, pero Brockbank la agarró inmediatamente por la muñeca, apretándole los puntos.

—¿A quién coño crees que vas a llamar? Pensabas que no sabía que eras tú, ¿verdad?

Robin intentó soltarse, pero Brockbank la tenía agarrada con fuerza por la herida; así que chilló:

—¡Shanker!

—¡No sé por qué no te maté cuando tuve la oportunidad, so zorra!

Y entonces se oyó un ruido fuerte, de madera astillada: era la puerta de la calle, que había cedido. Brockbank soltó a Robin y se dio la vuelta, y vio irrumpir a Shanker en la habitación empuñando una navaja.

—¡No se la claves! —dijo Robin sujetándose el antebrazo dolorido.

Las seis personas apretujadas en aquella habitacioncita cuadrada y desangelada, incluida la niña más pequeña, que estaba abrazada a su madre, se quedaron inmóviles un instante. Entonces se oyó una vocecilla débil, desesperada, temblorosa, pero liberada por fin por la presencia de un tipo con cicatrices y dientes de oro que empuñaba una navaja con una mano de nudillos tatuados.

—¡Me lo ha hecho! ¡Me lo ha hecho, mamá, es verdad! ¡Me lo ha hecho!

—¿Qué dices? —dijo Alyssa mirando a Angel; de pronto se le aflojaron las facciones y su rostro reflejó una profunda conmoción.

—¡Me lo ha hecho! Lo que dice esta señora. ¡A mí me lo ha hecho!

Brockbank hizo un movimiento débil, un espasmo al que Shanker puso rápidamente freno enarbolando la navaja y apuntando con ella al pecho de su oponente, más corpulento.

—Tranquila, pequeña —le dijo Shanker a Angel protegiéndola con la mano que tenía libre; su diente de oro destellaba bajo la luz del sol, que empezaba a descender lentamente detrás de las casas de la acera de enfrente—. No volverá a hacértelo nunca más. Pervertido de mierda —le dijo a Brockbank en voz baja, acercándose mucho a su cara—. Si pudiera, te desollaba vivo.

—Pero ¿qué estás diciendo, Angel? —Alyssa seguía abrazando a la pequeña Zahara; ahora su rostro denotaba puro terror—. No me digas que...

De pronto Brockbank agachó la cabeza y embistió a Shanker, como buen exala. Shanker, mucho menos corpulento que él, cayó hacia un lado como un muñeco de trapo; Brockbank se precipitó hacia la puerta, que había quedado rota y abierta, y Shanker, furioso y soltando tacos, echó a correr tras él.

—¡Déjalo! ¡Déjalo! —gritó Robin mirando por la ventana mientras los dos echaban a correr por la acera—. ¡Dios mío! ¡Shanker! La policía ya... ¿Dónde está Angel?

Alyssa había salido del salón detrás de su hija, dejando a la más pequeña berreando, desolada, en el sofá. Robin, consciente de que no tenía ninguna posibilidad de alcanzar a los dos hombres, se sintió de pronto tan débil que se agachó y se quedó en cuclillas, sujetándose la cabeza con ambas manos mientras intentaba controlar el mareo.

Había hecho lo que se había propuesto, pese a saber desde el principio que lo más probable era que hubiese daños colaterales. Que Brockbank escapara o que Shanker lo apuñalase eran dos posibilidades que había previsto; en ese momento, su única certeza era que no podía hacer nada para impedir ninguna de las dos. Tras inspirar hondo un par de veces, volvió a levantarse y fue hasta el sofá con intención de consolar a la niña, que estaba aterrorizada. Sin embargo, y como era de esperar, dado que, en la mente de la cría, Robin estaba asociada con escenas de violencia e histeria, Zahara se puso a chillar más fuerte que antes y, con su pie diminuto, le dio una patada a Robin.

—No sabía nada —se lamentó Alyssa—. Dios mío. ¡Dios mío! ¿Por qué no me lo contaste, Angel? ¿Por qué?

Anochecía. Robin había encendido la lámpara, y su luz proyectaba sombras de un gris pálido sobre las paredes de color crema. Parecía que hubiera tres fantasmas jorobados, planos, encaramados en el respaldo del sofá, y que imitaran cada uno de los movimientos de Alyssa. Angel sollozaba hecha un ovillo en el regazo de su madre, y ambas se mecían adelante y atrás.

Robin, que ya había preparado dos rondas de té y había cocinado unos espaguetis para Zahara, estaba sentada en el suelo, bajo la ventana.

Se había sentido obligada a quedarse allí hasta que llegara el carpintero de emergencias a arreglar la puerta que Shanker había derribado. Nadie había llamado aún a la policía. Madre e hija seguían contándose cosas, y Robin se sentía como una intrusa, pero no podía marcharse de aquella casa hasta asegurarse de que la familia estaba protegida detrás de una puerta segura y con una cerradura nueva. Zahara dormía en el sofá, al lado de su madre y su hermana, acurrucada y con un pulgar en la boca, y con la otra mano, regordeta, todavía sujetaba el vaso con boquilla.

—Me dijo que si te lo contaba, mataría a Zahara —dijo Angel sin levantar la cabeza del hombro de su madre.

—Madre de Dios —se lamentó Alyssa, salpicando de lágrimas la espalda de su hija—. Madre de Dios.

Robin sentía un desasosiego tan intenso que le producía malestar físico. Les había enviado mensajes de texto a su madre y a Matthew y les había dicho que la policía necesitaba enseñarle más retratos robot, pero ambos estaban empezando a preocuparse por lo prolongado de su ausencia, y Robin estaba quedándose sin excusas verosímiles para evitar que fueran a buscarla. Comprobaba una y otra vez que no tuviera el móvil en silencio, por si le había quitado el volumen sin darse cuenta. ¿Dónde estaba Shanker?

Por fin se presentó el carpintero. Después de darle los datos de su tarjeta de crédito para que le cobrara la reparación, Robin le dijo a Alyssa que tenía que marcharse.

Alyssa dejó a Angel y Zahara acurrucadas en el sofá y acompañó a Robin a la calle, donde ya oscurecía.

—Oye... —dijo Alyssa.

Todavía tenía los surcos de las lágrimas en la cara. Robin se dio cuenta de que Alyssa no estaba acostumbrada a dar las gracias.

—Gracias, ¿vale? —dijo por fin, casi con agresividad.

—De nada —replicó Robin.

—Yo jamás... ¡Joder, lo conocí en una iglesia! Creía que por fin había encontrado a un buen hombre. Se portaba muy bien con... con... las niñas.

Rompió a llorar. Robin estuvo a punto de abrazarla, pero al final no lo hizo. Tenía los hombros magullados de los golpes que le había dado Alyssa, y la herida del brazo le dolía más que nunca.

—¿Es verdad que Brittany lo estaba llamando por teléfono? —preguntó Robin.

—Eso me dijo él —contestó Alyssa enjugándose las lágrimas con el dorso de la mano—. Decía que su mujer le había puesto una denuncia falsa y que había obligado a Brittany a mentir... Me advirtió que si alguna vez venía una chica rubia, no debía creerme nada, porque sólo diría chorradas.

Robin recordó aquel susurro en su oreja:

«¿Te conozco de algo, niñita?»

La había confundido con Brittany. Por eso había colgado y no había vuelto a llamar.

—Tengo que marcharme —dijo, preocupada por cuánto tardaría en regresar a West Ealing. Le dolía todo el cuerpo; Alyssa le había atizado unos cuantos golpes bien fuertes—. Llamarás a la policía, ¿verdad?

—Supongo que sí —respondió Alyssa—. Sí, claro.

Robin imaginó que esa idea era completamente nueva para ella.

Mientras caminaba por la calle, ya de noche, con su segunda alarma antivioladores encerrada en un puño, se preguntó qué le habría dicho Brittany Brockbank a su padrastro, y creyó poder imaginárselo: «No me he olvidado. Si lo haces otra vez, te denunciaré.» Quizá eso hubiera acallado la voz de su conciencia. Temía que Brockbank les estuviera haciendo a otras lo que le había hecho a ella, pero no era capaz de afrontar las consecuencias de ponerle una denuncia después de transcurrido tanto tiempo.

«Mi opinión, señorita Brockbank, es que su padrastro nunca la tocó y que esta historia se la han inventado usted y su madre...»

Robin sabía cómo funcionaba aquello. El abogado defensor al que se había enfrentado ella era un individuo frío y sarcástico, astuto como un zorro.

«Volvía usted del bar de estudiantes, señorita Ellacott, donde había estado bebiendo, ¿verdad?

»Había bromeado en público sobre el hecho de haber perdido las... atenciones de su novio, ¿verdad?

»Cuando se encontró con el señor Trewin...

»Yo no me...

»Cuando se encontró con el señor Trewin delante de la residencia...

»Yo no me encontré con...

»Le dijo al señor Trewin que echaba de menos...

»Nunca nos dijimos nada...

»Mi opinión, señorita Ellacott, es que usted se avergüenza de haber invitado al señor Trewin...

»Yo no invité...

»Usted había hecho un chiste, señorita Ellacott, ¿no es así?, en el bar, sobre el hecho de que echaba de menos las... atenciones sexuales de...

»Dije que echaba de menos...

»¿Recuerda cuántas copas había tomado aquella noche, señorita Ellacott?»

Robin entendía muy bien por qué era tan frecuente que a las víctimas les diera miedo contarlo, admitir lo que les habían hecho, que les dijeran que la sucia, vergonzosa y terrible verdad no era más que un producto de su imaginación enfermiza.

Ni Holly ni Brittany habían sido capaces de enfrentarse a la perspectiva de una audiencia pública, y tal vez Alyssa y Angel también tuvieran miedo y acabaran por renunciar a ella. Sin embargo, Robin estaba convencida de que nada aparte de la muerte o el encarcelamiento lograría que Noel Brockbank dejara de violar a niñas pequeñas. Aun así, se alegraría de saber que Shanker no lo había matado, porque si lo había hecho...

—¡Shanker! —gritó al ver a un tipo alto y con tatuajes, vestido con chándal, que pasaba por debajo de una farola, un poco más allá.

—¡No lo he encontrado, Rob! ¡El muy hijo de puta se me ha escapado! —resonó la voz de Shanker; no parecía darse cuenta de que Robin llevaba dos horas sentada en el suelo, muerta de miedo, rezando por verlo regresar—. Corre mucho para lo grande que es ese cabrón, ¿verdad?

—Ya lo encontrará la policía —dijo Robin, y de pronto notó que le fallaban las rodillas—. Me parece que Alyssa los llamará. Shanker, ¿puedes... llevarme a mi casa?

55

Came the last night of sadness
And it was clear she couldn't go on [65]

(Don't Fear) The Reaper, Blue Öyster Cult

Hasta transcurridas veinticuatro horas Strike no supo lo que había hecho Robin. Ella no le contestó cuando la llamó por teléfono al día siguiente, a la hora de comer, pero como estaba lidiando con sus propios dilemas y creía que ella estaba a salvo en su casa, con su madre, tampoco le extrañó ni se molestó en volver a llamar. Su socia, ahora lesionada, era uno de los pocos problemas que Strike consideraba temporalmente solucionados, y no tenía ninguna intención de animarla a pensar en volver al trabajo confiándole la revelación que había tenido delante del hospital.

En ese momento, sin embargo, ésa era su preocupación primordial. Al fin y al cabo, no había nada más que reclamara su tiempo ni su atención en la oficina, silenciosa y solitaria, a la que ya no iban ni llamaban clientes. Lo único que oía mientras fumaba un Benson & Hedges tras otro bajo un sol mustio era el zumbido de una mosca que revoloteaba entre las ventanas abiertas.

Al repasar los casi tres meses que hacía que les habían enviado la pierna, el detective vio sus errores con total claridad. Debería haber sabido quién era el asesino después de estar en casa de Kelsey Platt. Si se hubiera dado cuenta entonces, si no se hubiera dejado engañar por las artimañas del homicida, y si no lo hubieran distraído los tufillos de los otros trastornados que también entraban en la competición, Lila Monkton seguiría teniendo diez dedos y Heather Smart seguiría vivita y coleando, trabajando en la sociedad de crédito hipotecario de Nottingham, prometiéndose a sí misma, tal vez, no volver a emborracharse nunca como en la excursión a Londres con motivo del cumpleaños de su cuñada.

Strike, a medida que ascendía en la División de Investigaciones Especiales de la Policía Militar, había aprendido a tener en cuenta las consecuencias emocionales de una investigación. La noche anterior la había pasado furioso consigo mismo, pero, mientras se fustigaba por no haber visto lo que tenía delante, había tenido que reconocer el descaro y el talento del asesino. Éste había hecho gala de una gran maestría al utilizar el pasado de Strike en su contra, obligando al detective a cuestionarse a sí mismo y examinarse con lupa, y debilitando su confianza en su propio criterio.

Que el asesino fuera, efectivamente, uno de los hombres de quienes había sospechado desde el principio no lo consolaba. Strike no recordaba ninguna otra investigación que le hubiera causado tanto sufrimiento psicológico. A solas en su despacho vacío, convencido de que el agente a quien le había confiado la conclusión a la que había llegado no le había dado ningún crédito, y de que no se la había transmitido a Carver, Strike sentía, aunque no tuviera ninguna lógica, que si se producía otro asesinato éste sería culpa suya.

Sin embargo, si volvía a acercarse a la investigación, si empezaba a espiar o seguir a su hombre, Carver no dudaría en llevarlo ante los tribunales por interferir en el desarrollo de una investigación policial o por obstruir las indagaciones de la policía. A él le habría pasado lo mismo si hubiera estado en el lugar de Carver; con la única diferencia de que él, pensó con una oleada de rabia placentera, habría escuchado a cualquiera, por muy exasperante que hubiera resultado, si hubiera creído que podía aportar alguna prueba mínimamente sólida. Un caso tan complejo como aquél no lo resolvías discriminando a los testigos porque en el pasado habían sido más listos que tú.

Se acordó de que había quedado con Elin para salir a cenar porque empezó a rugirle el estómago. Las condiciones del divorcio y la custodia ya estaban acordadas, y Elin le había anunciado por teléfono que ya era hora de que disfrutaran de una cena decente, para variar, y que había reservado mesa en Le Gavroche. «Pago yo.»

Strike se planteaba la inminente velada con un desapasionamiento que, en cambio, no sentía cuando pensaba en el destripador de Shacklewell. Entre las ventajas estaba que comería estupendamente, una perspectiva tentadora dado que estaba pelado y la noche anterior había cenado alubias de bote con tomate. Suponía que también habría sexo, en la blancura inmaculada del piso de Elin, el hogar de la familia en proceso de desintegración que ella pronto tendría que desalojar. Un factor en contra (de pronto contemplaba esa verdad con valentía, como no lo había hecho hasta entonces) era que tendría que hablar con ella, y por fin había admitido que charlar con Elin no era, ni de lejos, uno de sus pasatiempos favoritos. Cuando hablaban de su trabajo, la conversación siempre le resultaba especialmente tediosa. Elin mostraba interés, pero tenía una extraña falta de imaginación. Carecía por completo del interés innato y de la empatía que sí tenía Robin. Los retratos humorísticos que le hacía de Déjà Vu, por ejemplo, le provocaban perplejidad en lugar de hacerla reír.

Y luego estaban esas dos palabras tan feas: «Pago yo.» El desequilibrio en aumento de sus respectivos ingresos estaba a punto de hacerse dolorosamente evidente. Cuando conoció a Elin, al menos Strike tenía un saldo positivo en la cuenta. Si su novia creía que él iba a poder devolverle la invitación llevándola a cenar a Le Gavroche otra noche, iba a llevarse una desilusión tremenda.

Strike había pasado dieciséis años con otra mujer que también era mucho más rica que él. Charlotte utilizaba el dinero como arma y lamentaba la negativa de Strike a vivir por encima de sus posibilidades. El recuerdo de los ataques de despecho ocasionales de Charlotte porque Strike no había podido o querido financiar sus caprichos hizo que se indignara cuando Elin habló de ir a cenar a un sitio decente «para variar». Casi siempre había pagado él la cuenta en los pequeños bistrós y en los restaurantes indios apartados donde no era probable que los sorprendiera el exmarido de Elin, y no le gustaba que menospreciaran los frutos del dinero que tanto le costaba ganar.

Por lo tanto, no se encontraba en un estado de ánimo muy propicio cuando, a las ocho de la noche, se dirigió a Mayfair con su mejor traje italiano y con un montón de ideas sobre un asesino en serie agolpándose, todavía, en su cerebro extenuado.

Upper Brook Street consistía en una serie de casas monumentales del siglo XVIII. La fachada de Le Gavroche, con su toldo de hierro forjado y sus rejas recubiertas de hiedra, la lujosa solidez y la seguridad que transmitía la puerta principal, cubierta de grandes espejos, discordaban con el estado de ánimo tan precario de Strike. Elin llegó cuando hacía poco que a él lo habían sentado en el comedor verde y rojo, estratégicamente iluminado de forma que unas islas de luz cayeran sólo donde se necesitaban, sobre los manteles de un blanco inmaculado y sobre los cuadros al óleo con marcos dorados. Estaba preciosa con su vestido ajustado de color azul claro. Cuando se levantó para darle un beso, Strike olvidó por un momento su desasosiego latente, su descontento.

—Esto ya es otra cosa —comentó Elin, sonriendo, al sentarse en el banco tapizado que formaba un semicírculo alrededor de la mesa redonda.

Pidieron. Strike, que se moría de ganas de tomarse una jarra de Doom Bar, bebió el vino de Borgoña que escogió Elin, y, pese a haberse fumado más de un paquete ese día, lamentó no poder encender un cigarrillo. Entretanto, su compañera de mesa se puso a hablar de propiedades inmobiliarias: había descartado el ático del Strata y había encontrado una vivienda en Camberwell que parecía prometedora. Le enseñó una fotografía que tenía en el teléfono, y los ojos cansados de Strike contemplaron otra imagen de blancura georgiana con columnas y pórticos.

Mientras Elin exponía los pros y los contras de mudarse a Camberwell, Strike bebía en silencio. Le daba rabia hasta lo delicioso que estaba el vino, y se lo tragaba como si fuera un vinacho barato, tratando de desafilar con el alcohol los bordes de su resentimiento. No funcionó: en lugar de disolverse, su sensación de alejamiento se intensificó. El cómodo restaurante de Mayfair, con su iluminación tenue y su moqueta gruesa, era ilusorio y efímero como un decorado. ¿Qué hacía él allí con aquella mujer hermosa pero aburrida? ¿Por qué fingía que le interesaba su estilo de vida lujoso, si su negocio estaba agonizando y sólo él en todo Londres sabía quién era el destripador de Shacklewell?

Les trajeron la comida, y el delicioso filete de buey mitigó un tanto su resentimiento.

—¿Y tú? ¿Qué has hecho estos días? —preguntó Elin haciendo gala de una educación impecable.

A Strike se le planteó de pronto un dilema difícil de resolver. Contarle la verdad sobre lo que había estado haciendo implicaría admitir que no la había mantenido al corriente de los últimos acontecimientos, que habrían bastado para mantener entretenido a cualquiera durante una década. Se vería obligado a revelar que la chica de los periódicos que había sobrevivido al último ataque del destripador no era otra que su socia. Tendría que explicarle a Elin que le había advertido que se mantuviera apartado del caso un hombre a quien previamente había humillado a raíz de otro asesinato notorio. Si decidía confesar todo lo que había hecho, tendría que admitir que ya sabía quién era el asesino. La perspectiva de contarle todo aquello a Elin lo aburría y lo agobiaba. Mientras ocurrían todos esos sucesos no se le había ocurrido llamarla ni una sola vez, y eso le parecía bastante revelador.

Trató de ganar tiempo mientras daba otro sorbo de vino y decidió poner fin a la relación. Buscaría alguna excusa para no ir a Clarence Terrace con ella esa noche, lo que ofrecería a Elin una pista de sus intenciones; el sexo siempre había sido lo mejor de su relación. Entonces, la siguiente vez que se vieran, Strike le diría que no quería seguir saliendo con ella. No sólo le parecía una grosería cortar con Elin en una cena que iba a pagar ella, sino que además existía una posibilidad, aunque remota, de que se levantara de la mesa y se marchara, dejándolo allí con una cuenta que su tarjeta de crédito, con toda seguridad, se negaría a pagar.

—La verdad es que no he hecho gran cosa —mintió.

—¿Y qué hay del destri...?

A Strike le sonó el móvil. Lo sacó del bolsillo de su chaqueta y vio que era un número oculto. Un sexto sentido le aconsejaba contestar la llamada.

—Lo siento —le dijo a Elin—. Me parece que tengo que...

—Strike —dijo la inconfundible voz de Carver, con su marcado acento del sur de Londres—. ¿La ha enviado usted?

—¿Qué?

—A su maldita socia. ¿La ha enviado usted a casa de Brockbank?

Strike se levantó tan bruscamente que golpeó el borde de la mesa. Un chorro de líquido de color sangre roció el grueso mantel blanco, su filete de buey resbaló por el borde del plato y su copa de vino se volcó y manchó el vestido azul claro de Elin. El camarero dio un grito ahogado, y lo mismo hicieron los dos miembros de la refinada pareja de la mesa de al lado.

—¿Dónde está? ¿Qué ha pasado? —preguntó Strike en voz alta, ajeno a todo salvo a la voz del otro extremo de la línea.

—Se lo advertí, Strike —dijo Carver; la voz le temblaba de rabia—. Le advertí que no metiera sus putas narices en esto. Esta vez la ha cagado pero bien.

El detective bajó el móvil. Un Carver incorpóreo bramaba en el restaurante, y cualquiera que estuviera cerca podía oír perfectamente los «coño» y los «puto» que intercalaba en sus frases. El detective se volvió hacia Elin, que tenía una gran mancha morada en el vestido y el hermoso rostro crispado en una mueca de cólera y perplejidad.

—Tengo que irme. Lo siento. Te llamaré más tarde.

No se quedó para ver cómo se lo tomaba; no le importaba.

Cojeando ligeramente, porque se había lastimado un poco la rodilla con las prisas por levantarse, Strike salió apresuradamente del restaurante, con el teléfono de nuevo pegado a la oreja. Carver no paraba de soltar incoherencias, y hacía callar a Strike cada vez que éste intentaba decir algo.

—¡Escúcheme, Carver! —gritó Strike cuando salió a Upper Brook Street—, tengo que decirle una... ¡Escúcheme, coño!

Pero el soliloquio salpicado de obscenidades no hizo más que empeorar y aumentar de volumen.

—¡Inútil de mierda, ahora se ha escondido! ¡Sé perfectamente lo que se proponía, hijo de la gran puta! ¡Lo teníamos, cabrón, habíamos encontrado la conexión de la iglesia! ¡Si alguna vez...! ¡Cállese, coño, estoy hablando yo! ¡Si vuelve a meter sus putas narices en una de mis investigaciones...!

Strike caminaba con esfuerzo, con la rodilla dolorida, y la rabia y la frustración aumentaban a cada paso que daba.

Tardó casi una hora en llegar al piso de Robin en Hastings Road, y para entonces tenía todos los datos. Gracias a Carver, sabía que la policía había ido a verla esa noche y que seguramente todavía estarían allí, interrogándola sobre su visita a la casa de Brockbank, que había conducido a una denuncia por abusos sexuales a menores y a la huida de su sospechoso. Habían distribuido fotografías de Brockbank a las patrullas, pero todavía no lo habían detenido.

Strike no había avisado a Robin de que iba para allá. Al doblar la esquina y entrar en Hastings Road tan aprisa como le permitía la cojera, vio, en la penumbra, que todas las ventanas del piso de su ayudante estaban iluminadas. Cuando se acercaba a la puerta, salieron por ella dos policías, inconfundibles pese a ir vestidos de paisano. El ruido de la puerta al cerrarse resonó en el silencio de la calle. Strike se ocultó en las sombras mientras los agentes cruzaban la calzada hacia su coche, hablando en voz baja. Cuando los vio arrancar y marcharse, el detective fue hasta la puerta de la casa y pulsó el timbre.

—Creía que ya habíamos terminado... —dijo Matthew con fastidio al otro lado de la puerta.

Strike supuso que no se había dado cuenta de que podían oírlo, porque cuando abrió, el novio de Robin tenía una sonrisa obsequiosa en los labios que se esfumó en cuanto se dio cuenta de quién era.

—¿Qué quieres?

—Necesito hablar con Robin —dijo Strike.

Matthew titubeó, y todo parecía indicar que le habría encantado no dejar entrar a Strike, pero entonces apareció Linda en el recibidor.

—Oh —dijo al ver a Strike.

El detective la encontró más delgada y mayor que la última vez que la había visto; era lógico, teniendo en cuenta que habían estado a punto de matar a su hija, quien a continuación se había presentado voluntariamente en la casa de un delincuente sexual violento, donde habían vuelto a atacarla. Strike notaba cómo la rabia se acumulaba bajo su diafragma. Si hacía falta, llamaría a Robin a gritos para que bajara a hablar con él en la puerta, pero cuando acababa de tomar esa decisión, ella apareció detrás de Matthew. También parecía más delgada y más pálida. Como solía ocurrirle, la encontró más guapa en persona que como la recordaba cuando no la tenía delante. No obstante, esa constatación no lo hizo mostrarse más amable con ella.

—Oh —dijo Robin, con el mismo tono inexpresivo que su madre.

—Me gustaría hablar contigo un momento —dijo Strike.

—Vale —replicó ella, y dio una sacudida ligeramente desafiante con la cabeza que hizo que su pelo rubio rojizo ondulara alrededor de sus hombros. Miró a su madre y a Matthew, y luego otra vez a Strike—. ¿Vamos a la cocina?

El detective la siguió por el pasillo hasta la cocina, en la que apenas cabía una mesita para dos en un rincón. Una vez dentro, Robin cerró la puerta con cuidado. Ninguno de los dos se sentó. Junto al fregadero había unos platos sucios apilados; por lo visto estaban comiendo pasta cuando había llegado la policía para interrogar a Robin. Por alguna razón, esa señal de que su socia había estado comportándose de forma tan prosaica justo después de provocar el caos avivó la rabia de Strike, que en ese momento combatía con su propósito de no perder los estribos.

—Te dije que no te acercaras a Brockbank.

—Sí —admitió Robin con una voz monótona que lo enfureció aún más—. Ya me acuerdo.

Strike se preguntó si Linda y Matthew estarían escuchando detrás de la puerta. En la cocina dominaba un olor fuerte a ajo y a tomate. Colgado en la pared detrás de Robin había un calendario de la liga inglesa de rugby. El 30 de junio estaba marcado con un círculo grueso, y debajo de la fecha habían escrito «MASHAM - BODA».

—Y, de todas formas, decidiste ir —continuó Strike.

En su imaginación surgían, confusas, visiones de actos violentos, catárticos, como agarrar el cubo de la basura y tirarlo por la ventana, que tenía el cristal empañado. Se quedó muy quieto, con los pies bien afianzados en el linóleo gastado, contemplando el rostro pálido y el gesto de testarudez de Robin.

—No me arrepiento —dijo ella—. Estaba violando...

—Carver está convencido de que te envié yo. Brockbank se ha esfumado. Lo has obligado a esconderse. ¿Cómo te sentirás si decide que a la próxima es mejor cortarla en pedacitos antes de que se le escape?

—¡No se te ocurra responsabilizarme de eso! —protestó Robin subiendo la voz—. ¡Ni se te ocurra! ¡Te recuerdo que tú le pegaste un puñetazo cuando fuiste a arrestarlo! ¡Si no le hubieras agredido, seguramente lo habrían detenido por lo de Brittany!

—Y, por la misma regla de tres, lo que tú hiciste está bien, ¿es eso?

Si se controló y no gritó fue únicamente porque oía a Matthew en el pasillo, a pesar de que el contable intentaba no hacer ruido.

—He impedido que abusen sexualmente de Angel, y si eso es malo...

—Has puesto mi negocio al borde de un puto precipicio —dijo Strike en voz baja, y precisamente por eso Robin se quedó paralizada—. Nos advirtieron que no nos acercáramos a los sospechosos, que no nos metiésemos en la investigación, y tú vas y entras en casa de Brockbank como un elefante en una cacharrería, y él desaparece. La prensa se va a cebar conmigo. Carver les dirá que lo he estropeado todo. Me van a poner verde. Y aunque a ti todo eso te importa una mierda —continuó, con el rostro rígido de rabia—, ¿qué me dices del hecho de que la policía acaba de encontrar una conexión entre la iglesia de Kelsey y la de Brixton que frecuentaba Brockbank?

Robin se quedó helada.

—Pues... Yo no sabía...

—¿Para qué esperar a tener los datos? —continuó Strike, cuyos ojos eran meras sombras por efecto de la intensidad de la luz de la lámpara de techo—. ¿Por qué no entrar por la cara y avisarlo antes de que la policía pudiera detenerlo?

Robin, horrorizada, se quedó muda. De pronto Strike la miraba como si nunca le hubiera tenido simpatía, como si nunca hubiesen compartido ninguna de las experiencias que, para ella, habían constituido un lazo como ningún otro. Se había preparado para verlo dar puñetazos en las paredes y en los armarios, encolerizado, o incluso para...

—Hemos terminado —declaró Strike.

Al detective le produjo cierta satisfacción verla palidecer aún más y percibir el leve respingo que Robin no pudo disimular.

—No lo...

—¿Que no lo digo en serio? ¿Crees que necesito a una socia que no obedece mis instrucciones, que hace lo que le he prohibido explícitamente, que me hace quedar como un broncas y un gilipollas delante de la policía y que se las ingenia para que un sospechoso de asesinato desaparezca delante de las mismísimas narices del cuerpo?

Lo dijo de un tirón, sin respirar, y Robin, que había dado un paso hacia atrás, tiró de la pared el calendario de la liga inglesa de rugby, que cayó al suelo con un susurro de hojas de papel y un golpe sordo que ella no llegó a oír, porque sólo oía el palpitar intenso de sus venas en los oídos. Creyó que se iba a desmayar; se había imaginado a Strike gritándole: «¡Debería despedirte!», pero ni siquiera se había planteado que todo lo que había hecho por él (los peligros, las lesiones, las revelaciones y las inspiraciones, las horas interminables soportando incomodidades y fatigas) pudiera quedar anulado, reducido a algo desdeñable por un solo acto de desobediencia bienintencionada. Ni siquiera conseguía meter suficiente aire en sus pulmones para discutir, porque la expresión de Strike dejaba claro que lo único que podía esperar eran críticas aún más duras de sus actos y una explicación detallada de hasta qué punto la había cagado. El recuerdo de Angel y Alyssa abrazadas en el sofá, y pensar que Angel dejaría de sufrir y que su madre la creía y la apoyaba, había reconfortado a Robin a lo largo de las horas de suspense mientras esperaba a que le cayera este golpe. No se había atrevido a contarle a Strike lo que había hecho. Ahora pensaba que tal vez habría sido mejor confesar.

—¿Qué? —preguntó atontada, porque Strike le había hecho una pregunta. Los ruidos que oía carecían de sentido.

—¿Quién es ese hombre al que te llevaste?

—Eso no es asunto tuyo —respondió ella en voz baja tras un segundo de vacilación.

—Me han dicho que amenazó a Brockbank con una nava... ¡Shanker! —Acababa de ocurrírsele, y en ese instante Robin vio un rastro del Strike al que ella conocía en su rostro, que, enfurecido, volvía a cobrar vida—. ¿Cómo coño conseguiste el número de teléfono de Shanker?

Pero Robin había enmudecido. Lo único que importaba era que la habían despedido. Sabía que Strike no transigía cuando decidía que una relación había llegado a su fin. La que durante dieciséis años había sido su novia no había vuelto a saber nada de él después de que Strike cortara la relación, a pesar de que Charlotte había intentado establecer contacto con él varias veces.

Strike ya se marchaba. Robin lo siguió hasta el recibidor con las piernas agarrotadas; se sentía como un perro apaleado que sigue a su amo con el rabo entre las patas, con la esperanza de que lo perdonen.

—Buenas noches —les dijo Strike a Linda y a Matthew, que estaban en el salón.

—Cormoran —dijo Robin en voz baja.

—Te mandaré el último sueldo —dijo él sin mirarla a la cara—. Fácil y rápido: falta muy grave.

La puerta se cerró detrás de él. Robin oyó las pisadas de sus zapatos, del número 49, por el camino hasta la calle. Jadeó un par de veces y rompió a llorar. Linda y Matthew corrieron al recibidor, pero era demasiado tarde: Robin ya se había encerrado en el dormitorio, incapaz de enfrentarse al alivio y la alegría que ellos sentían porque, al fin, tuviera que abandonar su sueño de ser detective.

56

When life's scorned and damage done
To avenge, this is the pact[66]

Vengeance (The Pact), Blue Öyster Cult

A las cuatro y media de la madrugada Strike estaba despierto y prácticamente no había dormido nada. Le dolía la lengua de lo que había llegado a fumar la noche pasada, sentado a la mesa de formica de su cocina, mientras contemplaba la aniquilación de su negocio y sus perspectivas. No quería ni pensar en Robin. Unas grietas finas, como las que aparecen en una capa de hielo cuando se funde, empezaban a resquebrajar lo que había sido una furia implacable, pero lo que había debajo no estaba mucho menos frío. Entendía el impulso de salvar a la niña (¿quién no iba a entenderlo? ¿Acaso no había dejado inconsciente él a Brockbank de un puñetazo, como Robin había tenido la imprudencia de recordarle, después de ver la grabación de la declaración de Brittany?), pero pensar que había quedado con Shanker sin decirle nada a él, y después de que Carver les advirtiera que no se acercaran a los sospechosos, hizo que la rabia volviera a bullir en sus venas mientras hurgaba en su paquete de cigarrillos y comprobaba que estaba vacío.

Se levantó, cogió las llaves y salió del piso. Todavía llevaba puesto el traje; no se lo había quitado antes de tumbarse en la cama. Estaba saliendo el sol cuando enfiló Charing Cross Road en un amanecer que hacía que todo pareciera polvoriento y frágil, bajo una luz gris llena de sombras pálidas. Compró un paquete de tabaco en una tiendecita de Covent Garden y siguió caminando, fumando y pensando.

Cuando llevaba dos horas deambulando por las calles, Strike decidió cuál sería su siguiente movimiento. Regresó a la agencia, vio a una camarera con vestido negro abriendo las puertas del Caffè Vergnano 1882 de Charing Cross Road, se dio cuenta del hambre que tenía y entró.

La pequeña cafetería olía a madera caliente y a café expreso. Strike se sentó, agradecido, en una silla de madera de roble y se sintió incómodo al darse cuenta de que en las trece horas pasadas había fumado sin parar, dormido con la ropa puesta y comido filete y bebido vino tinto sin lavarse los dientes. El hombre al que veía reflejado en el cristal a su lado iba arrugado y sucio. Procuró no dar a la joven camarera ocasión de olerle el aliento cuando pidió un bocadillo de jamón y queso, una botella de agua y un café solo doble.

La cafetera antigua de cobre que había encima del mostrador se puso en marcha con un silbido, y Strike se quedó ensimismado y buscó en su conciencia una respuesta sincera a una pregunta incómoda.

¿Era mejor que Carver? ¿Estaba planteándose llevar a la práctica una estrategia de alto riesgo porque de verdad la consideraba la única forma de detener al culpable? ¿O se inclinaba por la opción más peligrosa porque sabía que si lo conseguía (si era él quien atrapaba e incriminaba al asesino), su éxito remediaría todo el daño que habían sufrido su reputación y su negocio, y le devolvería la fama de ser quien resolvía los casos cuando fracasaba la Metropolitana? Resumiendo: ¿era necesidad o ego lo que lo impulsaba hacia lo que muchos considerarían una medida temeraria y descabellada?

La camarera le puso el bocadillo y el café delante, y Strike empezó a comer con la mirada ausente de quien está demasiado preocupado para apreciar el sabor de lo que está masticando.

Strike no recordaba ninguna serie de crímenes que hubiera recibido tanta publicidad. La policía debía de estar desbordada de información y pistas por analizar, y el detective habría apostado cualquier cosa a que ninguna conduciría a ese ser hábil y astuto, el verdadero verdugo.

Todavía le quedaba la opción de tratar de hablar con algún superior de Carver, aunque estaba tan mal con la policía que dudaba mucho que le dejaran hablar directamente con algún comisario; y, además, en caso de conflicto de lealtades, éste siempre pondría por delante a sus hombres. Esquivando a Carver no conseguiría reducir la impresión de que trataba de debilitar al jefe de la investigación.

Además, Strike no tenía pruebas, sino sólo una teoría de dónde podía estar la prueba. Si bien existía una posibilidad remota de que alguien de la Metropolitana se tomara lo bastante en serio a Strike como para ir a buscar lo que él le prometería que iba a encontrar, el detective temía que su tardanza pudiera costar otra vida.

Se llevó una sorpresa cuando vio que se había terminado el bocadillo. Como todavía tenía un hambre voraz, pidió otro.

«No —pensó de pronto, con decisión—, tiene que ser así.»

Había que detener cuanto antes a aquel animal. Ya era hora de anticiparse a él, por primera vez. Sin embargo, para acallar su conciencia, para demostrarse a sí mismo que su motivación principal era atrapar al asesino y no obtener la gloria, Strike volvió a sacar su móvil y llamó al inspector Richard Anstis, su conocido más antiguo en las fuerzas del orden. No tenía muy buena relación con Anstis, pero Strike quería estar seguro de que había hecho todo lo posible para permitir que la Metropolitana hiciera el trabajo por él.

Tras una larga pausa, oyó un tono de espera extranjero. No contestaron. Anstis estaba de vacaciones. Strike se planteó si debía dejar un mensaje y al final decidió que no. Dejarle un recado en el buzón de voz a Anstis cuando el inspector no podía hacer nada equivaldría a arruinarle las vacaciones, y por lo que Strike sabía de la mujer y los tres hijos del policía, se las merecía.

Colgó y fue repasando, distraído, sus últimas llamadas. Carver no le había dejado su número. Un poco más abajo aparecía el nombre de Robin. Verlo le produjo a Strike, cansado y abatido, una punzada de dolor, porque estaba furioso con ella y, al mismo tiempo, se moría de ganas de hablar con ella. Dejó el móvil encima de la mesa con decisión, metió una mano en el bolsillo interior de su chaqueta y sacó un bolígrafo y un bloc.

Mientras se comía el segundo bocadillo a la misma velocidad que el primero, Strike empezó a redactar una lista.

1) Escribir a Carver.

Eso era, en parte, otra forma de acallar su conciencia y, en parte, lo que en general calificaba como «cubrirse el culo». Dudaba mucho que un correo electrónico consiguiera encontrar el camino que llevaba hasta Carver, cuya dirección personal él no tenía, en medio del sunami de avisos que debía de estar invadiendo Scotland Yard. La gente estaba predispuesta culturalmente a tomarse en serio una carta escrita con papel y bolígrafo, sobre todo si tenía que firmar para que se la entregaran: una carta a la antigua usanza, para entregar en mano, seguro que llegaba hasta la mesa de Carver. De ese modo, Strike habría dejado un rastro, igual que había hecho el asesino, que demostraría claramente que había intentado por todos los medios posibles comunicar a Carver cómo podía detener al criminal. Eso resultaría útil, probablemente, el día que coincidieran todos en el juzgado, lo que Strike no tenía ninguna duda de que sucedería independientemente de que el plan que había tramado paseando al amanecer por un Covent Garden adormilado tuviera éxito o no.

2) Bote de gas (¿propano?)
3) Chaleco reflectante
4) Mujer (¿quién?)

Hizo una pausa y debatió consigo mismo mientras contemplaba la hoja con el ceño fruncido. Después de darle muchas vueltas, escribió a regañadientes:

5) Shanker

Eso significaba que el siguiente punto tenía que ser:

6) Quinientas libras (¿de dónde?)

Y por último, tras un minuto más de reflexión:

7) Poner anuncio sustituta Robin.

57

Pasaron cuatro días. Al principio, aturdida y sumida en una tristeza profunda, Robin no perdió la esperanza y hasta creyó que Strike la llamaría, que se arrepentiría de lo que le había dicho, que se daría cuenta del error que había cometido. Linda se había marchado; se había mostrado muy cariñosa y le había dado su apoyo en todo momento, pero Robin sospechaba que en el fondo se alegraba de que la relación de su hija con el detective hubiera terminado.

Matthew había adoptado una actitud plenamente solidaria ante la desgracia de Robin. Decía que Strike no sabía la suerte que había tenido. Le enumeró a su novia todo lo que había hecho por el detective, dejando claro que lo más importante había sido aceptar un sueldo irrisorio a cambio de un horario irracional. Le recordó que su condición de socia de la agencia no había sido más que un espejismo, y repasó todas las pruebas de que Strike no le tenía respeto: no había actualizado su contrato para nombrarla socia de la agencia, no le había remunerado las horas extras, siempre le tocaba a ella preparar el té y bajar a la calle a comprar bocadillos.

Una semana antes, Robin habría defendido a Strike de todas esas acusaciones. Habría expuesto que su trabajo exigía un horario prolongado; que cuando el negocio estaba luchando por salir a flote no era el momento más indicado para pedir un aumento de sueldo; que Strike preparaba tazas de té con la misma frecuencia que ella. Habría podido añadir que su jefe había invertido un dinero que no le sobraba para que Robin hiciera un curso de vigilancia y contravigilancia, y que no habría sido razonable que él, como socio mayoritario, único accionista y miembro fundador de la agencia, la hubiera colocado a ella en condiciones legales absolutamente equiparables a las suyas.

Pero no dijo nada de todo eso, porque las últimas palabras que le había dirigido Strike la acompañaban día tras día, como el sonido de los latidos de su corazón: falta muy grave. Recordar la expresión de Strike en aquel instante final la ayudaba a fingir que ella veía las cosas exactamente igual que Matthew; que su emoción dominante era la rabia; que podría reemplazar sin ningún problema el empleo que lo había significado todo para ella; que Strike no tenía integridad ni moral si no entendía que la seguridad de Angel importaba más que cualquier otra consideración. Robin no tenía voluntad ni energía para señalar que Matthew había cambiado radicalmente de opinión en el último momento, porque al principio, al enterarse de que Robin había ido a casa de Brockbank, se había puesto furioso.

A medida que pasaban los días sin que Strike diera señales de vida, Robin empezó a sentir una presión sutil por parte de su novio para que aparentara que la perspectiva de la boda, que iba a celebrarse el sábado siguiente, no sólo la compensaba por su reciente despido, sino que ocupaba su pensamiento por completo. Tener que fingir entusiasmo cuando Matthew estaba presente hacía que Robin se alegrara de quedarse sola durante el día, mientras su novio estaba en el trabajo. Todas las noches, antes de que él llegara a casa, borraba el historial de búsqueda de su ordenador para que no viera que se pasaba el día buscando noticias del destripador de Shacklewell en internet y, de vez en cuando, también buscaba a Strike en Google.

El día antes del acordado por Matthew y Robin para marcharse a Masham, él llegó a casa con un ejemplar del *Sun*, que no era el periódico que solía leer.

—¿Cómo es que has comprado eso?

Matthew titubeó antes de contestar, y Robin sintió una súbita aprensión.

—No me digas que ha habido otro...

Pero no, ella ya sabía que no había habido más asesinatos: llevaba todo el día siguiendo las noticias.

Matthew abrió el periódico, pasó unas cuantas páginas, lo dobló y se lo dio; la expresión de su cara era difícil de interpretar. Robin se encontró ante una fotografía suya en la que caminaba cabizbaja, con su gabardina, saliendo del juzgado tras declarar en el sonado juicio por el asesinato de Owen Quine. Incrustadas en la fotografía había otras dos de menor tamaño: una de Strike, con cara de resacoso, y otra de la espectacular modelo a cuyo asesino habían descubierto trabajando juntos. Bajo la fotografía a doble página, el artículo rezaba:

EL DETECTIVE DEL CASO LANDRY
BUSCA NUEVA SECRETARIA PARA TODO

Cormoran Strike, el detective que resolvió los casos de asesinato de la supermodelo Lula Landry y del escritor Owen Quine, ha partido peras con su atractiva ayudante Robin Ellacott, de veintiséis años.

El detective ha publicado en internet un anuncio para cubrir el puesto: «Si tienes experiencia en el campo de la investigación policial o militar y te gustaría...»

Había unos cuantos párrafos más, pero Robin no se sintió capaz de leerlos. En cambio, se fijó en la firma de Dominic Culpepper, un periodista a quien Strike conocía personalmente. Lo más probable era que el detective hubiera llamado a su amigo, que siempre estaba dándole la lata para que le contara alguna historia, y se lo había comentado para asegurarse de que su necesidad de una nueva ayudante recibiera una amplia cobertura.

Robin había creído que era imposible sentirse peor, pero en ese momento descubrió que se había equivocado. La habían despedido, sí, después de todo lo que había llegado a hacer por Strike. Había sido una secretaria para todo, un elemento desechable, una «ayudante» (nada de socia, nada de igual), y Strike ya estaba buscando a alguien con experiencia policial o militar: una persona disciplinada que supiera acatar órdenes.

La ira se apoderó de ella, y todo se volvió borroso: el recibidor, el periódico, Matthew allí plantado tratando de parecer solidario; y Robin tuvo que hacer un esfuerzo enorme para dominarse y no ir corriendo al salón, donde tenía el móvil cargándose en una mesita, y llamar a Strike. Había estado a punto de hacerlo muchas veces en los cuatro últimos días, pero siempre para pedirle, o mejor dicho suplicarle, que reconsiderara su decisión.

Pero ya no. Ahora quería gritarle, insultarlo, acusarlo de ingratitud, hipocresía, falta de honor...

Miró a Matthew con lágrimas en los ojos, y, antes de que él rectificara su expresión, comprendió que su novio se alegraba de que Strike hubiera cometido aquel fallo estrepitoso. Se dio cuenta de que Matthew se moría de ganas de enseñarle el periódico. El suplicio de Robin no era nada comparado con la alegría que sentía él de que ya no trabajara para Strike.

Se dio la vuelta y se dirigió a la cocina, decidida a no gritarle a Matthew. Si discutían, Strike podría anotarse otro triunfo. Robin se negaba a dejar que su exjefe enturbiara su relación con el hombre con el que tenía que... el hombre con el que quería casarse al cabo de tres días. Al volcar torpemente una cazuela de espagueti en un colador, a Robin le salpicó el agua hirviendo, y soltó un taco.

—¿Otra vez pasta? —preguntó Matthew.

—Sí —dijo Robin con frialdad—. ¿Pasa algo?

—No, claro que no. —Matthew se le acercó por detrás y la abrazó por la cintura—. Te quiero —le dijo hundiendo la cara en su pelo.

—Yo también —contestó Robin de forma mecánica.

Habían cargado en el Land Rover todo lo que iban a necesitar para su estancia en Masham, para la noche de bodas en el Swinton Park Hotel y para la luna de miel «en un sitio alucinante», que era lo único que Robin sabía del destino. Salieron de casa a las diez de la mañana, bajo un sol intenso, ambos con camisetas de manga corta. Al meterse en el coche, Robin se acordó de aquella neblinosa mañana de abril en que ella se había largado y de Matthew corriendo detrás del coche, y de que estaba desesperada por huir de allí y reunirse con Strike.

Robin conducía mucho mejor que Matthew, pero cuando iban a algún sitio juntos, siempre se ponía él al volante. Matthew entró en la M1 cantando *Never Gonna Leave Your Side*, de Daniel Bedingfield. Era una canción antigua, del año en que los dos habían empezado la carrera.

—¿Te importa no cantar eso? —dijo Robin de pronto; no lo soportaba ni un segundo más.

—Lo siento —dijo él, sorprendido—. Me parecía una canción apropiada.

—A lo mejor a ti te trae buenos recuerdos —Robin torció la cabeza y se quedó mirando por la ventanilla—, pero a mí no.

Vio, con el rabillo del ojo, que Matthew la miraba de soslayo y luego volvía a centrar la atención en la carretera. Al cabo de un par de kilómetros, lamentó haber hecho aquel comentario.

—Pero eso no quiere decir que no puedas cantar otra cosa.

—No importa —repuso él.

La temperatura había descendido un poco para cuando llegaron a la estación de servicio de Donington Park, donde pararon a tomar café. Robin colgó su cazadora en el respaldo de la silla y fue al lavabo de señoras. Matthew se desperezó, y la camiseta se le salió de dentro del pantalón y reveló unos centímetros de vientre liso que atrajeron la atención de la chica que atendía la barra del Costa Coffee. Satisfecho con la vida y consigo mismo, sonrió y le guiñó un ojo. La chica se sonrojó, rió un poco y miró a su compañera, que lo había visto todo.

El móvil de Robin sonó dentro del bolsillo de la cazadora. Matthew supuso que sería Linda, que quería saber cuánto tardarían en llegar; con gesto perezoso, y consciente de que las chicas lo miraban, estiró un brazo y sacó el teléfono del bolsillo de Robin.

Era Strike.

Matthew se quedó mirando el teléfono, que seguía sonando, como si sin querer hubiera cogido una tarántula. El teléfono siguió sonando y vibrando en su mano. Miró alrededor: Robin todavía no había salido del servicio. Contestó la llamada, pero la cortó inmediatamente. En la pantalla apareció el mensaje «Corm llamada perdida».

El muy cabrón quería recuperar a Robin, Matthew estaba seguro. Strike había tenido cinco largos días para darse cuenta de que jamás encontraría a nadie mejor que ella. Tal vez hubiera empezado a entrevistar a candidatas al puesto y no hubiera visto a nadie que se le acercara, o tal vez todas se hubieran reído en sus narices al enterarse del sueldo miserable que les ofrecía.

Volvió a sonar el teléfono. Era Strike otra vez, tratando de asegurarse de que Robin había colgado deliberadamente, y no por error. Matthew se quedó mirando la pantalla, incapaz de decidirse. No se atrevía a contestar de parte de Robin ni a mandar a Strike a la mierda. Conocía al detective: seguiría llamando hasta que consiguiera hablar con Robin.

Saltó el contestador automático. Entonces Matthew cayó en la cuenta de que lo peor que podía pasar era que Strike dejara grabado un mensaje de disculpa: entonces Robin podría escucharlo una y otra vez, y al final, aunque sólo fuera por desgaste, se ablandaría...

Levantó la cabeza: Robin acababa de salir del servicio. Se levantó con el teléfono en la mano y fingió estar hablando.

—Es mi padre —mintió tapando el micrófono y rezando para que Strike no volviera a llamar mientras hablaba con Robin—. El mío se ha quedado sin batería... Oye, dime tu contraseña. Necesito consultar un dato de los vuelos de la luna de miel. Es para dárselo a mi padre...

Robin se la dio.

—Ahora vengo, no quiero que oigas nada del viaje —dijo Matthew, y se alejó de ella, un poco arrepentido pero también orgulloso de su astucia.

Se metió en el lavabo de caballeros y encendió el teléfono de Robin. Para eliminar el rastro de las llamadas de Strike necesitaba borrar todo el historial de llamadas, y así lo hizo. Entonces llamó al buzón de voz, escuchó el mensaje que había grabado Strike y también lo borró. Por último, entró en el menú de configuración y bloqueó a Strike.

Inspiró hondo y se miró en el espejo. En su mensaje, Strike había dicho que si Robin no le devolvía la llamada, él no volvería a molestarla. Faltaban cuarenta y ocho horas para la boda, y Matthew, nervioso y desafiante, confiaba en que Strike cumpliera su palabra.

58

Deadline[68]

Tenía los nervios de punta; estaba convencido de que acababa de cometer una estupidez. El metro avanzaba hacia el sur y él tenía los nudillos blancos de lo fuerte que asía la agarradera. Detrás de las gafas de sol, sus ojos hinchados y enrojecidos escudriñaban los letreros de las estaciones.

La estridente voz de la Cosa seguía atravesándole los tímpanos.

«No te creo. Si tienes un trabajo con horario de noche, ¿dónde está el dinero? No, quiero hablar contigo. No, no quiero que vuelvas a salir.»

La había pegado. No debería haberlo hecho, y lo sabía, ahora lo perseguía la imagen del rostro horrorizado de la Cosa: los ojos muy abiertos, la mano sobre la mejilla, en la que rápidamente había aparecido la huella de sus dedos, roja sobre la piel blanca.

La culpa la tenía la Cosa. Llevaba dos semanas insoportable, incordiándolo cada vez más, y él no había podido controlarse. Había llegado a casa con tinta roja en los ojos y había fingido padecer una reacción alérgica, pero la Cosa, la muy zorra, no le había mostrado ni pizca de cariño. Se había limitado a quejarse de que hubiera vuelto a marcharse, y, por primera vez, a preguntarle dónde estaba el dinero que, según él, estaba ganando. Últimamente no había tenido tiempo para organizar muchos robos con los chicos, porque dedicaba casi todo su tiempo a la caza.

La Cosa había llevado a casa un periódico donde aparecía una noticia en la que se comentaba la probabilidad de que el destripador de Shacklewell tuviera manchas de tinta roja alrededor de los ojos.

Él había quemado el periódico en el jardín, pero no había podido evitar que ella leyera la noticia en otro sitio. Dos días atrás le había parecido sorprenderla observándolo con una expresión rara. No era tan estúpida; ¿estaría empezando a hacerse preguntas? Esa preocupación no iba a sentarle nada bien después de que su intento con la Secretaria lo hubiera dejado casi humillado.

No tenía sentido seguir persiguiendo a la Secretaria, porque había dejado a Strike para siempre. Había leído la historia en internet, en el cibercafé al que a veces iba a pasar una horita, sólo para descansar de la Cosa. Lo consolaba un poco pensar que su machete la había espantado, y que llevaría para siempre la larga cicatriz de la herida que le había hecho en el antebrazo, pero con eso no bastaba.

El propósito de tantos meses de planificación meticulosa había sido involucrar a Strike en un asesinato, cubrirlo de sospecha. Primero, mezclarlo en la muerte de aquella imbécil que quería que le cortaran una pierna, para que la policía se le echara encima y la opinión pública, tan idiota como siempre, creyera que el detective había tenido algo que ver. Luego, asesinar a su secretaria. A ver si salía sin tacha de ésa y a ver si después podía seguir siendo el famoso detective.

Pero el muy hijo de puta seguía librándose una y otra vez. En los periódicos no habían mencionado las cartas; la que él había enviado, con tanto cuidado, como si la hubiera escrito a Kelsey y que debería haber convertido a Strike en el sospechoso principal. Además, la prensa había actuado en connivencia con el muy cabrón al no revelar el nombre de la Secretaria y no establecer la relación entre ella y Strike.

Quizá lo más sensato fuera parar... Sólo que no podía. Había llegado demasiado lejos. Nunca había planeado nada con tanto detalle como la ruina de Strike. Aquel lisiado asqueroso ya había publicado un anuncio para sustituir a la Secretaria, y uno no hacía eso si pensaba cerrar el negocio.

Al menos estaba contento de una cosa: ya no parecía que hubiera presencia policial en Denmark Street. Habían retirado a los agentes de paisano. Seguramente consideraban que ya no hacían falta ahora que la Secretaria se había marchado.

Tal vez no debería haber regresado a la oficina de Strike, pero abrigaba esperanzas de ver a la Secretaria, asustada, salir de allí con una caja de cartón en las manos, o quizá a Strike, abatido, derrotado. Pero no; poco después de instalarse en un puesto de observación bien disimulado desde donde podía vigilar la calle, el hijo de puta había aparecido caminando tan tranquilo por Charing Cross Road, aparentemente impertérrito y acompañado de una mujer despampanante.

La chica debía de ser una trabajadora temporal, pues Strike no había tenido tiempo de entrevistar y contratar a una sustituta fija. Era evidente que el pez gordo necesitaba a alguien que le abriera el correo. Llevaba unos tacones que no tenían nada que envidiar a los de aquella fulana miserable, y caminaba contoneándose y luciendo su bonito trasero. Las negras le gustaban, siempre le habían gustado. De hecho, si hubiera podido elegir, habría escogido a una chica parecida a ésa antes que a la Secretaria.

Ésa no había hecho ningún cursillo de vigilancia, eso era evidente. Él había observado la oficina de Strike toda la mañana nada más ver a la chica, la había visto bajar e ir corriendo a la oficina de correos y volver, casi siempre hablando por teléfono, ajena a su entorno, tan ocupada colocándose bien la melena que no podía mantener el contacto visual con nadie mucho rato; se le caían las llaves, hablaba a voz en grito por el móvil o con cualquiera con quien se cruzara por casualidad. A la una en punto se había metido detrás de ella en la tienda de sándwiches y la había oído hacer planes para ir a Corsica Studios al día siguiente por la noche.

Él sabía qué era Corsica Studios. Sabía dónde estaba. Sintió un escalofrío de emoción: tuvo que darle la espalda, fingir que miraba por la ventana, porque pensó que la expresión de su cara lo delataría ante todos. Si la liquidaba mientras todavía trabajaba para Strike, habría logrado su objetivo: el detective estaría relacionado con el descuartizamiento de dos mujeres y nadie, ni la policía ni la opinión pública, volvería a confiar en él jamás.

Además, sería muy fácil. Pillar a la Secretaria había sido una auténtica pesadilla: siempre estaba alerta, muy atenta; todas las noches volvía a casa junto a su atractivo novio por calles concurridas y bien iluminadas, pero la Temporal se le estaba ofreciendo en bandeja. Tras comentar a toda la tienda de sándwiches dónde había quedado con sus amigos, había vuelto a la oficina contoneándose con sus zapatos de tacón de metacrilato y por el camino se le habían caído los bocadillos que le había comprado a Strike. Cuando se agachó para recogerlos, él se fijó en que no llevaba alianza ni anillo de compromiso en el dedo. Le había costado mucho disimular su júbilo cuando se largó, y empezó a formular su plan.

Si no hubiera pegado a la Cosa, ahora se sentiría estupendamente, emocionado, eufórico. Pero aquella bofetada no había sido una forma prometedora de empezar la noche: era lógico que estuviera nervioso. No había tenido tiempo para quedarse en casa y tranquilizarla con cuatro carantoñas: se había marchado sin más, decidido a encontrar a la Temporal, pero todavía estaba inquieto... ¿Y si la Cosa llamaba a la policía?

No, no llamaría. Sólo había sido un bofetón. Estaba enamorada de él, no paraba de repetirlo. Cuando alguien te quería, te lo perdonaba todo, hasta un puto asesinato.

Notó un cosquilleo en la nuca y torció la cabeza con la descabellada sospecha de que vería a Strike mirándolo desde el fondo del vagón, pero allí no había nadie que se pareciera ni remotamente a aquel desgraciado, sólo unos cuantos tipos desaliñados. Uno de ellos, que tenía una cicatriz en la cara y un diente de oro, sí lo miraba, pero cuando él le devolvió la mirada con los ojos entornados, ocultos detrás de las gafas de sol, el otro dejó de observarlo y siguió entreteniéndose con su móvil.

Quizá debiera llamar a la Cosa cuando saliese del metro, antes de dirigirse a Corsica Studios, y decirle que la quería.

59

With threats of gas and rose motif[69]

Before the Kiss, Blue Öyster Cult

Strike estaba semiescondido, a la sombra, con el móvil en la mano, esperando. En el hondo bolsillo de la cazadora de segunda mano, demasiado gruesa para ese anochecer cálido de junio, llevaba escondido un bulto pesado, un objeto que había hecho bien en llevarse. Habría preferido hacer lo que había planeado a oscuras, pero el sol no tenía ninguna prisa por descender detrás de los tejados variopintos que veía desde su escondite.

Sabía que debería estar únicamente concentrado en el peligroso asunto que lo tenía ocupado esa noche, pero sus pensamientos seguían desviándose hacia Robin. No le había devuelto la llamada. Él se había marcado un límite a sí mismo: «Si no me ha llamado esta noche, es que no me va a llamar.» Iba a casarse con Matthew en Yorkshire al día siguiente, a las doce del mediodía, y Strike estaba convencido de que eso constituía una línea roja definitiva. Si no contactaba con él antes de que le pusieran ese anillo en el dedo, era poco probable que volvieran a hablar nunca más. La presencia, incómoda y ruidosa, de la mujer con quien había compartido su oficina los últimos días parecía calculada para que el detective se diera cuenta, pese a la belleza deslumbrante de la sustituta, de lo que había perdido.

Hacia el oeste, el cielo sobre los tejados se teñía de colores intensos que recordaban a las alas de aves tropicales: rojo, naranja, e incluso algunas pinceladas verdes. Detrás de ese espectáculo vistoso se extendía una franja de violeta pálido donde empezaban a distinguirse algunas estrellas. Se acercaba la hora de ponerse en marcha.

A Strike le vibró el teléfono; miró la pantalla y leyó un mensaje. Fue como si Shanker le hubiera leído el pensamiento:

¿Una birra mañana?

Habían acordado un código. Si todo aquello acababa en los tribunales, lo que Strike consideraba sumamente probable, su intención era mantener a Shanker alejado del estrado. No podía haber mensajes incriminatorios entre ellos esa noche. «Una birra mañana» significaba «Está en la discoteca».

Strike volvió a guardarse el móvil en el bolsillo, salió de su escondite y atravesó a oscuras el aparcamiento que había justo debajo del piso vacío de Donald Laing. El edificio Strata, enorme y negro, lo contemplaba desde su gran altura; en sus irregulares ventanas se reflejaban los últimos restos de luz sangrienta.

Los balcones delanteros de Wollaston Close estaban protegidos con unas redes finas para impedir que los pájaros se posaran en ellos y se colaran por las puertas y ventanas abiertas. Strike dio un rodeo hasta la puerta lateral, que con anterioridad había dejado abierta poniendo una cuña después de que por ella saliera un grupo de chicas adolescentes. Nadie le había estropeado el truco. La gente pensaba que alguien quería que la puerta permaneciera abierta porque necesitaba tener las manos libres, y no se arriesgaba a provocar su ira. En aquel barrio, un vecino cabreado podía resultar tan peligroso como un intruso, con el agravante de que después tenías que convivir con él.

Mientras subía la escalera, Strike se quitó la cazadora; debajo llevaba un chaleco reflectante. Sujetó la primera prenda de modo que ocultara el bote de propano que había dentro y siguió subiendo hasta llegar al balcón del piso de Laing.

Había luces encendidas en las viviendas que compartían el balcón. Era una noche cálida de verano y los vecinos de Laing habían abierto las ventanas; por ellas salían sus voces y el sonido de sus televisores. Strike pasó de largo sin hacer ruido hacia el piso vacío y a oscuras del final. Delante de la puerta que tantas veces había vigilado desde el aparcamiento, se pasó el bote de gas envuelto en la cazadora al pliegue del codo del brazo izquierdo y sacó del bolsillo, primero, un par de guantes de látex, que se puso, y luego un surtido de herramientas, algunas de Strike, pero muchas prestadas por Shanker para la ocasión. Entre ellas había una llave maestra, dos juegos de ganzúas y diversos tensores.

Strike se puso a trabajar en las dos cerraduras de la puerta del piso de Laing, mientras una voz de mujer con acento norteamericano salía flotando por la ventana del piso de al lado y se perdía en la noche.

—Una cosa es la ley y otra cosa es lo que está bien. Yo voy a hacer lo que está bien.

—¿Qué no daría yo por tirarme a Jessica Alba? —preguntó una voz masculina, embriagada, y se oyeron las risas de aprobación de lo que parecían otros dos varones.

—Venga, cabrona —masculló Strike peleándose con la más baja de las dos cerraduras y, al mismo tiempo, sujetando con fuerza el bote de propano—. Muévete... muévete...

La cerradura se accionó con un fuerte clic. Strike empujó la puerta.

Tal como había imaginado, el piso olía mal. El detective no alcanzó a ver gran cosa de lo que parecía una habitación ruinosa y sin muebles. Necesitaba correr las cortinas antes de encender las luces. Se volvió hacia la izquierda y enseguida chocó contra algo que parecía una caja. Un objeto pesado cayó de encima y provocó un estruendo al chocar contra el suelo.

«Mierda.»

—¡Eh! —gritó una voz al otro lado de una pared endeble—. ¿Eres tú, Donnie?

Strike volvió a toda prisa a la puerta y palpó desesperadamente la pared junto a la jamba hasta dar con el interruptor de la luz. Cuando de pronto se iluminó, la habitación resultó no contener nada salvo un colchón de matrimonio viejo y manchado y una caja naranja sobre la que estaba colocada la base del iPod antes de caer al suelo.

—¿Donnie? —preguntó la voz, que ahora provenía del balcón exterior.

El detective sacó el bote de propano, abrió la válvula y se apresuró a meterlo bajo la caja naranja. Fuera, en el balcón, se oyeron unos pasos, y a continuación llamaron a la puerta con los nudillos. Strike abrió.

Un tipo con granos y el pelo grasiento lo miró como a través de una neblina. Era evidente que estaba drogado, y llevaba una lata de John Smith en una mano.

—Joder —dijo medio atontado, olfateando el aire—. ¿Qué coño es este olor?

—Gas —contestó Strike con su chaleco reflectante, interpretando a un empleado antipático de la compañía del gas—. Nos han avisado los de arriba. Por lo visto viene de aquí.

—Su puta madre —dijo el vecino, que parecía mareado—. No vamos a saltar por los aires, ¿verdad?

—Eso es lo que he venido a averiguar —contestó Strike con tono sentencioso—. No tendrá ninguna llama encendida en el piso de al lado, ¿verdad? Ni estará fumando, ¿no?

—Voy a asegurarme —dijo el vecino, que de pronto parecía aterrorizado.

—Bien. Quizá tenga que ir a revisar su piso cuando haya terminado aquí —dijo Strike—. Estoy esperando refuerzos.

Se arrepintió de haber usado esa expresión nada más pronunciarla, pero a su nuevo amigo no pareció extrañarle que el operario empleara ese lenguaje. Cuando se dio la vuelta, Strike le preguntó:

—¿El propietario se llama Donnie?

—Sí, Donnie Laing —confirmó el vecino, nervioso y claramente impaciente por ir a esconder su alijo y apagar todas las llamas que tenía encendidas—. Me debe cuarenta libras.

—En eso no puedo ayudarlo, lo siento —repuso Strike.

El tipo se marchó a toda prisa.

Strike cerró la puerta y dio gracias a su buena estrella de que se le hubiera ocurrido pensarse una excusa. Sólo faltaba que ahora avisaran a la policía, antes de que él pudiera demostrar nada...

Levantó la caja naranja, cerró la válvula del bote de propano y puso el iPod en su base, encima de la caja. Cuando se disponía a adentrarse en el piso se le ocurrió una cosa y volvió a donde estaba el iPod. Pulsó con el dedo índice, enfundado en el guante de látex, la pantalla diminuta, que se iluminó, y apareció el título *Hot Rails to Hell*. Era una canción de Blue Öyster Cult, como Strike sabía muy bien.

60

Vengeance (The Pact)[70]

La discoteca era un hormiguero de gente. Ocupaba dos arcos bajo lo que en otros tiempos había sido un puente de ferrocarril, parecido al que había delante de su edificio, y en ella reinaba un ambiente subterráneo, realzado por el techo abovedado de chapa de zinc. Un proyector lanzaba rayos de luz psicodélica que iluminaban los resaltos de metal. El volumen de la música era ensordecedor.

No se habían mostrado entusiasmados de dejarlo entrar. Había tenido que imponerse a los porteros: por un instante había temido que lo cachearan, y llevaba los cuchillos escondidos en la cazadora.

Parecía mayor que toda la gente a la que veía, y eso no le hizo ninguna gracia. La culpa era de la artritis psoriásica, que le había dejado la cara picada e hinchada por los esteroides. Los músculos que tenía en su época de boxeador se habían convertido en grasa. En Chipre ligaba con facilidad, pero ya no. Sabía que no tenía ninguna posibilidad con ninguna de aquellas zorrillas alegres, cientos de ellas, apelotonadas bajo la bola de espejos. No había casi ninguna que vistiera como él consideraba que debía vestirse una chica para ir a la discoteca. Muchas llevaban vaqueros y camiseta, como vulgares lesbianas.

¿Dónde estaba la empleada temporal de Strike, con su hermoso trasero y su deliciosa falta de atención? Allí no había muchas mujeres negras y altas; en teoría debería ser fácil encontrarla, y sin embargo había mirado en la barra y en la pista de baile y no había visto ni rastro de ella. Le había parecido providencial que la chica mencionara aquella discoteca tan cerca de su piso; significaba que había recuperado su estatus divino, que el universo volvía a organizarse para beneficiarlo; pero ese sentimiento de invencibilidad había sido fugaz, porque la pelea con la Cosa había hecho que se desvaneciera casi por completo.

La música retumbaba en su cabeza. Habría preferido estar en casa, escuchando a Blue Öyster Cult y masturbándose con sus reliquias, pero le había oído decir a aquella tía que iba a estar allí... Mierda, había tanta gente que habría podido pegarse a ella y apuñalarla sin que nadie viera nada ni la oyera gritar. ¿Dónde se había metido la muy asquerosa?

El gilipollas de la camiseta de Wild Flag lo había empujado tantas veces que se moría de ganas de arrearle una patada, pero se abrió paso a codazos para salir de la zona de la barra y fue a mirar otra vez en la pista de baile.

Los parpadeos de las luces recorrían una alfombra oscilante de brazos y caras sudorosas. Un destello dorado... Una sonrisa torcida... Unos labios con una cicatriz...

Se abrió camino a través de los curiosos, sin importarle a cuántas fulanas empujaba.

Al tipo de la cicatriz lo había visto en el metro. Se fijó bien y le pareció que buscaba a alguien: estaba de puntillas y miraba alrededor.

Notó que pasaba algo raro. Algo sospechoso. Dobló un poco las rodillas para mezclarse mejor con el gentío y se dirigió hacia una salida de emergencia.

—Lo siento, amigo, tienes que salir por...

—Vete a la mierda.

Antes de que pudieran impedírselo, había empujado hacia abajo la barra de la puerta cortafuegos y se había precipitado a la calle, donde ya había anochecido. Corrió pegado a la fachada del edificio y dobló la esquina; se detuvo, respiró hondo y analizó sus opciones.

«No pasa nada —se dijo—. No pasa nada. Nadie tiene ninguna prueba contra ti.»

Pero ¿era cierto?

De todas las discotecas que la chica podía haber mencionado, había escogido una que estaba a dos minutos de su casa. ¿Y si aquello no había sido un regalo de los dioses, sino otra cosa completamente diferente? ¿Y si alguien estaba intentando tenderle una trampa?

No. No podía ser. Strike había conseguido que la pasma fuera a verlo, y no les había interesado. No pasaba nada. Seguro. No había nada que lo relacionara con ninguna de las chicas...

Sólo que al tipo aquél de la cicatriz en la cara lo había visto en el metro, y lo había cogido en Finchley. Las posibles implicaciones de eso entorpecieron temporalmente su capacidad de pensar. Si alguien estaba siguiendo no a Donald Laing sino a otra persona que no tenía nada que ver con él, estaba bien jodido.

Echó a andar, y de vez en cuando corría un poco. En realidad, ya no necesitaba las muletas, ese accesorio de atrezo tan útil, salvo para dar pena a las mujeres ingenuas, engañar a los funcionarios de los Servicios Sociales y, por supuesto, mantener su tapadera de hombre demasiado enfermo e inválido para hacerle daño a la pequeña Kelsey Platt. La artritis se le había curado años atrás, aunque había servido para proporcionarle unos pequeños ingresos y no perder el piso de Wollaston Close.

Atravesó corriendo el aparcamiento y miró las ventanas de su piso. Las cortinas estaban corridas. Habría jurado que las había dejado descorridas.

61

And now the time has come at last
To crush the motif of the rose[71]

Before the Kiss, Blue Öyster Cult

La bombilla del único dormitorio estaba fundida. Strike encendió la pequeña linterna que había llevado y avanzó despacio hacia el único mueble, un armario de pino barato. La puerta chirrió al abrirse.

El interior estaba empapelado con artículos de periódico que hablaban del destripador de Shacklewell. Colgada por encima de todos ellos había una fotografía impresa en una hoja de papel A4, seguramente sacada de internet. Era de la madre de Strike, joven, desnuda, con los brazos sobre la cabeza, la larga nube de pelo negro sin llegar a taparle los pechos, que exhibía con orgullo, un arco de tipografía caligráfica claramente visible sobre el negro triángulo de vello púbico: «*Mistress of the Salmon Salt.*»

Miró hacia abajo y vio, en el suelo del armario, un montón de revistas de pornografía dura junto a una bolsa de basura negra. Se colocó la linterna debajo del brazo y, con los guantes de látex puestos, abrió la bolsa. Dentro había una pequeña selección de ropa interior femenina; algunas prendas tenían sangre reseca y marrón y estaban rígidas. En el fondo de la bolsa sus dedos se cerraron alrededor de una cadena fina y un pendiente de aro. Un colgante con forma de corazón brilló al alumbrarlo la linterna. En el pendiente había un poco de sangre seca.

Strike volvió a ponerlo todo en el fondo de la bolsa, cerró la puerta del armario y fue hasta la minicocina, que sin duda era la fuente del olor a podrido que dominaba en todo el piso.

En el apartamento de al lado habían subido el volumen del televisor. A través de la pared, que era muy delgada, se oyó una ráfaga larga de disparos, y luego una risa de drogata amortiguada.

Junto al hervidor había un tarro de café instantáneo, una botella de Bell's, un espejo de aumento y una maquinilla de afeitar. El horno tenía una capa gruesa de grasa y polvo, y daba la impresión de que hacía mucho que no se utilizaba. Habían limpiado la puerta de la nevera con un trapo sucio que había dejado unas estelas rosadas. Strike acababa de asir el tirador cuando le vibró el móvil en el bolsillo.

Era Shanker. Habían acordado no llamarse y sólo enviarse mensajes de texto.

—Me cago en la puta, Shanker —dijo Strike llevándose el teléfono a la oreja—. ¿No te he dicho que...?

Oyó la respiración detrás de él justo un segundo antes de que un machete hendiera el aire camino de su cuello. Strike se lanzó hacia un lado, el móvil se le soltó de la mano y resbaló en el suelo sucio. En el momento de caer, la hoja del machete le hizo un corte en la oreja. Una sombra voluminosa enarboló de nuevo el arma para atacar a Strike cuando éste se levantó del suelo. El detective le dio una patada en la entrepierna, y el agresor gruñó de dolor, dio un par de pasos hacia atrás y blandió el cuchillo una vez más.

Strike se puso de rodillas como pudo y le pegó un fuerte puñetazo en los huevos al criminal. El machete resbaló de los dedos de Laing y le cayó en la espalda a Strike, que gritó de dolor, pero, al mismo tiempo, consiguió abrazarlo por las rodillas y lo derribó. El escocés se golpeó la cabeza en la puerta del horno, pero sus gruesos dedos buscaban el cuello de Strike. El detective intentó arrearle un puñetazo, pero Laing lo tenía inmovilizado gracias a su considerable peso, y sus manos, grandes y fuertes, empezaban a cerrarse alrededor de su cuello. Haciendo un esfuerzo descomunal, Strike logró reunir suficiente fuerza para darle un cabezazo a Laing, que volvió a golpearse contra la puerta del horno.

Rodaron por el suelo, y esa vez Strike se colocó encima. Intentó pegarle un puñetazo en la cara a Laing, pero el otro reaccionaba con la misma agilidad que había demostrado en el *ring*: desvió el golpe con una mano y le puso la otra bajo la barbilla a Strike, empujándole la cara hacia arriba. El detective lanzó otro mandoble, sin saber dónde apuntaba; dio contra un hueso y lo oyó romperse. Entonces el puño enorme de Laing salió de no se sabe dónde e impactó de lleno contra la cara de Strike, que notó que se le rompía la nariz. La sangre lo salpicó todo, y la fuerza del puñetazo lo había empujado hacia atrás; empezaban a llorarle los ojos y lo veía todo borroso. Entre jadeos y gruñidos, Laing se lo sacó de encima y, de la nada, como un prestidigitador, sacó un cuchillo de trinchar.

Medio cegado, con la boca llena de sangre, Strike lo vio brillar bajo la luz de la luna y lanzó una patada con la pierna ortopédica. Se oyó un débil tintineo de metal contra metal cuando el cuchillo dio contra la barra de acero del tobillo de la prótesis; luego Laing volvió a levantarlo.

—¡Cabrón!

Shanker se había acercado a Laing y lo tenía sujeto por detrás con una llave de cabeza. Strike tuvo la idea desafortunada de agarrar el cuchillo y se hizo un tajo en la palma de la mano. Shanker y Laing forcejeaban; el escocés era, con diferencia, el más alto de los dos, y rápidamente aprovechó esa ventaja. Strike le dio otra patada al cuchillo con el pie ortopédico, y esa vez logró hacerlo saltar de la mano de su agresor. Ya podía ayudar a Shanker a inmovilizar a Laing en el suelo.

—¡Ríndete o te rajo! —bramó Shanker, con los brazos alrededor del cuello de Laing mientras el escocés se retorcía y soltaba tacos, con los gruesos puños todavía apretados, y la mandíbula caída, rota—. ¡No eres el único con un puto cuchillo, cerdo de mierda!

Strike sacó unas esposas, el objeto de más valor que se había llevado de la DIE. Fue necesario que Strike y Shanker aunaran fuerzas para colocar a Laing en una posición que les permitiera esposarlo, pero al final consiguieron atarle las gruesas muñecas detrás de la espalda mientras Laing se zarandeaba y soltaba palabrotas sin parar. Una vez liberado de la necesidad de sujetar al asesino, Shanker le propinó una patada tan fuerte en el diafragma que Laing soltó un resuello débil y se quedó mudo unos instantes.

—¿Estás bien, Bunsen? Bunsen, ¿dónde te ha rajado?

Strike se había quedado sentado en el suelo, con la espalda apoyada en el horno. El corte de la oreja le sangraba profusamente, igual que el de la palma de la mano derecha, pero lo que más le preocupaba era la nariz, que se le estaba hinchando a toda velocidad, porque la sangre que le chorreaba de allí se le metía en la boca y le impedía respirar bien.

—Toma, Bunsen —dijo Shanker, que, tras inspeccionar brevemente el apartamento, había vuelto con un rollo de papel higiénico.

—Gracias —dijo Strike con voz pastosa.

Se metió todo el papel que pudo en los orificios nasales, y entonces miró a Laing.

—Me alegro de volver a verte, Ray.

Laing, todavía sin aliento, no dijo nada. Su calva brillaba débilmente bajo la luz de la luna, la misma que había iluminado su cuchillo.

—¿No me habías dicho que se llamaba Donald? —preguntó Shanker, intrigado, mientras Laing cambiaba de postura en el suelo. Shanker le pegó otra patada en el estómago.

—Sí, se llama Donald —dijo Strike—, y para de darle patadas. Si le rompes algo, tendré que dar explicaciones en el juicio.

—Entonces, ¿por qué lo llamas...?

—Porque Donnie... —respondió Strike— y no toques nada, Shanker, no quiero que dejes huellas por aquí... Porque Donnie estaba usando una identidad falsa. Cuando no está aquí —añadió mientras se acercaba a la nevera y ponía la mano izquierda, con el guante de látex todavía intacto, sobre el tirador—, es el heroico bombero retirado Ray Williams, que vive en Finchley con Hazel Furley.

Strike abrió la puerta de la nevera y, de nuevo con la mano izquierda, abrió el compartimento del congelador. Dentro estaban los pechos de Kelsey Platt, resecos ya, como higos, amarillos y coriáceos. Al lado estaban los dedos de Lila Monkton, con las uñas pintadas de morado, y con las marcas profundas de los dientes de Laing. Al fondo había dos orejas de las que todavía colgaban unos pequeños cucuruchos de helado de plástico, y un amasijo de carne en el que todavía se distinguían los orificios nasales.

—Hostia puta —dijo Shanker, que se había agachado y se había asomado por detrás del detective para mirar—. Hostia puta, Bunsen, son trozos de...

Strike cerró el compartimento del congelador y la puerta de la nevera y se dio la vuelta para mirar a su prisionero.

Laing se había quedado quieto. Strike estaba convencido de que ya estaba empleando su astuto cerebro de zorro para dar con la manera de sacar partido de su desesperada situación, de argumentar que Strike lo había incriminado mediante trampas, colocando pruebas falsas o contaminadas.

—No sé cómo no te reconocí, ¿eh, Donnie? —dijo Strike mientras se envolvía la mano derecha con papel higiénico para contener la hemorragia.

Bajo la débil luz de la luna que entraba por la ventana sucia, Strike distinguía las facciones de Laing bajo los kilos de más que los esteroides y la falta de ejercicio físico habían añadido a su otrora musculosa figura. La obesidad, la piel seca y arrugada, la barba que sin duda se había dejado para ocultar las marcas del cutis, la cabeza meticulosamente afeitada y los andares pesados que fingía le hacían aparentar diez años más de los que tenía.

—Debí reconocerte en cuanto me abriste la puerta de casa de Hazel. Pero te tapabas la cara, simulando que te enjugabas las lágrimas, ¿verdad? ¿Qué te pusiste en los ojos para que te lloraran?

Strike le ofreció el paquete de cigarrillos a Shanker y se encendió uno.

—Ahora que lo pienso, el acento de Tyneside era un poco exagerado. Supongo que lo aprendiste en Gateshead, ¿no? Donnie siempre ha sido un gran imitador —le dijo a Shanker—. Deberías haberlo oído imitando al cabo Oakley. Por lo visto, en Chipre, Donnie era el alma de la fiesta.

Shanker observaba a Strike y a Laing alternadamente, fascinado. Strike siguió fumando y mirando a Laing desde arriba. La nariz le escocía y le dolía tanto que le lloraban los ojos. Quería oír hablar al asesino, aunque fuera una sola vez, antes de llamar a la policía.

—En Corby le diste una paliza a una anciana demente para robarle, ¿verdad, Donnie? Pobre señora Williams. Te llevaste la mención al valor de su hijo, y supongo que también unos cuantos documentos de identidad. Sabías que él se había marchado al extranjero. No es muy difícil suplantar la identidad de alguien si consigues hacerte con unos cuantos papeles. A partir de eso, es fácil obtener suficientes documentos de identidad nuevos para engañar a una mujer que se siente sola y a un par de agentes de policía poco rigurosos.

Laing seguía callado, tendido en el suelo sucio, pero Strike casi percibía el funcionamiento frenético de su cerebro repugnante y desesperado.

—Encontré Accutane en la casa —le dijo Strike a Shanker—. Es un medicamento para el acné, pero también se utiliza para la artritis psoriásica. No sé cómo no caí enseguida. Lo había escondido en la habitación de Kelsey. Ray Williams no tenía artritis. Supongo que Kelsey y tú compartíais muchos secretos, ¿verdad, Donnie? Le comías el tarro sobre mí y hacías lo que querías con ella, ¿no? La llevabas a dar paseos en moto para merodear por mi oficina, fingías que le echabas las cartas al correo, le llevabas mis cartas falsificadas...

—Qué hijo de puta —dijo Shanker, asqueado.

Se inclinó sobre Laing, con el extremo del cigarrillo muy cerca de su cara, con la clara intención de hacerle daño.

—No, tampoco te voy a dejar quemarlo, Shanker —dijo Strike, y sacó su móvil—. Será mejor que te largues. Voy a llamar a la pasma.

Llamó al 999 y dio la dirección. Les contaría que había seguido a Laing hasta la discoteca, y luego de vuelta a su piso, que habían discutido y que éste lo había atacado. Nadie tenía por qué saber que Shanker había estado implicado, ni que él había forzado la puerta del piso de Laing. Cabía la posibilidad de que el vecino drogado se fuera de la lengua, pero Strike pensó que lo más probable era que el tipo prefiriese mantenerse al margen de todo aquello y que su sobriedad y su historial de consumo de drogas no tuvieran que ser evaluados en un tribunal de justicia.

—Llévate esto y tíralo —le dijo Strike a Shanker, y le dio el chaleco reflectante—. Y un bote de propano que hay por ahí.

—Vale, Bunsen. ¿Seguro que no te importa quedarte solo con él? —dijo Shanker mirando la nariz rota del detective, y su oreja y su mano ensangrentadas.

—No, tranquilo —contestó Strike, ligeramente conmovido.

Oyó a Shanker recoger el bote de propano de la habitación de al lado y, poco después, lo vio pasar por detrás de la ventana de la cocina cuando salía por el balcón.

—¡SHANKER!

Su viejo amigo entró en la cocina al cabo de un instante, y Strike supo que había corrido a toda velocidad; sostenía en alto el pesado bote de propano, pero Laing seguía esposado y quieto en el suelo, y el detective estaba de pie, fumando, junto al horno.

—¡Me cago en la puta, Bunsen, creía que te había atacado!

—Shanker, ¿podrías conseguir un coche y llevarme a un sitio mañana por la mañana? Te daré...

Strike se miró la muñeca, desnuda. El día anterior había vendido su reloj para pagar a su amigo por el trabajo de esa noche. ¿Qué más podía vender?

—Mira, Shanker, ya sabes que con esto voy a ganar dinero. Dentro de unos meses, los clientes harán cola en la puerta de mi agencia.

—Tranquilo, Bunsen —dijo Shanker tras pensárselo un momento—. Ya me pagarás cuando puedas.

—¿En serio?

—Sí —dijo Shanker, y se dio la vuelta—. Dame un toque cuando estés listo para salir. Voy a buscar el coche.

—¡No lo robes! —le gritó.

Unos segundos después de que Shanker volviera a pasar por detrás de la ventana, Strike oyó una sirena de policía a lo lejos.

—Ya están aquí, Donnie —dijo.

Entonces fue cuando Donald Laing le habló por primera y última vez a Strike con su verdadera voz.

—Tu madre —dijo con marcado acento de los Borders de Escocia— era una puta.

Strike soltó una risotada.

—Puede ser —dijo, sangrando y fumando, a oscuras, mientras las sirenas iban acercándose—, pero me quería, Donnie. Me han dicho que a la tuya, en cambio, tú no le importabas una mierda. Y que eras el hijo bastardo de un policía.

Laing empezó a retorcerse, tratando inútilmente de liberarse, y sólo consiguió dar vueltas sobre un costado, con los brazos sujetos detrás de la espalda.

62

A redcap, a redcap, before the kiss...[72]

Before the Kiss, Blue Öyster Cult

Strike no vio a Carver esa noche. Supuso que el inspector habría preferido pegarse un tiro en cada rodilla que enfrentarse a él. Un par de agentes de la policía judicial a los que no conocía lo interrogaron en una salita de urgencias, durante una pausa entre las diversas intervenciones médicas que precisaban sus heridas. Ya le habían cosido la oreja, le habían vendado la mano que había recibido la cuchillada, le habían aplicado un apósito en la espalda, donde el machete, al caer, le había hecho una herida, y por tercera vez en su vida habían sometido su nariz a una manipulación dolorosa para devolverle cierta simetría. A intervalos, inevitablemente, Strike había ofrecido a la policía una lúcida exposición del razonamiento que lo había llevado hasta Laing. No se olvidó de remarcar que había transmitido esa información por teléfono a un subordinado de Carver dos semanas atrás y que también había intentado explicárselo directamente al inspector la última vez que habían hablado.

—¿Por qué no lo escriben? —preguntó a los agentes, que lo miraban fijamente, sin decir nada.

El más joven de los dos anotó algo rápidamente.

—También escribí una carta y se la envié al inspector Carver, certificada. Tendría que haberla recibido ayer.

—¿La envió certificada? —preguntó el mayor de los dos agentes, un tipo con bigote y de mirada lánguida.

—Sí. Me pareció conveniente asegurarme de que no se perdería.

El agente escribió algo más, esa vez con más detalle.

El argumento de Strike era que, como le parecía que la policía no estaba convencida de sus sospechas respecto a Laing, él nunca había dejado de vigilarlo. Había seguido al presunto asesino hasta la discoteca, preocupado por si habría decidido cargarse a otra mujer, y luego hasta su piso, y había decidido hablar con él. Se abstuvo de mencionar a Alyssa, que había interpretado el papel de empleada temporal con gran aplomo, y a Shanker, cuya intervención entusiasta había evitado a Strike unas cuantas heridas de arma blanca.

—El factor decisivo —explicó Strike a los agentes— será encontrar a ese tal Ritchie, a quien algunos llaman también Dickie, que era quien le prestaba la moto a Laing. Hazel les dará todos sus datos. Lleva tiempo ofreciéndole a Laing todo tipo de coartadas. Supongo que él es un delincuente común y que creía que sólo estaba ayudando a su amigo a engañar a su novia o a cometer un fraude sin importancia con las prestaciones sociales. No parece que sea un tipo muy listo. Supongo que, en cuanto sepa que acusan de asesinato a su amigo, enseguida se derrumbará.

A las cinco de la madrugada, los médicos y la policía decidieron, por fin, que no necesitaban nada más de Strike. El detective rechazó el ofrecimiento de los agentes a acompañarlo a su casa, y sospechó que, en parte, se lo habían dicho para tenerlo vigilado el máximo tiempo posible.

—No nos gustaría que se supiera nada antes de que hayamos podido hablar con las familias —dijo, en el patio donde estaban despidiéndose, el agente más joven, con el pelo, de un rubio casi blanco, erizado por el frío de un amanecer grisáceo.

—No voy hablar con la prensa —lo tranquilizo Strike, y emitió un gran bostezo mientras se palpaba los bolsillos para comprobar si le quedaba algún cigarrillo—. Hoy tengo otras cosas que hacer.

Ya había empezado a andar cuando se le ocurrió una cosa.

—¿Cuál era la pista de la iglesia? Me refiero a Brockbank. ¿Qué fue lo que hizo pensar a Carver que era él?

—Ah —dijo el agente del bigote. No parecía muy dispuesto a compartir esa información—. Había un monitor que se había trasladado de Finchley a Brixton. La pista no llevaba a ningún sitio, pero lo tenemos —añadió con un deje desafiante—. A Brockbank. Ayer recibimos un aviso de un albergue para personas sin hogar.

—Me alegro —dijo el detective—. A la prensa le encantan los pedófilos. Cuando hablen con ellos, insistan en eso.

Ninguno de los dos agentes sonrió. Strike les dijo adiós y se marchó. No sabía si tenía dinero para un taxi, fumaba con la mano izquierda porque el efecto de la anestesia local que le habían puesto en la derecha ya se le estaba pasando, y el frío hacía que le doliera más la nariz.

—¿A Yorkshire? —dijo Shanker por teléfono cuando llamó a Strike para decirle que ya tenía un coche y el detective le reveló dónde quería que lo llevara—. Pero ¡si está en el quinto coño!

—A Masham —concretó Strike—. Mira, ya te lo he dicho: cuando tenga dinero te pagaré lo que quieras. Es una boda y no quiero perdérmela. No nos va a sobrar tiempo. Lo que quieras, Shanker, te doy mi palabra, y te pagaré en cuanto pueda.

—¿Quién se casa?

—Robin.

—¡Ah! —Shanker pareció alegrarse—. Vale, si es por ella, te llevo, Bunsen. Ya te dije que no debiste...

—Sí...

—Alyssa ya te dijo...

—Sí, ya lo sé, y bien alto que me lo dijo.

Strike tenía sólidas sospechas de que Shanker se acostaba con Alyssa. No se le ocurría otra razón que explicase la velocidad con la que la había propuesto cuando el detective le había explicado que necesitaba a una mujer para interpretar un papel fundamental pero seguro en la trampa que le había preparado a Donald Laing. Ella había cobrado cien libras por hacer el trabajo y le había asegurado a Strike que le habría pedido mucho más, pero que no lo hacía porque se sentía en deuda con su socia.

—Shanker, ya hablaremos de todo eso por el camino. Ahora tengo que comer algo y ducharme. Vamos a necesitar mucha suerte para llegar a tiempo.

Y allí estaban, viajando hacia el norte en un Mercedes que Shanker había pedido prestado (Strike no quiso preguntarle a quién). El detective, que llevaba dos noches casi sin pegar ojo, se durmió durante los cien primeros kilómetros y sólo se despertó, tras lanzar un ronquido descomunal, cuando le vibró el móvil en el bolsillo del pantalón del traje.

—Diga —contestó adormilado.

—Te felicito, tío —dijo Wardle.

Su tono de voz no encajaba mucho con sus palabras. Al fin y al cabo, Wardle estaba a cargo de la investigación cuando habían descartado a Ray Williams como sospechoso en relación con la muerte de Kelsey.

—Gracias —respondió Strike—. Supongo que te das cuenta de que ahora mismo eres el único poli de Londres que me dirige la palabra.

—Bueno —repuso Wardle un poco más animado—. Es mejor calidad que cantidad. He pensado que te gustaría saberlo: ya han encontrado a Richard y ha cantado como un canario.

—Richard... —murmuró Strike.

Era como si su cerebro, agotado, se hubiera deshecho de los detalles que durante meses lo habían obsesionado. Lo tranquilizaba ver los árboles detrás de la ventanilla, formando, al deslizarse, una mancha borrosa de vegetación estival. Se sentía capaz de dormir varios días seguidos.

—Ritchie. Dickie. La moto —dijo Wardle.

—Ah, sí. —Strike, distraído, se frotó la herida que le habían cosido, y soltó un taco—. ¡Mierda! ¡Qué daño! Perdona... ¿Y qué? Ha largado, ¿no?

—No es un chico muy listo, que digamos. Además, en su casa también hemos encontrado un montón de artículos robados.

—Ya me imaginaba que así debía de ser como se financiaba Donnie. Siempre ha tenido los dedos muy largos.

—Tenían montado un grupito. Nada importante, se limitaban a hacer hurtos pequeños. Ritchie era el único que sabía que

Laing tenía doble identidad; creía que estaba haciendo chanchullos con los subsidios. Laing pidió a tres miembros del grupo que lo encubrieran y dijeran que la acampada en Shoreham-by-Sea la habían hecho el fin de semana que él había matado a Kelsey. Se ve que les dijo que tenía un lío con otra en otro sitio y que no quería que Hazel se enterara.

—Laing siempre ha sido un artista para camelarse a la gente —comentó Strike, y se acordó de lo poco que había tardado el otro investigador de la DIE, en Chipre, en exonerarlo de la acusación de violación.

—¿Cómo te diste cuenta de que no habían estado allí ese fin de semana? —preguntó Wardle, intrigado—. Tenían fotos y todo... ¿Cómo supiste que no habían ido de despedida de soltero el fin de semana que murió la chica?

—Ah —dijo Strike—. Por los cardos marinos.

—¿Cómo dices?

—Por los cardos marinos —repitió Strike—. En abril los cardos marinos no están en flor. Florecen en verano y en otoño. Me pasé la mitad de la infancia en Cornualles. En la foto de Laing y Ritchie en la playa... había cardos marinos. Debí darme cuenta nada más verla, pero siempre me desviaba del tema.

Cuando Wardle colgó, Strike se quedó contemplando los campos y los árboles a través del parabrisas y rememorando todo lo ocurrido en los tres meses pasados. Dudaba que Laing supiera algo de la existencia de Brittany Brockbank, pero seguramente había indagado lo suficiente para enterarse de lo ocurrido en el juicio de Whittaker y de que éste había citado *Mistress of the Salmon Salt* desde el estrado. Strike tenía la impresión de que Laing había ido dejándole rastros falsos, sin tener ni idea de lo bien que funcionarían.

Shanker encendió la radio. Strike habría preferido volver a dormirse, pero no protestó; bajó la ventanilla y se puso a fumar. El sol ya alumbraba más, y enseguida se dio cuenta de que el traje italiano que se había puesto mecánicamente tenía restos de salsa y vino tinto. Frotó las manchas que más se veían, ya secas, y de pronto se acordó de otra cosa.

—Mierda.

—¿Qué pasa?

—Me he olvidado de cortar con una tía.

Shanker se echó a reír. Strike sonrió con arrepentimiento, y resultó muy doloroso. Tenía la cara hecha un mapa.

—¿Vamos a intentar impedir esta boda, Bunsen?

—Claro que no. —Strike sacó otro cigarrillo—. Me han pedido que vaya. Soy amigo de la novia. Estoy invitado.

—La has despedido —le recordó Shanker—. Que yo sepa, eso no es una muestra de amistad.

Strike se abstuvo de señalar que su amigo no conocía prácticamente a nadie que alguna vez hubiera tenido un empleo.

—Es como tu madre —añadió Shanker tras un largo silencio.

—¿Quién?

—Robin. Es buena. Quería salvar a aquella niña.

Para Strike no habría sido nada fácil defender una negativa a salvar a una menor ante una persona que, cuando tenía dieciséis años, había sido rescatada, herida, de una alcantarilla.

—Bueno, voy a intentar recuperarla, ¿no? Pero la próxima vez que te llame por teléfono, si algún día te llama por teléfono...

—Sí, sí, ya lo sé. Te lo diré enseguida, Bunsen.

En el espejo retrovisor exterior, Strike veía una cara que bien podría haber sido la de la víctima de un accidente de coche. Tenía la nariz enorme y morada, y la oreja izquierda casi negra. A la luz del día comprobó que su intento de afeitarse apresuradamente con la mano izquierda no había dado muy buen resultado. Intentó imaginarse colándose con disimulo en la parte trasera de la iglesia, y se dio cuenta de cómo iba a llamar la atención y del ridículo que iba a hacer si Robin decidía que no quería verlo allí. Él no quería estropearle el gran día. Se prometió que, a la mínima que Robin le pidiera que se marchara, se marcharía.

—¡Bunsen! —gritó Shanker, emocionado, y Strike se sobresaltó.

Shanker subió el volumen de la radio.

—... se ha producido una detención en relación con el caso del destripador de Shacklewell. Tras un minucioso registro de un piso de Wollaston Close, Londres, la policía ha imputado a Donald Laing, de treinta y cuatro años, de los asesinatos de

Kelsey Platt, Heather Smart, Martina Rossi y Sadie Roach, del intento de asesinato de Lila Monkton y de una agresión grave a una sexta mujer cuya identidad todavía...

—¡No te han mencionado! —protestó Shanker cuando terminaron de dar la noticia; parecía decepcionado.

—No me extraña nada —repuso Strike, y combatió un nerviosismo nada característico en él; acababa de ver el primer letrero de Masham—. Pero ya lo dirán, no sufras. Y me vendrá muy bien: necesito un poco de publicidad para sacar a flote mi negocio.

Se miró mecánicamente la muñeca sin acordarse de que ya no llevaba el reloj, y tuvo que mirar la hora en el salpicadero.

—Métele caña, Shanker. A este paso no vamos a llegar.

A medida que se acercaban a su destino, Strike estaba cada vez más nervioso. Entraron en Masham veinte minutos después de la hora prevista para el inicio de la ceremonia, y Strike buscó la ubicación de la iglesia en su teléfono.

—¡Es allí! —dijo señalando, frenético, el lado opuesto de la plaza de mercado más amplia que hubiera visto, llena de gente y de puestos de comida.

Mientras Shanker daba la vuelta a toda la plaza, y no precisamente despacio, varios transeúntes lo miraron con mala cara, y un hombre con boina agitó un puño mirando al tipo de la cicatriz en la cara que conducía de forma tan temeraria por el apacible centro de Masham.

—¡Aparca por aquí, donde sea! —dijo Strike al ver dos Bentleys azul oscuro adornados con lazos blancos y aparcados al fondo de la plaza.

Los chóferes, que charlaban al sol con las gorras en la mano, se dieron la vuelta cuando oyeron frenar a Shanker. Strike se desabrochó el cinturón de seguridad a toda prisa; ya veía el campanario de la iglesia, que descollaba sobre las copas de los árboles. Estaba casi mareado, debido, sin duda, a los cuarenta cigarrillos que debía de haberse fumado la noche pasada, la falta de sueño y la conducción de Shanker.

Strike ya había salido del coche y había dado varios pasos, presuroso, pero dio media vuelta y le dijo a su amigo:

—Espérame aquí. A lo mejor no me quedo.

Volvió a pasar por delante de los chóferes, que lo siguieron con la mirada, y, nervioso, se arregló la corbata. Entonces se acordó de cómo tenía la cara y el traje y decidió que no valía la pena preocuparse mucho por su aspecto.

Pasó cojeando por la verja y entró en el camposanto, que estaba desierto. La iglesia, imponente, le recordó la de St. Dionysius de Market Harborough, donde habían ido Robin y él cuando todavía eran amigos. El silencio que reinaba en el cementerio adormecido y soleado resultaba inquietante. Pasó al lado de una extraña columna cubierta de relieves, de aspecto casi pagano, y se dirigió hacia la puerta de roble macizo.

Asió el picaporte con la mano izquierda y se detuvo un instante.

—Al cuerno todo —dijo por lo bajo, y abrió con todo el cuidado que pudo.

Lo primero que olió fue a rosas: rosas blancas de Yorkshire, colocadas en soportes altos y en ramilletes colgados en los extremos de cada una de las filas de bancos.

Un mar de sombreros de colores llamativos se extendía desde el fondo de la iglesia hacia el altar. Casi nadie se volvió para mirar a Strike cuando entró arrastrando los pies, pero quienes sí lo hicieron se quedaron boquiabiertos. El detective fue desplazándose, despacio, sin despegarse de la pared del fondo, con la vista fija en el final del pasillo.

Robin lucía una diadema de rosas blancas en el pelo, largo y ondulado. Strike no le veía la cara, pero comprobó que ya no llevaba el vendaje. Pese a estar lejos, distinguió la cicatriz morada y larga en el dorso de su antebrazo.

—Robin Venetia Ellacott —dijo la voz resonante del párroco, a quien Strike no alcanzaba a ver—, ¿quieres recibir a Matthew John Cunliffe como legítimo esposo, para amarlo y respetarlo...?

Agotado, tenso, con la mirada fija en Robin, Strike no había reparado en lo cerca que estaba del arreglo floral colocado sobre un elegante soporte de bronce con forma de tulipán.

—¿... en la prosperidad y en la adversidad, en la salud y en la enfermedad, todos los días de tu vida, hasta que la muerte...?

—¡Mierda, no! —dijo Strike.

El arreglo floral que sin querer había empujado se inclinó como a cámara lenta y cayó al suelo provocando un estruendo ensordecedor. Los invitados y la pareja se dieron la vuelta.

—Yo... Hostia, lo siento... —dijo Strike, abochornado.

Alguien de entre los fieles rió. La mayoría volvieron a mirar al frente de inmediato, pero algunos invitados siguieron escrutando a Strike antes de recordar dónde estaban.

—¿... os separe? —continuó el párroco con tolerancia piadosa.

La hermosa novia, que no había sonreído ni una sola vez en toda la ceremonia, de pronto exhibía una sonrisa radiante.

—Sí, quiero —respondió Robin con firmeza, mirando a los ojos no a su flamante e imperturbable marido, sino al individuo descompuesto y magullado que acababa de tirar sus flores al suelo.

Agradecimientos

No recuerdo haber disfrutado nunca tanto escribiendo una novela como con *El oficio del mal*. Y es raro, no sólo por lo truculento del tema, sino también porque he pasado un año más ocupada que nunca y he tenido que compaginar diversos proyectos, y ésa no es mi forma preferida de trabajar. Sin embargo, Robert Galbraith siempre ha sido como el patio de recreo para mí, y en esta ocasión tampoco me ha decepcionado.

Quiero dar las gracias a mi equipo de siempre por contribuir a que mi otra identidad, pese a no ser ya secreta, siga siendo tan divertida: mi incomparable editor, David Shelley, que ya ha apadrinado cuatro de mis novelas y que hace que el proceso de corrección sea tan gratificante; mi excelente agente y amigo, Neil Blair, seguidor incondicional de Robert desde el principio; Deeby y SOBE, por dejar que me aproveche de sus conocimientos militares; al Back Door Man, por razones que es preferible no revelar; Amanda Donaldson, Fiona Shapcott, Angela Milne, Christine Collingwood, Simon Brown, Kaisa Tiensu y Danni Cameron, sin cuyo trabajo a mí no me quedaría tiempo para hacer el mío, y el *dream team* de Mark Hutchinson, Nicky Stonehill y Rebecca Salt, sin quienes, francamente, estaría hecha una pena.

Quiero dar las gracias muy especialmente a la Policía Militar, por permitirme realizar una visita fascinante a la Sección 35 de la DIE en el castillo de Edimburgo. Gracias, también, a las dos mujeres policías que no me detuvieron por fotografiar el perímetro de unas instalaciones nucleares de Barrow-in-Furness.

A todos los letristas que han trabajado con y para el grupo Blue Öyster Cult: gracias por escribir unas canciones tan estupendas y por permitirme utilizar fragmentos de vuestras letras en esta novela.

Gracias a mis hijos, Decca, Davy y Kenz: las palabras no sirven para expresar lo que os llego a querer, y os agradezco que seáis tan comprensivos cuando mi gusanillo de la escritura se activa.

Por último, y sobre todo: gracias, Neil. Nadie me ha ayudado más que tú con este libro.

Notas

[1] Decidí robar lo que tú decidías mostrar / y sabes que no voy a pedir perdón, / estás ahí para que yo me sirva.
Escogí el oficio del mal.

[2] Éste no es el verano del amor.

[3] Una piedra lanzada por la ventana nunca trae un beso.

[4] Medio héroe en un juego cruel.

[5] Cosecha de brazos, de piernas, de cuellos...

[6] ...que se inclinan como cuellos de cisne, como si rezaran o se ahogaran.

[7] Ella quería morir. Era la chica de cal viva.

[8] Cuatro vientos en el Bar Four Winds, / puertas cerradas con llave y ventanas con barrotes, / sólo una puerta para que entres tú, / la otra sólo es un espejo...

[9] El infierno está lleno de arrepentidos.

[10] ¿No es extraño que me arda el pensamiento?

[11] Es bueno tener hambre.

[12] Creo ver una rosa, / intento alcanzarla y se va.

[13] Un paso por delante del demonio

[14] Sin amor, desde el pasado.

[15] Por fuera todo va bien / pero por dentro es otra cosa.

[16] ...palabras escritas con sangre.

[17] En presencia de otro mundo.

[18] Todavía no me has visto lo suficiente / te encontraré, nena, juégate lo que quieras.

[19] ¿Dónde está el hombre del tatuaje dorado?

[20] Coge tu rosa y tu asiento en primera fila, / hemos vuelto al bar de Conry's.

[21] Es nuestro pueblo / el mejor pueblo / que existe: / nuestro Melrose, / joya de Escocia, / el pueblo de la libertad.

²² La chica ciega de amor.

²³ Me han desnudado, ya no hay aislamiento.

²⁴ El taller de los telescopios.

²⁵ No me di cuenta de que estaba tan deshecha.

²⁶ ...y llegó la maldita llamada / supe lo que ya sabía y no quería saber.

²⁷ No desisto, pero no soy un acosador, / supongo que sólo soy un buen conversador.

²⁸ Momentos de placer en un mundo de dolor.

²⁹ Entras en un mundo de extraños / en un mar de desconocidos...

³⁰ Hay un momento para discutir y un momento para pelear.

³¹ Paisaje desolado, / felicidad de cuento...

³² Amigos que comparten entre juegos y risas / canciones al anochecer y libros por la mañana...

³³ Las luces del puerto y los barcos apiñados, / nubes en lo alto y gaviotas que revolotean...

³⁴ Llega una certeza espeluznante...

³⁵ Debbie Denise me era fiel, / me esperaba paciente junto a la ventana.

³⁶ Sólo quiero ser malo.

³⁷ Algo se ha apoderado de mí, no sé qué...

³⁸ Flores nocturnas, rosas tardías / bendito jardín, abierto noche y día.

³⁹ ¿Qué es eso de la esquina? / Está demasiado oscuro para verlo.

⁴⁰ Entonces se abrió la puerta y apareció el viento...

⁴¹ Es hermosa como un pie.

⁴² Las mentiras no cuentan; las murmuraciones, sí.

⁴³ Dominio y sumisión.

⁴⁴ Sospecho que no tengo buena suerte...

⁴⁵ Esto no es el jardín del Edén.

⁴⁶ Baila con zancos.

⁴⁷ Camino de la reunión practico mi saludo...

⁴⁸ La puerta se abre hacia ambos lados...

⁴⁹ ...el amor es como una pistola / y en manos de alguien como tú / creo que podría matar.

⁵⁰ Un espantapájaros saluda envuelto en niebla.

⁵¹ Vivo para darle al diablo lo que le debo.

⁵² Freud, apiádate de mi alma.

⁵³ Y entonces llegaron los últimos días de mayo.

⁵⁴ Recolector de ojos, eso es lo que soy.

⁵⁵ Infrahumano.

⁵⁶ No pares de chillar. / Suenas tan sincera...

⁵⁷ Noto la oscuridad más clara...

⁵⁸ Otra vez ese sentimiento.

⁵⁹ Es temporada de maníaco suelto por la noche.

⁶⁰ Estoy descolocado, he perdido la razón...

⁶¹ No te des la vuelta, no muestres tu perfil, / nunca sabes cuándo te va a tocar a ti.

⁶² No envidies al hombre de rayos X en los ojos.

⁶³ Ahora soy un veterano de un millar de guerras psíquicas...

⁶⁴ Y si es verdad y no puedes ser tú, / quizá tenga que ser yo.

⁶⁵ Llegó la última noche de tristeza / y se veía que ella no podría seguir.

⁶⁶ Cuando se desprecia la vida y se hace daño / vengarse, ése es el pacto.

⁶⁷ Único superviviente, condenado a ver otra vez, / el salvador perseguido gritaba en la oscuridad.

⁶⁸ Fecha límite.

⁶⁹ Amenazas de gas y adorno de rosas.

⁷⁰ Venganza (el pacto).

⁷¹ Y por fin ha llegado el momento / de aplastar el adorno de la rosa.

⁷² Un mongui, un mongui, antes del beso...